飢えと窮乏の日々

Jours de Famine et de Détresse

ネール・ドフ

田中良知 訳

文遊社

目次

飢えと窮乏の日々

目撃したこと

雪が降っている。あたしは風邪をひいている。広場では、男の子たちが雪の上を滑って遊んでいる。あたしは窓辺で肘をついて、雪の上のこの遊び《ヴィ》を眺めている。この子供たちは流れるように敏捷に滑ってみせる！大きい子も小さい子も夢中になっている。すいすいと滑っていく、押し合ってもいる、ひとかたまりになってどさっと倒れる。

ああ！一人ぼっちの子がいる。ぼろぼろの服を着、薄汚れ、髪の毛はぼさぼさに伸び、履いている木靴はぶかぶかだ。靴下には穴が開いており、ズボンにも穴が開いて膝小僧が両方覗いているし、尻のところはずたずたに裂けている。顔は青白くむくんではいるが、敏捷で体つきはがっしりしている。もう遠くから勢いをつけて滑りだし、十二メートルばかりを滑ってみせる。こう弾みがついては、到底スピードを緩めることができずに、他の子供たちも巻き込んで、ばたばたとなぎ倒していく。誰も怪我をするわけではない。それでもみんな怒り狂って、そのちっぽけな子めがけて突進して行く。その子が自分たちよりずっとうまく滑るし、薄汚く、不潔極まりない恰好をしているからだ。みんなして、その子を滑走する場所の外に引きずりだすと、雪の中に突き飛ばし、殴ったり蹴ったりして、口のあたりを歩道に押しつける。その子は立ち上がると、身を守ろうとし、腕でガードの姿勢をとる。だが、多勢に無勢だ。悔しさと傷の痛みとで、何ともかわいそうに、足を引きずり嗚咽しながら、子供は逃げ帰る。

あたしたちが小さかった時、こんなふうにして弟のケースはいつも家に戻ってきた。この小さいながらも女心をくすぐるところのあったケースの涙ったら、朝露でできた真珠のように、ほれぼれするくらい大きく澄んでいた。

窓から顔を引っ込めながら、これでは自分の顔はスパイと変わらないなと気づいた。あたしの唇はひきつり、眼には涙が浮かんでいた。兄弟たちの惨めな子供時代の、胸が締めつけられるような場面の一つを、あたしは追体験したばかりだ。あたしたちが仲間はずれにされ、さんざんいじめられたこうした場面の数々は、すべて貧しさのせいだった。だって、他の子が楽しみを見つけようとすれば、ぼろ着姿の子供を標的にすればいいからだ。

貧困はちょっとやそっとではへこたれない人間たちを、先の見えない、這い上がることもままならないひどい貧乏暮らしに追い込んでいったし、しかも徹底を極めるといった具合だったが、そうなる前、あたしの両親は、すべての点で水と油みたいに全く相性が悪かったものの、二人とも極めつきの美男美女で、二人が生きてきた環境や受けた教育からすれば、むしろ稀有ともいえる存在だった。

父のディルク・オルデマは身長六ピエ〔一ピエは昔の計量単位で、約三二・四センチメートル〕のフリースラント人〔オランダの北部地方フリースラントの住民〕で、竹みたいにほっそりとすらりとしており、信じられないほど体が柔らかかった。顔色はとても生き生きしており、眼は明るいブルーできらきらしており、歯並びは驚くほどきれいに整っていて、髪は明るい栗色の巻き毛で、話す時、声は大きくよくとおり、テノール気味の歌声は通行人の足を止めさせるほどだった。彼の最大の楽しみは、晩に、暖炉のまわりに子供たち全員と車座になって坐り、合唱をしたり、兵士時代のちょっとした話を聞かせたりすることだった。その時、父はラッパ手で、見事な馬を連れていた。他の兵士たちがしたたかに酔っぱらっている時に、本が借りられるように連隊全員の靴下を繕ってやるのだった。それが彼のこれまでの人生で、唯一の幸福な時期だった。

母はリエージュ〔ベルギー東部の大工業都市〕の出で、小柄で髪は褐色、かわいらしくあでやかで、すごくほっそりとしてスタイルも抜群だった。冒険小説を愛読していたが、生涯浮いた話とは無縁だった。母は快適な生活よりは贅沢を好んだ。ちゃんとしつけをされなかったせいで、ぐちゃぐちゃの髪の毛をしたまま、赤や白の花柄のボンネットをかぶってみたり、穴のあいた靴下のままエナメル靴を履いたりしていることからしても、それは明らかだった。母の楽しみは、あたしの姉のミナといっしょに出かけ、店を次々と見て回り、子供たち全員に、ショーウインドーですばらしい衣装を選ぶと、その前でぼうっとなってしまい、まるで買うと決めたかのように、どれが好みだとか、どれがよいとか二人して言い合うのだった。二人とも上気した顔のまま戻ってきて、砂糖をいれたコーヒーカップを前に、議論を続けるのだった。

こうした美しい商品に大いに魅《ひ》かれてしまうことの一つをとっても、近所のおかみさんや、親戚の叔母さんたちをかんかんに怒らせるには十分だったろう。こうした優雅なものを身に着けるまでには行かなかったので、母は真新しいボンネットや、古着屋で買ったドレスを持っている時には、いちばん下の弟を目いっぱい着飾らせて、羨望のあまり、悔しがらせてやろうという魂胆で、近所のおかみさんや叔母さんの一人が住んでいる通りに出かけて行って、そこを行きつ戻りつした。しかも尻をぷりぷりと揺すり、誰の姿も目に入っていないという様子をしながら、弟をかまってやっていた。実際は横目で、すべてをじっくりと観察しており、叔母がこっそりと、小さなカーテンをどんなふうに細目に開けたのか、それからちっちゃな従妹のカーチェを外に出して、母の身なりをじっくり見てくるように言いつけたこと、叔母は二人が着飾っているのを目にして、悔しさのあまり、確かに顔色がすっかり蒼ざめていたと、帰ってから話して聞かせる始末だった。

それでもあたしの母はとても親切だった。ひどい貧乏暮らしなのに、こうした同じ境遇の近所のおかみさんたちに、母は晴れ着のドレスを貸してやって、質屋にもって行かせるのもあたしは目にしていた。ちょっとでも優しくされると、相手に徹底的に尽くし、サービス過剰でさえあった。家事も子供たちもほったらかしにして、何日も他人の家に入り浸りになるのだった。彼女は頭が働くというよりも、計算高いところもあって、要するに豪華な衣装を着たマネキン人形になりたかったにちがいない。そうした素質はすべて備えていた。

母は子供たちを腕の中であやしながら、マリアの賛美歌、《マリア、天の女王!》を、いつも歌っていた。それから《青い絹のドレス》がその歌のテーマだった。母が歌うのを聞いたのは、あたしが幼かった時だけだった。もっと時間が経ってみると、貧乏暮らしがたたって、母は歌うことも忘れてしまった。覚えているが、うっとりするような、よくとおる声だった。年老いてからも、話す言葉はたいそうメリハリが利いていたし、笑い声はとても若々しかったので、いっしょにいると安心できたし、気分は明るくなった。

父は軍隊を除隊すると結婚し、憲兵になった。彼がこの勤め口を選んだのは、特に馬が大好きなせいだった。母は十三の歳に孤児になり、レース編みの女工として生活の資を稼がなければならなくなったので、何ごとにも疎く、実に無知で家事はからっきし駄目だった。夜明けから深夜まで、ボビンを回転させなければならず、食事をする時にしか、丈の低い椅子から立ち上がることは許されず、それも食事を済ますとすぐにきつい仕事にとりかかったので、そのため母は目をよくしばたくことがあったが、その様子から母の心の中の葛藤を読み取ることができた。だから母が父に作った最初の食事はジャガイモ料理だったが、ソースとして食用油の代わりに亜麻仁油〔工業用・薬用〕を添える始末だった。

それからどんな話があるかですって? それまでは母は全く自由というものがなかった。ところで結婚してみると、他の憲兵の奥さんたちの家に行っては、少しおしゃべりを楽しむことができるようになった。父の方は巡回から戻ってみると、何も食事の支度がされていなかったので、何も口にせずにまた馬に乗って巡回に出かけなければならないことも、ままあった。そうなると、ちょっと一休みしたところで、憲兵たちに睨まれないようにということで、まあまあと振舞われるただ酒を父は飲むようになって、へべれけになって馬にまたがったまま帰ってくるのだった。父は何度も配置転換させられた揚句、罷免された。

その後、密猟監視人になったが、自分から進んでこの勤め口も諦めた。肉を食べたいという動機からでは全然なく、自分の畑に入り込んだウサギをたまたま銃で仕留めた男に手錠をかけることは、父にはできなかった。それらしい銃声を聞くと、父は回り道をしてしまい、夜になると、当の農民に、カブの下に隠した銃を明日押収し、調書を作らざるを得ないぞと、前もって知らせに行くのだった。

その後も、とにかく馬が好きだったので、大家《たいけ》に御者として雇われた。だが髭をばっさり落としてしまうことには我慢がならなかったので、そこに長く勤めることもできなかった。貸し馬車屋で雇ってもらったが、とうとう落ちるところまで落ちて、辻馬車の御者にまで成り下がった。初めて辻馬車の御者台に腰を下ろした時は、尾羽打ち枯らしたように恥ずかしくてならなかった。だがもっと後になってみると、負け惜しみを言って、父は辻馬車の御者は労働者だが、主人に使える御者は下男さと言う始末だった。

母は何日も食事せずに済ますことができ、しかもそれで気分が悪くなるということもなかったが、父の方はこの絶食にはひどく苦しんでいた。だから父が金を少し家に入れると、家庭争議が持ち上がった。父は全額を食べ物に使いたがったが、母は一部を衣服や他の必需品にまわすと言い張った。だから母には決まったへそくりの隠し場所があって、いつもこそこそと隠し立てをしていたから、父が怒り狂う原因ともなっていた。

この人種も気質もひどくかけ離れている二人は、互いの美しさに魅かれて恋愛結婚した。二人の結婚と呼べるものは、互いの無垢な体のやり取りだったと言えよう。子供は九人儲けた。そのうえ、どちらも趣味とか凝るとかいったものがほとんどなかったので、うまく折り合いがついたのだった。貧困生活が根づいてしまうと、その結果、どうしようもないぬかるみみたいな状態から抜け出せなくなってしまったのだった。

家にいる限り、あたしはどこであれ、美が話題になるのを聞いた例《ためし》がなかった。家が金持ちになるのを夢みていた頃、将来自分たちが習うことや、溢れ返るすばらしい家具調度・衣服のことが、特に話題になっていた。それにわれわれのように、いつでも食にも事欠いているような連中にとって、食べ物のことなどもうどうでもいい話だった。

あたしはある日曜日の午後のことを覚えているが、父は新たに子供を宿した母に、本を読んでやろうとしていた。ところが上の階に住む家族のせいで、朗読は妨げられてしまった。友だちを呼び、足を踏み鳴らして拍子を取り、ナイフでグラスを叩いて、歌を歌って大いに盛り上がっていた。父はもう幾度となく本を閉じて、怒りを爆発させていたが、その時ドアがノックされた。それは上のおかみさんで、いっしょに楽しみませんかと、父と母を呼びにきたのだった。

「あたしは思ったんですよ。下の人たちは退屈し切っているはずだ、憂さ晴らしに本を読んでいるはずだ。それなら、うちに来て、いっしょに楽しみませんか、ってね?」

父は感謝したが、ちょっと尊大な調子がこめられていた。自分がそんな低俗なことをおもしろがるとでも思っているのかといった、侮蔑感と不機嫌さとがはっきりと見てとれたからである。

おかみさんは、どぎまぎした様子で退散した。

父は田舎に行った時、眼に涙が込み上げてくるほど、じいんとした感激の面持ちをしていた。沼のカエルの鳴き声まで、ひどく気に入った様子だった。子供たちがそちらに石を投げつけると、こう諭《さと》した。

「カエルのおしゃべりを邪魔することになるぞ、あいつらだって自分たちの言葉で、精一杯しゃべっているんだ! うちみたいな家庭だってあるし、子供だって沢山いるんだ。でも同じような不幸な目に遭わせちゃならないぞ。だってこれから先、こんな陽気な気分でいられるかどうか分からないんだからな」

あたしが九歳か十歳になった後は、家で楽しかったと思えるようなことは、もう大して思い出せない。貧乏は家にでんと居すわってしまった。次々と子供が生まれるたびに、貧しさの度合に拍車が掛かっていった。両親の消耗と意気消沈は歴然とし、飢えと窮乏の日々はまず途切れることがなくなっていった。

目覚めると、夜になっていた

あたしは麻疹《はしか》にかかってしまったが、ある午後、家を抜けだして、男の子たちが地面に埋めたパイプにビー玉を入れ合う遊びを見ていた。男の子たちが動くと、その影が大きくなったり小さくなったりするので、驚いてしまった。こうした影はどうしてできるのかしら、どうしてこんなふうに大きくなったり、小さくなったりするのかしらと考えていると、突然両肩をつかまれて、激しく揺さぶられたと思うと、怒号が響き渡った。

「聞き分けのない子だねえ、外に出たら死んじゃうかもしれないよ!」

こんなふうに怒鳴りつけたのは、うちの女中だった。うちに、まさかと思われるでしょうが、女中がいたことがあったのだった。このころ、母は五人しか子供がいなかったので、まだレース編みの内職もやって行けたし、仕事は一時的にではあったが、大量にあったので、家事を助けてもらうために、少女の女中を雇わなければならなくなった。子供がいたずらをした時は、庶民の間では当たり前だったように、この女中はあたしをぶった。その後、あたしを壁際の、床に置かれた小さな木製の揺りかごに寝かしつけた。あたしは眠ってしまい、目覚めると、夜になっていた。

ああ!　幸福感とくつろいだ感じの、何という寝覚めのよさであったことか!　部屋はひどく明るかった。暖炉では火が赤々と燃えていた。母は枠の中にレースの刺繍をしており、父は大声で、『千夜一夜物語』を朗読していた。時折、父は手を休めて、母と一言二言ことばを交わした。

「なあカトー、俺たちがこう言うだけでよかったらなあ、《開け、胡麻!》って。毎晩、こんなレースの仕事をさせて、おまえの眼がそんなふうに悪くなるようにはさせはしないんだが」

「この小さな町で、こうした注文があったってことでも、満足しなきゃねえ。それにあたしはこの仕事が好きなんだよ。この葉飾りの模様はとてもきれいだよ。子供たちが遊びの道具にしている葉のついた小枝が、あたしにヒントを与えてくれたんだよ。この模様はとてもすっきりと頭に浮かんできたのさ、それにこの仕事は少しも苦にならないんだよ」

そう言うと、母の指遣いは、すごい速さでボビンと絡み合うように動いたので、とても目がついて行かなかった。

部屋の中は、もうすぐ夕食になるところで、あたしも食べることになる、暖炉の片隅でことことと煮えている、酢に浸した牛の肝臓のうまそうな匂いが拡がっていた。父は時々、そこに行って鍋の蓋を持ち上げては味見をし、スプーンをペロッと舐めてはこう言った。

「カトー、こいつはうまいぞ」

あたしは父の朗読を聞き、おいしそうな匂いを嗅いでいるうちに、また眠ってしまった。眠っていれば、空腹を忘れてしまうものなのだ。

最初の逃避行

あたしの父は、とても腕のいい働き者だったが、突然やる気を失くしてしまうということもあった。愚劣さとか俗悪さにはむかむかする、という態度を露骨に現わしてしまうのだった。そんなわけで、小さな町を去って、他の地に仕事を探しに行かなければならなくなり、アムステルダムまで行った。間もなくそこから母に手紙が届いて、こちらに来ていっしょに住むようにとのことだった。

「ぼろ着は売り払え」ともつけ加えてあった。「旅の費用として、当面必要な額は得られるさ」

母はそれがどういうことかも心得ていた。店に行けば何でもそろっているが、あたしたち一家は何一つなくとも、住む家さえあれば何とかなるさというものだった。父はいつでも楽天的に考えていた。何でも天から落ちてくるさ、と。だがその時は完全に常軌を逸していた。だから母の方も、この子供じみた話を深く考えようともしないで、慈善事務所からアムステルダムへの移転の許可を得た。

商品運搬船の中に、あたしたち一家とちゃちな家具を載せるだけのスペースは何とか見つけられた。慈善事務所員二人があたしたちを船に乗せるために呼びに来たのは夕方だった。母は乳飲み子の妹のナーチェを抱えていた。所員の人たちはとても親切で、他の四人の子供の手を引いてくれた。

干潮時に当たっていた。長い梯子を下りなければならなかった。真っ暗な闇を目の当たりにして、子供たちが感じた恐怖感を、あたしは今でもまざまざと覚えている。一人の弟はこうわめき立てる始末だった。「水に潜ってまでして、父ちゃんのところまでは行きたくないよ」。あたしはいつものごとく震えがきたが、強がってみようとした。一人一人甲板に下ろされると、あたしたちは共同の船室に入れられた。アルコーヴ〔寝台を納めるための床の間のような凹所〕があるにはあったが、専ら船員用だった。あたしたちには腰を下ろすような場所もなかった。泣くやらおしっこはするやら……などなどで、この子供たちに、船乗りたちはあからさまに厭な顔をしていた。

船は出航した。あたしたちは床に倒れ込んでいた。母が今度は床に腰を下ろすと、スカートを広げたので、子供たち全員が膝枕をするようにして横になった。ナーチェは相変わらずおっぱいを飲んでいた。あたしはなかなか寝つけなかった。年齢は五つでしかなかったが、鮮明に覚えていることがある。一人の男が入って来て、あたしたちをものすごく怖い眼でじろりと見た後で、フンといった態度で上着を脱ぐと、ごろりと横になった。子供の誰かが咳をしたり泣いたりするたびに、男はぶつくさとがなり立てた。朝方、母は子供たちの尻を拭きにかかり、顔を洗って着物を着せ、アムステルダム到着に備えた。

慈善事務所はあたしたちの運搬料金を払ってくれただけだった。油の樽や他の食料品運送と同じ扱いだった。だからあたしたち一家は、雌犬とそれが産んだ仔犬並みの扱いで、床に寝かされたのだった。美しい母は、乳飲み子を抱えていたのに、一杯のコーヒーも飲ませてもらえなかった……何一つ……水一杯さえも……

こんなふうにして、寒さと飢えのためにがたがた震え、蒼い顔をして、あたしたちはアムステルを経由してアムステルダムに着いたのだった。父は水門のところで待っていた。船が運転を止めて停船した間に、あたしたちはタラップに引き上げられた。片側にしか手すりがなく、この細い足場を通って、父はいつでも向こう見ずなところがあったが、水門から水門へとあたしたちを移動させて河岸まで連れていった。それからいくつもの通り、橋、運河を抜けて、とある袋小路までやって来た。そこの廃屋みたいな建物の二階の部屋を、父は借りていた。

みんなでコーヒーを飲み、タルティーヌ〔バター・ジャム・蜂蜜などをつけた、またはつけるためのパン切れ〕を食べた。その後子供たちは真っ暗なクロゼットの中に入れられ、藁の上に寝かされると、扉が閉ざされた。

残飯とみょうちきりんな服

ある人たちは、ある花の香り、果物の味から、子供時代や青春期の甘美な、あるいは詩的なエピソードが蘇ってくる、と語るのをあたしはよく読んだり、耳にしたりしたものだった。ところが、どうだろう！ ごくわずかな例外を除いて、このあたしの思い出は甘美だとか、詩的なものは、全く皆無といってもいいくらいなのだ。あたしのいちばんみずみずしく、純な感性はすべて、貧困・無知・屈辱感のせいで台無しにされてしまったのだった。それにあたしがごく幼かった時の一こまを思い出すのは、ある花の香りを嗅いだり、ある果物の味を味わったりした時というのではなく、オランダのチーズを食べている時なのだ。

とうの昔にあたしたち一家の貧困はすさまじいものになっていた。毎年生まれて増えてくる子供の数の多さのせいだった。叔母の一人は大きな娼家で下働きをしていた。あたしたち子供にとても優しくしてくれた。夜ともなると、あたしたちをこの館のあたりに待機させた。娼家が書き入れ時ともなると、監視の目も行き届かなくなったので、ここのご婦人たちの食事の残り物をもってきてくれるのだった。特にチーズの外皮が多かった。先日まざまざと甦ったそのチーズの味から、当時のそうした光景が、映画に撮られていたかのように、あたしの脳裏に強烈に再現されたのだった。

叔母はまた、結んだリボン、絹やビロードのリボンを衣服の下に隠してもってきてくれたが、母はそれを帽子に付けてくれた。またあたしたち女の子にはスコットランド製の絹でできた肩を露わにしたコルサージュに着替えさせ、何ともちぐはぐななりをさせて、近所の人たちを啞然とさせていた。母が細かな黒と黄色の碁盤縞の帯状の布でこしらえてくれたすばらしい小型のドレスのことを覚えているが、ちょっとした皺をつけて、縫い目を隠すためにその布をひとまとめにして母は縫ってしまったのだった。

　こうしたでこぼこした何ともみょうちきりんな服はどれもこれも、甘ったるい香水の匂いがしてきて、あたしたち子供はうっとりとして、その香りを吸い込んだものだった。

父が給料を受け取る土曜日の晩になると、母と姉は父を迎えに行ったが、その際にはタルティーヌといっしょにおいしい食べ物を買ってきてくれるのだった。あたしは家の番をし、寝かせている下の弟妹たちの様子も看ていなければならなかった。

あたしたち一家はハールレメルダイクの地下室に住んでいた。母と姉が出かけてしまうと、あたしは通りの低いところにある小さなステップに腰を下ろして、通行人たちを眺めていた。彼らを下から見上げる格好だった。オランダの町の建物沿いに見られる下水溝の板の上に腹ばいになっていた。時々家に下りていって、泣き声を上げている弟の一人におしゃぶりをしゃぶらせると、また元の場所に戻った。

人通りは稀になっていった。夜警が時間を告げる声を張り上げ、ガラガラを鳴らしながら通りかかるたびに、あたしは地下の家に駆け込んで身を潜めた。その音が怖くて堪らなかったのだ。夜警がいなくなってしまうと、また上に行って腰を下ろした。

睡魔に襲われてきた。だが遠くで聞こえる燻製ウナギ売りの呼び声に、ハッとなって目が覚め、両親は燻製ウナギか燻製ニシン、もしくは多分、沢山のゆでたソーセージをもって帰ってきてくれるだろうという、希望も湧いてきた。

ところが、とうとう疲れ切ってしまって、ステップの上で眠り込んでしまった。すると夜警の人があたしを抱きかかえて地下の家まで降ろしてくれたうえに、弟妹たちが寝ているがたがたのベッドに並んで寝かせてくれたのだった。

両親のモットーは、眠っていれば空腹を忘れてしまうものだ、というものだった。朝になってみると、弟に妹、それにあたしは燻製ウナギや燻製ニシンの頭や皮を見つけた。前夜のご馳走の残骸だったが、子供たちはその時タルティーヌといっしょに、そいつも片づけた。

あたしたち一家はホラント・オプ・ザイン・スマルストに居を定めていたが、その時期にエイマイデン運河がそこに造られていた。父は馬丁の仕事をしていたが、どこでも長続きはしなかった。一家はまたもう一度引っ越しをしなければならなくなった。父は歩いてアムステルダムまで向かった。顔色のよさからすると、その都市《まち》ですぐに仕事が見つかったのだった。だから、ある日曜日、家の者たちを呼びに戻ってきた。六ギルダーを払って農民の荷馬車に乗せてもらうことになり、あたしたち一家は夜にアムステルダムに連れていってもらうことになっていた。荷馬車一台をそっくり借りたことになっていたのに、その農民は車の中の大部分に自分の荷物を積み込んでいた。樽や籠の類、それに大きな営業用のコーヒーミルまであって、町で刃を研いでもらうつもりでいたのだ。

だからあたしたちは狭いところにぎゅうぎゅう詰めに押し込められたひどい状態で、真っ暗闇の中を、出発した。オランダ特有の黄色っぽい煉瓦を敷いた舗道が、ずっとうねうねと続いていた。ハールレムの先は、何時間もの間、堤防沿いに進んでいった。目の前に手を翳《かざ》しても何も見えなかったし、聞こえる音はといえば、堤防にぶつかって立ち昇ってくる砕け散る波の音や、夜鳥の鋭い鳴き声だけだった。荷馬車はそのたびに停車した。父は御者台を降りて、まだ堤防の道の中ほどから逸れていないかを確かめ、脅えている馬に声をかけるのだった。この狭い帯状の道は、荷馬車に括りつけたランタンの弱い光が頼りだったので、危険がいっぱいだった。子供たちは泣きわめいていた。母は危険に遭遇するたびに、ヨハネの福音書の「初めに、ことばがあった。ことばは神とともにあった。ことばは神であった」〔『新約聖書』、《ヨハネの福音書》冒頭部〕の文句を唱えたので、父は罵り声を上げた。農民は押し黙ったままだった。

　荷馬車の揺れで、大きなコーヒーミルがあたしの顔に落ちてきた。あたしは大声を上げて泣きだした。だが母はあたしの身に何が起きたのかを確かめることができなかったので、かっとなって、びんたを食らわせ、あたしをおとなしくさせた。あたしの顔はひどく腫れあがって、目が開かなくなってしまった。夜が明けると、あたしは声を押し殺すようにして呻き声をまた上げるようになり、言った。

「お母ちゃん、あたしの顔を見て、もう目がほとんど見えないよ」

　すっかり驚いた母は、荷馬車を丸ごと借りるだけの料金を払ったのに、この百姓はがらくたをぎっしり積み込んで、子供たちを殺そうとでもいうのかい、と息巻いてみせた。

　あたしたち一家は早朝、アムステルダムのハールレメルダイクあたりに着いた。父はそこの地下室を住まいに借りていた。父は子供の脇の下を抱えて、一人一人弾みをつけて地面に下ろした。あたしは顔が腫れあがっていたために、あたしをなだめすかすようにして地下室まで運んでくれた。

「かわいそうな《仔猫ちゃん《ブスケ》》、もう泣くのはおやめ、みんなもう少しで溺れるところだったんだぞ」

貧困がまだ大してあたしたち一家をきりきりと攻め立てていなかった日々、あたしは想像力の翼だけに乗って、喜びやえも言われぬ快さにぼうっとなっていた。こうした日々、あたしは人形、オスレ〔羊の脚の骨で作った五つの駒を使う。一個を投げている間に、床にある駒を拾って、落ちてくる駒を受けとめるなど、さまざまな一人遊びができる〕、小さな花やアラベスクの模様のついた陶磁器の破片をぎっしり詰めた袋を持っていき、美しい家屋を探して、大運河の方に出かけていった。

アムステルダムの大運河は、あたしに多大な敬意を抱かせた。青い花崗岩でできた高い二重階段があり、運河の泥水のような深緑色をした錬鉄の鉄柵や鎖で囲われ、荘重な彫刻を施した扉があって、その錠や蝶番なども金銀細工のように見事な細工を施され彫金され、幅広いアーチ状の迫《せ》り元《もと》には鉄格子がはまっていた。こうした十七世紀や十八世紀風の大邸宅の一棟の中にあたしはいるのだと想って、初めてシンデレラになったような心持ちでいることができた。水面に映っている老木や、波一つ立っていない油のような穏やかなその川面を行く小舟を眺めていると、どこの地方にいても、これまで決して目にすることのできなかった平穏・静謐な印象を与えてくれるのだった。

あたしはあるお屋敷の玄関前の階段の段を選んで、袋の中身を開けた。飾り戸棚に入っているお皿みたいに、陶磁器の破片を段のまわりにずらりと並べると、その中ほどに人形を坐らせた。遊びに夢中になっているうちに、心は夢の世界に移って、屋敷の中に入り込んで大いに楽しんでいるのだった。あたしはペロー〔フランスの作家（一六二八―一七〇三）、民間説話に取材した童話で有名〕のおとぎ話の登場人物たちといっしょに、その家に住んでいるのだった。エピナル版画〔エピナルはロレーヌ地方、ヴォージュ県の県庁所在地。そこで作られる大衆向き極彩色の版画〕に描かれているような、王女様たちみたいに着飾った、ひどく大きな人形たちがぎっしり詰め込んである部屋を、いくつもあたしは持っているのだった。人形たちの髪の毛は本物の毛でできていて、目も開いたり閉じたりし、「パパ」とか「ママ」とか言葉をしゃべるのだった。

またある時は、オレンジ色の帆の青い小舟に乗って、運河を行ったり来たりしているのだった。

自分が《眠れる森の美女》になったと夢想しているうちに、森はあたしを強く抱きしめた。だってあたしは森をそれまで一度も見たことがなかったからだ。だから、あたしは空の青の色をした小舟に乗ったまま、眠ってしまった。舟はゾイデル海〔北海からオランダ北西部にかけて湾状に広がっていたが、二十世紀に外海と隔てられてアイセル湖になった〕の島から漂流してきて、町の運河の蛇行している箇所をもすべて経めぐって、そんなふうにして、貴族運河の中にまで静かに進んできたらしかった。レースの襟や袖のついた衣服を着、剣を腰に吊るした一人の貴族も同乗していて、あたしを起こしてくれた後で、この遊んでいた階段を通って、美しい屋敷に案内してくれたことだろう。

それでもブロンドの若い貴婦人にあたしは起こしてもらう方がよかっただろう。目覚める際には、あたしはその女性に両手を差し伸べたはずだった。

時たま、屋敷の扉が開いて、クリノリン〔鯨骨などで作られた婦人のスカートをふくらませるためのペチコート〕姿の、バヴォレ〔帽子の後ろの飾りリボン〕のついた帽子をかぶり、真ん中で分けた胡麻塩の髪をポマードで固め、首のあたりにはカールした髪が垂れている、穏やかな顔つきの老婦人が出てきた。あるいは、最新流行の服装をした若い女性だったりもする。腰のあたりはぴったりフィットしているが、下はラッパ状になって裾が道路を掃くほどの長いグレーのスカートを身につけ、その上にサックコートを羽織っていた。小さな巻き毛髪を大きな髷《まげ》に結って、前方がピケ〔刺し縫い刺繡・キルティング〕のひどく小さい丸帽をかぶっていた。耳にかかるようにして漆黒の大きな巻き毛が、長い耳たぶの先で揺れていた。その女性は房飾りで縁取られた緑色の絹地の、ひどく小さなパラソルを手にしていたが、象牙でできた柄は折り畳まれていた。

貴婦人たちは、たいていは階段のところにいるあたしをそのままほっておいて、優しい言葉をかけてくれるのだった。

「遊んでいるの、お嬢ちゃん？」

この女性たちの声音やしゃべり方に、あたしはうっとりした。

別の時、階段の下の通用口から、明るいインド更紗のワンピースに、白いエプロンをし、花柄のタピストリーの室内履きを履いた一人の女中が出てきた。丸襞のついたチュール〔微細な多角形の網目のある薄い布地〕のボンネットが、ボリュームのある前髪のてっぺんあたりに載っかっており、白い柳の枝で編んだ買い物用の平べったい小さな籠をさげ、通りかかる際には、あたしを追っ払わせたり、厭味を言ったりすることもたびたびだった。

「ろくでもない娘《こ》だね、遊び呆けてさ！」

あたしがこうした豪邸の美しい貴婦人たちのお仲間になることを夢みていたにしても、このような叱責によって、あたしは現実の世界に追いやられた。だから仕方なく、こうしたあでやかな小間使いの一人になることだって、確かにあたしは受け容れもしたことだろう。あたしの着ていた復活祭用のドレスは、女中たちの仕事着ほど真っ白ということでは全くなかった。それにあのきれいなぽってりとした赤らんだ腕には、うっとりとさせられた。母も、姉も、あたしたち三人ともが竹みたいな腕をしていたうえに、手首ときたらマッチ棒みたいなものだった。近くの袋小路みたいなところに住んでいるおばさんたちからも、そのことでひどくバカにされたものだった。ミナの小ぶりで上の方にそり返るような形のおっぱいまでが、女連中のもの笑いの種にされた。彼女たちの基準では、ミナはどうあっても、乳房はヘチマみたいに垂れ下がって、コルサージュの中でゆさゆさと揺れ動くようにならなきゃね、と言うのだった。

ある日貴族運河の階段に腰を下ろしていると、若奥さんが、あたしと同じ年ごろの、ほぼ十歳ぐらいの女の子を連れて、お屋敷から出てきた。その女の子は立ち止まると、あたしのおもちゃに目をやった。それからポケットの中を探ると、小銭を一枚取り出して、あたしにくれようとした。あたしは両手の指を閉じると、背中の方にそれを持っていって、その小さなお嬢さんを見つめた。お嬢さんは首のところまで真っ赤になって、奥さんのすぐそばまで逃げていった。女の子は母親に抱きつくと、その衣服の中に顔を埋め、泣きじゃくりながら話していた。奥さんはあたしの方に女の子を連れてきて、キャンデーをいくつか差し出したので、そちらは貰った。そうしてから、奥さんは女の子に外国語で話しかけた。女の子は、こんなふうに答えていた。

「ノン！　ノン！」

足をバタバタさせ、手を後ろにまわしていた。奥さんはいろいろと言い聞かせてから、女の子の手を取ると、あたしの手の中にその手を載せた。

あたしたちは顔を見合わせた。その子はあたしのように、眼が青く、カールしたブロンドの髪をしていた。あたしは、同じ階級の人たちのことがさっぱり分からないのと比べてみると、この時、この子のことがずっとよく分かった。でもどうして、あたしたちはひどく似通っているのに、この子はひどく違っているのか？　あたしには理解できない、あたしに敵意を持っているように思われたこの子を、この違いのせいで、どれほど引っ掻いて、足で踏みつけてやりたかったことか。

母娘が立ち去ってしまうと、この違いは何なのだろう、この違いはどこから来るのかしらと考えてみた、しかも大真面目に。この日を境に、あたしは確信を深めたのだが、金持ちという人たちは、あたしたち貧乏人たちよりはずっと値段の張る素材でできているのだ。あの人たちがしゃべっていた時、特に笑い声を上げていた時、あたしが、あたしだけが感じとっていたことを言動に表わしていた時、あたしは確かにそう思い込んでいたのだった。

　だがまだ他の疑問点が残っていた。あのちいちゃなお嬢さんが執拗に言い張った、でもその声音はとても甘美だった、あの「ノン！　ノン！」という言い方は、あたしがそれまでに聞いたいちばん美しく、いちばん上品な言葉に思われた。それが何を言おうとしていたのかは分からなかったが、その言葉はあたしの記憶の中にしっかりと刻み込まれてしまった。あたしがその言い回しを初めて使ったのは、あたしがナーチェの髪にカールペーパー〔巻き毛にする髪を堅く巻きつけておく紙〕をつけてやろうとしていたのに、それをさせずにミナがあたしをお使いに出そうとした時だった。あたしはミナに反撃した。あの女の子のように足をバタバタさせ、声も真似て、「ノン！　ノン！」とやったので、ミナは掃除をやめ、母は縫物の手を休めた。

「何てことだい！　この赤ん坊じみた児は、どこでこんな言葉を覚えてきたんだい？　フランス語じゃないか！」

「フランス語だって？」とミナは言った。「この子がどこでこの言葉を覚えてきたかって言うの？　このおバカさんがいつもやるように、でたらめにこさえた言葉だよ」

「いや！　いや！　これはフランス語だよ。わたしははっきりと覚えているよ。わたしがまだ小さかった時、わたしの母はリエージュにいた母の兄弟とフランス語で話していたよ。『ノン！　ノン！』という言葉が、話の最中にしょっちゅう出てきていたよ。おまえはこの言葉をどこで覚えたんだい？」

　あたしは何も答えたくなかった。ミナの方はあくまで、あたしが勝手にこしらえたと言い張っていた。あたしは絶対にでたらめな言葉を作ったのではなかった。あたしは廃れてしまった言葉を使うことがあったが、そうした言葉は読んだり聞いたりしたものだった。だからそうした言葉を繰り返すたびに、家族はカンカンになって怒った。だが先ほどのような言い回しは、これまであたしは一度も使ったことがなかったのだった。

　不当な仕打ちを受けると、あたしはわめき立てた。「ノン！　ノン！」。おもちゃが取り上げられそうになると、あたしは足を踏み鳴らして叫んだ。「ノン！　ノン！」。結局、「ノン！　ノン！」は、あたしには抗議を表わす最高の切り札になった。だからその意味を実に的確に掌握していたからこそ、その言葉をでたらめに使ったことは絶対になかったと、あたしは今でも確信している。

父の両腕の力をもってしては、十人の食い扶持《ぶち》を養うのはとても無理だったし、母は八人もの子供を抱えていたから、レース編みの仕事をやめなければならなかったので、貧困は家にでんと居すわり続けることになってしまった。だから母は、援助を受けられるように、何人かの慈善団体の奥さんたちに時々手紙を書いていた。たまには、援助の手が差し伸べられた。

家のことに口を出さずに、親切を施してくれる人はまず滅多にはいない。こうした奥さんの一人は、あたしが公立小学校に通い続けるのは無理だから、カトリックの学校に行かなければならないと、勝手に決めてしまった。奥さんは入学許可を得るために五ギルダーを払って、この学校に子供を一人入れる権利を獲得した。

初めてその学校に行った時、あたしは藤色のインド更紗の小ぶりのワンピースに、染み一つない真っ白なタブリエを着、髪には青いリボンをつけていた。まだ経験の浅い修道女が、あたしを教室まで案内し、あたしは後について行かなければならなかったが、担任の修道女にこう言った。五ギルダーを支払った奥さんの名前を告げてから、「マダム某《なにがし》の例の女の子ですよ」。あたしはびくっとして、女の子たちの顔にすばやく目を走らせて、今の言葉を聞いたのかしらと反応を見てみた。一人いた、すぐにあたしの顔をじろじろと見ると、見下すような顔をした。他の子たちはあたしを大喜びして迎えてくれた。あたしの席の後ろの子は、あたしの名前を訊いてきたので、「ケーチエ・オルデマよ」と答えた。

その子はあたしの髪の毛と首筋を優しく撫ぜだした。足のつま先から頭のてっぺんまでが、えも言われぬような心持ちになって、ぼうっとしてしまった。それから、見るもの聞くもの、目新しいことばかりなので、すっかり嬉しくなってしまった。それじゃあ、ここではあたしはのけ者扱いなんかされないんだわ。ところがすぐに、夢の魔法が解けてしまうのが分かった。髪の毛を優しく撫ぜていてくれた女の子は、ウェーヴした美しいブロンドの髪の中にかさぶたやシラミを見つけたにちがいなかった。その子が隣の席の子に何かささやいているなと思ったら、「うえー!」という声が聞こえた。奥さんの名前をしっかりと聞いていた子は、他の子たちにその名前をしつこく繰り返し言っていた。学校を出るころには、あたしはもう完全にバカにされていた。何日か経つと、どこでも、みんなの嫌われ者になっていた。あたしがそばに行っただけで、しゃべっていた子たちは急に黙りこくってしまった。あたしが話しかけると、笑い物にしたり、その場からいなくなったりしてしまうのだった。

　靴磨きの子だが、母親が小ざっぱりとしたなりをさせてやっていた子は、このあたしのお父さんが、ベギン会〔十二世紀、ベルギーに生まれた女子修道会〕では、誰もが知っている盲人のマッチ売りだと、でたらめな話をこしらえてしまった。それからはもうあたしに声をかける時には、「明るい炎《デ・ルージュ・クレール》だよ、旦那」としか呼ばなくなった。この言葉は、マッチ売りが通行人にマッチを売る時に、かける言葉なのだ。あたしの憤激と屈辱感はもう限度を知らなかった。何ですって、あたしのお父さんが!　あたしのお父さんはすばらしいフリースラント人よ、身長は六ピエあって、彫像みたいに美男子で、澄んだ青い眼をしていて、髪の毛はカールしているんですからねえ。あのよぼよぼの汚らしい爺さんが、あたしのお父さんですって!　お父さんが若く、体がしなやかだったころ、馬のお尻のところから頭のところまでの高さと距離を、一跳びして跳び越えたんですからね。あたしは怒り狂って大声を上げた。地団太踏んで悔しがり、みんなにそれは嘘だと言ったが、あたしのすごい怒りようは、よけいにみんなをおもしろがらせ、火に油を注ぐ結果となった。女の子たちは寄ってたかって、遂にはあたしの髪の毛を引っぱる始末だった。かさぶたが破れ、血が首筋を伝って流れた。

　でも、あたしは冬にはどうなったのか?　厳冬のせいで、子供たちは昼に帰宅を許されなかったから、みんな昼食を持ってきた。家はちょうどひどい飢餓状態の時期に当たっていた。父は失職していた。最初の日、あたしは昼食を持ってくるのを忘れたと、言い訳をした。だから修道女は帰宅を許してくれた。だが二日目にも、昼飯を何も持ってきていないことが分かると、その修道女はあたしを呼びつけたので、家の窮状を告白しないわけには行かなくなってしまった。その若い女性は敬虔ではあったが、人間の心理の機微にはあまり通じていなかったので、子供たちに向かって、あなた方ちいちゃなみなさんのお友だちの一人は食べるものがないのですから、タルティーヌがいっぱいある人たちは、この人におあげなさい、とまで言った。

あたしは彼女の横に立ちながら、恥ずかしさと屈辱感とで、ぶるぶると震えていた。あたしはお腹を空かしている方がまだましだった。飢えはあたしのことをよく分かっていてくれた。飢えは声高に迫ってはこない。だから人も声を立てずにいられるし、じわじわと人を蝕んでくるものなのだ。だが訴えかけられたこの小さな天使たちは、あたしを脅えさせた。あたしは修道女にはっきりと言ってやった。何も欲しくはないわ、あたしが学校に行かなければならない時刻に、お母さんは家にいなかったのです、毎晩ちゃんと食事が摂れますから、と。

あたしは以前、彼女に家の困窮の度合を小声で打ち明けていたが、今の話は、みんなを納得させようと、大声でしゃべったのだった。

修道女は話をそんなふうには受け止めてくれなかった。あたしのことを傲慢で嘘つきな子と見た。そして追い討ちをかけた。

「家が貧しいことをみんなの前で言ったって、少しも恥ずかしいことなんてありませんよ。あなたのちいちゃなお友だちはみんな、あなたよりずっと立派な態度を示そうとするでしょうよ」

食べかけのパンをあたしのところに持ってくる子が何人かいた。他の子はかじった切れ端を差し出した。あたしは何も欲しくなかった。こんな屈辱を受けるくらいなら、もう学校には来ないと決めた。

下校時、全員があたしを待ち受けていて、襲いかかってきた。足と手で身を守った。顔を引っ掻いた子には、すごい勢いで嚙みついてやった。だがみんなして、あたしを壁際に追い詰めると、寄ってたかって叩いてきた。髪の毛を引っぱり、顔に唾を吐きかけた。その時男の人が狂暴な群れに割って入り、子供たちを足蹴にして、あたしを助けてくれた。

帰宅すると、あたしは母親に、もうあたしを学校にやらないでほしいと、涙ながらに訴えた。だってあたしにシラミがたかっているということと、家が貧しいというせいで、どこでもいじめに遭うんだから、と言った。

母親の答えは、これからは、下の子たちの面倒を看てもらうために、おまえにはどうしても家にいてくれなくては困るよ。あたしは救いの手を差し伸べてもらうために、慈善団体の施設をいろいろ駆けずりまわらなければならなくなるだろうからね。だって、お父さんは仕事がないから、別の町に仕事を探しに行ったんだからね、というものだった。

かわいそうに、妹や弟たちは皆、学校でそんなふうな扱いを受けた。ケースとナーチェはたいてい、顔を腫らし、涙を浮かべて帰ってきた。ケースはかなりぼんやり《イノサン》したところがあったので、妹をいじめてやろうとしていた子供たちにすごんでみせた。

「俺の弟をひっぱたこうっていうんなら、ただじゃ置かねえぞ！」

そう言うと、妹をかばいながら、ぼろぼろと涙を流した。

母は四人分の豆のスープの割り当て券を受け取っていた。それを貰いに行かなければならなかった。だから家では、あらゆることに使っているたった一つしかない小さな木の手桶を、できるだけきれいに見せようとした。それから、蓋として、白い皿があれば、あたしたち一家には申し分ないように思われた。

これまで家では、スープを貰いに行ったことはなかった。母はこの手桶にひどく引け目を感じている様子だった。だって明らかにどこに行くかを明かすことになったからだ。子供たちは、あたしたちの後《あと》につきまとってはやし立てた。「豆スープの手桶《スネルト・エメル》、豆スープの手桶！」。だから人通りの多い大通りを避けようと、母は水夫たちの売春宿が軒を連ねる路地を抜けるコースを通って、大回りをした。

スープを支給してくれるルター派の教会の経営する孤児院に着くと、あたしたちは列に並ばなければならなかった。母は並ぶことを避けた。あたしに手桶を渡すと、近くで待つことにした。

あたしは熱々のおいしそうなスープを手桶に一杯入れてもらって戻ってきた。氷雨が降っていた。あたしは母のぶかぶかの木靴を履いていた。手桶を握っていない方の手で孤児院の前のステップの鎖につかまったところ、氷雨のせいで、鎖のところで滑ってしまった。仰向けに倒れ、スープの半分をぶちまけてしまった。

あたしはおいおいと泣きだした。男の人が一人あたしのために駆けつけてきて、抱き起こしてくれると、これは小娘のやる仕事ではないよと文句を言った。その人は手桶を運んでくれようとしたので、母親は道の中ほどにいると告げた。

「おまえの母ちゃんがかい！　何だって、本当かね？」

実際、母親はこちらにまではやっては来ず、様子を窺っていた。あたしが母はいると知らせたために、ひどく自尊心を傷つけられ、恥ずかしさと怒りのために真っ赤になっていた。男の人があたしを母親の方に連れていき、驚いたといった様子を見せると、母はこう答えるのが精いっぱいだった。

「この子供じみた娘には、全く手のつけようがないんですよ！」

あたしは十一歳だった。

母は手桶をつかむと、ものすごい目つきをしてあたしを睨みつけ、腹に宿している子供のために重くなった体を揺すりながら、ぬかるみの中を、サンダルの音を「ビシャ、ビシャ」と響かせて、娼婦街を通り、同じ回り道をして帰路に着いた。あたしは少し離れて、母の後について行った。二人は何とも哀れな姿で家に帰った。

さらに惨めなことには、スープの味は手桶をあらゆることに使っていたために、その味の方が強く舌に感じられることだった。

カテキスムと最初の聖体拝領

あたしは二年前から、初聖体〔聖体拝領とはカトリックで聖餐のこと。イエスの血と肉とを表わすパンとワインとを信徒に分かつ儀式〕のカテキスム〔キリスト教の教理を平明に問答体で記した書。教理問答書〕に取り組んでいたが、毎回、次の年へと先送りされた。そのわけはさっぱり課業の内容が覚えられなかったからだ。家のたった一つしかない部屋で、八人もの子供が四六時中騒ぎ立てていたのでは、どんな学習もできっこないのは当たり前だった。それでもあたしは、けりを付けてしまいたかった。信仰心が強かったということではなかった、それまで宗教が心を惹きつけたことは一度もなかった。そうではなくて、少し足りない子だと見られだした、とあたしは気づいた。それは、あたしの本意ではなかった。それに、少なくとも一生に一度、あたしは足から頭の先まで、真新しい服を着せてもらえるはずだ。

だから今年こそは、初聖体を受けてやるぞと心に期した。稽古場所に運河に面した階段を選んだ。腰を下ろす段をペチコートでさっと掃くと、教理問答を暗記しはじめた。ことはスムーズに運んだ。とても覚えられないと思っていたのに、六、七行の答えを二、三回繰り返すことで、頭に入って、あたしはほっとした。

初めてカテキスムに臨むことにしたが、年老いた司祭はあたしを無視して、他のちいちゃな女の子たちに質問した。あたしはじりじりして、おずおずと指を挙げてアピールした。

「司祭様、あたしのことをお忘れですわ」

「忘れてはおらんが、あんたは全然覚えていないじゃないか」

「今日は、自信があります、司祭様」

「よろしい！　こちらにおいで」

あたしは一挙に稽古の成果をまくし立てた。終わると、司祭はあたしの顎に手をやって、顔を上げさせた。

「実に見事というほかないね」と司祭は言った。「どうやって稽古したのかね？」

「家にいたのでは、うるさくて、とても覚えることはできませんでした。だってあたしをほっておいてくれないのですから。今は階段のところまで行くんです。そこなら一人になれますし、落ち着けますから」

「階段のところだって？　あんたは階段で稽古をするっていうのかね！　雨が降ってきたら？」

「雨が降ったことは、まだありませんでした」

司祭は頭《かぶり》を振った。

雨が降ったり、雪でも降った時には、アムステルダムの多くの橋の下にある便所に、あたしは駆けこんだ。すぐにあたしはカテキスムでは首席の一人になったので、老司祭がもっと手っ取り早く、この時間を済ましてしまいたいと考えた時には、あたしはしょっちゅう選ばれて、彼の助手の役目を果たした。ある日、彼はあたしに四人の女の子の稽古をさせる役目を引き受けさせた。その中に上流社会のインド人の混血の娘がいた〈雨の日には、馬車で乗りつけてきた〉。その子は憎々しげにあたしの顔を見たので、こちらはすっかりどぎまぎしてしまった。〈何ですって！〉とその眼差しは言っていた。〈この乞食みたいな小娘が、このあたしに質問するっていうの！〉。しかしその子は言われたとおりにしなければならなかった。司祭がそうするよう、命じていたからだ。女の子はひどく小声で、ぼそぼそと答えたので、あたしにはほとんど聞きとれなかった。それでも、進んでこちらに来てもらうために、あたしはこう言ってやった。

「申し分ありませんよ、ちいさなお嬢様。わたしからは司祭様に、あなたはとても立派にお勉強をなさっていますと、お伝えしましょう」

その子は黒ん坊じみた唇をとがらせて、いかにも見下したような態度で、「当たり前でしょ……」と言ったので、こちらはそのために本当にしどろもどろになってしまった。

その冬、あたしたち一家は住んでいた袋小路から追い出されてしまった。だからあたしは新しい小教区で、カテキスムを続けるべきであったのだろう。でもあたしは十点の優良点を獲得した者に授けられる聖画像が欲しかった。あたしはそれを既に七枚手に入れており、老司祭は今度の画像はきれいだよと請け合ってくれていた。どうしてかというと、司祭は今では、あたしが真面目な女の子だということを、ちゃんと分かってくれていたからだ。だからあたしは、元の教会に通い続けることにした。

ところで、十点を貰おうという当日、カテキスムを行うのは助任司祭だった。なお生憎なことには、あたしがインド人の女の子に向かって舌を出した時に、助任司祭が振り返った。彼は憤慨して、教会で舌を出すなんて、神様への冒瀆ですと怒鳴った。罰として、あたしは主祭壇の前で、両手を高く挙げて跪くことになったうえ、それぞれの手に足台を持たせられる破目になった。全員が退散してしまうと、あたしは足台を一つ下に降ろした——だって、二つというのはあまりにも重すぎたからだ——、そして両手で、できるだけ高くもう一つの足台を挙げて支えた。だが十点を貰えなくなってしまったという悲しみに意気消沈してしまい、とうとうその足台も下に置いてしまった。あたしは大声をあげて泣き、父親みたいにわめき散らすと、主祭壇の前で長々と寝そべってやったが、神様のことなどこれっぽちも眼中になかった。

そうすると司祭の小間使いの一人があたしを見つけ、なぜ泣いているのかを尋ねた。あたしはわけを言い、貰えるはずだった十点も貰えなくなり、どうしようもなくなった、だって、初聖体の時には、引っ越した先の小教区に行かなければならないのだから、とも言い添えた。その小間使いの人は慰めるでもなく、いなくなってしまった。だがほんの少しして、助任司祭はスータン〔カトリック教会の聖職者の通常服〕の後ろに、白い紙を巻いたものを隠すようにしてやってきた。彼はあたしに神様を敬わなかったことを後悔しているかどうかを尋ねた。あたしが「はい」と答えたので、彼は聖画をくれた。天国の鍵を持った聖ペテロ〔十二使徒の筆頭、キリストから天国の鍵を授けられたという。初代教皇〕の画像だった。花輪に包まれたマリアの昇天の絵の方がよかったのだが、要するにその絵はあたしが既に獲得したことのある賞だった。

学校では、賞は全然貰ったことがなかった。だっていつも薄汚い恰好をし、服は破れていたし、勉強にも身が入らなかったからだった。一家は家賃が払えなかったので、追い立てを食う恐れがあって、しょっちゅう夜逃げをしなければならなかった。母はいい加減なところがあったので、転校届けを出す前に、時には六カ月もほったらかしにしておいた。だからあたしはいつも成績はビリで、他の兄弟たち全員もそうだった。それでも人並みのことはマスターすることができた。だから頭はまあよかった。あたしの声は美声だったので、合唱の際には先生の一人はあたしの方に顔を向けて、いつも贔屓にしてくれた。体操の時間には、男の子も女の子も梯子登りをやらされた。だがこのあたしは猫みたいに体が柔らかだったので、三段目の横木からパッと降りられるはずだった。担当の教師はあたしの下着がぼろぼろなのを見て、どうしてもあたしを梯子に登らそうとはしなかった。それでも上によじ登るには、何もしなくてよかったのだろうか！

だから万事がこうなのだ！

初聖体が近づいていた。今度の新しい小教区の司祭は任命されて間もなかった。司祭はひどく熱意があって、優しいうえに思いやりもあり、この儀式を華やかなものにしようとたいそう張りきっていた。

貧乏な家の子供たちに割り当てられていた制服を配分せずに、司祭は慈善団体の婦人と話し合って、母親たちに衣装代を渡してやっていた。

だいぶ前から、母とあたしはこの衣装のことを話題にしていた。制服ということになったら、あたしの心に傷跡を残すことになるだろう。だが母は十ギルダーを受け取り、あたしたちの趣味に合うものをすべて整えることができた。紗で囲った白い帽子、板切れみたいにごわごわしたほっそりしたルーシュ〔レース・チュールなどの細長いきれにプリーツやギャザーを施した襞飾り〕のついたグレーのドレス、このドレスはあたしの体にぴったりフィットしたというよりは、あたしをその中に詰め込んだ形になったが、それとくるぶし付近に二つの小さな房のついた白い絹の靴紐の深い編み上げ靴、白い綿の手袋を手に入れた。

あるご婦人が娘さんの身に着けていた下着類を下さったが、きれいに洗濯がなされているうえにアイロンもかけてあって、新品よりきれいだった。

あたしの髪は元来巻き毛だったが、初聖体の前々日に家で毛巻き紙を三段重ねにして、髪の毛を巻いてもらった。当日の朝、毛を固めるために砂糖入りのコーヒーで髪の毛を湿らせたうえ、ちいさな棒に巻き毛を一つ一つ巻きつけた。その結果、髪は麦の穂のブロンド色だったのが、完全なブルネットになった。

あたしは朝早く身支度をすると、こんなにもきれいに変身したことに身震いしながら、母といっしょに司祭のところに出かけた。あたしは母よりも二歩ばかり前に出た。左手で広げたモスリンの小さなハンカチを前方に突き出し、右手に祈禱書を持っていた。

小さな女の子たちはどの子も何も食べずにいたので、少し顔色が蒼ざめていた。あたしは全くへっちゃらだった、そんなことはごくありきたりのことだったからだ。全員が、貧しい子も金持ちの子も、ドレス、靴、ペチコートまでお披露目をした。あたしの方は、いちばんの売り物は編み上げ靴の小さな房だったから、みんなに注目してもらうために、しょっちゅうドレスの前をめくり上げた。

司祭はあたしの心に強烈な怖れを抱かせるような話をたびたびしていた。いい子にしていない女の子は、聖体拝領の日に必ず病気になるか、聖なるテーブルに近づいた時に、死ぬんだよと言っていた。それからオスチヤ［ミサで拝領する聖体のパン］は、そのまま口の中で溶けるようにしなければいけない、それをかじったりすれば、口から血が噴き出すからだ、とも言っていた。

あたしは宗教には全然興味が持てなかった。おとぎ話として、あたしは聖人や聖女の話よりは、シンデレラや親指小僧の方が好きだった。それでもあたしはひどく脅えていた。神様のことを信じようとはしていたが、神様のことをあまり気に懸けないようにしていたので、神様はあたしを即死させるかもしれない、とあたしは信じ込んでしまっていた。いざ祭壇に近づいてみると、信仰をお与え下さい、あたしをいい子にして下さいと、神様に心をこめて祈る始末だった。

「神様！　あたしがあなたを愛しますと唱える時には、あたしをいい子にして下さい！　あたしに信仰心をお与え下さい、どうかお願い致します！」

あたしの口には乳歯が一本残っていて、その下から永久歯が生えてきていて、すごく尖っていた。そのため、よく舌を嚙んで、ひどく痛い思いをした。ところで聖体拝領の時に、ひどく歯をガチガチ言わせていたので、口を閉じる際に、オスチヤが尖った歯のところにはまり込んでしまった。あたしは酔っ払ったようによろめき、ふらふらと右に左にと歩きだした。

血が口から吹き出して、他の女の子たちのドレス全体に血を跳ねかけ、あたしのドレスも台無しになるのではなかろうかと思ってしまった。

おまけに何というスキャンダルか！　文字どおり、あたしは司祭が教会からあたしを追い立てる意思を感じた。列席している人たち全員が、ペスト患者を扱うように、あたしの通るところに道を開けるのが目に入った。それから、もしさらに父があたしと母を見棄てていなくなるようなことがあれば、あたしたちをもう誰も助けてはくれないだろう。こんな声が聞こえてきそうだった。

「聖体をかじったのは、あの家族の一員だ。あいつらはみんな飢えて死にゃあいいんだ！」

あたしは他の女の子の後について、自分の席に戻るのにものすごく苦労した。香部屋では、女の子たちに小さなパンとコーヒーが出された。一人の婦人が、こう言いながら、あたしを抱きしめてくれた。

「ああ！　かわいそうにねえ！　この子はお腹が空きすぎて、目が回りそうになったのでしょう」

そうじゃないってば！　あたしが経験したばかりの恐ろしい苦しみのせいだったのよ。

それにいい、何ごとも起こらなかったじゃないの！

ノミが跳び回っている音が聞こえる

あたしたち一家はアムステルダムのじめじめした袋小路にある、一つきりしかない部屋に住んでいた。陽の光は絶対に届かなかった。そして冬に、冷やされた湿気で、霜ができるようなことがあっても、夏には、湿気を含んだ暑さのために、あたしたち家の者たちはぐったりしてしまうのだった。漁師たちの漁船のように、二段になってはいるが、仕切りのあるアルコーヴがあるだけだった。押し入れの中にでもいるような気分だった。父と母は下の区画で眠り、子供たちの何人かは上の区画、それ以外の子供は、土間に敷いたぼろぼろのマットの上が寝場所だった。一つの片隅には小さな樽があって、腰掛け便器として使われていた。他の隅には汚れたままのおしめが放置され、塵芥《ごみ》溜《た》めみたいに、貧相な所帯道具一式が山積みにされていた。父親の吹かすパイプの煙の臭い、それに餓鬼とも言うべき十人もの人間たちが発するひどい悪臭のために、空気はとても吸えたものではなかった。

すさまじい猛暑の夜、あたしは上の区画の簡易ベッドに、他の兄弟三人といっしょに寝ていた。他の兄弟は寝ついていたが、あたしは眠れなかった。あたしはもぞもぞしながら輾転反側《てんてんはんそく》した。燕麦《えんばく》の殻を詰めた粗末な布袋が、あたしたちのベッド代わりになっていた。殻は粉状になり、おねしょを吸い込み、不潔極まりない腐食性の物質に変じていた。布の感触が肌にチクチクし、体をひどくほてらせた。ノミがすさまじい勢いで体にとりついていた。息が詰まりそうになり、耳鳴りがしてきて幻覚が生じてきた。小声で母を呼び、ノミが跳びはねる音がして眠れないよ、と訴えた。

「ノミが跳びはねる音がするって? ああ! ねんねみたいなことを言ってるんじゃないよ! そんなこと

で、あたしを起こしたのかい？　黙らないかい！　あたしはへとへとに疲れているんだよ、眠たくてしょうがないのにさ」

あたしは口をつぐんだが、ずっと寝返りを打っていた。これ以上は耐えられなくなって、ロープを伝って、下まで滑りおりた。着物を着て外に出た。

午前四時あたりらしかった。通りには目覚まし役の人たちしかいなかった（近隣一帯をかき乱すようなものすごい騒音を立てながら、週給五セントで労働者たちを目覚めさせる人たちだった）。その人たちを除いては、誰もいなかった。ニーウェンダイクの店はすべて閉まっていた。あたり一帯が静まり返っていた。ああ！　あたしは、こうした雰囲気がどんなに好きだったことか！

あたしはＹの形に突き出ているオート・ディグ〔高い堤防の意〕の方に向かった。オート・ディグはあたしのお気に入りの散歩道だった。妹のナーチェと、そこでよく道草をしたものだった。両側から、Ｙの形のところの土手には波が押し寄せて、ピチャピチャと音を立てていた。そこには貝類が棲息していた。さらに先に行くと、木々が茂り花をつけた野草の草原が広がる、オアシスみたいな場所があった。堤防に着くと、沖からのひんやりした空気と朝のそよ風が肌に心地よく、ひどくほっとした気分になったので、心も晴れ晴れとして、空気をたっぷりと吸い込んだ。両手でぐっと背伸びするようにし、指も大きく広げて、ヒリヒリしている肌を、風が思い切り嬲《なぶ》るのにまかせるようにしてみた。こんなふうにして長い間、うっとりとしていた。それから散歩を続けて、花を探しに出かけた。木々の茂っている場所に着くと、草むらにあるタンポポやヒナゲシが花を閉じているのを見て、驚いた。あたしは夜間の花の状態を見たことはなかったし、この現象は知らなかった。すっかり呆気にとられてしまって、キツネにつままれたようになって、花は一本も摘まなかった。それから歩いてベンチに坐った。

そこは工事現場になっていて、男たちが働いていた。一人がやって来て、あたしの隣に腰を下ろすと、こう言った。

「ああ！　もう起きているのか、えらいなあ！　それで、家はどこなんだい？」

あたしは、眠れなかったので早起きして、ここまで来たのだと答えた。でも、ノミの件は口にしないようにした。それから、どうしてタンポポとヒナゲシは花を閉じているの、と尋ねた。

「ああ！　全くかわいらしいことを言うなあ！　いいかい、花だって眠るんだよ、お嬢ちゃん、眠るんだよ」

男はそう言うと、あたしを抱き上げ、膝の上にまたがらせて坐らせた。それはほんの束の間のことで、あたしは抱きかかえられて、草の中に投げ出されたと思った。すると別の男が吹っ飛んできて、その男の胸ぐらをつかむと、顔をぐっと近づけて怒鳴りつけた。

「この変態野郎《イニヨブル・ソドミット》！　おまえは女の子たちにいたずらをしてムショに入っていたんじゃねえのか、やっと出所したと思ったら、またおっぱじめようっていうのか！　お嬢ちゃん、こんな早い時間に外で何をしているんだい？　さっさと帰んな！」

あたしはその言葉を繰り返し言われなくても十分だった。危ないところだった。息を切らして家に辿り着くと、疾風《はやて》みたいに中に飛び込んだ。母親はびくっとして目を覚ました。

「どうしたんだい？　何があったんだい？」と声を上げた。

あたしはまだ動悸が収まらなかったが、危険な目に遭い、すんでのところで逃れたことはしゃべらずにおいた。だからその事件のことは話題にせず、こう言った。

「お母さん、どうしてタンポポやヒナゲシが、夜に花を閉じるのか、知っている？　いい！　花も人間みたいに眠るのよ」

「何だって？　何をたわごと言っているんだい？　外に出たのかい？」

「うん、オート・ディグまで出かけて、体を冷やしてから、花を探したんだよ。でも花は寝ている最中だったんだよ」

「ああ！　このねんねったら！　さっきはノミが跳びはねる音がするって言い、今度はタンポポが眠るって言うんだからねえ！　でも、そんな愚にもつかないことを思いついちゃ、そのたびにあたしを起こすんだからね。あたしはへとへとなんだよ、心底疲れてるんだよ。さあ、おまえの寝床に行って、お休み」

眠ろうという気はなかった。だからかわいそうに、母がまた寝息を立てはじめると、そっと袋小路に忍び出た。そこの雨水溜めの石の上で、オスレで遊びはじめた。

あたしは子供を対象とした慈善パーティーに招待されていた。母親が子供を送り迎えに来ること、更衣室がないので、帽子やマントはいったん持ち帰ってもらうことと、はっきりと決められていた。すぐにお分かりいただけると思うが、母があたしをパーティー会場まで連れていくには、子供たち全員をほったらかしておくことを意味した！　もしあたしが行こうと思えば、独りで行けた。いちばん心配なことは、帽子のことだった。帽子を持ち帰るのに、母親がその場にいないことがばれてしまえば、あたしは会場に入れてもらえないな、と考えていた。ところで、あたしは何が何でも、このパーティーには出たかった。福引があったからだ。裁縫箱が当たればなあ、これまでずっと抱き続けてきたあたしの夢なのだった！　だって六つの歳から、あたしは人形の服や帽子をせっせと作ってきたし、現にこの帽子は、あたしがそれこそ寝食も忘れてしまうほど夢中になってしまったものだったが、あたしのお手製の品なのだった。

だからあたしはある晩、土砂降りの中を出かけていった。招待状を提示して、会場に入った。帽子を脱ぐと、万引きでもするように、すばやくスモックの下に隠した。うわべだけは楽しそうに振舞ったな、ということは覚えている。子供たちにはアニスの香りのするミルクとバター付きの小さなパンが出された。子供たちは何度も、《ウィーン・ネールラントス・ブルート》〔一八一五年統一オランダ王国（今日のベルギー、ルクセンブルクも含む）が成立した時から一九三二年までの国歌、オランダ人の血が流れる人々の意〕と《ウィルヘルムス・ファン・ナッソウエ》〔一九三二年よりオランダ国歌。題名は一五六八年から一六四八年にかけ、ネーデルラント諸州がスペインに対して反乱を起こした時の指導者、オラニエ公ウィレム一世のこと。この歌詞で始まる〕を歌わされた。いくつかのカンテラの明かりに照らされた中庭では、生暖かい雨の中、そのためみんなは蒸し風呂に入れられたみたいに体から湯気を立てていたが、子供たちは《パーテルチェ、パーテルチェ、ラングス・デン・カント》〔オランダのキスゲーム〕と《コリン＝マイラルト》〔目隠し鬼ごっこ。鬼はまわりの人に触れ、顔や体に触れて誰だかが分かった場合、当てられた人が鬼になる〕の遊びをしなければならなかった。

ようやく福引になった！

「裁縫箱はあるの？」

誰かが窓ガラスから覗いてくれた。

「うん、あそこに、いくつもあるよ」

「ああ！　本当だ。一つ貰えたらなあ！」

だからあたしはこの言葉を復唱していた。「年齢は十二です。母さんの糸を勝手に使うと、ひっぱたかれるの。もうそうされないように、自分用の裁縫箱がどうしてもいるんです。それに裁縫箱の中には、何でもそろっているわ。指抜きに、ハサミに、そのほかの道具もあるでしょう」

ああ！　いよいよ、あたしの番だ。くじを引く。男の人がくじの紙を開いて、何が当たったかを言う。

「三枚の絵だよ」

そう言うと、戦闘の様子を描いた三枚の絵をとりに行く。

もうパーティーは楽しいものではなくなってしまった。あたしには、また今度ということになってしまったし、またもや失望だ。ドアが開くとすぐに、外に出た。そしてまた帽子をかぶると、夜の十時に雨の降る中をたった独り、いくつもの橋を渡り運河の横を通って帰路に着いた。家に着くと、賞品の戦闘の絵を弟の一人にやって、あたしは横になったが、嗚咽がとまらなかった。

父さんは子供たちを棄てちまおうと言った

二週間分溜まっている家賃の件で、大家が怒鳴り込んできた。その後あたしたち一家はすっかり落ち込んだまま、床に就いた。土間に敷かれたぼろのマットで、子供たちはあっという間に眠りに就いた。あたしは寝つけなかった。アルコーヴで、両親が話をしていた。父さんは母さんに、子供は全員棄てちまおうと言っていた。その理屈は、このアムステルダムなら、きっと子供たちの面倒を見てくれるだろうし、今ほどひもじい思いをしたり、寒い思いをすることもなかろう、というものだった。もう精も魂も尽き果てたが、まだ三十八歳だ、おまえももう子供を産むことはないだろう、だから二人して生活をやり直せるだろう、というものだった。母は抗《あらが》った。

「駄目、駄目、子供たちを棄てるなんて、絶対にいやだよ!」

あたしは寝床で一部始終を聞いていた。心臓が飛び出しそうな恐怖感に取りつかれてしまった。兄弟姉妹を起こして、みんなに知らせるか、どうか子供たちを棄てないでちょうだいと、両親に泣きながら訴えようかと思った。でもあたしはぶたれるのが怖くて、そこまでは踏み切れなかった。腹這いになって部屋の出入口まで行くと、親たちがこっそりと出て行かないように、そこに障害物みたいにして横になった。

両親は物音を察知して、口をつぐんだ。母がこう言った。

「あの音はケーチェだよ。話を聞いていたんだよ。今夜みたいな騒ぎがあった後じゃ、絶対眠れないんだよ」

「そんなことがあるもんか」と父は言った。「ネズミの音だよ」

それからあたしを呼んだ。

「ケーチエ、ケーチエ！」

あたしはぴくりともしなかった。

「子供たちはみんな眠っているさ」と父はまた話しはじめた。「その気があるのなら、明日の正午に、厩舎のところで落ち合おう。そうしたら出発だ。給料が出る日だから、舟に乗って、高飛びできるくらいの金は少しはあるさ」

「いやだよ、いやだったら、絶対にあたしは子供を棄てることなんかできないよ」

二人の話はそれっきりになった。

あたしは出入口のところで横になったまま、朝方ようやく眠りに就いた。

母が父のコーヒーの用意をするために起きた時、母はあたしがそこで寝ているのに気づいた。

「ほら、あたしの言ったとおりだろう、この子は話を聞いていて、あたしたちが逃げだそうとするのを邪魔しようとしたんだよ」

父は急にとび起きると、慌しく服を着、コーヒーができるのも待たずに外に出ていった。

正午ごろ、下の弟たちと《学校ごっこをしながら》、あたしは子供たち全員を、敷居に坐らせるようにしておいた。だが母は外に出てきはしなかった。

それからあたしは不安な気持ちで、夜になるのを待った。父がようやく帰宅すると、あたしは大声を上げて、父の腕の中に飛び込んだ。父は押し黙ったまま、あたしを抱き上げると、ずっと夕食の間あたしを自分の膝の上に坐らせておいた。それからあたしの髪の毛を撫でつけながら、しゃがれ声で話しだした。

「ケーチエ、俺はひどく疲れ切ってしまうことがよくあるんだよ。だからそんな時に、きのうみたいに、押しかけて来られて、さんざん怒鳴りつけられると、もうどうしていいのか、分からなくなっちまうのさ」

「お父ちゃん」とあたしは言った。「今夜はお母ちゃんとお父ちゃんの間で寝かせてちょうだい。すごくそうしたいのよ。いい?」

「ああ、いいとも、ケーチェ、勿論さ、《仔猫ちゃん《ブスケ》》、人形も持ってくるかい?」

「それはいいのよ、お父ちゃん」とあたしは小声で言った。「お父ちゃんとお母ちゃんと二人だけでいたいのよ」

あたしはえも言われぬほど幸福な気持ちになった。

あたしは物乞いに出かけた

ある朝、母はあたしに言った。

「ケーチェ、今日は学校を休んでおくれ。マドモワゼル・スメーデルスのところに行ってもらわなきゃならないよ。その後、わたしからよろしくと言って、マドモワゼル・レンデルに会いに行っておくれ〔原注—オランダでは、庶民やプチブルの結婚した女性は、マドモワゼルと呼ばれる〕」

「でも、お母ちゃん、あの人たちは家に来られるのを厭がっているよ」

「いいかい、ケーチェ、選り好みはしていられないんだよ。行けば、パン一個はくれるさ。どうしても行っておくれ」

スメーデルス一家とレンデル一家は、昔近所に住んでいたことがあったのだ。あたしは雪の中を歩いて、アムステルダムのずっと端にある、その人たちの家まで出かけていった。

まずスメーデルスさんの家に行った。その家の人たちはあたしの家と同じような、いやもっと下の格と言ってもいいような労働者だった。主人はドックの作業員で、仕事に特別習熟しているわけではなかった。一方あたしの父は大きな貸し馬車屋に勤めていて、大ベテランといってもよい御者だった。取っ手に金の輪の付いた見事な鞭を持ち、葬儀や結婚式の際には、御者台にいる時は白のネクタイをしていた。だがスメーデルス一家には子供は一人しかいなかった。ほとんど全くと言っていいほど、お祖母さんの手で育てられていた。あたしの家では、父がたった一人で養わなければならない家族が八人もいた。あたしの家と同格の家から施しを受けなければならないというのは、大きな屈辱だった。

ほとんど垂直といってもいいような、そして丹念に石灰水で磨いた階段の下で、木靴を脱いだ時も、手すり代わりに使われているロープを握りしめながら登っていく時も、あたしはひどくびくびくしていた。上に着くと、あたしはおずおずとドアをノックした。どうぞと言う応答があったので、ドアを開けて部屋に入った。マドモワゼル・スメーデルスはかなり冷ややかな目で、あたしをじろじろと見つめた。

「こんな時間に、何だい、ケーチェ？　気をつけておくれ、ござを汚しちゃうよ。あそこに坐っておくれ」彼女はドア近くの椅子を指し示した。「それから下の桟を汚さないように、足をそこに載せないでおくれ」

「分かったわ、マドモワゼル。でも木靴に穴が開いているから、靴下は濡れているわよ」

彼女は白いボンネットと、夫の晴れ着のシャツの前に糊を塗る作業をずっと続けていた。動作はゆっくりしていたが、ちゃんと糊は着いていた。いつものように、六オーヌ〔昔の布地の計測単位、フランスでは一オーヌは約一・二メートルだが、オランダではもっとずっと短いと思われる〕幅の黒のメリノ地〔メリノ羊の毛織物〕のペチコートに、藤色のインド更紗のカラコ〔丈の長いブラウス風の婦人用上着〕という服装だった。撫で肩に羽織ったブラウスと膝のところまで垂れた裾のせいで、腰のまわりに皺が寄っていた。履いているのは、白い靴下と赤い花柄模様の入った緑の綴れ織り地のスリッパだった。剥き出しの首には、四列のサンゴの首飾りをしていて、金の線条細工の留め金が付いていた。イヤリングはサンゴの付いた長いペンダントだった。真ん中で左右に分けた砂色の色調のブロンド髪は、ポマードを塗って光らせて、耳にかかっており、丸髷のついた白いボンネットをかぶっていたが、その帽子から出ている帯状の布は背中にまで垂れていた。鼻の穴を拡げて、しょっちゅう鼻をズルズル啜る音と、青い眼で人を値踏みするような目つきには、あたしはいつも不愉快な気持ちになった。この女の気分を害したくはなかったから、顔には出さなかった。

ストーブのほどよい暖かさが、頭の方にもやや及んできた。まわりがヴェールに包まれたような気分になってきた。この家を訪れるたびに、オレンジ色の梁が剥き出しになった低い天井のこの部屋を、あたしはびっくりしたように眺めていた。梁の並び方とこぎれいな様子にあたしは威圧感を覚えるのだった。床の真ん中あたりは、石灰水で拭かれた後、オレンジ色の縁の大きな黄色に塗られた帆布が拡げられていた。その帆布は、おかみさんが毎年塗り直すのだった。ござのまわり一帯、窓と窓の間に置かれたテーブルの前と下には、黄色の防水された布が敷かれ、いろいろな色の沢山の敷物が並べられていた。上げ下げのできる窓のところには、夏には、外にゼラニウムの鉢がいくつか並べられていたが、今は窓ガラスに黄色いリボンで留めるモスリンのカーテンがかかっていた。《隣家の連中から、どのくらいの量の食事をしているのか気取られない》ようにするために、真ん中には青い粗織綿布で目隠しがしてあった。外には物干し台もあって、からっとした天気の時には、夫の赤いウールのシャツがぶら下がっていた。

マホガニー色に塗られた椅子が、版画で飾られた壁に沿って並んでいた。角には大きな銅製の錠が付いたマホガニーでできた箪笥があり、元水夫だった夫が作った帆船の模型が上に載せられていた。テーブルの上には金魚鉢があって、金魚が一匹泳いでおり、夫の座席の近くには青い陶製の痰壺が置かれていた。テーブルの下には、二つの木製の足温器が備えられていた。

気持ちよくなって、あたしはだんだんぼうっとしてきた。あたしの家からは及びもつかないようなこうした快適な生活に、あたしは夢をふくらましていた。この麦藁で作られたゆったりした肘掛け椅子を、毎晩休めるように、父が手に入れることができればなあ、背もたれにもたれかかって、どんなにか父は気分がよくなるだろう、靴下を乾かすために、足温器が一足でもあればなあ！　だって父さんは、この季節、戸外で馬車を洗わなければならなくて、ひどく辛い思いをしていたからだ。手は霜焼けでグローブみたいに腫れあがり、あかぎれもひどく、夜も眠れないほど父を苦しめていた。お父さんはパイプを吹かしながら、膝の上にあたしを抱き上げてくれるかもしれないな。痰壺はいらないだろう。だってお父さんは噛みたばこはやらないからだ。

あたしの視線はずっといろいろなところを、きょろきょろと彷徨《さまよ》っていた。天井みたいなオレンジ色をした仕切られたアルコーヴのところで止まった。藤色のインド更紗のカーテンは開けられていて、リボンで留められていた。小さな赤白の碁盤縞模様の枕カバーとシーツが載った寝具が見えた。花模様のピンクの縁飾りのついたマントルピースの下に、ブロンズ製のやかんが載った、銅板で装飾した長細い形のストーブが突き出ていた。すぐそばには、燃えがらを入れる真鍮と純銅をうまく組み合わせて作ったバケツがあった。

マドモワゼル・スメーデルスはこうした床や家具や金属製品をこすり、磨きたて、ピカピカに光らせて、日々を過ごしていた。ワックスやその他の艶出し剤を溶かすのに使うテレビン油やアルコールの臭いが、部屋に染みついていた。こうした家の雰囲気にあたしは圧倒されてしまった。それでもあたしは、この気取ったような部屋の様子や、行き届いた整理整頓ぶりの中で暮らしてみたいなあとも思った。でもそうなったら、母さんも変えなきゃならないし、ディルケやナーチェ、ケーシエとも別れなければならなくなるだろう。ああ、そんなことはできない！　ああ、それは無理だ！　わけもなく、わけもなく、弟や妹がいないでくれればなあ、などとは思わないだろう。あたしの喉は締めつけられ、椅子の上で身震いした。

「ねえ、そんなふうに体を揺するんじゃないよ、ケーチェ。椅子の脚でござに穴を開けちゃうよ」

あたしは一瞬体の動きを止めた。この場で、うちの弟妹が放されるのを、このおばさんが目にしたら？　お尻を床に着けて這いずりまわり、まだ自分で用を足せないディルクがいたら！　ハチャメチャになることは目に見えていた！　あたしは内心おかしくておかしくて堪らなかったが、笑い声を押し殺せるようにはなっていた。

「ところで、ケーチェ、お母ちゃんは？　赤ちゃんをいつ買うのかを、あんたに言わなかったかい？」

「マドモワゼル、あなたはお母さんが子供たちを買ってきたとでも思っているの？　あたしの考えじゃ、むしろうちに無理矢理持ってこられるみたいよ！　うちでは、ランプの油を買いに行くお金だってないのよ。あなたが買い物をするっていうのは分かるわ、でもうちでは！　それに、お父さんもお母さんもいつもこぼしているわ、こいつは災難だが、手の打ちようがないって」

マドモワゼル・スメーデルスは口をポカンと開け、あたしの顔を見つめたまま、何も言わなかった。フライパンを一つ手にし、火にかけ油を入れてから、アルコーヴの方に行って、羽根布団を持ち上げた。そこに置いておいてふくらまそうとしたクレープの生地をたっぷり入れた鉢を、下から取り出すと、夕食用のクレープ作りにとりかかりだした。油にほどよく熱が通るのを待ち、お玉で生地を入れると、両面をこんがり焼いた。皿に次々と滑らすようにして載せると、甘いシロップを塗りつけてから、小皿で蓋をして、マットレスと羽根布団の間に、冷えないように差し入れた。指を舐めた後、彼女はテーブルに二枚の小皿、ピカピカの錫製のスプーン、ナイフ、フォークを配置した。それからジャガイモといっしょに食べられるように、ほどよくカリカリに焼け、冷えたキュウリウオの皿も一皿並べた。

ああ！　おばさんがキュウリウオを一匹か、クレープを一枚めぐんでくれる気になってくれたら！　あたしはちゃんと食器を洗うし、夕方までここにいて、仕事だってやるのに。だがおばさんは戸棚の方に行き、黒パンを取り出して、紙にくるまずにあたしに渡すと、こう言った。

「さあ、お帰り！　うちの人がもうすぐ食事をしに戻ってくるからね。よその人間がいるのをいやがるんだよ。それじゃあ、お母さんによろしくね」

「ありがとうございました、マドモワゼル。それから旦那さんによろしくといってちょうだい」

あたしはドアのところで、また木靴を履くと、ロープにつかまりながら下に降りた。融けた雪がまた木靴に入ってきたが、昔近所に住んでいたもう一人の女《ひと》のところまで出かけていくのに、通りを横切った。

マドモワゼル・レンデルは、聞くところによると、良家の出だったが、格下の結婚をしたということだった。夫は貨物運輸会社での荷物取扱いの仕事をしていた。子供は五人いて、身ぎれいな服装をさせ、住まいは一階にあった。マドモワゼル・レンデルは午前中に家事をこなし、午後は決まって外出するのが生活パターンとなっていた。相当ふくらんだクリノリンの上に、グレーのバレージュ〔綾織仕立てではない軽い毛織物〕のドレスを着、紫の縁取りをした黒いショールを巻き、その前にカメオの大きなブローチを付け、ウエストのところで、手を交差させて、上にたくし上げてはみたが、ショールの先は背後で地面を掃くような具合になった。グレーのサテンのバヴォレ風の帽子をかぶり、顎の下で紫の紐を結ぶと、結び目から余った長い紐の先が垂れ下がっていた。帽子から両方のこめかみあたり、長めのカールした胡麻塩髪が覗いていた。ローヒールのかなり大きめの編み上げ靴は、ラスティング〔梳毛（そもう）糸を綾織にした丈夫な毛織物〕製で、脇のところで紐で結ぶようになっていた。黒いラシャのバッグを腕に下げ、両端のあたりを縫い直してボタンを一つ付けた手袋をし、手には広げた白いハンカチを持っていた。こうした非の打ちどころのない服装をして、マドモワゼル・レンデルは道の真ん中をしゃなりしゃなりと歩き、近所の女性たちに会うと優雅に斜めに頭を傾げて、挨拶をした。彼女は昔の友だちに会いに行き、バッグにいっぱいものを詰め込んだり、ショールの下に包みを隠すようにして、夕方戻ってくるのだった。すると翌日には少々の借金を返済できるという按配だった。彼女はとても機嫌よくあたしを迎えてくれたが、お母さんはまた赤ちゃんを買ってきたのかと尋ねた。

「とんでもないわ、マドモワゼル、お母さんはこれからだって、そんなバカな真似をするものですか！　うちはどうしようもないくらいの貧乏なのよ。あたしの木靴を見てちょうだいな。だから、お母さんは子供なんか買いに行くものですか。うちはただでさえ、八人もいるんですから」

「分かったわ、ケーチェ、分かったわよ。火のそばにおいで。まあ、何てひどい天気なんでしょう」

このおばさんは、あたしが床を汚すのを気にしていなかった。

この家であたしはずっとゆったりした気分になったが、別の部屋に通してくれた方がよかった。この部屋では、ブーツはテーブルの下にほったらかしたままになっており、ショールは椅子の背に、帽子類は家具の上に、子供のおもちゃは片隅にうっちゃらかしてあった。この女性《ひと》自身も、着古した染みのついた黒い服を着ており、頭は毛巻き紙がいっぱいといった状態だった。

だがストーブの上では、ジャガイモがゆでられており、ミートボールがロースターの受け皿の中でこんがりと焼けていた。口には唾が溢れてきた。ミートボールは九つあった。子供には一つ、両親にはそれぞれ二つずつというわけだ。マドモワゼル・レンデルが、それぞれのボールからほんのちょっぴり肉をこそぎ取ってくれたなら、もう一つ余分にボールができて、あたしも一つご相伴させてもらえるのになあ、と思った。この匂いからすると、おいしいにちがいない！　それにしても、妙なことだ！　それじゃ、どうやって、この人たちはみんな、こうしたおいしいものを食べられるように、うまく段取りをつけるのだろう？　うちでは、絶対に何もあったためしはない、家族のそれぞれの誕生日でも、聖ニコラスの日〔子供の守護聖人。十二月六日、おもちゃやお菓子を夜、煙突の下に置いてくれることになっている〕でも、クリスマスでも、絶対に、絶対に！　ところが他の家では、毎日、何でもあるのだ。今、火で焼かれている九つのミートボールを相変わらず、あたしは眺めている。

夕食を食べに、ご主人と婦人帽子店で見習いをしている上の娘が部屋に入ってきた。二人ともあたしに笑顔を見せた。するとマドモワゼル・レンデルは庭に出て、隣のパン屋から壁越しに黒パンを受け取った。あたしにパンを渡すと、こう言った。

「ケーチエ、帰り道はまた長いね。さあ、お帰り、お母さんにはくれぐれもよろしく言ってちょうだい」

三人とも親切にも、ドアのところまであたしを見送ってくれた。上の娘はさらにあたしのことを、いろいろと褒めてくれた。あたしは紙に包まれていない二キロの黒パンを持って、アムステルダムのもう一方の端まで戻ることになった。

雪が降りしきっていた。家のある袋小路まで辿り着くと、近所の女たちがみんな出てざわわしていた。家に飛び込むと、新生児の泣き声がしていたので、あたしは呆気にとられてしまった。

独楽と凧

「俺は」とディルクが言った。「やかんぐらいのでっかい独楽がほしいな。その独楽が回れば、ハチが千匹集まったぐらいの音を出すぜ」

　実際、河岸でディルクが独楽を回す時は、両膝をつき、両手で頬杖をついたまま、独楽に顔を近づけて、そのうなり声を聞いているのだった。顔は喜びに輝いていた。青い眼は血走って《ノワール》おり、唇には唾が溢れていた。全神経が一点に集中していた。だから、独楽が運河の中に落ちてしまった時など、稀に母は、また独楽を買うのに一セントなんてやれないよと、突っぱねたものだった。そんな折、新たに火がついたように、弟は独楽に夢中になった。彼はオレンジ色の独楽に青と緑の縞模様をつけて、元の独楽になかった箔をつけたのだった。その独楽にすっかり夢中になって、ずっと過ごしていたのだったが、今度も独楽を運河に落としてしまった。彼は気でも違ったような様子で、息を切らして駆けてくると、うちの者たちに大変なことになったよと、しどろもどろに話をした。

　ケースは雑貨屋で買える凧を手に入れたがっていた。

「だって俺がこさえる凧は」と彼は言う。「どうしても上がらないんだよ。尾っぽが重すぎるんだな。凧が空で風を切るような音を立てるのが堪らないなあ、こんなふうにだよ、ヒューヒューヒューウーウー……！　まるで風車が回っている時みたいだよ。それにうんと高く上がると、ぐいぐい引っぱられて、地上から持ち上げられてしまいそうだと、錯覚するくらいなんだ。俺は凧の尾っぽになりたいとよく思ったよ、空のあの高いところで、揺れを感じていたいんだよ」

日曜になると、早朝からケースはうちの近くの運河のはずれの、便利屋をやっているバーレントの屋台のところまで出かけていった。晴れていて、風が少しある時、バーレントは朝早くから、巻きつけてあった棒から少しずつ凧糸を延ばしていった。小ざっぱりしたチョッキ姿で、ズボン吊りでズボンを思いきり引っ張り上げ、前に二つの小さな房のついた黒いカスケットをかぶり、耳は穴をあけて細い金の輪をはめ、ハウダの短めの陶製パイプ〔ハウダはオランダの都市、ゴーダの名前で日本では知られる。チーズで有名だが、パイプもこの地の特産品〕をくわえていたが、それが彼のめかしたスタイルだった。馬櫛で身だしなみを整えた老いたやせ馬を連想させた。

ケースはできるだけ高く、両手で凧を上に掲げていた。

バーレントはしばらく走ると、叫んだ。

「手を放しな！」

何回か同じことをすると、ようやく凧は上下左右に揺れながら上がった。

相当な高さにまで上昇すると、バーレントはケースに凧糸の玉を渡し、パッとジャンプして、屋台の亜鉛板の屋根に腰を下ろした。するとケースは力一杯握りしめていた糸玉をバーレントに渡し、這い上がって、彼の横に腰を下ろした。糸玉をするすると延ばしながら、二人とも高く上がった凧を目で追っていた。

午前中ずっと、大人と子供は、そこにずっといて、頭を上げたまま、凧の上がっていく様子を厳粛な面持ちで眺めていた。優雅に尾っぽを揺するようにして、凧はぐんぐんと空高く舞い上がっていった。あまりに高く上がりすぎて、凧の姿が見えなくなると、感動のあまり二人は顔を見合わせた。眼には満足感が溢れていた。

時々バーレントはケースに陶製のパイプに火を点けてくれと頼んだり、今ではすっかり糸をほどき終えた棒を持たせてやったりした。褐色の唾をたっぷりと吐いた後、バーレントは嚙みタバコの位置を口の中で直した。その後は二人とも黙りこくってしまい、それぞれがじっと凧を見つめるのだった。

正午の何分か前に、バーレントの奥さんが大声で、もうすぐ食事の支度ができるよと知らせたので、彼は棒に糸をしっかりと巻き戻しはじめた。

「ケース、風がやまなければ、午後もまた凧上げにはもっと向いた天気になるぞ。さてと、俺は飯を食べてくるからな」

ある日、彼は言わずもがなのことまで言ってしまった。

「日曜日には、うちではうまいものを食うんだ。挽肉料理だ。おまえのところでは、日曜には、何を食うんだ?」

ケースは一瞬思いあぐねた。父が主人の厩舎の近くで、何枚かの一セント貨を出して買ってくる馬の舌以外、肉というものを思いつかなかったので、ケースは隠し立てすることなく真っ正直に答えた。

「日曜に、うちじゃ、ジャガイモを添えて、ゆでた馬の舌が出るよ」

バーレントは横目でじろりとケースを見た。

「何だと、でたらめは言うなよ、その台詞《せりふ》はおまえの御先祖さんに言ってやんな、俺をバカにするんじゃやねえぞ!」

ケースはすっかりしょげ返って、声もなく相手の顔を見た。バーレントはむっとした顔つきをして、立ち去ったが、それでも声をかけてやった。

「それじゃ、また午後にな」

チビは家に帰ってきたが、うちではしょっちゅうのことだが、何も食べるものがないか、あるにしても精々パンとひどいコーヒーぐらいだった。そこで友だちから厭味を言われたとみんなに話した。

「何だって、バカじゃないか、家では馬の舌を食べているって、しゃべったのか? でもそうなると、うちの評判はガタ落ちだなあ!」

弟はうちで馬の肉を食べていることを隠しているとまでは、知らなかったのだ。

午後になると、バーレントとケースは屋台の屋根にまた坐り込んで、夜が訪れるまで、顔を上げ視線を向けて、凧が空中散歩している様子を追っていた。

追い出しを食って

真冬の最中《さなか》だった。一カ月前から、部屋代を滞納していた。アムステルダムの薄汚い袋小路に、週一ギルダーの取り決めで、あたしたち一家が借りているたった一部屋を、このままでは追い出されるだろう。母は執達吏のところまで行って、なだめすかそうと出かけていった。だが袋小路から出ようという段になって、両方の壁の間を抜け、ペチコートを擦りつけるようにして、慌しく引っ返してきた。

「連中が来ているよ！　連中が来ているよ！」と母は息を切らしながら言った。

実際、三人の男がやって来た。執達吏に二人の助手だった。男たちは家のぼろ着を、袋小路の方に出しにかかった。知らせを受けた父も吹っ飛んで帰ってきた。窓から隣の中庭に、持ち物すべてを出す許可を得た。ニーウェンダイクの建物の後ろのドアが、袋小路に面していた。そこのドアを開けてもらって、通路にいくつかの荷物と子供たちを置かしてもらった。

部屋が空っぽになったので、執達吏は部屋を閉鎖した。うちの一家は子供を九人も抱え、おまけに一人は乳飲み子だというのに、この寒い冬空の下、宿なしになってしまった。それも僅か四ギルダーを払えないために。

揺りかごは、そこに詰め込めるだけのものを詰め込んで、通路に置かれていたが、母はあたしに夜のねぐらを探してくるから、子供たちの面倒を看ていておくれ、と言った。父が何をしていたのか記憶にはない。母は相当長い時間、帰ってはこなかった。通路は暗くなりかけてきたが、火事でも起こすといけないというので、ランプはそこにはなかった。下の子の何人かは、お腹が減ったのと寒さのせいで泣いていた。他の弟たちは片隅の地べたで、寝息を立てていた。あたしは胸が締めつけられるような恐ろしさと不安な気持ちとで、息も絶え絶えになりながら、赤ん坊をあやしていた。あたしもすすり泣きをはじめた。時々、お母ちゃん、と大声を上げた。それからは母が話してくれた幽霊たちの祟りが恐ろしくなってきて、もうほとんど動かないようにした。ようやく母が帰ってきた。子供たちは全員、いっせいに声を張り上げ、泣き叫んだ。その建物の女中さんの一人に手伝ってもらって、母はできるだけ暖かくなるように、子供たちの体にいっぱい着物を着せた。弟のヘインは完全に眠り込んでしまっていて、目覚めさせることはできなかった。どうしたものやら？　抱きかかえていくことは無理だった。揺りかごに入れておいたが、弟は一晩をそこで眠って過ごした。途中で目覚めたら、一人ぼっちで、こんな通路に閉じ込められていると知って、恐怖のあまり死んでしまうことだろう。だが目が覚めることはなかった。

母は子供たちを漁師の宿泊所に連れていった。五つベッドが備えられた広い部屋で、三つのベッドがあたしたちに割り当てられた。一つのベッドが父と赤ん坊を抱えた母に、残りのベッドのうち一つが弟たち四人に、もう一つがあたしたち四人の女子に振り分けられた。

母はほんのしばらくベッドを離れた。母がいない間に、他のベッドの一つに寝ることになっていた男が一人入ってきた。年老いた男のようだった。あたしたちの階層とは違う世界の人間だ、ということは分かった。ひどく粗末な服装《なり》をしていたが、紳士然としていた。呆気にとられた様子で立ち止まると、寝ているあたしたち一家の姿をじっと見つめた。それからあたしの方にやって来ると、手をあたしの髪に差し入れて優しく撫ぜ、あたしの顔をそちらに向けるように動かし、しげしげと見つめた。

「うむ！　うむ！　何年かすると！　何年かすると！」

あたしの見立ては間違ってはいなかった。確かに紳士ではあった。この男は、あたしが読んだ本の中に書かれてあったような言い方をした。金持ちの人たちは本に書かれているような話し方をするということに、あたしはとっくに気がついていた。

「いくつだね？」

「十二よ」

「ズロースは穿いているのかね？」

「穿いてはいないわ」

「それなら、着物をまくりあげてごらん。そうして、私に脚を見せてごらん」

あたしはいつまでもねんねというわけではなかったから、危険を十分察知できた。あたしは母を呼んだ。すると階段の下から、あたしに大声を出すんじゃないよ、家にいるんじゃないからねと、返事がかえってきた。男は少しも悪びれた様子がなかった。母が戻ってくると、こう言った。

「奥さん、あなたのお子さんたちはみなきれいですね。この娘さんは何年かしたら、ものすごくきれいになりますよ」

「ええ、あたしの子供たちは極めつきの美男美女なのですよ」と母は誇らしげに言った。「あたしたちは田舎から出てきましてね、アパルトマンを手配する時間がなかったのですよ。仕方なく、ここに泊めてもらったのです」

男はベッドに休みに行った。もし男が外に出るようなことがあれば、あたしは母に事の次第を話したことだろうが、今は静かにしているほかなかった。

あたしと母とで子供たちを寝かしつけた。一つ空いているベッドに、漁師がやって来た。ごちゃごちゃとあたしたちがベッドを占拠しているのを見て、驚いた様子だった。それからぶつくさと文句を言った。

「こんなにガキどもがいたんじゃや、さぞやにぎやかになることだろうぜ！」

幸いなことに、衝立によって少しあたしたちと隔てられていた。あたしは横になった。ああ！　何てこと！今まで、あたしはこんなベッドで寝たことはなかった。あたしはベッドにゆったりと身を沈めた。とてもきれいな赤と白の碁盤縞の、枕カバーとシーツがベッドにかかっていた。ベッドの真ん中には実に寝心地のいい窪みがあって、あたしはその中に身を滑らした。それは本物のカポック〔枕やベッドなどの詰め物〕であって、家のベッドのように、燕麦の殻が粉々になったものではなかった。子供たちはみんなうれしい驚きを味わったので、鳥小屋の中の楽しげな鳥たちのように、しばらく機嫌よさそうな笑い声や、はしゃぎ声を上げた。漁師は、うるさいと罵り声を上げた。母は両手を口に持っていって、子供たちに静かにおしと言った。続いて父と姉が寝室に入ってきた。二人は床に就いたが、こんなに気持ちよく寝られるとはと満足げに言った。

時々、子供たちの誰かはおしっこをしなければならなかったし、赤ん坊が泣き声を上げた。そのたびに漁師はぶつぶつ文句を言ったり、罵ったりした。とうとう父は堪忍袋の緒が切れて、起き上がると、シャツの裾をはためかすようにして、部屋の中央に飛び出し、漁師に起きてきて話をつけようぜと怒鳴った。だが漁師の方はベッドから動かなかった。年寄りの紳士然とした男が、間に入った。

「まあまあ、旦那さん、ベッドに戻って下さいよ。落ち着いて下さい。あなたのお子さんたちは美男美女ですねえ」

「ああ、おっしゃるとおりですよ。子供たちを養ってくれるとでも言うんですか？　全くの災難ですよ！　でもどうしろって言うんです？　次々と生まれてくるんですから、引き受けないわけには行かないじゃありませんか」

「ああ！　真っ正直なお人ですねえ！　さあ、旦那さん、床に就いて下さい」

それからあたしたちは全員眠りについた。

翌日、子供たちが目覚めると、二人の男はいなくなっていた。

母は前日借りておいた部屋に、あたしたちを連れていった。弟妹を残して、あたしに面倒を看るように言って、家具をとりに出ていった。子供たちはひどく騒ぎ立てたので、母が戻ってくると、同じ建物内の部屋を借りている他の住人たち全員から、激しく食ってかかられた。一応、子沢山の夫婦ということで、了解は取ってはいたのだが。

実のところ、母は毎度のことだが、子供の数は適当にサバを読んでいたのだった。

お腹が空いたという文句は、あたしのうちでは絶えず繰り返される決まり文句になっていた。食べ物を見つけるのに、うちでは、どんなふうな手立てがあるというのだろうか？　どんな金策をでっちあげたらいいというのか？　どこにもつけは効かなかった。何もありはしなかった、質に入れるものは皆無だった。

「何日か」と母は言った。「おまえの最初の聖体拝領の時に着たドレスを、質屋にでも入れないとねえ」

「あたしの最初の聖体拝領のドレスですって！　でも……」

「ではないだろう……このままずっと何も食べずになんてことは、とてもできやしないよ」

あたしの最初の聖体拝領の時、青の割り当てられた制服を着るべきだったと、母はいつでも繰り言のように言っていた。でも結局は、ルーシュのついた、ごわごわの手触りの粗いひどい布でできた、パールグレーのこのドレスを買ったのだった。あたしは衣装戸棚から、そのドレスを取り出した。ひどく汚くなっていた。手をこすりつけたために、特に腰のあたりが汚れ、すっかり色も褪せていた。皺にならないように、丁寧にほんの僅か畳んでみた。ドレスを前に捧げ持つようにして、どきどきしながたがた震えながら、いちばん近くの公営質屋の方に向かった。

〈何が何でも、たっぷりお金を貸して下さいって、言うわ〉とあたしは心に期していた。最初の聖体拝領の時のドレスは、実際の値段の三ギルダー五十セントとは、全然別の価値が、あたしにとってはあるのだった。

〈四ギルダーは出してもらわなきゃ。高すぎるってことはないわよ〉。

その日は土曜日の夕方だった。客が沢山押しかけてきていた。ある人たちは一張羅を請け出しにきていたし、別の人たちは、日曜日に少し余分なお金が必要ということで、およそ質屋にそぐわないようなものを持ち込んできていた。ユダヤ人たちは前日請け出したサバト〔ユダヤ教の安息日、金曜日の日没から土曜日の日没まで〕用の服をまた質入れして、一週間分の商売の元手を得ようとしていて、店員が金を値切ろうとすると、服は丸一日着ただけだと言って、食ってかかっていた。

あたしの番になった。

「いくら欲しいんだい？」

「四ギルダーよ」

店員は包みを開け、ドレスを精一杯左右に広げて、前に突き出して吟味した。そしておもむろに言った。

「十八スーだな」

あたしはしばし呆然としてしまったが、小声で言った。

「まあ、仕方ないわ」

店員はあたしの初聖体のドレスを小さく丸めたので、涙がこぼれそうになった。

そこを出ると、回廊のところで一人の女性と顔が合った。手には桁網《けたあみ》〔袋状の網の口に長方形の桁を取りつけ、網の開口部を固定し、船を航行させながら、網を引く引き網漁具〕漁師の履く腰まで届きそうな大きな長靴を抱えていた。女性は自分の代わりに質入れをしてくれまいかと頼んできた。きまりが悪くて、自分ではちょっと抵抗があると言うのだ。

「ええ、分かったわ。いくら欲しいんですか？」

「二十四スーね」

あたしは受付に戻った。長靴をじっくり点検すると、店員は言った。

「十八スーだな」

あたしはドアを開けて、女性に小声で言った。

「十八スーですって」

「それでいいわ」と彼女は囁いた。

「結構です」とあたしは店員に言った。

女性はお駄賃に、二枚の一セント貨をくれた。

あたしは店の方にすっ飛んでいって、十八スーで、パン、マーガリン、挽いたコーヒーを買った。それからお駄賃の二枚の一セント貨を使って、《眠れる森の美女》の絵を一枚、二個の梨、それと二個の砂糖のボンボンを買った。

そうしてからあたしはすごく幸せな気持ちになって、家へ帰った。

あたしは祝祭日の当日、何も食べるものがないのではないか、という恐れに苛まれたことを、特に思い出さずにはいられない。父は貰った最初のチップで、その日は朝方から一杯やりだして、へべれけになってしまった結果、それ以降の時間、馬車を御することができなくなってしまうのだった。ところで、あたしたち一家が、どうしようもない貧乏暮らしに追い込まれるのも、こうしたチップのせいでもあった。だからこうした祝祭日には、いっそう貧しさが骨身に堪《こた》えるのだった。

ところが母は、この祝日にふさわしく、子供たちをできるだけ飾り立て、赤ん坊も抱きかかえて、おいしそうなご馳走の匂いを嗅ぎに、近所に繰り出すのだった。

沢山の女性が家の戸口のところで、家族や招待客たちを待ち受けていた。母は、もしかすると家にお入りなさいと声をかけてくれるかもしれない、せめてコーヒーを一杯、もしくは何かお食べなさいなぐらいは言ってくれるかもしれないという淡い期待をもって、コーヒーやバターを塗ったタルティーヌの、よい香りや匂いが漂ってくるその戸口で、立ち話をするのだった。だが、そんなことはあり得なかった。絶対にあたしたちが招じ入れられることはなかった。

仕方なくあたしたちは家に帰った。上の子たちは食べ忘れたパン屑があるかもしれないと、戸棚をがさごそやっていた。下の子たちは泣きながら食べ物をくれとわめきたてた。母は青白い顔をしたまま、両手を膝に当てたまま、一言も発しなかった。父は酒に酔った臭い息をぷんぷんと撒き散らし、空気を汚しながら、があがあと鼾《いびき》をかいていた。

すると母は慌しくおもてに出ていき、ほどなくして、生焼けのパンとマーガリン、それに挽いたコーヒーを手にして戻ってきた。元手がせいぜい十ギルダーくらいの当時沢山あった零細な商店の一つに、母は出かけていって、つけにしてもらったのだ。こんなこともたたって、その店をあたしたち一家は倒産に追い込んでしまった。

一八七〇年だった。父はドイツ人の脱走兵の口車に乗せられて、すっかり逆上《のぼ》せあがってしまった。男は全員、戦争〔普仏戦争〕に駆り出されたり、戦死してしまったから、ドイツでは人手不足だと、信じ込まされてしまったのだ。とにかくドイツまで行かなくてはということになって、父はまともな判断ができなくなっていた。だから、俺はドイツにまで行き、そこに行き着けば、間違いなく手間賃のいい仕事が見つかるだろうから、おまえたちを呼び寄せるよとまで、言いだす始末だった。ドイツのサーカス団に雇われて、旅費はただで済むことになった。袋に衣類を詰め込むと、目に涙を浮かべて、あたしたちの下を去った。

どんなにうまい理屈をつけても正当化できないこの遁走劇に、あたしたちは皆、心配のあまり、生きた心地もなかった。だって父には曲がりなりにも仕事があったのに、父がいなくなるかならないうちに、ドイツ人の脱走兵はちゃっかりとその後釜にすわってしまったからだ。父は母に九人の子供をおっつけて、何の生活の算段もないままに、あたしたちを冬の最中《さなか》に置き去りにしてしまったのだった。

母は司祭に会いにいった。彼はすぐに何人かの奥様方に、あたしたちの身の上に関心を持ってもらえるように話を運んでくれた。奥様方は、あたしが成人になるまで、慈善施設に入れるということで、すぐに衆議一決した。あたしたちの驚きは相当なものだった。母は話し合いをするためにその施設まで出かけていき、そこで養育されている娘たちの様子も見てきて、あたしたちにこう報告した。あそこの子供たちはたいそう厳しくしつけられているようで、施設の長の前では、平身低頭しているし、ああだ……こうだ……と。要するに、このいたいけないケーチェがあんなふうな卑屈な態度を取らなきゃならないと分かっただけで、母は胸が締めつけられてしまった。だから、母があたしに対するあらゆる権利を放棄するという、契約書に署名しなければならなくなった時になって、署名を拒んだ。ええい、ままよ、なるようになれだわ！　ケーチェはわたしといっしょにお腹を空かしている方が、まだましっていうものよ。結局、わたしたちはこれまでだって、さんざんな目に遭ってきているんだからね！

飢え死にするのなら、みんないっしょの方がいいと腹を括ってしまったので、あたしたちはすっかり肩の荷が下りてしまった。

この当時、アムステルダムにあるあらゆる慈善団体に、あたしたち一家は頻繁にすがっていた。そこの一つからあたしたちは週に三個黒パンを支給された。別の団体からは、二週間ごとにセント〔一ギルダーの一〇〇分の一〕貨で、一ギルダー分を与えられた。それでも五セント分くらい、使いものにならない鐚《びた》銭が混ざっていた。それでも、仕方ないじゃないか！　この雀の涙ほどの施しでもなかったなら、一家は飢え死にか凍死していたことだろう。それでも、施しの際に、飢えの結果の発育不全を、少しは当てにしているような節もあった。だから子供用のシャツが支給された時には、そのシャツが窮屈すぎて、第二の皮膚みたいになって、締めつけ具合は体に食い込むほどだった。シャツを通して、肋骨の数を数えられるくらいぴっちりしていたから、ひどい寒さなのに、そのせいで息もできないという有様だった。あるいは木靴で、ぴったりのサイズがないとしても、ずっと小さなサイズのもので我慢するしかないのだった。

うちではまた泥炭で造ったレンガの形をした練炭の引換券も貰っていた。ヘインとあたしとで、アムステルダムの反対方向のはずれに、練炭をとりに行くことになった。ヘインは体に橇《そり》を引くロープを縛りつけ、あたしは橇を押して、ふくらはぎまで積もった雪道を切り開いて進んだ。豆のスープの券も貰っていた。時々、何枚かを転売して、石鹼や洗濯ソーダを買って、洗濯をした。

朝の七時に、あたしたち一家は大運河沿いを歩いていって、《ご大家》の門前で並んだ。下男たちは、あたしたちの体が薄汚れている時などは、露骨に厭な顔をした。もしそうしようと思えば、おまえたちの体を洗えるだけの水は、それでも運河にたっぷりあるじゃないかと、嫌みを言うのだった。そうは言ってもやはり、エンドウ、ソラマメ、大麦の引換券を渡してくれるのだった。

うちは絶対に手ぬかりなく慈善を受けられるようになってはいた。そのわけは、あたしたち一家は宿なし《ヴァガボン》と《アウトカースト》との間に位置づけられていたからで、このランクから抜け出せそうもなかった。

父が家を飛び出してからというもの、六カ月もの間、生きている証しといったものはさっぱり窺えなかった。ある日曜日の朝、父は袋をしょって、ドアを開けて戻ってきた。ヘインは歓喜の声を上げて、父の方にすっ飛んでいった。

「ああ！　父ちゃん」

母の態度は冷やかなものだった。〈おまえさんはこれで、飯の種を奪ってくれたよ〉。

実際父が帰ってきたことがすぐに知れ渡ってしまったので、もうよそからは何も貰えなくなってしまった。あの女《ひと》には、若くて体ががっしりした夫がいたんじゃないのか？　夫は九人もの子供をこしらえたくらいだから、十分働けるさ。

ええっ！　あんたはお金《クワルチエ》を持っていたのね！

あたしたち一家は飢えには相当慣れっこになってしまっていた。だから母はかなり危なっかしいやり方で、飢えを手なずける術を心得てしまってもいた。

ある晩、あたしたちは泥炭の暖かな火を囲んで、車座になっていた。救いの手を差し伸べてほしいと言ってあったので、泥炭は差し入れられてはいたのだ。この一日、あたしたちは十セントのちっぽけなパン、それも母が九等分に分けたもの以外は口にしていなかった。母は赤ん坊に乳を含ませていた。子供たちは、一ギルダーお金があったら、何の食べ物を買おうかと話し合っていた。

ドアをノックする音がした。あたしは急いでドアを開けた。男の人が戸口のところに立っていた。

「どうぞ、奥さんはそのままで」と男の人は優しく母に声をかけた。「火のところにお子さんたちといらして下さいね。これは……」

その人はあたしに一ギルダーの貨幣を渡して立ち去った。

あたしはすぐに話題にしていた食べ物を買いにいきたかった。パン、コーヒー、それに燻製ニシンを。すると母があたしに言った。

「そのお金をおくれ」

お金を渡すと、母はクワルチエ〔原注―四分の一ギルダー、二十五セント〕貨を三枚よこした。あたしはびっくりして、この貨幣をしげしげと見てから、母の方に目を向けた。

「ええっ！」とあたしは声を上げた。「お母さん、お金があったの？」

母はうつむいて赤くなった。

「ああ、いいかい、わたしはマダム某《なにがし》からインド更紗六オーヌを受け取ったんだよ。ところがドレスを作るには四オーヌ足りないんだよ。一オーヌ、一クワルチェの値段なんだよ。ニーウエンダイクには同じ柄のものがあるんだよ。それを買おうと思って節約していたんだよ。今恵んでもらったギルダーで、明日それを買ってこようと思ってね」

あたしは開いた口がふさがらなかったので、しつこく言い立てた。

「ええっ！　お金があったのに、あったのにさ！」

「しつこいよ、小生意気な口を利くんじゃないよ、さっさとパンを買っておいでったら」

母はあたしに思わせぶりな合図を送ってよこした。他の弟や妹たちに内緒で、あたしにバターを塗ったタルティーヌをあげるよ、ということかなと思った。あたしはひ弱だったので、少し特別待遇をしてもらえる時もあったからだ。だが、母はやたらに目をしばたいている。これは明らかに心の動揺を伝えている合図なのだ。「いいかい」と母は囁いた。「コクスさんのところに行って、あたしのコート、おまえの初聖体の時のドレス、それとお父さんのオーバーを請け出すのだから、いっしょについて来ておくれ」

「お母さん、お金はあるの?」とあたしも母と同じように思わせぶりに言った。

「ああ、わたしは節約したからね」

うちで節約するというのは、何日もパンなしで済ますということだった。でも、どうしたものやら? あたしたち一家の者は丸裸で外出する、というわけにも行かなかった。しかしもうほとんど、着のみ着のままという状態だった。

コクスは担保をとって、食料品を分けてくれるという乾物屋だった。うちの衣類はあらかた、その店の方に行ってしまっていた。ようやく大事なものを請け出せるということになった。

母はグレーの円錐形の紙容器に、セント貨とドゥベルチェ〔原注―十分の一ギルダー、十セント〕貨の小銭で、数ギルダーを入れてあった。コクスのおかみさんは金を受け取ると、あたしたちに店の裏のドアのところに行って、衣類を受け取るように言った。ところがそこへ回ってみると、他の衣類を請け出しにきた時にいっしょに渡してやるよと言い放った。だってそっちの衣類の方は、親切にも食料品をつけで渡してやったんだからねと、臆面もなく言う始末なのだ。

母は悔し涙を流し、地団太踏んで呪いの言葉を発した。あたしも、初聖体の記念のドレスなんだからと言って、大泣きをした。何の打つ手もなかった。阿漕なおかみはこう言いながら、あたしたちを追っ払った。

「だっておまえさんたちは金を返すって、はっきり言えないんだろう」

あたしは寝込んでしまった。ショックのあまり、高熱が出た。母は何日もの間、チック状態で目のしばたきが治らず、頬骨のところには赤斑が現われた。このままただおくものかと、脅し文句を四六時中つぶやくとともに、目の前に阿漕なおかみの顔があるかのように、爪で激しく引っ掻くしぐさを繰り返していた。

ディルクは前の運河で独楽回しをしていた。スケート靴一足が手に入れられるなら、夕食を全部だって与えただろうし、小型の橇があれば、あたしたち姉弟妹を全員ぎゅうぎゅう詰めにして、日が暮れるまで橇すべりをして楽しませてくれたことだろう。だがどちらも手に入れるのは無理だったので、独楽回しをして遊ぶしかなかった。独楽は氷上にアラベスク模様を描きながら、すごい勢いで回っていた。

その激しい動きに、あたしはいつでもうれしさのあまりぼうっとなってしまった。氷の上で、凍りついてしまいたくなければ、思いきり、たっぷりと遊びまわらなければならなかった。だからあたしの方は、弟のはしゃぎぶりを河岸からずっと目で追っていた。やがて弟は寒さのあまり、顔面蒼白になり、体がそれほど温まらないこの遊びにも飽きてしまい、独楽回しをやめて、氷滑りを始めた。

対岸から、女の人が一人運河に近づいてきたが、前掛けに何かを包むようにしていた。岸辺のところで、前掛けからものを取り出すと、氷の中に作られた穴にそれを投げ込んだ。五度ほど、彼女は前掛けに手を突っ込むと、五回ものを投げ入れた。ディルクはそこに近づき、最後のものを空中でキャッチすると、セーターの下にそれを隠して、逃げ帰るようにして戻ってきた。こちらの岸に這い上がると、生後数週間という、お腹の白いグレーの仔猫を、あたしに見せた。

「俺はこいつを助けてやったんだ」と弟はへどもどしながら言った。「さあ、早く温めてやって、ミルクをやろう」

家に入ると、ディルクはストーブからミルクポットを下ろし、仔猫に少しやった。母は文句を言った。

「ちょっと、おやめよ。うちではただでさえ、ミルクが足りないんだよ」

「だって、お母ちゃん、あんな高いところから投げ込まれたショックから、立ち直れるようにしてやらなきゃ！」

「ショックからっていうのなら、それでいいよ。でもあたしは猫を飼うのはごめんだよ」

「俺は自分の分のタルティーヌをやるよ。それにこの袋小路にも運河にも、ネズミがうようよいるじゃないか」

仔猫はピンクの舌を見せながら、ご馳走を分けてもらうといった調子でミルクを飲んだ。それから四肢をぐっと伸ばしてから背中を丸め、尻尾を立てると、テーブルの上を歩きまわって、ディルクの顔に幾度となくぽんぽんと頭をぶつけるのだった。ディルクの眼は誇りにきらきら輝いていた。

「どうだい、こいつは恩義を感じているんだぜ。俺が助けてやったってことが、ちゃんと分かっているんだぜ。こいつは俺の猫さ！」

弟はあたしに雄か雌かを尋ねた。じっと観察してみたが、さっぱり分からなかった。顔つきから、あたしたちは雌だということにした。

弟が名前をつけてやったので、バーチェはうちの猫になった。だがこの仔猫はディルクの猫だった。いっしょに寝たし、小さい時はずっと、帽子《カスケット》の中に入れてやっていた。自分のタルティーヌを小さく噛み砕いたものと、母が背を向けている時にくすねた少量のミルクとで養ってやっていた。

弟は服の下にも仔猫を入れて連れていった。毎週土曜日の午後は授業がなく、ミナが下の子供たちを家から追い出す時にはだ。だって足のまわりに子供たちがまつわりついていたのでは、掃除をすることもできないと、ミナはこぼしていたからだ。するとディルクはあたしも引き連れて、大運河に向かった。あたしはそのあたりを散歩するのが大好きだった。そこであたしたち二人は、「お金持ちならば」と空想して、一軒の邸宅を選び、下男たちが、二人を追っ払う時まで、玄関前の階段を上り下りして遊ぶのだった。

こうして何回かの巡回を重ねるうち、ある時、窓の後ろのあたりの、青いビロードのクッションに坐っている、大型の赤毛のアンゴラ猫に引きつけられた。その猫は落ち着いた様子をして、ガラスにいる大きな蠅を眼で追っていた。それから後肢で立ち上がると、前肢を使って蠅を捕まえた。

そんな立ち姿に、二人とも呆気にとられてしまった。腹の明るい褐色の毛が、陽光に輝いていた。尻尾を誇示するように右に向け、先はぴくぴくと動き、鱈《たら》ぐらいの太さがあった。

ディルクは服の下からバーチェを取り出すと、そのすばらしい猫を見せてやった。

「見たか、バーチェ、あいつも猫だぞ。でもおまえの三倍はでかいな、それに別格だぜ。おまえだったら、あの蠅を食っちまったことだろう。あいつは殺しただけだよ。あいつはおそらくこれからたらふく食わせてもらえる燻製ニシンの頭を待ちながら、腹を空かしたままにしているのさ。そうじゃなかったら、きっとあいつだって、蠅を食っちまったよ！　おまえと俺だったら、絶対待ってなんかいないで、目の前に食い物があったら、どんなことをしたって、かっ喰らうよなあ。バーチェ、あいつの毛並、尻尾、それに黄金《きん》でできた二つの玉みたいな目ん玉は、おまえのものとは似ても似つかねえぞ。あいつは別格、全く別格さ、なあそうだろう」

この時女中が一人、冷えたジャガイモの皿を持って家から出てきて、野良犬どもに恵んでやろうと、木の根元にそれをぶちまけた。女中が家に入ってしまうと、あたしたちは木のところまで行って、この天から振ってわいたような食べ物のそばに、バーチェを下ろした。だがジャガイモは土で汚れていなかったので、ディルクは一個一個帽子に入れると、ずっと離れた家の階段まで行って、三人でおいしいおやつを味わった。

春になってくると、バーチェはふっくら、ぽっちゃりとしてきて、かわいらしくなった。ディルクはそれを、あたしたちが運河をぶらぶらしたせいだと言っていた（ジャガイモの件以来、こうした授かりものはないかと、絶えず目を凝らしていた）。

「それに分かるだろう、ネズミがしょっちゅうこいつの近くを、うろうろしているのさ！」

ある晩、アルコーヴで両親が休もうと寝支度にかかったところ、バーチェが藁布団の中で、五匹の仔猫と悠然と寝ているのを目にした。ディルクはびっくりして、声も出なかった。父は仔猫をすべて、下水にほうりこもうとした。動物が大嫌いなミナは、運河に棄てればいいと言った。するとディルクが大声を上げてわんわんと泣きだしたので、母は他の家族に目配せをしながら、それじゃ、おまえが面倒を看ておやりと言った。弟は土間の片隅に自分の着ているものを広げて、寝床を作ってやった。そうして母猫と仔猫たちを寝かしつけた。だが翌日、両親が何も気づかないうちに、母猫はちゃっかりと元の場所に戻っていた。

子供たちが学校から帰ってくると、バーチェはご主人様を迎えに出た。そして哀切極まりない声を上げて、ものすごく悲しい事件が起きたのです、と訴えた。

「ニャオーン!!　ミャオーン!!　ニャオーン!!　ググー、ギャオーン!!」

その後、バーチェはアルコーヴに跳び上がった。ディルクと猫は藁布団の中を引っかきまわし、引っくり返したり戻したりした。だが仔猫の姿は影も形もなかった!

弟は蒼ざめた顔をして、そこから跳び下りると、両の拳を突き上げて、ミナにつかみかかろうとして、途切れ途切れに言った。

「や、やい、お、おまえだな、このへ、変態や、野郎、変態野郎《ソドミト》!」

姉は鼻に皺を寄せて、薄ら笑いを浮かべながら、弟を片手で突きのけた。

秋になって、バーチェはまたお腹がふくらんできた。ディルクが白い毛のお腹を撫ぜてやると、猫は喜んで、ゴロゴロと機嫌よさそうに喉を鳴らした。ある日、突然姿が見えなくなった。ディルクとあたしは袋小路一帯を隅から隅まで、草の根を分けるようにして探しまわったが、バーチェはさっぱり姿を見せなかった。ミナの団子鼻がひくひくと動いていた。するとディルクはもう探すのを諦めた。

「へ、変態、たい、や、野郎、お、おまえの、おまえの仕業だな!　へ、へ、変態め、お、お、おまえが、や、やりやが、がったな!!!」

その間ずっと、ディルクはしゃくり上げながら、肩を震わせていた。

もしあたしたちがお金持ちなら

冬を迎えると、夜はいつもうちには暖も明かりもなく、空きっ腹を抱えていた。だから少しでも温まろうと、床に就いて、もしお金持ちになったら、何が欲しいか話し合った。

ある夜、すっかり夢が実現したかのように陶然となって、父と母は互いに競わんばかりにして夢を語っていた。

元騎兵だった父は、サラブレッドを何頭も飼って、あたしに乗馬を教えてやると言うのだった。父が言うには、おまえなら乗馬用のスカートを穿くのに、おあつらえ向きの体をしているぞ、だって絶対にでぶの女は乗馬には向かないんだ。

ミナは緑のサテンのドレスと、ふくらはぎのところまであるブーツが欲しいと言った。

あたしなら、絹のドレスを着、真珠のついた帽子をかぶった人形がいっぱい入ったガラスケースが欲しいわ。それとものすごく大きなお人形さんね、この人形は他の人形たちの女王様ってとこね。レースのステッチを使って、蝶の翅《はね》を縫い合わせて作ったドレスを着せてやるの。

「たあいねえなあ!」と父はぼそっと言った。

「このねんねときたら」と母も同調した。「相も変わらずお人形さんだってさ!」

「あたしならねえ」と母も力をこめて言った。「シュニール糸〔すべすべした絹の飾り紐、毛虫糸〕でできたボンネットを、とっかえひっかえかぶるよ。そうなったら、この袋小路のかみさん連は、さぞかし頭に血が昇ることだろうね」

「何だって！　袋小路のおかみ連を怒らせてやるだって、金持ちになったたっていうのに、まだこんなところに、くすぶっているっていうのか！」

「あら！　本当だね……それから子供たちにはフランス語を習わしてやるよ、ピアノとダンスの稽古もさせなきゃやねえ。髪の毛もイギリス風にカールさせてやらなきゃ。皇帝運河通りの大邸宅に住むんだよ。部屋の色は、青、赤、緑にするよ」

「どうして、そんな色ばかりなんだい？」と父は尋ねた。

「《金持ちの家》はそんなものだと本で読んだよ。それに窓越しに見たら、そうだったよ」

「うむ！　それじゃ、おまえの部屋はどうなるんだ？」

「あたしの部屋かい？　赤にするよ、昔からそう言っているじゃないか、赤だよ。あたしの髪は褐色だろう……」

それにベッドのそばには、ストーブが燃えているんだよ。そして一時間ごとにおいしいものを食べるのさ。八時にはビスコット〔甘みのないラスク〕、朝食にパンの代わりにする〕とココアを、九時には焼きリンゴを、十時には燻製ウナギを添えたタルティーヌにコーヒーを、十一時にはキュウリの酢漬けとゆで卵をね。まあ、一時間ごとに、おいしいものをだよ！」

「するってえと、おまえは金持ちになっても、いつものように、夕食を作らないつもりなんだな。いつでも、ありあわせのもので済ませるってわけかい？　でも俺にはな、俺には豚の脂身と、ブーダン〔豚の血と脂身で作る腸詰〕の入った、でかい壺にジャガイモをぎっしり詰めて出してくれ、じっくり煮込んだ熱々のやつをな。そんな身分になっても、たっぷりした量の料理を、家の者に出さないっていうのか。金持ちの連中がそんな《おやつ》みたいなものばっかり、食っているとでも思っているのか！　肉屋で見た肉はな、奴らがいつも食っているものなんだが、見たところ、まだ生だったぜ」

「生の肉だって！　おお、厭だ、むかむかしてくるよ。絶対あたしはごめんだね」

「ああ、ああ！　いい加減にしてくれよ！」とヘインは溜息を吐《つ》いた。「せめて俺たち一人一人に、三セントぐらいのちっぽけなパンでもあればなあ！　あのパン屋の片隅にあったやつは、かなりでかかったぜ。みんな見なかったのかよ？　他のパン屋のよりずっとでかかったし、そいつを一個食っただけで、前は胃にズシリときたぜ」

あたしたちはみんなふっつりと黙りこんでしまった。父は洟《はな》をかむと、声を絞り出した。

「そうだな、ヘインチエ、さあ寝ろ。明日、おまえにちっちゃな三セントのパンを一個買ってやるからな」

父はもう一度、洟をかんだ。

あたしはスカートの中に、おもらしをした

ある晩、一ギルダーを貰いに、あたしは慈善事務所に行かなければならなくなった。一セントを棒状に包んだもので一ギルダーを支給してくれた。そこには外国の小銭まで紛れ込んでいるのだが、そのことがはっきりと分かっているのに、うちでは泣き寝入りするよりほかなかった。あたしはそのお金を使おうとして、いろいろな店で、幾度となく外に叩き出されたことがあった。

雪が降っていて、石も割れんばかりのひどい寒さだった。あたしは貴族運河沿いを通っていった。途中で、同じ年恰好の二人の男の子と一人の女の子と出会ったが、その子たちも慈善事務所に行くところだった。

みんなで雪の玉をぶつけ合って、追いかけっこをしたり、ドアの鐘を鳴らしては逃げたりした。ところが急におしっこがしたくなったが、男の子たちがいたので、おしっこをするのは恥ずかしかった。

ウェステルケルクに着いたあたりで、雪まみれになりながら隠れん坊をした。あたしは荷車の下か片隅にでも、どんなに隠れたかったことか、しかし他の子たちが追っかけてきて離れようとしなかった。

あたしは地獄の苦しみだった。動けなくなり、遊ぶことなんて、到底できなくなった。寒くて動けないと、みんなに嘘を吐《っ》いた。

帰り道、この同じ教会の前で、もうどうにも我慢できなくなってしまった。温かいものが木靴の中にまで流れ込んだ。それと同時に、腰のところからつま先まで、穿いていたスカートが、バリバリに凍りついてしまった。ひどく傷ついて、プライドもずたずたになってしまった。あたしは声を上げて泣きだした。雪は先が見えないほどの勢いで降りしきっていた。雪は木靴にびっしりと尖った形で張りついてしまい、あたしは何とか

足を引きずって歩くしかなかった。家に辿り着くと、辛うじてドアを開けるだけの余力が何とか残ってはいたが、ばったりと倒れ込んでしまった。

父は着ていたものを脱がせてくれて、優しい言葉をかけながら、血をそっと拭ってくれた。

「ああかわいそうな《仔猫ちゃん《ブスケ》》、あかぎれがひどくなっちゃったなあ、かわいそうな《仔猫ちゃん》！」

あたしをストーブの前の椅子に掛けさせると、ほとんど出しがらだらけのコーヒーを、一杯お飲みと差し出した。あたしは何も言おうという気持ちには、到底なれなかった。だって父親が善意でそうしてくれているのに、そんなものはいらないよとでも言おうものならば、父は怒りだしたにちがいなかった。それから少しすると、お父さんは何て素敵なんだろうと思えたし、優しさが胸にぐっと堪えたので、絶対につまらないことで、父を怒らせてはならないな、という気持ちになった。だから、あたしはこう言った。

「お父さん、おいしいよ、この熱いコーヒーはね、こんなに凍えて、あかぎれがひどくなった後はね」

「だろう、《仔猫ちゃん》？　おまえのために、そいつを残しておいたんだよ。ケーチェが戻ってくる時には、さぞや寒かろう、熱々のコーヒーを出してやったら、喜ぶんじゃないかって、考えたのさ」

「ええ、そうよ、おいしいわ。とてもおいしいわよ！」

そう言うと、あたしは泥水みたいなコーヒーをぐっと飲み干した。

母は家に籠っているじめじめした寒気を少し軽減しようと、子供たちのおもちゃをとっくの昔に火にくべてしまっていた。出産後十日しか経過していなかったので、風邪をひくのが心配だと、母はこぼしていた。あたしたちは貸し馬車屋で御者をやっている父の帰りを待っていた。おそらくチップを貰っているだろうから、体を温められる泥炭とコーヒーぐらいは、買いにいけるだろう。食べ物の方は、仕方ない！　なしで済ますしかない。まずは、こわばった手足の凝りのようなものを取り除かなきゃならなかった。

父は木綿の仕事着を着て、がたがた震えながら、両手をポケットに突っ込んで二つ折れになって帰ってきた。

「ブルル……ここは外よりもさらにいちだんと寒いな」

「ディルク、泥炭とコーヒーを買いに行きたいんだけれど、あんたは鐚《びた》一文持っていないのかい？」

「ああ、持っちゃいねえよ。火は燃えてると思ったんだが。ご婦人がおまえに会いにきたはずなんだが？」

「来なかったよ。おそらくこんな天気じゃねえ」

「そうと知ってたら、俺は馬小屋で寝ていたんだが。ああ、何て寒さなんだ！　何てひでえ寒さなんだ！　今日はただの一度も客がつかなかったんだ。こんな寒空に、丸一日通りで、馬車の掃除をしなきゃならなかったんだ。豚どもめ！　ところが、奴らは、俺がチップを貰えねえ時には、家じゃ、パンも買えねえって、分かってやがるのによ。九人の子供を抱えて暮らしを立てていくのは、奴らが払ってくれる週三ギルダーの金じゃ、やってけねえってこともな」

「あたしは足の方からぞくぞく底冷えがしてきたよ」と母はがたがた震えながら言った。「こんな体調じゃ……」

「畜生！　こん畜生！　これ以上おまえに病気にでもなられたんじゃ、堪ったもんじゃねえぞ。さあ、寝るんだ、子供たちも寝ろ。明日は何か食わせてやるからな。今は絶対火を焚かなきゃな」

父はこの穴蔵みたいな部屋の中を、まだ焚きつけになるようなものはないかと、がさごそやりだした。だが子供たちの履く木靴しか見つからなかった。それを脇にほうりだして、また探しにかかったが……何も見つからなかった……木靴のところにまた行って、炉の中に積み上げると、火を点けて、床に就いた。

「おまえの体があったかくなるように、ぴったり体をくっつけて、添い寝をしてやるからな」

ランプは油が切れて、消えてしまった。小さな木靴は濡れていたから、火勢はなかなか強くはならなかった。だが空気はまたあったまってきたので、何ともいえない幸福感にあたしたちは包まれた。

まだ夕方の六時にしかなっていなかった。とても寝られたものではなかった。そこで、寒さのついでに、ナポレオンに従ってロシアに遠征した自分の伯父のコルネイユ・オルデマの話を父はしてくれた。モスクワの大敗北〔一八一二年十月〕の場に居合わせたが、ただでは帰らなかった。燭台や聖体器〔信者が拝領する聖体のパンを納める蓋のついたカップ状の容器〕や、教会から略奪したその他の金製品を、ぎっしり背嚢に詰め込んだ。フリースラントに帰還した際、こうした物品を売りに出したところ、ユダヤ人がそれを買ったそうだが、農園一つと四頭の見事な雌牛を手に入れることのできるほどの収益をもたらしたそうだ。伯父さんの言い分はこうだったそうだ。

『俺だけがこうしたものを強奪したと思うなよ。みんな同じことをやらかしたんだ。将校も兵隊もな。戦争になりゃ当たり前のことなんだ。だが俺みたいに、戦利品を持って故郷に帰れた奴はほとんどいなかったんだ。ほとんど全員といってもいいが、途中、すごい寒波で凍死したり、敵の襲撃で死んだり、今度は仲間に持っているものを奪われて殺されたりしたんだ。俺は、フリースラント人として、寒波にはしっかりと持ち堪えたんだ。だがわけの分からん言葉をしゃべっていた、ちっぽけな体の褐色髪の奴らは、コガネムシみたいに呆気なくたばっちまったよ。このひでえ寒さに体はこわばり、すっかり意気消沈してしまいやがった。日ごろはべらべらとよくしゃべっていたんだ。ものすごく厳しい戦局にあっても、しゃべりまくりげらげら笑っていやがったんだ。遊びでもするみたいに、出撃しやがるんだ。本当に悪魔と見紛うくらいだったぜ。食いもんなんかも大して気にしている様子はなかった。パンとタマネギで十分満足していた。だが寒さにはからっきし駄目だった。まず足を引きずりだし、それからめまいが起きたかのように、眼をしきりにこすると、崩れ落ちるように倒れ込んで、眠ってしまうんだ。そうなると一巻の終わりだ。奴らはもう目覚めることはなかった。

奴らの一人は俺にいっしょにくっついてきた。体がすっかりかじかんでいるんだが、何とか持ち堪えていた。奴は俺にしきりに話しかけ、しゃべり続けた。当たり前なんだが、何を言っているのか、チンプンカンプンだった。少し経つと、舌がもつれてきた。結局、もう足を引きずることもできなくなってしまった。俺にしがみつくと、子供みたいにたどたどしいしゃべり方になった。これまでと同じように、奴はへたり込むと、くたばっちまいやがった。俺は奴の背嚢から、二つの金杯を頂戴した。

道中、俺が物乞いをしなかったとしても、破けた靴から親指がにょっきり跳び出していたから、多分帰ってくることは絶対無理だったろうさ。ところがだ、俺はすっからかんの、からっけつの何とも哀れな野郎と思われたんだ』

体が温まった母が、今度は叔父のハニスの、スペイン遠征〔一八〇八―〇九年、ここに記述されているようにゲリラに悩まされる〕の話を始めた。ハニス叔父さんは体は小さかったが、とても信心深いリエージュの人だったよ。沢山の人たちといっしょに、その国めざして、出発しなければならなくなったのさ。それはすごく遠い所にあってね、進むにつれて、土地がひどく乾燥してきて、人々の肌の色もたいそう浅黒くなってきたから、確かに世界の果てに連れていかれると、叔父さんは思ったんだよ。実際そのとおりだったのさ、叔父さんは世界の果てを目にしたんだからね、と母は請け合った。藪の陰から、叔父さんたちは狙い撃ちされたんだよ。家屋から、屋根から、木立からドンパチやられたんだよ。でも人の姿は影も形もなかったんだよ。それから、焼けるような黄色い砂漠みたいなところを抜けて、みんなは世界の果てにまで、ようやく辿り着いたのさ。そこでは、空が大地の先の、これまで見たこともないような、青い青い海と溶け合っているんだよ。戦友たちはその空のあたりで水浴びをしたのさ。ところが叔父さんは跪くと、恭しく、手を水に浸けただけで、湿った指で十字を切ったんだよ。

持ち帰った戦利品はね、叔父さんの話じゃ、ひどく貧しい国を占領しただけのことしかなくて、金目のものはなかったってさ。あそこの女は魔女みたいに真っ黒で、尻をふりふり、木切れを指の間に挟んでカチカチ鳴らしながら、やたらに歌ったり踊ったりするんだってさ。あたしたちの国にあるような飲み物や食べ物はというと、あの国の金持ち連中は、それがどんなものなのか、想像もつかないんだとさ。

「俺たちだって、分かっちゃいないさ」と弟のヘインがまぜっかえした。

隣室で十時の時報が鳴った。小さな木靴は燃え尽きてしまっていた。寒気が再び勢いをぶり返してきた。幼い子供たちを除いては、あたしたちは誰も寝つくことができなかった。それなのに夜は、まだまだひどく長いときていた!

父は酔っぱらった折に、馬丁と示し合わせて、何枚かのドゥベルチェ貨と引き換えに、使われなくなった古い馬具類を売りとばしてしまった。ところが馬丁の方は罪を免れようと、主人にご注進に及んだ。主人の方はよく調べもせずに、父を逮捕させてしまった。うちでは、腰を抜かさんばかりに驚き、すっかりパニック状態になってしまった。父はどこで逮捕されたのか、どこに連行されたのかを知ろうとしたが、まさか牢獄に収監されたとは、これっぽっちも考えてはいなかった。

だから、あたしたちは、母とあたしは、家族を下の弟妹まですべて動員して、アムステルダムの派出所各所までひとっ走りさせた。何とも悲しい遠出だった。最後に残った派出所に着いた時には、あたしたちは精も根も尽き果てていた。警官たちはストーブを囲んで、腰を下ろしていた。母はすっかり気が動顚していたので、おまわりと口走ってしまった。すると一人の警官が怒りだして、母を追っ払おうとした。別の警官が、あたしを指差しながら、その警官をなだめた。

「まあ落ち着け、世間じゃ、そんなふうに言ってるんだ」

その後、その警官は父は《赤い村》に連れていかれたと教えてくれた。アムステルダムでは、刑務所を意味する言葉だった。

あたしたちはおいおい泣きながら、家に帰った。ミナが仕事から帰ってくると、はたまた愁嘆場になった。その夜は泣きくれて明かすことになった。

翌日は日曜日だった。まんじりともせず、いろいろなことに思い悩んで、あたしはものすごく苛立っていた。だからあたしは口を極めて父を罵った。

「要するに、父さんがあたしたちをこんな情けない状態に追い込んだのは、またお酒のせいなのよ。あたしたちは恥ずかしくて、おもても歩けやしないわ。いい、あたしを最初に白い眼で見ようとする奴は、運河に叩き込んでやるわ。父さんが盗みを働いた動機は、せめて、あたしたちにひもじい思いをさせたくない、と思ってのことだったらねえ！　ところがそうじゃないのよ、ジンを呷《あお》るためだってことよ。もう涙も出やしないわ。いい気味だわ」

「口が過ぎるよ、ケーチェ。ディルクは一晩中、寝床でもそもそ動いてたよ。そんな話を聞かせちゃいけないよ。もしこの件で、あの子がバカにされるようなことがあれば、間違いなく徹底的に闘うよ。あの子の目を覚まさないようにしとくれ」

「俺は眠っちゃいないよ」とディルクは声を上げた。それからおいおいと泣きだした。

ミナはあたしたちを、元気づけなければならないと思い、要するに、こんなことになったのはあたしたちのせいじゃないと言った。

あたしたちは午前中いっぱい、心身ともに疲れ切ってしまっていた。午後になって、くよくよしてもはじまらないと、次々と外に出ていった。この上ない上天気だった。あたしはあたりを窺いながら、袋小路から抜け出た。いかにも急いでいるようなせかせかした足取りで、家並を駆け抜けた。運河のはずれで、同じく一人ぼっちの、あたしといちばん仲のいい子と出会った。最初は隠れようと思ったが、その子の兄さんも《赤い村》にいるのだった。彼は水夫だった。父親が金をくれなかったので、息子は父親の制服を売りとばしてしまった。だからあたしたちはどちらともなく、押しだされるようにして、近づいた。

「リカ」とあたしは声をかけた。「《スハンセン》まで行ってみようよ」

《スハンセン》とは刑務所にまで道が通じている外周の大通りだった。二人はたまたま用事でもあるかのようにして、刑務所に辿り着いた。《赤い村》のまわりを一周してみたが、窓が見えるところはどこでも、そこを見上げながら、必ず立ち止まって、あたしの父か、リカの兄が、二人のおしゃべりを耳にするのではないかと期待して、大声で話を続けた。全くの期待はずれだった。何の反応もなかった。それから二人は顔を見合わせた。そして涙ながらに、互いに体を預けるようにして抱き合った。二人とも声を限りに、収監されている親族に呼びかけた。

「お父ちゃん！　お父ちゃん！」

「フリッツ！　フリッツ！」

呼び声とすすり泣きとが入り混じった。

どちらも弁明の口実は見つけてあった。お父ちゃんは酔っ払っていたから、何をしたかも分からなかったんだよ、それと、兄ちゃんはまだ大人になっていないんだよ、というものだった。

それから間もなく父は釈放された。酔ったうえでのこそ泥は微罪だから、起訴するには当たらないということだった。だが悪事を行ったことに変わりはなかったから、父はアムステルダムのどの貸し馬車屋でも、もう雇ってもらえはしなかった。

父の投獄の直後の何日かは、極貧の程度はもう予断を許さないところまで来てしまっていた。父が得ていた週給三ギルダーは、部屋代と、うるさく攻め立てられる借金の支払いとで消えていた。それ以外の生活費は父がその日その日でもらうチップで、何とかしのいでいた。ところが今や、すべてが一挙に掻き消えてしまった。

うちでは隣室のお婆さんに相談に乗ってもらい、どうやってやり繰りしていくかの方策を決めた。お婆さんと、あたしたちの住む袋小路の住人はみんなドイツ人で、陶器の行商をやっていた。お婆さんはあたしの子供用の前掛けの下に、三つの土鍋《カスロール》を押し込んでくれた。値段はいくらで売るのか、手間賃はどれだけになるのか、売る時の口上の文句を教えてくれた。

あたしは心の動揺が激しくなって、がたがた震えがきた。だから足をがたがたさせながら、出発した。ユダヤ人街を選んだ。ドアからドアをおずおずと、鍋はいかがですかと声をかけた。どこでも、いらないよと断られた。ところが一人のユダヤ人女性が一時に三つまとめて買ってくれた。ええっ！　まさか！　冷え切っていた身体が、一挙にほてってきた。急いでうちの建物に戻ると、また三つの鍋を取りにいった。それも売れた。ああ、何て喜び！　その晩、あたしは半ギルダーという思いもよらない稼ぎがあった。早速、うちのことは心配しないでと、父に手紙を書いた。あたしはうちの人たちみんなのために、たっぷりと稼いだわ。靴底がとれちゃったの。でも木靴を履くわ。お父さんは、あの件は自分が無実だとはっきりさせることを、考えるだけでいいのよ、って。

あたしは今では街の行商人になっていた！　何日かすると、僅かのお金をつけにしてもらって、荷車を借りて、陶器をいっぱい積み込んで、ドアからドアを回って、売り声を上げながら、商売を始めた。「さあ、さあ、買ってちょうだい、陶器にお鍋！　さあ、さあ、買った、買った！」〔この台詞は原文ではオランダ語、「Koop! Potten en pannen Koop!」〕

ユダヤ教の過越《すぎこ》しの祭り〔三月か四月に始まり、一週間続く。モーセに率いられて、ユダヤ人たちがエジプトを脱出した際に、神はエジプト中の初子（ういご）を殺したが、小羊の血を家の入口に塗ったヘブライ人たちの家だけは過越したという故事に因む〕が近づいていたので、あたしはヨーデン・ブレーストラートにまで足を延ばし、他の行商人の屋台の間に荷車を置かせてもらった。屋台には、ユダヤ人の女たちが、過越しの祭りの食器類を新しいものに買い替えにやってきていた。あらゆる商人の例に漏れず、あたしも詐欺まがいのことをやった。ひびの入った鍋を客に押しつけられると踏んだ時には、必ずそうした。キリスト教徒たちは食ってかかって来たので、あたしは謝らなければならなかった。だがユダヤ人たちはそんなことは全くなかった。ある日、一人のユダヤ人の女が壺をくれと言った。あたしは壺を差し出した。買おうという段になって、女は壺を裏返してひびを見つけた。女は何も言わずに別の壺を買った。急に、またユダヤ人の女がやって来たので、あたしは先ほどの同じ壺を渡そうとした。彼女は一言文句を言っただけだった。

「この壺はいらないわ。ひびが入っているわよ」

どちらの女も、あたしが繰り返しだまそうとしたのに、憤慨することはなかった。だがその時、まわりにいた連中がものすごく憤って、ひとかたまりになって、あたしに襲いかからんばかりになったが、何とか荷車を牽いて逃げだすだけの時間があった。原因は過越しの祭り用に求めなければならない《清浄無垢《カシェル》なままの》鍋の一つに、バター付きのタルティーヌが容れられているのを、ちょうどその時、彼らは見つけたのだった。

あたしは同年輩の何人かのちいさなユダヤ人の商売人と知り合いになった。彼らは、靴紐や、厚紙の上にピンで留めたドゥベルチェ貨一枚で買える一組の耳飾りを売っていた。声を限りに売り口上を述べ、通行人の足を止めさせ、まるで本物の天然真珠であるかのように、自分たちの商品を売り込みにかかるのだった。この子供たちはあたしの方に、ひどく惹きつけられた様子で、日がな一日、荷車のあたりをうろついていた。でも目は客の方を窺っていた。いいカモがきたと見るや、そのたびに道の真ん中まで飛び出していった。まるで昔からのなじみの人間を目にしたかのように、感極まった声を上げた。

「いらっしゃい。毎度ありがとうございます。お求めはこれですか？　お目が高い！　これはおまけにしておきますよ」

それから彼らはあたしの方に戻ってきて、何でも話してくれる。商売のこと、好きなことを、すべて真っ正直に。話も筋道だっているので、あたしは圧倒されてしまう。場違いな言葉は一言もないのだ。

彼らは自慢話をするにしても冷静沈着なので、あたしは強い印象を受けた。あたしは彼らの一人に、先週はイチジクを売っていたのに、今度はガラス細工のブローチを売り歩いているのを見て驚いたわ、と感想を述べた。彼は一週間ごとに売り物を変える、同じものを街で売っても、二週続けては売れない、時期を見計らって、新しいものに取り換えていかなければならないと、強調して話してくれた。ああ！　何てすごく頭の回転が速いのかしら、シャープで明晰で、話の筋道が通っているわ。本当に目から鼻へ抜けるようだわ！　でも自分の受けた印象に、それ以上余計なことを言う必要はなかった。伝説化して吹聴されている汚い手を使うユダヤ人などという印象が少しも窺えなかったことで、あたしはただ快い驚きを感じただけだった。そうした恐れから、街頭でものを売ることには、あたしはものすごい抵抗があった。ところが、彼らには自分が到底太刀打ちできないほど優れていることを、認めないわけには行かなくなった！

あたしの方も、ブロンドの巻き毛に彼らがすごく魅せられていることを意識していた。それから彼らは、驚きを隠さずに互いに言い合っていた。

「あの娘《こ》はちゃんと分かってくれているぜ。だから俺たちは自信を持ってよさそうだぞ」

要するに、あたしたちが固まってものを売っていると、とてもリラックスできたし、お互いに魅《ひ》かれているようなところがあった。

ユダヤ人の過越しの祭りが終わると、あたしは陶器を載せた荷車を牽いて、町を流して歩くようになった。アムステルダムの大運河のあたりに足を延ばして、ぶらぶらしていた。その界隈は荘重な外付き階段を備えた厳めしい様相の館が軒を連ね、運河沿いにはたっぷりした葉が生い茂った古い樹木が並木となっており、くすんだ青銅の色をした運河の水の上を、帆船が音もなく滑るように走っており、そこから漂ってくる大いなる静けさに、いつも魅了されるのだった。わが家の騒々しさや貧しさから解放されて、安らぎを覚えるのだった。だって部屋では、弟や妹が体調を崩したり、お腹を空かして、むずかって泣きわめいたりしているのは、ごくありきたりの光景だったからだ。そこは静穏で、えも言われぬ心地よさがあった。あたしは独りきりになれて、こしらえた物語を口に出して、自分に聞かせたり、『パリの秘密』〔フランスの作家、ウージェーヌ・シュー作の長編大衆小説（一八四二―四三）〕を読んだりすることができた。

あたしはフルール＝ド＝マリ〔貴族の私生児、極悪女に拾われてさんざん辛酸を嘗め、売春まで強要される。後に父親と出会い認知される。しかし忌まわしい過去を恥じて、修道女となって俗世を去る〕になっていた。ロドルフ〔ロドルフ・ド・ゲロルスタイン大公、フルール＝ド＝マリの父親〕があたしを実の娘と認めた時、あたしはお姫様になるにはドレスを変えさえすればよかった。白い肩と白い手を持ち、それにきれいな言葉遣いができさえすればよかった。rの音を喉を震わせて発音しようと思えば、できただろう。お金持ちの人たちはrをそうやって発音していた。あたしだったら、フルール＝ド＝マリがシテ島〔パリ発祥の地、セーヌ川の中の島〕に舞い戻ったように、袋小路に戻ったりして、父の貴族を困らせはしなかっただろう。いや、あたしだったら、お父さんに、弟や妹たちを袋小路から救い出してやってちょうだいと、必死に頼みこんだことだろう。クラーシェとケーシェと離ればなれで、お姫様でいられるなんて考えただけで、そんな気持ちは一切消しとんでしまった。母とミナは、真新しいドレスを着られる日を迎えたなら、袋小路にだって、きっと戻っていくことだろう。

ああ、何てこと！　セーヘルスのおかみさんは怒り狂うことでしょう！　おかみさんは二人がやって来るのを目にすると、身を隠すことでしょう。それから大家は、父が刑務所に入れられているというのに、今あたしたち一家を、これっぽちもかわいそうにとは思っていないのだから、溜まった部屋代を完済し、部屋のがらくたをすべてそのまま、うっちゃらかしにしたまま、あたしたちが退去する日には、やはりひどくがっくりと来ることだろう。あたしたちはこう言ってやるだろう。「こんなぼろ着に用はないよ。貧しい人たちに分けてやってちょうだい。あたしたちは貴族になったんですからね」

あたしが夢を大きくふくらましても、やはり現実は忘れられるものではなかった。この大運河地区では、何一つ売れなかった。お金持ちの人たちは商店で買い物をしていたし、下男どもは、あたしを怒鳴りつけながら、鼻先でドアをバタンと閉めてしまうのだった。そこで仕方なく、庶民の住む街の方に戻る。そこでは売れ行きは好調だ。「さあ、さあ、買ってちょうだい、陶器にお鍋！　さあ、さあ、買った、買った！」

正午になると、あたしは五セントで、安食堂《ロカール》に昼食を摂りにいった。ありとあらゆる行商人たちが、手回しのオルガン弾き、ハサミ研ぎ、要するに町でしがない商売をやっている者たち全員、びっこに癲癇、めくらの身体障害者たちが、食事に押しかけてきていた。男たちは真ん中に肉の代わりに脂身の塊があるソラマメ料理を一皿取っていた。女たちはシロップのかかった大量の大麦粥を食べていた。だがあたしのような子供たちは皆が皆、粗糖をまぶした米を選んでいた。とても熱々で、見た目はとても清潔《きれい》だった。また同じ値段で、パンとコーヒーも食べられた。パンまでいれて、すべて五セントだった。外には、手回しオルガン、荷車、商品をぎっしり詰めた大きな包みが放置されたままだったが、絶対に何も盗まれるということはなかった。

あたしはその食堂で近所の住人たち、やはり陶器を行商している連中と出会った。その中の一人はウィレムといって、あたしと同じ年ごろだった。いっしょに行商してまわった時、アムステルダムに沢山ある勾配のきつい橋を渡る時、その子は荷車を押して、あたしを助けてくれた。その上り下りは、あたしにはとても辛い仕事だったからだ。ある日、その子はおまえが誰よりも好きだと言って、おまえも、俺のことを少しは好きかい、と訊いてきた。あたしは面を伏せたまま、ぶるぶると震えた。あたしはうんと頷いた。すると、橋を渡る時には必ず力を貸してくれるようになり、売れ行きがよかった時には、いくつか砂糖菓子を買うと、大きいのをあたしにくれた。

ある朝、ウィレムは、袋小路の行商人何人かの中にいて、白ユリ運河のところで立ち止まっていた。ほとんど男の大人たちだった。あたしは対岸に着いたところで、その一行に追いつくには、相当急な傾斜の橋を越えなければならなかった。ウィレムはあたしに手助けしようと駆けつけてきたが、他の連中はあたしがうんうん言いながら橋を渡ろうとしているのをおもしろがって、はやし立て、ウィレムに手助けなんかするんじゃねえぞ、と叫んでいた。もう橋の真ん中にまで来ていたのだが、連中の冷やかしを受けて、真っ赤になって、彼は踵を返してしまった。この移動はあたしの手に余るものだった。あっという間に梯子を外されてしまったという感じだったので、後ずさりしたならば、荷車もろとも、運河に転落してしまうところだった。あたしは全身の筋肉を堅くして、ありったけの力をこめて押すと、何とか橋を渡れた。でもその連中の方には行かずに、あたしは別の運河の方にずんずんと直進した。もう二度とウィレムの手助けもいらなかったし、お菓子もほしくなかった。卑怯な奴だと思った。言い訳は無用だった。これで淡い恋も終わった。だが彼はまだ子供子供していたから、その悲しみをほとんど面に表わすことはなかった。心の機微に通じているような、デリケートさはほとんど窺えなかった。ガハハと大口を開けて笑うような、気立てだけはよい大型犬といったところだった。

ユダヤ人の過越しの祭りが終わってしまい、あたしは養わなければならない十人もの口を抱えているのに、もう雀の涙ぐらいの稼ぎしか得られなかったので、しまいには稼ぎだけでは足りずに、仕入れの元手まで一家で食べ尽くしてしまった。たちまちのうちに、すべて煙と化してしまった。

実生活の訓練

最後の妊娠の際、母はひどい栄養不足に苦しんでいた。それに僅か一冬の間に、二回も夜逃げをしたことの不安感も体の衰弱に拍車をかけて、母は初めて虚弱な児を産んだ。

その赤ん坊は天使のような顔立ちをした、ブロンドのちいちゃな女の児で、首がいつも少し横に傾いていた。二年後にその児は亡くなった。

母の嘆きたるや尋常一様なものではなく、心臓を抉りとられでもしたような落ち込みようだった。あたしたちは母が低い声でつぶやいているのを、よく耳にした。

「ああ、あたしのかわいい赤ちゃん！　あたしのかわいい娘！　元はと言えば、貧乏のせいで死んだのね」

まだ言葉をしゃべるところまで行かなかった赤ん坊の仕草を、あたしたちに絶えず言って聞かせるのだった。

「ケーチェ、覚えているかい？　食事中、あたしの膝にいた時、パンを見ながら、あたしに引き出しを開けるように指図したんだよ。あの児は、いろいろなナイフの中から、パン用のナイフをちゃんと選ぶことができたんだよ！　その時、勝ち誇ったようにして、そのナイフをあたしに差し出したんだよ！　それからからかってやろうと思ってね、タルティーヌをやらずに、おっぱいをやったんだよ。その時のしかめ面を覚えているかい？　乳離れをさせようと思った時ね、塗りつけておいたマスタードの味を覚えていたんだね」

そう言いながら、母は泣き笑いをした。

次に小箱からブロンドの髪を一房取り出したが、それにはまだシラミの卵がくっついたままだった。マンサード屋根〔上部の傾斜が緩く、下部が急な二段になった屋根。下部に採光用の窓をあけ、屋根裏部屋として利用〕の天窓の下に移動すると、金髪を透かして、金の色を際立たせると、母は号泣しながら、それに接吻した。

とうとう、母は寝込んでしまった。前にも増して、生きている子供たちはほったらかされるようになった。貧乏人の世話を焼いてくれる医者がやってきて、母を診察してくれた。子供たち一同を眺めて、こう言った。

「美しいお子さんたちの展示場といったところですねえ！」

「でも、みんな病気に罹っているなあ。熱で体が弱っていますよ。奥さん、いいですか、すぐにでも真面目に養生しないといけませんね。キニーネを処方しますから、そうすれば、お子さんたちにも少し、分けてやれますからね。その他の……養生ですか？　卵、肉、ワインで栄養をつけなければいけませんよ」

ワインという言葉を聞いて、あたしたちはびっくりして顔を上げた。

貧乏人にワインですって！

この先生は、あたしたちにばかげたことを言っているように思えた。わが家では、ワインを連想しただけで、金持ちの人たちとか山のようなご馳走のことがわっと頭に浮かんで、ごっちゃになってしまうくらいなのだった。

お医者さんはあたしたちが唖然としている様子が分かったので、ぐるりとあたしたちの顔を見回すと、肩をすくめて帰っていった。

あたしたちは母をほとんど畏怖にも近い目で見た。ワインみたいな特別な飲み物を飲んで治さなければならない病気を患っているとは。肉とか卵には、あたしたちはさほど驚かなかった。あたしたちの周辺でも、日曜日のご馳走にそうしたものを食べる人たちを目にしていたからだ。でもワインとは！……まさか！　あたしたちはパニックになってしまった。あたしが最初にしたことは、頭がかあっとなったまま、近所の人のところに出かけていって、この話をすることだった。

両親がざっくばらんな話をしようという時には、二人は床に就いたまま、子供たちが寝息を立てるまで待たなければならなかった。あたしはなかなか寝つけなかったので、二人の繰り言や話し合いをよく耳にした。こんなわけで、親がどうしようとしているのかを知り、二人の不安な気持ちをあたしも分かちあうことになった。

その夜、明かりが消え、父は子供たちが眠ったと思ったので、小声で呼びかけた。

「ミナ！」

「何、お父さん」と姉は応えた。

「ケーチェは眠っているか？　あの子は寝つかれないことがよくあるからな」

姉は肘で突っついたが、あたしが動かなかったので、

「眠っているよ」と言った。

「おい、おまえは仕事の時、地下室にワインを取りにやらされるか？」

「うん、お婆さんはうまく階段を下りられないし、倅は下りたがらないよ。だから、あたしが行くことになるんだよ」

「そうかい！　母さんのために何本かくすねて来いよ」

「とんでもない、ディルク！　駄目だよ、ディルク！　そんなバカなことを言うもんじゃないよ」と母はたしなめた。

「横から口は出すな！」

「そんなことはできないよ、お父さん。倅は時々地下室に下りてきちゃあ、とてもいいワインのボトルを持って行くんだから。だからボトルがなくなっていれば、気がつくよ。六本横に並べた山があって、その上にちょうど二本が載っかっているだけなんだもの。あたしが盗れば、すぐにばれちゃうよ」

「そういうことなら、その二本はそのままにしておいて、六本全部を盗るんだ。二本が上に載ってりゃ、気がつきゃしないさ」

「じゃあ、その六本をどうやって、外に運び出すのさ?」

「石炭の山の下に隠しておけよ。毎朝、ゴミバケツを外に出す時に、その中に突っ込んでおけよ。後のことは、俺が引き受けるから」

「分かったわ、そうすりゃ、うまく行くってことね」とミナは少し考えてから言った。

「それと爺さんのズボンも一本、次いでに頂戴してきてくれよ。だって爺さんは中風で、もう穿いちゃいないだろうが」

「ズボンですって! どうやって、持ってくるっていうの? 毎晩あたしが帰る時、お婆さんが二つタルティーヌを渡してくれる時にとでもいうの?」

「そのために、包みをわざわざ一つこしらえるっていうのはドジってことさ、当たり前じゃないか。ズボンは穿いちまうんだよ。裾の部分は膝のあたりまでめくり上げて、ピンで留めちまうのさ。それで大丈夫さ。誰も何も気がつきゃしないさ」

「おお、厭だ! 爺さんは皮膚病がものすごいんだよ。血が出るくらい、いつもぼりぼり掻いているんだからね。あんな皮膚に貼りついていた代物を身に着けるなんて、ごめんだわ」

あたしは隣でミナが嫌悪感のあまり、身震いするのが分かった。憤然として、あたしを何度も足で蹴り、肘で突いた。あたしが全身を耳にしていなかったら、幾度となく目を開けてしまったことだろう。

父は腹を立てはしなかったが、説得にかかった。

「いいかい、うちの者はみんな健康なんだぞ。俺は今まで、大した病気に罹ったことは全然なかったんだ。この病気っていうのは、悪い冗談みたいなもんだ。俺のズボンにはもう尻の部分がないんだ。こうなると近いうちに、外出しようにも出かけられないんだ」

翌日、父はワインのビン二本を持って、帰宅した。すぐに一本の栓が開けられた。赤ワインだった……赤キャベツのジュースの色だった……父は母のために、コップ半分ほどを注いでやった。母はまるで野生の実でも嚙み潰したように、口許を歪めてワインを飲んだ。それから父はスプーンに容れたやつを、子供たちに味見させてくれたが、あたしたちはみんなひどい渋面になった。それで父はらっぱ飲みをして、四分の三ほどを空けると、舌打ちをして声を上げた。

「こいつは味がねえなあ。まだ苦い方《ビッテルチエ》がましだよ」

母は真っ赤になって、吐いた。その日一日、母の介抱をしなければならなくなった。

ワインはわが家では、到底根づきようがなかった。

ミナは夕方帰宅すると、父に合図した。父はミナの後について、部屋に通じる薄暗い狭い廊下にまで出ていった。二人が部屋に戻ってくると、ミナは駆けずりまわりながら、ぼろ切れで脚を激しくこすって、声を上げていた。

「ああ、厭だ！　ぞっとするよ！……あの赤剝けた肌、皮膚病の肌！」

翌日、父はちゃんとした太めのズボンを穿いていた。それは母が熱のある体で、目をしばたきながら、物音がするたびにびくっとした様子で、ボタンを取り替えて手直ししたものだった。

あたしは宛がわれた奉公先を去った

袋小路に入ったとたん、あたしの家の妹弟のはしゃぎ声が聞こえてきた。声を合わせて〔旧約聖書の〕詩篇を歌っているのだった。

たちまち幸せな気持ちにあたしは包まれた。足を速めると、風が吹き込むような足取りで家に飛び込んだ。わいわい言っていた歌声がやんだ。

「何だ！　おまえなのか？」

「そうよ」

「おまえはあそこを飛び出したのか？」

「そうよ」

「うれちい《ビーンチェ》！」と幼い弟の一人は回らぬ舌で言いながら、モミジのような手をあたしの方に伸ばした。

あたしはそのおててを両手で握ってやった。

「クラーシエ、クラーシエ、あたしは帰ってきたのよ」

「でも俺はおまえの奉公先で、たっぷり食事が出ていると思っていたぜ」と父は言った。「食事が満足に摂れりゃ、辛いことだって十分耐えられるものなんだ。俺たちゃ、飢えを忘れようっていうんで、歌を歌っていたんだ。それに、見てのとおり、ランプの灯はもうすぐ消えるぜ、油もないからよ」

「そんなことは百も承知よ。それでもあたしは帰ってきたのよ。最初の数日は、ひどく飢えていたから、どの料理も平らげたうえに、お皿までぺろぺろ舐めたのよ。それでもまだお腹が空いていたわ。でも、何てこと！

あたしは乞食じゃないわ。だから残飯なんか、出してもらいたくないわ。あたしは家の人たちが食べ残しのジャガイモを、自分たちのお皿から、別のお皿に移し替えるのを見てしまったのよ。それは召使用の食べ物なのよ。口をつけたタルティーヌを召使用に出すのよ。何てことなの！　ちゃんと働いているのに、こんな扱いをされたんじゃ堪ったものではないわ。

　パン＝デピス〔ライ麦・蜂蜜などで作るアニス入りケーキ〕や、美味しいレバー入りのブーダンの方は、独り占めっていうのは、あたしには合点が行かないわ。それと、他の〝ご馳走《デリカテス》〟を召使たちの目の前でむしゃむしゃやって、絶対に一口だってくれやしないっていうのは、何なのさ。勝手にやってよ！　でもあたしは、自分の食べるタルティーヌが、連中のお皿の残り物だったなんて、許せないわよ」

「おまえはうちで味わった飢えのことを忘れているよ」

「とんでもないわ、お父さん、少なくとも働いている時は、施しを受けるような心持ちでやってはいないわ」

「おまえは恩知らずだよ、全く。おまえは主人からパンをもらって食べているんだよ。何が不満なんだい」

「ああ！　とんでもない！　あたしは自分の仕事をして、それと引き換えにパンを食べているのよ。あの人たちのパンじゃないわよ。これじゃ、どうして他人のために働かなきゃならないんだいと、泣きごとを言っている日雇いのおばさんと同じじゃない。だから、あたしは言ってやったの。『おばさんは他人のために働いているの？　あたしは違うわ。あたしは生活費を得るために働いているのよ。お金を払ってくれなければ、高利貸しをやっている女主人、あんな女《ひと》のために、ここからあそこまで、あたしが手桶を運ぶとでも思う？　冗談じゃないわよ！』。だから、あたしは生活費を稼ぐために働いているのよ。あたしが一生懸命働けば、それだけあたしはもっと大事に扱ってもらって当然じゃない。そうなれば、全力で働くわよ。

　あたしは、あの女《ひと》がどうしてほしいのかを察して、先に先にと仕事をこなしてきたのよ。ところが、また今晩も、明らかに残り物のジャガイモを召使たちに出したので、あたしは口をつけもしないで帰ってきたの」

「何てことだい！　おまえなら夕食を摂らずに寝られるだろうし、朝飯抜きでも起きられるだろうさ。食べられるだけで満足しなきゃいけないのに、それ以上高望みをするなんて、信じられんよ」

「そうじゃないでしょう！　お父さん、でもあたしはあんな汚らわしい婆さんの残飯を平らげたり、ましてや世話になったりなぞ、するものですか！　働けば、払ってくれるのが当たり前でしょう。あたしたち、もう借りはないわよ。でも残り物が給料だなんて、我慢できるものですか」

「こりゃまた、こんな減らず口を利くバカ《スシュ》が新たに登場したぞ。俺たちにゃ、到底考えられんことだ」

あたしは肩をすくめると、幼い弟を抱いて腰を下ろした。猫が首のあたりに跳びのり、でんと居すわってしまった。赤ん坊は眠ってしまった。三十分も経つと、この陋屋の饐《す》えたような空気を吸い込んだせいで、あたしは頭に血が昇ってきた。それでも、あたしは家族とともにいる幸福感を、震えおののくような気持ちで味わっていた。

あたしは成長期に差しかかっていた。完全に親離れもしかかっていた。何の教育も受けてはこなかった。でも七つの時から本を読みはじめていた。手許にあるものは、字が書かれてさえすれば、何でも手当たり次第、貪るように読んだ。一八七〇年、学校に行く途中で、商店の店頭に貼りだされてあった、戦争〔普仏戦争〕の公電を一行目から最後の行まで、すらすらと読んでのけた。ところが、そこに記されていた殺戮の記事が頭にちらついて、授業に全く身が入らなくなってしまった。アムステルダムの貼り紙や掲示物が貼られている壁にあった、表裏の紙面の載った新聞で、トロップマン事件〔紡織機のセールスマンが知人の実業家を殺害した後、夫人と子供六人をパリに呼び出して、大金を奪った事件〕の経緯をすべて読んでしまった。あたしはこんなふうにして、新聞の連載小説を全部読破してしまった。

だがあたしの感じやすい心は、特に貧苦のせいで培われた。この赤貧の生活のために、あたしたち一家はつけにしてもらうために、あの手この手といった策を使わざるを得なかったし、家賃を支払うことができないために、いつもびくびくしているとか、家に押しかけてきてあたしたちを罵り、近所の野次馬たちまでを呼び集めるような借金取りたちに、肩身の狭い思いをするとかの、辛酸をさんざん嘗めてきたからだった。数々の恥辱が、あたしの思い出に刻み込まれている。あたしたち子供の食事を抜いてまでしてとっておいた、なけなしのお金も、ひったくるようにして持っていき、質草の衣類を請け出しに行っても、返そうとしなかった強欲な金貸しのおかみの思い出も、その一例だ。

すべてそうした辛い経験を通して、あたしの一風変わった性格が形成されたのだった。もって生まれた天真爛漫さに、デリケートな感受性と年齢《とし》不相応の洞察力が結びついたのだった。どんなことでも、やれと言われれば、それをやりこなすだけの心構えはできてはいたが、不当と思えることに対しては、頑として少しも譲らなかった。今夜の遁走劇を見ても分かるように、あたしは順応性があると同時に、唯々諾々とはならなかった。

ランプの明かりはどんどん暗くなっていった。あたしたちは床に就いた。両親はたった一つしかないアルコーヴで、九人の子供たちは床に敷いた粗末な藁布団に。

あたしも横になろうとすると、床に寝そべろうとするたびに、軽いめまいがしてくらくらした。あたしは膝のところに、クラーシェの小さなお尻がぴったりと密着するようにした。この大好きな幼い弟の体のぬくもりを感じて、うっとりするような気持ちになって眠りについた。

《私の娘ですよ、ムッシュー・カバネル》――フェリシアン・ロップス

〔裸の少女を客に取り持つ娼家のおかみを描いた版画の題名、ネール・ドフが少女のモデルを務めた。ロップスは同時代風俗の恥部への関心、露骨なエロティシスムの作風で知られる〕

ミナは根気がなく、惰性で暮らしていた結果、売春に手を染めるようになった。表向きは品格がありそうなあまり目立たない、むしろ地味といった娼館に、とうとう身を沈めるような羽目になってしまった。その館は宵闇が迫るとともに、上流社会のお歴々といった方々が、お忍びでやってくるのだった。女たちがそこに現われるのは、夜だけだった。女たちはおかみのことを《お母さん》と呼んでいた。客を接《と》ると、女たちは、まるで今しがたここにやって来たかのようにして、自分の帽子や手袋を渡さなければならなかった。

ひとわたり常連客と姉は交渉を持ってしまうと、客たちは同じ女を二度と指名することがなかったから、姉はもう鐚《びた》一文金を得ることができなくなった。身に着けているきらびやかな衣装の類は、公営質屋からの借りものだったから、そうなると、わが家は、前のような飢餓状態にまた舞い戻るのだった。だって父は慢性的な窮乏生活とやけ酒のせいで、心身ともずたずたになってしまい、もう働こうとはしなかったからだ。

姉は一度その場所にあたしを連れていったことがあった。その時あたしは十五歳だった。ブロンド髪で、ぴちぴちとして、本当の若鮎《フレ・ド・グラン》といったところだった。ぽっちゃりとはしていなかったが、きめ細かな肌が実にしなやかな肢体《シャルパント》をぴったりと押し包んでいるような風情だった。小ぶりのお尻は高い位置にあって、引き締まっていた。ふくらみかけた若い芽のような小さな二つの乳房は、樹液が流れ込んで疼きを覚えるような感じがして、あたしは本能的に両の手で乳房を覆った。

おかみはこのくらいの少女はとても引っぱりだこだよと、暗に匂わせてきた。いいかい！　とても品のいい老紳士の殿方たちに、脚を見せるだけでいいんだよ。何も怖いことなんか、ありゃしないよ！　あたしは姉が結局どうなってしまったのか、姉があたしをどこに連れてきたのかが分かった時、ひどく怒りが込み上げてきた。だからあたしは姉を娼婦として、見下した。

あたしはこの時代、ユダヤ人のダイヤモンド細工師のところで奉公していた。この人たちはダイヤモンド業界が長い不況に陥っている間、古着屋をやってしのいでいた。家族は十人ほどだった。この人たちは皆、一つの大部屋と一つの小部屋でうごめいていた。夜になると、床に寝場所を作った。稼ぎは、食べ物に、特にお菓子に、そして派手な衣装に使われていた。この家では実の子供のようにあたしは扱ってもらえた。ご主人たちの二人の娘たちといっしょに休んでいた。みんな、あたしに対してとても愛想よくしてくれた。だってあたしは優しかったし、甲斐甲斐しく働いたからだった。ひどく良好な人間関係が、あたしたちの間ではでき上がっていた。みんなにとりついているシラミさえもが、共感を抱いている様子だった。ユダヤ人たちには黒いシラミがいて、あたしにはブロンド色のシラミがいた。何日か後には、ごく自然にあたしたちは互いのシラミを取り替えっこする形になった。だから全員の体には、黒いシラミ、ブロンド色のシラミ、それに栗色の合いの子のシラミまでいた。でも誰もがこの自由な交流に腹を立てた様子はなかった。あたしたちはテーブルの角のところで、親指でシラミを潰した。爪の下で、プチンと弾ける音がすると、残酷な喜びを感じてぞくぞくっとした。

サバトの日の夜、仕事にとりかかろうと、衣服を脱ごうとしていた時、母がやって来た。奥さんに、うちの娘を何時間か外出させてもらえないだろうかと訊いてきた。口実は、ドイツから伯父が来て、出発する前にあたしに会いたいというものだった。あたしはすぐに嘘だなと、ピンときた。階段の下には、娼婦スタイルのミナが待っていた。軽業師の髪型みたいに髪を短くカットし、鏝《こて》でカールしていた。鼻の穴が上を向いた顔は白粉《おしろい》をごてごてと塗りたくり、頬紅とルージュも目立つ厚化粧だった。ご主人のところで、あたしの顔に泥を塗るような真似はしてほしくない、とあたしは憤然として言い放った。ミナの台詞《せりふ》は、こんなおしゃれな姿をした姉さんがわざわざおまえに会いにきたことを、むしろ喜ぶべきだと言う始末だった。

「分かったわ。でも売春婦みたいなあんたの様子、厚化粧した道化師みたいな顔を見ていると、そのめかしこんだ身なりが何を意味するのかがはっきり分かるわ。ねえ、いったいどうしたっていうの？　あたしに伯父さんが会いたがっているっていう冗談は、どういうことなの？」

「いいかい」と母は切りだした。「ミナはもう全く稼ぎがないんだよ。この子の衣装はすべて質屋に行っちまったよ。このままだと家の者は飢え死にしちゃうよ。おまえの脚を見たいっていうご老人がいるんだよ」

「おお、厭だ！　あたしはごめんだわ！」

「ほら、さっき言ったとおりだよ。このねんねには、手の打ちようがないんだよ！　まあ、いいさ！　ちびたちは腹を空かして、病気になってしまうよ」

結局、あたしの子供っぽい顔を隠すために、厚いヴェールをかぶせられて、姉に連れられて出かけることになった。あたしは明るい色の木綿のワンピースを着ていたが、サバトのこの長い一日を子供たちと遊んで、外の階段のところで、しょっちゅう裾を引きずるような具合になっていたから、すっかり汚れてしまっていた。それから古いがあかぬけした帽子をかぶり、奥さんのお古の靴下を穿いていた。この帽子におかみはたじろいだ。お客があたしがもう男を知っているのではないのかと、勘ぐるのではないかと恐れていた。だから口が酸っぱくなるほど、うるさく訊いてきた。

「でも何て素敵な帽子なんだい！　ここにやって来るのに、借りてきたのじゃないだろうね？」

おかみがあまりにしつこいので、苛立った客はとうとうこう言う始末だった。

「いや、そうじゃなかろう。その汚い帽子は確かにその娘《こ》のものだよ！」

客は五十代から六十代のやせた人品卑しからぬ紳士だった。その紳士は興奮した様子で、あたしの体をいじくりまわすと、喘ぎ声で言った。

「ああ、きれいだ、きれいなもんだ！」

あたしのきゃしゃな全く洗っていない体、シラミのいっぱいたかっているカールした髪の毛は、あたしが香水の香りをぷんぷんさせ、レースの下着姿で現われたとしても、それにも増して、いたくこの男性の心をくすぐったようだった。だがこの人にとっての最大の快楽は、確かにあたしが見せた何とも痛ましげな楚々たる風情だった。

部屋を退出する前に、何枚もギルダー貨を弾んでくれたが、その際も嘆声が止まなかった。

「きれいだ！　きれいなもんだ！」

姉はあたしを待ち受けていた。あたしがどんな様子だったかを話したところ、こんな返事が返ってきた。

「そんなことは分かりきっているよ。こうなった以上は、もうあたしを売女《ばいた》呼ばわりはできないよ」

あたしたちは家の近くの運河の橋の上で、母と落ち合った。母は頬骨のあたりに赤い斑点が出ており、神経質そうに目をしばたいていた。あたしは稼いだギルダー貨を母に渡した。母は涙に潤んだ目を向けたので、あたしは目を逸らした。

奉公先のユダヤ人の下に帰ると、サバトに使った食器の洗い直しにとりかかった。

休みなくほぼ毎日飢餓に苛《さいな》まれるといった歳月が繰り返された、ぞっとするような数年が経過した後、あたしたち一家はまたアムステルダムを立ち去らなければならなくなった。今度はベルギーに向かうことになった。アムステルダム当局は移住の費用を負担してくれた。夕方再び、わが一家は船に乗せられた。いじけた精神状態にずっと置かれたまま過ごした十五年間という歳月は、わが家の赤貧のその大きさといったものを、子供心にも十分分からせるほど、生々しい傷跡を深く残してしまっていた。それでもあたしはアムステルダムが好きだった。あたしたちの乗った船がアムステルのオート・エクリューズ橋の下をくぐり抜け、アムステルダムが背後に退いていった時、あたしは悪寒に取り憑かれたかのように、顔が蒼ざめ震えがきた。

この船には怪しげな人々が乗っていた。一組の男女が言い争いを始めたので、真夜中だというのに、水門のところの河岸で船から引きずりおろされた。彼らはそこから船長を罵っていた。共同のキャビンでは、何人かが、トランプやダイスで博打をしていた。みんな相当酩酊していた。タバコ、アルコール、饐《す》えた得体の知れない臭いが、空気に混じり合っていた。酔っ払いが一人、ベンチ一つを独り占めにしており、寝そべったまま、わけの分からないことを大声でわめき散らしており、自分の頭をこぶしでガンガン叩いていた。酒臭い息は吐き気を催すほどだった。弟や妹たちはベンチの片隅に固まって眠っていた。ミナは船の罐焚《かまた》きの一人に体をいじくりまわされていた。母とあたしはキャビンの床の隅にすっかり怯えきって、肩を寄せるようにしてうずくまっていた。だからとても寝られたものではなかった。

あたしたちは朝に、ロッテルダムに着いた。警官たちが待ち受けていた。「この女なのか」と声をかけあいながら、母に不審尋問をしてきた。あたしはひどく辱めを受けた気持ちになったので、タラップを降りる際に、警官の一人に大声で言ってやった。

「あたしたちを犯罪者扱いするのね！」

「いや、そうじゃないよ、娘さん」と警官は弁明した。「われわれはそんな扱いはしていないよ」

ああ！　あたしはこれで肩の力が抜けた。警官たちはあたしたちをとても丁重に、アントウェルペン〔ベルギー北部にあるヨーロッパ有数の貿易港、アントワープ（英）〕行きの船まで案内してくれた。

母は安売りで買った少し固くなった小さいパンの買い置きを持ってきていた。ヘインはすっかりはしゃいで、あたしにこう言った。俺は旅が大好きさ、少なくとも、腹はいっぱいになるからなあ、四つもパンを食べたよ。あたしの方は全然何も食べてはいなかった。胸が詰まり、胃が締めつけられる感じがずっとしていた。あたしたちのところには、食事をするかどうかを、全く訊いてはこなかった。要求する人間にしか、食事は出されることはなかった。

ハンスウエールトの水門が続くあたりで、ゼーラント人〔ゼーラントはオランダ南西部の州、元来の意味は《海の国》、南縁はベルギーに接する〕の女たちがサクランボを売るために、岸から船に下りてきた。あたしはどんなにか、サクランボを食べたかったことだろう。それを買うために、せめて何枚かの一セント貨を持っていればなあ、と思った。ゼーラント人の服装は今まで目にしたことはなかったが、幅広のへりのついた、こめかみの両方のあたりにぶら下がっている金の飾りのある、レース細工の見事なボンネットに、すっかり魅せられてしまった。サンゴの豪華な首飾り、ビロードのフィシュ〔婦人の三角形の肩掛け〕で、肩のところを包んだ刺繍された花柄のコルサージュには、特に魅きつけられてしまった。こんなふうな衣装を身に着けることができるなら、あたしはゼーラントの百姓女になったってよかった。スカートの重ね着さえもが、そのため女たちは鐘のようにぽってりと丸みを帯びたように見えたが、あたしには気に入った。梯子を登って帰っていく時に、ゼーラント人の女の一人は風でスカートがめくれ上がったが、ズロースを穿いていなかった。ああ！　その時どっと笑い声が上がった。あたしは特に女たちの下卑た笑いに胸がむかむかした。その一団に姉のミナも立ち混じっていて、サクランボのお相伴に与っていた。あたしは姉に向かって、小声で罵った。「このすべた！」

アントウェルペンに着くと、父は河岸であたしたちを待っていた。この都市はこの時代、すっかり火が消えたようになっており、あたしはがっかりした。そこで話されているフラマン語〔ベルギー北部で使われているオランダ語、フランデレン語〕は、それまでで耳にしたいちばん野卑な言葉のように思えた。きちんとした身だしなみの上品そうな婦人が、子供をどやしつけていた。「とっとと歩きなよ、歩かなきゃ、尻《けつ》を蹴とばすよ」。また思春期を迎えた娘たちは、これっぽっちも慎みがなく、必要以上に、お尻を丸出しにしてしゃがみ込んでいる姿も目にした。ああ！　もしこれがベルギーの実態だとしたら！　運河はどこにあるのかしら。運河のない町なんて、あたしには考えられなかった。

「あることにはあるが」と父は言った。「娼婦街あたりさ、それもどうだか、怪しいもんだが！」

運河がないんですって！　あたしはそれを聞いて、この都市《まち》が大嫌いになってしまった。

あたしたちは携えてきたぼろ着を手押し車に押し込んだ。ヘインとあたしとで、町はずれのずっと奥まったあたりまで車を押していった。今度は父は何とか雨露をしのげるようなところを見つけておこうとまでは考えてもいなかった。父が寝泊まりしていた酒場の、気風《きっぷ》のよい親爺さんたちが、屋根裏部屋に泊まることを許してくれた。

「二階で、店をやっている靴屋がいるだけだよ」とおかみさんは言った。

あたしたちは床に藁布団を敷いて休んだが、すぐ下に靴屋がいるので、全員がひどい頭痛に悩まされることになった。この靴屋は姉とあたしを舐めまわすように見つめ、朝の五時から皮革《かわ》をガンガンと叩きはじめるのだった。

帽子製造所

あたしは十七歳になっていた。一家はブリュッセルの労働者街に住んでいた。あたしたちはフランス語は一言も知らなかったし、《マロリアン弁》〔フランス語とフラマン語を基にしたブリュッセルの方言〕さえちんぷんかんぷんだった。そのために、一家全員がまず父を筆頭に、適当な仕事が見つからなかった。

近所の若い女の人が、自分が勤めている帽子の製造所にあたしを連れていってくれた。あたしは雇ってもらえた。蒸気が立ちこめている広い仕事場に連れていかれたが、女性たちが、それもほとんど全員若い女性が、袖まくりして仕事をしていて、お湯がたっぷり張られた長い槽《ふね》がその前にあって、濃硫酸も容れられているという話だった。女工さんたちは一瞬仕事の手を休めて、あたしの顔をじろじろと見つめた。それから再び顔を伏せて、両腕に力をこめ熱心に仕事を始めた。あたしは仕事場に入った時、銀色のような湯気が、何てきれいなのかしらと思った。その中で、若々しい剝き出しの腕とあらゆる色合いの髪の毛が、この活気に満ちた作業をしながら、激しく動き回っているのだった。だがその場から発散される空気を吸い込まなければならなくなった途端に、この美しいなという、ほとんど無意識に感じた印象は、たちまち一掃されてしまった。

あたしに仕事の手ほどきをしてくれる、一人の若い女工さんのところに連れていかれた。彼女の態度はかなりぶっきらぼうだった。だって、出来高払いの仕事をしている時に、あたしにかかずらうことは、時間のロスにつながるからだ。

仕事の段取りは、ウールのボンネットの素材の長い布を硫酸水に浸し、槽に隣接している平板の上に強くこすりつけて、丸い形にしていくという手順になっていた。フェルトの帽子に仕上げられるくらいに、ボンネットが十分縮むくらいになるまで、その作業は繰り返し続けられるのだった。この仕事は汗が滝のように流れた。しかも、こんな凍てつくような冬に、女工はほとんど全員が咳込んでいた。お湯は熱湯に近く、硫酸は腐食性だった。あたしの爪は、何時間か経つとぶよぶよになってしまった。さらに爪が割れて、どの指先も肉が盛り上がってしまった。昼食の時間には、両手はひどく腫れあがり、痛みも激しくて、タルティーヌもほとんど握れないほどになってしまった。この食事中、あたしへの尋問が始まった。

「あたしの名前は何て言ったっけ？」〔ここは、からかって、あんたと言わず、あたしと言っているようだ〕

「ケーチェ・オルデマよ」

「何だって？　そんな名前があるのかい！」

「どこの出なのさ？」

「オランダよ」

「ああ！　道理で、そんな舌足らずなしゃべり方をするんだね？　へえ！　厭だわ、あたしはそんな話し方は大嫌いだよ。それにあんたの髪ときたら、夜、鏝《こて》でカールさせるから、起きるとそんなふうにウェーヴがついているわけ？」

「違うわ、わざわざウェーヴなんかさせてはいないわ」とあたしはヘアバンドにそっと触れながら、きっぱりと言った。

「ああそうかい、そんなことは分かりきった話だよ」

みんなはあたしのことを白い眼で見ていた。どうしてまた同じことが繰り返されるの？　どこに行っても、あたしは同じ印象を与えていた。ほんのつまらないことに言いがかりをつけて、学校と同じように、女たちはあたしをいびりぬいてやろうっていう魂胆だなと思った。ああ、やれやれ！

鼻の穴が上を向いた娘が、歌を歌えるかと、訊いてきた。

「ええ」

「それじゃ、あたしたちに何か歌ってよ」

あたしはオランダ国家を歌いだした。みんな日を丸くして、あたしを見つめた。

「ええっ！　これじゃ、まるで教会にいるみたいだわ。あんたは教会の行事《プロセッション》には参列するの？」

こう尋ねられて、ひどく侮辱された気がした。

「教会の行事にですって、あたしが？　とんでもないわ！　そんなバカげたことは信じてはいないわ〔ケーチェは少女時代カトリック教会に行ってはいたが、このころにはオランダで強かったプロテスタントになったか、信仰を失ったかしたと思われる〕」

「じゃあ、ミサは？」

「勿論、行かないわ」

「本当！　それじゃ、不良じゃないの。あたしたちはね、あたしたちはミサには行くわよ」

ひそひそ囁き合う声がした。「ユダヤ人じゃないの」。あたしに歌を歌えと言った女は、ひどくショックを受けた様子だった。それくらい、あたしの歌に露骨に厭な顔をしていた。

「いい、歌うわよ！　ちっ！　あたしの歌を聞きなさいよ。歌うってこういうことよ」

その女は両の拳を腰に当てて、ポーズを決め、明かりが、その拡がった鼻孔の奥まで届くほど、頭をのけぞらせ、裂けるほど口を大きく開けて、胸の底から絞り出すような金切り声で歌いだした。

「アー！　ハハー！　メン・リフ・イス・ノ・デン・エウス」、などなど。

「ブラボー」という歓声が女の歌と仕草に応えた。

「いい、こういうのがあたしたちのところでは歌うっていうのよ。誰でも分かる話よ。ところがあんたのムニャムニャ言う声は……」

女の心のうちはふくれっ面になって現われた。どうしようもない！　この女たちは、本能的にあたしのことを嫌っているのだ！

別の作業場に、ウールを詰めた袋を取りにやらされた。中庭を突っ切る際に、老人とすれ違ったが、あたしの顔をじろじろ見た後、くっついて来た。階段を上がったところで、老人はフランス語で話しかけてきたが、何を言っているのか分からなかった。すると、屋根裏部屋までついて来るように、合図をしてきた。今度は、ピンときて、首を横に振った。階段を下りると、老人はまだ下でぐずぐずしていた。まだしつこく誘いをかけてきたが、あたしの方も身ぶりで、お断りと言ってやった。それから仕事場に戻った。

「おや、まあ！　ご主人さんだね！」と女たちは囁き合っていた。

それからみんなは横目で老人の様子を窺っていた。老人が立ち去ると、相当の年齢《とし》の女が声を上げた。

「相変わらずお盛んだねえ。全くあの爺さんの好みときたら」

午後は、しまいにはあたしに構わなくなった。この腐食性の液体になじめずに痛みの激しい手で、何とか仕事をこなしていたが、一人の男が入ってきた。

「事務所で話題になっていた新入りは、いい玉らしいな。どこにいるんだい？」

誰かがあたしを指差した。

「こいつかい？　何だい、真っ赤な嘘じゃねえか！」

男はくるりと背を向けると、腿をぴしゃぴしゃやって、ぷっと吹き出した。

「ああ、呆れたもんだぜ！　爺さんたちの好みっていうのはよう！　鶏のガラ《ソトレル》じゃねえか、腕を見てみろってんだ！」

事実、やせ細った小娘の太さぐらいしかない、あたしのひょろ長い腕は、一度ならずからかいの種となった。だからあたしはできるだけ、腕を見せないようにしていた。だが、ここではぐっと腕まくりをしなければならなかった。あたしは屈辱のあまり、ほとんど泣かんばかりになった。特にここにいる女たち全員、年増も若いのも、そのはしゃぎようたるやたいへんなものだった。

こんな調子で、四日間が続いた。四日目、おやつの時間に、あたしはタルティーヌを食べることもできなくなっていた。女たちはあたしのタルティーヌを、硫酸の入った濁り水に浸けてしまった。

「もうやってられないよ」とあたしは憤然として、怒号を上げた。「もううんざりさ。まともな人間だったら、こんなところじゃ、とてもやってられないよ」

女たちは少し呆気にとられた様子をしていた。いちばん年かさの女の一人が、こう宣《のたま》った。

「あたしゃねえ、この小娘がここにやって来たのを見た途端、長続きはしないと思っていたよ。ここじゃ、やれるような仕事がないよ。ねえ、こいつの姿を見てみなよ、メダルを下げ、髪にリボンなんか付けてるんだよ」

あたしは事務所の現場監督のところに行った。気難しい小男だったが、やめるから、賃金の清算をしてくれるよう言った。こんな下種どもの中じゃ、到底やって行けないとも、ついでに言っておいた。

「まあ、いいだろう！　帰《けえ》りな、だが支払いは土曜の晩、七時じゃなきゃ無理だぞ」

ひどくつっけんどんな口調だったので、あたしはすっかり縮み上がってしまった。

土曜日、下の妹のナーチェを連れて、四日分の賃金を受け取りにやってきた。製造所の中庭では、女工全員が支払いを受けるために、押し合いへしあいしていた。あたしがいることに気づくと、女たちはあざ笑い、小突いてきた。一人がお下げ髪を引っぱった。すると小男の現場監督が吹っ飛んできた。その娘の両肩をつかむと、下腹部めがけて、続けざま膝蹴りを加えた。それから、あたしを事務室の方に、引っ立てるように連れていき、九フランを渡すと、門のところまで送ってきてくれたうえ、こう叫んだ。

「最初に動いた奴は、即お払い箱にするぞ！」

あたしは妹を連れて、すぐに立ち去った。製造所から二百メートルほど来たあたりに、田舎風の家があった。家を囲っている木立の根元近くから、経営者が不意に現われた。あたしはオランダ語で、「色爺《いろじじい》！」と甲高い声で叫んでやった。あたしたちはキャッキャと笑い転げながら、闇に紛れて逃げだした。

子供たちはタマネギの皮を剝く

何スーか稼げるよという申し出があれば、何であれ、うちでは諸手を挙げて受け入れた。瓶詰の食品を作っている老婦人が母に、十二歳のナーチェと八歳のケースに仕事をさせてやろうかと言ってきた。二人は終日小さなタマネギの皮を剝かなければならないだろう。

この仕事から二人が戻ってきた最初の晩、あたしたちはぎょっとしてしまった。顔は汚れた小さな手でしきりに擦ったために、だんだら模様になって腫れあがっており、眼もむくんだようになっていて、さんざん殴られた挙句、何時間も泣きはらしたといった態の顔をしていた。あたしたちはどうしてそうなったのかを尋ねたところ、二人はその日の様子を話してくれた。

朝七時に老婦人の家に着くと、タマネギの入った大きな籠の前の小さなベンチに、二人は坐らされた。タマネギを傷つけないように、薄皮をうまく剝くやり方を指南された。なぜなら、傷ついたところは酢の中で青く変色してしまい、こんな状態になったタマネギはもう使い物にはならず、一級品の瓶詰には容れられないからだ。その婦人が横に坐って、ピクルスを洗っている間、二人は仕事に取り掛かった。ほんの少しの時間が経つと、眼から涙が流れだしたので、タマネギのねばねばが着いた手で眼を拭った。するとナーチェはもうどうにも耐えられなくなって、小さなベンチをガタガタやった。老婦人は小言を言った。

「ナテケ、後生だから、足をガタガタさせないでおくれ」

それから若い男が入ってきたが、二人は最初は息子だと思った。ところが夫だと分かると、腹を抱えてとめどもないくらいの大笑いをしたので、老婦人はすっかり逆上してしまい、金切り声を上げてたしなめた。

「聖三位一体の名において、ケースケ、仔豚みたいな笑い声を上げるのをやめとくれ！」

とうとう子供たちの笑い声はひきつった鶏の鳴き声みたいにけたたましくなったので、若い夫はタマネギの籠をひっくり返すぞと凄んでみせたが、子供たちの笑い声は到底収まらなかった。婦人はおろおろした声で、聖マリアに向かって嘆願し、子供は災いの種だよと、大声を張り上げた。若い夫も応えた。

「災いだって！　婆さん、いい年齢《とし》をして災いもないだろうが」

すると老婦人は顔を天に向け、呻き声を上げた。

「主よ、この男を許したまえ、何を言ったのか、何をしたのかも分かってはいないのですから」

二週間の間、ナーチェとケーシェは夕方に、老婦人と若い夫の話をして、あたしたちに笑いのネタを提供してくれた。だが二人のきれいな眼は充血して腫れがひどかったので、家ではひどく心配した。だからもうタマネギの皮剝きを続けさせるわけには行かなかった。

ブリュッセルの公園での一夜

あたしたち一家は町はずれのずっと奥まったところの、新しい建物に住んでいたが、壁から水が浸み出すような家だった。一階で、大家は食料品店をやっていた。うちは一カ月分の家賃は前払いしておいた。それから大家の店で、食料品はつけで買っていた。だが一カ月後には、新たに家賃を払い、食料品代を払う余裕もなくなっていた。大家の妻は、フランドル〔ベルギー西部からフランス北端にあって、北海に沿う低地地方〕の百姓女で六カ月の身重だったが、毎日上の階まで押し掛けてきては、金を払えと言って、あたしたちをさんざん罵るのだった。家の者は外から帰ってくる時も、外に出ていく時も、必ず呼びとめられた。特にあたしは目をつけられていた。おかみさんの怒りを買うようなところがあったらしい。あたしの姿を目にすると、文字どおり、口角沫《あわ》を飛ばすようなすごい剣幕だった。

「ああ、あんたかい！　お嬢様ぶった態度は何だい！　髪をカールさせるより、いろいろ借金を払った方がいいんじゃないかい。ああ！　呆れたものだよ、ねえ、自分の髪を見てごらんよ。マリア様も顔負けだよ、ところが、誰にも借金は払わないっていうんだからね。いつか、このわたしが、あんたの髪を結ってやるよ、あたしがね！」

彼女の姿が目に入ると、あたしは震えあがった。あたしは仕事を見つけようと、できるだけのことはした。だが、生憎なことに、フランス語はからっきし駄目だったし、どこに問い合わせたらいいのかも分からず、全然仕事は見つからなかった。

結局、わが一家は引っ越しせざるを得なくなった。母は町の反対のいちばんはずれに二部屋を借りることにしておいた。運送屋の荷馬車の御者になっていた父は、二回の運行の間隙を縫って、主人に内緒で引っ越しをしなければならなかった。だから父は日曜日の朝、荷馬車でやって来た。あたしはとっくに姿をくらましていた。おかみさんが近所の住民を煽り立てるのは間違いなかったからだ。うちが家賃を踏み倒し、どこに行くのかを告げもしないで、ドロンを決め込むのは火を見るより明らかだったからだ。実際、荷馬車が家のぼろ着を積み込み、母と子供たちがすし詰めになって、尻に帆掛けて出発すると、この身重の女は馬車にしがみついた。何分間もしぶとくしがみついていたが、ギャロップで駆けだすと、疲れ切って手を離さざるを得なくなった。それでも見失わないように、後をずっと追いかけてきた。

あたしはアレ・ヴェルトで、荷馬車が来るのを待ち構えていた。母は荷台から、乗るように合図してきたが、ずっと後ろの方に女が真っ赤な鬼のような形相をして、息を切らしながら駆けてくるのが見えた。あたしは何とか一本の木の陰に隠れるだけの時間があった。あたしを見つけたならば、ただではおかなかっただろうからだ。おかみさんが行き過ぎてしまうと、あたしも逃げにかかった。家族に追いつくと、差し当たっては心配はなくなった。あたしの方は大回りして、ラーケン橋にまで辿り着いた。この町はずれ一帯はお祭りの最中だった。陽気に人々が打ち興じていた。橋近く、運河の辺《ほとり》に荷馬車は停まっており、母と子供たちはそばにいたが、父は酔っ払って荷車の中で寝ていた。母があたしにした話では、おかみさんにとうとう追いつかれ、おかみさんは今度の大家のところに押し掛けていって、あたしの家は、家賃をはじめ借金を全部踏み倒したことを告げたために、先方は前払いした半月分の家賃を返してきたというのだ。ああ、これでまた、あたしたちは家がなく路頭に迷うのだ！　父はまた酒に呑まれ、完全に酔いつぶれてしまっていた。おまけに、荷馬車で帰ることはできないだろうから、おそらく職を失う破目になるだろう。

あたしは恥ずかしさと、心を締めつけるような激しい苦悶に、気が狂いそうになってしまった。弟のヘインは十六歳になっていたが、その場にいて、あたしと同じように打ちのめされていた。あたしは声をかけた。

「ねえ、ヘイン、宿なしみたいに、この荷馬車と酔っ払いを相手に、いつまでもぐずぐずしてはいられないわ。出かけていって、ちゃんと住めるところを探さないと」

母には、明日の九時に、公園の広い散歩道まで来るように言っておいた。そして、あたしたちは出発した。ヘインは晒していない小さめのズックの揃いの、こざっぱりした上下を着ていた。あたしの方も、かなりちゃんとした身なりをしていた。ヘインは鍛冶屋で働いており、日曜日には五十サンチームを受け取っていた。そしていつものごとく、ニワトコの飴玉を買おうとしていた。五十サンチームで百個買えたので、日がな一日、それをしゃぶっていた。だが今度は、食事抜きではやっていられないので、小型のパンを買うようにあたしは勧め、そうしてもらった。いつもながら、あたしは鐚《びた》一文持っていなかった。

庶民階級の間では、幼少年期を過ぎた後は、要するに男女の兄弟間の関係は極めて薄くなるものなのだ。男の子たちは仕事場に出ていくし、女の子たちの方も働きに出る。そうなると顔を合わせたり、話をしたりする機会もあまりなくなるものなのだ。

だからあたしは弟がこんなにも優しいのが分かり、無邪気に笑う様子を目の当たりにし、考え方もまともで、ものの観方も鋭いのに、すっかり驚いてしまった。こんなにも仲よくやっていけると分かって、本当にひどくうれしくなってしまった。

あたしたちは植物園に行って、小ぶりのパンを食べた。その後あたしはドイツ人の親切な画家の家にまで行って、こちらに降りかかった災難の話をして、一夜の宿を貸してもらえないかと、頼もうと思っていた。ところが彼は明日まで、田舎にいるということだった。あたしはひきつった顔をして、弟のところに帰ってきた。あたしたち一家はどうしたらいいのだろう？　大型馬車のそばに屯《たむろ》している旅芸人みたいに、あの荷馬車の近くで手持ち無沙汰にしている家族のところにまた戻るのか？　ああ、とんでもない！　二人してこんな考え方しか思い浮かばないことに、心の底からむかむかしてきた。

「こうなったら」とあたしは言った。「一晩中、ぶらぶらほっつき歩くしかないよ。体はあったまるよ。それほど大したことじゃないしね」

あたしたちは公園の方に向かった。その中をぐるぐると何周もした。気温はとても暖かかったので、このまま公園の中に朝まで隠れていてもいいのではないかと提案してみた。この時代、まだ公園には明かりがなかった。ヴォー＝ハルではコンサートがあった。沢山の人々が移動しはじめた。守衛《ギャルド＝ヴィル》が、それぞれの出口に配置されていた。人々が続々と出ていくのを見て、あたしは恐ろしくなってしまった。警官たちが巡回して、全員が退出したかを確かめるのではないかと心配になった。だからあたしたちも、他の人たちについて公園を出て、いろいろな通りを彷徨《さまよ》うことになった。

だんだん疲れきってきて、お腹もぺこぺこになってきた。続いて、警察に逮捕されるかもしれないという恐怖感が頭をよぎった。

「ねえ！　ヘイン、警察署に保護を求めたらどうかしら？　逮捕されるより、ずっとましよ。もしそうなったら、あたしは恐ろしさと恥ずかしさとで、死んでしまうわ。だって、警察官に逮捕されたとなると、一生の汚点になるわよ。ねえお願い、むしろ警察に保護してもらおうよ」

あたしはぶるぶると震えだしたので、弟は泣きだした。二人で、グラン＝プラスの方へ下っていった。ヘインは警官のそばに歩み寄って、一晩の宿泊を求めた。警官は驚いたような様子だった。あたしの顔を見、ヘインの顔を見た。その後、署長のところに連れていった。弟が対応した。署長はかなりの高齢で、あたしの顔を穴のあくくらい見つめながら、話を聴いていた。しまいには青筋を立てて怒りだした。

「おまえたちがこんなふうになったのは、おそらく借金のためだな！　わしには関わりのないことだ、自分たちで何とかするしかあるまい！」

警官はおずおずと言った。

「まだ子供じゃないですか、署長」

だが署長は前にも増して怒りだした。元いた町に帰りゃ済む話だと、にべもなかった。逮捕されるのが厭だから、警察まで出向いてきたのだと、あたしが代わって対応した。

「逮捕されるとまずいから、出向いてきただと。この小娘はしたたかな奴だな。さあ、とっとと出ていけ」

実際のところ、歯の根も合わないくらい恐い思いをしたのだが、ひとたび街に出ると、あたしたちは腹の底から笑いが込み上げてきて、愉快な気分になって跳ねまわった。

「ああ！　こんなことだったら、うれしいわねえ！　やれやれ！　これで一安心だわ！　ちょっと歩こうよ、もう、逮捕される恐れは全然ないんだからね。さて、出かけようよ！　ああ！　やれやれ！　何て意地が悪い爺だろうね！　出発！」

あたしたちはロワイヤル通りの方へ坂道を上がっていった。

しばらくまた彷徨《さまよ》い歩いた後、夜はやはり公園で過ごすことにした。鉄柵をよじ登って、中に入った。ベンチは夜露で濡れていた。外から物音を察知されるといけないので、ほとんど歩かないことにした。一八三〇年の革命の際〔フランスで七月革命が成功し、その報を受けてオランダからの独立を目指して、ブリュッセルでも八、九月に蜂起が生じ、翌年正式に独立が承認された〕の死者たちの骨が埋まっているので、低くなっているあたりにも足を踏み入れなかった。弟は小さめのズックの服装のせいで、ガタガタ震えていた。到底眠れたものではなかった。ひどく怖かった。あたしたちは一本の木の根元に腰を下ろした。

ぼうっと陽の光が射してきた頃、ロワイヤル通りを通りかかった労働者が、あたしたちを見つけた。あたしたちは高台の方に逃れた。あたしはベンチの上にへたり込み、スカートをちょっと持ち上げ、ヘインを寝かせてやると、頭はあたしの膝のあたりに来たが、スカートを下ろして掛けてやった。とにかく寒さで体が凍えてしまっていた。ヘインはあたしほど徹夜に強くなかった。だが、こんなふうに体が覆われるようになると、寝息を立てはじめた。あたしもうつらうつらとしてはいたが、警戒心は怠らなかった。こうしている間に、男に見つかってしまった。

「こんなところで、何をしているんだ?」

「公園から出られなくなってしまったのよ」

「何だと? おまえたちは《いちゃつく》《フェール・ヴオ・グー》ために、わざと中に隠れていたんだろう!」

あたしは少しはブリュッセルの隠語めいた言葉は、もう分かるようになっていた。

「とんでもないわ、あたしの弟よ!」

「弟だって? ああ、俺の目はごまかせないぜ。待ってろ、今とっ捕まえてやるからな」

そう言うと、男はその場を離れた。あたしたちは当然、男が戻ってくるのを待ってはいなかった。鉄柵を乗り越えた。

牛乳を積んだ荷車を牽いたり、野菜をいれた籠を頭に載せたりした百姓女たちが、グラン=プラスの市に向かうために通っていったが、弟を恋人だと思って、声を潜めてこちらを見やり、卑しい笑いを浮かべていた。あたしは恥ずかしさのあまり、顔が赤くなった。たとえ、ヘインが弟でないにしても、相手は、まだ子供子供していたからだ。

大通りに出て、あたしたちは腰を下ろした。仕事に向かう労働者たちが、今度はからかってきた。ヘインはそんなことは無視したが、他人《ひと》からいかがわしい目で見られることに、あたしと同じように、ばつの悪い思いをしていた。

公園が開園したので、また戻って、母を待つことにした。ヘインはもう体の限界に来ていた。制服姿の警官が、まだそこで何をしているのかと訊いてきた。あたしが答えようとすると、弟が囁いた。

「ほっとけよ! あいつは朝方、俺たちに声をかけた奴だよ」

あたしたちがまたベンチにぐったりして腰を下ろした時、酔っ払いが一人、ぶつぶつ文句を言いながら、やって来て、隣に腰を下ろした。彼は紐をかけた包みを手にしていた。明らかにタルティーヌと分かった。ヘインとあたしは目配せをし、示し合わせた。包みが落ちた。すぐにヘインを起こすと、弟はベンチのまわりをぐるりと回り、包みを拾って、ゆっくりと立ち去っていった。あたしはしばらくベンチに坐っていた。男はやがて、食べ物がなくなっていることに気づいて、あたりを探すと、焦ったように声を上げた。

「豚どもめが！　食い物をかっぱらいやがって！」

するとこのお隣さんにむかっとしたとでもいうように、立ち上がると、今度はあたしも立ち去った。公園のはずれで弟と落ち合った。慌しく紐をほどいたが、バターをたっぷり塗ったタルティーヌだと思っていたのに、出てきたのは、ひどく固くなったバターを塗っていないパン二切れでしかなかった。でも、そんなことはどうでもよかった！　二人にはこの上ないご馳走だった。

母は時間どおりにやって来た。あたしがかっとなって立ち去ってしまったので、昨夜は生きた心地もしなかったよと、母はこぼした。父は荷馬車で街を仕事で回っているし、借りるアパルトマンも見つけることができ、そこに入れることになったと言うのだった。町はずれのある通りの、建物の三階に二人は案内された。ここもまた一階が食料品店だった。買い物はもうつけにしてもらっていた。わが家は相も変わらず火の車だった。

弟はもう立っていられないほど疲れきっていたので、階段も這いつくばるようにして、やっと上がりきった。部屋に着くと、ぼろ着の山の上に、そのまま倒れ込んで、高鼾《たかいびき》をかきはじめた。あたしはコーヒーを飲み、タルティーヌを食べたが、また新たな貧窮生活が始まっただけだった。

あたしたち一家の住まいは、地階の台所と屋根裏部屋とから成っていた。家族全員、屋根裏部屋で、ぼろ布を敷いて寝ていた。

あたしは十七歳になっていたので、この雑魚寝《ざこね》状態には我慢がならず、地階の古びたソファーで寝ることにしていた。あたしはその朝、合唱団員を募集している劇場に連れていってくれると、約束してくれていた女の子のところまで出かけていった。ところが、フランス語をしゃべれないという理由で、あたしは門前払い同然の扱いを受けた。すっかり落ち込んでしまって、その娘《こ》のところに夜遅くまでいた。

八歳の弟のクラーシェは、前日から熱が出てひどく具合が悪かった。おまけに全身に赤い疱疹《ほうしん》が拡がっていた。地階に戻ってみると、寝床は弟に占められていて、質《たち》の悪い疱瘡だということがはっきり分かった。ソファーに接するようにして椅子を二つ並べ、その上に十三歳の弟のディルクが、同じ枕で下の弟と顔と顔をくっつけるようにして横になっていた。ディルクはクラーシェが体を掻きむしらないように、両手を押さえ、気を紛らわしてやろうと話をしてやっていた。

クラーシェは稀に見るような美しい子供だった。あたしはこの子のことをトカゲちゃんと呼んでいた。トカゲが石の下に身を潜めるようにして、いたずらをした時には、家具の下に隠れる癖があったからだ。この子の顔にひどい痘痕《あばた》が残ってしまったならと考えただけで、一家の者たちは気がおかしくなってしまいそうだった。

あたしは上で、両親や他の弟たちと雑魚寝はしたくなかったので、床にじかに横になった。そこでディルクが象の話をしてやっているのを聞いていた。猛烈に嚙みついてくるノミの攻撃を逃れるために、象たちは聖ギュデュルの塔〔ギュデュルはブリュッセルの守護聖女、市内にある聖ミカエル並びにギュデュル大聖堂はゴシック建築で、二基の壮大な塔がある〕まで登ったというのだ。クラーシェは炎症のため腫れあがった舌で、声を絞り出すようにして、象はどこも厚い皮に包まれているのに、ノミは一体どこを嚙むのかと尋ねた。ディルクは詰まってしまい、一瞬押し黙ったが、おもむろに答えた。

「けつだよ……」

下の弟が狂ったようにけたたましい笑い声を上げたので、あたしも上の弟も、腹を抱えて大笑いした。すると下の弟は、もっとひどい喘ぎ声になって言った。

「そんなの嘘っぱちだってことぐらい、分かってるさ。でも、もっと話をしておくれよ。だって楽しいんだから！」

ディルクは一晩中、話をこしらえては、話してやった。

病気の間中、この子は弟に寄り添って、痘痕《あばた》の痕が残らないように両手をつかんで、顔と顔をくっつけるようにして、何とも奇妙奇天烈な話をしてやっていた。

家の誰も、ケースを除いては、物乞いまでやろうとはしなかった。一歩間違えたら、飢え死にするかもしれないというようないちばん苛烈な時期でも、そんな考えだけは、家では思いつくことは絶対なかった。だがケースだけは猛烈に腹を空かせていた。ちゃんと自分の分は貰っているのに、満ち足りることを知らなかった。手から口、口から手と、誰か切れ端でも落とさないかと、虎視眈々と様子を窺っているのだった。だからケースは物乞いまでした。地下の隣人の台所の窓までわざわざ出向いていって、食べ物をちょうだいと言う始末だった。ジャガイモの残りものが定番だった。そのお裾分けに与ると、家にも持ってきた。

ある日、あたしは仕事を求めて出かけたものの、仕事は見つからず、体調も悪く、空腹と疲労とで倒れそうになって帰宅したところ、家の者たちが、冷えて腐りかけたようなジャガイモを、それぞれが手にしているのを目にした。そのジャガイモはどうしたの、と訊いてみた。ケースが持ってきたのだ、との返事が返ってきた。ケースはびんたを逃れようと、そろそろとドアの方に後ずさりしていた。

「何ですって、卑しい子だねえ」とあたしは、ジャガイモの方ににじり寄るようにして、声を上げた。「また乞食みたいな真似をしたんだね！」

あたしは一個を手にしてみたところ、イモは傷んではおらずおいしかった。

ケースは、手から口へ、口から手へと戻る、ジャガイモを食べる動きを、物欲しそうに目で追っていた。目はこう言っていた。

〈なかなかうまいだろう？　俺をひっぱたくことはないよな？〉

あたしはまた繰り返し、物乞いはやめるように強く言ったので、弟はズボンのポケットに両手を突っ込んで、ズボンを上に引っぱり上げるようにして、体を揺すぶっていた。その目つきと鼻に皺を寄せた表情の意味するところは、こうだった。

〈姉ちゃんは、こわいったらありゃしないよ！〉

それでも、何度か、あたしはこのジャガイモを食べる羽目になった。

切手で手に入れたパン

画家のところで、濡れた衣服を身につけたまま、ずっと長い時間、立ちっぱなしでポーズを取っていたこと、画家が食事に出してくれた、おいしかったが僅かの量のサーモンのサンドイッチしか、この一日食べていないこともあって、あたしは相当苛立った気持ちのまま帰宅した。家には何もなかった。みんなはポーズのお金を持って帰ってくると思って、あたしのことを待ち受けていた。だが支払ってもらえなかったし、あたしの方も強く言うことは全くなかった。

どうしたら、つけでパンを手に入れられるだろうかと、みんなで相談した。その時、あたしはポケットに、一サンチーム、二サンチーム、五サンチームの切手が何枚かあることを思い出した。アトリエで、デルフト焼きの皿〔デルフトはロッテルダム近くの都市、多色彩色と青の濃淡の染付けの陶器が特産〕をどけた時、反故紙の中にあったのを見つけたのだった。皺くちゃになっており、糊もすっかりひからびてしまっていたので、画家はあたしにそれをくれたのだった。

郵便切手をお金として使えることは知ってはいたが、家の誰も、それじゃお使いに行ってみようという者はいなかった。結局、ケースが行ってくるよということになり、驚いたことには、パン一つとロウソク一本を持って帰ってきた。それというのも、家では明かりにも事欠いていたのだ。どうやったらうまく行ったのかと、みんながにじり寄るようにして尋ねた。すると、この十歳のヒヨッコは極めてそっけなく答えた。切手を出すと、店のおばさんは、最初はこの古切手ではパンは買えないと言ったので、弟は切手はお金と同じだろうと一端《いっぱし》の口を利いて談判に入ると、郵便局と同じように切手を受け取ってくれたというのだ。こうすることで、おばさんは切手を買いに行かずに済んだのだろう、ということだった。

弟が述べ立てた筋道だった説得力のある口上、頭の回転のよさが功を奏して、頭の鈍い女は、切手と引き換えに弟にパンを渡さざるを得なくなったということは、快挙であり、滅多にないことだった。あたしは事情の呑み込めないままに、それでもだいたいのことは察しがつき、弟のことを頼もしく思った。

あたしは何か仕事がないかと町中をぐるぐると歩きまわり、足が棒になるくらいへとへとになって、家に帰ろうとしていた。五、六人の人だかりが目に入った。てっきり事故だと思って近づいてみると、ケースの姿を認めた。脚を大きく広げて、ゆっくりと後ろに反りかえって行き、口でもって、足の間に置いた五十サンチームの貨幣を拾い上げようとしていた。

あたしはまず首根っこを捕まえて、尻を蹴とばして、家に連れ帰ろうと思った。でも変なことをしたら、脊柱を折ってしまうかもしれなかった。だから、あたしは待つことにした。弟は歯の間に五十サンチーム貨をくわえると、ゆっくりと体を元の姿勢に戻そうと、体を起こしにかかった。最初に姿が目に入ったのはあたしだったので、きまりが悪くなって顔が蒼くなった。あたしと目が合うと、お金をぺっと吐き出し、あたしが後を追いかけてくるか見ようと振り返ってから、全速力で逃げだした。

だからあたしたち一家は全く見ず知らずの国に舞い下りたような感じだった。こんなところにいたのでは、文字どおり、飢え死にしかねなかっただろう！　あたしは顔をひきつらせて帰宅した。あたしの母への第一声はこうだった。

「どうしてケースは学校に行っていないの？　あの子はお金を稼ぐために、街頭で大道芸をしているのを見たわ。子供たちがみんな学校に行っていないとしたら、あんたのせいだよ。石炭を容れる小さなバケツを取りにいったり、草地に洗濯物を広げたまま干さなきゃならない時には、子供たちを学校に行かせていないんだね。それからディルクは？　あの子を奉公させる仕事場を見つけてやったの？」

「いや、あたしは口利きには行っていないよ。だってまだその年齢《とし》になっていないじゃないか」

「でも十五にもなってるんだよ。子供だって、大人みたいに働かなきゃだめだよ。靴屋か仕立屋にしておやりよ。鍛冶屋に行っているヘインの仕事みたいに、きつい仕事とはいえないよ」

「減らず口を叩くんじゃないよ！　まるで父親みたいな口振りじゃないか。おまえは金を稼ぐと、金を貯めこもうって魂胆で、下の子たちを働かせようっていうんだね」

「あたしだって弟たちと変わらないひどい立場にいるんだよ。あたしは手仕事を身につけていないんだよ。あんたは子供たちを、雑草が生えるみたいにほったらかしたまま、世間におっぽり出して、立ち枯れするみたいにして、くたばらせようっていうんだよ。だからあたしは将来、子供は作らないよ！」

「それが親に対する言い草かい？　おまえは木の股からでも、生まれたとでも言うのかい？」

「いい、あたしは十八歳なのよ。あたしたちをあんたみたいにするために、子供を次々産むなんて、無責任すぎるわよ！」

「また利口ぶって、勝手なことを言ってるよ。子供がこの世にやって来る時には、ちゃんと引き受けてやらなきゃならないんだよ」

「ああ、黙ってちょうだい！　子供を持たないやり方を、あんたに教えてやらなければならなかったのは、多分あたしの方だったのね」

ドアが開いた。ケースは戸口に立ち止まって、入ろうとはしなかった。あたしは弟の方は見ないようにした。

「食べ物は何もないの？」とあたしは、母に尋ねた。

「ああ、おまえが何か持ってきてくれると、思っていたんだがねえ」

ケースは部屋に入ってきた。あたしの様子を窺いながら、部屋をひと廻りした。あたしたちの目が合った。

弟の目は、こう言っていた。

〈分かっているだろう。俺は姉さんにパンを買ってやろうと思っていたんだぜ。でも姉さんの剣幕はすごかったからなあ、そこでおじゃんだよ！〉

ああ！　このちびは何て健気なんだろう！　この子は他の年ごろの子供たちと比べて、自慢できる体の柔らかさや、運動神経のよさを、何とか活かせないものかと、思案していたのだった。あの芸は、常日頃、弟がのびのびと動きまわれるようにしてやった結果、できるようになったものだが、それを利用して、家の者たちを養ってやろうとしていたのだ。あたしは胸が熱くなって、わっと声を上げて泣きだした。

「下の子たちはどうなるの？　どうなるのさ？」

「おや、また、どうしようもないことをわめいているね！　おまえが何とか独り立ちできれば、下の子たちがどうなろうと、それがおまえにどうだっていうんだい？　おまえが夢中になって本を読みふけっている間、他のことは皆目眼に入っていないじゃないか。そんなに下の子たちがかわいいっていうんなら、おまえがすぐやるように、子供たちをぶつんじゃないよ」

あたしは咬みつかんばかりにして母に詰めよると、わめき立てた。

「あのねえ、あたしはみんなに勉強してもらいたいのよ、学んでほしいのよ！　将来浮浪者に落ちぶれて、行きつく先が刑務所だってことが分からないの？　こんなにみんな大きくなってきているのに、それでもあたしたちの行く末が、分からないの？」

母は肩をすくめるだけだった。ああ、手の施しようもない。姉とあたしがまだ幼かった時、無料の学校にはやろうとせずに、自分のコートを質に置いてでも、学費を工面しようとしていたのに、それでも同じ母なのだろうか。

ケースは再び姿を消していた。半時間すると、弟は大きなパンを抱えて戻ってきた。母はパンを切り分けた。あたしは最初は食べようとしなかったが、空腹に耐えかねて、一切れ食べた。

「ケース」とあたしは声をかけた。「ちょっとおいで」

「どうしてさ?」と弟は警戒気味に答えた。

「いいから、おいで」

あたしの気持ちは、肩に手を回して抱きしめてやったうえに、さらに強く腕に力をこめて抱いてやろうとしたのだ。弟がやって来たので、肩をつかんだ。美しい澄みきった、物事を筋道だてて考えるその目は、既に人生の数々の辛酸を嘗めてきたのだから、あたしは胸が張り裂けそうになって、体を激しく揺さぶってしまった。さらには面と向かって怒鳴ってしまった。

「あんなことはしちゃいけないよ! 絶対に駄目だよ! バカ! バカ!」

「母ちゃん! このこずるい性悪の姉ちゃんは俺を引きよせて、痛めつけようっていうんだ!」

肩を一ひねりして、弟は体を振りほどくと、母のそばに逃れた。

「そのとおりさ、こいつはずるがしこい偽善者なのさ。わたしの産んだ他の子供たちとは、似ても似つかないよ」

「嘘! 嘘よ! あたしとケースはよく似ているのに、でもあたしの気持ちが分からないのよ」

あたしは張り裂けんばかりの声を上げて、また泣きだした。あたしはこの時期は、まだ何時間もぶっ続けで泣くだけのエネルギーはあった。

家では全員が空腹のあまり、胸がむかむかして吐きそうになっていた。あたしの方は、もうどう対処していいのかも分からず、家に引き籠ったままだった。父は廃人同様になってしまい、何ごとであれ、やる気を失っていた。もう家ではほとんど父の姿を見ることもなかった。一切まともな仕事をやるのは到底無理で、あちらこちらと町を徘徊していた。

ヘインとナーチェはたった一個のタルティーヌで腹いっぱいになるには、どんなうまい手があるのか、論を戦わせていた。ナーチェが言うには、それを丸めてちびちびかじり、最後は一セント貨ぐらいの大きさにして、食べずに、口の中で溶けていくのに任せればいい、というものだった。

「そうじゃないよ」とヘインは反論した。「それは間違っているよ。だらだら食っていると、余計腹が空くものなんだ。俺がパン一切れで満腹しようって時は、ほとんど嚙まずに、ちぎったやつをまとめて呑み込んじまうのさ。その後、頭が猛烈に痛くなるけれど、かなり食った気にはなるぜ」

ディルクが突風みたいに家に飛び込んできた。ドアを開けっ放しにしたまま、突進するようにして、戸棚、引き出し、フライパン、おまけに家具の下まで引っかきまわし、何か食べ物が少しでもないかと捜しまわった。その顔つきたるや、物に取り憑かれたような表情をしていた。何も見つからないとみるや、一言も口を利かずに、また外へ跳び出していった。

母は頭痛を鎮めようと思って、おもてに出て、よその家の台所の窓まで行って、調理中の料理の匂いを嗅いでいた。だが食欲がいっそうかき立てられた結果、さらに頭痛が激しくなって、家に戻った。

「お金持ちの食べるものは、一体どんな効用があるんだろうね？　匂いを嗅いだだけで、死者は蘇るよ。でも、こんなに空きっ腹じゃあ、息切れがするだけだよ。さて、どうしたものやら？　どうしたものやら？」

　あたしもめまいがしてきて、こめかみのあたりがズキズキしてきたので、窓の方に行ってそこを開けると、向かいのハム・ソーセージ屋の店先で、中にハムや牛の舌を並べてあるガラスケースを、ケースがペロペロ舐めているところが目に入った。あたしはアブに刺されでもしたように、びくっとした。

「お母ちゃん！　お母ちゃん！」とあたしはわめき立てた。「ひとっ走りして、あたしの本を売ってきてちょうだい、そしてケースを叱ってちょうだい、そうしなかったら、あの子を殺すからね！」

　すっかり読書に夢中になっているのに、フランス語が分からないことと、オランダ語の本が手許にないことでひどくがっかりしてはいたが、いろいろなところからフラマン語の本を何冊か掻き集めていた。他の本がないということで、あたしは、ヘンドリック・コンシエンス〔ベルギーのフラマン語表現のロマン主義文学の代表的な作家（一八一二―八三）〕の『鉄の墓』のような本を、十回も十二回も繰り返し繰り返し読んでいた。こんなふうに、あたしは自分用の小さな図書室を作っていて、休みなく、貪るようにして読書を続けていたのだ。再三再四、口を酸っぱくして、あたしの本は絶対に売らないでよと念を押していた。だがこの日、あたしは籠の中にすべての本を押し込むと、ギャルリー・ボルチエで売ってくるよう、母を送り出した。最初の聖体拝領の時に着たドレスのように、あたしにとっては、命といってもいいような、こうした古本は、高値で引き取ってもらえるだろうとの読みがあった。

　母が本を売りに家を空けている間に、転貸業〔借家の一部または全部をまた貸しすること〕もやっているおばさんが、息を切らしながら、部屋に駆けあがってきた。

「マドモワゼル、お母さんに、またつけを認めるからって、伝えてほしいのだけれど。あんたの一家は、何日も前から食事をしていないことを、わたしは知っているよ。だから、あんたの家のちいちゃなクラーシェに、タルティーヌをやったんだよ。ところが、あろうことか、こう言って、断ってきたんだよ。『ありがとう、マダム、僕食べたばかりだよ』。そんなことが嘘だってことぐらい、こちらにも分かるよ。あんなにちいさいのにねえ！」

クラーシェは八歳だった。あたしはその心根に、胸がじいんとなった。それでは、家族の中にも、へこたれていない子供がまだ一人いるのか！

母は間もなく戻ってきた。母は相当粘ったものの、あたしの本すべての代価として、一フラン七十五サンチームを手にしただけだった。

罪人クラーシェ

ドアがすごい音を立てて開くと、一人の男がクラーシェの手をつかんで、引っ立てるようにして入ってきた。

「あなたの家の子供さんかい？　この子はうちのショーウインドーを割ったんですよ。二十四フランを払ってもらえれば、よし。払ってもらえなければ、告訴しますよ」

「二十四フランですって？」と母は、無頓着な調子で言った。「とても無理ですよ、旦那さん、うちにはそんなお金はありません」

「どうぞ、ご随意に」と男は言った。

そう言うと、男は出ていった。

「いったい、どうしたの？」とみんなでクラーシェに訊いた。

「俺たちは空き家の中のショーウインドーの上に載って、国民軍の軍楽隊ごっこをしていたんだ。俺は大太鼓を叩く役さ。『ダン！　ダン！　ダダン！』とやっていたら、拳骨でガラスを突き破っちゃったんだよ。みんな、わっと逃げだしたんだ。でも、俺は裸足だったから、歩道でつまずいて、男に追いつかれちゃったんだよ」

母は大ごとにはなるまいと高を括っていた。

「九歳の子供を罪人にするなんてことはないよ！」

「当たり前よ」とあたしも同調した。「告訴されても、責任を問われるのはお父ちゃんになるよ」

あたしたちはその問題のことなど、けろりと忘れてしまった。そんな時に召喚状を受け取った。クラーシェ・オルデマは出廷すべし。

「ねえ、子供にはそんなことは無理だよ、お父ちゃんが行くべきだよ。ところで、いったいどこにいるのかしら？　さっぱり姿を見かけないねえ」

「何をしていることやら。ほっつき歩いているんだよ。女房や子供たちのために働くなんてことよりも、そんな生活の方がずっといいと思っているのさ」

「でも要は、お父ちゃんを見つけなければいけないよ。クラーシェについていってもらわなきゃ」

母は頭《かぶり》を振った。

「でも、お母ちゃんはよく平然としていられるわねえ？　こんな小さな子が裁判所に行かなければならないっていうことが、そんなに簡単なことだと思っているの？」

「わたしに、どうしろっていうのさ？　もっとも子供が罪に問われることはないさ」

それは、家の者たちも確信していた。

出廷の当日、父親を見つけ出すことができなかったので、あたしは母に、弟についていってくれるよう頼んだ。だが、乗り気でなさそうな様子を見て、あたしは不安な気持ちになった。

「いい、お母ちゃん、あんたが行く気がないのなら、このあたしが行くしかないわね。もし仕事がなくなったとしても、知らないからね！」

あたしは二カ月前から、古物商で、魅力的な仕事をしていた。新しい布地に昔の刺繡をうまく縫いつけるというのが、仕事の内容だった。この心が浮き立つような手作業が大好きだった。いちばん美しいと思われる布地を、主人は一度、選んでくれることさえあった。

ピンクのチューリップと薄紫のアヤメを縫いつけることになった。主人と奥さんはボトルの緑色をしたビロードを下地にしたがっていた。あたしが硫黄色のモアレ〔布面に波形模様をつけた織物〕に目をやっていたので、主人はあたしに尋ねた。

「おい、ちび、おまえだったら、どの布を使う?」

あたしがモアレを示したので、主人はその上に花を置いてみて、言った。

「これはいいな。ずっとしゃれているし、すっきりするよ」

だからあたしは、こうした美しい小物を扱うことができて、大満足していたし、それなりの賃金も払ってくれていた。

「駄目だよ! そりゃ、まずいよ!」と母は文句をつけた。「その仕事は手放しちゃいけないよ。わたしが行くよ」

「本当だね?」

「本当さ」

だからあたしは肩の荷が下りて、仕事に出かけた。夕方帰宅すると、しゃくりあげながら、クラーシェがあたしの腕の中に飛び込んできた。

「俺は、一週間、刑務所に、刑務所に行かなきゃいけなくなったんだよ」

「何ですって? 刑務所ですって! あんたたちは何もできなかったんだね、お母ちゃんは?」

母は目をパチパチやっていたが、何も答えなかった。

「母ちゃんはついて来てくれなかったんだよ」と弟は小声で言った。

「ああ! 最低の女だね、あんたは家の疫病神だよ! いい、父ちゃんを探して、いっしょに消えてなくなってておくれ。下の子供たちの面倒はあたしが看るわよ。あんたは、あたしたちの足ばっかり引っぱっているんだよ。あんたのせいで、下の子供たちに、あたしの方は何もしてやれないんだよ。あんたが消えてなくなれば、あたしは手が空くだろうから、この子たちをちゃんと育ててやれるわよ。お願いだから、とっとと消えてなくなってちょうだい」

母はふて腐れたように、「えへん、えへん……」と咳払いをしていた。

数日後、クラーシェは、このいたいけない、トカゲのようにきゃしゃで弱々しい子は、プチ・カルムの刑務所に行かなければならなくなった。今度は、あたしが付き添っていった。この子のことで、特別の計らいをしてもらえるだろうぐらい、あたしは甘く考えていた。だが門衛は、邪慳にあたしの言葉を遮ると、弟を門のところで、あたしから引き剝がした。

「ああ、ああ、そんなことは分かりきったことだ。刑務所にぶち込まれているのは、お人よし《イノサン》ばかりさ」

あたしにとっては、拷問を受けているような一週間だった。母に対しては怒りが収まらなかったが、母はだんまりを決め込んでいた。だがしきりに瞬きをしているところをみると、心の動揺がはっきりと現われていた。

クラーシェが家に戻ってくると、この一週間は、いろいろな罪名の子供の受刑者たちと同房だったとの話をした。子供の浮浪者のようなやつれようで、栗色の巻き毛にはうようよとシラミがたかっていた。

「ちょっとおいで、体を洗ってあげるから」

あたしは自分用のちびた石鹼と櫛を手にすると、頭から洗いだした。弟はおとなしく洗わせていたが、服を脱がそうとすると、時間がかかりすぎると思って、いやがった。

「それに」と弟は恥知らずな態度で、あたしをじっと見ると、こう言い放った。「姉ちゃんはこのことを知らねえだろうが、ええっ?」

弟はものを盗むような仕種をすると、すばやく、それをポケットに忍ばせた。

「何なの?」とあたしはギクッとして尋ねた。

身を振りほどいてドアの方にすばやく逃れると、腿をぴしゃぴしゃ叩き、掌を返して卑猥な動作をした。おもてに跳び出しながら、さらに下品なことを言った。

「ほら、姉ちゃんにやろうか!」

「クラーシェ、クラーシェ！」とあたしは呼びとめようとした。「お母ちゃん、ねえ、この様子を見て。この子はもう悪に染まっちゃったわよ」

「この子がまるで悪い病気でも持ち込んだみたいなことを言って、だからおまえはお高くとまってるんだよ。のべつ幕なしに文句ばかりつけて、家のみんなをうんざりさせるんだよ。シラミを付けてきたって。それから何だい？　子供たちにシラミがいるのは当然だよ。健康な証拠じゃないか」

それからしばらく経つと、あたしはもう仕事がなくなったので、独りきりで家にいた。ソファーにうずくまるようにして、悲しい気持ちで物思いに耽っていた。するとすごい勢いでドアが開いて、クラーシェが飛び込んでくると、伏せの姿勢を取り、這うようにして、そのままソファーの下に隠れた。血相を変えた女が後を追うようにしてやって来た。

「その子は夫の桜桃のパイプを盗んだのよ」と激昂してまくし立てた。「うちにやって来て、子供たちと遊んでいたのよ。パイプは、六フランのパイプは、マントルピースの上に置いておいたのよ。すると、このワルがいなくなると、パイプも消えていたのよ。盗んだにちがいないわ。今聞いた話だけれど、この子はもう、刑務所に行っているっていうんでしょう。そのことを知っていたら、うちの子供たちと遊ばせやしなかったわよ」

「この子はガラスを割ったんで、その償いをしたんです」とあたしは抗議した。「盗みをしたわけじゃないわ。そんなことをするわけはないですから、あなたご自身で調べてみて下さい」

あたしはソファーの下から、クラーシェを引きずりだすと、シャツを脱がせて、女の方にシャツを投げた。女は調べてみたが、何も出てこなかった。

今度はズボンを脱がせて、女の方にまた投げてやった。床に当たると、鈍い音がした。あたしもすっ飛んでいって、二人でズボンの中を探った。

尻の部分は、あたしが裏地を縫いつけて補強しておいたのだが、布と裏地の間に、パイプがあった。上の方はものをうまく隠せるぐらい、ちょうどうまいに具合に擦り切れていた。

クラーシェはまたソファーの下に逃げ込んだ。女はわめき立てようとしたが、あたしがすごい眼をして睨みつけたので、女は臆してしまった。だって、脱兎のごとく逃げだしてしまったからだ。階段を下ると、あたしたちのような泥棒一家は、叩きださなければいけないと、がなり立てて、そのしっぺ返しをした。

あたしは頭が真っ白になってしまい、金縛りにあったようになってしまった。背筋に沿って冷たい汗が流れ、震えが来て膝頭がカチカチとぶつかり合った。あたしはただこう繰り返すしかなかった。

「クラーシエ！　クラーシエ！　あたしのかわいいトカゲ」

クラーシェはぴくりとも動かなかった。

家出から舞い戻ったミナは、夜はあたしと寝場所のソファーを共用しなければならなくなった。すぐに自分だけのために、毛布を引っぱって独り占めにしてしまった。朝方、あたしはソファーから床に転げ落とされていたものの、目を覚まさずに寝入っていた。ひどく咳込んで、ようやく目が覚めるのだった。

しばらく前から、あたしは体調が悪く、衰弱が激しかった。間欠熱を患っていた。今は冬だというのに、こんな悪寒がするというのでは……

まだ何日かは吹っ切れずにいたが、母と姉に、病院に行くと告げた。病院に留まっていろということになれば、そのまま入院すると言った。二人は笑いこけた。家を出ようとすると、二人は冗談を言った。

「おまえは戻ってくるだろうから、コーヒーの用意はしておくよ」

だが、あたしは帰宅しなかった。そのまま入院させられた。

院長は、五十歳から五十五歳ぐらいの大柄な男で、赤みがかったブロンドの髪は頭の真ん中に筋目をつけて分けられており、顎鬚は胡麻塩で、大きな手は赤茶色のしみだらけで、他人が飼っている若鶏を籔の中にくすねに行く、落ち着きのない鈍重な大型の番犬を想わせた。

あたしを聴診することはしたが、体中をところかまわずこねくり回した。診断の結果は慢性気管支炎とマラリアを患っているということだった。

「それに家が貧しいということだから、とても体力も弱っているよ。それにしても美人は美人だが、ガリガリに痩せているなあ！」と院長は、笑い声を上げながら、研修医たちに話しかけた。

栄養満点の食事、ヴァニエのシロップ〔カナダ産のメープルシロップ〕、毎日飲む一回分のキニーネの小瓶を処方してくれた。

入院当日は木曜日だった。休息、ちゃんとしたベッド、栄養の行きとどいた食事によって、あたしはたちまち元気になっていった。だから、母と姉が日曜日に見舞いにやって来た時、あたしが見違えるように元気はつらつとして、血色がよくなっていることが分かった。あたしは心地よさそうに笑い声を上げていた。本を借りておいてくれるように頼んであったので、ヘンドリック・コンシエンスの『黄金の国』を渡してもらえた。フランドルの百姓たちの底抜けのおめでたさのせいで、カリフォルニアまで黄金を探しに行く顚末だったので、あたしは腹を抱えて大笑いをした。

「それじゃあ、おまえは病気じゃないよ！」と母は声を荒げて怒鳴った。「うちじゃ、飢え死にしかけているというのに、おまえは楽しみのために、こんなところにのうのうと納まっているっていうんじゃ、どうかしているよ。古物商から手紙が来てるよ。店に来て、刺繡をまた縫いつけとくれってさ」

あたしは真顔になった。医師が回診にやって来たので、あたしはだしぬけに、自分は本当に病気なのかどうかを尋ねてみた。

「母はあたしが入院しているのは、気ままな生活を送るためだと言って聞かないんです」

「いや、いや、マダム、娘さんの病気はかなり深刻ですよ。娘さんはここに置いておかなければいけませんよ」

母と姉は当惑して帰っていった。

すると医者はあたしを裸にして、聴診を開始し、体の何カ所かに円を描いた。

そうして毎日、同じことを繰り返した。

あたしが立ち上がった時には、医者は立たせたままあたしを裸にすると、今度は研修医たちに、寝巻の裾をずっとまくり上げたままにするように言って、そのまま、好きなだけあたしの体をこねくり回した。

研修医たち、姉、あたしも、こんな手にさすがにいつまでも騙されてはいなかった。

その頃、産院では入院した産婦たちの体を危険に曝す感染症が猛威をふるっていた。だからすべての病室に、産婦を小分けにして入ってもらわざるを得なくなった。あたしの部屋にも、少なくとも四人がやって来た。その中の何人かは流産したために、日夜嘆き悲しんでいた。

謝肉の火曜日〔四旬節の灰の水曜日の前日で、謝肉祭の最終日〕の夜、部屋に入れられたばかりの二人の産婦は、ひっきりなしにわめき立てていたので、到底眠れたものではなかった。ところが謝肉祭の音楽が、街頭から流れてきたので、あたしは無性に踊りたくなった。あたしは上半身を起こした。二十八のベッドがある大部屋は、中央部に弱い光を発するガス灯が置かれていて、室内を照らしていた。ストーブのほどよい暖かさ、白いカーテン、近くのベッドから首を出している若々しい人たちの顔が目に入ると、あたしはもう自宅にいるような錯覚にとらわれてしまった。

あたしは外のはしゃいだ様子に耳を傾けていたが、その仲間入りをしてみたいという思いが募って、体が震えおののいてきた。小声で近くのベッドに寝ている、あたしと同じ年恰好の少女にそっと声をかけた。

「トワネット！　トワネット！　聴いている、歌声が聞こえるわ。ワルツをやっているわ」

「ワルツ？　ワルツですって？」と彼女はもごもごと言った。

そして、ベッドに坐り込んだ。

「ええ、聞こえるわ、みんなすごく楽しんでいるのね」

彼女の黒い眼がきらきらと輝くのが分かった。丸ひだのついたボンネットを傾けてかぶった彼女はなんときれいなことだったか……

産婦の一人が叫び声を上げた。

「ああ！　あたしのお腹が！　あたしのお腹が！」

「窓のところに行って、見物しようよ」とトワネットが声をかけた。

あたしたちは起き上がって、裸足のまま駆けていき、カーテンを上に巻き上げてみたが、バルコニーがあって、視界が妨げられた。窓を開けて、寝間着姿でバルコニーに出て、輪になって踊り、声を限りに歓声を上げている仮面をつけた集団を眺めた。

寒くなって、早々に病室に戻った。ドイツ人の産婦がわめき立てていた。

「あたしは死にたくない《イッヒ・ヴィル・ニヒト・シュテルベン》！　あたしは死にたくない！」

その女性はあたしによく鶏肉を分けてくれた。

「ああかわいそうに、トワネット、あの人はすごく苦しんでいるわ！」

「ここは苦しみ呻く場所だということで、あんたが全然ふざけようとしないなら、あんたの方が参っちゃうわよ」

もう一人の若い娘《こ》も起きてきたので、あたしたちは三人でポルカを踊った。

廊下に、修道女と下働きの女が巡回のために姿を現わした。あたしたちは急いでベッドの陰に隠れ、何とか自分のベッドに辿り着いた。

修道女は滑るように進んできた。ランタンは僅かなぼうっとした光を、その前に投げかけていた。白い頭巾に包まれたひどく優しい顔が、揺れる光に、かすかに映し出されていた。

ショールにすっぽりくるまった下女は、すぐ後ろにぴったりとつき従っていた。

修道女はいくつかのベッドの前で、ランタンを掲げた。「お腹が、お腹が！」と喘ぎ声を上げている産婦のベッドのそばに立ち止まると、ベッドカバーを直してから、落ち着き払った調子で二言三言ことばをかけ、そこを離れた。

あたしはうまくベッドに潜りこむ時間がなかったので、そのまま眠ったふりをしていた。

修道女は毛布をかけ直してくれ、シーツといっしょにマットレスの下に押し込んでから、小声で言った。

「院長はこの娘のことを、鶏ガラと言っているけれど、そのとおりだわね。骨も肉もないわよ」

あたしはこの女の人は情があるなと思ったたし、穏やかな表情に心が落ち着いた。

フラマン人の百姓女といった風情の、下女はこう応じた。

「あたしはこの娘は虫が好きませんよ。他の患者たちとは大違いですよ。それに院長さんときたら……」

「しい！　しっ！」と修道女は叱責した。

「あたしは死にたくない、死にたくないわよ！」とドイツ人の産婦が涙声で言った。

「この女《ひと》は一晩持たないわよ」と修道女は言った。「この女《ひと》に神様のことを話してあげることなんて、とても無理だわ。だってプロテスタントですもの」

二人は足音を忍ばせて遠ざかっていった。何回か立ち止まった後、暗闇の中に消えていった。

トワネットはもう一人の娘のベッドに潜りこんだ。二人はレズビアンの関係だった。

あたしは夢うつつの中で、物音を聞いているうちに、眠り込んでしまった。

「ああ！　お腹が、お腹が！」

街の浮かれ騒いでいる喧騒の音や楽の音で、あたしはまた目が覚めてしまった。ドイツ人の産婦の呻き声はだんだん弱まっていった。

「あたしは死にたくない、死にたくないのよ！」

その女性の痛ましい気持ちがひしひしと伝わってきたので、あたしは涙が溢れてきた。片言のドイツ語ができたので、その女性の枕元まで行って、何か手助けができないか尋ねてみた。彼女は取り乱したようにあたしの手を取ると、もう舌も重くなっていたが、言葉は止まらなかった。

「あたしは死にたくない。坊やは生きてるわ《デア・クライネ・レープト》、あたしは坊やのために生きなければならないのよ《イッヒ・ムス・フューア・イーン》」

あたしは彼女のそばに寄り添っていたが、朝方に亡くなった。

一カ月半も経つと、あたしは退院してもいいくらい元気が回復したことを実感した。母がまたやって来て、あたしが帰ってこないようなら、父は髪の毛をつかんででもベッドから引きずりだすぞと、すごい剣幕で息巻いていたよと言った。だが院長の方はまだ様子を見る必要があると突っぱねた。

退院する朝、彼は長い間、あたしの体をこねくり回していたが、ヴァニエのシロップとキニーネは飲み続けなければ駄目だよ、と念を押した。とてもそんなお金はありません、と返事をした。

「私の部屋に来てくれれば、あげるよ」

翌日、あたしは出かけていった。院長は外来患者が全員いなくなるまで、あたしを待たせておいた。診察室に入ると、錠を下ろし、あたしを抱きしめた。顎をガタガタ震わせていた。

あたしが腕をすり抜けようとしたので、手を放して言った。

「胸を診てみよう」

あたしは裸にさせられた。

あたしを長椅子に坐らせると、こう言った。

「肺がかなり弱っているよ。大事にしないと、悪化する惧れがある。だからちゃんと薬は飲まないとね、それに薬はいつでもここにあるよ」

医者の言いたいことは、一から十まで分かった。

養生しないと死ぬかもしれない。養生するとは、こちらは支払うお金はないものの、体と引き換えに、提供してくれる薬を飲むことなのだ。

それにもしあたしが死ぬようなことになれば、残された家族たちはどうなることだろう？　もう今からして、あたしはすべてが瓦解するのを実感していた。あたしがいなくなったら、どうなるのだろう？　あんなにも素直で、聞き分けもよく、目鼻立ちもよい弟妹たちは、非情な仕打ちを受けて悪の世界に転落して行くことだろう。あのちっちゃなトカゲのクラーシェは、もう刑務所暮らしを経験してしまった。子供たちと同じように、母にしたって、すべてが成り行き任せに陥らないようにするには、あたしがいつでも釘をさしてやる必要があるのだ。

十分物心がつく年齢になっていたから、もう母のことは突き放した目で見ていたが、憐れんでやってもいた。こんな赤貧の中で、母はどうやって九人もの子供を産んだのだろうか？　もし近所のおかみさんたちが時折、一杯のコーヒーとかタルティーヌを一つ差し入れてくれなかったなら、出産の際に飢え死にしていたことだろう。それなのに、ひもじい思いをしているあたしたち子供全員は、まだ母にやいのやいのと言っては、母の食い扶持《ぶち》の大部分を横取りしてしまう始末なのだった。

ディルクについては、飢えと発熱とで、すっかり体が生《なま》っ白《ちろ》くなってしまった時に、母は窓辺で子供たちの姿を見かけたことのある家を訪ねていって、母親であれば他の母親を冷たくあしらうことはなかろうと思って、食卓の残り物を頂けないかと頼みにいったことがなかっただろうか？　それなのに、泣きながら帰ってきたのだった。そのわけは締め出しを食ったからだった！

あたしは医者が肩をすくめるのに、ようやく気がついた。

この初老の男はしゃべり続けていたのだ。

「いつまでもこのままというわけにはいかないよ。胸の病気を軽く考えていてはいけないよ。おそらく自覚症状がないかもしれないが、実際、君は病気なのだよ」

〈そうね、笑いごとではないわ〉とあたしも思った。

「養生を続ければ、君はまだもっともっときれいになるよ。それに君はもうただでさえ、とても魅力的なのだから」

あたしが全く上の空であることに気づいて、医者はあたしを長椅子に押し倒した。

部屋を出た途端に絶望的な気分になった。でも、どうしたらいいのか？

あそこで、何人もの女が死ぬのを見てきたように、胸の病で死にたくはなかった。あたしは死ぬわけにはいかないし、死んではいけないのだ！

五年前から、病気を治してもらおうと、間隔をおいて来院していた若い女が、何時間もの間、断末魔の苦しみを味わうところを、目にしたことがあった。その喘ぎ声は二つの病室を隔てていても、聞こえるほどだった。死期が迫った時、修道女は燃えているロウソクを彼女の手に握らせた。下女はベッドの反対の位置にいて、自分の村の村祭り《ケルメス》で味わったばかりの楽しい思い出をべらべらとしゃべっていた。修道女は楽しそうに耳を傾けていた。二人ともベッドの上で身を屈めてはいたが、息を引きとろうという女性のことを気遣っている様子はなく、笑いこけていた。危篤の女性は分別臭い目を左右に向けながら、その両人の様子を見つめていた。熱いロウが若い女性の手に流れ、火傷させたようだった。喘ぎ声はいっそう切迫してきた。舌を噛んだために、何とも珍妙な顰め面をした。それが最期だった。修道女はロウソクをもぎ取るようにして、死者を冷やかに眺め、下女と話を続けながら、部屋から遠ざかっていった。

結核を患っているお針子は、死に瀕しながらも子供を産んだが、呻き声一つ上げなかった。だが、産みの苦しみから解放され、産湯を使わせるために、赤ん坊が母親から引き離された時、彼女は両手を挙げようとして、苦しい息の中から言った。

「もうあの児には会えないのね」

顔面が蒼白になって、頭を左右に揺さぶりだした。それが彼女の最期だった。

あたしもこんなふうにして死ぬんだわ！　このあたしも！　ああ、絶対に厭だ！

病気が治らなくても、五年は持つだろう。その時には、二十四の年齢《とし》になっている。クラーシェはそれでも、十四にしかなっていないのだ。あたしはもうこの世にはいないのだ！　ああ！　厭だ、そんなことがあって堪るものか！　絶対に厭だ！　体を治すためには、こうした薬が手放せないのだ。医者は病院の調剤室で、それが受け取れるようにしてやろうと言う。だから、あたしはこれからも薬を入手できるだろう。瓶類が空になると院長の診察室に出かけていったが、彼はそのたびに、部屋に錠を下ろすのだった。

売春婦

「私の娘は黄色の鑑札を持っている」――ドストエフスキー

〔『罪と罰』、第一部第二章、退職官吏マルメラードフの会話、黄色の鑑札とは、売春婦の鑑札〕

今度もまた、うちでは食べ物が切れてしまった。ヘインは何の食べ物も口にすることもできずに、二日前から鍛冶屋の仕事で、重量のある鎚で金床を叩き続けていた。顔色が蒼ざめ、がっくりとうなだれ、両手には力が入らずだらりと垂れたまま、椅子にへたり込んでしまった。そして譫言《うわごと》をいうようにつぶやいていた。

「もう無理だ、これ以上は無理だ」

クラーシェの竹のように細い脚は膝の力が抜けて、壁にもたれかかるようにして、横ざまに倒れた。他の子供たちも、全員が飢餓状態で、部屋のあちこちで倒れ伏していた。母は尋常でない顔つきをし、激しく目をしばたかせていたので、その取り乱しようといったらなかった。あたしもめまいが激しく、ぐらりぐらりとよろめいて、立っていられないほどだった。

姉は家を見限って出ていってしまっていたから、家では、朝から仕事を探しに出かけた父の帰りを待つしかなかった。帰ってはきたが酔っ払っており、食べ物をよこせと言う始末だった。

あたしはこうした事態を目の当たりにして、すぐに手を打たないと、取り返しのつかない局面を迎えることになるだろう、との思いを強くした。肚《はら》を括ることにした。スカートの裾を引きずるくらい長くし、髪を額の上に集めて束ねた。できるだけ身なりを整えはしたが、娼婦たちのトレードマークともいうべき白粉《おしろい》がないことを悔やんだ。用意ができたので、出かけるよと母に声をかけた。母はできるだけ早く食料を家に持ち帰りたいということで、いっしょについて来たがったのだ。

ひとたび都市《まち》の中心部に出ると、母に少し距離を置くように言った。やがて一人の男がついて来るように合図してきた。そして曖昧宿に連れ込んだ。直後に、あたしは代金を先払いしてくれるよう言うと、俺を舐めているのかと食ってかかってきた。

「五フラン出せばな、粋な女を買うことができるんだぞ。それなのにおまえときたら、乞食みたいな身なりをして、相応に体も薄汚いじゃないか。さあ！　俺は帰るからな」

下におりると、部屋代は払わないと男は息巻いた。おかみは警察に訴えるよと脅したので、男はしぶしぶ金を払った。

「ねえ、乞食姿のお姉ちゃん、また来るようなことがあれば、うちであんたを《雇って《カルテ》》やるよ」

母は大通りであたしを待っていた。経緯を話すと、呆然としていた。

「あたしにどうできたの？　何ができたのさ？　見知らぬ男に妊娠させられたり、悪い病気を感染《うつ》されたりする惧れだってあったんだよ。それにわけもなく、わけもなく、さんざん罵られたんだよ！　ああ、子供たちは、神様、子供たちは！」

「何も持ち帰ってやらなければ、子供たちは死んでしまうよ」と母は溜息まじりに言った。

あたしは木に顔を押しつけるようにして、泣いた。それでも、あたしたちの帰りを待っている弟たちの顔が思い浮かぶと、エネルギーがふつふつと湧いてきた。

「やってみるわ」とあたしは言った。「だからもっと遠くに離れていてよ。つきまとうようにはしないでよ」

ハンカチを持っていなかったので、手の甲で涙をぬぐった結果、顔はまだらになってしまった。

やがて背後で、小声で囁く声を聞いた。

「お嬢ちゃん、お嬢ちゃん……」

振り返ると、後ろにいたのはとてつもない大男だった。

「お嬢ちゃん、いっしょに来てくれ」

あたしは言われたとおりにした。

先ほどとは別の宿に連れていかれた。それに何フランかを先払いしてくれた。

男はガラス細工でも扱うように、あたしのことを扱った。あたしを壊しでもしたらいけないと思っているようなところが、はっきりと見てとれた。あたしの涙の痕が残る汚れた顔を見て笑い、やせっぽちの体を見て笑った。こんなちっぽけな体に、男は欣喜雀躍していた。絶えず、この文句が口をついて出るのだった。

「お嬢ちゃん、お嬢ちゃん！」

しばらくすると、声がして、ドアが激しくノックされた。

「おい、お客さんたち、時間は過ぎてるよ。他のお客さんたちが待っているんだからね。早く部屋を空けておくれよ」

てっきり警察の手入れだと思って、あたしはすっかり縮み上がってしまい、男にひしと抱きついた。それがまた男をいたく喜ばせた。あたしを腕できつく抱きしめると、笑みを浮かべて囁いた。

「心配はいらないよ、お嬢ちゃん！　安心しな！」

あたしはこの分厚い胸に、どれほど深く顔を埋めたことか！　生まれて初めて、大事に守ってもらっているという気分になった。町の警官に捕まったのだったら、どの警官も腕を緩めることなく、あたしの首をぐいぐいと締めあげたことだろう。この人だったら、警官たちに鼻唄でも歌うようにして、こう言ってくれたことだろう。

「いいかい、これは小娘だよ、ほんの小娘じゃないか」

ようやく通りに出ると、あたしは母の方にすっ飛んでいった。乏しいながらも食べ物を買うと、階段の下から、二人で子供たちに向かって叫んだ。

「パンだよ！　パンがあるよ！」

何日かすると、かつてのように、落ち着きを取り戻した生活が始まった。子供たちは時間どおりに食事が摂れるようになり、体も洗ってもらえるようになり、学校にも通うようになった。母は家事に励み、父は酒を断つようになった。コーヒーを作り、ジャガイモの皮を剝いてくれた。あたし一人がベッド代わりに使っている古ぼけたソファーにうずくまったまま、いきり立ったり泣いたりしていた。

こうした状況に両親が痛痒も感じないというおめでたさ加減に、あたしは二人に嫌悪感を覚え、日々それが募っていくのだった。二人の愛の結晶ともいうべき子供たちのうちで、いちばん美しいあたしが、毎晩行きずりの男たちに体を売っているというのに、そんなことはとうの昔に忘れてしまったというような体たらくなのだ。一家が飢え死にしないためには、おそらく他の手段がなかったのかもしれなかったが、こんな安直なやり方には反抗や呪いの叫び声を上げることなしには、到底受け容れられるものではなかった。日夜、その怒りであたしは心が休まることはなかった。

親たちの方は、貧すりゃ鈍するということで、完全に心が麻痺してしまっていたのだ。あたしはまだ世間ずれしていなかったので、人情の機微に触れるところまでは行っていなかった。それでもあたしは、運命に立ち向かうだけの若さとたくましさだけは、十分に持ち合わせていたのだ。

ケーチェ

「ケーチェったら、ねえ、子供たちは二日前から学校に行けないでいるんだよ。おまえはどういうつもりだい?……食べ物がないんだよ」

「それで」とあたしは言った。

そこであたしは古ぼけたソファーから起き上がると、コート掛けから娼婦の衣装一式を取り外した。結核で死んだ娘があたしの家に残してくれたものだ。並はずれて高いヒールのブーツを履き、三つの引き裾のついたドレスを着、眼の下に一本の黒い線を引き、両頬に赤い紅を付け、唇には濃いルージュを塗る。実際の年齢《とし》よりも上に見せるために、髪の毛をすべて頭の上にもっていって、アップにする。そのわけは、娼家のおかみたちは警察を恐れて、十六歳のあたしの子供っぽい顔を見ると、無理だねと言って追っ払ったからだ。帽子やショールは、あたしは持っていない。

娼婦のスタイルに変身しながら、あたしは母の様子を窺っている……あたしにくっついて来るつもりなのだろうか? あたしは独りでは出かけはしない。そうなのだ、ちゃんとした理由があるのだ……

出かけようとする時、あたしは母の様子を見る。するとただ、せかせかとした様子でボンネットをかぶり、ショールを身に着けている。

街に出ると、横目で母の様子を窺う。すると、後を付けてきている……こんな母親がどこにいるものですか……町では、後ろに張り付いていて、同じようなショーウインドーが並んでいる方に体を向けている。男があたしに近づいてくると、赤の他人のような素振りをする。あたしが男に付いていくと、母は、あたしに寄り添っていると他人がはっきりと分かるくらい、ぴたりと後ろに付いてきている。その後も、あたしが外に出てくるのを待っている……ああ！　最悪だ……そこで、あたしは母が息を切らすくらいの速さで、ずんずんと歩いていく。

「ああ！　ケーチェ……」

「ねえ！　そこで何をしているのさ？　帰ってよ、あんたの顔を見ていると、むかむかするよ」

そう言い放つと、あたしはどんどん先に行ってしまう。

少ししてから、あたしは振り返る。ああ、せめて母が帰ってくれて、あたしを独りにしてくれるなら……町はずれの商店街沿いに、ざっと目を走らせてみると、あたしに追いつこうとして、血相を変えて歩いてくるのが見える……何という醜態……母は、それでは、自分の行いの下劣さを感じてはいないのか？　ああ、どんなに母を憎み、どんなに侮蔑したことか……そこで、あたしは母を待つことにする。

「ああ！　ケーチェ」、母はぜいぜい喘ぎながら、声を絞り出すようにして言う。そして汗が浮き出た額を手で拭う。

「あたしが体を売りに外に出ている時に、あんたはそばで何をしようっていうのさ？……あたしにくっついていなければならないのかい、それでも母親なの？　ああ！　厭だ、厭だ！」

母は激しく目をしばたきながら、あたしをじっと見つめ、すっかり恐縮しきった様子で、腫れ物扱いだ。

都市《まち》の中心部では、あたしはまた、母をおいてきぼりにして先に行ってしまうが、あまり離れないでね、と小声で言ってやる。だってこれから待ち受けている辛い仕事に恐怖感が募ってきて、あたしは母に手を振ってしまう。

「分かったわね、あまり遠くに行かないでよ！」

そう言ってから、客引きにあちらこちらと移動を開始する。

家路につく頃には、あたしの鼻っ柱もすっかり折れてしまっていた。母はあたしの体を支え、店じまいした商店街沿いに、盲人を案内するようにして、あたしの手を引いて行く。

「ああ！　お母さん、このブーツじゃ、もう歩けないよ……このヒールの高さといったら……ああ！　指が痛くて堪らないよ！　それに腰もだよ……歩くたびに、こんなふうにつま先立っていたんじゃ、腰にグキッと来るんだよ……ブーツが脱げりゃねえ……」

「駄目だよ、おまえ、ガラスを踏んでしまうよ。少しこの階段で休もうよ」

「ああ！　ひどい疲れだわ……五時間、あたしたち五時間も歩き続けたんだよ……」

「分かったよ、明日は午前中いっぱい寝ておいでよ。もう少し歩こうね。あそこは店が開いているよ。わたしは食べ物を買っていくから、おまえにも熱いコーヒーを作ってやれるよ」

あたしは埃っぽい道の中をドレスの裾を引きずっていった。ルージュを拭いとり、母に体を預け、商店街の店頭のあたりに片手を突きながら、呻き声を上げる。見ず知らずの男たちに対して、どんなに身の毛がよだつか、あたしが体を委ねなければならないそのたびに、どんなに口汚く罵ってやりたいか、男どもがあたしをものにしている間に、われを忘れてどんなに噛みついてやりたかったかというほどの、激しい怒りにまで駆られていたこと、あたしはそうしたことはおくびにも出さない。こんな問題には一言も触れないというのは、あたしたち母娘には、何という不思議な慎み深さがあったことか……

階段の下で、母は小声で言う。

「足音を立てないように、子供たちが目を覚まさないようにね」

あたしはベッド代わりのソファーに倒れ伏す。母は火を熾《おこ》し、お湯を沸かすと、あたしのブーツを脱がしにかかり、靴下の先を少し引っぱる。

「ああ！　痛い、痛くて堪らない……」

あたしの着ていたドレスを脱がせ、体を仰向けにさせると、毛布を掛けてくれる。

「すぐだからね、コーヒーができるよ」

母はカップになみなみとコーヒーを容れ、ゆで卵とタルティーヌをたっぷり運んでくる。自分のことは度外視して、あたしの食事の世話に掛かりきりになる。

「さあ、おまえ、これでよく眠れるよ」

母はまた床を整えると、さらにあたしの足にショールを掛けてくれる。

ぐっすり眠れるって！……あたしにとって、それがまさしく大きな問題だった。今日一日何時間も味わったひどい嫌悪感がわっと蘇ってきて、あたしは居ても立ってもいられなくなってしまった。憤激のあまり、手をばたばたさせ、激しく身をよじった。

「お眠り、明日になったら、もっとたっぷりコーヒーが飲めるよ。それからおまえのために、トランプ占いをやってあげるよ。さあ、お眠り」

そしてあたしは眠りについた。でもおまえの顔色がひどく悪く、顔もひきつっていたから、と翌日母が言った。わたしは一晩中、自分のベッドを出て、おまえの寝ているソファーまで何回か往復して過ごしたんだよ、って。あたしが目覚めると、母はあたしの上に屈み込んでいた。

「やれやれ！」

そう言うと、母は熱いコーヒーとタルティーヌをどっさり、それに卵を持ってきてくれた。それからあたしのカップを支えながら、背中のクッションを整えてくれた。

「おまえのためにトランプ占いをしてあげるよ」

母はあたしの膝の上にカードを並べた。

「七、手紙一通ってことさ……七、いい知らせだよ……七、褐色の髪の若者だよ……」

「でも、褐色の髪の人なんて好きになれないよ。ああ、厭だ、みんな嫌いさ……ああ、厭だ……」

膝を揺すると、カードはばらばらと下に落ちた。

「バカバカしいったらありゃしない……手紙っていうのは、家主からの追い立て状ってことさ。褐色の髪の男はね、ケダモノみたいな執達吏のことさ……あんたって人は、そんな愚にもつかないことのために、すべてをうっちゃらかしにしているんだよ、そんなことを本気で信じてるのかい……聞いて呆れるよ、気は確かかい！何て母親だい！ さあ、子供たちの食事の世話をしてやろうよ。その方がずっとましだよ」

あたしは寝床から跳び起きる。母は目をパチパチさせて、目で哀れみを乞うている。なす術もない。あたしはまたひどくむかむかしてくる、ものすごく恨みがましくなり、そのために、ひっきりなしに母にねちねちと嫌みを言う。

聖カタリナ〔（アレクサンドリアの）。四世紀初頭のキリスト教迫害期の伝説の殉教者、聖女。マクセンティウス帝の前でキリスト教を弁護し、哲学者たちを論破した。その祝祭日は十一月二十五日〕の日の晩だった。あたしは下町で客引きをしていた。母は十歩ばかり後を付いてきていた。男が一人あたしを見ているなと思ったので、あたしは、男が付いてくるのを期待して、近くの通りに向かった。

何度か菓子屋のショーウインドーの前で、母が追いついてきて、並べられた聖カタリナを祝うお菓子を、二人して眺めた。お菓子はハートや四角、丸い形をして、白やバラ色の砂糖の層《グラシ》がかかっていた。金色の文字で描かれた文字が、蛇のように浮かんで見えた。

「わたしもカトリーヌという名前だけれども」と母は言った。「全然関係なさそうだねえ……ケーチェ、もしわたしたちがどちらも手ぶらで帰れば、子供たちは何て言うかね？」

「体中に吹き込んでくるこの雪のせいで、鳥肌が立っちゃうよ。これじゃまるで、壊れかけのマネキン人形みたいじゃないの……どうやって、客を見つけろっていうのさ？」とあたしは食ってかかった。

足を棒にして、あたしはまた客引きを始めた。

リュー・デ・ブシェで、一人の男が近づいてきた。ワロン人〔ベルギー南部にすむケルト系民族、ワロン語はフランス語に近い言語〕で、何とか話すことが分かった。

「どうだい、一晩、俺と過ごさないか、娘さん」

「一晩ですって……十フランくれるならねえ……」

「いいだろう。来いよ」

旧市街の、ある通りを男に付いていった。母に仕事は一晩だよと知らせたかったが、それは無理だった。暗がりの中で、男はあたしに付属の建物の階段を登らせた。男がランプを点けると、とても大きなベッドのある、こぢんまりとした寝室にいることが分かった。百スー貨を二枚渡したので、ハンカチに包んで縛った。

前触れもなく、いきなりあたしに抱きついてきたが、あたしと同じように惰性《マシナルマン》で辛い仕事をこなすといった様子だった。その後、男は枕に顔を埋めた。どちらも一言も口を利かなかった。男は仰向けになった。その視線はベッドの足下にぶら下がっている女の写真の上で止まった。下町のでっぷりしたフラマン人のブルジョワ女の典型といったところで、こちらを見ながら頰笑みかけていた。

あたしも男の視線を追っていることに気づいたので、

「俺の女房さ」と彼は言った。

彼は《マロリアン弁》で、言い足した。

「《死んだ《デュート》》……死んじまったよ」

そう言うと、また枕に顔を埋めた。

起き上がると、ズボンを穿き、あたしにも起きるよう合図した。身振りで食事をするともつけ加えた。あたしは湿ったコート《アルスター》を羽織り、ブーツを履いた。地下室まで、暗い階段を付いてくるように言った。それから待つように言った。マッチを擦って、小型の石油ランプに火を点けた。

そこは地下室の台所だった。椅子に坐るよう合図すると、ブラウンソースのかかった凝《こご》った肉のテリーヌを取り出し、パンを切り、ビールの栓を抜いてくれた。われわれは食事にかかった。食事はおいしかった。男はパンを次々と切ってくれ、あたしがテリーヌを食べ終わると、すぐに皿に足してくれた。あたしががつがつと貪るように食べるのを怪訝《けげん》な面持ちで眺めていたが、取り立てて何も言わなかった。

男が小型のランプを掲げ、あたしたちは地下室から出た。男は口に指を一本当てて、囁いた。

「しいっ……《女中》《フィユ》がな……眠っているからな」

そう言うと、家の上階を指し示した。

二階の大きな部屋に案内された。壁には引き出しが取り付けられていた。引き出しのついた家具も中央に置かれていた。

男は家具の方に歩み寄ると、引き出しを開けた。あたしは歓びのあまり嘆声を上げた。引き出しには造花がぎっしり詰まっていた。

「製造元なのさ……」と男は自分の胸を指さすと、言った。

さらに他の引き出しを開けると、バラの花飾り、カーネーションやツバキの花束《ビケ》が現われた――あたしはもっと時間が経ってから、グラン＝プラス〔ブリュッセルにある壮麗なギルドハウスで囲まれた広場。ユゴーをして、世界で最も美しい広場と言わしめた〕の花市をぶらぶらした時に、そうした花の名前を知った――続いて、花芯や花弁の上に、ガラス製の露の滴を添えた花々、それから灰色のくすんだ色合いの葉っぱが。

男は悲しげに引き出しを開いていたが、あたしの方はうっとりとして、指先で花々に触れてみた。彼はさらに引き出しを開けた。あたしは嘆声を抑えることができなかった。バラ色、薄紫色、あるいは赤の花弁のついた白いサテンでできた蕚《がく》の造花が、薄葉紙の上に並べられていた。これはあたしの好みにかなう、何をおいてもいちばん美しいものだった。

「どれか一つをあげよう」

あたしは花弁が薄紫の造花を取った。

「サンシキアサガオだよ」と男は薄葉紙に包みながら言った。

男とあたしはまたベッドに入った。男はあたしに一眠りするように言い、男の方も眠りについた。

男があたしを起こし、衣服を着るように合図した時には、夜はまだ明けてはいなかった。「もうすぐ従業員たちがやって来るのさ」と男はあたしを通りの側のドアに連れていくと、小声で言った。そしてあたしが外に出ると、音も立てずにドアが閉まった。

どのあたりにいるのか見当がつかなかった。通りは急坂になっており、雨氷のために後方につるっと滑った。霧が途中で凍りつき、靄に苦しめられた。それでも、ようやくグラン＝プラスに辿り着いた。そこからは、家の方に向かうことができた。開いているのが分かった最初の店で、食べ物を買った。家に着くと、まだ六時にしかなっていなかった。

「おまえなの」と母は震え声で言った。「ああ、やれやれ！……わたしは二時まで、あの建物の前にいたんだよ。もし悲鳴でも聞こえたなら、大声を上げて、あの近所の人たちを呼び集めただろうさ……金は貰ったかい？」

八フランを渡した。二フランは食料品に使ってしまっていた。

「花も貰ったんだよ」

あたしはみんなに見せてやった。

「仕事は呆気ないってことが分かっただろう」と父は言った。「俺たちは食わなきゃならないのさ。もしそうしたいんだったら、一日眠っていていいからな。それから今晩、そのきれいな花を帽子につけて仕事に出ればいいんだ……」

あたしは心が萎えるのを感じた。父はそれが分かったと見えて、口をつぐんだ。

弟たちはぼろぼろのマットの上で、がつがつと食べていた。

仕事に出かけなければならないヘインのために、母はタルティーヌを切ってやっていた。そして熱々のコーヒーをカップに注いでやると、ヘインはコーヒーを受け皿に空け、立ったままそれを飲んだ。母はあたしにもコーヒーを淹れてくれたので、あたしは汚らしい帽子にサンシキアサガオの造花を縫いつけはじめた。

「ドレイパリー〔ゆったりと衣装や布をまとってできた襞や皺を彫刻・絵画で表現したり描写すること〕のために、一回の仕事時間を休みなしで、少なくとも三時間の間、もしできるなら、ずっと立ったままで、ポーズの姿勢を取ってもらいたいんだ」

「勿論できるわ。やろうと思うし、やってみせるわ」

「それでは、裸になってくれ。早速始めることにしよう」

画家はあたしに布をまとわせ、ピンで留め、布の端で頭を包んで、フードを作った。あたしは立ったまま、肘掛け椅子の背に左腕を載せ、左手首の上に手を添えるようにして、右腕を胸の前にもって行き、右肩のところで、頭を強くねじまげた。画家はパレットを手にしたまま、しばらくの間、あたしのまわりを回ってから、すごい勢いで描きはじめた。

「絶対に頭は動かさないでくれ。今、布は首のところでうまい具合にたるんでいるんだ」

やがて、首の痛みが襲ってきた。頭全体がいろいろな方向に引っぱられるような感じだった。一時間経つと、画家は声をかけた。

「それにしても、大したものだよ、君は……そんな活力があるのは、神経がピリピリしている女だけだよ。この習作を描く際に、何人ものモデルのせいで、こっちは仕事を中断されてしまったんだよ。だから大きな絵を描く時には、ちゃんとやってくれるモデルが必要なのさ」

「あたしが神経過敏なことが分かったの?」

「そんなのは一目瞭然さ。君の眼は色合いが薄いのに、きょときょとしているよ。それに君の手は開けようとしない時は、万力みたいにきつく閉じているにちがいないからね」

立ち続けて二時間半になっていた。地面に打ちこまれたような感じがしてきた。その時、女中がやって来て、画家に何ごとかを耳打ちした。

「畜生！　うんざりだなあ！　このドレイパリーを仕上げなきゃならんのに。ここで中断したら、たるみの箇所が分からなくなっちまうなあ」

「心配しているのは、あたしのことなの？　正午までは体は動かさないわ。約束するわよ」

「結婚前の娘の肖像画を描いてもらいたがっている奥さんがいるんだよ。婚約者同伴で、女どもが押しかけてきたんだ。畜生め！　ドレイパリーがあるっていうのに……」

「あたしは動きませんから」

「それじゃ、こっちに通してくれ」

中年の婦人が、ずんぐりむっくりした娘をひきつれて、アトリエに入ってきた。頭を横にねじまげていたために、青年の姿は目に入らなかった。母と娘はずんずんとこちらに向かってきたが、あたしに挨拶もせずに、全身をじろじろと眺めた。腕と脚はむき出しのまま、布からはみ出ていたので、特に女たちの気を惹いた。二人は少し後ずさりし、婚約者の青年が前に歩み寄った。片方の目で、その男を見ることができた。アルベールの姿を認めた。それは将軍の息子で、あたしはかつて彼を愛したことがあったし、今もなお愛していた。あたしの目は彼の脅えたような表情に釘付けになったが、あたしはぴくりとも動かなかった。

ある晩、あたしはたいそう若々しい学生と出会った。彼は翌日、いっしょに田舎に行こうと誘ってきた。汽車を降りると、もう一人の青年があたしたちを待っていた。ブロンド髪で、やせて長身、金色の睫毛は反りかえって、端整な顔立ちをして、ひどくみずみずしい肌をしていた。あたしに対して物腰は丁寧で、よく通る優しい声音をしていた。ぎごちないがフラマン語をしゃべってくれたので、会話が成り立った。あたしを誘ってくれた人の方は、フランス語しかしゃべれなかったから、あたしはやっと片言で話すのが関の山だった。話が進むにつれて、ブロンド髪の青年は、あたしのこれまでの読書量に驚いていた。彼は相棒にその話をしてやったが、相手は顔が曇り、ますます白けてきた様子だった。

その後、話がはずんだ人の方から手紙が届いた。それからは、田舎に遠出をする際の相手はその人になった。季節は冬だった。たいていの場合、あたしは何も食べてはいなかった。背中と足はずぶ濡れになり、かなりの時間歩いたため、息も絶え絶えになり、駅に着いた時には、帽子やスカートから水が滴り落ちて、惨めを絵に描いたように、水に濡れた犬のような臭いがするのだった。

あたしがやって来るはずの通りの方に、首を突き出している姿勢が見えると、いつでも遠くからでも、彼だということが分かった。二人は二等車に乗り、ソワーニュの森〔ブリュッセルの南東に広がる国有林〕で下車した。そうやって、藪の奥深くへと分け入っていった。

彼の友人は街であたしが春をひさいでいると彼に教えてはいたが、あたしの方は彼には絶対お金をくれとは言わなかった。それでも、この後、彼はあたしをガンゲット〔ダンスなどもできる郊外の酒場・レストラン〕に連れていってくれた。そこでハムを挟んだ二つの小ぶりのパンと、グラス一杯のビールをおごってくれた。ああ！　空きっ腹で、このグラス一杯のビールは！……その残りの一日は、あたしには相当堪えた。

これがあたしの一日の最初の食事だなと、彼が察知していることがあたしには分かった。またあたしが彼を愛していることも、彼は分かっていた。だが長い睫毛ごしに、あたしの方を見つめる眼差しからは、彼の心理が読めなかった。

都市《まち》に戻ると、彼はあっという間に姿をくらました。

突然、音信不通みたいな具合になった。最初にあたしを誘った学生と、ある晩ばったり出会った。

「君はアルベールに焼け小便《ショード・ピス》〔淋病のこと、排尿時、痒感や疼痛がある〕をプレゼントしたらしいな」

そう言って、相手は笑った。

あたしはそれがどういうことか分からなかったが、しばらく前から体調が悪かった……それが今、彼は婚約者の娘といっしょに、あたしのそばにいる。あたしの方はほとんど素っ裸で、彼らの好奇《アンキジション》の目に晒されており、石像みたいなポーズをとっているので、片方の目でしか彼の姿は見えなかった。

「ねえ見てよ、べベール」と若い娘は、あたしの腕の皮膚を指さしながら、フィアンセに語りかけていた。

母親は小声で言っている。

「この皮膚は汚らしいわねえ、ブツブツだらけじゃないの……」

ようやく、彼の姿を両方の目で見ることができた。翳りを帯びたような眼差しは、あたしに哀願していた。

彼らは絵を眺めるために、そこから離れた。

あたしは自分を滑稽で、あさましく、惨めったらしい女だと思った。彼の方は、あたしに再会して、どう思ったことだろう？　自分に病気をうつしたうえに、そこにいて、何とも珍妙なポーズを取り続けているしかない、あたしに対して、どれほどの憎しみと、不愉快極まりない気持ちを感じていたことだろうか！……目から涙がこぼれ落ちたが、それを隠すこともできずに、頬を伝って肩に流れ、布の上にぽとりと落ちた。

〈……彼はそれでも、あたしが何も知らぬ存ぜぬといった様子をしていることに、感謝しているはずだわ……〉

母親はあたしの涙を目にしていた。

「おまえがこの肌についていてくさしたことを、この女《ひと》は、多分聞いていたのよ……」

「そんなデリカシーが、この女《ひと》にあるかしら？」

客たちは今では、あたしの背後にいた。声は聞こえたが、様子を見ることはできなかった。ああ！　それでも彼の幸せを台無しにしてやりたいなら、そして面と向かって、あたしの肌に夢中になったくせに、藪の中であたしの上で激しく体を動かしていたくせに、病気もくれてやったし、結婚相手の女だって、おそらくは、今にその経緯が分かるようになるさ、とでも叫び立ててやれたらなあ……でもあたしはこれっぽちも動かなかったし、目は涙で曇っていた。

彼らはあたしの方に目をやることもなく、アトリエを立ち去った。

「君は大したものだ」と画家は声をかけてきた。「ずいぶんひどいことを言ったものだな、あのブルジョワどもは、君の肌のことを言うなんて……君がたびたび風呂に入るようになって、あいつらみたいにめかしこめば、君の黄金色の肌はすべすべするさ……」

画家はまたパレットを手にすると、三十分ほど描いた。

「さあ、ポーズ代の百スーだ……ちょっと待った、君の右に振った首を戻すのに手助けをするよ、それからきゃしゃな足のしびれも少しとらなきゃ……君のポーズはすばらしかったよ。あのブルジョワの娘の肖像画を描くのに、ポーズを取ってくれないかね?……連中は君のことを見下しているけれども、夫になる男が、娘の肖像画を見て、一生涯憧れ続けるのは、君のような肩、腕、それに手であることは間違いないよ。もし娘の豚みたいな体をそっくりそのまま描いてやったら、男はその絵を恥ずかしく思うだろうからね……」

いろいろな気苦労が重なって、体調不良にかまけている暇はなかった。ようやく時間ができるとすぐに、あたしは病院に行って、何か病気にやられていないか、診察してもらうことにした。研修医が診察に当たった。その結果、あたしは何の病気にも罹ってはおらず、貧血症にすぎないし、例の青年はその件については無知なのだということが明らかになった。

たとえ家族全員が飢え死にしなくてはならなくなったとしても、それでももう売春はすまい、と決心した。いちばんのネックは両親だった。そんなことに全く慣れきってしまっていたから、至極安直に考えていた……ある朝、あたしはもう客引きはしないからねと、きっぱりと言った。すると父が顔を上げた。

「どうしてやめるんだ?」

「一生、娼婦稼業なんてやってられないよ……女を買う男どもがどんなことを要求してくるのか、父さんが知っていればねえ……もしあたしが言うことを聞けば、もっとずっとお金を弾んでくれるだろうけれどもねえ」

「出まかせを言うんじゃないぞ、この性悪めが」と父は怒鳴った。「うちの者がくたばってもかまわねえっていうんで、いい加減なことを言いやがって」

そう言うと、開いた窓のそばにいるあたしの方にずかずかと詰め寄ってきた。

「おまえを窓から突き落とすのを、妨げる理由は俺には何もないんだからな」

あたしは父の前に立ちはだかった。

「何だって、やれるものならやってみなよ。こんなひどい生活をあたしに続けさせるよりは、ずっといいよ……さあ、やってみなよ、そうすりゃ一挙に片がつくよ!」

二人は激しく睨み合った。父は相手に組みつこうというレスラーまがいの姿勢をとった。あたしの方は、やせた腕とぶるぶる震える手を、父に突き上げるようにして構えていた。

突然、父はひどく顔が蒼ざめたかと思うと、そこから立ち去った……そこまでだった。あたしが勝った。

あたしはぶるぶると身震いが収まらないまま、身だしなみを整えると、外に出て、モデルの仕事がないかと、画家のアトリエを訪ね歩いた。それから、ある画家のために、古いタピストリーを修理してやったことがあったと思いだした……この手の仕事を、古美術品店で、おそらくあたしはさせてもらえることだろう……

モンターニュ＝ド＝ラ＝クールで、ある古物商に入ってみた。どういうことができるかを説明すると、主人は答えた。

「勿論、仕事は提供できるが、今すぐというわけにはいかないよ……また折を見て、来てみてくれないか……」

店を出ると、若い娘が近づいてきた。

「あの爺さんのところに何か売りにいったの?」

「いいえ、仕事があるか、訊いてみたのよ」

「気をつけた方がいいよ。あいつはひひ爺だよ……あんたを手籠めにするよ。それでも鐚《びた》一文よこさないからね……」

あたしがオランダ人だと分かると、娘は、自分の母親もそうだと言った。二人の気心も通じあえた。娘はあたしを家に連れていって、コーヒーを出してくれた。そして母親にあたしを友だちだと言って、紹介した。ひどく歓迎された。下品な話はこの家ではご法度だった。コーヒーを飲み、タルティーヌを食べながら、母親はあたしの仕事を訊いてきた。

「画家のところでモデルをしています」

「あたしはお針子をしているのよ。あたしは一人で、二人の子供を育てなければならなかったわ。夫ときたら、そんなことには無関心でね。ステファニーはもう十六歳にもなっているのに、仕事を覚えようとはしないのよ。何もしないことに慣れきってしまったのね……あたしは仕事場に八時間もいなければならなかったから、結果的に子供たちをほったらかしたままにしてしまったのよ。学校は八時半に始まるのに、子供たちは学校に行かなかったの。あたしはお昼に家に帰れなかったし、仕事場は都市《まち》の反対側のはずれにあったでしょう。それでも子供たちの食事だけは用意しておいたわ。コンロにかけて、温めるだけでよかったのよ」

彼女の眼は血走ってきて、手は神経質に動いていた。今のところ、仕事はしていなかった。

この人たちといると、とてもゆったりとした気分になった。彼女たちの私生活にあたしを立ち入らせるのは厭だと思っている節は、あまり窺われなかった。

外に出、この新しい友だちと、ぶらぶらと歩くことにした。夜になると、あたしをまた家に連れていった。夜もだいぶ更けてきたので、あたしに泊まっていくように言った。あたしは一も二もなく快諾した。帰宅するのは、思ってみるのも厭だったからだ。彼女たちと一つベッドで寝ることになった。母親はベッドの端に、ステファニーは真ん中に、あたしはベッドの端といっても、壁際の方だった。

床に就く前に、母親は、アドルフが帰宅していないと、今一度こぼした。

翌朝の八時に、ドアが激しく叩かれた。二人の代行業者が、大家のおかみと室内に押し入ってきた。その女は厚化粧をして、一階で《酒場《ボワト》》をやっていた。

女は家具を外に出すよう命じた。友だちとあたしは、下着姿のまま、ベッドの陰に隠れた。

「ねえ、あの二人の小娘の姿を見てごらんよ。シュミーズときたら、ストーブみたいに真っ黒けじゃないか！」と厚化粧の女は、バカにしきったように言った。

代行業者は家具を運び出すと、踊り場に持っていった。

「道に出さないってのが、せめてものあたしの思いやりだよ」と女はまた息巻いた。

友だちの母親はロウのような白い顔をしていたが、憎悪のために頬骨のあたりの赤い染みがさらに赤らみ、眼をぎらぎらと燃え立たせ、唇をひきつらせ、声を震わせながらやり返した。

「十五の歳にたらし込んだうちの息子が、もうあんたの思いどおりにならないからって言うんだろう、ねえ、そうでしょうよ？　意趣返しってわけかい……情けをかけて、家具を外にまで出さなかったって、このぼろ家が近所の人の目を惹くことを憚ってだろうが……住むところが見つかったら、勿論だよ、こんなところにいてやるものかね。見つからなかったら、まだここに一晩居すわってやるよ」

持ち物すべてが外に運び出されてしまうと、大家はドアを閉ざして、鍵を持ち去ってしまった。友だちの母親は帽子をかぶり、ショールを肩にかけて外に出ていった。

あたしは踊り場で、ステファニーといっしょに家具のそばにいた。彼女はパンを持っていた。この建物に住む女性があたしたちにコーヒーを出してくれた。

母親は夕刻に帰ってきた。新しく見つけたところには、明日にならなければ引っ越しできなかった。

みんなでマットレスを屋根裏部屋まで運んだ。母親はこんなどうしようもない時に、自分たちを見捨てないでくれたと言って、あたしに感謝していた。床に就いてもまだ動揺が収まらない様子だった。ステファニーとあたしは、あの因業な婆さんの鼻に、毛の生えた五つの疣《いぼ》を見つけたことを思い出して、けたたましい笑い声を上げた。われわれは三人して眠りについた。

翌日、男が一人手押し車を引いてきて、家具を取りにやって来た。母親が借りた薄暗い小さな屋根裏部屋に、家具を配置する手助けをあたしはしてやった。

一段落すると、このまだなかなかなじめない都市《まち》で友だちができたことに満足して、帰宅した。

《果物》をほとんど全部、刺繍し直さなければならなかった、古いタピストリーの断裁を熱に浮かされたようになって、仕上げた。お金を払ってもらえると思って、早速あたしは仕上げたものを届けに家を出た。だが古美術商は不在で、あたしは手ぶらで家に戻らなければならなかった。

家では、みんながあたしのことを待っていた。当然、食べ物を持ち帰ってくるはずだった。家に辿り着くと、あたしのしょげきった顔を見て、母は事情が呑み込めたと見えて、問いかけもしなかった。

あたしはまたすぐに家を出て牛飼いのジャネットに会いに行った。彼女は近所の他の娘たちといっしょに、子供の遺体を墓場に運んでいくことになっていた。ジャネットは細身の黒いドレスを着て、バラ結びの黒い紗を付けたシャルロット・コルデー〔フランス革命期、ジロンド派が追放され、革命の進行に疑念を抱いた彼女は、一七九三年七月入浴中の恐怖政治の指導者マラーを刺殺したが、同月断頭台の露と消えた。享年二十五歳〕風の白いボンネットをかぶり、ぴたりと決まっていた。状況に応じて、彼女のボンネットに飾りを付けてやるのは、あたしの役目だった。

「顔色が蒼いね、ケーチェ。それに足が濡れたみたいに、よたよたした足取りをしているよ」

あたしが返事をしなかったので、こう言ってきた。

「埋葬にいっしょについておいでよ。そうすれば、死んだ子のお母さんも心が動かされるわよ。帰ってきたら、あたしたちといっしょにコーヒーだって飲ましてもらえるよ」

子供が死んだのは、うちの住まいの真向かいの袋小路にある、うらぶれたカフェ兼乾物屋兼食料品店だった。小さな柩《ひつぎ》を運ぶ役目を務める四人の娘がいた。母親は悄然とした様子はほとんど見られず、出棺する前に、担ぎ手の娘たちに一杯のジンを振舞った。距離は長かったし、雨も降っていたからだった。やっと出発した。近所の人が何人か、ひどく窮屈な上着を着た男たち、帽子をかぶらずに小さな黒いショールをかけた女たちが、哀悼の意を表するために後に従った。

この野暮ったいフラマン人たちとは、自分がひどくかけ離れているような気がした。凸凹道を通っての道行きは、水溜りを避けようと、柩を左や右に傾けたために、その運び手の娘たちは棺の重みで、いっしょに泥濘《ぬかるみ》にはまり込んでしまい、あたしには何とも粗暴な死者を冒瀆する行為のように思われた。あたしはものすごい空腹感で、胃がキリキリと痛んだ。軽い食事が出されるということだったので、もう心のうちでは、どんなにか帰路につきたかったことだったか。

途中で、一人の娘の靴が泥にはまってしまったため、坂の端に棺を置いて、娘たちは一息いれざるを得なくなった。靴が使い物にならなくなった娘は、相当疲れきっていた。あたしは、その娘《こ》の代役を買って出た。その娘はあたしの頭にボンネットをかぶらせた。嫌悪感と恐怖感とに打ち震えながら、あたしは肩に棺の角を載せた。そして雨の中、泥道を通ってまた出発した。あたしはぞっとしながら、継ぎ目がぴったりはまっていないお棺に入れられている子供のことを考えていたが、棺の重みはあたしの痩せこけた肩に食い込んできた。こんなふうにして運ばれたかもしれない幼くして死んだ妹のことを思い出すと、震えのようなものが体を走るのが感じられた……でも、済んでしまったことだ！　誰かが母親に、あたしの働きはなかなかのものだと言っていたようだ。きっとあたしも、他の娘たちと同じように、コーヒーといっしょにハムを載せたタルティーヌを出してもらえるだろう。

墓場に着くと、埋葬はあっという間に済んでしまった。出口で、男たちは女たちに、何か食事をしていくようにと誘っていた。だがあたしに声はかからなかった。あたしのお嬢さんめいた物腰と、丁寧な口振りから、あたしは敬遠されてしまった。

あたしたちは全員、ずぶ濡れになり、髪の毛まで泥《はね》を上げて、帰路についた。

テーブルには四つのコーヒーが載っていた。担ぎ手の四人の娘が腰を下ろしていた。他の者はお呼びではなかった。あたしはそっとハムの載ったタルティーヌの方に目をやった。コーヒーはいい香りがして、体がぞくぞくするくらい飲んでみたかった。でもジャネットを待っているふりをして、カウンターの前で待機していた。ジャネットはあたしの蒼ざめた顔とぐったりした様子に気がついた。

「ケーチエ、ねえ、おいでよ、あたしの分を飲みなよ。コーヒーはすごく熱いよ」

「ありがとう、ジャネット、今は体は何とか温まったわ。家に帰って飲むわ」

そう言って、あたしは立ち去った。

彼女は少し舌足らずな話し方をした。大きな頬は真っ赤で、こちらが羨ましくなるような豊かな胸をしていた。足の裏も土踏まずがないくらいぶくぶくして、脂肪の塊といった大足のために、歩くのもなかなかままならなかった。公園の人気の少ない小道では、男たちを見かけるとあたしたちの心も浮き立ったが、男たちが彼女の胸の方に手を伸ばしてくると、彼女は男たちにおふざけでないよと一喝して、すぐに退散させた。

あたしは男たちに対して、彼女ほどの大胆さは到底持ち合わせてはいなかった。男が金を払わず逃げてしまっても、彼女はそれでも母親のところへ戻れば、ちょっとした食べ物があった。それに仕事をするといっても、目的は安物の装飾品やお菓子を買うためでもあった……だが、あたしが売春をしなければならなかったころは、とぼとぼと歩いている間、ずっと泣いてばかりいた。そんな時は、こんな辛く厭な流しをしたのに、手ぶらで家に戻り、弟たちは山賊の話をし合って、夕方からずっと、何とか飢えを凌いでいたのに、食べ物がないから、また今夜もそのまま寝ておくれ、と言わなければならなかったからだ……よくあたしはこの場末町にある薄暗い通りをいくつも、何時間となくほっつき歩いて、家に入ろうとはせずに、弟たちが眠っていてくれればいいなあ、とも思ってみたりもした。また幾度となく運河沿いを歩き、ここに身を投げた方がよくはないだろうかと思ったりもした。

こうしたことからは完全に足を洗ってしまった。あたしがステファニーにくっついて行ったのは、友情からだった。恥ずべき生活と、きれいさっぱりと縁を切ったことに日々満足していた。

でも、ひどく立派な身なりをし、立派な家に住み、たらふく食べている人たちが、到底紳士とはいえないことに、どうしても納得が行かなかった。貧困だけが売春を生み出すのだと、あたしは心から信じて疑わなかった……ところが、こうした殿方たちは、快楽を得るためとあらば、見境なく女を漁ろうとするのだ。そんなことは、あたしからすれば、下劣の極みだった……彼らが豚やがさつな男と変わらなく思えた途端、頭の中がすっかり混乱してしまった……どうして、どうして、こうなのかしら？　紳士の条件はすべて持ち合わせているというのに……それにあたしといっしょになると、どうしてこんなふうになってしまうのかしら？……あたしが見ず知らずの男たちに身を任せるのは、ちょっとした靴を買うためだとか、あるいは気晴らしからではないことは、それでも一目瞭然なはずだった。

この男たちはあたしの立場が分かっているはずなのに、と思った……ところが、誰一人何も察知してはいなかった……たぶん一度だけだが、一人の士官だけは例外だった……彼は最初に何フランかを渡してくれた。あたしが紙切れにお金を包んでいる間、その人があたしのやせ細った腕や、ノミの糞で汚れたシュミーズをじっと見つめているのが分かった。男はあたしの顎をつかむと顔を持ち上げ、しばらく眺めていたが、あたしの方は目を閉じて身を任せたくないという意思表示をした……彼はさらに二フランを弾んでくれた。

あたしにははっきりと分かったが、男たちにとって、娼婦というものは、人間の本性を踏み外した、木石のごときもので、劣情の捌け口としてのみ役立つ存在だった。男たちからすれば、勿論娼婦でなくったって構やしないのだ。貧しい家の娘で、言うことを聞いてくれさえすればよいのだ……

ある日、画家のところで、生徒の女性が帰ったばかりのところだった。画家はあたしに競売で買った絵の表側を向けてくれと言った。画家はそこに居合わせた友人の一人にそれを見せようと思ったのだ。

「おい、君、あの女性の前では、君にこの絵を見せるわけにはいかなかったが、まあ見てみろよ！……芸術としては何の価値もないが、猥褻な絵としては！……」

二人だけになると、彼らは笑いながら、人間の醜悪な面を曝け出した。

今しがた帰った女性は四十歳だった。あたしはといえば、十七歳だったし、この男たちはあたしの生活の実態は何も知ってはいなかった……

だからあたしの方も、こんな下劣な行為に積極的に加担しているのだと思った。それでも、あたしが金持ちの芸術家だったにせよ、この絵が《猥褻》だということだけで、そんな絵を買うことはまずないだろう、という確信はあった。

そんなわけで、ステファニーが男たちにふざけるなと啖呵を切った時、あたしは呆気にとられると同時に、実にすかっとした気分になった。

もう売春稼業から足を洗いたいなと思うたびに、あたしのやってきたことを徹底して闇に葬らなければならないとも考えていた。そうしなければ、あたしはそんな苦界から絶対に浮かび上がれないだろうし、いつでも胡散臭い目で見られ、見下され、いつもいかがわしい女のレッテルを貼られることだろう。男は誰一人、誠心誠意、そこからあたしを救い出してやろうと、手を差し伸べてくれることはないだろう……女性について言えば、あたしがモデルとしてポーズをとった家の何人かの女性は慇懃無礼であり、この女《ひと》たちはそれぞれ違いはあるものの、プライドばかり高いから、この点に関しては何も期待できないな、と察しがついた。

あたしは下女の職を探そうと思えばできたろうし、個人的には、それであたしは救われることになるのだ。そうなのだが、ちいさな弟妹たちは……そして両親は……この二人に対する嫌悪感にもかかわらず、あたしは憐れみの情を覚えていた……ヘインは今、日銭一フランを稼いでいた。ディルクはガンゲットでアコーディオンを弾いていた。ナーチェは時々、画家のところで天使のモデルになっていた。でも、それでは生活していくには到底不十分だった……だから下の弟妹がもっと大きくなるまでは、まだこの子たちと生活をともにしなければならなかった。

いつでもどこにいても、こうした思いが頭の中でせめぎ合っていたので、ポーズの間、なぜあたしがそんな暗い顔をしたり、脅えたような顔をしているのかと、画家はしょっちゅう訊いてきた。

ステファニーは毎週月曜日の晩に、あたしを学生たちの主宰するダンスパーティーに連れていってくれた。会場では、みんないっしょになってばか騒ぎをした。若い学生たちには好感が持てた、あたしたちと対等に付き合ってくれた。あたしには特にそういったことが必要だった。見下された扱いを受けたり、いかがわしい女ともう見られたりしたくなかったからだ。だから最初にデートをした学生が、ある晩、本当に優しい気持ちから、市《いち》で一対のカフスボタンを買ってくれたのだったが、この親切な行為があたしにどんなに激しい心臓の鼓動を惹き起こしたのかは、まったく察知してはいなかった。

別の学生は、あたしたちを、ステファニーとあたしを、梨をご馳走しようということで、市《し》の門の入口付近にある、自宅の田舎家に連れていってくれたことがあった。温室の中にブドウの房を見つけて、その学生に、幼い弟のクラーシェが疱瘡を患っており、医者の言うには、ブドウはその病気の薬にもなるようだ、と話をしてみた。

「だからと言って、君にあげるわけにはいかないよ。まだ実っていないし、僕が勝手にもいでしまったら、母は怒るだろう」

それでも、あたしたちを送りがてら、八百屋で一房の見事なブドウを買ってくれた。

このさりげない心づかいは、あたしの自尊心をくすぐったし、幸せな気分にしてくれた。

当たり前のことだが、彼らの中の何人かと恋人めいた関係もできた。身を任せるというのは、自分の本意ではなかった。自分が望むように、うまくやっていけば、あたしはきっと立ち直れると思っていた……それから学生たちのあかぬけた言葉遣いや、洗練された話しっぷりに、あたしは魅了されてしまった。この若者たちは、あたしがモデルをやっている画家や彫刻家たちよりも、高い教育を受けているということが分かった。

それでも芸術家たちは、別のやり方であたしを気遣ってくれた。その一人はあたしに仏独辞典と一冊の本、エルクマン＝シャトリアン〔十九世紀の二人のアルザスの小説家の共同筆名、故郷の風俗習慣をテーマにする小説を書いた〕の『民衆の一人の男の歴史』〔一八六五年刊、ナポレオン戦争以降の戦争を中心とする十あまりの《国民的小説》シリーズの一つ。木こりの息子がパリに出、一八四八年の二月革命を体験し、改革を祝福する話〕をプレゼントしてくれた。一語一語、辞書を引きながら、毎晩その本を読んだ。ところが動詞はすべて、不定詞の形でしか載っていないので、あたしは途方に暮れてしまった。

芸術家たちは、あたしの前であらゆることを話題にしていた。絵画をめぐって討論もし、美術館に行ってみるように、勧めてもくれた。あたしがフランス語をちゃんと読めるようになると、いろいろ本を貸してくれた。でも学生たちはあたしと同年代だった。生まれてこの方、同年代の人たちだけが、ずっと憧れの的だった。その人たちといっしょに、ガンゲットやダンスパーティーに行くと、踊ったり歌ったりし、ごく自然に身を任せもしたが、あたしより年上や年下の世代の人たちとは、絶対そうしたことはできなかった。

それでもあたしは美しさを武器に、お金を稼げるようになってきてはいた。いろいろなアトリエで、モデルとなってポーズをとった。ところがルーベンス〔フランドルの画家（一五七七—一六四〇）、豊満で官能的な女性像を得意にした〕の女性像に呪縛されていたフラマン人の画家たちの、好みのタイプとはいえなかったのではあるが。それにあたしのきゃしゃな体に気後れしている様子だった……それから画家たちが競売で買った時代物のタピストリーや絹織物に刺繍を施したりもした……

二人の若者とあたしたちはカンブルの森〔前記ソワーニュの森の一部、ブリュッセルの南東近郊にあり、もっと市街地に近い〕でデートをする約束がしてあった。あたしはルイーズ大通りを速足で歩いていた。その時前方を物憂げな足取りで歩いている、黒い巻き毛のハンサムな不良じみた若者に、あたしの目は惹きつけられてしまった。葉をむしった若木の枝を手に持っており、路上で出合い頭に犬や幼い子供をひっぱたくのだった。相手を痛めつけると、にやりと笑って振り返った。森に入ると、棒で、芽吹いてきた茂みの灌木をへし折る始末だった。腰を下ろしたかと思うと、小石を拾って、チュンチュン鳴きながら馬糞の山の中で餌を漁っている雀を目がけて、投げつけるというひどい荒れようだった。

〈何てひどい乱暴者なんだろう!〉とあたしは思った……

鼻の穴が上を向いた赤毛の娘がそばを通りかかった。何枚ものペチコートを穿いているため、歩くとスカートがゆらゆらと揺れた。ウインクして若者に誘いをかけた。男の方はうんともすんとも言わず、娘に目をやったが、知らん顔をしていた。それからポケットに手を突っ込むと、うんざりしたというように口笛を吹いた。

老紳士が小刻みな足取りで進んできた。二人は互いに相手の顔をじっと見つめ合った。若者が立ち上がると、扇動するように前を歩きだした。あたしはその歩き方に唖然としてしまった。そっくり返り、気取った様子をしているのだ。だが遠くからステファニーのやって来る様子が見えたので、二人の方から目を離し、ステファニーの方に進んでいった。

彼女は路面馬車でやって来たのに、息を切らして近づいてきた。デート相手の若者たちは馬車でやって来ていた。こちらに近づいてきたが、顔は笑ってはいなかった……あたしたちの身なりがひどくお粗末だったからだ……広い遊歩道を離れて、人気のまばらな小道に入っていった。そこまで到達すると、彼らは慎みをすっかり失くしてしまった。動作も言葉も車引きそのものだった。

あたしはおいしい昼食をおごってもらえるものと期待していたが、連れていかれたところはガンゲットだった。ご馳走してくれたのは、ベーコン入りのオムレツとグラス一杯のファロビール〔ベルギー産の野生酵母で発酵させたアルコール度数の低いビール〕だった。男たちは何も注文しなかった。食後三十分ほどしてから、激しい頭痛がしてくらくらしてきた。この色男どもの態度に、むかむかしてきた。あたしは喧嘩腰になり、男の一人のぶくぶくしたグローヴみたいな手に、言いがかりをつけはじめた。画家たちのところにしょっちゅう出入りをしていたので、美醜を判断できる審美眼が身についていた。それがどういうことなのかは、はっきりとは分からなかったが、その手は下賤の輩の臭いがするわよと言ってやった後で、その男の鼻先にあたしの手を突きつけてやった。

「これがお上品な手というものよ……」

それからその男の歩き方や、規格外の樽みたいな寸胴《ずんどう》をさんざんこき下ろしてやった。見た目の不愉快な点も何から何までひっくるめて言ってやった。

「さっきかっこいいチンピラと出会ったわ。あなたみたいなおしゃれな服装をしたら、あなたよりもっとずっとさまになるはずよ……あら！　あいつよ！」とあたしはその若い男がやって来たのを見て、あけすけな調子で言ってやった。まだ蹄鉄を打っていない若駒といった様子だった……

少しは若駒についての知識はあった。父は馬の飼育業者のところで、長い間、馬丁をしていたことがあった。あたしが夕食を届けにいった時、父は若駒たちを指差して、その長所を並べ立ててあたしの気を惹いたことがあった。

あたしたちを脇の小道の方に連れていきながら、ステファニーはあたしの手を引っぱった。

「余計なことは言わないでよ、あれはあたしの弟だわ。こっちに来るかもしれないわよ……」

だがあたしは弾みがついてしまっていた。頭痛のため、片方の目がずきずきしていたし、こめかみがキリキリと痛かった。このまま茂みの中に引きずりこまれるくらいなら、あたしは男をさんざんこき下ろしてやったって構わないと思っていた。ものすごく苛立ちが募って、歯止めが利かなくなっていた……

「ねえ、ステファニー、あたしはね、あんな足をしている男といっしょにいるところを、もう見られたくないわ……あたしの評判はがた落ちになってしまうからね……」

あたしは彼らを置き去りにした。ステファニーはぽかんとしたまま、まだしばらくあたしを見つめていた。それからあたしに追いついたが、笑っていいのか、怒っていいのか、分からないといった様子だった。

「あたしが男どもにふざけるなって怒鳴りつけてやった時、あんたは呆気にとられていたじゃない……」

「あの下種野郎は広い道を歩いていた時は、あたしたちとは無関係みたいな態度をしていたのよ。だってあたしたちの身なりがしおたれていたからよ……もしあたしたちがしゃれた服装をしていたら、連中はあたしたちといっしょのところをひけらかして、悦に入っていたわよ。でもあたしたちの服がみすぼらしいから、恥じ入っていたのよ……そういうことなら、ぼろ服よりももっと汚らしいものがあるってところを見せつけてやりたかったのよ。あの繊細さを欠いた男の鼻っ柱を叩き折って、ぎゃふんと言わせてやって、あたしは心から満足したわ。穴があったら、入りたかったでしょうよ……あたしは自分の美しさを売り物にして、ある時はニンフになったり、またある時には王女になったりして、モデルをしているんだから、あんな態度の連中にいいようにされるのはもうごめんだわ……」

あたしはステファニーをいろいろな画家のところに連れていって、モデルの仕事を見つけてやろうとしたが、うまくはいかなかった。だから彼女はむしゃくしゃしていた。

「ああ！　あんたの絵描きどもはほとんどの場合、与太者か、食料品店や肉屋のどら息子と大差ないわよ……」

「それは言えるわ。連中の声や態度は学生たちとは大違いよ。でも美とは何かを話してくれる時には、耳を傾けてみる必要はあるわ。この前、ある画家の家に、何人かの画家が集まった時に、絵に描かれていた雲をめぐって議論になったのよ。怒鳴り合いになったり、そうだと言って意気投合したりしていたわ。大きな雲が出ていたから、みんな窓辺近くに行って、議論を始めたわ……その後、みんなが帰ってしまって、あたしがまたポーズの姿勢を取りはじめた時、あたしは画家に、雲がそもそも珍しいなんてことがあるのって訊いてみたの。すると絵描きはパレットを置いて、あたしを窓の前に立たせると、残りのポーズの時間を割いて、どうして雲が美しいのかを説明してくれたわ」

今度は、あたしが彼女の前に立って、顔を上げると、親指を突き出して、雲を指し示してやった。

「分かる、形がはっきりしなくて、ふわっとしているけれど丈夫なものよ。あの青空とあの灰色の雲はうまくマッチしていて、溶けあって、くっきりと浮かび上がっているわ……」

「そんなことはたわ言だよ」とステファニーは言った。「あれは《大雨》《ドラシュ》をもたらす雲じゃないか。あんたって人は、あたし以外の人間を見る目がないんだよ。あんたの絵描きさんたちは、頭でっかちって言ったって、中途半端だよ」

「そんなことはどうだっていいわよ！……あの人たちがそんなふうな話をしてくれると、あたしはもうアトリエから出たくなくなっちゃうのよ……もし誰かがあたしを幼な妻にしてくれるっていうのなら、あたしは尽くしちゃうわよ、それは絶対間違いないわよ……でもあの人たちは、あたしの言うことなんか、真に受けやしないわ。背が低いし、やせっぽっちでしょう。あたしは一メートル六十しかないのに、あの人たちの奥さんときたら、少なくても一メートル八十はあるわよ。それにあの太腿ときたら……一見の価値はあるわよ……」

彼女は自分の家に連れていってくれた。午後の間ずっと、あたしは気分が悪く吐き気もあり、熱もあったからだ。

だが夕刻になると、気分もすっかりよくなり、顔を洗い、ブロンドの巻き毛に櫛を入れると、あたしは美しさと若さに押されるようにして元気溌剌となり、ある庭園で行われるダンスパーティーに出かけていった。

モデルの仕事がなかったり、刺繍を手直しする仕事がない時は、あたしはステファニーと街をぶらついた。家には到底いられなかった。母親はあたしが読書したり、身繕いしたりするために、隠れるようにしていた片隅までわざわざやって来て、家の者に冷たいじゃないかと難癖をつけては、邪魔立てするのだった。

ステファニーは付け毛のお下げ髪を背中に垂らしていた。あたしはブロンドの巻き毛をリボンで留めていた。あたしたちの帽子はひどい代物だった。傘を持っていなかったので、帽子はどんな雨風にも耐えなければならなかった。だからいつも手直しが必要だった。あたしたちはスカートの丈を延ばして、裳裾を付けたので、歩道や泥だらけの路を掃くような具合になった。ポーチの下や木陰で、あたしたちは顔にチョークの粉を塗りつけた。蒼白い顔の方が品がいいと見られたからだ。胸を大きく見せるために、コルサージュを胸のところできつく引っぱるようにした。

あたしは発音に気をつけて、どうにかこうにかフランス語をしゃべるように心掛けた。

男たちは場末の通りでは、よくあたしたちにくっ付いてきた。すぐに近づいて来て、いろいろ言い寄ってくるのを、あたしの方は軽くいなしてやった。ステファニーの方は申し出を受け容れてやった。

都市《まち》の中心部だった場合は、あたしはギャルリー・ボルチエで彼女を待つことにした。それぞれの陳列台に並べてある、いろいろな本を少し立ち読みするのだった。なかなか帰ってこないようだと、花市を一渡り冷やかすことにしていた。花の鮮やかな色よりも香りにずっと魅《ひ》かれていた。

たいていの場合、彼女は戻ってくると上機嫌で、グラン＝プラスの地下の店で、ケーキや、ムール貝をおごってくれた。それから古物市に行って、自分の使う古靴やスカートを買った。

「ケーチェ、分かっているの、チャンスを利用しないなんて、バカだよ……あんただって靴を手に入れられるのに」

「だって、そんなことはしないって誓ったんだもの」

「水や雪が浸み込んだり、この前みたいに、足の指にとげが刺さるような靴で歩くっていうのが、いいって言うの?」

「体を売るのは厭なのよ」

「でも夢中になった学生には、ただで同じことをしてやっているじゃないの……」

「それは同じことじゃないよ」

「同じだよ」

「違うよ」

「じゃあ、説明してごらんよ」

あたしは説明することはできなかったが、それは同じことではなかった。

そこであたしはじっくり考えてみた。弟たちをしょっちゅう食事抜きでほったらかしておき、家賃も支払わずにおいて、あたしが夢中になった男には、ただで体を提供するなんて資格があるのだろうか?……そこでその晩、ステファニーにデートすると決めておいた場所に行ってもらって、あたしの愛している学生に、あたしはもう《交際》はやめるわ、と言ってもらった。それから何カ月もの間、あたしは品行方正を絵に描いたような生活をした。


難点は画家たちとの関係だった。ほとんど全部が全部と言っていいくらい、体を許すように迫ってくるのだった。こちらが厭だと言えば、彼らは不機嫌になり、たいてい描くのをやめてしまった。

ナーチェは十四歳だったが、彫刻家がしつこく言い寄ってくるので、そこにはもう二度と行こうとはしなかった。その彫刻家は、あたしをモデルにメダイヨン〔円形・楕円形の台に描かれた彫刻〕を造っていた彼の友人の一人に、あたしの妹が仕事をほったらかしたままだと、ねじ込んでくる始末だった。

「おまえさんも、僕の友人に対して、おそらく同じように振舞うだろうな」とその彫刻家は、あたしに向かって厭味を言った。「でもあんたの妹はその報いがくるぜ。僕は知り合いの芸術家たちみんなに、そう言ってやるさ。妹にはもうモデルの仕事はこないぜ」

「でもねえ、あなたがあの子をそっとしておいてくれたなら、あなたを困らせることはなかったわよ。あなたのところに来たのは、仕事をするためであって、あなたに楽しみを提供するためではないわよ」

「いいかい」と話を聞いてやっていた芸術家の方も口を挟んだ。「厭だって言うのなら、しつこくはするなよ。でもいいって言うのなら、話は別だがね……」

「ああ！　そういうことかい……俺はモデルと寝ないと、仕事はできないのさ……それに、どうしていけないんだい？　そんなことは、あの子にどうだって言うんだい！」


ヘインは十六歳になり、豪華な幌付き四輪馬車製造の仕事を学んでいた。

春を迎えてから、ずっときびきびし、しゃんとしてきたという感じで、眼も輝きを増してきていた。夕方、仕事から帰ってくると、慌しく食事を済ませ、ちょっと身繕いをすると、外に出ていった。日曜日になると、全身を隅から隅まで洗い、髪に油を塗って、細いネクタイを長い時間かけて、うまく決めようとしていた。しかしイメージどおりにはいかなかった。夕食を摂るにしては、だいぶ遅い時間に帰ってきた。あたしは自分の細腕で養っていかなければならない家のことに、ひどく気が取られてしまっていたので、ヘインの変貌ぶりをさして気に留めてはいなかった。だが夏になり、日曜日の朝に、ピクニックに持っていくために、タルティーヌを多めに作ってもらい、小遣いとして五十サンチームではなく、七十五サンチームをくれと言われた時、あたしは母に、いったいどうしたの、と訊いてみた。母はむしろ表情を曇らせて答えた。ヘインは十五歳の娘を愛するようになったが、その娘はしばらく前から、少し咳込むようになり、日曜ごとに、田園地帯で過ごさなければならなくなった、というものだった。

「平日は、その娘《こ》はどうすることもできないさ。仕事に追われているからね。母親は夫に先立たれてね、二人して赤ん坊の上履きを作って、何とか暮らしているんだよ。白いレプ〔横畝織。家具や壁に張る布、カーテンなどに用いられる〕や白い皮、サテンで作ったなかなか見事なかわいい靴だよ……まあ、すばらしいものだよ。一組一ダースってことで作っているから、一週間それにかかりっきりで、目を離す時間もないくらいなんだよ。ちょうどわたしがレース編みの女工をやっていた時みたいだよ……母娘は中庭に面した小部屋に住んでいるよ。でもあの仕事はひどいもんだよ、雀の涙くらいの手間賃しか貰えない、ときているんだからね」

「でもどうして、そんな詳しいことまで知っているのさ？　ヘインが教えてくれたの？」

「いや、あの子はそんなことはほとんど一言も言わないよ。あたしたちがバカにするんじゃないかと、心配しているんだよ。娘の母親が、わたしに会いにきたのさ。娘の咳が治まらなくて、何カ月か経つんだよ。医者が言うには、いい空気を吸わなきゃいけないそうなんだよ。でもあの人たちに、どうしろっていうのさ？　食べて行かなきゃならないだろう……それで、母娘は日曜の朝に、食べ物持参で出かけるようになったんだよ。田園地帯に行くのさ。でも娘の方は、ヘインがいっしょでなけりゃ、行こうとしなくなったのさ。母親がやってきて、息子さんがいっしょに来るのを認めてやってくれないかと頼んできたんだよ。母親が言うには、あたしたちは人さまから後ろ指をさされるような、やましい生活はしていませんし、娘の健康はひとえに息子さんに懸かっているんです、ってね。それにひどい貧乏暮らしときているから、あの子は自分の分の他に、あの人たちのタルティーヌも持っていくのさ。母親はコーヒーを飲みに来るよう、わたしを招待してくれたことがあったんだよ。そんなふうにして互いに、いろんなことが分かるようになったわけさ」

「それなのに、あたしには何も知らせてくれなかったじゃない?」

「だって! おまえに声をかける時間がないじゃないか。帰ってくるなり、すぐに本を抱えて、引き籠っちゃうじゃないか……」


日曜日ごとに、ヘインは田園地帯に出かけていって時間を過ごしていたが、その日はいつも晴れやかな表情をしていた。夜の八時頃に帰宅するのだが、幸せいっぱいといった様子で、部屋には草木のよい香りを漂わせるのだった。その夜はもう外出することもなかった。床に就くまで、物思いに耽っていることがよくあった。にっこりと頬笑んで、唇も動かしていた。語りかけるような仕種をし、何か話し合っているのだった。返ってくる返事にも、明らかに耳を傾けている様子だった。

そうでない時は、真っ黒に汚れたノートを手にし、馬車、荷馬車、梶棒、馬車の前部をデッサンしているのだった。

ある夜、あたしたちは二人きりの時があった。あたしはヘインのそばに行って、彼のデッサンを眺めた。

「なかなかの上達ぶりだね、ヘイン、それにしても、ちょっと働きすぎじゃない」

「自分の仕事をよく知ろうとすれば、理解できるところまで徹底しなきゃならないんだよ。よい馬車は、そう簡単に造れるものじゃないからね。だから、その構造はすべて知り尽くしていなければならないんだよ。俺は愚図のままでいたくないからね。それに結婚するとなると、家族を養うことができなきゃならないだろう」

「夢みたいなことを言ってるんじゃないよ。まだ十六歳じゃないか」

「そのとおりさ。これはもっと後の話だよ」と弟は笑いながら言った。「でも今だからこそ、後のことを考えて、勉強しておかなきゃならないんだよ。姉さんは、俺たちが育ったみたいに、飢えた状態のまま子供たちを、俺が育てるとでも思っているのかい?」

「あたしたちがいつも腹を空かしていたのは、父さんの働きが悪かったたってことじゃないよ。子供が多すぎたせいだよ。九人ていうのは、いくら何でも作りすぎだよ！」

「でも愛している妻がいる時に、どうすりゃいいんだよ？」

弟は赤くなって、目を伏せた。性的な衝動が彼の体を駆け抜けているのだと、あたしは直感した。

弟はまた顔を上げた。

「子供を沢山作らないようにするには、どうしたらいいんだよ。だって、子供は何人か、俺は欲しいんだよ……」

弟は全く無邪気にあたしの顔をじっと見たし、ひどく弟が天真爛漫に思えたので、その姿を前にしていると、自分のその手の知識というものに気恥ずかしくなって、あたしは一言もなかった。


ある夜、彼は大声を上げた。

「なかなかのできばえだぞ」

「何がさ？」

「ほら」

弟は図面を見せた。

「車輪の鉄のたがを回転させるには、男手が四人は必要なんだ。俺はしばらく前から、こんなやつを考えていたんだよ。こいつを使えば、もう男一人だけで済むんだ。親方に見せてやろうと思っているのさ」

ある日曜日、あたしはマリンブルーのラヴァリエール〔ふんわりと大型の蝶結びにしたネクタイ〕を身に着けていた。すると弟が言った。

「でも、それは男物のネクタイだぜ。姉さんよりは俺の方が似合うぜ。見てくれよ、俺のネクタイはもう紐といったところだからなあ」

「分かったわよ。でもそれじゃ、あたしは何で決めたらいいの?」

「まだブローチを持っているじゃないか」

「そうね。じゃあいらっしゃい、ネクタイを結んであげるから」

あたしが蝶結びにしてやると、ヘインは小さな姿見の前に立ち、折り襟の下で両端を結んだネクタイを満足げに見つめていた。

「俺の首は少し長すぎやしないかい?」

「そんなことはないわよ。首が長いっていうのは、すごく素敵よ」

「へえ！　素敵か……そいつは気がつかなかったよ」


ひと夏中、ヘインは、わが世を謳歌していた。

あたしはますます弟に親近感を覚えていった。二人の日曜日はえも言われぬような、すばらしいものになった。あたしは読書に耽り、弟はデッサンに集中していた。弟は、ひどくほっそりした手首の上に、長くきゃしゃな手が延びていたが、このガラス細工と言ってもいいような手はひどく器用で、強靱で、すばらしい道具を思わせた……


秋を迎える頃になると、弟は暗く打ち沈んできた。

「ねえ」とあたしはある晩に声をかけた。「何かあるなら、あたしに打ち明けてごらん」

「あの娘《こ》の咳がひどくなってね」と弟は涙ながらに訴えた。「それに天気もどんどん悪くなってきて、ピクニックもできないんだよ」

冬になると、娘を入院させなければならなくなった。ヘインは毎週日曜になると見舞いに出かけ、落ち込んで帰ってくると、寝るまで頭を抱えていた。娘は春に亡くなった。埋葬が終わると、弟は、あたしのベッド代わりのソファーがある小部屋に、閉じこもったきりだった。小娘のように忍び泣きする声が洩れてきた。

あたしはもう体も限界だなと思い、病院に舞い戻らなければならないのかと心配になってきた。そもそも働きに行く態勢がちゃんとできていないのだから、あたしは最初から疲れきってしまっていた。七時に起きて、着物を着換えたのだが、母はまだコーヒーの用意もしていなかったし、ストーブはくすぶって、まだ火が燃えてはいなかった。お湯が沸騰するには時間もかかるし、ケースはまだパン屋から戻ってきてはいなかった……要するに、たいていの場合、あたしは何も食べずに家を出るのだった。

いつものことながら、ひどく遠くまで出かけなければならなかった。あたしの家は庶民の住む場末町の端にあったが、画家たちはほとんど全員が、都市《まち》のちょうど正反対のところに住んでいた。冬は、あたしがモデルの仕事をいちばんこなす季節だった。雨、雪も降り、凍結もする時期に、パルトー〔一般に両脇にポケットのついた前ボタンの短いコート〕もなく、かなりの時間、歩かなければならなかった。しょっちゅう、足の裏に当たる釘のせいで歩くのもままならなくなったし、靴下はいつも濡れていたが、代わりの靴下もなかった。だから歩いている間、汗みどろになり、雨水や汗が滴り落ち、目をぎらぎらさせ、顔を真っ赤にして、ようやくたどり着くのだった……すぐに裸になり、立った姿勢や、膝をついて座った姿勢をとったり、片肘一本で頬杖をついて、横たわらなければならなかった。ほんの少し時間が経っただけで、あたしはがたがた震えはじめた。悪寒が全身を駆け抜けた。肌の色は死体のように蒼白くなった。冬の到来とともにぶり返してきた咳が出るたびに、体が激しく揺すぶられ、ドレイパリーのポーズがとれなくなってしまった。

画家たちはひどく忍耐強かった――咳をしたということで、あたしを追い出したのは、たった一人のご婦人だけだった。あたしは彼らから憐れみの目で見られているなと思った。でもたいていは、雀の涙ほどのモデル代しか支払えないから、元を取らなければいけないというような、しがない連中だった。時々は、ポーズの時間を別の日にまで勝手に延長したりした。

お昼は、ほとんどの場合、タルティーヌに、グラス一杯のビールかコーヒーが出された。何人かのところでだけ、サーディンかチーズが出た。四時ごろ、あたしは帰路についた。

ジャガイモは正午にゆで上がっていた。母は十二個ばかりを皿に載せ、小麦粉を溶かして作ったソースを上からかけていた。覆いも掛けずに、かまどの上に置きっぱなしにしておいた。午後の間に、ディルクが一個をくすねた。ケースも学校から帰ってくると、さらに一個くすねた。それからナーチェがまた一個を。母からして、時々つまみ食いをしており、言うことが振るっていた。あの子は画家のところで、お昼にたっぷり食べているからね。だからあたしが帰宅してみると、三、四個しかジャガイモは残っておらず、小麦粉の膜がこびりついたようになって、水気のない乾ききった状態になっていた。それがあたしの夕食だった。

あたしは母に食ってかかった。あるいは、あたしが帰ってくる時間を見計らって、新しいジャガイモを何個かゆでておいてよ、と必死に頼んだ。

「おまえのために、わざわざ料理するなんて、真っ平ごめんだよ！」

「それなら、せめて、チビたちがジャガイモを盗らないようにしてちょうだい。それと上に蓋をしといてよ。蒸気が籠っていれば、ゆでたてとそう変わらないはずだから」

「また文句ばかりつけてさ。もし食べたくないっていうんなら、弟たちにやっておくれ。あっという間に平らげてくれるよ」

万事こんな調子だったから、ナーチェに十五サンチームを渡して、少量の脂身の薄切りを一切れ買ってきてもらうようにした。特に、胡椒と塩を振りかけた黒パンに、その生肉を載せて食べるのが好きだった。いっしょに、カップ一杯のコーヒー、というよりはチコリーの根の粉末〔キク科の多年草。根を焙じてコーヒーの代用にする〕を溶かした水を、温めなおしたものを飲んだ。

靴下がひどく汚れてしまった時など、夕方に洗濯をし、夜に干しておいて、朝には乾いているようにしなければならなかった。母はあたしが洗濯をすることは認めたが、床も磨いてほしいとも言った。手はポーズの際、すごく決め手になるから、これまでも手入れが大変だったと、再三再四説明してやっても、母にはピンとこなかった。

「おまえがたわいもないことを言うのは、何もしたくないってことだろう。わたしだったら、手が真っ赤なのに、手を白く描こうっていうなら、白い絵の具を使えばいいだけの話さ……」

あたしはこんな無茶苦茶なことを言われて、怒りのあまり息が詰まってしまった。

あたしはドイツ人の画家のところに雇われたことがあった。生活のために小さな売り絵を描き、その合間を縫って精魂をこめた作品として、大きな油絵に一生懸命に取り組んでいた。あたしはその小さな売り絵のためにポーズをとった。バラ色や青い空色のドレスを着、ブロンドの巻き毛を背中に垂らした若い娘が砂丘に腰を下ろし、海を眺めていたり、ベルジェール〔大型の安楽椅子〕にゆったりと身を沈めて、夢想に耽っていたり、パラソルの先で、砂浜に名前を書いているといった構図だった。若い娘はあたしだった。

ある朝、あたしはずぶ濡れになってやって来たので、コルサージュを脱ぐと、画家は叫び声を上げた。コルサージュがびしょ濡れになったため、上半身に染料が溶けだして、あたしの肌は、すっかり紫色になってしまっていた。

「でもそんな状態では、《哀れな子供！》《アルメス・キント》のポーズをとることは無理だな！」

画家はあたしの体を洗ってくれたうえ、シャツを着せ、パンツまで貸してくれた。さらにその上に、バラ色のドレスを着込み、大きな黄色い布ですっかり覆われた腰掛けに坐ったが、その布はあたしのドレスと首筋に海岸の砂浜の光沢を与える効果を出すためであって、床にまで広がっていた。

次の二日間は、この画家のところに行くべきではなかった。彼は大作の油絵に取り組んでおり、オリエンタル風の衣装を身につけたモデルもいたからだ。金曜日に行ってみると、苛立った様子をしており、いつもと違って、愛想もよくなかった。不意にパレットを置くと、あたしの方に近づいてきて、荒っぽくあたしの顎をつかんで、顔をもち上げるようにした。そしてしげしげと顔を見つめた。

「いや違うな、あんたではないな……」

「どうしたっていうんですか？」

「金貨が三枚なくなったんだよ。その開いたライティングテーブルに入れといたのさ。月曜日に入れといたんだが、やっと昨日になって、金貨がなくなっていることに気がついたんだ……この部屋に入ったのは、あんたとこの娘しかいないんだ」と絵に描かれているオリエンタル風の衣装を着た娘を指し示しながら、画家は言った。「でも確かにあんたじゃないいな」

「その人だとも言っていないわね。まずアトリエの掃除をしてから、火を焚く、などいろいろあるでしょう……でもどうして、金貨を家具の上にほったらかしておいたの？」

「なぜかって？……それで君を試せるだろう？」

だがすぐに、彼はあたしの方にやって来た。

「いや、君は金に目がくらむことはないいな……でも先日の君のように、もし僕が雨でぬれ鼠みたいなひどい状態に追い詰められているとしたら、とっくの昔に牢屋にぶち込まれているな」

「ブルル……牢獄に連れていかれるような悪いことをするくらいなら、飢えと寒さで死んだ方がずっとましだわ。だってそうなったら、自分は到底償いきれない汚点を残したと思うでしょうからね」

別の時、吹雪の時に、あたしはイギリス人の画家のところに出かけたことがあった。その人はあたしの顔がとても気に入っていて、再三再四、あたしの顔をテーマに絵を描いた。そこに着いて、アンクルブーツを脱いだ。ブーツを乾かすために、彼はほとんど火が燃えていないストーブの上に、その靴を置いてくれた。あたしはポーズの姿勢を取った……休憩中に気がついたが、ブーツの片方が大あくびをしたみたいに弾力を失って締まりがなくなり、もう片方は底の部分が黒焦げになってしまっていた。あたしは声を上げて泣きだした。画家はいたく同情したと見えて、二十フランをくれ、靴を買うようにと言った。あたしの方は、勿論一足十フランの靴を買って、後の十フランは家に入れた。

あたしはもう体を売ってはいなかった。それでも、飢餓状態に置かれた何日か、しかもどこにも仕事の口が見つからない時には、あたしはこのイギリス人画家のところを訪ねた。彼は二十四歳だった。その素振りは見せなかったが、あたしはこの人に惚れていた。彼もあたしのことをとても好いていた。あたしが鐘を鳴らすと、どうやらあたしのことを待っていたようだった。階段を転げ落ちんばかりにして、ドアを開けてくれるといった慌しさだった。飢えた人間みたいにして、あたしにむしゃぶりついてきた。帰ろうとすると、決まって七フランか八フランくれた……そのお金で、あたしたち一家は三日はやって行けた。

あたしの手をテーマに習作を描いているご婦人が、日本のものを置いている大きな店に、お茶を買いに行ってくれない、とあたしに頼んだことがあった。小物類を眺めているうちに、五十サンチームの小さな玩具を買う羽目になってしまった。とてもきれいで、手が込んだ細工だったからだ。あたしはそれを婦人の小さな息子さんにあげた。一家の人たちは、あたしがこんなに趣味のよい品物を選んだことに対して、感嘆の声を上げたので、午前中の間ずっと、あたしは恥じいり、すっかりしょげかえっていた……

他の場所で……あたしがポーズをとっている間、ガウン姿の夫がやってきて、妻のアトリエにどっかり腰を下ろした。娘さんが隣室で歌のレッスンを受けていた。突然、彼女はとてつもない調子っぱずれの声を上げた。あたしはびくっとして、「ええっ！」と声を上げてしまった。

ご主人は驚いたように、あたしの顔を見つめた。

「何だ！　君にもあれが聞こえていたのか……」

やっぱり！……きっと、この人たち、あたしたちを野蛮人と見ているんだ……やはり！……

そうしたことで、心臓が一突きされたような気がした。

暇な折に絵を描いていたこの貴婦人は、あたしの境遇に同情してくれていた。ナーチェの初聖体の際には、妹とあたしのためにドレスを買ってくれたことがあった。

あたしはある日、昔、手仕事をどんなに身につけたかったかということを、婦人に打ち明けたことがあった。

「あんたは結婚したことがあるの、ケーチェ？」

あたしは婦人が言わんとしたことが完全に分かったが、「いいえ」と答え、それでも嘘を吐《つ》いたというつもりはなかった。

「それなら、フランス語のレッスンを受けさせてあげるわ。それが済んだら、商店の売り子さんとして雇ってもらえるようにしてあげましょう」

「ああ！　マダム！　感謝の言葉もございません！」とあたしは声を詰まらせて、泣きじゃくった。

婦人は門番の女性に命じて、フランス語の教師を探してくるように言った。知り合いの中から、オールド・ミスの人を見つけてきた。月謝二十フランで、週に二回レッスンをしてくれることになった。ディクテーションを行うことになったが、あたしは動詞を暗記しなければならなかった。だが何の説明もしてくれなかった。

二月目の終わりに、授業料を支払うのに、あたしは二十フランを頂いて、紙切れに金貨を包んで帰宅した。季節は夏だった。都市《まち》にはほとんど画家は居残ってはおらず、家賃も払わなければならなかった……両親はあたしを拝み倒したので、二十フランを渡さざるを得なくなった。

翌日、オールド・ミスの先生は、あたしが月謝を渡さないことに驚いた様子で、門番の女のところまで押しかけていった。次のレッスンの折に、先生は訊いてきた。

「あなたはお金を受け取ったのでしょう?」

あたしは「はい」と答えて、真っ赤になってしまった。彼女はそれ以上は追及しなかった。

その夜、あたしはお城にいらした婦人に手紙を書いた。先生に支払うお金を家賃に充ててしまったこと、それから未婚だと答えたのは、本当のことではない、と。

即刻返信を受け取った。「先生に、授業料を家賃の支払いに充ててしまったと、告白すべきでしたね。その点については、何ら恥ずべきことはありません。レッスンを相当受けてきたのですから、フランス語でもっとうまく文章も、そろそろ書けるようになってもいいころです。でもそこまでしてあげることは、もう無理だということを分かって下さい……」

あたしは自分の母国語でさえ、何の基礎もなかった。母親は子供たちをほとんど学校に遣らなかった。あたしは動詞、形容詞、名詞というものが、さっぱり見当がつかなかった。ここの門番の女性が選んでくれた先生は、その点について何の説明もしてくれなかったし、形ばかりのレッスンも二カ月行われただけだった……あたしの保護者の娘たちは十七歳と十八歳だったが、赤ん坊の時から馴染んできもし、十歳からは国語の授業で習ってきた言葉なのに、正しく記述することもできないでいた。

《結婚》の件で、あたしはレッスンを受けるにはふさわしくないということになってしまった……ところがあたしの保護者はまだ若々しく、彼女の親友の女性の夫の情婦になっており、また彼女の夫がその女性の情人にもなっている始末だった。二組の夫婦は互いの館を行き来しており、自分たちの城館や邸宅で互いに催す豪華なパーティーのせいで、破産寸前にまで追い詰められていた。

だが当時は、あたしはマダムを裁こうとは思っていなかった。マダムがあたしのために何をして下さるのかなということしか頭になかった。マダムはブルーベリーがお好きだったので、何年もの間、季節になると、あたしはラーケン郊外の田園地帯で、彼女のために相当量の実を摘んだ。

あたしがそれを持っていくと、新しく門番になった女性は「どちら様ですか?」と尋ねた。

「名乗るほどの者ではございません……まず一時間水で冷やしてから、よく冷えた状態でマダムにお出しして下さい……」

ある冬の夕方、五時頃に帰宅したところ、絵を描いていらっしゃるご婦人から手紙が届いており、六時までにそちらに来るようにとのことだった。都市《まち》の反対の端まで出かけなければならなくなった。すぐにとんぼ返りをするようにして家を飛び出し、汗だくにはなったが、何とか間に合った。頬には赤みがさし、顔は生きいきとしてきた。

回廊を横切る時に男性とすれ違ったが、にっこりと頬笑んでいた。でもあたしは焦っていたので、気に留めることもなかった。あたしと婦人の関係はよかった。婦人からとても気に入られていた。あたしをモデルに大きな油絵を描こうとするところだった……しめた！　板の上にはずっとパンがある……

あたしがそこを辞すると、二人の青年がぴったりと後を付けるようにしてくっついてきた。あたしは走っていた時はバラ色の顔をしていたが、今は顔面蒼白になっていた。震えもきた。お昼から何も食べていなかったからだ。

一人がじろじろとあたしの様子を見ていた。背が高く、ひどく身だしなみがよく、ブロンドの髪で、淡褐色の眼をしていた。回廊であたしに頬笑んだ方は、濃い褐色の髪をしたユダヤ人だった。その男がつかつかとあたしの方に歩み寄ってくると、いっしょに食事をしないかと言ってきた。あたしはいいわよと応えた。

ブロンド髪の方は離れたままだった。カフェの前で、あたしは振り返ると言った。

「あなたのお友だちは？」

「おい、来いよ！」

あたしたちは三人で、カフェに入った。すぐに褐色の髪の青年は立ち去り、ブロンド髪の青年があたしを夕食に連れていってくれた。

レストランに行くのは初めてだった。どんなふうに振舞ってよいのか、スプーンをどう扱っていいものやら、分からなかった……子供みたいにスプーンをつかんだ。それからナイフの扱いに困惑し、左手でフォークを握り……結局、あたしはナイフを使って食事をすることにした。すると、しゃれてるねという声が聞こえた。青年はあたしの食べる様子を観察していた。明らかに困惑の体だった。だからあたしは、彼がどんなふうに食べるのかをじっくり観察することにした。それをそっくり真似ると、ことはスムーズに運んだ。

食後、いっしょに『コルヌヴィルの鐘』〔ルイ十四世治下、ノルマンディーの小都市の城の相続をめぐって、正統な相続人が現われた時に、城の鐘が鳴るというオペラ＝コミック、一八七七年初演〕を見に行った。この新しい男友だちはドイツ人だったので、フランス語でのやり取りは、あたしとほぼ同じように、たどたどしいものだった。この人はうぶだなと感じた。女を同伴できて大人になったような気分でいた。だからあたしを送っていく途中で、彼はあたしをホテルに連れ込んだ。あたしはとやかく言わずに、ついて行った……この外国人は仲間と同じようなことをしてみたいんだ、女を作ってみたいんだ、と思った。彼の友だちは、彼に「僕は女を知っているぜ」と豪語していたから、彼が求めていることを許してやらないということは、下絵がうまくできたのに、それを塗りつぶしてしまうことだった。翌日になれば、別の女の方に気が行って、もうあたしのことを洟にも引っ掛けないだろう……それに彼の金色の眼とブロンドの髪はとても美しかった……名前の響きもよかった。アイテルと言った。

午前二時にあたしを送っていく際に、明日いっしょに夕食を食べようと誘ってきた。

これはきっと、別の生活が始まるとば口に、あたしは立っているということなのだ。

この時代、あたしには二つの甘美な思い出が残っていた。一つは、アルベールという将軍の息子の思い出である。夜に街であたしが何をしているかを、彼は知っていた。ところで、あたしに対する態度だが、見下したような態度は絶対顔に出さなかった。あたしと顔を合わせる時は、いつでも帽子を脱いだし、あたしに病気を感染《うつ》されたと思っても、恨みがましいことも言わずに、あたしをそっとしておいてくれた。

ある晩、学生のダンスパーティーでたまたま顔を合わせた。こんなところにのこのこやって来たのはよくないなとか、どう見ても、前ほど体調がよさそうには見えないなと、厭味を言ってきた。

あたしは高飛車にものを言う術を身につけてしまっていた。あたしは高笑いをし、おちょくってやった。職業なんて全く問題じゃないし、人間がすべてだと言いたいの？……あたしは泣きながら、彼を見つめてやった。

すると「ああ！　この眼差しはやはり君特有のものだ！……」と答えが返ってきた。

あたしの顔、あたしの哀れを催す顔は、きょろきょろとあたりを見回した。あたしには分からなかった。生きるために街で男たちを探していた時、どうしてあたしがずっとましだったなんて言えるのだろうか？……

そのショックで、頭がぼうっとなってしまった。だから、このいわば更生の生活は続けるべきではない、ということなのかな、と思ったりもした。

もう一つの思い出は、十六歳のコレージュの生徒の思い出である。

ステファニーはコレージュを卒業した学生の愛人になっていた。学生には友人がいて、スペイン人のハーフで、ロドリグといった。彼はまだ六カ月、コレージュに在学しなければならず、その後士官学校に行く予定になっていた。学生がロドリグを連れてきたので、あたしたちは場末町の人気のない通りを抜けて、いっしょに外出した。

通りが坂道になっているところで、あたしたちは、下に誰がいちばん早く着くかということで、その道をすごい勢いで駆けおりた。あたしは山羊みたいにすばしっこかったので、たいていはあたしがトップだった。だがロドリグがあたしを追い越した時、あたしの方を振り向いた。ムーア人〔北西アフリカ（マグレブ）の先住民。

後にはその地方やスペインに進出したイスラム教徒も指すようになった〕の血の混じったスペイン人の顔を向けたが、真っ白な歯並み、真っ黒な大きな目、帽子を手に持ち、風に漆黒の髪をなびかせて、勝ち誇った様子で、あたしに頰笑みかけた。

郊外のガンゲットに、あたしたちは《濃色ビール《ブリュール》》を一杯飲みにいったが、その前に、みんなで両足をそろえて、水溜りを跳び越えた。

ステファニーは不機嫌だった。というのも、運動神経が全く駄目だったからだ。まだぷりぷりしていたから、彼女の愛人は彼女をそのままにして、あたしとしゃべっていた。するとロドリグは、ぎらぎらした目を向けて、あたしの腕をつかんで揺すぶった。

「あいつらのことはほっとけよ！」と彼は声をかけてきた。

そしてあたしたちカップルが後ろになり、前になったりしているうちに、うまいことまいてしまおうと、彼は目論んでいた。彼はあたしに腕を預け、顔をあたしの顔の方に傾けてきたので、息がふっとかかった。そうやって話しかけてきた。あたしと話をすることができて、鼻高々となっている様子だった。

「君は普通の女の子とは全然違うよ。あの娼婦といっしょに、君は何をしているんだい？……僕には従姉の女の子がいるんだが、君はよく似ているよ。彼女には何でもしゃべっているんだ……」

彼には父親がおらず、母親がスペイン人で、後見人は彼が士官学校に入ることを希望していた。

「僕は、すごく若くして、将軍になるつもりだよ。分かるだろう……それにこの国はいつの日か、戦争をすることになるよ。そうならなくても、僕は戦いに行くよ。パレード用の兵士なんてごめんだからね」

二人の間では、色恋は全く問題にならなかった。あたしは彼を、ヘインやディルクみたいに子供扱いしていた。彼に関しては……性には目覚めていないと思っていた。だってキスを交わしたことは一回もなかったからだ。

ある晩、彼はこう言った。その朝、自分たちが食事をしていた時、あたしがステファニーといっしょに通りかかるのを見かけた。若い娘たちを目にすると、生徒たち全員はどっと笑ったものだった。そういう時、自分は顔を赤らめ、ナプキンで顔を隠したものだ、と。

あたしは既にドイツ人青年と深い仲になっていたし、ダンスパーティーの際に、アルベールがあたしに厭味を言ってからというもの、この男とは関係を清算しようと思っていた。ロドリグは、士官学校入学の前日、二人きりでデートしてくれと言ってきた。どうつっぱねていいかも分からなかったので、あたしはいいわよと言ってやった。北駅前の広場で、六時に彼と会うことになっていた。薄暗がりの中で、いくつかのガス灯がその広場をぼうっと浮かび上がらせていた。ところが、そのドイツ人も手紙を書いてきて、同じくその場所で会おうと言ってきた……

だからあたしはある扉の下に身を潜めていた。ロドリグが最初にやって来たが、あたしを見つけることができなかった。あたしの姿が見当たらないので、落ち着かない様子で、あちらこちらと歩きまわっていた。少し足を延ばして、いくつかの通りの隅々まできょろきょろと目をやっていた。ドイツ人は例のごとく、なかなかやっては来なかったので、ロドリグの落胆した様子を、こちらは遠くから眺めていた。とうとう少年は立ち去った。ハンカチをとり出すと、目を拭っていた。

あたしがアイテルと知り合ってからというもの、学生たちに出会うかもしれないような場所は、避けるようにしていた。ステファニーは、あたしが恋人のことを教えようとしないと言って、ふくれっ面をしていた。

彼とは、週に三回会っていた。仕事から帰る時には、あたしはできるだけおしゃれな恰好をしていたが、ちょっとちぐはぐなところがあった。六時がデートの時間だった。手袋、スミレの一鉢、傘を買ってくれたことがあった。あたしたちはブリュッセルの低地帯にある古い一軒のレストランで、六、七フランぐらいの食事をした。その後オペレッタを見に行ったり、カフェ＝コンセールのショーを見て夜の時間を過ごしたりした。カフェ＝コンセールに出演する女性歌手たちに、あたしは唖然としてしまった。なぜ彼女たちは、オペレッタの女性歌手たちの声と、かくも違う声を出すのかしら、どんなふうにして、そんな声が出せるようになったのかしらと、不思議に思ったりもした。あたしには、歌を習うなんて発想が全然思い浮かばなかったが、そんなことを考えること自体、全く頭がどうかしてやしないかと思えるほどだった。

あたしはジュディック〔(アンナ)、フランスの歌手・女優（一八四九―一九一一）、オッフェンバックの作品などを得意にした〕があこがれの的だった。『幼な妻《ラ・プチット・マリエ》』〔フランスの作曲家、シャルル・ルコックによるオペレッタ、初演一八七五年、美人で小粋な女性が活躍する〕に出演しているマダム・テオ〔(ルイーズ)、フランスのオペレッタの歌手（一八五〇―一九二二）、やはりオッフェンバックの作品を得意にした〕の声は、調子はずれのように思えた。『ラ・マルジョレーヌ』〔シャルル・ルコックによる一八七七年初演の、フランドルを舞台とする、マルジョレーヌの貞操をめぐってのオペラブーフ（喜歌劇）〕では、グラニエ〔(ジャンヌ)、フランスの歌手・女優、プルーストの『失われた時を求めて』でも言及されている〕の声を聞いたと思う。彼女は細身ですらりとしており、あたしは大ファンだった。でもある夜、ギャルリー・サン＝ユベールに、すごいスターが現われた。セリーヌ・ショーモン〔フランスの歌手・女優（一八四八―一九二六）、オペレッタ・ヴォードヴィルで活躍した〕が『蟬』〔リュドヴィック・アレヴィー、アンリ・メヤック合作による、一八七七年初演の喜劇〕に出演していた。あたしが腹の底から大爆笑したので、あたりにいた客たちにもすべて、笑いが伝染してしまった。それからというもの、セリーヌ・ショーモンは、あたしが彼女の舞台を見物しに行かなければ、絶対にブリュッセルにはやって来なくなった。

『ちいちゃな侯爵夫人』や『タタの家のトト』〔この二作とも『蟬』と同じ作者たちによる喜劇、前者は一八七四年初演、後者は一八七三年初演）でも、芝居の台詞に眼を開かせてくれた。

アイテルとも、俳優たちの身振りや所作について、熱をこめて話し合った。これまでずっと、あたしは女たちよりはずっと男たちの方を高く買ったが、女性の芸も満更捨てたものじゃないと思えるようになった。

あたしは女優の生活は、浮かれ騒ぎの連続だと思っていたが、セリーヌ・ショーモンがウールの玉を使って芸をやった時、その芸を真似してみたかっただけだったと分かって、たちまちその熱が覚めてしまった……それはお遊びでやっているのではなく、長い間の修練の賜物なのだった。差し当たり、あたしはそれ以上のめり込むことはなかった。

それから程なくして、アイテルは食事の後は、劇場やカフェ＝コンセールには行かずに、あたしをカフェに連れていくようになった。あたしは死ぬほど退屈だった。おしゃべりすることだって、それはそれでいいとは思ってはいたが、彼はどうも口下手だった……そんな折に、あたしは彼に、これじゃちっともおもしろくないわ、と言ってやった。かなり思い悩んだ様子の後、彼は打ち明けて言った。週に三回、レストランで食事をし、劇場に行き……それからホテルというのでは、金がいくらあっても足りないよ、と……こうした理由を持ちだされては、あたしも納得するしかなかった。

「もしあなたがもっとお金を有効なことに使いたいというのなら、遊びでそれを浪費するのはよくないわね。あたしは、てっきりあなたがすごい大金持ちだと思っていたわ……」

「今はもうそうとは言えないよ……昔は大金持ちだったけれども、父は財産の大部分を失ってしまったからな」

「あら、そうなの！　あたしはここにいても、気分はいいわよ。おしゃべりする方がいいわ」

「何の話がしたいんだい？　君がトランプやバカラのゲームができないというのは、残念だなあ……」

「ああ！　厭よ、そんなの苛々するだけだわ、じゃあ、ここを出て床に就きましょうよ」

「ああ！　僕のペット、君は素敵だなあ……」

謝肉祭が近づいてきた。あたしは仮装してダンスパーティーに行ってみたい、という気持ちでうずうずしてきた。

ある夜、アイテルはこう言った。

「二つ提案があるんだが、一つ選んでくれるかい……僕たちは謝肉祭を祝おうと思うんだが、君は衣装を借りて、食事をし、それからダンスパーティーに出かけ、その後夜食を食べるのか、それともきれいなドレスを買うのか……二つに一つさ、選ぶのは君だよ」

こうしたすばらしい贈物が次々と並べたてられるのを耳にして、あたしは感極まって体がぞくぞくとしてきた……たとえ一度の機会でしかないにしても、美しく着飾ってダンスパーティーに出かけるということがどういうことなのか、ようやく分かりかけようとしているところだった。だが美しいドレスということになると、二年間は使えるだろう……

彼は美しい淡褐色の目で、あたしを、さあどうするんだいというふうに見つめていた。あたしは躊躇しなかった。

「ドレスの方がいいわ。それだったら、手許に残るし、あなたと出かける時に、ましな服装といえるでしょうし……」

「それじゃ、いいかい、百二十五フランあるから、エレガントになっておくれよ……一週間経つと、謝肉の火曜日になるから、軽い食事をして、仮面舞踏会の見物に行こうよ」

びっくり仰天してしまった、何という大金なの！

翌日、あたしはヌーヴ街に足を延ばし、既製品のドレスを買ったが、ウエストは調整してもらった。色は深緑で、ひどく窮屈ではあったが、身頃は長めで、裾飾りのあるコルサージュは短いケープがついていて、タフタ織りのボタン穴が設《しつら》えてあった。価格は八十フランだった。四十五フランが手許に残った。

今度こそは、貧乏暮らしを脱してやろうと思った。だから家では、このお金のことは何も口外しなかった。そのうえ、しばらく前から、あたしはかなりのお金を稼ぐようになっていた。一人の美術愛好家があたしをモデルに、油絵の大作に取り組みはじめていたが、一回のポーズの時間が終わるたびに、その絵を消してしまい、翌日また一から始めるといった具合だった。あたしはこれは幸先がいいぞとうれしくなってしまった。〈こんな調子でやってくれれば〉とあたしはほくそ笑んでいた。〈この絵はなかなか終わる気遣いはないわね……〉

残った四十五フランで買い物をした。

	フラン
アンクルブーツ一足	十二・〇〇
緑色のフェルト帽	三・〇〇
雄鶏の羽根一束	二・七五
緑色のビロードのリボン一本	一・五〇
緑色の紗のヴェール一枚	二・七五
三フランのシュミーズ二枚	六・〇〇
二フラン五〇のズロース二枚	五・〇〇
紫色のペチコート一枚	五・〇〇

ストッキング一足　二・五〇
ハンカチ三枚　一・五〇
石鹸一個　〇・一〇
　小計――四二・一〇
入浴代として加算　一・〇〇
　総額――四三・一〇

あたしはこうした美しい衣装を身に着けるには、頭のてっぺんから足のつま先まで洗い清めなければいけないと考えていた。家では、あたりに小さい弟たちがいるから、到底無理だった。おまけに母の考えでは、身持ちのいい娘は顔と手だけを洗えばいいというのだった。だって、あたしは身持ちがどうのこうのとは、言われたくないんだから！……

あたしはシャボンの木《ボワ・ド・パナマ》の内皮〔石鹸の代用〕で髪の毛を洗い、市内で入浴することに決めた……ああ！　お湯の中に全身を沈めるという、あのぞくぞくっとした感覚……あたしはその感覚を、これからも絶対に忘れることはないだろう。まずはちょっと息苦しいような気分になったが、すぐに実にいい気持ちになった……

あたしはきれいな下着を予め用意しておいた。家では、ドレスと帽子だけを身に着けるだけという段取りにしておいた。浴場を出ると、体が軽やかになり晴れ晴れとした気持ちになった。家では、母と喧嘩になった。いつものように家にお金を入れずに、こうした衣類を買ってしまったからだ。家にお金を入れたらアイテルをだますことになるし、そんなことをしたら、彼はあたしを見捨てるかもしれない、と言ったのだけれども……

母の方は頑として自説を曲げようとはしなかった。

あたしは美しいドレスを身につけ、髪のウェーヴを際立たせるために、帽子を少し後ろに傾けてかぶった。ビロードのリボンで縛ったカールした髪の毛は、背中にうまい具合に懸かっていた。シャボンの木の内皮が功を奏して、髪は金色の艶が出た。帽子と顔を紗のヴェールで囲い、頭の後ろで重ねて、先端を顎の下に持ってきて、結び目を大きくした。

家には鏡がなかったが、町で幾度となく、鏡に姿を映してみたところ、すぐには自分だとは分からないほどだった。長身ですらりとして、ひどくあでやかだった。だから喜びのあまり、滅多にないほど愛らしい表情になった……

アイテルは友だちといっしょに、あたしを待っていた。その友人といっしょに、あたしたちはよく外出したが、彼もあたしにたいそう好意を持っていた。二人とも、あたしだということが分からなかった。二度ばかり、すぐそばを通って、ひとり悦に入っていた。アイテルがしゃべっているのが耳に入った。

「でも絶対に遅れるはずはないんだが……」

あたしはヴェールを持ち上げて、二人に近づいた。

「ええっ！　君かい！……全く信じられないな！　本当かい！　でもすごく素敵だぜ！　これ以外の衣装は全く着たことがないみたいじゃないか……」

いそいそと誇らしげに、いかにもうれしそうに、アイテルはあたしに腕を差し出した。友人はあたしの右に来た。あたしは幸福感と誇りとで、体に震えがきた。三人とも片言のフランス語でやり取りしながら、ヌーヴ街を歩いて行ったが、当時は街灯もまばらで、腸のように長いくねくねとした道路が続いていた。

あたしはパルトーを着ていなかったが、寒くはなかった。小さなケープと大きめのヴェールのせいで、あたしは暖かそうに見えた。実際ひどい寒さだった。風が相当強く、頭を飾っている雄鶏の羽根が何本か飛ばされた。家屋や路上に映ったあたしの影を見ていると、羽根が頭上で煽られているのが分かって、不安な気持ちになった。レストランのあるアーケード街に退避したが、アイテルはあたしを明るい光の中で眺めた。彼はあたしの腕をぎゅっと締めつけた。

「ああ、僕のペット」と感動した面持ちで声を発した。

ペットなら結構だわ!……その意味は分かった。その呼び方は「僕のハチドリ〔中南米に分布する小型の鳥、最小は六センチぐらい〕」とか「僕のチョウチョ」というような意味だった。

食事をした後、あたしたちは大きなカフェに行って、彼の同国人たちと合流した。何人かの顔は知っていた。全員があたしのことを実に愛想よく迎えてくれ、下にも置かないもてなしぶりだった。突然、あたしは体がこわばるのを感じたが、表向きは平静さを装ってていた。

その仲間の中に、ある夜、あたしを買った若い男がいた。その男はあたしが十フランだと言ったのに、しつこく二フラン負けてくれと、粘ったのだった。そいつは隣の男に耳打ちをしていた。アイテルは二人に、そんな真面目くさった顔をしているところを見ると、商売の話でもしているのかと訊いた。

「いや」と一人が言った。「良家の娘さんを装って、猫をかぶっている街娼の話をしていたんだ……」

もうそんな話なぞ、アイテルは聞いてもいなかった。仮面行列の方に早、心は飛んでいた。あたしは時々ハンカチを口に押し当てて、歯の根も合わない様を押し隠そうとした。顔からも血の気が引くのを感じた。アイテルに何も気取られないようにするために、あたしは熱々のグロッグ〔ラム酒かブランデーを湯で割り、砂糖とレモンを加えた飲み物〕を注文した。真夜中ごろ、礼装姿のこの男性一行は、モネ劇場〔一八一九年に建てられたオペラハウス。同じ場所にかつて造幣局が造られたので、モネ(貨幣)の名が冠されている〕の舞踏会に出かけて行ったので、あたしたちもここを出ることにした。

あたしはこのカフェで切羽詰まったような気持ちになってしまったために、すっかり落ち込んでいた。ああ、あっと思った。いつだってどんな喜びも、あたしとは無縁なんだ、あたしは穢《けが》れた体をしているのだから、絶対にその汚れを洗い清めることなんて、できやしないんだ。不意に彼にキスをされると、あたしはおいおいと声を上げて泣きだした……いっそのこと、すべてを打ち明けてしまう方がよくはないか……ああ！　駄目！　ああ！　とてもそんなことはできっこない！

「ねえ、どうしたっていうんだい？」

　そこで、あたしは彼の胸に顔を埋めて、訴えた。家では自分がすごく不幸せなこと、家族全員を養っていること、父親は全然働こうとしないこと、だから精も根も尽き果ててしまった、と。

「何だって？　家族全員を養っているのが、君だっていうのか？……でもそれは常軌を逸しているよ。そんなことは、いつまでも続けられるものじゃないよ。自分のことを、まず考えるべきだよ。そんなふうに、自分を犠牲にしていいなんてことが、あるものか」

　ああ！　こんな考えは初めてだ……あたしは、自分のことだけにかまけては絶対駄目だと思っていたし、ひたすら家族のために尽くし、もうあくせくと働きたくないなどというのは自分が罪を犯していることになる、と信じて疑わなかった……してみると、わが身のことを考えてみるというのは悪いことではないのだ。そう思うと肩の荷が下りた。

「どういうことか分かっただろう、ペットちゃん、僕のところに来て住んだらいい。ただし条件があるんだ、僕がそこを立ち去らなきゃならなくなるか、結婚しなきゃならなくなった場合には、あたしをだましたのね、なんて言わないでくれよ。そんなことでぐちゃぐちゃ言われても、迷惑だからなあ」

　あたしはがっくりしたが、きっとなって顔を上げた……〈何て言い草なの！　この人はあたしのことを、何一つ分かってくれてはいないのだ。そんなところにまで、到底頭が及ばないのだ。だからそんな話し方をするのだ……分かったところで、それが何になるっていうの！……この甘ちゃんはつける薬のないバカだ！〉

「君がいいというなら、そんなことが続く限りは、僕のところに来いよ。君を食い物にしている両親の支配から、君は逃れられるさ。でもこの仲が終わる時には、うるさいことはいちいち言わないでくれよ。わざわざそう言っとくのは真心からなんだぜ。君がこんな魅力的な女性でなければ、そんな親身になって話なんかするもんか」

あたしはその夜、寝るまでの時間、どうしてこうも醜悪で下劣なことが、ひとかたまりになって降りかかってくるのかしら、とあれこれ思い悩んだり、自問したりしていた……そして、とうとう向っ腹が立ってきた。

〈ちぇっ、何だっていうのさ！　こいつのところに転がりこむしかないか。家にいたんじゃ、あたしの人生はめちゃくちゃになっちゃうからね。稼いだお金はこれからだって、家に入れてはやるわ。でも家を出ることにしないと、そうでもしなけりゃ、自殺するしかないからね……〉

あたしは熟睡している情人の、ブロンド髪の似合う美しい顔を眺めてみた。

〈あんたに対しては、あたしはこの体でたっぷり報いてあげるわ。それ以外、何もあんたにしてあげられないからね……〉

翌日、家で、あたしは身の回りの品をまとめて包みを作った。画家のところで稼いだお金は、これからだって家に入れるからね、と母には言った。母はあたしを、そのまますんなりとは家から出ていかそうとはしなかった。あたしは片方の腕に、いちばん見栄えのする衣装類を抱えていた。母はヘインを助けに呼んで、あたしが外に出るのを阻止しようとした。弟は目に涙を浮かべていた。

あたしは急に、ベッド代わりにしていた古いソファーのことに気づいた。それは外開きのドアの前にあった。ソファーに突進すると、ドアを開け、階段をすごい勢いで駆けおりた。二人が虚を衝かれて呆気にとられているうちに、通りに出ると、通りかかった路面馬車に跳び乗った。

三十分後、あたしは鏡付きの洋服簞笥の中に、アイテルの衣服の横に、自分の衣装を吊るしていた。

何という生活の違い！……あたしはモデル稼業にも励んだ。その後、整理整頓が行き届いたアパルトマンに帰ると、あたしは独りきりだった……あたりは物音一つしなかった……だから、邪魔されることなく読書に耽ることができた。その結果、あたしは読書三昧の生活を送るようになった……

六時に、ナプキンの掛かったお盆に載った軽い夕食が届けられた。値段は一・五〇フランだった。モデルのない日には、正午に昼食を摂った。内訳は、コーヒーメーカーで作った小さめのカップ二杯のウィンナコーヒー、小ぶりのパン二個、二十五サンチームのハムか、チーズだった。三時頃には、ひどくきれいにめかしこんで、モンターニュ＝ド＝ラ＝クールに散歩に出かけた。

当時のモンターニュ＝ド＝ラ＝クールは、冬季、あらゆる社会層の、あらゆる身分の女性が同じ時間帯に、三時から五時にかけて押しかけてきて、買い物をしたり、散歩をしたり、互いに相手の品定めをする場所になっていた。男性の姿はずっと少なかった。

女性はそこではくつろいだ気分になった。婦人服、帽子、高級な下着類、毛皮用品、宝石を扱うありとあらゆる店、高級な靴の店が、この古い坂道にひしめき合っていた。この坂道を下って、マドレーヌ街を経由して、《パサージュ》〔アーケード街〕まで繰り出すのがパターンとなっていた。そして道を引き返すのだった。お茶を飲む習慣はまだなかった。精々、カンテルステーン通りにあるブリアスでお菓子を立ち食いするぐらいの人がいたが、それもどうだったか……あたしの方は当たり前だが、お金の余裕がなかったので、そんなことはできなかった。ブリュッセルでは二十五年前、モンターニュ＝ド＝ラ＝クールを散歩する人がいなかった時には、外出する人もいなかった。

あたしがまだ若くきれいで、ひどく着飾って、このしゃれた感じの親しみの持てる界隈をぶらぶらする折は、心の底から喜びが沸き上がってきた。だって、モンターニュ＝ド＝ラ＝クールは親しみの持てる場所だったから、口は利いたことがなくとも、互いに顔はよく見知ってはいた。

「あのウェーヴ髪の娘《こ》をごらんなさいよ。きっと外国人だわね」と、あたしの顔をじろじろと見ながら、婦人たちがしゃべっていた。ベルギーでは声を落とすということが、あまりないのだった。

〈あら！　素敵な毛皮のコートを着た例の婦人だわ〉とあたしは思ったりもした。とにかく遅くとも五時までは、引きも切らず往来が続くのだった。

あたしは瞼を閉じさえすればよい。大きなサイズのドレスを着て、顎のやや横のあたりで紐を結んで、ちいさなカポート帽〔顎紐の付いた縁なし帽〕をかぶり、みずみずしい肌をし、でっぷりと太った婦人たちが、目は落ちくぼんではいるが、大きな楽しみを求めて、張りきって、ぶらついている姿が目に浮かぶ。たわいないが濃密な光景だ。おぼろげながら味わいあるそのシルエットが、行きつ戻りつする。ロワイヤル広場からカンテルステーン通りまで、その道の両側に立ち並ぶ店に女たちは入っていくが、あたしは今でも、その店の名前を一つ一つ挙げることだってできるだろう……今は、すべてが取り壊されてしまった……

あたしはこのブリュッセルで出会うことがなければ、絶対に知る由もなかった、何人もの男女の成長する姿、老いていく様をも、この目でじっくりと見てきた。背中にお下げ髪を垂らしていた小さな女の子が、若い娘となり、それから向こう側を母親といっしょに、しばらく経つと婚約者と散歩し、若妻となり……妊娠し……今度は赤ん坊たちといっしょに歩いているのを、ずっと見てきた。もっと時間が経つと、ほっそりしていたウエストが丸みを帯び、髪は胡麻塩になった。色香は褪せて、年齢相応の自然体で生きるようになっていった。

それから男性たちも、まだひどく子供じみ、通りがけにあたしにお世辞めいた言葉をかけ、無邪気にあたしをマドンナみたいに憧れていた少年たちが、うっすらと髭が生えてきて、やがてお腹も出てくるのも目にした……十五年間もの間、あたしと顔が合うと、うれしそうな顔をしてくれた男性が何人かいたが、それ以後は、あたしともう目を合わせることもなく、あたしの横をすっと通り過ぎていった。

あたしはこんなふうにして、ブリュッセルの多くの住民の生活と重なる点があったが、それでも体質・気質がしっくりと行くことはなかった。彼らのセンスや感じ方は、今でもなじめないでいる。だから彼らは、あたしをどこか白い眼で見ていたのだ。

誰もあたしほど独特な形で、ブリュッセルを愛していた人間はいなかった。あたしはこの都市《まち》、その活気、その街路、ちいさな平らな石畳まで、愛していた。だが、どんな社会の人々であれ、近づきになるとすぐに、驚きを覚えた……互いにひどく違和感を覚えたので、到底つき合いが深まるということはなかった。稀に交際が深まった相手であっても、あたしを、ベルギー人の仲間として受け容れてはくれなかったが、あたしは心底そうしたいとずっと思っていたのに、絶対にそうはならなかった。だって、友だちを持ちたいということは、生涯を通じての大きな願いだったからだ……


毎晩、あたしたちはアパルトマンでじっとしていた。外出する必要はこれっぽちもなかった。あたしがアイテルの国のレシピにしたがって、卵を加えたホットビールを作ってあげると、彼は故郷にいるみたいだと言った。彼の褐色の美しい眼には、ノスタルジーの影が浮かんだ……だがそうした想いが消え去るとすぐに、あたしは彼の亜麻色がかったブロンドの髪の毛に優しく両手を突っ込んで、掻き撫でてやった。大きな猫のように、彼は安心しきってふっと大きく息を吐くと、気持ちよさそうに、半ば眼を閉じるのだった。しかしあまり甘えてはこなかった……

今のところ、彼は日曜日の大半を友人たちのところで過ごしていた。そういう時は、あたしは帽子の手入れをしたり、ドレスを仕立て直したりしたが、読書にいちばん時間を費やした。

そこで家主の女性に、あたしに貸してくれるような本を持っていないかと訊いてみた。屋根裏部屋から、一八五五年から一八六五年までの装丁したモード誌と、モリエール全集のほとんどを出してきてくれた……ああ、モリエール〔フランス古典喜劇の完成者。鋭い人間観察と痛烈な諷刺でもって、多くの典型的性格を創った〕！　あたしは一気呵成に読んでしまった。彼の作品は、あたしにとっては色褪せたものとはなっていなかった。あたしは水を得た魚のように、それがすっかり呑み込めた。不思議なことに、人生の真実を衝いていると思えた。

古めかしいモード誌も、あたしにはたいそう役立った。もっと後に、ゴンクール〔エドモン（一八二二―九六）とジュール（一八三〇―七〇）の兄弟作家。社会記録的な小説を合作した。彼らの遺言で、その名を冠した賞が作られた〕の作品を読んだ時に、女性の主人公たちがきらびやかな衣装を身に着けて、生活を送る様を目の当たりにすることができた。『ルネ・モープラン』〔ルネは兄の打算的な結婚を阻止しようとして、決闘させ死に追いやる。彼女もショックで死ぬ。ブルジョワジーへの反発と聖職者批判の一八六四年の小説〕が横畝織《よこうねおり》のドレスに身を包んでいるのが分かった。それは体をふっくら見せるのだった……それに、衣装はいつでも、ひどくあたしの関心の的となった。衣装がわれわれの身振りや態度を予め規定しているのは、それがわれわれの心性の一部となっているからだ、ということがその時から分かった。ゼーラント地方の農民の女たちは、被り物のせいで、ゴシック期の絵画に描かれているような顔の向け方をするのだ。またペチコートのふくらみのせいで、背後を眺めるには、完全に体の向きを変えなければならないのだった。

本が自由に読めるように、貸本屋にしょっちゅう通うようになった。そこでもまた、驚くような発見があった。あたしは真面目な内容の本を求めた。その点、店員の人にたいそう世話になったが、その人はあたしのことをよく分かってくれていた。彼のおかげで、十九世紀を通じてフランスが誇る最大の作家たちに、目を開かせてもらった。読書中、その時代の雰囲気の中で、色彩や香りも含めて、人々や事物が彷彿とさせられ、実に生き生きとした感じが伝わってきた。バルザックの小説に登場する公爵夫人といっしょに、贅沢な日曜日の午後を過ごさせてもらった……その方たちの住む大邸宅の、淀んだ空気を吸い込むまでに至った。

その当時、見当もつかなかったし、経験したこともなかった大邸宅の生活を、後年あたしは経験できるようになった。あらゆる本のおかげで、限られたとはいえ、遅々たるものだが確かな進歩の手応えが感じられ、あたしの財産となっていった。

あたしの本の師匠は、この店員さん以外にはいなかった。

「はい、マダム、『火の娘』〔ネルヴァル作のエッセー、創作、翻案、詩篇など雑多なもので構成されたコラージュのような作品で、七編から成る。「私」がさまざまな恋愛ロマンスなどを語る〕ですよ」とか「『モープラ』〔ジョルジュ・サンドの小説。粗暴な中世の武人のような生活を送っているモープラ一族の主人公は捕えられた分家のエドメを辱めようとするが、彼女に感化され一廉の人物に変貌を遂げ結婚する〕をあなたのために取っておきましたよ」あるいは「これは『従妹ベット』〔ユロ男爵夫人の従妹ベットは彼女に対するコンプレックスや、恨みつらみから気取られぬように一家に対し、さまざまな復讐を画策する。バルザックの傑作〕ですよ。読みはじめたら、やめられなくなりますよ……」

毎週日曜日の午前中、あたしは《古物市場》によく通った。本の屋台では、特に足を止めた。ある日、ジャン＝ジャック・ルソーの『告白』をそこで見つけたのではなかったのか……屋台の前で一ページを読んでみた。

「この本は、おいくらかしら?」

「一フラン五十だね、だってあなたのものになるんだから」

あたしはその本を買うと、歩きながら読みはじめた。《公園》に着いて、ベンチに腰を下ろした。一時間後に帰宅して、食事を摂った。

かつてどの本も、これほどまでに感動を与えてくれたことはなかった……彼はあたしと同じように貧窮生活を味わい、あたしと同じように金目当てで働き、あたしと同じように施しにすがって生きたのだった……そしてヴァランス夫人〔ルソーより一まわり年上の女性で、彼が十六歳の時に出会う。二十二歳ころ愛人となり、その庇護と影響を受ける。素行は放縦で一種型破りな女性だったが、ルソーの感情教育に重大な役割を果たした〕の下では、彼女の手からすべてを受け取る羽目にまでなったのではなかったのか?……

だから自分たちの苦しみや不本意な堕落を敢えて語り、包み隠そうとはしなかった惨めな人々が、実際にいたのだった……それに追い詰められてそうなった時でも、堕落といえるのだろうか? 堕落とは、自ら進んで選びとった行為にほかならないのではないだろうか?

あたしはこの本を胸に押し当てて、アパルトマンの中をあちらこちらと歩き回っていた。家の弟たちに食べ物を与えるために、自分の体を餌として投げ出した時、あたしは悪いことをしたのだろうかと、あれやこれや煩悶しながら、ルソーに尋ねてみた……

アイテルが真夜中ごろに帰ってきた時、あたしの顔が紅潮しているのを目にした。

「そんなに本を読みふけってばかりいると、頭がおかしくなるぜ。それにジャン=ジャックって奴は、自分の恥部を平気で、これでもかというように次々と曝け出してみせる、シニカルな人間じゃないか……」

「バカなことを言わないでちょうだい」と吐き捨てるようにあたしはつぶやいた。「だから、あんたって人は、あたしをおもちゃとしか見ていないってことを、露骨に言っているのと同じことよ……」

群衆を見ると、何とも言えないパニックにいつでも陥るのだった。葬儀に集まった大会衆とか、軍事パレードを目にすると、それを避けるために、あたしは大きく迂回するのだった。

祭りの行列だけは、敢えて足をとどめたが、美しいというだけで、あたしを魅《ひ》きつけたにすぎない。刺繍を施した旗、襞のついたスルプリ〔カトリック教会の聖職者の通常服、スータンの上に着る膝丈の祭服〕、銀の花模様のついた緋色の長袍祭服〔教会でミサ以外の祭式の時に、司祭が白衣の上につける袖なしマント〕、白ずくめの衣装を着た小さな女の子たち、花びらを撒き散らしながらの行進、男たちの肩に担がれ、台座に載せられ、黄金の板やレース飾りを施したマントを羽織った木製のマリア像に至るまで、あたしはすばらしさにうっとりしてしまった。だがロウソクを掲げた信者たち、そして後に従う野次馬の群れは、あたしには変質者どもの集団のように思えた。その群れにはひどい嫌悪感を覚えた。あたしは絶対に、こんな行列に加わりたいという気持ちにはならなかった。

ある日曜日、聖ギュデュルの行列の途中で、アイテルはあたしを跪かせようとした。彼はプロテスタントなのに、脱帽までした。

「あんたの行動には呆れたわ」とその後で、厭味を言ってやった。

「ああ！　まわりの熱気に、つい浮かされてしまったんだ……」

ある晩、ものすごい数の労働者たちのデモ隊が、ラッパを鳴らし太鼓を打ち鳴らしながら赤旗を掲げて、王宮広場から溢れ出てきた。松明が彼らの赤銅色の顔を照らしだしていた。

あたしたち二人、アイテルとあたしは立ち止まり、デモ隊が通りすぎるのを待った。やがて大太鼓が二回轟いて、音楽隊が《ラ・マルセイエーズ》〔フランス国歌〕の演奏を始めた。デモ隊は一斉にこの歌を歌いだした。あたしは既に、この歌の断章は聞いたことがあったが、歌詞は知らなかった。だがあたしは胸が締めつけられるような気持ちになった。メロディーに合わせてハミングをし、足で拍子を取った。すぐにデモ隊の横について行進を始めた。アイテルは腕を引っぱったが、あたしは体を揺すって、手を振りほどいた。あたしは一人の労働者の腕を取り、《ラ・マルセイエーズ》のメロディーだけを大声で歌ったが、地面から持ち上げられるような勢いで、デモの波に呑みこまれてしまった。

アイテルは蒼い顔をして、帽子を目深にかぶり、襟を立てて、あたしの横を歩いてはいたが、あたしと腕を組むことはしなかった。

狭いコリーヌ街を抜けて、デモ隊はグラン゠プラスに雪崩れこんだ。あたしは魔法にかけられた場所に足を踏み入れたと思った。あたりの建物の黄金《こがね》の色が、キラキラときらめいていた……しかし不意に路地の一つから、騎馬憲兵隊が姿を現わすと、デモ隊の中心部あたり目がけて、乱暴に突っ込んできた。それでもデモ隊は意気が天を衝くような、この歌を歌い続けており、歌の勢いは衰えることがなかった。楽隊は蹴散らされた。男たちは馬の蹄で踏みにじられ、悲痛な叫びが上がった。暴風雨に見舞われたようにちりぢりにされて、デモ隊は広場を逃げまどっていた。

アイテルはあたしの胴の真ん中あたりを片手でぐいと引きよせて、抱きかかえるようにすると同時に、もう一方の手をあたしの口に押し当てた。あたしは負けるものかと思って、なおも歌い続けていたからだ。彼は広場の大きな建物の一つの階段をすごい勢いで駆けあがると、ファロビールのビヤホールの奥に、あたしをどさっと投げ出すようにして、坐らせた。

一時間後、広場は閑散としていた。あたしたちは口喧嘩をしながら、帰路についた。

「君について行ったから、僕は君を助け出せたのさ。あの下層民どもの中にいたら、おそらく君は殺されてしまっただろうよ。群衆を怖がっていた君がだよ、下層民が暴徒化するとなると、がらりと変わってしまうんだからなあ……奴らに親近感を覚えているんだな」

「あの人たちは下層民じゃないわ、労働者よ。あたしと腕を組んだ人は皮革《かわ》の臭いがしたわ」

「ああ、それは結構じゃないか！　奴らはいい臭いがするんだろう！　君のお里が知れるよ。今夜はそのことがはっきり分かったよ」

「それじゃ、あんたはどうなのさ、この前、あの道化じみた儀式の時、帽子まで脱《と》ったじゃない……もっとひどいじゃないか」

そこで口調を改めて言ってやった。

「それにですわ、あたしが何をしようと、どう感じようと、あなた様には関係がないことじゃございませんの」

二人ともかんかんに怒ってしまっていたので、寝巻に着替える時も一言も口を利かなかった。あたしはベッドの真ん中にタオルを置いて、壁の方に横になって休み、彼の体に触れないようにした。

あたしはなかなか寝つかれなかったので、輾転反側した。デモ隊で腕を組んだ労働者の皮革の臭いが、まだ鼻のあたりに漂っているように思えた。馬のギャロップの蹄の音や、踏みにじられた人々の叫び声が聞こえ、グラン＝プラスの金色に輝くあらゆる建物が、眼前に浮かび上がってきた。

空が白みはじめる頃、ようやく動揺が鎮まった。そこで思ったが、アイテルはそれでも憎めないところがあった。彼はラテン語もギリシア語も心得のある紳士だし、ついてきて、あたしを見守ってくれていたのだ。彼がそばにいてくれなかったなら、あたしはあの歌に煽られて、おそらく馬の蹄に掛けられてしまっていただろう。骨がボキボキ折れる音がし、お腹に穴があいたような気がした……

恐怖感にすくみ上がって、あたしは愛する人ににじり寄ると、彼の頭をそっと撫でた。すると彼は体をこちらに向けた。

「ああ！　かわいい僕のペット！」、そう言うと、彼はあたしを抱き寄せた。

アイテルには音楽の趣味があった。ピアノを一台持っていたので、夜になるとピアノを弾きだした。それが始まると、あたしはひどくうんざりした。あたしには、その楽しさといったものがさっぱり分からなかったからだ。彼がオペレッタやカフェ゠コンセールの曲や、ドイツの《民謡《フォルクスリーダー》》を演奏したにしても、どうも……

彼はあたしが話しかけることを許さなかったし、あたしの方は読書なんかとてもできやしなかった。それでは、どうしろっていうの！……あたしはどうしようもなく、暇を持て余すしかなかった。

週に二度、一人の若者がやってきて、彼といっしょに音楽を奏でるのだった。その日は、それほど退屈はしなかった。お茶やコリント〔スグリの一種〕入りのホットビールを用意したり、パン゠デピスで作った薄いタルティーヌを切るのに、時間を要したからだった。

アイテルに声をかけても、こちらの言っていることが分かってもらえないと、あたしはすぐに大声を発した。

「ねえ、そのうるさい音をやめてよ……」

二人とも音が調子はずれになって、演奏をやめた。若者は笑い声を上げると、顔を両手で覆った。アイテルはびっくりしたようにこちらを見たが、何も言わなかった。とんでもないことを仕出かしてしまったとは思ったが、どこが、そうなのかしら?……さっぱり理解できないこのけたたましい騒音が、本当に美しいものなのかしら?

何週間にもわたって、二人は同じ曲を稽古していた。あたしもところどころをハミングできるくらいになっていたから、ある晩には、あたしは寝室まで行って、この音楽に合わせて、ダンスのステップを踏んでみた。また別の日の晩、ある一節を聴いていると、いたたまれなくなって席をはずし、飢え死にした幼い妹のことが偲ばれて、すすり泣いた。

二人は議論していた。《七度〔音程〕》という言葉が、しょっちゅう繰り返されていた。それからどちらも両手で鍵盤を叩いた。時にはすごい勢いで、また時には、ビロードに触れるみたいにして、そっと。そうしてからまた議論を始めるのだった。「僕の解釈は、こうだな」とか、「僕の感じではこうだ」。それからまた演奏に取り掛かるのだった。

アイテルは、あたしが音楽についてあれこれ言うのを許さなかった。演奏している曲から、二人はどんなことが分かるのかを、あたしに説明してほしいと言うと、彼は顰め面をして答えるのだった。

「それは説明がつくようなものじゃないさ。君には絶対分かりっこないんだから」

「だってあたしには音楽の心得がないんですもの。でも、もしあなたたちみたいに習うことができていたのなら……」

「いや、そもそも君の理解を絶するようなものだったってことさ」

あたしは別の種族なんだと決めつけていることが、はっきりと見てとれた。そんな種族には高尚なことは全然分かりっこないし、精々暇つぶしになるくらいが関の山だというわけなのだ。

こうした時には、本能的にあたしはなれなれしい言葉遣いをやめた。実際、あたしたちは生まれも育ちも違うのだし、これからもずっとそうなのだということが分かっているからなのだ。すると爆発しそうな妬ましい怒りが、ふつふつと湧き上がってきた。だって、彼が習得したことを、子供のころから、あたしにも徹底的に叩きこんでもらえたのなら、彼を凌いでいたことは間違いないと、あたしは自信を持って言えたからだ……

彼がジャン＝ジャックについての感想を述べた時、彼は凡庸な人間だと思った。彼からすれば、ジャン＝ジャックの欠陥の一つは、下男にまで身を落としたことだった。「奴が下男にまで成り下がらなかったのなら、世間に自分の傷をいろいろ拡げて見せはしなかったろうさ……」

あたしはもう声が出ないほどの怒りに駆られてしまった。喉が詰まってしまって、面と向かって悪態を吐いたが、声が切れ切れになってしまった。そこで部屋に駆け込むと、嗚咽の声を上げ、狂ったように『告白』をきつく抱きしめた……この偉大な書物とあたしに対して、何と不当な仕打ちがなされたことかと、あたしは心の底から痛感した……

恨みが募るあまり、とうとうこう考えるまでに至った。彼らが演奏しているこの音楽が本当に美しいものだとしても、この二人の頭では、それを理解することは到底無理だ。

こうした諍いの後では、アイテルは決まって散歩に出かけた。帰ってくると、あたしの顎に手を伸ばして、ぐいと持ち上げるようにした。

「さあ、まだわけの分からないたわ言を言うつもりかい、おとなしいペットだって言えよ……」

「違うわ、あたしはペットじゃないわ！」

時々、あたしは家族といっしょにいたいなという、どうしようもない欲求を感じることがあった。でも両親にはひどい嫌悪感を覚えていたので、ナーチェとクラーシェを呼び寄せるにとどめた。

二人はいちばんいい服を着て、十一時ごろにやってきた。それでも、どうしようもないこととはいえ、貧乏人の子供の気配が滲み出ていた。特にナーチェの褐色のごわごわしたもじゃもじゃ髪は櫛もろくに入れていなかったし、鼻の穴は上を向いていた。クラーシェがあかぬけするには、美しい衣類がありさえすればよかった。見事な金髪の巻き毛、それに長い睫毛の美しい眼、小柄なやせてほっそりした体つきは、あたしの誇りとするところだった。だからあたしは家主の女性のところに弟を連れていって、その姿を見せてやった。

昼食の際には、五十サンチームのハムを奮発し、ウィンナコーヒーを作る機器には、小さなカップ二杯分の量しか容れられなかったので、コーヒーは二度作った。昼食とおやつの時間の合間に、あたしは二人の体を洗ってやり、髪を梳かしてやった。ナーチェは特にその必要があった。シラミと妹は相思相愛の仲になってい た……その後で、お茶にした。二人がたっぷりタルティーヌをお腹に詰め込んだところで、さらにお菓子を振舞ってやった、小さなケーキを……二人をちょっと送りがてら、両親のために脂身を一リーヴル〔五〇〇グラム〕ほど買って持たせてやった。

彼らが遠ざかっていくのを見ながら、しばらく佇んでいた。二人は手でさようならの合図をしようと、そのたびごとに振り返った。

あたしは心が重かった。身なりもよくない幼い妹弟が、あたしにはまだとてもいとおしくてならなかったので、何歩か踏み出して二人に追いつき、おまえたちを見捨てたことを許してほしいと、幾度となく思ったほどだった……その時あたしは、彼らといっしょに帰り、従来の生活をまた始めた方がいいのではないかと思い悩んだ……それは、あたしの義務ではないのかしら?……

しかし父の酒臭い息を再び嗅がされ、母がこずるく立ち回って、あたしからできるだけお金を搾り取ろうとするのを、また目にするのかと考えると、苛立ちが募ってきた。だから早々に引き上げることにしたが、父母の姿が目にちらつき、彼らを丸めこむのは並大抵のことではなかったし、やはり、あたしの生活の大切な何時間もが奪われてしまったなという思いがまた蘇ってくるのだった……

すぐに肘掛け椅子に身を沈めると、がつがつと貪るようにして、また本を読みふけるのだった。

アイテルは大銀行家の店で、自分から進んで従業員になった。彼は父親から月に二百フランの仕送りを受けていた。あたしの方は、自分の稼ぎの大部分を家に入れてやっていた。このアパルトマンは家賃が月額六十フラン、ピアノの賃貸料が二十五フランだった。だから、あたしたちの生活は火の車といってもよかった。

アイテルは自宅から持ってきた衣装類を沢山備えていたので、いつでも表向きだけは貴公子然として、自己陶酔しているようなところがあった。それでもこのおぼっちゃまは破産寸前でも動じないところがあったし、贅沢三昧の中で暮らしてきたこの若者が、どのくらいの家計でやっていけるのかを心得ているのが分かって、こちらは驚いてしまった。家賃にいくら、食費にいくら、衣装代や娯楽費にいくら……もしあたしの両親が、この几帳面さの十分の一でも備えてくれていたのなら……おやおや、あたしは何てバカなことを言っているのかしら！　家でパンやジャガイモがたまたま手に入った時、みんなひどくお腹を空かせていたのだから、明日も食べなければいけないなどというところまで、到底考える余裕はなかったのだ……

アイテルの一人の友だちが稼業情報調査の仕事を彼に世話してくれた。彼は情報一つにつき一フラン五十の手間賃を受け取った。あたしは一日につき、十件から十二件の情報を持ってきた。裕福そうで礼儀正しい令嬢然としたあたしの外見だけで、その仕事はひとりでにうまく運んだ。こんなふうにして、あたしはブリュッセルの隅々まで知るようになったし、この都市《まち》が好きになった。

その人たちの評判がいいか、支払い能力があるのか、商売が順調に行っているのかどうかの情報を押さえるべきだと、アイテルはアドヴァイスをしてくれた。あたしは近所にまで出向いていって、知りたいと思う事柄をただ尋ねただけだった。われながらなかなか抜け目がないな、と思えた。なぜかというと、われわれの情報の集め方には賛辞の言葉が寄せられたからだ。

ひどく窮地に立たされたこともあった。でもあたしは何とか、切り抜けはしたが……オート街の界隈で、特売品店の女主人についての情報を得なければならなかった。彼女の店から二軒隔たった小さな居酒屋に入ってみた。外から見たところでは、客の姿は見られなかったからだ。中には三人の女がテーブルに着いており、別のテーブルには男が一人いた。女たちは果物入りのリキュールを飲んでいた。あたしはカウンターの近くにいて、主人たちが現われるのを待っていたところ、女の一人が遠くから、何か用かと訊いてきた。そして自分が《主人》だと言い足した。あたしは彼女のそばに行って、小声で、二軒先の特売品店の＊＊＊さんについて、お尋ねしていいかしらと、語りかけた。

「あら！　直接訊いてみなさいよ。本人がいるわよ……」

そう言うと、マダムはいっしょにテーブルに着いていた二人の女のうちの一人を指差した。

こいつはまずい！……

「あたしに何か用かい？　そもそも、どういうことなのさ？」

この女はすごい体軀のブリュッセル女だった。五十がらみの、赤ら顔で、大きな眼は濁って血走っていた。テーブルに両腕を載せてはいたが、眠くて堪らないというように、顔を腕に埋めるような仕種をして、がくがくと体が前に傾くのだった。ひどく短い腕の先には、腸詰めみたいな指がくっついていて、爪のまわりも肉がぶよぶよしていた。心持ち体を横にすると、あたしの方に眠たそうな顔を上げた。こんなちょっとした仕種でも、その巨体は脂肪の層の下で、ゼラチン状の皮膚がぶるぶると震えるような具合になるのだった。

あたしは彼女の巨体から目を離せないでいたので、相手は声をかけてきた。

「あたしの体と比べりゃ、おまえさんの体の三人分はあると思っているだろう？」

「三人分ですって、とんでもない」とあたしはばか正直に答えた。「でも……」

「二人半てとこかね……あんたの体重は？」

「四十八キロです」

「あたしの言うとおり、三人分だね……あたしは百四十五キロあるからね」

彼女は眠そうな眼で、全くどうでもいいといった態度であたしを一瞥した後は、あたしがどういうことでやって来たのか、自分をどう思っているのかなんてことは全く関心がないし、あたしなど屁とも思わない、と平然と言ってのけた……だからあたしの困惑も、半分程度は消し飛んでしまった。

「そうなんですよ、マダム」とあたしは臆せずに言った。「《あたしは罠にかかった》ってところなんです。あなたがこちらにいらっしゃるとは、存じませんでしたから」

「それじゃあ、どういうことなんだい？」と彼女は応じた。

「ドイツに住んでいるあたしの兄が、あなたについて、商売の具合はどうなのか様子を見てきてほしい、と言ってきたんです」

「ドイツだって？ わたしはドイツには何も注文した覚えはないよ。それは《冗談《カラビストウイユ》》だね……わたしは倒産したところや季節はずれの時に、直接買うのさ。ほら、そこのマダムから、コルセットのストックを買ったばかりなんだからね……」

彼女が指差した女は、初めからあたしの顔をじろじろと見ていた。

「情報屋の商売をしていると白状したらどうだい」と女は食ってかかってきた。「だって、この前あたしのところに来て、前の大きな毛皮用品店について、あれこれ訊いたじゃないか。おまけにあたしは、おまえさんが都市《まち》のいろんなところを歩きまわっているのを目にしているよ。あたしの方だって、コルセットのストックを捌こうと、年がら年中出かけているんだからね。真ん中で髪を分けていただろう。一度おまえさんを見かけているから、あんたってすぐ分かったよ……」

「そんなことかい！」と特売品店のマダムは言った。「《奥さん《マダメケ》》がどういうことでやって来たのかなんてことは、わたしにはどうでもいいことだよ……サクランボ酒かプラム酒をおごろうかね、消化にはいちばんだよ……なんであんたがやって来たなんてことは、ほんとにどうでもいいことさ」

あたしはどぎまぎしてしまって、結構ですとは言ったが、何も注文せずに店を出るのはまずいと思った。そこで紅茶を一杯頼んだ。特売品店のマダムはあたしがお金を払おうとするのを許さなかった。

「娘さん、いいウエストをしているねえ、でもコルセットを身に着ければもっと素敵になること請け合いだよ。あんたにぴったりのものがあるよ、本当にいい機会だよ……この女《ひと》に注文してごらん、いくつもわたしのところに届けてくれるよ」

男はおもしろがって、あたしの様子を見て、にやにやしていた。

何年もの間、あたしはこの商売を続けた。眠れないほど疲労困憊することもちょくちょくあった。丸一日、モデルの仕事でポーズを取った後で、各所を歩きまわることになったからだ。三、四時間もの間、ブリュッセルの果てまで、そして端から端まで、路面馬車にも乗らずに歩きまわった。これからもあたしが馬車に乗らなければ、毎日貯金箱に二十サンチームの貯金ができるだろうと、アイテルは前から言ってはいた。

でもあたしは二人の生活費のやりくりで、かなり助けになれることをひどくうれしく思い、誇りにも思っていた。

あたしは窮乏にあれこれ思い悩むこともうなくなったし、下の弟妹たちが苦しんでいる様や、父の酔っ払った姿、母の度し難い投げやりな生活態度といったものを目にしなくて済むようになった以上、気持ちはずっと穏やかなものになったし、アイテルとあたしは、いっしょに平穏無事に暮らしていた。相談せずに、スミレの一鉢とか一組の手袋を自分のお金で買った時など、時々アイテルはあたしの態度が癇に障ると言って、ねちねちと文句をつけてくることがあった。彼はそのことで不愉快になり、あたしが勝手なことをしていると思っていたが、あたしからすれば、見え透いたことだった。つまりそれ以上しつこく言ってこないのは、要するに、あたしなど、彼にはあってなきがごとき存在なのだと思っているからなのだった。

あたしの方は、彼をもう少し頼りにしているべきだった。そうすれば、あたしは彼から何でも手に入れられたことだろうが、こういった事態では……幸いなことに、二人とも、使いきれないほどの若さというストックがたっぷりとあった。優しく愛撫してあげたいという激しい欲望に駆られて、それはあたしの方にはっきりとした形になって顕わになった。彼の膝にまたがると、体を抱きしめ、こちらも恍惚となるくらい、髪の毛を優しく掻き撫でてあげた。彼はいたずら猫みたいに目を閉じていたが、長い瞼を細めに開けて、あたしの様子を興味深そうに窺っていた。

それでも、あたしは自分に溺れることはなかった。ナーチェの前でしたように、その後、彼を前に自信たっぷりに思いきって、何もかもぶちまけ、思っていることをずけずけと言ってしまったのなら、さらに、どんなことまで仕出かしてしまったかしらと自問してみた。実際、そんなことはできはしなかったが、そうした衝動は、もう歯止めが利かないところまできてしまっていた。

彼といる時、完全に身を任せきっていても、陶然とした官能の喜びに浸りきっていても、相手の思いどおりにはならないぞという、どこか覚めたところ、本音は違うという思いでいつもいた。それでも絶大といってもよいほどの信頼感は、与えてやってはいた。あたしが裏切るかもしれないなどとは、彼はこれっぽちも考えてはいなかったが、都合次第で自由になりたがってもいた。そういうことなら、あまり深入りすべきではなかった……

化粧室は狭すぎて、二人が同時に体を洗うのは無理だった。アイテルはあたしの前に体を洗って、身繕いをする手順になっていた。

ある日曜日の朝、彼は素っ裸になって体を洗っていたが、あたしはベッドからその様子を見守っていた。二十五歳のすらりとしてきゃしゃな、美しい肉体のしなやかな動きには、心ときめいた。

「とてもきれいな体をしているわね、アイテル。もしお金がなくなったなら、彫刻家のところで、モデルが務まるわ」

「本当かい?」

「ええ! 本当よ……アイテル、それじゃあ、《剣闘士《グラディアトウール》》のポーズをしてみてよ」

彼は正対してポーズを取った。

「いいわ……横向きになって……今度は背中を向けて。ええ、いいわよ、全く《剣闘士》そのものだわ。表情だって、板に付いているわ。顔も、怒っているのか悦にいっているのかも、傍からは分からないわ……本当に、あんたって役者ね。裸の姿って、すごく美しいわ、特に男性はね。ぶくぶくした女の人の体を見ると、決まってひっぱ叩きたくなっちゃうけれど……」

「ああ! ペットちゃん、僕の体を美しいって、思ってくれてるのかい……」と彼はシーツの下にまた潜り込んでくると言った。

彼はその日曜日は、同じドイツ人たちのいる田舎の別荘に過ごしに出かけた。

あたしはナーチェを呼び寄せていた。繕い物の靴下が大量にあった。アイテルは白い木綿で編んだ、赤い大きな文字の入った靴下を履いていた。彼を育ててくれた高齢の女性の家庭教師は、彼に靴下を編むことまで叩きこんであった。靴下は擦り切れてきた。毎回洗濯した後、あたしはそれを繕わなければならなかった。だがしばらく前から、あたしは収集しなければならない情報が沢山あった。おまけに籠には、点検の必要がある靴下がいっぱいあった。

ナーチェとあたしは仕事に取りかかった。一時に食事をして、食後にまたすぐに仕事を再開した。三時にはすべて繕いがちゃんと終わって、再び籠に戻された。すっかり満足して、あたしは椅子の上に籠を置くと、アイテルが帰ってきた時にそれが目に入るようにした。繕ったり繕ったりするのが好きでたまらないということが、彼があたしを最も高く買う点の一つだった……

それから、二人して公園のコンサートに出かけた。男たちがあたしの顔をじろじろ見つめるのを見て、ナーチェは驚きが収まらなかった。ベルギー人というものは自分好みの人間を見つけると、面と向かって態度に表わすのだ……あたしの方は、そんなことにはすっかり慣れきってしまっていたので、もう何も感じなくなってしまっていた。ところが、男たちがあたしにもう目を留めてくれなくなった時に、そのことにはたと思い当たったのだった……四つ小さなケーキを買うと、五時頃、アパルトマンに戻った。あたしはお茶を入れて、二人でケーキを食べた。あたしの方はおいしいものには慣れてきていたが、ナーチェはいかにもおいしそうに食べていた。

「お姉ちゃんは今、貴婦人みたいな暮らしをしているのね。引き裾の付いたドレスを着ているうえに、おいしいものまで食べているんだから」

「そうかしら、でもおいしいものを受けつけないこともよくあるのよ。頭が痛くなったり、吐き気がしてね……病院で診察してくれたお医者さんの話だと、食うや食わずやっていう、ひもじい状態がしょっちゅうだったでしょう、だからその傷からなかなか抜け出せないだろう、って言うのよ」

ナーチェは読書が嫌いだったので、昔のファッション誌の挿絵を見ることにした。

「いい、この頃はクリノリンを身に着けていたのね。あたしがちいちゃかった時、母さんはまだそれを着けていたわ……ベッドを出ると、輪骨の付いたペチコートに足を通し、二階分の距離、階段を下りて、水汲みに行くと、なみなみと水を入れた手桶を両手に持って、階段を上がってきたものだわ。クリノリンは前後でゆらゆらと揺れていたわ。一八七〇年ごろまで、まだそんな恰好でいたわよ」

夕食を摂った後、ナーチェを少しばかり見送っていった。部屋に戻ると、『ゴリオ爺さん』〔バルザックの小説。盲目的な父性愛によって、溺愛する二人の娘の言いなりになって破滅する老人の物語〕の本を抱えて、横になった。真夜中にアイテルは帰ってきたが、手許にこんな傑作を置いておいてくれたことで、すっかり幸福な気持ちになり、まだきらきらとあたしが目を輝かしている様子を、彼は目にすることとなった。

「アイテル、楽しかった?……その籠を見てちょうだい……全部繕っておいてあげたからね……その後で読書したのよ。ああ! すごい傑作だわ!……あたしはどうあっても、こんな貴婦人たちみたいなひどい人間には、絶対なろうとは思わなかったでしょうよ。分かる、贅沢三昧の生活を送るために、自分たちの老父からお金をすべてむしり取ってしまうのよ? こんな仕打ちをしたのなら、あたしは残りの人生を、枕を高くして寝られたものじゃないわ」

アイテルも床に就いた。

「ねえ何も言わないのね……楽しくなかったの?」

「ああ! いや……大事な話なんだ、ケーチェ、いつも僕は言っていたよな、いつかは別れなきゃならないって。今日一日、マドモワゼルA……といっしょに過ごしたんだ……僕のことを愛していると分かったんだ。父親はすごい大金持ちだが、僕の方だって家柄にかけちゃ引けを取らないからなあ。彼女が僕の妻になれたら、あっちだって言うことはないんじゃないかなあ……だから、僕のためだと思って、お願いだからここから出ていってくれよ。めでたく結婚できたら、それなりの金額を渡すから」

あたしは声もなかった。

「頼むから、僕のためにそうしてくれよ」

「あたしが厭だと言ったら?」と声を詰まらせながら、尋ねた。

「そういうことなら、そうしてもらわなければ困ると、命令するまでさ」

「それじゃ、話し合う余地はないわね……」

そう言うと、アイテルに背を向けた。

あたしは一睡もできなかった。惨めさと屈辱感に再びとらわれるのを実感した。次いで、こんな憂き目を見なければならないのかという恥辱に……今では、自分が申し分のない美女だとの自信もあったし、他の多くの女性に引けを取らぬくらい頭だって悪くはない、と自負していた……それなのに、どうしてこんな仕打ちを受けなければならないのか？

翌日、あたしたちは一言も口を利くこともなく、それぞれが仕事に出かけた。

モデルをやっている画家のところに着くと、涙が止まらなくなった。

「おいおい、どうしたっていうんだい？」

あたしは経緯を話した。

「おやおや！　そんなことで泣くなよ。君をモデルに大作を描きはじめようじゃないか……家具付きの部屋を借りりゃいいじゃないか。それに手付け金を出せば、月賦で家具だって買えるぜ。そうなりゃ、君は自分の部屋にいるも同然だよ」

「貯金箱に百八十フラン貯めてるわ」

「へえ！　そんな大金の手付け金があれば、ことはひとりでにうまく運ぶさ」

その後、画家は商人の住所を教えてくれた。友人の一人の新聞記者が女を囲うために、そこから家具を調達したことがあったのだった。

その晩、こうした条件で、家具を買うことをアイテルに提案してみた。彼はそれは結構な話じゃないかとのってきた。家具商人の店にいっしょに行ってみた。そうすることで信用してもらえた。あたしの持っている百八十フランの手付け金と、月賦として二十五フラン支払うことで、クルミ材でできた寝室を引き渡してもらえた。

一週間後、あたしはアイテルのアパルトマンを引き払って、小部屋に居を定めた。最初の夜、アイテルが十時にあたしの許を去った時、胸がひどく締めつけられて、涙がぼろぼろとこぼれ落ちた。それでも、部屋の中に自分のものとなった真新しい見事な家具を眺め、ランプの灯を消す必要もなく、朝まで『従兄ポンス』〔バルザックの小説。しがない老音楽家ポンスは死期を迎え同居人の老人に財産を譲ろうとするが、親戚や強欲な周囲の人間がそれを奪おうと暗躍する〕を読むことができると思い、アイテルは弟や妹たちを部屋に来させることを、もう禁じることはできないんだ、と考えられるようになると、少しばかりほっとした気分にはなった……でも、そんなことはどうでもよかった。あたしははげしく泣きじゃくった。そして、足手まといにはならないからと心に期して、アイテル、と彼の名を声に出して呼んでみた……

あたしと別れたと思わせるために、彼は一人で出かけるふりをした。ある木曜日、あたしのところにやって来たが、髪の毛全体がカールされていた。

「何て頭をしているの！」とあたしは叫んだ。「呆れたわ……」

「日曜日までには、元に戻るさ。ウェーヴは不自然には見えないさ……日曜日に、プロポーズをするつもりさ」

日曜日の朝に、彼はまたあたしのところにやって来た。若々しく、しゃれた身なりをし、晴れ晴れとした表情をし、自信たっぷりだった。あたしはひどいショックを受け、憎しみが急に湧きあがって来て、つかみかかってやろうとしたが、やっとのことで思いとどまった……〈もし首の皮のところをつかんで、窓からごみ溜めの山の中に突き落としてやれたら、どれほどスカッとするかしら！……〉。でも、彼が立ち去ってしまうと、あたしはドアの方に向かって腕を差しのべ、また苦い涙を流した。

丸一日というもの、部屋に閉じこもったまま、ベッドで仰向けになって、あれやこれや思いを巡らした……二十年もの間、あたしを責め苛んできた恐ろしい貧困というものが、苦しみ悶えている心の中を、ありとあらゆる忌まわしい想いとともに、走馬灯のように駆け巡っていた……それから、毎晩彼の腕に抱かれて眠るようになり、彼はあたしを、かわいいペットと呼び、あたしの方は毎朝、彼に彫刻のポーズを取らせるようになって、一年が経過した。それなのに、すべてが終わろうとしていた。

　起き上がると、カップ一杯分のお茶を作った。籐椅子に掛けて、ぐるりとあたりを眺めてみた。ブラインドが下ろしてあったので、そこから赤と黄色の光が入ってきて、家具は燃えるように輝きを増し、その新しさがいっそう際立った。リラの花模様の美しい陶製のカップで、お茶を味わった。

〈これはすべて、あたしのものなんだわ。アイテルは支払いを約束してくれたし……今ではいつでも本が借りられるし……弟妹たちも大きくなって働いているし、あたしが稼いだお金は生活費として手許に置いておけるんだわ……そうはいっても、マドモワゼルA……が彼を扶助するお金で、あたしが養ってもらうなんて、汚らわしいったらありゃしない〉。「おお、厭だ」とあたしは、拳を突き上げて、叫んでしまった……〈今頃、彼はやたらに虚勢を張って力み返っているにちがいないのだ。彼はあたしよりずっとちゃちな人間《プチット・ファム》なのだ……そうじゃないの。もしあたしがその現場に押しかけていって、彼のウェーヴした髪をぐちゃぐちゃにしてやれたら、そして啖呵を切ってやれたのなら、「この下種野郎、髪は生まれつきカールしてるんだなどと駄法螺《だぼら》を吹きやがって、あたしをものにしたんだね。家では、化けの皮が剝がれたじゃないか。あんたはインチキ商品を売りつけているんだよ。こんな男はやめときなさいよ、お嬢さん。バナナの皮みたいに、味もそっけもない男ですよ。仕方なく、こいつといちゃいちゃしてやってるのは、あたしの方なんですからね……」。ああ！　何てこと！　今頃、二人はどんなことを話し合っているのかしら？　あたしの方は、ここにいて、不安に胸が掻きむしられる思いだというのに……アイテル、戻ってきて、もっと甘えたかわいいペットになるから……どう

したら、おおよそのことが分かるかしら？〉

不安に胸締めつけられるような思いで、一晩中ずっと、やって来るのを待っていたが、彼は来ることはなかった。

翌日、仕事帰りにやって来たが、顔が蒼ざめ、やつれ切った様子で、髪ももう全然ウェーヴが掛かってはいなかった。

「どうしたっていうの？」

彼は手を翳《かざ》すようにして、ベッドに倒れ込んだ。

「その女と話がまとまらなかったの？」

「君のせいだぞ。彼女は僕に女がいるってことを知っていたよ」

あたしはベッドに這い上がると、彼を思い切り抱きしめた。

「かわいそうにねえ、あたしにはどうすることもできないわ。おそらく、あたしたちが軽はずみだったってことね……もう別れたよ、とは言わなかったの？」

「相手は聞く耳を持たなかったよ。僕は《公園》でプロポーズしたのさ。彼女は立会人たちの目の前で、いきなり席を蹴ると、ぷいと居合わせた婦人たちの方に行ってしまったよ……男たちはその理由を教えてくれたし、婦人たちは慰めてくれはしたがね」

「そういうことだと、上流社会のお嬢さんとしては、隅に置けないわね……」

「上流社会だって……僕は相当ちやほやしてやったがね。あいつらは成り上がり者だよ」

あたしは横柄な口を利いてやろうと思ったが、彼はあたしをじっと見つめていた。

「君は何てきれいなんだ、僕のペット、君の眼は宝石みたいに輝いているよ……」

そう言うと、上半身を起こした。

「さあ着飾って、食事に行こう。M……は、二人そろって来るのを見ると、驚くぞ。奴は僕が君を同伴していないのを見て、怪訝《けげん》な顔をしていたから、僕らは別れたんだと説明してやったんだ。するとあいつの反応は、『何だって、あの娘《こ》と別れたって？　おいおい、何てことをしたんだ、彼女は素敵だぜ。あんな娘には二度と出会えないぞ……そうと知ってりゃなあ……』」

あたしは引き裾の付いた光沢のある金茶色のドレスを着、前の方に黒い羽根がかぶさるようになっている大公ふうの帽子をかぶり、肘まであるスエードの手袋を付けた。喜びにぼうっとなって、彼の腕をとると、坂道を上っていった……あたしは今晩自分がどう扱われるのかが分からなかったが、できることなら、あたしをちやほやしてくれる男の人たち全員が、あたしをさらってくれたらなあと思っていた……

食事の後、あたしたちは無蓋の馬車に乗って、カンブルの森まで出かけた。あたしは知り合いの人たちの心をまたつかんだような気持ちになった。

ルイーズ大通り沿いを行く帰りの馬車の中で、彼はあたしの腰にずっと手を回し抱きしめていたので、あたしは彼の肩に頭をもたせかけ、彼がしょっちゅう歌うのを聞いていたシューマンの歌曲《リート》を口ずさんだ。「たとえ心が引き裂かれようとも、私は恨みはしない《イッヒ・グロレ・ニヒト・ヴェン・エス・アウフ・ブリヒト》」〔ハイネの『詩人の恋』の第七番目の詩。ただし、この引用は作者がうろ覚えで書き留めたもので、正しいドイツ語の引用ではない〕。

自分の部屋に帰りついた時、あたしはひどく興奮していたので、彼はあたしを抱きかかえて、階段を上らなければならなかった。

アイテルは母国で予備役将校となっていた。二カ月の兵役に服すために帰国しなければならなかった。こちらには、全然お金を残しておくことはできなかった。汚れもよけいな皺もついてはいないが、ひどく着古した衣装類を残してくれたぐらいだった。弟たちに回すことはせずに、一着ずつ売ったところ、かなりいい値で売れた。

それでも、この夏はお金にひどく困ってしまった。画家たちはアトリエで仕事をするよりも、田舎で仕事をする方を好んだ。だから、家には少しもお金を入れてやることができなかった。あたしには、もうそれまでの生活はなくなってしまったも同然だった。だから、間違いなく四十歳にはなろうという金持ちの彫刻家が、二カ月ばかりおもしろおかしく、贅沢三昧の生活をしてみないかね、とあたしに誘いをかけてきた時、あなたのことは好きではないわ、とぴしゃりと言ってやった。《この親爺》はどんな下心があったのかしら……

やがてアイテルから手紙がきた。父親が自分の衣装を新しいものに替えてくれるということで、相当額を渡してくれたので、二人でちょっとした旅行をしよう、と言ってきた。あたしのところには百フランを送ってきて、ケルンで落ち合おうということになった。

「ナーチェ、すごいことよ！　あたしは旅行にいくのよ！　気晴らしに鉄道で旅に出かけられるのよ！　二等で行くわ！　いいこと、三等車から降りていくわけにはいかないわ。だって彼は王子様みたいな服装をして、あたしを駅で待っているでしょうからね」

四日間というもの、熱に浮かされたような毎日だった。持っていかなければならない何着かのドレスの埃を落とすために、棒で叩いたり、ブラシをかけたり、アイロンをかけた。新品の手袋、紗のヴェールを買った。シュミーズには青いリボンを、ズロースには青い飾り結びを付けた。帽子の羽根にまた丸みを持たせるようにした。午前六時の汽車に乗らなければならなかったし、駅は都市《まち》はずれにあったから、ナーチェもいっしょに泊まってもらうことにした。日雇いで働いている妹は、肘掛け椅子でその晩、休んでもらわなければならなかったが、床に寝そべって寝る方を好んだ。あたしは寝つかれなかった。四時になると二人とも起きてしまった。あたしは身支度をしたが、うれしさのあまり震えがきた。食事もお茶一杯しか喉に通らなかった。

あたしの服装は洗練されていた。たっぷりしたパニエ〔スカートにふくらみを持たせるための輪骨の入ったペチコート〕の上に、婦人用のマリンブルーと褐色のタータンチェックのラシャの布地の、大きなバッスル〔スカートの後ろの部分にふくらみをつける腰当て〕の付いたスカートを穿いたので、お尻の方には沢山の襞ができていた。前の方は、腰のあたりから裾まで、褐色のビロードの飾り結びが付いていた。前よりお尻の方が短めになっていた。褐色の単色のインド産のカシミア製の小さなペプラム〔裾・尾〕の付いたコルサージュは、肩と首のあたりにギャザーがあって、腰のところに襞を寄せ、ぴっちりした短い袖はやっと肘を出るかでないかぐらいだった。金色のバックルの付いたレジャンス様式〔十八世紀前期のオルレアン公フィリップの摂政時代に流行した服装〕の褐色のリボンをあしらったベルトが、あたしの四十八センチのウエストを締めつけていた。褐色のマーブル模様の宝石のブローチで留めた、きつめの立襟は、あたしの長い首を際立たせていた。光沢のある赤褐色の麦藁のカポート帽は、後ろが半円状にえぐられたような形になっていたので、ブロンドのたっぷりとした巻き上げ髪が黄褐色がかった艶を帯びてきらめき、いっそう映えるようになった。前の縁は剣の先みたいに反りかえり、中には褐色の襞状になったレースが付けられていた。左側には、鳥の羽根みたいに、褐色のビロードをあしらった大きなコカルド〔女性の服や帽子に付けるバラ結びのリボン飾り〕が付いていた。顎の下の少し横の位置で結んだ細い紐は、カールしたブロンドの髪が左右に配された顔とうまくマッチしていた。足の方は両側に透かしの入った褐色の靴下、そしてエナメル靴というでたちだった。スエードの長い手袋に、褐色と青の光沢のある絹のパラソルも装いの一助とすることで、当時、大流行したこの服装に花を添えた。そして自ら演出したこの装いを引き立たせる個性がさらに加わったのだった。

二人の青年がある日、あたしの外観を見事に形容してくれた。通りすがりの際に、二人はつぶやくように言った。「イギリスの小馬といったところだな……」

五時に汽車は停車していた。だからあたしはナーチェを連れて、駅の構内に入った。四十五分待たなければならなかった。ようやく車両に乗り込んだ。泣き笑いともつかない顔になって、あたしはナーチェに言った。「あたしはライン河を眺めるのよ。ドイツ人たちも、自分たちの大聖堂《ドーム》〔ケルン大聖堂〕の話をしてくれるわ……あたしはそういったものを、全部見物するのよ！　想像してみてよ！　想像してみて！」

列車が動きだした時、あたしは全身に震えがきて、息も止まるほどだった。なおも昇降口のところで、沢山のことをナーチェに向かって叫んでいた。

妹の視線にあたしはハッとした。その時まで、ナーチェもこんなに大きくなっており、嫉妬の感情も生まれていたなどとは、あたしの方は全く思ってもみなかった。あの子はあたしの陰にいつも隠れるようにして生きてきたし、あたしは下の子供たちのパンを手に入れるために全力投球してきたのだから、それ以外のものは自分のものになって当然だし、特にたっぷりとその恩恵に与っていた彼女は、ドレスや手袋を、このあたし、ケーチェのためにせっせと仕上げてくれてはいたが、あたしはこんなにも尽くしてやっているのだから、そうしたものをすべて独り占めしていても、ごく当たり前のことだと、思ってくれているはずだった……ところが、この日、彼女の眼差しは、あたしに新たな事実を突きつけてくれたのだ。

旅の間、車窓から景色を眺めて過ごした。画家たちのアトリエでは、ほとんどいつも人や物の形が話題になっていた。だからどうしても、風俗画や肖像画の方がずっと興味が持てるのだった。稀に田舎に遠出をした際には、そこで味わった空気の匂い、清々しさ、空の広さ、さらに野原に咲き誇っている花々に、特に強い印象を受けた。だが風景そのものには大して感動しなかった……

しかし客室の昇降口から跳び込んできた風景は、移り変わる微妙なニュアンスの違いを、この目にはっきりと際立たせてくれた。空、雲、草の茎の先で真珠のような玉となっている露、牧場の牛馬・羊、風車、畑を耕している農夫、こうした光景に感動を覚え、これまでに全く味わったことのない喜び、幸福感に体がぞくぞくとなった。〈おそらく〉とあたしは思った。〈このあたりは、特別に景色がすばらしいところではないのかしら?・〉。そこで、他の乗客たちの方に視線を移して、彼らの反応を見てみた。何人かは眠っており、また何人かは新聞を読んでいた。中年の一人のユダヤ人の男が、こちらをぎらぎらする目で貪るように見つめていた。あたしはまた景色に目をやった。ブリュッセルからケルンまで、あたしは魔法にかけられでもしたような気分になっていた。

ヴェルヴィエ〔リエージュの西にあるドイツ国境に近い町〕で、列車の入れ換えのために降車しなければならなかった。待合室の売店の陳列棚で本を眺めていると、横を掠めるように通りざま、例のユダヤ人が、本をプレゼントしようかと囁いてきた。あたしは無視してやった。別の車両に乗り移ったところ、その男から逃れられると思ったが、後にくっついて乗り込んできた。残りの旅程中ずっと、その好色そうな目つきが気になって、車外に次々と展開される夢のように美しい風景を、落ち着いて見られるどころではなかった。

ケルンでは、アイテルが迎えにきてくれていた。あたしは元気そうな晴れやかな面持ちで車両からいそいそと下り、身だしなみもあか抜けていたから、プラットホームに降り立つか降り立たないうちに、まわりの男女があたしのエキゾチックな可憐さに目を留めたので、アイテルは誇らしげな仕種をして、貴婦人を前にしているみたいに、あたしの手を取って接吻した。ホテルに着くと、彼はあたしを腕に抱きしめた。

「僕のペットちゃん、会わなくなってしばらく経ってみると、清純な女性らしさとか社交界のお嬢さんといった態度が、板に付いてきたよ。だから誰も君の過去が……だなんて、見抜ける人間なんて、いやしないさ」

〈あたしのことがどうだって言うの!!! 涙がこぼれそう……ここまでは、何もかもがすばらしかったのに……ああ、何てこと!!!〉

あたしたちは大聖堂を見物に出かけた。彼は何も説明はしてくれなかった。この教会は最近の新築のように思えた。イギリス人の団体が出たり入ったりしていた……ベデカー〔ドイツの出版業者、ベデカー発行の旅行案内書〕をめくる音がして、それに目を通したり、靴音が鳴り響いたりする中で、何をどう楽しんだらいいのか……それに淀んだ空気に、胸苦しくなった……あたしは、聖ギュデュル教会やノートル＝ダム・デュ・サブロン教会〔ブリュッセル市内にあるゴシック建築の教会〕の方が、はるかに好みだった。アイテルは、そのことで憤慨していた。

あたしは二度も水族館を訪れ、鯉ぐらいの体長と胴回りのある金魚を見物に行った。その泳ぎまわる様子に、ひどく感銘を受けた。光の作用で、ある時は金箔みたいに、またある時はできたてのバターみたいに、それからオレンジ色にと色合いがさまざまに変化した。いくら見ても飽きることはなかった。

あたしはアマチュア画家の全権公使のところで、モデルをしたことがあった。彼はあたしがしょっちゅう美術館に行っていることを知っていた。

「どんな作品が特に好みかね？」

「オランダの巨匠たちね……ピーテル・デ・ホーホ〔十七世紀の画家。レンブラントなどの影響を受け、明暗の効果と光線の処理に優れ、市井の生活や肖像画を描いた〕の絵の前にいると、アムステルダムの大運河の静けさの中にいるみたいな気分になるわ。レンブラントは、ユダヤ人街〔一六五六年に破産してから、その街に転居し、晩年は全く世間から忘れられ、貧困のうちに没した〕にあたしを引き戻してくれるわ」

「それじゃあ、ゴシック様式〔ロマネスクに続く中世ヨーロッパの美術様式。ここでは建築ではなく、その後のルネサンスに比べて、写実性に劣る稚拙な絵画についての言及〕はどうかね？」

「あたしにはうんざりだわ。あの人間性は嘘っぱちだわ。そんな感じがしないんですもの。聖セバスティアヌス〔三世紀ごろのローマの殉教者。殉教に赴く信者を激励したために、杭に繋がれ矢を射られて殉教した。矢に射られた美青年として聖画の好材料になった〕の体を目がけて、矢が射られる時でも、表情には動きが感じられないわ。嬲り殺しにされる殉教者たちの絵を見ても、彼らを見物している人たちの様子は、つまらない用事の話をしているみたいだわ……苛々させられるわ、真実味がないんですもの」

「それはどうかな。人間性といったって、今の感受性とは違うからねえ。それに殉教者たちは神の存在を信じていたんだよ。神以外のことは、彼らには全くどうでもよかったのさ……」

彼はアトリエにゴシック絵画を置いていた。

「ここに来て、幼子イエスを抱いたこのマリアをごらん。その穏やかな表情は、何をもってしても動じることはないよ。マリアにしてみれば、神はそこに厳然として存在しているわけさ。ここにいる僕と同じように、触れることができるわけだよ。僕が実際にいるかどうか、僕に触って、確かめてごらん……」。そう言って、彼は笑い声を上げた。

「ありがとう。おっしゃることだけで十分ですわ」

「そういうことで、マリアも掛値なしに、信じたわけだよ」

あたしはじっくりとマリアの表情を眺めてみたが、どうしても静穏な美しさといったものが理解できなかった。〈どうして、勝手に子供なんかこしらえたのかしら?〉と自問してみた。〈こんなことをして、何かいいことでもあったのかしら?〉。その手までもが、ぶよぶよしていて、何の仕事の役にも立ちそうもないと、あたしには思えた。

「今、分からなくても、どうってことはないさ。でも美術館には通って、何度も繰り返し見てみることだね。きっと、いつかは分かるようになるよ……」

その助言には従ってみた。だからナーチェといっしょに、ゴシック芸術の展示室には足を運んではみたが、この芸術は好きにはなれなかった。こんなふうに神様にべったりのめり込み、自分のまわりで激しく動いている生活の臭いが感じられないことに、何となく胡散臭さを感じた。それにしゃちこばったような体、おかしな遠近法には、どうしてもなじめなかった……

ところがケルンでは、どうしたことか？　ゴシック芸術を前にして、あたしは驚嘆した。繊細かつ強烈な色彩、実に見事と言うしかない揺るぎない平安の雰囲気に、全面的に心を揺すぶられてしまった。

「ちょっと変だぜ」とアイテルは口を挟んだ。「この手足をよじったような人物たちは、とても見られたものじゃないよ。君は画家たちのところでモデルをやっているんだろう。通《つう》ぶっているだけかい……ここの絵はどれもグロテスクそのものだよ」

あたしはその時、どうしてそこの絵がいいと思ったのかを、はっきりと説明することはできなかっただろうが、すばらしいものを目の前にした時にいつも心に兆してくる、えも言われぬ戦《おのの》きや感謝の念といったものが、じわっと全身に広がっていくのを実感した。

「さあ、すばらしい絵を見せてやるよ」

そう言うと、階段を降りたところにある、プロイセンの王妃の肖像画の前に連れていってくれた。顔と首のあたりはヴェールで覆われていた。そのわけは瘰癧《るいれき》を隠すためだとのことだった。ああ、かわいそうにと思った瘰癧は別として、王妃を描いたような絵画は鼻持ちならないと思った……

あたしは再びアイテルを、ゴシック芸術の展示室の方に連れていった。

「何だよ、ほっといてくれよ。あのどでかい俗悪な顔は見られたもんじゃないぜ。神や聖人たちが、あんな間抜け面をしているかよ？」

《バラの園のマリア》の前に行ってみた。

「子供向きの彩色画ってところだな」

「画家のN……さんは、古い祈禱書を持っていてね。時々、ミニアチュール〔古代・中世の宗教書・時禱書などの彩色挿絵、彩色飾り文字〕と呼ばれる挿絵を見せてくれたんだけれど、あたしがその絵を痛めやしないかと、後生大事にそれを自分でしっかり抱えていたわ。ところで、マリアのまわりを飛び交っている黄色やピンクの衣装を着た子供の天使たちは、ここの絵と同じような色づかいなの。この小さな姿は同じ鮮明な色合いだわ。どう言ったらいいかしら、同じような鮮やかな光沢というか……すばらしいわねえ」

「子供じみてるよ」

無名のオランダの画家のひどく小さな油絵、『食卓を囲む聖家族《デイ・ハイリゲ・ファミーリエ・バイム・マーレ》』の前に、あたしは吸い寄せられるみたいに引きつけられてしまったが、彼はまたぷっと笑った。

「ねえ」とあたしは言った。「みんな幸福そうな顔をしているわ。いっしょにいられて幸せなんだわ……それに、ねえ、あそこを、家具の上の錫でできたコーヒー沸かしと、棚の上の小箱と祈禱書を見てよ……この板壁の赤褐色は、アムステルダムのトリッペンハイス美術館にある絵で、既に見たことがあるわ……全く別の絵なのに、でもこの赤の色調からすると、あの絵は……ええと……ええと、ピーテル・デ・ホーホの絵だったわ」

「ああ、苛々するなあ。百姓の所帯といったところじゃないか。気高い精神なんか全く感じられやしないよ。この室《へや》の画家たちは、神や聖人たちの崇高さが理解できていないのさ」

「でもヨセフは大工でしょう……」

「そんなことはどうだっていいさ。芸術の役割は、有象無象とは別格の存在として、神や聖人を際立たせるようにしてくれなきゃね……それに、コーヒー沸かしや祈禱書、食卓の配置の仕方も変だぜ。キリストの生きていた時代には、こんなものはすべて、ありゃしなかったんだぜ。もう少し君がまともな教育を受けていたら、こんなみょうちきりんなものを、すばらしいなんて、思ったりはしないさ。この芸術家どもの頭の中は、支離滅裂さ。無知の極みだね。そうでもなけりゃ、こんなアナクロなことを描いたりするものか」

そうは言われても、この絵の前で、あたしは釘付けになってしまった。それでも胸に迫るものがあって、涙が込み上げてきそうになった。どれほどこの小さな絵を、抱きしめてしまいたかったことか。

〈芸術家というものは〉とあたしは思っていた。〈キリストの時代にどんな所帯道具があったのかを知らなくても、自分の身近にある道具を描いて、日ごろ見慣れた道具に囲まれることで、この聖家族が自分の家にいることを実感できる喜びを伝えようとしたのだわ。ベツレヘムまでいろいろ厄介な旅をし、ヘロデ王に味わわされた死の苦しみを乗り超えた後ということになるとね。彼らはそのくらい報われて当然なのだわ。ヨセフは一人の男、マリアは一人の女なのだ。幼子イエスだけは別格なのだ……それにしても、テーブルの上でイエスがパンをつかんでいる様子を見ると、クラーシェが幼かったころのようだわ……マリアはもう一人子供を身籠ってはいたが、ヨセフがマリアを見守る姿はとてもすてきだった。だって、あんな天使たちの話なんて、眉唾物だと思っているのだから……さて、背景には、貧しさを窺わせる暮らしがあるにしたって、彼らはとても幸せだから、ごく自然に笑みがこぼれているんだわ……画家は彼らの内面の生活を描いてみようと思ったのよ。だから、当時の生活用品なんて、ふん、どうだっていうの！　あたしだって、同じように描いたでしょうよ。だから芸術家たちといっしょにいる方が、多分ずっとくつろいだ気分になれるわ。だって、あの人たちはそんな愚にもつかないことを、気に懸けたりしやしないわ……〉

あたしはこの小品から離れられなくなってしまった。他のどの聖家族の絵よりも、ずっとこの絵の方が理解できた。だから、あたしの家で食卓を囲んだ楽しかった稀な折、どんなに家族が皆、幸せだったかが蘇ってきた。たとえばそんな日は、家賃の支払いも済み、少しばかりお金の余裕もあって、バターを塗ったタルティーヌの他に、温かい食事やコーヒーもいっしょに出たのだった。そんな時は、あたしはクラーシェを、母はカトーチェを膝に載せ、他の子供たちはまわりに車座になっていた。父はヨセフのように、パンを切っていた。思い出すたびに、心の中が熱くなるのだった……〈もしあたしがもう少し、楽しい時間を持つことができたのだったら、この学識が高い男性といっしょに、ここにいることもなかったろう。でもこの人といると、あたしは違和感を覚え、くつろいだ気分にはなれないのだ……この人のお気に入りのプロイセンの王妃は、子供のような優しい顔つきをしてはいるわ。この表情が美しいと思うのなら、どうしてあたしの顔なんかが好きになったのかしら？　すると実際はあたしのことなんか、愛してなんかいやしないんだわ。他の人たちがあたしのことをきれいだと思ってくれているから、それで彼は鼻が高いのよ。あたしがちやほやされると、この人は自尊心をくすぐられて赤くなるのよ。全身からこんな思いが溢れ出ているわ。〝どんなもんだい、こいつと寝ているのは僕なんだぜ。それじゃあ、僕の代わりになりたいっていうのか……〟。株の暴落の日、その時だけ、彼が動揺する姿を目にしたわ。その時は大粒の涙が、頬を伝ってボロボロこぼれていたわね。木の葉みたいにぶるぶる震えていたわ……〉

ボンでは、あたしたちはライン河を小舟で横断し、《ズィーベンゲビルゲ》〔右岸にあるヴェスターヴァルトの一部をなす連山〕に登ってみた。そこの田園風景に、あたしは陶然となり、喜びや愛情が身内から湧きあがり、他の何をもってしても替え難いこの絶景を一望の下に眺めてみたいという、どうしようもない衝動に駆られ、胸がいっぱいになっていた。ゆっくりと狭い山道を馬車で上っていき、その地方一帯とライン河の風景が、絵巻物のように繰り広げられるのを見ていると、胸が高鳴って、何もかも忘れてしまうほどだった。

「アイテル！　なんて美しい眺めなのかしら！　こんな眺めをあたしにプレゼントしてくれたんだから、あなたのことが大好きよ！」

そこで彼にむしゃぶりつくようにして、キスを浴びせかけた。

「ちょっと、おいおい！　みっともない真似をするなよ。今夜一晩、二人で好きなだけ抱き合えるじゃないか……」

翌日、あたしたちは船旅を続け、ビンゲン〔ライン河中流の都市〕の方に向かった。ライン河はあたしの気持ちを、かなり穏やかなものにしてくれた。要するに、あたしはビンゲンとザンクト＝ゴアール〔ビンゲンの下流の都市。この川幅が最も狭くなる流域〕の間だけは、風光明媚だと思った。雷雨の間、その雲間から太陽が現われてローレライ〔ザンクト＝ゴアール近く、ライン右岸にそびえる岩山、また同名の妖精のがそこに坐して、船乗りを惑わした伝説で名高い〕を金色に染め上げた。

この旅の間ほど二人の嗜好の違いが明らかになったことは、これまでにないことだった。二人がブドウ栽培業者たちのところに出かけていって、味わったニーアシュタイナーのワイン〔ライン河畔のニーアシュタイン産。この町はマインツとビンゲンの間にある〕や、リューデスハイマーのワイン〔リューデスハイム産。この町からライン河下りをする人が多い〕でも、同じ味わい方というわけにはいかなかった。アイテルの味わい方は、まるで儀式を行っているようにとり澄ましており、メランコリックになっていた。あたしの方は三十分の間にすっかりいい心持ちになって、べらべらとしゃべりまくっていた。それから、ひどい頭痛が襲ってきた。

ゆでたジャガイモと融けたバターが添えられた小ぶりのマス料理は、すっかり大好物になってしまったので、食事のたびにそれを注文した。甘酸っぱいコンポートは味も、ものすごく気に入った……だが消化の段となると、ああ！　弟妹たちのことを考えると！

町々《プール》にある、二つか四つの塔のある小さな教会が、ひどく好きになった。アイテルが教えてくれたところでは、ゴシックよりも古いロマネスク教会とのことだった。ブドウ畑で働いている様子を目にした、農民たちの誠実そうで率直な眼差しにも好感が持てた。夕方になると、家の戸口のところに腰を下ろして、彼らは民謡《フォルクスリーダー》を歌うのだった。あたしは彼らの妹になったような気がした……それから、道沿いにある果樹を誰もが大事にしている様子に、すっかり驚かされてしまった。それでは、ベルギーで公道に果樹を植えてみたら、どうだろうか！　梨の実がまだナッツの大きさぐらいにしかならない時でも、実はもぎ取られてしまうことだろう……

かなりの新鮮な驚きを心に抱いて帰郷したが、何週もの間、そうしたことを思い出しては余韻に浸っていた。それから画家たちも戻ってきたので、彼らがその評判や写真でしか知らないケルンのゴシック芸術を、いろいろと見物したことを、あたしは誇らしげに語って聞かせた。

一人のフラマン人の画家は、あたしがそんな珍妙《メルヴェイユ》なものを見に、わざわざ出かけていったというのは、酔狂なことだ、自分だったら出かけはしない、とまで言った。あらゆる点で、今の社会秩序は公正とは言えない、それに女たちは自分の小金を持っているから、それでもって、何でも好き勝手にできる……という言い種だった。あたしはひどくむかむかしてきたので、台の下に跳び下りて、まくし立ててやった。あんたはおそらくそんな小金を持っていないから、やっかんでいるのね、でも、小金が手に入っても、絵を鑑賞に行くのに使ったりはしないで、デ・ザラン街に高級料理を食べに行く方に使うんでしょう。それにあんたは意地汚い食べ方をする人だから、食事に招待してくれた家にしか出かけていかないわね。そう言って、その画家をぐうの音も出ないようにしてやった……結局のところ、こうしたさもしいフラマン人やプロシア人の連中には、いい加減うんざりしていた。だって、品のない言動で迷惑を蒙るのは、こっちなのだから……

アイテルは一人の出資者を見つけていたので、その人物の代理ということで会社を起こした。だがアイテルは、情報収集のようなうまみのある商売を手放すような男ではなかった。この商売は少なくとも、あたしたちに月三百フランをもたらしてくれたのだから。そのうえ、情報を入手するにしても、彼は報告書を書く以外の仕事はできなかった。もっともその情報は、すべてあたしが探してきたものではあったが。

あたしの部屋の家具の支払いは完済していた。中古屋さんの店を通りかかった際に、食堂におあつらえ向きの、マリーヌ〔ベルギーの有名な家具メーカー〕の家具を見つけた。どんな風の吹きまわしで、そんな考えが頭に浮かんだのだったか？　店に入り、価格を訊いてみた。

「一式三百フランになります」

「月賦にしてもらえませんか？」

「勿論結構ですよ、マダム、あなたのような支払い方をなさるお客さんは、あまりいらっしゃいませんが」

「それでは、買うことにしますわ。でもこの家具を置くアパルトマンがありませんのよ。これから探さなければなりませんわ」

いくつもの部屋がある方がずっと便利だという、あたしの意見に、アイテルも賛成した。それに商売は順調だったからだ……あたしはアパルトマンを探しに出かけた。あたしの好みに何から何まで合うのを、一つ見つけた。表通りに面して三つの窓がある大広間、庭に面した快適な寝室、別館の台所、石炭と備蓄の食糧を置いておく地下貯蔵室、それに女中用の屋根裏部屋があった。

女中ですって？……今までは、通いの小間使いでよかったが、女中用の部屋もある以上は、いっそのこと、一人置いた方がいいわ……

通いの小間使いのマリは、あたしの気に障ることばかりを仕出かした。まず大きなお腹を抱えて仕事にきており、しばらくすると乳飲み子を連れて、ということになった。家事をやっている間は、赤ん坊はあたしのベッドで寝かせておいた。それから少し経つと、二人の子供を連れてきた。一人は赤ん坊で、もう一人は手を引いてもらうと、よちよち歩きができる程度だった。あたしが子供たちのお守り役をさせられた。子供は六人まで連れてきていいわよ、もし子供をそれだけ作れるのならね、と言ってやった……

あたしの外出中に、洗濯屋をやっている転貸人のところで盗難があった。錫のスプーンとフォークがすべてなくなったのだ。やって来てマリとおしゃべりをしていた際に、その女はあたしの所有しているフォークとスプーン類は、自分のものだと息巻いてみせたのだ。だから、マリはそれを女に渡してしまっていた。マリはあたしに、そのことを一言も言わなかった。それからあたしはその食器を探してみた。盗んだのはアパルトマンの人間たちではないかと疑ってかかったので、出かけるたびごとに、下からマリに声をかけて、銀食器が逃げだしてしまうから、ドアは閉めておいてよ、と口うるさく言っておいた。洗濯屋の女はそれにはすっかり参ってしまったので、ある日、あたしのところに、家からなくなったものをすべて返しにやって来た。言うことがふるっていた。自分が自由にフォークやスプーン類を手に取るのを、マリがほっておいてくれたから、その食器類はてっきり自分のものだと勘違いしてしまった、と言い訳をする始末だった。

別の折、まだ青いプラムを貰ったことがあった。食器棚に置いて、赤くなるのを待つことにした。マリが広間を整頓している時に、あたしはベッドから、プラムを子供に食べられないようにしてちょうだい、下痢をするからね、と言っておいた……するとマリは近所に出かけていって、うちの奥さんはひどいしみったれでね、わたしの娘がプラムを盗りやしないかと恐れているんだよと、言いふらす始末だった……

あたしはいつでもお針子を、自分のテーブルで食事をさせてやった。とんでもないですって！　この娘だって、あたしと変わらない娘なのだから、いっしょの時は気取ったりはしないわ……あたしが外出した折に、この娘とマリは、アイテルがシュヴァルツヴァルト〔黒い森、ドイツ南西部の地塁山地〕から持ち帰って、仲間のドイツ人と味わっていた《チェリーブランデー《キルシェンヴァッサー》》を、こっそりと飲んでいた。

あたしにはこうした悪事が全然ピンとは来なかった。あたしの目を開いてくれたのは、アイテルだった。

「君は人がよすぎるぜ！　あいつらに対しては、君は《奥様》なんだからな。下男下女なんて、主人の本来の敵なんだぞ……」

「そんな見方をするの？……そんなことあるものですか、あたしはあの人たちより貧しい生活を送ったんだから、あたしを信頼してくれている人たちを、これまで絶対に裏切ったりしたことはなかったわ」

思ってもみなかったのに、対等の人たちと見ていた召使たちとあたしの間には、いつの間にか溝ができていった。これまで戸棚を閉めたことは一度もなかった。あたし自身が鍵束みたいなものなのだから。だから砂糖が見当たらなくなった時に、砂糖はどうなったのと訊いてみた。溝はさらに広がった。さらにたびたびのこととなったが、その人たちといると気楽な気分になれなくなり、もう信頼も置けなくなり、日を重ねるごとに、ますます彼女たちが嫌いになっていくのが分かって、恥ずかしい気持ちになった。それにしてもなぜ、あの人たちはあたしを敵として扱い、主人である以上は、できるだけくすねてやろう、と考えるのかしら？〈そうなると、あの人たちはあたしを自分たちの仲間の一人としては、もう見ていてくれないんだわ。するとあたしのことを、いかがわしい人間と見るわけね。だって今は貧乏じゃないからなの？……そういうことだと、貧しい人は貧しい人を、金持ちは金持ちしか愛せないことになるの？……〉

そうしたことが全部、ずっと頭に引っかかっていた。そのせいで深く傷ついてしまったが、答えは見つけられなかった。あたしはもう、あの人たちとは違うのだわ。だからあたしにも、そうした態度を露骨に見せるのだわ……

一階の家具付きの部屋には、二十二歳の若い女性が住んでいた。日中はペチコートと白いカラコ姿で、髪を背中に垂らしていた。高齢の医者が週に二回、往診にやってきていた。その間、付き添いの人たちは座をはずして、界隈をぶらついていた。しょっちゅう、彼女は夜食をふるまってやっていた。その際、呼ばれるのは若い人たちだった。洗濯屋の女が料理を作り、その女も客の中に紛れ込んでいた。歌ったり、大声を上げていた。食事が済むと、皿やグラスが割られ、若い女性は皿などが投げられるたびに、そのつど素っ頓狂な笑い声を上げるのだった。

彼女と知り合うようになって、どうして皿を割ったりするのかと訊いてみた。顔を赤らめながら、彼女が言うには、やがて二年になるのだが、自分が十五の年齢《とし》に知った愛する男性を失ってしまったからだ、とのことだった。二人は熱烈に愛し合う仲だったが、男の方はひどい熱病の発作で、窓から投身自殺してしまったのだった。

「彼が死んだと聞いた時、あの人が病気だとは知りもしなかったのよ。葬列はあたしの部屋の窓の下を通ったわ、立ち合った司祭たちが賛美歌を歌っていたわ。その間サント＝マリ〔王妃ルイーズ＝マリを偲んで、一八八五年に完成したローマ＝ビザンティン様式の教会〕の鐘が、彼を悼んでガンガンと鳴り響いていたわ。あたしはたった一人、部屋に籠って、呻き声を上げていたのよ……そんな折、老人と知り合うようになってね……あたしは士官の娘なの。孤児になって、寄宿学校で育ったのだけれど、誰がそうした費用を出してくれていたのかは、全然知らなかったわ……憂鬱な気分にとらわれてしまって、夜に食事を提供するようになって、食後、皿などをすべて叩き壊して、溜飲が下がると笑うのよ……あの人が死んでからというもの、こんなふうにして笑うしかないのね……」

彼女は毎週、墓に花を供えにいき、足取りもおぼつかなく、やつれきった表情をして戻ってきた。その日の夜は、食事を提供してから、食器類を粉々にした。彼女の苦しみが痛いほど分かり、身につまされていっしょに苦しみを分かち合ったが、あんなことをして苦しみを紛らわそうというやり方には納得がいかなかった。

「どうして、あんなでたらめなことを、わざわざやるの？　あたしたちの意思とは無関係に、もうさんざんあたしたちは人生に振り回されてきているのじゃないの」

彼女は脅えたように、あたしの顔を見つめた。

「何てこと、あたしはそんな昔のことまでは、全く考えてもみなかったわ……あなたはあっという間に、人生を見通してしまったのね」

彼女は困惑しきって、また赤くなった。

アイテルの友だちの一人が、彼女の恋人になった。あたしたちはよく四人で外出するようになり、もう彼女は何も壊すことがなくなった。

いちばんあたしが驚いたことは、彼女が士官の娘で、寄宿学校で教育を受けたということだった。


アイテルの友人は、レストランの食事はまずくて到底食えたもんじゃないと、ぼやいていた。アイテルは、あたしのアパルトマンで夕食を摂っていた。彼は友人に、俺たちといっしょに食事をしたらどうかと言ってやった。

「あいつは食事一回につき、三フランを払ってくれることになっている。僕はモーゼル〔ライン河の支流〕とラインの高価なワインを買ったから、元を少し取り戻せるな」

あたしは料理の本も買ってあった。ある画家の情婦が、いくつか料理の手ほどきをしてくれたこともあった。だから、おいしいブルジョワ的な料理を作れるまでになった。若い女中にも手伝ってもらって、三人分のおいしい、ちょっとした食事も用意できた。

「構わないわよ！　もう一人分人数が増えただけじゃない……いいわよ」

それにフリッツとは仲よくなった。あたしたちは互いに愛称で呼びあったし、当人は胃が悪かったから、ハーブティーをしょっちゅう作ってあげた。

だがある日、女中が食卓に料理を並べ、あたしがレンジのまわりで忙しく立ち働いていた折、フリッツが台所に入ってきたので、あたしは声をかけた。

「ちょっといいかしら。この料理を上に持っていって下さらない……」

「ええっ！　無茶言うなよ、僕を何だと思っているんだい！　この僕に、料理を運べって言うのかい！……」

「だって、あたしはいつも運んでいるでしょう」

「ああ！　君はね」

「ええ！　あたしはね！」

　あたしはもう、それ以上は何も言わなかったが、彼が帰ってしまうと、アイテルにはっきりと言ってやった。あなたの友人には、もう食事は作ってやりたくない、と。

「あたしは深く考えもせず、ごく軽い気持ちで頼んだのよ。あたしたちいっしょに仲よくやっていけると思っていたのよ。画家のところではね、誰かがコーヒー豆を挽き、別の人がパンを切り、ざっくばらんにやったものよ……でも、あの人があたしを料理女ぐらいにしか見ていないのなら、とんでもない話だわ。だからここにいらっしゃる時は、招待客としてお招きする時だけにして、それ以外はもうお断りだわ」

「でもいいかい、僕たちは食事代を払ってもらっているんだぜ。支払いもちゃんとしているんだ。そこには行き違いがあるよ」

「あの方《かた》をお友だちと考えるのは、あたしの方の行き違いってこと。もういやだわ。はい、話はそこまで」

「相変わらず、君は何て聞きわけがないのだい、ケーチェ。君の態度は非の打ちどころがないが、人づきあいがうまくないよ……」

「そんなこと、どうだっていいわよ」

「じゃあ、僕の買ったワインは？」

「あんたが飲めばいいだけの話じゃない、それだけの話よ」

アイテルは再び結婚に気持ちが傾いていた。だからまたあたしとは別れたと、周囲の人間たちには言い立てていたので、こちらに会いにくるのは、相当夜も更けてからということになった。

あたしは晩はたいてい、ある画家のところで過ごしていた。彼は十二年前から、他人からは奥さんと呼ばれている情婦と同棲していた。家に帰ると、あたしは横になって読書するのが常だった。アイテルが会いにくる時は、ほとんど決まって読書の最中だった。彼はそれが気に入らなかった。

「本を読む女なんて、精神が傷つくぜ。そういう女たちは、頭がおかしくなっているよ」

「どうしてなの？　本を読むからといっても、料理を覚えたり、シュミーズから帽子まで、コルセットも含めてよ、手入れをすることの妨げにはならないわ……自分で作ることができないのは、手袋、長靴下、ブーツぐらいしかないわね。あんたのパンツも作ってあげたし、何年も前から、あんたの靴下も繕ってあげているじゃないの。情報収集の件でも、あんたが雇った人間は、あまりうまく仕事がこなせないなあって、自分でぼやいていたじゃないの。それなのに、どうして読書が、あたしの害になるっていうの？」

「分からんけれど、本なんか読む女たちは……」

「あたしはね、よく分かるわ。あんたが自分の思いどおりにいってないからよ」

「ちょっと口が過ぎるんじゃないか、ケーチェ……」

「何さ！　あんたの顔を見ていると、苛々するわ。あんたと別居できて、気がせいせいしているんですからね」

「それは、どういうことだい？」

「いい加減にしてよ！　あんたがあたしに貢いでいるお金は、あたしが情報を取ってきて、自分で稼いだものなのよ。だから、あたしはあんたに養ってもらってなんかいないわよ。あんたは結婚したいんでしょうから、あたしたちは、お互いに商売人としてつきあった方がいいわよ」

「それは本当に君の一存かい?」

「ええ、そうよ。四六時中そのことを考えているわ。あんたが結婚する時には、そうした情報はあたしに残してくれて当然じゃない。あんたに要求するのはそれぐらいだわ。自分で完全に報告書だって作れるでしょうし、後の始末だってちゃんとできるわよ……」

「手許にある情報は僕のものだよ。それに結婚して初めて、君の人柄が優しいかどうか分かろうというものさ……」

あたしはかっとなって、泣きじゃくった……もし、あたしがこうした情報を持っているのなら、こんな男に頼らずに生きていけるだろう。それにもうこんな男とは、きれいさっぱりと手を切りたかった……


あたしがよく晩の時間を過ごした画家のところには、絵を習いにきている人たちが何人かいたが、その中に医学生がおり、裕福な家庭のお坊ちゃんで、文学と絵画に夢中になっていた。この若い人も晩方、この絵の先生のところに頻繁に通ってきていたので、あたしは帰り道をよく送ってもらった。あたしたちは互いに読んでいる本について語り合い、彼はいろいろな本を貸してくれた。それから人道的な問題について議論を交わした。不公平ということが話題になったなら、あたしがどんなにブルジョワをこっぴどく攻撃したかは、十分お分かりになるでしょう……

「隣り合った家で、それぞれ子供が生まれたとしますね。一人はレースの産着を着せられ、もう一人の方はぼろ着でくるまれます。一人は何不自由なく育てられるのに対し、もう一人の子は何一つないときています。実に忌まわしいことです……一人の子供はあくまで一人の子供なのです。どの子供も平等でなければならないはずでしょう。それによくあることですが、貧しい家の子の方が優秀で頭がいいということがあります……金持ちの子がろくでもない人間になる可能性は、千対一の割合ぐらいありますからね……」

この言葉はあたしの中で、アイテルの言葉と入れ替わった。アイテルからすれば、貧乏人というものは愚か者で堕落した人間だった。だから、あたしは一も二もなく、この青年の意見に同調した。その結果、二人ともひどく気持ちが高揚して、人道主義の持つ熱気に煽られて、目も異様なくらい光を帯び、涙が込み上げてきそうになることもたびたびだったが、あまりにしゃべりすぎ、今思っていることを言おうとするあまり、喉がからからになってしまって、気持ちだけが先走って、次に言おうと思っていることがなかなか口を衝いて出てこなかった。だから、このそぞろ歩きにかまけて、この都市《まち》を取り囲んでいる大通りを二周もしてしまい、互いに立ち去り難く、口を閉じることもままならないほどだった。

ある時、あたしたちはアイテルの友人たちとばったり出くわしたことがあった。怪しまれてはまずいので、その同じ日の晩に、アイテルに事実を打ち明けた。

「僕にしてみれば、君が他の男性といっしょのところを目撃されたというのは、むしろうれしいことだよ。僕が言い寄っている若い女性に、僕には情婦がいるなんて、これからはもう、あいつらは告げ口なんかできないだろうからね」

その人はあたしに愛を、ほのめかすこともなかった。

あたしたちはこんなふうにして、一年前から散歩を続けていた。そんな折、彼は父親の代わりにブルッヘ〔ブリュージュ（仏）、フランドル西部の運河で区画された都市〕まで出かけなければならないのだが、いっしょについて来てくれないかと打診してきた。あたしは喜んで承知した。

汽車の中で、あたしたちは際限なくしゃべり続けた。沿線の花盛りのエニシダに、あたしはうっとりとなった。これまで、こうした風景を見たことがなかったのだ。その様子にこの人は、ひどく驚くとともに、すっかり感動していた。

「どの子供も田舎で育てられるべきだなあ。そしてそこを自由にはね回るべきだよ……」

ブルッへの静まり返った佇まいから受けた印象は、アムステルダムの運河地帯をひどく偲ばせるものだった。あたしたちは運河のほとりを散歩したが、どちらも気圧《けお》されたように、一言も口を利かなかった。日ごろ話題とする人道的なテーマは、あたしはきれいさっぱりと忘れていた……

カサマツが水に映って水面《みなも》で揺れていた。コート姿の女性たちは、頭にフードをかぶり、実にゆったりと歩いていた。この全く屈託のない歩き方からすると、明日もいや来年も、この女性たちは同じようにこうして歩き回っているのだろう、と強く思えてならなかった。ちょっとためらいがちに、彼女たちはコートから青白い腕を出すと、陽に焼かれてひびの入った黒や緑のラッカーが塗られた古い扉の前で、鐘を鳴らした。すると修道女のような趣の、別の女性たちがそろりそろりと扉を開けると、青と白の玉石が敷かれた幅広い回廊が目に入り、ロウや薬品のにおい、香のかおり、籠った場所や、締め切ったカーテンの特有の臭いが、鼻を衝いた……

あたりのけだるい雰囲気に呑みこまれるようになって、あたしたちは、ベンチで長い休息を取るような按配になった。目の前の淀んだ水では、白鳥たちがゆったりと進み、後に大きな波紋を残していった。

路地では、家の戸口のところで、若いのにやつれきった様子の、ぼろ着姿で、レースを編む女たちが、格子の上でボビンを手早く交差させており、ピンが動くと、レースに豪華で洗練された模様が描かれていった。彼女たちの姿を見て、あたしたちはまた人道主義的な思いに引き戻された。こんな手の込んだ贅沢品を創りだしている女性たちが、こんなにも惨めな状態に置かれている様を目の当たりにして、あたしたちの憤激は、いやが上にも高まった。そこであたしは、母がこの優雅な手仕事で、どんな具合にして目を傷めたのかを、彼に語った。どんな具合だったか、あたしが幼かった折、夜中にあたしがふと目が覚めると、母はレース編み台に腰掛け、いつでも身を屈めているのだった。しじゅう芯を切って《ムシエ》〔moucherはこの意味と、洟をかむとの両方の意味がある〕やる必要があったので、《洟垂れ小僧》と呼ばれていた小型の石油ランプの明かりに照らされて、指はせわしなくボビンをあちらこちらと動かしているのだった……

その後、あたしたちはマルクト広場に行って、レストランのテラスでコーヒーを飲んだ。男の人たちや若い人たちは、明らかに何の仕事も会得している様子はなく、活気の感じられない街の舗石の間に生えた雑草といった雰囲気を漂わせ、身の置き場もないおびただしい数の浮浪者さながらに、あちこちを彷徨《さまよ》い、十字路の片隅にうずくまるようにして日向ぼっこをしていたが、あたしたちのところにやって来ては、砂糖をせびるのだった。あたしはその人たちに、砂糖といっしょに十サンチームを添えて渡してやった。何人かは別の連中に、そのことを知らせにいった。やがて沢山の人が押しかけてきて、二スー〔一スーは五サンチーム、二十スーが一フラン〕を受け取ると、満面の笑みを浮かべた。あたしの眼には涙が浮かんできた。

「ねえ、マドモワゼル、ちょっとひどすぎますね。こんな状態の人たちがいるような社会は、おぞましすぎますよ。いつの日か、転覆しますよ……」

二人して、ベルフォール〔十三世紀に建てられた高さ八十八メートルの鐘楼〕によじ登った。てっぺんでは、靴直しが靴の修理を行っていた。窓のようなところからやや離れて、景色を眺めたものの、膝ががたがたしてぶつかり合い、くらくらめまいがした。あたしのつれは、階段を下りる際に、あたしの腕を取らなければならなくなった。ようやく広場に出たが、二人は階段のところで、名残惜しげにいつまでも佇んでいた。ブルッへの都市全体から漂ってくるかつての時代、その頃の人生を生きているような錯覚に陥って、うっとりとしていた。あたしは何にも増してこの感覚に酔い痴れてしまっていた。

彼はあたしのことを「マドモワゼル」と呼び、あたしは彼のことを「ムッシュー」と呼び、部屋は別々にとった。

翌日、あたしたちは二輪馬車でダム〔ブルッへのすぐ北にある小さな町〕に向かった。運河沿いを走る間に、彼はユーレンスピエジェル〔ドイツのティル・オイレンシュピーゲルを元に、ベルギーで作られた小説。十六世紀フランドル、ゼーラントがスペインの圧政に苦しめられていた時に、スペインに抵抗して正義と自由を希求する主人公が大活躍するが、その行動は喜劇的要素がつきまとっている〕、ネール〔主人公を熱愛する美女〕、それにシャルル・ド・コステル〔一八六七年にその作品を著したベルギーのフランス語作家（一八二七―七九）〕の話をしてくれた。あたしは彫刻家のところで、その人柄を教えてもらって、自分の頭で考えて、ネールのポーズをとったことがあった。大部の本を読み終え、ネールの人となりと、彼との何ともすばらしい恋がようやく理解できる時まで、あたしの気持ちはすっきりしなかった。彼はこう説明してくれた。

「ユーレンスピエジェルはネールを愛してはいましたが、何よりもフランドル、いわばその地の理念を愛していたんです。ですから彼はその愛を犠牲にしたのでした。フランドルを救ってくれるはずの《七人》を探しに出かけました……男が理想のために闘おうと志すとなると、女などにかまけていてはならない、これは僕の父の信条です。男は妻を娶《めと》っても、大義のために死ぬのだ」

「でも自分の夫にしますからと強く訴えて、吊るし首になるはずのユーレンスピエジェルを救うのはネールだわ……あなたのお父様だって、結婚なさったじゃないの……」

「そのとおり！　四十歳の時でした」

「それでは、四十歳になると、大義を棄てられるのかしら？」

こう答えると、彼はむっとした。彼にとっての父親は、神託のごときものだった。

「父は若い時は美男子でしたが、貧しかったのです。女性は誰一人、父に心を動かされなかったのです。父が身代を築くと、選り取り見どりでした。女たちの方から押しかけてくる有様でした」

両親が彼に説いていること、言っていることに触れるべきではない、この件に関しては、彼はひどくピリピリしていると、あたしには感じられた。あたしの方は、親というものに対して反感を抱いていたから、自分が思っていることをストレートに言ってしまったならば、彼の気持ちを傷つけてしまいかねなかった。

二人は同い年だったが、あたしの方がずっと年上のように思えた。世の荒波に、あたしは揉まれてきたからだ。彼は理論という点では、頭でっかちだった。子供は全員引き取って、立派に育ててやりさえすればよい、そうすれば、どの子もエリートになるだろう、と自説を述べた……あたしには、あまりピンとは来なかった。表向き彼に同調はしたが、本音は、そんなことはあり得ないと思っていた……

二人で馬車から下りて、野の花を摘んだ。どちらも一抱えほどの花を馬車に持ち帰った。そうこうしているうちにダムに着いた。馬車は元の市役所前に着いた。そこは替え馬のいる宿駅になっていた。何軒かのあばら家しかもう残っていない、死んで見捨てられていたようになっていた、この小さな古い町をまずは、見て回ることにした。そこの住民たちは脅えたように、ちいさなカーテン越しに、あたしたちの様子を窺っていた。あたしはモデルをした際にかぶったのと同じような、フランドル固有のボンネットが欲しかった。だが町には全然店が見当たらなかった。帽子を造っている女性の家を教えてもらった。赤い小さな花模様のついた黄色いインド更紗のボンネットがあったので、すぐにかぶってみた。体の一部のように実によくフィットした。造った老女は有頂天になって言った。

「本当に、この町のご婦人の誰一人、あなたのように、真ん中に分け目があって、ウェーヴがかかっていて、三つ編みのお下げ髪が項《うなじ》のあたりでうまく跳ねるようになっている髪型の人はいないんですからねえ。でも、これはここの農家の女性のかぶる帽子なんですよ」

あたしたちは墓地に行ってみた。墓掘りの老人が墓穴を掘っていた。

「でもぞっとしますね。町のこんなあばら家に老人たちしかいないというのは……若い人たちはどこにいるんでしょう？　老人たちを見捨てて、どこに行ってしまったのでしょう？」

市役所のビュッフェにも、また老女がいた。

あたしたちはがたがた揺れる階段を上って、鐘楼のてっぺんに行ってみた。するとまた老人がいて、六十年前から鐘を鳴らしていると言って、鐘をごしごし磨いていた。

「ねえ、帰りませんか。これは多分、ここの連中に降りかかった運命なんですよ……」

するとあたしのすぐ横で、大音響で大鐘が十一時の時を告げはじめた。ユーレンスピエジェルの呪いに取り憑かれるのではないかと思い、すっかり動顛してしまって、あたしは全速力で階段を転げ落ちるようにして駆け下りた。相棒の彼もあたし同様、不安に駆られて、あたしの後を追ったが、それでもあたしの脅えようを笑っていた。

老女はカウンターで、紫色の毛糸で靴下を編みながら、探るようにあたしたちの様子を窺っていた。

「お願いですから、もう行きましょうよ。若い人の顔に出会えるものなら、何だってあげちゃうわ……」

馬車に乗り込むと、やっと気持ちが落ち着いた。また草地に降りて花を摘むと、馬車を花でいっぱいにした。それから身を震わせながら、互いの青い眼の中を覗き込むようにして見つめ合うと、どちらも青春の盛りにいることに気づいて喜びがはじけ、あたしたちはひしと抱き合った。狂ったようにキスを交わし合い、官能の喜びの絶頂に到達したような心持ちになった……馬車の中で、前に御者がいるのも、憚りはしなかったのだから……

二人ともすっかり腑抜けたようになって、ブルッヘに帰り着いた……ああ！　昼食のおいしかったこと！

……

午後、あたしたちはまた、町をふらふらと歩いたが、もう何も目には留まらなかった。《愛の湖》も《風車》

〔いずれもこの地の名所〕も、見たのか見ないのかも定かではなかった。もう今存在しているのは、あたしたち二人だけだった。

夜になると、あたしはこっそりと連絡用のドアの小さな差し錠をはずしておいた。彼の方は、ハンカチを使うからということを口実に、ドアを開け放したままにして、再び閉めることはなかった。

あたしたちは窓を開けて、そこに腰を下ろしていた。春のあらゆる香りが漂い、花が咲いた大木が何本もある庭は、闇の中に広がっていた。二匹の猫が狂ったようにニャーニャーと鳴き交わしていた。

「あらあら、恋の仕方としては、いただけないわ！」とあたしは言った。「お腹を割かれているみたいじゃないの……」

彼は横で物思いに耽っており、何も言わなかった。

「いいですか。あなたにお話ししておかなければならないことがあります。僕たちはのっぴきならないところまで来てしまったのです。僕が夢みていたのは、友情でした。一人の美しくて頭のよい女性が、僕のことを理解してくれたうえに、思想に共感して、僕のことを愛してくれて、社会の不正に対して僕が挑もうという闘いの際に、手を差し伸べてくれることでした。実際あなたは苦しんでいましたから、僕という人間を最も理解することができたのでした。ところが何という体たらくでしょうか……あなたは僕の行動の阻害物になるでしょうし、足かせになりますよ。だって女にかかずらう男なんて、中風病みみたいなものなのですから。父は口癖のように言っています。危険な罠とは、女なんだ……女ってやつは、どいつもこいつもしみったれていて、気位ばかり高いときているって」

「そうはいっても、あたしたちが散歩をいっしょにするようになって一年になりますが、あたしがどういう女かをあなたは判断なさったのでしょう……」

「おっしゃるとおりですが、僕があなたという方が、人間に対する思いやりがおありになるということが分からなかったとしても、あなたといろいろな意見を交換できなかったとしましても、あなたの方はもっとずっとあでやかになられたことでしょうし、僕と長くお付き合いいただく必要もなかったでしょうに……でも僕は絶対にあなたと結婚はしませんよ。自分の人生で、足かせになるようなものはいりませんからね。自分の信念を守るためでしたら、地球の裏側にだって行かなければならなくなった日には、僕は一瞬たりとも躊躇しませんよ。僕はすぐに出かけますからね」

「ごいっしょに連れていって下さることだってできますわ」

「お分かりでしょう、僕の足手まといになるんですよ、邪魔になりますし、前進を妨げることになるのです！」

「そんなことがあるものですか。ネールはゴイセン〔一五六六年にスペインの支配に反抗した新教徒のネーデルラント貴族たち〕の船に、ファイフ〔小さなフルート〕として乗り込んだのですからね。その時から彼女はユーレンスピエジェルと行動をともにし、闘ったのじゃありませんか……」

「ところがですよ！　ネールみたいな女性は、今の世の中にはもう存在しないんです」

「てっきり、あなたはあたしのことを、愛していらっしゃると思っていましたわ……」

「またそんなことを！　お分かりいただけないのですか……愛とはですよ、思想なのです。犠牲っていうのは、女性にはあり得ないのです。女性はすぐに本能に引きずられてしまうものなのです。お腹が減ったわ、食べなければ。眠くなってきたわ、眠らないといけないわって調子なのです」

「あたしは理解したいですし、理解もしているんです」とあたしは語気を強めた。「あたしにその気がないのに、そうしたことをすべて分かろうなんてしませんわ、はっきりしているじゃありませんか」

「一八四八年〔フランスで二月革命がおこり、ヨーロッパの大部分に、自由主義・民族主義的改革、革命が生じた〕当時、父はまだ若く、その時、人類の大義のために、わが身を捧げようとしたのです……同志は四人でした、身辺から女を一切遠ざけたのです。実際、大事を実現できたはずでしたが、一人、また一人と結婚し、そんなふうにして、全員が戦線を離脱したのでした」

「あら、そうなの、手遅れにならないうちに、そうした事態をお避けになったら。さあ、お部屋にお帰りなさいよ……」

彼はえっと驚いたように、勝手が違ったというように、あたしを見つめたが、自分の部屋にすごすごと退き下がった。

あたしはベッドに横になると、声を押し殺してすすり泣いた。〈あたしがこんなに幸薄いというのは、いったいあたしのどこがいけないの？　子供のころから、その思いは頭を離れないわ。ことがうまく運ぶってことは、絶対にないのね。あたしの場合、すべてが台無しになるのよ、なぜ？　どうして？……〉

彼はあたしの泣き声を聞いていた。そしてやって来た。

「ねえ、だから分かってくれったら。僕は君を愛してはいるんだ、でも僕はこの何ともすばらしい友情を下卑たものにしたくはないのですよ……それでも、美しい、頭のよい妻を持つというのは、確かに理想ではあるだろうなあ……でも僕は、決めた一線は踏み越えはしませんよ。僕はこれまで一度も女を知らないできたんですから。僕は女たちのために生まれてきたわけではないと、心底思っているんです……」

「それなら、どうしてあたしに近づいたんです？　あなたを求めたのは、あたしの方ではないわ」

「あなたといっしょにいることで危険を冒しているなんてことが、分からなかったからなんですよ。だって、女性は危険な罠ですからね」

あたしは彼のことを抱きしめた。あなたの進む道を邪魔はしない、と約束した。ところが、そうであっても、何かが壊れてしまった……

それは心に受けた、手痛い傷のせいだったのか、相手の未熟さのなせる業だったのか？　だから、あたしの夢みていた愛の夜とはならなかった……あたしの愛の初夜と思っていたのに！……

あたしは彼のことを、気も狂わんばかりに愛していたのだった。熱の籠った美しい声音、屈託のない笑い、話す時の、長い手の動き、一言でいえば天真爛漫ともいうべき世間知らずなうぶな態度、頼りないようなすらりとした体軀、それなのに、警戒心と恐れのあまり、彼はあたしを侮辱したのだ……

今ようやく、あたしはこれまでのことを考えてみた。すると彼が完全に踏まえているはずのあたしの立ち位置について、彼がまだ何も言っていないことに、あたしは愕然とした。

翌日、あたしたちは施療院やいくつかの教会を廻って、芸術作品を見たが、あたしは絵画や彫刻にも、心動かされることはなかった。ミケランジェロ作の《聖母子像》〔十三世紀に建造された聖母教会にある〕やメムリンクの《涙にくれる女たち》〔彼は十五世紀に活躍したフランドルの画家、調和と秩序のとれた画面構成による人物画・肖像画を多数制作。この作品は聖ヨハネ施療院の一部を利用した、その美術館にある〕も心に響くものがなかった。他の沢山の心配事が心に浮かんできて、全く上の空だった。

一方、彼の様子はと見ると、芸術に没頭することで、また完全に元気を取り戻したふうで、前夜のキリキリと心が痛むようなやり取りのことは、けろりと忘れているようだった……それを見て、あたしは少しほっとした。それが、学課の復習をしている少年のような、自己表現といった態度なのだった。こうした一連の態度は、何ごとにも慎重にしろという処世術の結果、習い性となっただけではないのかと、漠然と考えてみた……ところが彼は、四世紀前の感覚を表現しているこうした絵画の前で、感動して身を震わしている有様だった……

「でも、あなたは何も見てはいませんね……」

あなたですって！

「このあたりのものは、あなたには、全然関心がないのですか？」

ふん、何があなたさ！

「ええ、こんなものはあたしには、どうでもいいんです」

旅の帰路、客車の中で、彼は自分が言ったことをあたしに忘れさせようとしたが、到底忘れられるものではなかった。だからあたしはすっかり落ち込んで、帰宅した……アイテルは、あたしが家を空けていたことには気づいていなかった。


あたしはドストエフスキーという作家を知らなかった。アンドレがあたしに『罪と罰』を貸してくれた。あたしは世間の荒波や人間たちの卑劣さというもので、ひどく苦しみ、激しく闘い、徹底的に身を守らなければならなかったので、この書物は社会の不当な仕打ちを、まさに如実に描いてくれたものとしてあたしは受け取った。すべてがあたしには納得がいった。カチエリーナ・イワーノヴナが食うや食わずのため死にそうになり、狂乱状態になって、子供たちといっしょになって通りで踊った時、笑い物になったこの場面〔『罪と罰』第五部第五章、カチエリーナはマルメラードフの後妻、ソーニャの継母〕の、何とも痛ましいグロテスクさは、他のどの一節にも増して、身につまされて、あたしを涙させ、恥辱のあまり胸が押しつぶされる思いだった……そのとおり、赤貧の代償は、おつりがたっぷりくるくらい、さんざん笑い物にされるということなのだ。あたしは踵の擦り減った靴や、黴びたような帽子のせいで、幾度となく嬲《なぶ》り者にされいじめを受けたのだった……それに、女王が自分の受けた教育や貴婦人特有の勿体ぶった物腰をひけらかすようにして、紛うことなき女王の装いともいうべき、ブロンドの絹のような艶のあるカールした豊かな髪を背中に垂らしたスタイルを誇示することで、あたしは自分自身を物笑いの種にするということはしなかった。貧しいくせして、自分のお宝を見せつけるっていうのは、何なのさ、と言われかねないからだ！……

ソーニャに関しては、彼女はあたしと瓜二つだと思った。男たちを相手にした時の、彼女のおずおずとした態度。あたしはかつてそうだった――今なお、そうなのだが、何とかそれを押し隠している――だから、彼女の身ごなしはあたしの身ごなしでもあったのだ。あたしたちはどちらも、意識的にわが身を犠牲にしたのだった。二人とも、どんな泥沼に沈淪していたのかが分かっていたし、見抜いてもいたのだが、だからといって、誰もそこに救いの手を差し伸べてはくれなかっただろうからだ……あたしたちにとっては、お生憎さまといったところで、仕方のないことだったのだ。ところが、ドストエフスキーは言っている、それは全くの徒労なのだと……全くの徒労ですって？　あたしには分からない。男たちは大貴族にはならなかったが、そのかわり飢え死にすることもなかったのだ！……

ソーニャはちゃんとした教育を受けていた。あたしの方はそうではなかった。ところが、行動の仕方は似たようなものだった……おかしなことだ……どうして、そうなったのか？

あたしはだいぶ前からかなりの本を読んでいたし、画家たちやアンドレといろいろと話し合ったりもし、特にじっくりと考えもし、いろいろ思いめぐらしてもみた。この書物は全くすごい内容だと思うと同時に、感銘も大きかった。あたしの事例はそうなると、わりとよくあるケースなのだから、この作家のような大作家は、そこから着想を得ているのだった……これまでずっと、あたしの事例は例外的であり、物の数にも入らないような、取るに足りない存在なのだから、こんな恥ずかしい憂き目を見るのだし、あたしがそうした星の下に生まれてきた以上、ただただそれを受け容れるしかない、そう思ってきたのだった。ところが、音楽も奏で、フランス語も話すこの高貴な貴婦人や令嬢が、あたしや家族の者たちがずっと久しい以前から耐え忍んできた境遇を、味わわなければならなかったとは……

あたしはもう全くわけが分からなくなった。思うに、もしあたしに教育があったのなら、誰もあたしをこんなふうに扱いはしなかっただろう……ということは、まだそこまで行っていなかったのか？　教育があっても、まともに生活費を稼げるというわけでもないのだ。それにもし教育があってもお金がないとなると、やはり人並みに扱ってはくれない……

ああ！　でも、ちょっと待って！　もしまだアイテルがいないとした場合！……それにアンドレだって、あたしがお金を持っていれば、こんな分裂した生活に同意するのだろうか？……ところが彼の方にはお金があった……そうなると！　そうしたことはすべて、どういうことなの？……あたしだったら、誰とも彼を共有したりはしないわ。

あたしはこうしてすべてが見通せるようになり、自分を苦しめていることが分かって、苛立ってきた。自分の精神状態が異常だと思った。だって、あたしのまわりでは、男も女ものすごくあやふやな状況の中で、暢気そうに楽しそうに生活しているのを見てきたからだ……

あたしはその点について、はっきりとさせておきたかったし、生身の別の女性が、どう考えているのかを知りたくなった。そこであたしは『罪と罰』を携えて、モデルをしに行く未婚のお嬢さんとも言うべき女性のお宅を訪ねてみた。彼女はあたしのことを大好きよと、言ってくれていた。その人は三十歳で、良家のブルジョワ階級の人だった。ずっと年齢の離れた弟たちや妹たちがいて、愛情をこめて下の子供たちのことをあたしに語ってくれた。あたしはソーニャの売春に関わる場面を何節かを朗読してあげた。

「マドモワゼル、あなたでしたら、どうなさいましたか？」

「ああ！　あたしでしたら、そんなところまで身を落としたりはしないわ」

「でもどうなさいます？　そうはいっても、下の弟さんたちや妹さんたちを、みすみす飢え死にさせることはなさらないでしょう……」

「あたしだったら、働きましたわ」

「でも、十分なお金になるお仕事を知っていらっしゃらないとしましたら？　お気の毒ですが、小娘の仕事の賃金など、たかが知れていますわ。七、八人もの家族など、とても養えるものではありませんよ……」

「それでしたら、何よりも自分の名誉を重んじますわ！」

「もしどんな形であれ、何か打つ手があるということでしたらねえ、それでもやはり、下の方たちを飢え死にさせるわけにはいきませんよね」

「身持ちのよい女性には、そんなやり方なんて存在しません。神様が弟や妹をお授け下さったのは、守ってやれということからではありませんよ」

「ああ！　そうではありません。マドモワゼル、あなたが乗り出さなければ、下の小さい方たちが飢え死にしてしまうということがお分かりいただけたとしたら、どんな手であっても、皆さんを救うために、それを使わなければなりませんわ」

「絶対にそんなこと、するものですか！　あたくしの操はあくまでも守りとおしますわ。ですから、誰のためであっても、それを犠牲にするなんてことはあり得ません」

「自分たちの魂は売り渡さないぞ、と言っている人たちの意見と変わりませんね……」

「当たり前のことですよ」

「よろしいでしょうか、それは違います。あたしだって、魂の存在は信じていますわ。魂も肉体と同じように死にますよ」

彼女は肩をすくめてみせた。

「あなたの考えは理解できないわ、ケーチェ。あなたは不健全な本は読むべきではないわ。口にするも憚られるような問題を提起しているじゃないの」

「本が問題を提起したわけではありません。あたしの方で提起しているのです」

「あなたはわけの分からないことを言っているわ……」

二人とも不機嫌になって、どちらも黙りこくってしまった。

この会話の際、あたしは頭に血が逆上《のぼ》りすぎていたかもしれなかったが、ソーニャもあたしも、正しい行動をしたのだという思いを強固にした。それでも、永遠に消せない烙印を押されたのだという思いもあって、それはずっとあたしに付いてまわるし、人生をどう観《み》、どう評価するのかと決算を迫られる際には、この穢れのとばっちりといったものを受けることも分かっていた。それに実際受けたはずだとも、思い至った……目が開けた今となっては、あたしは人間というものを愛したらいいのか憎んだらいいのか、心がひどく引き裂かれていた。

あたしはこの未婚婦人のところに出かけていって、モデルをしたいとまではもう思わなくなったので、彼女と出会いそうな時には、道を変えた。「神様が弟や妹をお授け下さったのは、、守ってやれということからではありませんよ……」ですって、何て無情な言い草なの！

ドストエフスキーの本なら、何でも貪るように読んではみたし、どの本も好きなのではあるが、そのうちのどの本も、『罪と罰』ほどの感銘は与えてくれなかった……ソーニャは、シベリアまでラスコリーニコフに付いていった後、あたしみたいに自分を責めたのかどうかを、あたしはどんなにか知りたかったことだろう。ソーニャが自分は間違ったことはしていないとの確信があったとしても、額のこの烙印をやはり意識していたかどうかを。その烙印は彼女をはっきりと示すことになるのだ。たとえ心の中でしか思っていないにしても、自分を異分子扱いし、どこにいても誰といても、気詰まりにさせていたことは否めないのだ。

アンドレと対話を重ねるうちに、あたしはようやく分かりかけてきた。時代は変わってしまっていたから、自分の内面を深く分析するようになり、ずっと自分のことにかまけるようになったのだ。だからおそらくはそのために、あたしはソーニャと同じような諦めの気持ちをもって、自分が苦界のようなところに身を落としたことを受け容れることはできないと分かってきた。それでもはっきりしていることは、やむを得なければ、また同じことをしていただろうということだし、他の代替措置なぞ、全くなかったということだった。だが、心の中は煮えくりかえっており、いろいろなことがまた頭に浮かんでは、くよくよと考え込んでしまうのだった……

ソーニャは、貴婦人のかぶるような高級な布地を真似て、ハンカチで頭を包んで、顔を壁の方に向けていたが、肩は小刻みに震えていた。彼女の継母〔カチェリーナ・イワーノヴナ〕は、ソーニャの前に跪いていた。それから二人して抱き合ったまま眠りについた〔ソーニャが継母に金を渡した後の光景、『罪と罰』第一部第二章〕……そこには気品というものがあるのだ……

あたしの家では、下の子供たちが、あたしが持ち帰った食べ物を、餓鬼のようにして食べ漁るのだった。だから明かりが消されると、声が洩れないように毛布を頭からかぶって、いつ壊れてもおかしくない寝床がわりのソファーで、忍び泣きをした。朝方まで、そうしていたが、泥酔した父親のいびきで、時折はっと我に返るのだった……

ソーニャは父親を赦した。あたしはというと……父は病院で今わの際《きわ》に、ナーチェを寄こして、あたしに、あたしたった一人に、あたしに会って頼みたいことがあると言ってきた……苦しい虫の息の中で、父は看護に当たってくれている修道女に向かって、ほとんど間断なく、娘のケーチェはまだ来ないかどうかと尋ねていたのだった……あたしは腰を上げようとはしなかった。

避け難い運命を甘受して、愚痴っぽいことも言わずに、ソーニャはただ行動してみせたのだ、何と健気なことか！　何と彼女は美しく、何と崇高なことか！……あたしの方は楯突き、地団太を踏む。母の顔を見るたびに、あたしはすべて大混乱させてやる。その結果、まだ色香も残っている小柄なこの女性を泣かせ、身悶えさせてやることになる。それでも、生活が火の車なのに、あたし同様、どうしようもないと諦めきっていることも、こちらは承知している……だから、そうしたことが分かっているからこそ、母を愛するどころか、母があたし以上に、下の子供たちを飢え死にするのにまかせる権利が、まるであるかのように振舞っているからこそ、母を憎むのだ……

母はあたしが子供たちを大好きなことをよく分かっていた。だから母にしてみれば、あたし以上に、誰を当てにすることができたというのか？　そうした後で、母があたしを前にも増して愛したように、あたしももっと母を愛するだろうと、母は信じて疑わなかった。だからこそ、あたしの方は二人の間の、修復不可能なこの破れ目を、もっと大きくしていった……そのたびに、あたしは母のおぞましい醜悪さを暴き立てるように仕向けたから、挙句の果ては、母は何から何まで否定してみせるところまで行った。母を苦しめていることが分かっていたし、それが不当で、何ともひどいということも分かってはいたのだが……

こうした諍いの後、あたしはドアをすごい勢いでバタンと閉めて、階段のところまで行ってしまうと、引き返して、母を優しく抱きしめ、こう言ってやりたかったのだ。いつだって、あたしを頼りにしていいからね、あたし独りで、お母さんのために、あの仕事だってまたやるよ、跪いてごめんなさいって、言うわ……跪いて、お母さん、膝をむき出したまま、謝るわ。だって跪くという姿勢は、ひどく足が痛くなるでしょう……でもそんなに大仰な真似をする必要はないわ。眼差しだけで十分なのよ。そうすれば、母はあたしがかつていつでも彼女の秘蔵っ子であったように、優しく受け止めてくれるだろう……

通りに出ると、窓の方に顔を上げてみる。その後ろで母はひどく涙に暮れていることも分かっている。あたしはまだ意地悪い目で、窓のあたりを見つめている。何とあたしはねじけた性格の女なのだろう……ソーニャとあたしの間には、雲泥の差がある……

だが、あたしはいったいどうしたことか？　髪はぼさぼさに垂れ、咽喉の痛みに苛《さいな》まれ、目の下にはたるみができて、毎月すさまじい生理痛にも苦しんでいた。あたしは苛立ち、底知れぬ悲しみに打ち沈んでいた。いつもめそめそとし、不安にも付きまとわれていた……それからは精神的な苦しみがやって来た。あたしを愛しているアンドレは、どうやってこの二重生活を受け入れてくれたのか？　あたしは限界にきていたから、彼に打ち明けることを決心した。でも、どちらもが避けてきたこの問題に、どうやって取り組むのか？

その夜、彼がやって来た時、あたしはひどく打ちのめされていた。

「部屋にいると君の様子は暗いねえ、ケーチエ。すっかり生気を失っているよ。精気もないなあ……」

「体調が悪いのよ。自分でも、どうしたのか分からないのよ……画家たちのところに行くと、みんなこう言うのよ。『ひどく顔色が悪いよ。医者に診てもらった方がいいよ……』。あなたが解剖の際に受けた傷って、どういうものなの？」

「担当部署の主任にかつて尋ねたところ、嘲笑うようにして、『そうだな、君なら梅毒でくたばるのが落ちさ』と言いやがったのさ。でも、奴は僕の思想の件で、僕を苦々しく思っていたのだから。僕が病人たちに、自分の研修医としての給料を分けてやったことがきっかけなのさ。僕の方はその意地の悪い言葉を真に受けてしまったのさ。それから時間が経って、君と知り合うようになった時、僕はM……のところに出かけていって、診察してもらったんだ……そんな傷は気に懸けるほどのことはないと、彼は請け合ってくれたんだ。女性に対しても何の危険もないのかと問い質してみた。彼はきっぱりと『全くない』と断言してくれた」

「それじゃあ、その点は安心だわ……」

そう言うと、あたしはテーブルに突っ伏して、すすり泣いた。

「アンドレ、あたしもうこんな生き方はできないわ。もう二重生活なんて耐えられない。醜悪だわ！　最悪よ！　こんな立場で、どうしてあなたはいいの？　あたしの生活をあなたに打ち明けたからなの？　あなたには、すべてをぶちまけてしまわなければ、と思ったのよ」

「ああ！　ケーチェ！　僕から見れば、君は純粋だよ。どうして僕が社会の諸々の罪の責任を、君におっかぶせることができるんだい？　君はその犠牲者の一人じゃないか……」

「社会の犠牲者ですって……今は、あたしは男どもの犠牲者なのよ……それにあなたは、社会と闘おうというからには、あたし自身の二重生活の責任をあたしに押しつけはしないってことね」

「僕が主張している大義というものが僕を必要とする日、僕は自由の身でなければならないのさ」

「もしあなたがあたしの立場も考慮してくれて、あたしのことを愛してくれるというなら、こんな苦しい憂き目に遭わせて、平然となんかしてはいられないわよ」

「君と出会わなきゃよかったんだよ。僕は女性を獲得するために生まれてきたのではないのさ。僕に必要なのは、いっしょに歩む同志なんだよ。友愛と女性が男に与えてくれるものと、どちらを選《と》るかとなれば、僕は一瞬たりとも躊躇はしないよ」

「おまけに、L……の友愛を得るためには、あたしを譲り渡したって構わないんでしょう？」

「L……は、ほとんど同志といってもいいくらいさ。でもいっしょに闘う正真正銘の同志となれば、僕たちの生活においても、いちばんの地位を占める必要があるよ」

「そうなると、あたしの出る幕はないわね。あなたはあたしの初めての宝というべき人なのに……多分、昔のことになるけれど、下の子たちだけに気が向いていたのだったら……」

「君を知ってから、僕が努めて闘っていることは、女に溺れるという低次元の感情に引きずられないようにしているってことさ。君はそうしたことを察していないというより……理解することができないんだよ。女というものは、身をまかせさえすれば、人生の他の義務なんかすべてすっぽかしても構わないと思っているのさ。

大義とか、思想のために生きてほしいなんて、女は思ってはいないのさ……僕の父は……」

「あなたのお父さんは結婚して、子供まで作ったじゃないの。それに生きていくのに、必要以上のお金まで稼いだわ」

「親父は分かっていたんだ、金がなければ、誰でもブルジョワの奴隷になっちまうってね。人類のために一身を捧げることもできずに、生活費を稼がなければならなかったのだから、僕にお金の苦労をさせずに、独立独歩で完全に自由な立場で行動できるようにと備えをしておいてくれたんだよ」

「それはとても結構な話ね……ところがお父様は、あなたが下男たちに話しかけるのは嫌がったのね。そういうことだと、プロレタリアを愛するとかいっても、少し距離がありすぎやしない……」

「われわれは彼らが手を貸してくれなくとも、彼らを解放してやらなければならないんだよ。彼らは自覚していないのさ、自分たちは賃金労働者で、雇用主たちのいいようにやられているってことをね」

「自覚してないですって！　あたしだって、おそらくそうなんでしょう？……アンドレ、それだけじゃ済まないわよ……もうこんな生活には耐えられないわ。もしあなたが自分の世界に、あたしのためにちょっとした場所も空けておくことができないというのなら、あたしたち別れたらいいのよ……あたしが何か悪だくみを考えているなんて思わないでちょうだい。あなたがあたしのことを愛しているって分かっているからこそ、あなたを非難しようとしているなんてことも、思わないでちょうだい。そうじゃなくて、もう限界だわ。前より惨めな立場にいるって感じよ……おそらく、泥沼みたいなところから、あたしは這い上がれないような定めになっているんだわ。あなただって、理屈だけを振りかざして、あたしをそのまま、ほったらかしておこうっていうのよ……結局、あなたたちのせいで、頭がおかしくなりそうだわ。一人は持参金目当てで結婚、もう一人は人類のためという屁理屈をこねて、あたしを棄てるってわけよ。まだあの人でなしならまだしも、あなたまでもが……いいえ、それだけじゃないわ！……それだけじゃ済まないわよ！……人間の苦しみって、一人一人違うのよ。それなのに、大多数の人のために働くとか言いながら、自分のまわりに苦しみを惹き起こすなんて、冷酷無比な人間か、偽善者よ……あなたは冷酷な人間でも偽善者でもないんでしょう、ものの観方が偏っているわよ……ああ、何てこと、アンドレ、お願いだから、足下を見つめてちょうだい。いつも頭でっかちになっているのよ、そうじゃないとしたら、あなたがさんざんこき下ろしているこの社会で、のうのうと暮らしているだけの話よ……あなたの方が社会の偏見から解放されていないのよ。そこに一切の問題があるのよ」

「そうかもしれないが……親父の言うことは正しいよ。女には犠牲は無理だ、自分のことしか考えんからなって」

「あなたがあたしに押しつけている犠牲は、ひどいじゃない……それに、あなたはあたしたちが初めて結ばれた夜にも、しつこく言っていたわ……」

あたしは涙を拭った。

「もうそのくらいにしておいてちょうだい。あたしがずっと置かれてきた醜悪な環境に、あたしはそれでも思いきり足を踏み入れて、そこを歩かなければならなかったのに、いつでも泥濘《ぬかるみ》みたいなところに足をとられたというのに、夢みたいなことだけ考えて、のんべんだらりとこれまで生きてきたことなど、これっぽちもないんですからね……もしあたしがこんないかがわしい生活を続けるとしたら、前よりも目も当てられなくなるわ……こんな事態の中で、何といっても悲惨極まりないことは」とあたしは、またすすり泣きながら、切れぎれに言った。「あたしの純愛が踏みにじられてしまうってことよ。どうあっても、あたしが何とか過ごしてきた地獄のようなこの二年間の生活は、これからだって絶対にあたしの記憶から消え去ることはないのに」

あたしは両手で頭を抱えながら、部屋の中をずしずしと動きまわった。

「いいかい、ケーチェ、僕はこの世の中には年老いた両親と君しかいないんだ。僕は心の底から君を愛しているんだが、現在の社会の状態では、やらなければならないことが山ほどありすぎて、自分のことにだけかまけていいということにはならないんだよ。君は僕に偽りのない、文句のつけようのない幸福感を与えてくれているさ。君といっしょにいると、何もかも忘れて、ただ君を見つめていたい、君の話すことを聴いていたいという気持ちになるんだ……僕はそのことにずるずると流されて、苦しんでいる人たちのことを顧みないでいいのだろうか？　だって幸福の吸引力はものすごいもので、人間をエゴイストにしてしまうものなんだぜ……」

あたしはもう何と言っていいのか、分からなかった。相手の言っていることは正しいし、間違ってもいるのだ。このジレンマをどうしたらいいというの？……ああ！　何てこと！　あたしたちにはわずかであっても幸福の取り分を持ち、愛し合う権利があって当然じゃないの、二人の間にもやもやしたものを置かずに……特にあたしだって、さまざまな権利を侵害されている人たちを忘れていいはずがなかった……バリケードが築かれた時には、あたしはこの人よりも先に、間違いなくよじ登ってみせるわ……大義のために命を棄てるのは、何とすばらしいことにちがいない。最高の大義とは人間の立場に身を置くことだわ。そのために二人が一心同体でいてもいいじゃないの……

この人は、あたしの興奮した頭の中でどういうドラマが繰り広げられているのかを、読めたのだろうか？彼はあたしをきつく腕の中に抱きしめた。

「ケーチェ、僕の妻！　ずっと僕のことを見守っておくれ……」

あたしはこの当時、刊行されていたゾラの作品はすべて読んでいた。あたしは感銘を受けることはなかった。いかにももっともらしく見映えだけをよくし、上っ面だけ観察した現実を切り貼りした、胡散臭い、皮相な捉え方の絵を眺めているような印象が残った。民衆を描く時には、彼はちょっと自分の直観に頼り過ぎたきらいがあるのでは、とあたしには思えた……直観に頼っていたのでは、目の前を当てもなく歩いているいやな臭いを放っている人間の魂の実態を、じっくり観察するところまでは絶対に行きはしないだろう……

あたしが無知だからなのだろうかとも思ってみた。でもあたしが世間知らずだったろうか？……自信をもって言えるが、あたしはゾラとは別の観方で、そのあたりのことは十分心得ているはずだ……それにも増して、あたしは自分の出身階級以外の階級の人たちのことは絶対に理解できなかったろうし、心の内を読み取ることもできなかっただろう、との思いは強かった。たとえ、今後、あたしが出た階級の人たちとあたしとの接触が、全面的に途絶えることになったとしても、あたしには骨の髄まで彼らの魂が染み込んでいるのだから、他の階級の人たちの魂に同化するということには絶対にならないだろう。それなのにゾラは……いとも簡単に、あたしたちのことを知っているのだという自惚れは、どこから来ているのだろうか？ あたしたちは他の階級の人たちのことを知ろうとは思わない。だから、そういう人たちを前にすると、気詰まりがする。彼らがわれわれのことをどう観ているのかは、全く見当がつかない。あたしたちとしては、見知らぬ人を前にするように、最初から腰が引けているのだ。

アンドレは、ユイスマンス〔一八四八―一九〇七。フランドル系のフランス語作家。ゾラの影響で自然主義的作品を書いた。後年はカトリックに帰依し、『大伽藍』などの三部作を記した〕の『さかしま』〔自然主義と絶縁した一八八四年の作品。主人公は卑俗な日常生活と絶縁し、《人口楽園》で昼夜を逆転した耽美的な生活を送るというもの〕の方が好みだった。それはあたしの理解の度を超えていた。人生が地上の富をも操り、ひどく常軌を逸した不正行為に、こうした富を乱費させることまでは知らなかった。あたしはこういった輩には、何の憐れみも覚えなかった。あたしからすれば、デ・ゼッサントは許し難い変人といったところだった。「誠実たろうと、すべてを備えてあった時……」、これがあたしの普遍の信条だった。文体の美しさは、まだあたしには遠い存在だった。

アンドレは、サン＝シモン主義者たち〔サン＝シモン（一七六〇―一八二五）は仏の社会理論家。活力ある市民の能力と努力、科学の進歩に基づく働く人々の連合としての搾取なき産業体制の構築を目指した。弟子にバザール、アンファンタンなど〕、フーリエ〔仏の哲学者・社会経済思想家（一七七二―一八三九）。『四運動の論理』などで、《文明》社会における商業の横暴・生産組織の不備・分配の不合理性・道徳の退廃を痛烈に批判。壮大かつ不可思議な宇宙論・歴史説などを展開〕、ラムネー神父〔仏の宗教思想家（一七八二―一八五四）。『信者の言葉』でカトリック教会と政治権力の癒着を批判し、教会と訣別後は人民主権をはじめとする共和制の理想と宗教の結合を説いた。キリスト教社会主義の創始者〕――彼らはあたしには猫に小判といったところだった――それからファランステール〔フーリエの理論。住民はファランステールと呼ばれる共同体住居で生活する。新社会構築計画の土台〕についても、語って聞かせてくれた……おお！　厭だ！　すべて共用で、自分の居場所がないなんて……どんなふうに考えてみたらいいのか、考えを理解したらいいのか？　あたしはファランステールに対して、どうにも耐えがたい反感を覚えた。それだったら、砂漠にいる方がましだわ。

　アンドレは相当口が達者な、はったり屋だった。あたしはだから、人間の作為的な面も、おぼろげながら見えてきた。でも彼は、現実的で気高い親切な心も備えていた。ヴィクトル・ユゴーとミシュレ〔仏の民衆出身の歴史家（一七九八―一八七四）。国民的・民主的・反教会的立場をとった。代表作に『フランス革命史』、『民衆』などがある〕は彼の神だった。あたしに彼らの本を読ませた。ミシュレの『女性』〔『愛』の続編。女性の栄誉への讃歌、結婚の讃美。産業革命による働く女性の運命・過酷な状況に対するミシュレの視点が反映されている。若い女性への教育の必要性を説く〕には苛立ちを覚えた。通りのベンチにいる女を助けてやって、自分の家庭に入れてやらなければならなかった……ですって。『ノートル＝ダム・ド・パリ』〔ゴシック建築の華であるノートル＝ダム寺院を背景に、中世社会と民衆の風俗を生き生きと描き出したピトレスクな絵巻、ユゴーの小説〕には魅了された。それでもあたしは母がレプラ患者であっても、母に会おうとしたことだろう〔聖職者フロロは邪恋の意趣返しに、ジプシーの踊り子エスメラルダをジプシーに敵意を持つお籠りの老婆に引き渡す。実の娘と分かり、彼女を守ろうとするが、哀れにもエスメラルダは絞死刑になる」。自分の娘をさらわれたのだったら、ずっと苦しみの中にあって、ここに表わされているような感動的な文句を述べることができたかどうかを知ろうとして……

あたしは袋小路に住んでいたころ、幼いブロンドの巻き毛の娘を亡くした近所のおばさんのことを思い出した。おばさんはあたしをしょっちゅう家に呼び寄せた、あたしを見ると娘のことが偲ばれるからだった。彼女はあたしの巻き毛を指に巻きつけて、顎を押さえて顔を上げさせた時に、目の前にいるのが自分の子供でないのに驚いている様子に、あたしは気づいた。家事をこなしてはいるものの、彼女の唇はわなないていた。二筋涙が頰を伝って、コルサージュに落ちた。何も言わずに仕事を続けていたが、それからあたしの手を取ると、おもてに出した。ドアが閉まると、「バタン」という音が尾を曳いて聞こえた……あたしはアンドレに、近所の女性はものすごい苦しみを味わっていた、と語った。その証拠に彼女は、あたしに娘のことを打ち明けた結果、あたしがすすり泣きながら、母の首にすがりつくように謀ったからなのだ、と話した。でもユゴーの方は、自分の意図していることをあたしに納得させることができるのだから、そうなると少し白けてしまう、と感想を述べた。

「ああ！　貧しい出の人間は！　教養のない人間は！　君は知性をひとくくりにして裁きたいんだ！」

「その人たちの知性を裁いてはいないわ、心情を裁いているのよ。歌を作るのはお手のものでしょうよ。でも感動を呼ぶようなメロディーはつけられないわ」

彼は呆れたというように、あたしの顔を見つめていた。

「今では君は、僕と議論を闘わせることができる女になったとぐらい思っているね。頭もいいと思い込んでいるだろうが、君の脳みそはこれくらいさ……」

そう言うと、彼は指先を突き出した。

「ヴィクトル・ユゴーやミシュレに文句をつける。そこまでやるくらいだから、君の無知はひどいものだよ。

もうそんな話はしないでくれ、僕は苛々してくるからな」

「ああ！　結局あたしのことをバカにしているのね。あたしが手のつけられないバカだというのなら、お互い口を利くのをやめて、木でも眺めましょうよ。それに、あたしの方はヴィクトル・ユゴーの作品よりは木の方がずっと好きだわ」

両手を振り上げ、顔を真っ赤にして、相手はあたしに向かってきた。だがすぐに手を下ろし、口を大きく開けて、ぜいぜい言っていた。

「黙れ、無知蒙昧、バカ女……付ける薬のない愚か者」

怒鳴った後、彼は木のところまで行って揺さぶった。

「ちぇっ！　まあいいさ、せめて僕を言い負かしてみろよ……」

こうした応酬や怒鳴り合いはたいてい、ソワーニュの森でなされた。あたしたちは少なくとも週に三回その森を抜けて、グルーネンダール〔この森の中の小集落〕に夕食を食べに行くのだった。こうした口論の後は、それぞれが勝手な方向に歩いていった。しばらくしてから、あたしは彼の方に近づいていった。

「アンドレ……ねえ……」

すると彼は目に大粒の涙を浮かべて、言った。

「本当にひどいもんだ！　女ってやつは度し難いよ。君は既に沢山の本を読んだっていうので、ユゴーについていっぱしの口を利くけれども、メスの中でもいちばんの無知だし、全然何も分かっちゃいないんだ。さっきみたいに話し合っている時に、この並ぶものなき詩人の偉大さを、君はしまいには分かってくれるだろうと思っていたのに」

「話し合っている時にですって……あなたの講釈とやらは、話し合っている時に、あなたの頭に浮かんできたとでも、本気で思っているの？　あなたは何ごとにつけ、四歳の年齢《とし》から、先生がついていたんでしょう……

話し合いながらと言ったって……あんたはあたしのことを見下しているのよ……ええ、あなたみたいな基礎知識があればね、でもあたしには印象でしか語れないのよ……それでもジャン＝ジャック・ルソーやドストエフスキーは分かるわ。この人たちはどちらも、頭のてっぺんから足のつま先まで、あたしを身震いさせてくれたわ。でもユゴーとなると……改良に改良を重ねた機械が、始動しだしたっていう感じしかしないのよ……」

彼はすごい勢いで、吸っていた葉巻を投げ捨てた。

「ああ！　とんでもないことだ！　結局、君という人は、なれるにしても、およそというレヴェルにしか達しないさ」

「もしあたしが、あなたから見ればおよそということでしかないなら、あたしは消えてなくなるわ。そんなの、厭よ。完璧ということでなければ」

「完璧だって！　高が知れているじゃないか！」

「完璧よ……完璧か無かだわ」

そう言い捨てると、今度は、あたしの方が声を上げて泣きだした。

「やれやれ、泣くなよ、どうしようもないなあ。僕は大バカ者だ……」

「ああ！　そうじゃないってば！　ああ！　違うったら！　そうじゃない……慰めの言葉なんていらないわよ。あたしの能力はあなたの能力に引けを取らないわよ」

「ええ、何だって……本気でそう思っているのかい、何も知らないくせに、何も学んだこともないくせに」

「さっきは、話し合っているうちに、そうした答えは自然に頭に浮かぶよと、あんたは言っていたわ……それに、あたしはあなたが学んだことを教わったことがないのよ。でもあなたより、人生の上ではずっと多くのことを経験してきたのよ。だから、あなたが絶対に分かりっこない沢山のことを、あたしは分かるようになったのよ。だって、そうしたことがピンと来るようになるには、実際にその経験がなければならないからなのよ。

あなたがあることを知っているにしたって、あたしだって別のことは知っているわ……でも、こんなことで諍いを起こすべきではないわ。あなたを失うのがとても怖いのよ」

「ああ！　そうだろう、それにしたってだよ……」

それからあたしたちは、互いの腰に手を回しながら、森の中を歩き続けたが、もういちゃいちゃべたべたすることしか頭になかった。

夜になり、暗がりの中を戻りながら、先ほどたらふく食事をしているのを目にした肥ったブルジョワどものことを槍玉に挙げ、あたしたちはさんざんこき下ろして大笑いした。

それからあたしがつま先立って、背伸びをしマッチの火を掲げてやっている間に、彼は道路標識によじ登って、道が間違っていないかを確認した。彼は下に滑り降りると、あたしの腰を抱きかかえ、激しくキスをしながら、雪の中といわず、枯葉の山の中といわず、押し倒すようにしてきた。ひどく疲れきって、二人は午前二時ごろ帰宅することもしょっちゅうのことだったが、どちらの体にも森の香りをいっぱい染み込ませたまま、すっかり心も穏やかになり、幸せな気持ちになっていた。


「ケーチェ、こんなレヴェルで満足していては駄目だよ。わけの分からないひどい言葉遣いだよ。オランダ人女性が聞いたら、えっというような英語のアクセントが入っているよ。君の書く手紙はとてもすばらしい、君の魂がすべてこもっている、でも綴りはひどすぎるよ！　これは文法を教えてくれる女性教師の住所だよ。窓に貼り紙があったから、それを書き写してきたんだ。ちょっと話を聞いてきたら」

あたしはそこに行って、すぐに授業を受けることになった。女の先生は、あたしより四、五歳若い未婚女性だった。動詞、形容詞、名詞とは何かを、説明してもらわなければならなかった……当初、あたしは自分が劣っているということにも無自覚だった。この初歩的な原理は、どの言語にもあることすら分かっていなかった。だが少し分かりかけてくると、ひどくとまどいを覚えるようになったので、先生はそれに気づいてくれた。だからあたしの気分を楽にしてやろうと、上流社会でも、健康上の理由とか他のことが原因で教育が十分に受けられなかった既婚のご婦人方にも、同じことを教えていると、先生は話してくれた。それに多くの人たちは、あなたより呑み込みが悪いわよ、とまで言ってくれた。こちらの気詰まりを解消してくれようとしてくれた点では感謝したが、自分の度し難い無知さ加減を痛感しないわけにはいかなかった。

一年後に、何とか文法の概略がつかめるようになると、アンドレは今度は歴史と地理の先生にもついたらいいと考えるようになった。あたしは大きな男子校のリセの先生についた。まず地図について、説明があった。ジグザグした線が何か、これは山の等高線で、あれは河だというようなことを。あたしは自分の眼が信じられなかったが、嘘でしょうとも言えなかった。あたしが何とか呑み込みがよくなると、歴史は原始から手ほどきしてくれた。それからエジプト、続いてメディア〔ペルシア北西の山岳地帯。前七世紀から強大になりイランを中心に周辺諸国を領するメディア王国を建てたが、前五五〇年ごろ、ペルシャ帝国に滅ぼされた〕、ペルシア〔アケメネス朝、前六世紀後半から前五世紀前半が全盛期、世界帝国を作った。ギリシア遠征後、衰退し、前三三〇年、アレクサンドロスに滅ぼされた〕の通史を目に見えるように話してくれた。話しながら、歴史的事件が起こった場所を、あたしが思い浮かべられるように、先生は地図を次々と指さして教えてくれた。

こうしたことは、あたしの人生で最大の啓示というようなものだった。要するに、綴りの書き方には全く欠伸《あくび》たらたらだったが、ようやくここまで来ると、すごくやる気満々になり、がぜん勉強に拍車がかかった。厚い雲が晴れるようにして、眼前に国が大きく開けてきて、そこで生活を営んでいる住民、そこに棲息している動物や特産品までもが目に浮かんできた……ナイル川の大洪水には、そこの住民といっしょになって叫び声を上げるほどだった。「すごい、すごい、何もかも押し流していくわ……」。小さな橋《パスレル》や小さな堤防を見ると、あたしはオランダに連れていかれたような気分になり、泥水に足をピチャピチャ浸しているのだった……だが塩鱈みたいに、塩水に六週間も浸けられたうえ、鼻の穴から鉤を入れられて、脳を掻き出された死体とか、ミイラが完成する前に施されなければならない、身の毛もよだつような準備作業のことを思い浮かべると、毎晩、悪夢でうなされるほどだった。

　アンドレは、あたしがそうしたことにいちいち反応するのを見て笑っていた。

「僕以上に、君にはそうした印象は強く残るさ。ビー玉遊びがやりたいという、まだすごく幼い時に、まあ僕たちは、こうしたことをしつこく教えられたものなのだ。そうなると印象なんて、ほとんど薄れてしまうものなんだよ」

「そんなことはどうでもいいことよ。もしあたしが、子供のころに勉強することができていたなら、今ごろはもっとレヴェルの高いことに打ちこんでいられたわ。だってはっきりしていることは、知ろうとすればするほど、一生の時間は短いってことよ」

『聖書』を学問として学ぶところまで行くと、あたしはずっと気楽になった。『聖書』には詳しかったからだが、ここでは神の言葉を記したものとして教えられた。するとあたしの公正な判断力からして、こんなことを言っている神に対して、むかっ腹が立ってきた。「私はおまえたちに復讐するために、おまえたちに不義不正を犯すようにさせた。何となれば、私は復讐の神であるからだ」〔『旧約聖書』では随所に神の怒り・復讐が述べられている。例えば《出エジプト記》第二〇章五、《申命記》第二九章二七、《詩篇》第九四篇など〕。今、先生は『聖書』を一民族の歴史、文芸として説明してくれたので、大いに興味が惹かれた。

　あたしの物の観方はがらりと変わった。ずっと先のことが見通せるようになり、別の次元の美醜もあることを発見し、貧困があらゆる災禍のうちの最大のものであるにせよ、ひもじいひもじいと叫び立てている腹の苦しみとは別の苦しみもあって、ぬくぬくとした生活を送ることだけで、ことが済むわけではないということも、ようやく分かりかけてきた。

　勉強を始める前は、感覚だけですべてが分かったような気になっていたが、それを言葉に表わすということができなかった。そのレヴェルに到達して初めて、敢えて口には出さないが、自分が愚かで、非常識なのだと痛感した……今では、自分の考えをはっきりと言い表わせるようになった。すなわち、広い視野が持てるようになり、自制できるようになり、以前アイテルがあたしをよく物笑いの種にしたように、自分をバカだと決めつけて、びくびくするようなこともなくなった。あたしはもう全く別人のような話し方をするようになったし、言葉を選んで使うようになったが、アンドレは、あたしのアクセントは外国訛りが相変わらずひどいと思っていた。だから彼は、あたしがベルギーの語調をマスターできないのではないかと心配していた。

「君はコンセルヴァトワール〔国立の音楽と演劇を教える学校〕に行ってみた方がいいよ。でも君がどういう人物なのかは、知られないようにした方がいいよ。フランス語を勉強しにブリュッセルにやってきた外国人とでも言っておけよ。君なりの《イギリス人風レディー》の物腰でやれば、うまく行くさ。でもその前に、入学許可がスムーズに運ぶには、いくつか特別授業を受けるべきだな。僕があそこでバイオリンを学んでいたころの、一人の卒業生を知っているからさ――知らないだろうが、僕は実はバイオリニストになりたかったんだ、でも両親が反対したのさ――その卒業生の女性は声楽を教えているよ。底意地は悪いが、教え方はうまいよ。プロはだしの人間だからね」

　すぐに手筈が整えられた。あたしはメルレ〔発声法の教科書か?〕を買わなければならなかったが、先生といっしょに大声を張り上げて、読み方から始めた。発音は一つとして正確ではなかったが、あたしははっきりと発音した。それから先生は、音節を区切って発音するように言い、口にいくつかの玉を含ませて練習させ、柔らかい口調の話し方ができるようにし、唇を使って発音するように言った。あたしは声に出さなければならなかった。「ムムム……ヌヌヌ……プププ……」。あたしは全身全霊をこめて訓練に励んだので、顎が疲れて欠伸《あくび》が出るわ、頭に血が昇るわ、目が霞むわ、といった具合にまでなった。自分は力以上のことができるし、無駄にした歳月を埋め合わすことができると信じて疑わなかった。長足の進歩を遂げたので、数カ月後に先生は、自分の勉強を仕上げるためにベルギーにやってきた若い娘として、あたしをコンセルヴァトワールに推薦してくれた。あたしはもう既に、二年生以上の力は備えていた。

そこで古典の授業が始まった。それは光に満ちた人生に向かって、一段一段登っていく、あたしのために大きく開かれた、もう一つの扉だった。気も狂わんばかりの興奮を覚えるとともに、純粋な芸術的感動を味わった。緊張のあまり、震えがきて死にそうになった。それからあたしの誇りは、もう留まるところを知らなかった……ああ、何ということと！ このあたしが、学校の生徒になれたのよ！ 人類が創り上げた最も高尚なものを、あたしは習得することになったのよ！ 身振り、姿勢、笑い、頬笑みにも磨きをかけた……そのために、いろいろ取りとめもないことも言ってみた。あたしはきちょうめんで、きまじめだった。先生が本や戯曲について話をしてくれると、あたしはその本を買った。予算は限られていたから、着物をしょっちゅう染め直し、帽子も手直しをして形を整えてやり繰りをした。手許のお金はすべて本類や授業料に消えた。それというのも、英語とドイツ語をマスターすることがどうしても必要だと思っていたからだ。

やがてこの幸福な状態に、高い代価を支払わなければならなくなるという、おまけまでついた。熱が出るようになって、寝汗のため、体力を相当消耗した。それに、今あたしが在籍している上級クラスの先生は、あたしのことを嫌っていた。ちょっと年齢《とし》が行き過ぎていると思っていたし、あたしの胸と腰が貧相だったからだ……

「あなたは芸術的才能もあるし、頭もいいわ。でもあたしたちの世界では、舞台では、男性たちに受けなければいけないのよ。その点では、あなたにはその資格があるとは思えませんわ」

あたしは以前に『ナナ』〔ゾラの小説。高等娼婦のナナは、近づいてくる男たちを次々と破滅に追い込む。彼女もついに天然痘で醜く死んでいくが、このセックスシンボルともいうべきナナは、富裕階級に対する下層民の復讐の社会的象徴ともなっている〕を読んでいたから、ナナは舞台に上がっても、歌は歌わないで、挑発的に腰を振っていたことを思い出した。先生に舞台の場面では、こうじゃなかったでしょうかと訊いてみた……彼女は悔しがったが、出端《ではな》を挫かれてしまった。あたしをよく見てもらおうと思ったのに、ぶち壊しになり、取り返しがつかないへまを仕出かしてしまった。

それでもあたしは、一心不乱になって練習を重ねていた。最初は自分の訛りを除《と》ることしか考えなかったとしても、今では将来は舞台に立つことまで夢みていた。しょっちゅうのことだったが、あたしは割り当てられた役以外の役にも取り組んでみた。先生も生徒たちも、あたしが演じてみせる真に迫った演技に圧倒されていた。

それは《二羽の鳩》〔ラ・フォンテーヌの寓話。メスの説得を振り切って旅に出たオスはさまざまな危難に遭遇し、命からがら古巣に戻ってくる〕だった……愛し合っているのに、二羽のうちのオスが冒険をしてみたいという時に、どうしてメスがひどく辛い思いにならないわけがないだろうか?

あるいは、《犬と狼》〔ラ・フォンテーヌの寓話。飢えに苛まれた狼は犬の誘いで人間に飼われ、安楽な生活を送ろうとするが、首輪に繋がれる不自由な生活には堪えられないということで、勧めを断る〕もだった。強い方の人間たちが時々少々の残飯……鶏の骨、鳩の骨を投げてやって、何とか丸めこんできた人類の一部、その喉を何世紀にもわたって締めつけてきた首輪のことを、あたしは考えてしまった……

それから『ローラ』〔ミュッセの長詩。パリの遊蕩児ジャック・ローラをめぐり、純粋と腐敗との矛盾で不可能となった幸福は、陶酔と自殺の中にしかないと信ずるに至った世代の肖像が描かれている〕だ!

「貧乏! 貧乏! それはおまえ、娼婦の身の上のことだ、あのベッドで、この子を産んだのは、おまえだ……」

皆さんにはお分かりいただけるでしょう、あたしがそこで身につまされた思いを……

ヴィクトル・ユゴーに対する反感からも脱することができた。熱をこめて練習した。

「少年は頭に二発の銃弾を受けていた」〔『レ・ミゼラブル』、第五部、第一章、十五、《飛び出したガヴローシュ》。ガヴローシュは典型的なパリのいたずらっ子、一八三二年六月の共和派の暴動の際、バリケードで死亡する〕

あたしはバリケードによじ登り、サン＝クルーのバラをすべてめちゃめちゃにしてやろうという気になっていた。バラをめちゃめちゃにしてやる！……フランスという名前のバラの香りに、感動のあまり、あたしは目を閉じているのだ！

それから《カインの良心》、そして《眼は消えたのか？・》のリハーサル〔人類の誕生から現代に至る歴史を描くユゴーの叙事詩の最高傑作『諸世紀の伝説』。その中の兄弟殺しの罪を背負ったカインが神の眼に執拗に追いかけられる《良心》の一節〕。

言い知れぬ恐怖のあまり、あたしは全身が総毛立った。

でも《ボアズ》は！

「その影は婚姻を現わし、荘厳で厳粛なり……」〔『諸世紀の伝説』。《眠れるボアズ》の一節。善人ボアズに寄り添いダビデからキリストにいたる子孫を儲けるルツの姿を描く〕

あたしの存在はすべて、太陽、金色に実った小麦畑、香りのよい花々、夏の夜の満天の星へのあこがれで、開花していた……あたしはアンドレを引っ立てるようにして、ソワーニュの森を横断した。だが季節は冬で、夜の暗さもくすんでいるような具合で、あたしを華やいだ気持ちにしてはくれなかった。

だから、学友たちや先生を驚かせた感極まった震え声や、迫真の演技に到達できたのは、こんな事情があったからだ。

あたしが伝えている多くの感動も、あたしの生来の空想癖や喚起力に負うところが大だと思っている……あたしは音楽はずぶの素人だった。それでもアンドレとコンサートに行った時、田園地帯の香りを突然感じ、草原を蛇行して流れていく澄んだ流れが、目に浮かんだ。

「アンドレ、この音楽は花が咲き、川が流れているようだわ」

「ああ、そういった要素はすべて盛り込まれているよ。この曲は《田園》だからね……」

あたしが目の当たりにし、匂いを嗅いだばかりのように思われた風景全体を、ベートーヴェンが提示しようとしていたとは、全く知らなかった……

イサドラ・ダンカンよりもはるか以前に、あたしはどんな曲にも載せて、ステップを踏んでみせた。特にショパンの葬送行進曲は、乗りがよかった。この行進曲は！……アンドレが亡くなった時、あたしは幾度となく、心に彼の埋葬の場面が浮かんだ。深紅のたっぷりしたマントに身を包んだ女たちが、霊柩車の前で、ショパンの葬送行進曲に合わせて、《舞い》を舞っているのだった。

学友たちに、自分の役に関わる場面が、あたしには目の前に色彩も動作も、匂いまでもが一体となって展開されるのが実際に見えると言うと、ほとんど全員がバカにしきった態度を見せた。それ以外の生徒たちは、ポーズは思い浮かべられると思うけれどもと言ったが、全員がそんな感じ方はおかしいといった露骨な態度を見せた。

「ねえ、オルデマ、そんな透視能力があるのなら、『病は気から』のトワネット〔モリエールの喜劇。アルガンは自分が病気だと思い込み医者を崇拝し、いい食い物にされている。家政婦のトワネットはそうした強欲な連中の正体を暴いてみせる〕を演ずる日の天気はどうなるの？」

「それにいい、そんな能力もないくせに、どうやって『ボアズ』の話なんかできるの？」

こうした勉強はすべて、あたしにとっては、喜びと苦しみの原因ともなったが、生徒たちには課題にすぎなかった。コンセルヴァトワールであたしが作ったたった一人の友人の、マルトを除いては、誰一人、情熱がなかった……

コンクールのほんの少し前、あたしは舞台での自分の演技が心配になってきた。白粉《おしろい》を塗ることで却って顔は醜くなり、体にヴォリュームがないので自信がなくなってきた。どんな具合かを知りたくなった。口紅、白粉、コールドクリーム、あらゆる色の鉛筆など、化粧道具一揃いを買い、ある夜、ナーチェに来てもらって、あたしは舞台用の衣装を着て、化粧もしてみるからね、と言った。寝室で、家にあるランプすべてに火を点けた。

「さあ、そこに、ドアの前にいてちょうだい。あたしが入ってくる時に、ちゃんと舞台映えがするかどうかを、しっかりと見てね」

理容師は、あたしがどんなふうな髪型にしたらいいのか、とあたしに訊いていた。顔の造作ができ、金色の鼈甲の櫛だけを使って髪をアップさせ、濃淡の異なる同系統の色調を用いて刺繍をした白い中国製の大きなショールで体を包んでから、部屋に入ってみた。ナーチェは黙って、あたしを見つめていた。それからえっといった顔つきをし、苛《いら》ついた声をして、こう言った。

「白粉が顔に合っていないと、さっきから思っていたわ」

「似合っていないってこと?」と、あたしは鏡の付いた簞笥の方に向かいながら、言った。

一言で言えば、あたしは輝くばかりの美しさになっていた。自分の知らない天真爛漫で生き生きした姿をしていた。腕は竹のように細く、鎖骨のところはひどくくぼんでいた。でも首、項《うなじ》、そして胸はとても見栄えがし、驚くほど若々しかった。身体《からだ》の線、特に背中の線はとても優美だったし、手は紡錘形をしていて、ほっそりした指先には個性も現われていた。

鏡の前で身振りをしたり、科《しな》を作ってみたり、喜劇や悲劇の台詞を大仰に口に出してみた。ナーチェは押し黙ったままだったので、ちらっと様子を窺ってみると、あたしを憎々しげに見つめているのだった。

「ナーチェ、もし先生がこの様子を見たら、あたしに魅力が欠けていると思うことは絶対あり得ないわよ。でも鎖骨のくぼみには詰め物《パト》を入れ、胸と腰を大きく見せるコルセットを着用するわよ。そうなると舞台を終える際に、観衆ににこやかに笑いかけながら会釈をするのだけれども、今みたいにしなやかに体を曲げることは、ちょっと無理になるかもしれないわねえ……この優雅なスタイルをじっくり見てよ」

そこであたしは右左と、気取ったポーズで深々とお辞儀をしてみせたが、集まった群衆のところから立ち去ろうとする女王たちのような気分になっていた。

アンドレが帰ってくる前に、急いで衣装を脱ぎ棄て化粧を落とした。それから彼が快く思っていないナーチェを帰らせた。

「君の妹は視野の狭い蛇みたいだよ。自分の醜さを美徳と思っているんだからな……もし真面目に仕事を身につけようとしないのなら、もう君のところには来させるなよ……これからずっと、僕たちのお荷物になるぜ」

その話をすると、妹は激昂したが、もう二度と来るものかというほどプライドは高くはなかった。妹はあたしのお古を着られるまで着ていたから、お嬢様になった気分でいた。

一時間してアンドレがやって来た時、あたしはまだ自分の美しい姿を鏡に映していたような気分でいたので、彼はどうしたのと訊いてきた。

「君には後光が差しているよ……」

二人は長い愛の一夜を明かした……

先生はいろいろ嫌がらせをしてきたが、あたしはコンクールまでは何とか持ち堪えていた。あたしをふるい落とすためには何でもしてきたが、一人の生徒が、校長がいる時に、先生にこう尋ねた。あの人に台詞を言わせたくないのか、どうして、あの人は柱の陰で泣いているのかと……先生はあたしを紹介せざるを得なくなった。あたしは生きた心地もなく、《カミーユの呪い》〔フランスの劇作家コルネイユの悲劇『オラース』。ローマ側はオラース家の三兄弟、敵国も三兄弟を出し、抗争を終わらせるために決闘で決着をつけることにする。互いに縁戚関係にある。オラースは敵の三人を倒す。妹のカミーユは恋人を殺したと言って激しく兄をなじり、祖国を呪う〕を朗読した。あたしがずっと舞台にいる間、先生は身振り手振りも交えて、校長に話をしていた。校長がいろいろ言ってくれるのを聞いて、あたしは溜飲を下げた。

「自分がどういうことを言っているのかが分かっている、唯一の女性じゃないか。全然訛りもないし……」

それから、あたしに声をかけてくれた。

「なかなか見事でしたね、マドモワゼル、十分コンクールに出る資格はありますよ」

だが先生はあれこれけちをつけたり、悪意ある酷評をして、ひどくあたしをいびり続けた。寝汗がひどく、あたしはひどく疲れきってしまい、抵抗する力も失せてしまって、コンクールを断念するところにまで追い詰められてしまった。それからこう考えもした。〈もしあたしが失敗したら、あの人はこれに乗じて、あたしを厄介払いする気だわ。でもあたしは勉強を続けたいわ。このコンクールを受けても、あたしは知識が増えるわけではないし……〉

あたしが諦めた途端に、先生は感じがよくなった。

「いいこと、舞台に立つのはあなたに向いていないわ。舞台だけではないわ。舞台裏だってあるじゃない……あなたには花といったものがないわ、むしろ戯曲を書くべきだわ！」

あたしはこの上ない陰険なやり方だと思った。

一人の生徒があたしに言った。

「バカバカしいったらありゃしない、コンクールですって、あの人はね、O……ちゃんだけを引き立たせるために、コンクールをするのよ。そしてその子に一等賞を取らせようっていう魂胆なのよ。もしあんたが出場すれば、あの爺《ヴユー・メッシユー》さん好みのお人形さんは賞を獲れっこないわ」

でもあたしは限界まで来ていた。それにアンドレは前からこう言っていた。あたしには女優になってほしくないし、そうなったら、二人の幸福はめちゃめちゃになるって……

だからあたしは湯治に出かけることにした。


あたしは少女のころ、とてもきれいな歌声をしていた。だから十四歳の時には、下の子たちを寝かしつけるのに、まず学校で習った歌、それからあたしが自分で勝手に頭に浮かんだ歌を歌ってやった。

袋小路の隣人だった浚渫人夫《しゆんせつにんぷ》のおじさんは、自分の部屋のドアの前に腰を下ろして、うっとりしてあたしの歌を聞いていた。あたしが大声を張り上げて歌っている間ずっと、居合わせた子供たちに、おとなしくしていろと睨みを効かせていた。その後でおじさんは感激した面持ちで、あたしに言った。

「いやあ、すばらしいなあ。おまえが歌っている時は天使に変身しているよ……」

そう言うと、あたしを抱きしめようとしたが、あたしは逃げだした。日曜であっても、彼に沁みついた悪臭には我慢ならなかった。

成長するにつれて、あたしはさんざん辛酸をなめるようになったので、もう全然歌うということはなくなってしまった。

コンセルヴァトワールで、歌手志望の女生徒たちが転調しながら歌の練習をしているのを聞いて、あたしはすっかり魅了されてしまったので、自分の声のことを思い出した。朗読法の先生の、マダムR……に、あたしはずっと特別授業を受けていたが、歌の稽古をつけてくれたことがあった。あたしは自分の歌声について相談してみた。

「あら！……ちょっと歌ってもらおうかしら」

先生はピアノを弾いてくれて、あたしに少し音程を取らせてから、音階練習をさせた。

「あらまあ！　ファルコン〔マリ・コルネリ、十九世紀に活躍した花形オペラ歌手、そのソプラノの声域は伝説になっている〕の声の生き写しといったところだわ、響きは稀に見るくらいすばらしいわよ……」

「それでしたら、歌の世界に入ります！」

「いいですか、マドモワゼル、わたしは一等賞を二回取りましたよ。歌で一回、朗読で一回。でもわたしは十二歳の時にソルフェージュ〔読譜力・聴音能力・表現力・音楽理論などを養う、音楽の基礎教育の総称〕を始めたのよ。そして今に至るまで続けているのです。あなたは現在二十九歳ですね。稀にみるとても音域の広い声をしていますし、生まれつきの安定したよく通る声をしていますし、中声域はすごく美しくて張りがあるわ。歌い方もとても進歩の跡が見られるわ。ただ二つの勉強をうまく両立させるには、時間が足りないわねえ。途中で挫折しないかしら。よく考えてみて下さいね……」

稀にみる声、ひどく美しい響き……何とすばらしい展望かしら！……あたしの才能はそうなると、全く無視していいということにはならないのではないかしら。自分の才能をただはっきりさせたい、すばらしい歌を生み出す能力はあたしにはあるのだと、自ら証明してみせられるだろう……だからそうしたことは、ただ自分の力次第なのだ……ずっと時が経ってしまえば、目に浮かぶ情景は、もう貧困や恥辱の悪夢の思い出ばかりではなくなるだろう。こんな思い出だって蘇ってくるかもしれない。〈アルミーダ役〔十六世紀のイタリアの詩人タッソの『エルサレム解放』のイスラム軍の魔女。十字軍兵士のリナルドはその妖艶な魅力に取り憑かれるが、逆に彼女の方が魅せられてしまう〕やフェードル役〔ラシーヌの同名の悲劇のヒロイン。義理の息子に道ならぬ恋をするが嫉妬から夫に讒言し死に至らしめるが、彼女も自分を罰するために服毒自殺する〕をやったのはあたしなのよ〉。人々は噂するだろう。〈あなたたちは大歌手のオルデマを覚えているかしら？　あたしたちは鳥肌が立ったわねえ、あの歌手は芸術でも人生でも、完璧な興奮をみんなに与えてくれたわねえ。ああ！　彼女はすばらしかったわ！……〉

ところで、どうして、いけないの！……どうして、あたしが最高の歌姫たちと肩を並べられないなんてことがあるの？　すごく芸術家のセンスがあるって、みんなが言ってくれているじゃない。そもそも、あたしには才能があるのよ！　それを磨いていくことができれば、勿論あたしだって、歌手としてやっていけるわ！……そうでしょう！　当たり前じゃないの。

通りをせかせかと歩きながら、こんなふうなとりとめのないことを考えていた。

翌日、マダムR……を脇に呼んで、自分の決意のほどを伝えた。歌の世界に入るために、同時に二つの勉強をやっていく自信も自分にはあるし、これまでどおり朗読法の特別授業もやっていただけることを願っています、と。

「そういうことでしたら、わたしが昔ついていた歌の先生に、あなたを紹介するわ」

その男の先生があたしの声を聞いた時に、ずっと子供のころから歌の勉強を続けてきたわけではなかったということで驚きを隠さなかった。マダムR……は、その先生にあたしは二十五歳で、すごく頑張り屋で、呑み込みも早いと紹介して下さった。

「結構、結構、その声と努力を怠らなければ、この女性は二十九歳で歌手デビューできますよ。その先まだ二十年はやっていけますよ……それはやってみるだけの価値はありますよ」

あたしはぽーとなって身動きもできなかった。

あたしは歌とソルフェージュの勉強を始めた。ソルフェージュとなると！……あたしは一つの音符も知らなかった。数年前の地図を前にしたと同じように、音符は、あたしには、象形文字といったところだった。そのために、挫折せざるを得なくなった。ものすごく聴力が鋭敏なのに、もう音を記憶することができなくなってしまった。体調がすぐれていたならまだしも、意志を強固にして乗り切っていけたことだろうが、折しも間欠熱に苦しめられていた。毎朝、寝汗でぐっしょりになって起きると、ふらふらしながら衣服を身に着けた。地獄の苦しみを味わっていた。あまりたびたび授業を休みたくはなかったので、もてはやされるようになったアンチピリン〔解熱・鎮痛剤〕を常時服用したために中毒になってしまった。それでも、絶えず早退《コンジェ》を申し出なければならなかった。授業に復帰すると、他の生徒たちは上達しているのに、あたしは遅れてしまっていた。それに彼女たちは十八歳なのだった……

あたしは反抗もしていたから、へとへとに疲れてしまっていた。今では物質面では安定した生活をしていた。だって、アンドレとあたしは、永遠の愛を誓っていたからだ。アンドレはあたしの将来について真剣に考えてくれていた。あたしの方はもう、将来、自分が女優か歌手になっている姿しか頭になかった――あたしはアンドレの懸念をきれいさっぱりと払拭してやりたかった。ところが年齢と病気のせいで、挫折に追い込まれてしまった……

歌唱では、あたしは朗読法と同じような成功を収めていた。あたしが歌う番になると、生徒たちがひどく騒がしくなった。

「オルデマが歌うわよ……」

あたしは二つの授業を受けていたから、朗読法の授業でも、しょっちゅう彼女たちは押しかけてきて、あたしの朗読を聞いていた。

「朗読法を始めますよ。オルデマの読み方を聞きなさい」

歌の先生はあたしにちょっとした授業までやらせて、歌手の卵たちにフランス語をきちんと発音できるようにさせた。

あたしはコンセルヴァトワールの雰囲気が好きで堪らなかった。巣箱で仕事中の蜜蜂の羽音のようなざわめきがあって、その中の自分も一匹なのだが、何とも快い大切な場所にいるといった雰囲気が、目に浮かんでくるのだった。特に水曜日の朗読の時間が好きだった。これ以上ないというくつろいだ様子で、みんながテーブルのまわりに、車座に腰を下ろし、その中の一人が大きな声で朗読をするのだった。あたしたち生徒に手本を示すために、先生はしょっちゅう朗読をして下さった。あたしはその場面がありありと思い浮かぶようにしてみようと、声涙ともに下るように読んできかせた。だから他の生徒の朗読を聞いているとじりじりしてきた……


冬になると、『イリアス』〔古代ギリシアの長編叙事詩。十年にわたるトロイア戦争中の数十日間の出来事を描いたもので、アキレウスの怒りを主題とし、トロイア・ギリシア両軍の戦況の推移を描く〕の朗読が始まった。生徒たちはこの読み物を味わう力がほとんどなかったので、苛立って貧乏ゆすりをしていた。マルトはあたしにこう言った。

「冬の間中、こんな状態がずっと続くようだったら、あたしは自分が何を仕出かすか分からないわ。ヒステリーの発作が起きるわよ」

先生もそれに気づいていた。

「みなさん、あなた方が学ぼうという意欲があれば、勉強は苦痛にはなりませんよ。これからは、ホメーロス〔『イリアス』、『オデュッセイア』の作者〕は、関心のある人たちのために一時間ということにして、もう一時間は、もっと分かりやすいものを読むことにしましょう」

ホメーロスは十八歳から二十歳までの若い娘《こ》たちには、ひどく無味乾燥なものだった。あたしの方は、十歳も年上だった。だからその作品の偉大さと生命力を、たいそうすばらしいものだと思っていた。ことに篝火《かがりび》を煌々と焚いた全くの静寂《しじま》の中での、夜の光景を想像してみると、あたしはすっかり魅せられてしまった。トロイア人たちは焚火を囲んで、夜明けを待ち、軍馬は刈ったばかりの大麦と淡い色をした燕麦を食んでいた。

あたしがソルフェージュのコンクールに姿を見せなかったので、幹事《スクレテール》のところに呼ばれた。

「マドモワゼル、あなたは三十歳におなりですね。あなたの声と芸術的センスをもってすれば、ずっと栄光の中にいられることでしょう。まだお若いころ、あなたは健康がすぐれなかったということで、勉強の機会を逃したのですから、今、勉強がしたくて堪らないというわけですね。お仕事をなさって生活費を稼ぐ必要もない、あなたが属しておられる社会のようなお方からすれば、とても賞賛に値しますよ。でも舞台であなたの将来を築き上げてみようというには、相当の手遅れですよ。それに加えて、あなたの現在の健康状態と、度重なる早引けということになりますと、お分かりいただけますね……」

「ええ、分かってはおりますが」とあたしは、咽喉が詰まったような声で言った。「でも、聴講生として、授業に出させてはいただけないでしょうか？　コンセルヴァトワールは、あたしの生き甲斐になっております」

「マドモワゼル、私はそれはお勧めしませんね。いっそう心に傷を負われることになるのではないでしょうか。オランダにお帰りなさい、あなたのご家族の下に。それが、またお元気になられる最良の環境ですよ。このコンサートを見物なさってから、お帰り下さい」

その幹事の方は愛情をこめて、あたしの手をきつく握り締めてくれた。その場を去ると、息が詰まった。朗読法の教室に逃れるようにして入った。パイプオルガンの後ろに行くと、声楽の授業でいっしょの生徒二人がヤマウズラの雛みたいに、びくっとして、ぱっと立ち上がった。二人はおっぱいを見せ合っていたのだ。一人が大声を上げた。

「ねえ、オルデマ、何も見なかったでしょう！」

間もなく、男子の生徒がやって来て、パイプオルガンの稽古を始めた。あたしは絶望のあまり、胸が締めつけられて、幾度となく、こう心の中で繰り返した。〈終わってしまったわ……すべては終わったわ。このどうしようもない貧乏のせいで、あたしの人生はすべて台無しになったんだわ。このつけは、何もかもが手遅れになったこの期に及んでも、あたしをまだ責め続けているんだわ。そのせいで、あたしの健康はまだ蝕まれ、あたしに残されたものはといえば、すべてを悪く考え、すべて先まで深読みし、おどおどと引っ込み思案にさせた、この神経過敏な性格ぐらいなものだわ。だって、しばらく前から、きっとここで災難が降りかかるだろうと、悪い胸騒ぎがしていたわ……時間はとうに過ぎてしまってはいたのに、とてもきつい、乗り越えられないような坂をよじ登ってやろう、と意気込んでみたのに。馬車馬みたいにして、この勉強に懸命に打ち込んでみたけれども、いろいろな困難、障害と闘ってはみたけれども……やはり時既に遅しだわ……自分の取り返しのつかない人生をくよくよ思い煩いながら、これからもまだまだ長い年月を、生きていかなければならないんだわ……〉

仕事と芸術を両立させる美しい生活を、あたしは垣間見たことがあった……その夢も終わってしまった……だからあたしは、いつにないほど打ちひしがれてしまった……アマチュアとは違ったやり方で、さらに奥義を極め、全身を傾注して取り組もうとしたこのあらゆる美を……アマチュアの仕事では全く飽き足りなかった。ところが自分に残されたものはといえば……

あたしは自分の教育の空白期間を説明するために、子供の時、神経過敏で、癇が強すぎたので、お医者さんたちは、あたしを学校にやらない方がいいと勧めたからだとの、口実を設けてきた……幹事は、何という敬意を払って、あたしに接してくれたことか。「あなたが属しておられる社会のお方……マドモワゼル、しばらくの間、あなたのご家族の下にお帰りなさい。到底承服しがたいでしょうが、あなたの失望の悲しみを忘れさせるには、それが最良の環境ですよ……」。ああ！　何てこと！　だってこの人は、あたしを彼らが良家と呼ぶところの階級に属していると思っているからなのだわ。だから話し方にもすごく気を遣っているんだわ……ソルフェージュを習っている生徒たち、青物屋や、妊婦の看護人の家の娘たちに対しては、彼は別の言葉遣いをする。その娘《こ》たちが劇場の席の位置を訊きにくる時には、仕種も違う……今、この人は取ってつけたお愛想《シャグラン》じみたことを言ったが、あたしの出自に気づいていたら、あたしの苦闘や才気など、これっぽっちも考慮することはなかっただろう。だから、いろいろおべんちゃらを言ってくれても、何も心に響かなかった。

貧しい境遇ゆえに味わったもう一つの厭な目とは、人々の本当の姿を、あたしにあからさまに見せつけたことだ。彼らの敬意が向けられるのは、社会的地位だけであって、個人に対してではない。ある男性がマドモワゼル・オルデマをちやほやしてくれる時、あたしが、ぼろ着をまとったちいちゃなケーチェの姿を突きつけることができたのなら、その男の敬意は跡形もなく消え去るのを目にすることができるだろう……

ああ、終わってしまった……あたしはコンセルヴァトワールを去らなければならない。あたしにとってはすばらしい学校だった。フランスの古典、人間の思考が産み出した最も高尚なものの手ほどきを、あたしはここで受けたのだった。最も美しく、最も洗練され、優雅で明晰な言葉を理解し、感じとれるよう、あたしはそこで学んだのだった。今では間違いがないとは言えないが、残念なことだ！　ほとんど訛りもなく話せるようになっていることを誇りに思っているのに。

歌と音楽で学んだほんの僅かなことでも、魅惑的な空想とセンセーションに満ちた新しい世界を、あたしに開いてくれたのだ。音楽は言葉にも増して、喜びや苦しみ、ことに愛を表現してくれることが、はっきりと分かるようになったのだ。こうなってみて、あたしにとっては、コンセルヴァトワールが測り知れない価値を持っており、あたしの導き手、助言者になっていることが痛感させられた……それが今、終わってしまった……俳優の演技、歌手の歌う歌が分かりかけてきて、どんなにかその先を目指したく思い、自分で演じ歌ってみたかったことだろう。それなのに、時既に遅しなのだ……希望は打ち砕かれ、何もかも終わってしまった……

声楽の授業でいっしょの生徒が二人、教室にいて、男子生徒の弾くパイプオルガンの音に合わせて、楽しそうに歌っていた。ド……シ……フラットのレ……ラーアーアーアーアーア……

男子生徒は頭を揺すって、拍子をとっていた。

何て素敵なトリルかしら……ああ、彼女たちは二十歳で、子供のころからここに通っているのだ。一人はしがない勤め人の娘で、声は大きいが美声とは言えない。おまけの二等賞は貰えるだろう。しばらくの間は、不公平だといって、猛烈に抗議するだろう。それから勤め人と結婚して、もうそんなことは考えなくなるだろう。これまでの何年もの勉強は無駄になってしまうだろう。だってそれだけの歳月をかけても、彼女は進歩することがなかったからだ……

もう一人の娘《こ》の声はとても美しい。きっと一等賞を取って『ファウスト』を歌うことだろう。グノーは彼女の神である……ただ彼女の歌う『アヴェ・マリア』となると、あまりいただけない……彼女が伴奏なしに歌ったり、自動ピアノの曲に合わせて歌っているのを聞いていると、行商人が、意中のお針子の住む窓の下で、風に髪をなびかせ、胸の底から絞り出すような大声を張り上げている様を、いつでも想い浮かべてしまうのだった。


おお、わがリゼーットよ……おお、わがリゼーットよ。

僕は君を愛するぞ、エエ、エエエ、永遠《とわ》に……


この生徒は『ミレイユ』〔南仏プロヴァンスの詩人、フレデリック・ミストラルの田園的叙事詩、女性主人公の名前でもある。フランスの作曲家、グノーがオペラにした〕を歌うたびに、声が詰まってしまった……「あなたのものよ、

あたしの　たーましいは、あたしは、あーなたのもの」。何てざま！……自分の魂を捧げようという時に、まるでがなり立てているみたいな無様さときたら！……

それからあたしは、クリノリンで脹らませたドレスでめかし込み、髪をポマードで整え、手にハンカチを握りしめたご婦人方が、うっとりとして聞き惚れている様子に目がいった……あら、おかしなこと、あたしにはこの音楽は淫らだと思えるのに……

……もしあたしの過去の生活のほんの一端でも知られるようになっていたら、ここで、どういう事態になっていただろうか？　卑劣なやり方で、あたしを追っ払っていたことだろう……マルトだって、分かってくれただろうか？　それを知っていながら、あたしのことをいっそう愛《いと》おしく思ってくれているのは、アンドレだけなのだ……アンドレ……ああ！　あたしの人生に、何という光明が射してきたことか……この繊細な思いやりは、彼のたった一つの特性というわけでもない。彼は美しい顔立ちだが、深い切り傷があった――当然、女たちは、それを醜いと思っている――、彼の手は実に素敵だ。笑うと、気取らずに大口を開ける。不機嫌になると、頭を揺すって、髪の毛を後ろにもっていくが、暴れているじゃじゃ馬といったところだ……実に個性的な人物だ。あたしは幸福な気持ちになった。もしアンドレと出会うことがなかったなら、あたしの頭にはずっと靄がかかったままだっただろうし、こうしたすばらしい世界にこれから先も触れる機会はなかっただろう。

『エステル』〔『旧約聖書』、《エステル記》に基づくラシーヌの宗教劇。ペルシア王妃になったエステルが、同族のユダヤ人絶滅の危機を救う話〕を知ることはなかった！

おー！　わが至高の王よ、
それゆえ、わが身は御身の前で震えおののき、ただ一人でおります。

『人間嫌い』《ル・ミザントロープ》〔社会の不正を憎む厭人家のアルセストと、そのカウンターバランスとしての、社会をあるがままに受け容れる友人フィラントとを対比して展開される、モリエール作の性格喜劇〕も……セリメーヌ〔この喜劇に登場する二十歳の寡婦、その魅力で恋する男どもを手玉に取る。アルセストは矛盾するようだが、この悪女に魅かれている〕も……知ることはなかった。

　　ですから、御存知のように、マダム、
　二十歳では淑女ぶる時期ではございません。

そしてドリーヌ〔モリエールの喜劇『タルチュフ』中の小粋で気転の利く小間使い。偽善者の坊主タルチュフを批判し、主人の目を開かそうとする〕も。

　　ですから、わたしは御身の裸体を頭のてっぺんからつま先まで眺めることになりましょうが、
　その肌《はだえ》も私の気をそそることはありませぬ。

あたしは、自分の人生がどうなっていただろうかと考えてみると震えがきた……
それから、音楽ということでは……自分の嗜好が、とっくにあたしを導いていてくれたかもしれない。自分ひとりで、ベートーヴェンのリートやハイドンのリートを見つけ出したのではなかったのか？　ハイドンの『小さな家』《アイン・クライネス・ハウス》やベートーヴェンの『私以外の一切が愛されている』《ゲリープト・ヴィルト・アレス・アウサー・ミーア》〔ゴットフリート・アウグスト・ビュルガーの『愛されない者の溜息と愛の返答』の一節〕ほど心揺すぶるリートはあるだろうか？　ピアノを指一本で弾いて、こうした愛や感受性を見事に表現した作品を体得したのではなかったのか？……

こうしてみると、あたしの運命もまだ満更捨てたものだとは言えない。こうしたあらゆる美しい作品が深く心に沁み入り、味わいもしているのだ。よい作用もある。だって悲しい日々が続いた時には、そうした作品を心に思い浮かべさえすればよいのだし、鎮静剤のような働きもしてくれるのだ……それに学んだすべてのことを、あたしから奪い取ることはできはしないのだ。これからもずっと持ち続けていくし、既に大きな財産となっているのだ……あたしはすぐに、どういうことが自分の身に降りかかったのかを、アンドレに話をするだろうし、彼が言うように、そのチョッキに顔を埋めて泣くことだろう。

それから打ちのめされたようになって、身も心もずたずたになって、パイプオルガンの後ろの、身を潜めていた場所から出た。帽子をかぶり、昼食を入れた小箱を手にすると、咽喉が詰まってしまい、退出しようとした。すると、歌の授業でいっしょの生徒が一人、通りかかった。

「オルデマ、どうして歌の授業を休んだの？　あなたは確かレッスンがあったはずだわ。だって、あなたはトリルで歌えるんですもの……それに、あなたのトリルは澄んでいて、さわやかな感じがするわ。だから次のレッスンは、絶対に来てね」

あたしはその娘《こ》ににっこりと笑いかけはしたが、一言も声をかけることはできなかった。彼女はヴォカリーズ〔母音唱法〕の練習をしながら、遠ざかっていった。

「愛、あーあーあーあいよ、おーおしえーえてーあたしに、ここ、ろーろーろーをいつわる、すーすーすーすべを、教えてーあたしにーあたしに、心ーろーろーろーをーをーいーいーつわーるーるーすーすーすーすべを」

そして、あたしは学校を去った。

とぼとぼと歩きながら、まだくよくよと考えることしかできなかった。〈あたしは何とか泥沼から抜け出せたんだわ。人生航路でアンドレに出会わなかったなら、しまいにはどうしようもない暗い夜が、あたしの上に垂れこめてしまったはずよ……パン屑探し以外、何もすることができない時期もあったんですもの……それでも、下の弟たちが食べたり、体が温まる様子を目にできるというのは、やはり相当な喜びでもあったんだわ！……〉

あたしはアンドレに、アムステルダムのことをたびたび話していたので、彼もそこへ行ってみようという気になった。

汽車が都市《まち》に入った時、あたしは体がぶるぶると震え、顔から血の気が引いてしまった。あんなにあたしが苦しい思いをしたこの都市が、感銘を与えるなどとは、全然思ってもみなかったのに。

アンドレはあたしが動揺しているのを見て、あたしの手をぎゅっと握りしめた。

「すべてを僕に見せてくれよ。そうすれば君の心も静まるはずだ」

二人はバイブル・ホテルに投宿した。あたしの父は、このホテルの乗合馬車の御者をしていたのだった。

だからあたしはハールレメルダイクで、ハールレムに役者たちを連れていく乗合馬車の御者台に収まって、にこやかに笑っている父の姿を思い出した。父の姿に気づくように、父は鞭であたしに軽く触れて、陽気な調子で声をかけてくれたから、あたしは馬車の横を小走りについていった。

「今夜は帰るからな。昼飯は持ってこなくていいぞ。この人たちが俺の分の昼飯をおごってくれることになっているからな」

だから父は笑って、馬をトロットで走らせていた。

結構じゃない……田園地帯も駆け抜けるんだわ。そうなれば父は何もかも忘れてしまうわ……二時間は堤防伝いに、片側は運河、もう片側は田園のあたりを抜けていくんだわ……川舟を牽いている男たちと冗談を交わし、刈り入れをしている農夫たちに愛想いい言葉をかけるのだろう。まるで昔からの知り合いのようだ。父は干し草が刈られて、いい匂いがしてくると、歌を口ずさむことだろう。

ある時、父は、役者さんたちに許可を得たうえで、御者台の長い座席にあたしを乗せてくれたことがあった。これほど父のりりしい姿をあたしは目にしたことはなかった。大きな青い眼には歓びが露わになっていた。山高帽を脱いで、栗色の巻き毛を風になぶらせ、あたしに絶えず「仔猫ちゃん《プスケ》」と呼びかけてくれていた。すると、どちらもが子供になったような気があたしにはした。ハルフ・ウェフで、父はあたしを町に帰る御者に託した。

御者台の父の姿を見ただけで、父がさらに幼児みたいにはしゃいでいくのだな、と分かったので、楽しみの渦中にいないことをひどく残念に思った。

そして冬を迎えると……ああ！　確かに、父はほんの些細なことでは、動じることはなかった。その時、父を楽しい気分にさせ、すっかり生き生きとさせるのは冬だった。極寒の中、他の御者たちが備えているような、足温器もなく、あの高い御者台で地団太踏むように、足をしょっちゅう上げ下げしてはいたものだが……

その晩、ダムで、あたしは昔の証券取引所が取り壊されていく様子《さま》を眺めていた。そこでアンドレに、あたしの子供時代の最も心を躍らせたエピソードの一つを語った。彼がもっとはっきり分かるように、夏の守護聖人の祝祭《ケルメス》の日、証券取引所の大ホールで町の子供たちが遊ぶことができるという、昔の特権のことをまず彼に説明してやった。父は子供たちに、その起源をこんなふうに物語ってくれた。

「アムステルダムがまだ材木でこしらえられていた町だったころ、子供の浮浪者が一夜を明かすために、《ダムラク》の運河に面した、証券取引所の床下の片隅に忍び込んだんだ。やがて子供が忍び込んだ隠れ場の近くに、小舟が横付けされた。舟に乗っていた男たちは、この町が眠りについている間に、どうやったら敵軍がうまい具合に、この町を占領できるかを全員で議論しだした。この連中は祖国の敵に買収されたスパイどもだった。

子供は見つからないかと、恐怖のあまり生きた心地もなかった。その子は一年中こんなふうにして外で寝ていたから、風邪をひいてはいたが、息を止め、体を動かさず、洟もすすらなかった。間違いなく、祖国の敵どもはこの子を溺れ死にさせるか、もっとひどいことになれば、多分縛り首にしただろうからだ。だから子供は指《ナジョワール》一本動かさずに、じっとしていた」

「もし、くしゃみをしちゃったら？」

「当然殺されるさ。その子は敵を前にした、兵士のような心境になっていたんだ。ほんの些細なへまでもすれば、その時は裏切ったことと同じになってしまうんだ。だから、くしゃみなんかしなかったんだ。その子は自分の果たすべき義務をちゃんと心得ていたのさ。

スパイどもが小舟を漕ぎながら、Ｙのあたりの橋を次々とくぐって姿が見えなくなると、その子は隠れていたところから跳び出して、町長の家まで駆けていって、この経緯を話したんだ。やがて町の住民は全員がとび起きると、松明が燃やされた。太鼓が打ち鳴らされた。特権町民、庶民、子供たち、それに一人のちっちゃな女の子までいたんだ。その子は金糸で刺繍を施した白いサテンのドレスを着て、ベルトのところには、くじ引きで手に入れた二羽の白い雛鶏を、肢でしがみつかせたまま、祭りから帰ってきたのさ。そういった人たちが兵士たちに加勢したんだ。そしてこの町の隅から隅まで夜の巡視をして、まだスパイどもがぐずぐずしているか、敵の軍は既に上陸してしまったのかどうかを探ろうとしたんだ。

Ｙのあたりにいた敵軍は、早鐘が打ち鳴らされるのを聞き、松明の明かりに照らされて、絹の美しい衣装をまとった剛勇無比の射手たちの姿を目にすると、これはとても勝ち目がないとみて、尻に帆掛けて逃げだしたのさ」

「それでその子供の浮浪者は？」

「町長と町の助役たちは、この町を救ってくれたんだから、どんな褒美がほしいのかと訊いたんだよ。その子はこう答えたんだ。『たった今から、これからは、守護聖人の祝祭の日にはいつでも、アムステルダムの子供たちは証券取引所で遊び回っていいということにしとくれよ。おまけに子供たちが好きなだけ、そこで大騒ぎできるようにしてほしいんだよ』。その要求は認められたのさ。だから、いいか、おまえたち、おまえたちだって、証券取引所の大ホールに遊びに行ったっていいんだぞ」

こんなふうに、あたしの父は少し早く仕事が退《ひ》けたり、あまり疲れていない時には、昔のアムステルダムの風習についての話を、一つ二つ語ってくれたものだった。その時は、父はハウダの陶製パイプを吹かし、一番上の息子のヘインを膝に坐らせているのだった。それと父は暖炉から漏れてくる明かり以外は、好まなかった。

あたしが十歳、ナーチェが五歳の時だった。二人して、ダムラクのあたりで遊んでいた。シロップが入っていた空き樽を探って、指を突っ込んでは、こびりついたシロップを舐めた。沢山の女の人と子供が連れ立ち、めかし込んで、ダムの方に向かうのが目に入った。

「ナーチェ、きっと今日は取引所が開いているんだよ……」

二人で親子連れについて行くと、そのとおりだった。みんなは取引所の小さな扉の前に立ち止まっていた。扉が開かれると、あたしたちはみんなといっしょに階段を上り、とても大きな部屋に入った。

ほとんどどの子供も女親が付き添っていて、おもちゃを持っていた。四人か五人の列になって、みんなは横の回廊を縦に並んで歩いていた。ある列の子供たちはオレンジのポンポンの付いた棒に、赤、白、青の光沢紙でできた小さな風車を取り付けて持っていた。他の列の子供たちはちっぽけな太鼓を叩いたり、がらがらを回したりして、紙の二角帽をかぶっていた。ずっとちいちゃな女の子たちは木の人形を握って、高く掲げていた。ちいちゃな男の子たちは鉛のラッパを吹いていた。

ナーチェとあたしは帽子もかぶらず、薄汚く、ぼろ着をまとって、シロップで手や顔が汚れ、何もおもちゃを持っていなかった。列にくっついていって、子供たちとしゃべったり、がらがらを貸してもらって、「ガラガラガラ」という音を立ててみようと思っていた。あたしは小さい女の子に、自分の人形を忘れてしまったから、ちょっとだけ人形を抱かせて、と言ってみた。でも、どの子もあたしたちに、おもちゃを触らせてはくれなかった。

何周かした挙句、あたしたちは列の外に出た。もう何も口を利く気になれずに、そこに佇んで、見事なおもちゃを誇示し、大はしゃぎをしている少年少女たちが、次々と通って行くさまを眺めていた。それでもまだ二人とも立ち去り難かった。母親は子供たちにタルティーヌやクック〔フランドル地方の菓子パン・ビスケット〕を与えていた。別の母親はビンに入れて持ってきたミルクを、金属製のコップに容れて、子供たちに飲ましてやっていた。

ナーチェは駄々をこねて、動こうとしなかった。あたしは疲れてきて、悲しくなった……恥ずかしさも手伝って、今度はナーチェの腕を引っぱって立ち去ろうとしたが、ナーチェは泣きだして、足をバタバタさせた。今度の月曜日にはがらがらを買ってあげるからとなだめて、何とか妹を歩かせることができた。

ニーウエンダイクで、立派な商店におもちゃがあるのを見つけたが、大して興味はそそらなかった。それは七宝焼きのミニチュアの鉄道の模型セットであり、ティーポットぐらいある大きな独楽であり、三歳ぐらいの体の大きさの人形だった。しかも本物の髪をし、目を閉じている様子は怖かった。金色の食器セットもあった。いや、そんなもので遊ぶことなんてできやしない。何ギルダーものお金を出して買っても、壊してしまったことだろう。ところが、父は週に三ギルダーしか身入りがないのだった……

ハールレメルダイクで、おもちゃをいっぱい並べてある地下室のところのステップを下りてみた……ああ！　そこでようやく二人とも、心が開いた。色づけされた木製人形、いろいろな色の真珠のはめ込まれた箱、赤い色をした鉛のラッパ、がらがら、緑色の陶製の食器セット。

「ああ！　ナーチェ、ねえ見て、ねえ、見てごらんよ」

ナーチェはぼうっとしたように、押し黙ったままだったが、執拗にがらがらと小さな風車を指差していた。

大きな箱の中には、手足の動くあらゆる種類のちっぽけな木製人形がぎっしりと詰め込まれていた。値段はたったの二セントだった。今度の月曜日には、この人形を一つ手に入れてやるぞと心に期した。だって、今度の守護聖人の祝祭の月曜日には、あたしは人形を持って、ナーチェはがらがらを持って、取引所に出かけて行くぞ、と決心したばかりだったからだ……〈人形には丈の長い服を作ってやるわ。そうすれば、そんな小さくは見えないはずよ〉

まだ一週間の間があった……母があたしをお使いにやり、お釣りをもらう時に一セント貨があれば、それをくすねておいた。あるいは、テーブルや戸棚の上にそれが転がっているのを見つけた時には、それを自分のものにしておいた。木製の口の大きなマントルピースの中の、小板の上をその隠し場にしておいた。

四セント必要だった。がらがらに二セント、人形に二セント。間もなく人形を買うための二セントは手に入った。人形には、ぼろ切れで作った裳裾の付いたドレスを着せ、元は母のボンネットだった、横に若鶏の羽根をあしらったチュールを被せた厚紙製のトック帽を頭に載せてやった。このトック帽は《チューダー》と呼ばれていた。ナーチェの髪はカールペーパーを使って、巻き毛にしてやった。あたしは生まれつきの巻き毛を水で濡らして、伸ばし、沢山の小さなお下げにし、《イギリス風な》カールにしてみた。

月曜になると、背中にウェーヴさせた髪を垂らすようにして、日曜日に汚さないようにしておいたタブリエをあたしは着、ナーチェは褐色の髪をカールさせて、二人して学校に行くようなふりをした。だがひとたび運河の水門を過ぎてしまうと、あたしはスカートの下に隠しておいた人形を取り出し、おもちゃ屋の地下室に入って、がらがらを買った。そうしてから、二人で取引所めざして出発した……

ああ！　大ホールに入った時の、あたしたちを衝き動かしている喜び、誇り、心のおののきといったら、今度は、二人は他の子供たちと変わりなかった。あたしは親指と二本の指を使って、スカートを穿いた人形を立たせたので、その裳裾はあたしの手に沿って広がった。ナーチェはがらがらを回していた。あたしたちを見る目には、もう不信感といったものは窺われなかった。子供たちはあたしたちのおもちゃと交換する形で、自分たちのおもちゃを貸してくれた。その後で、女の人があたしたちにコリントの小さなパンを半分くれた。二人でその人の息子と遊んでやったからだった。不快感を与えない、全く平等な立場にいる、あこがれの目で見られさえするというのは、何と気持ちのいいことなのか。だって、みんなは、あたしが精魂こめて仕上げた、あたしたち二人の髪型に感嘆していたからだ。

あたしたちは取引所の閉館する時まで居残っていた。その後、小さな男の子の手をそれぞれがつないで、あたしたちはニーウェンダイクを経由して帰路についた。その間、男の子の母親は後ろからついてきた。ハールレムの橋で別れる際に、母親は、あたしたちがとてもいい子だと言ってくれた。

この時から、あたしは例の小板の上に、セント貨を常備しておくようにした。しかしこの小銭は、おもちゃを買うためだけに充てられたわけではない。しょっちゅう換えなければならない教科書のブックカバーを取り換えるのに使いもしたのだ。母は、紙類の束を買う小銭を、必ずあたしに渡してくれるとは限らなかった。すると先生は、あたしの耳を思い切り引っ張ったり、指を伸ばしたまま突き出すよう命じ、その指先を定規でしたたかに叩くのだった。

翌日、早朝からあたしたちはアムステルダムの中を、かなり遠くまで歩きまわった。十七世紀には完全にでき上がっていた、この巨大な都市にアンドレはうっとりとなっていた。

「あたしはこの都市の通りや建物の由来を話してあげることはできないけれども、洪水にしょっちゅう見舞われた地下室や、悪臭が充満した袋小路で、子供たちが何世代にもわたって、すくすくと成長もできずに幼いうちに、どんな死に方をしていったのか、大人が何世代にもわたって、どうしてリウマチに罹り、歯が抜け落ち、首がぶよぶよにたるむのを目にしたのか、老人が何世代にもわたって、どんな具合にして身体不随となり、水腫を患って死んでいったか、そうした類の話はして上げられるわ。あたしはこの都市のほとんどありとあらゆる地区に住んだといってもいいくらいだわ。だからそこの運河や下水の臭いも知り尽くしているのよ」

「ケーチェ、いいかい、こんなにも美しいところが沢山あるのだから、幸福もやはり生まれているはずだよ。通行人たちは充足し幸せそうな様子をしているじゃないか」

「ああ！　そのとおりよ、ここで幸せを見つけることもできるはずだわ。でもあたしには、そんな経験がなかったのよ。あたしたち一家がアムステルからこの都市に入った朝から、またアムステルを通って、この都市を出ていった夜まで、一家の生活はおよそ想像を絶するような、不運の連続だったわ……それにね、これから歩いていくにつれ、あたしたちが元暮らしていた住まいを教えてあげるし、そこでの暮らしがどんなものだったのかも話してあげるわ。きっと悲しい気持ちになるわ、アンドレ……それでもブリュッセルに移ってからは、あたしはずっとアムステルダムへの懐郷の念が消えなかったわ。それだからといって、当たり前だけれど、ここに戻っちゃいけなかったのね」

あたしは彼をユトレヒトスフェドワルス通り《ストラート》に案内し、一家の最初の住まい、地下室を示した。いろいろな年齢層の子供たちが、通りの下方の小さなステップの上で遊んでいた。その様子は昔のあたしたちのようだった。二十年前のある夜、洪水が一家の住まいをどんなふうに襲ったのかを思い出した。

ヘインとあたしは、下の二人の兄弟といっしょに床に敷いた藁布団で寝ていた。あたしと弟はうつぶせに寝て、枕に顔を埋めていた。

「輪が見えるな」とヘインは言った。「こっちに向かってきたり、戻ったりしているぜ。ぐんとでっかくなったり、今度はずっとちっちゃくなっているぜ。黄色になったり、緑になったり紫になったりだ。後ろにランプが点いてるみたいだぜ。そのくらい明るいよ……」

「あたしの方からはね」とあたしは言った。「赤、青、そしてオレンジ色が見えるよ。ぐんぐん大きくなって、部屋いっぱいの大きさになったよ。すごい勢いで回っているよ……あら！　形が変わってきたわ。今度は数が増えている、小さくなって、いろいろな色になっているよ。いっしょに沢山、小さな光も回ってるわ。ああ！きれい、何てきれいなの！……今度は、何が見える？」

ヘインの返事はもうなかった。弟は眠っていた。

まだしばらく、あたしは枕に顔を埋めていたが、体がほてり、寝床も熱かったし、ノミがやたらに刺してきたので、体を起こして、座りこんだ。

この地下の部屋は薄暗かった。ストーブの排煙用の開口部や、少し高くなったところの蓋だけが弱い光を発していた。テーブルの上に突っ立つようにして置かれた父の大きな乗馬靴は、二つの怪物みたいだった。弟や妹たちも、あたしのまわりで眠っていた。ヘインは小型犬を抱きしめていた。猫はディルクに凭《もた》れるようにして、体を丸めて寝ていた。アルコーヴでは、両親が赤ん坊と眠っていたが、そのドアは開いたままだった。ストーブの弱い反射光は、ナイトキャップをかぶった母の顔にも当たっていた。ひどくやつれたように見えたので、あたしはぞっとした。でも父の激しいいびきのせいで、あたしは一安心した。

体を横にしたところ、びくっとして、震えがきた。藁蒲団は湿っているように思えた。

「おかあちゃん！　おかあちゃん！」

「何だい？」

「ディルクがおねしょしたみたいだよ。蒲団が濡れているよ。だから体がチクチクするよ」

「どうしろっていうんだい？　少しおとなしくしておくれよ。いちいち何か言うんじゃないよ」

あたしはまた横になった。光る輪をまた眺めてみようとした。そうすれば、熱が出たり眠れない夜には、あたしの気を紛らわしてくれたからだ。だが、今度はどうもそういう具合にはいかなかった。どうも寝苦しくて、そっちの方に気がいってしまった。もう目を開けないことにした。家具の下で、何かかすかに触れるような音、ざわざわするような音が聞こえた。恐ろしさのあまり、体を縮めるようにした。

不意に猫がテーブルの上に跳び上がった。猫と乗馬靴が、途方もなく大きく見えたので、三匹の怪獣がいるような気がした……

藁布団はますますぐしょぐしょしてきた。ぞっとして、あたりを手で叩いてみた。手が床に触れた途端、水しぶきが上がった。

「おかあちゃん！　おかあちゃん！　水が上がってきたよ」

「何だって、水だって？」

子供たち全員が泣きわめきだした。今まではひたひただった水が、一挙に子供たちに向かって押し寄せてきた。父は身を起こすと、すごい声を張り上げた。足を床に下ろしたところ、水の中だったからだ。子供たちは全員アルコーヴに引き上げられ、詰め込まれるだけ詰め込まれるような形になった。ディルクは母の脚の方に、あたしは父の脚の方にいた。自分は安全だと確信できるように、父の片脚にしがみついた。そうやって、みんな眠りについた。

朝、父の立てる物音であたしは目覚めた。天井の梁に頭をぶつけないように腰を屈めて、木の塊のようなものをいくつか置き、その上に板を渡そうと躍起になっていた。室内を動き回れるようにする算段だったが、水は腰板のあたりまで上昇してきていた。

家の者が起きたころには、町はすごい騒ぎになっていた。洪水はどの建物の地下にも襲いかかっていた。それには慣れっこになっていたとはいえ、水の高さの具合や、退避の様子を見ようと、あたり一帯は人の往来がずっと絶えることはなかった。

母はすっかり動顚してしまい、何も手につかない様子だった。子供たちを学校にやらず、昼食も作ろうとしなかった。ミナとあたしは、母にくっついて、地下の住まいをいくつも訪ねたが、すぐにあたしの方は追い返されて、下の子供たちの面倒を看ることになった。

あたしたちは水の中を跳ね、歩きまわって遊んだ。それからヘインは棒に紐を結びつけて、ヘアピンを折り曲げて作った鉤針を括りつけた。椅子に腰を下ろすと、泥水の中に釣り糸を垂らした。ディルクはお尻をつけて、並べた板の上を這っていき、寒さで青くなった手に、家具の下から浮かび上がってきた死んだハツカネズミが固まって入っている巣を握りしめていた。ナーチェは椅子に載って、泣きわめいていた。

ディルクはさらに溺死寸前のネズミを見つけた。相変わらず板の上を這いずり回りながら、まだかすかに息をしているネズミを、うれしそうにみんなに見せた。だがネズミは水の中に滑り落ちてしまった。あたしはネズミを引き上げてやろうとしたが、うまくいかなかった。重すぎたからだ……そこであたしは母を呼びに出かけることにした。母は覚束ない足取りで、地下の住まいを次々と渡り歩いては、いたるところで、コーヒーをごちそうになっていた。しぶしぶ帰ったが、なかなか重い腰を上げようとはせず、ディルクを板の上からようやく引き上げる始末だった。

ディルクとヘインは、がたがた震えだした。母は二人を寝床に寝かせた。激しい熱に苛《さいな》まれ体が蒼白になり、苦しがって玉のように縮こまり、のたうちまわった。あたしもおいおいと泣きだした。やはり熱が出てきて息苦しくなったからだ。母は二人の隣にあたしを寝かせ、ぼろの毛布を掛けてくれた。三人とも身をすり寄せ合うようにして、あたしたちの体を苛んでいるひどい悪寒に、歯をカチカチ言わせた。おまけに血管の中を蟻が這いずり回っているように、体の中がもぞもぞしてきた。こんなふうにして、また激しい熱に見舞われるだろうと想っていると、午後になってようやくその兆候が現われてきた。

それから体の色も徐々に青白い色から桃色になり、とうとう火のような赤さになった。体から毛布を跳ねのけ、まわりを腕でバタバタ叩き、それぞれの体が離れ、足を大きく広げるようにして、熱さを和らげようとした。その間、あたしたちはすごい喉の渇きで、体の水分が干上がってしまった、と思えたほどだった……母は薄暗いアルコーヴを照らすのに片手にロウソクを持ち、あたしたちの渇きをいやすために、もう一本の手に水をいれた容器を持って、水を飲ませてくれた。

夕方になって、ようやくあたしたちの熱は退《ひ》いた。もう三個のぼろ切れの塊でしかなかった。子供たちの体力を回復させてやらなければならないのに、母の手許には、ちっぽけな黒パンのタルティーヌ一つしかなかった。

その時から、数年にわたって、あたしたちは間欠熱に苦しめられた。

小型犬は姿を消していた。逃げたのだと、てっきりみんなは思っていた……腐臭が日に日に強くなって、部屋に充満するようになった。両親は死んだネズミが部屋のどこか片隅に残っているにちがいないと思っていた。水が完全に引いて、父と母が探してみると、アルコーヴの下で、溺死した犬が腐爛した状態で見つかった。

「ケーチエ、君はまるでまだそこにいるように、その光景が思い浮かぶんだね」

「頭がおかしいと言うかもしれないけど、それなりの理由はあるのよ。これまで毎日ずっと、そうした昔の生活を追体験してきたのよ。あたしたちがそこで暮らした三年間というもの、丸々して血色もよかった下の子たちは、このひどい穴蔵で、日陰の花みたいにひ弱になってしまったの。まだここに住んでいる人たちと同じようにね」

あたしたちは高級レストランの一つ、ロキンで昼食を摂ることにした。

それにしても、この対照には何というひどい隔たりがあることか！……

こんな凝った料理を食べ、高級ワインを飲むことに、あたしは疚《やま》しさを覚えた。アンドレが選んでくれたからだとはいえ、あたしは、どういうコースの料理を選んだらいいものか、相変わらずよく分からなかったからだ。

彼はそんなことを考えることのバカバカしさを、あたしに分からせようとした。

「僕の父は五十年間働いて、数十万フランの金を手に入れたのさ。こんなふうにして得たささやかな財産で、生活を楽しむことだってできるんだ。人生はパンのかけらでだけ、できているわけではないからね。それに僕が時々ちょっとした絵の研究書を買ったり、オマールを食べたりするから、ということでもないんだ――このエビは見事なものだよ。色のすばらしさのためだけで食べると言っても、過言じゃないさ。まるで、喜びと光を食べていると言ってもいいだろう――大部分の人間はこんなものを手に入れられないんだよ。いいかい、こうした問題は、それ以上にずっと複雑なんだよ……納得がいくようになるのは、闘いながら、不正にじかに触れてみることによってってことさ。何人かの仲間や、少数の社会学者の友人たちと、僕たちは前衛的なグループを創ろうとしているんだ。社会問題や庶民の教育に取り組もうと思っているのさ。新聞も作ろうと思っているよ……芸術に大きく紙面を割こうというつもりさ。それは踊り子を囲うようなものだね、と母は言っていたけれど、僕は新聞をそんなふうには考えないよ。僕が女から距離を置く手段の一つとぐらいしか、母は見ていないんだ」

「でもそういうことなら、お母さんがいつか事情を知ったら、あたしを追っ払おうとするかもしれないわ……」

「なあに、君は僕の人生の一部になっている、と言ってやるさ」

そう言うと、うっとりするような眼であたしの眼をじっと見つめ、あたしがこれからも持ち続けて当然という信頼感を、しっかりと刻みつけてくれた。あたしは何か苦しみにも似たような眼差しで、必ずそれに報いなければという気持ちになっていた。だって、彼の母が事情を知れば、二人の幸福は損なわれるだろう、という胸騒ぎがしていたからだ。

ホテルに戻って一休みする前に、あたしはさらにニーウェンダイクの一つの路地へとアンドレを誘《いざな》った。饐《す》えたような悪臭が漂ってくる袋小路を指し示した。入口では女が客引きをしていた。あたしたちを脅えたような眼で見たが、あたしもまたよく経験したように、おそらくは地味な服装や、真ん中で分けた髪の上にちいさなカポート帽をかぶっていたせいで、慈善事業関係の女性と考えたにちがいない。あたしは右手の最初の小さな家を、アンドレに指差してみせた。女は、われわれが入ってくると思って、姿を消した……ああ！　このひどい臭い！……何という懐旧《レミニサンス》の念だろう！

その時あたしは十二歳だった。間欠熱のためにひどく衰弱していたので、医者は、キニーネでは効果がないとみて、転地だけが最後の打つ手だとはっきりと言った。両親はハールレムに住む、一人の伯母のところで、あたしを何日か過ごさせることに決めた。あたしは独りで旅ができるくらいの年齢にはなっている、と判断された。

出発にあたっては、熱が出ないと思われた日を定めた。母はあたしの衣類を洗濯し、何枚かの十セント貨《ドゥベルチェ》を持たせた。あたしはハールレムの城門の外に出て、川船に乗った。

船は二人の男が曳いていた。牛は既に牧場に出ていて、雄羊は雌羊といっしょに跳ね回りながら、そこで遊んではいたけれども、空気はまだひどく寒かった。船室に下りて、窓から、顔の高さあたりで波がピチャピチャと当たってくるのを見ていると、ひどく楽しい気分になってきた。

ハールレムに着くと、少しどもりがちの年上の従兄が、あたしを待っていてくれて、すぐにうれしい知らせを伝えてくれた。今晩にも、ヒレホムに連れていってくれるというのだ。彼はそこで、花摘みとして雇われているのだ。

「花なんて全然見たことがないだろう?……いいかい、厭というほど花だらけだからな」

「へえ! ううん、オート・ディグの野原で見たことがあるわよ」

「いやいや、そんな花はおまえに見せてやる花とは全く違うよ……」

伯母はあたしをとても温かく迎えてくれた。みんなしてジャガイモ、お粥がいっしょになった料理を食べたが、一皿分の脂肉も混ぜられていた。熱々でおいしかった。それに伯母は親戚の中では、《食事を出してくれるし》、どんな犠牲を払ってでも、おいしい食事を作ってくれるという評判だった。あたしの考えでは、食事がおいしいのは、準備の仕方だった。伯母のところでは、同じジャガイモ料理、お粥でも卵の黄身のようなおいしい味だった。一方、あたしの家では、同じ料理が石鹼みたいな味になるのだった。

日暮れ時、一人の農民が御者になって、二頭の犬を繫いだ荷車が、あたしたちを迎えにやってきた。従兄は大量の空の籠の真ん中あたりに、あたしを坐らせると、袋で体を包んでくれた。それが済むと出発した。

空気は生暖かった。やがて夜になった。暗くなったので、道は長いように思われたが、時折、えも言われぬよい香りの風が吹きつけたので、袋の下から顔をのぞかせて、口を精いっぱい大きく開けて、飢えたようにこの空気をたっぷりと吸い込んだ。すると喜びと至福といった気持ちで、心の中がいっぱいになった。すぐにあたしは詩篇の曲や、学校で習ったリートを口ずさんだ。

「おい、おい、嬢ちゃん、目が覚めたのかい。もう病気は治ったじゃないか」

「もっと歌いなよ、チビちゃん」と御者役の男も言った。「もっと歌っとくれ……」

あたしはすっかりうれしくなって、声を張り上げて歌った。

村に入ると、荷車は小道を次々と抜け、いくつも小さな橋を渡り、右に行き、左に行って、また左に行って、小さな家の前で止まった。従兄はあたしを抱きかかえるようにして地面に下ろすと、あたしたちは家に入った。

従兄があたしを連れていった部屋は、青のデルフト焼きのタイルで壁が飾られていて、床にはござが敷かれてあった。部屋の中ほどには、オレンジ色の縁取りの大きな黄色い帆布があった。窓際のテーブルには、夜食が用意されてあった。エダムチーズの載ったタルティーヌに、コーヒーだった。左右の翼を高く反らせた、白いチュールの掛かったボンネットをかぶり、何枚ものスカートを重ね穿きし、スリッパを履いた農婦が出迎えてくれた。

「おや！　これが病気の女の子かい……おやまあ、そうなのかね、熱があるようには見えないよ……」

「いい空気を吸って元気になったんだよ。道中、ナイチンゲールみたいに、ずっと歌っていたんだぜ」

「それじゃ、お嬢ちゃん、食べて飲んでちょうだい。それからおねんねだよ……」

あたしはこんなに優しく扱われたので、意外な気がしたが、とてもいい気分だった。

「ところで、その子をどこに寝かせるんだい？」と相棒の男が尋ねた。

「俺といっしょに寝るさ」と従兄は答えた。「構わんでくれ。あんたはベッドに寝てくれ」

従兄とあたしは梯子をよじ登って、屋根裏部屋に上がった。刈り取ったばかりの麦藁がいっぱいだった。あたしの靴と上に着ているものを脱がせた後、従兄はたった一枚しかない毛布で、あたしをしっかりとくるんでくれた。そうしてからロウソクを吹き消し、上着と靴を脱ぐと、ごろりと横になった。

この日の朝から、これほど幸せな気持ちになったことは絶えてなかった。屋根の天窓を通して、月と星が見えた。よい香りの空気が、部屋の隙間から入ってきた。感謝の念でいっぱいになったので、どれほど善行を積んでみたくなったことだったろうか。日ごろ決して祈りの文句など唱えたことのなかったあたしは跪き、熱烈に祈りだした。「天にましますわれらの父よ」、そして「お祈り申し上げます、マリア様、心の底から感謝をこめて」。それからよい香りの空気を吸い込むと、いろいろなことに想いは広がっていった。

するとあの袋小路の、どぶの近くの、穴のあいた椅子みたいにして使われている樽のそばで休んでいる、ケーシェとクラーシェのことに想いが及んだ……それから、明日になったなら、熱がぶり返して、花を見に行くことはできなくなるだろうとも考えた……すると悲しくなって、泣けてきた。従兄は起きてきて、尋ねた。

「どうしたんだい、嬢ちゃん?」

あたしはそのことを彼に打ち明けた。

「ああ！　嬢ちゃん」と従兄は、どもりながら言った。「は、花は、見、見られっよ。毛布で包んで、ぜ、ぜった、たいに、連れてってやっ、やるからな」

あたしを抱きしめると、二人はそのまま眠りにおちた。

翌朝、目覚めると、従兄はもう出かけた後だった。小さな盥に水が張ってあり、横に手拭きと櫛が置いてあった。できるだけ丁寧に体を洗ってから、下に降りていった。

農婦が一人いるだけだった。朝食を出してくれた。従兄が入ってきて二度目の朝食を摂ると、あたしを連れていってくれた。

家のまわりを一周してみると、驚きの連続だった。あたしは声を上げながら、駆けずり回った。

「タンポポだ！　タンポポだ！……」

従兄と相棒の男は腹を抱えて、大笑いした。花の近くに行ってみると、花はタンポポではないことが分かった。

「スイセンだよ、嬢ちゃん」

「でも、すごい！　すごくいっぱい！」とあたしは叫んだ。「ずっと畑、まだまだ先も……」と振り返りながら、言った。

でもあたしは、めまいに襲われたように足が止まってしまった。

「あそこも！　あそこも！」

目の前には、青紫の花畑が広がっており、前の日から、あたしをうっとりさせていた香りが漂っていた。隣にも、もう一区画の同じ花が咲き誇る広大な畑が広がっていたが、色はピンクだった。それからさらに一つ藤色の花畑があって、白い色をした別の花畑が、さらには肌のような色と緋色の花の畑が広がっていた……

すばらしさに頭がぼうっとしてしまって、あたしは溝伝いに駆け回った。

突然、足が止まった。赤褐色のチューリップ畑が目の前に、見渡す限り広がっていた。二番目の畑は赤と黄色のまだらのチューリップだらけで、少し遠くには、淡い赤に縁取られた白いチューリップの畑があった。それから前後左右、いたるところ、チューリップ、ヒヤシンス、スイセンの畑が広がっていた……

あたしがすごくはしゃいでいる様子に、例の農夫のおじさんがにこにこしながら、いっしょについてきてくれた。あたしはすすり泣きながら、その人の腕に身を投げた。

「熱が出てほしくないの。だってそうなったら、もうお花を見られないでしょう」

「やれやれ、嬢ちゃん、熱なんか出ないよ」

もう時間は十時になっていたが、体温が上がってくることはなかった。

従兄とその人は、ヒヤシンスの畑の間引きに一生懸命に取り組んでいた。小さな花のつぼみを沢山むしりとっていた。そうしないと、互いに花が駄目になってしまうからだった。つぼみを投げ捨てたところが、山のようになっていた。

あら！　まあ、なんてきれいなの！　ほとんど黒っぽく見える青い小さな花のすごく大きな山、それから赤い花の山、薄紫色のいくつもの山、別のいくつもの山、まだまだある山……

母は子供たちに話してくれた。母が暮らしていたリエージュの地方では、祭りの行列が通る道に花びらを撒き散らして、マリアに敬意を表するのだと。〈もしこの人たちが、茎からむしり取った花を満載した手押し車を牽いていったら、聖母のために、どれほどすばらしい香《かぐわ》しい道を創ってあげられることだろうか……〉

あたしは従兄のお手伝いをしようと思ったが、芳香が強烈だったので、くらくらしてしまった。

「いいんだよ、嬢ちゃん、咲いているのだけ摘めばいいよ」

熱は出なかった。お昼に帰ると、おばさんはあたしの顔色のよさに、まあ、と声を上げた。

魔法のような日々は、四日間続いた。早朝、農夫のおじさんは犬たちの牽く荷車に、チューリップ、ヒヤシンス、そしてスイセンの籠を積み込んで、町の市場に向かうことになった。あたしを籠の間の袋の上に坐らせてから、ハールレムに向けて出発した。

到着すると、おじさんは籠の一つから、あたしが特に素敵だと思っていた何本かのチューリップを抜き出して、花束にしてくれた。

「ほら、嬢ちゃん、おまえにやるよ……」

それはかなり大きな二重の花弁を持った赤紫と白のまだらの入った三本のチューリップだった。すごい迫力があった。威圧感といったらいいのだろうか。そのチューリップの名前は《征服者》だった。それからアイボリーホワイトをした三本のチューリップは淡いピンクと薄紫色がかかったような葉脈が入っていて、《新婦のヴェール》という名前が付いていた。

　伯母は川船の止まっているところまで、わざわざ送ってくれた。あたしは正午前にアムステルダムに着いた。下船した時、自分の後ろに宝物を置き忘れてきたような気持ちになった。ほんのひと時自分のものだったのに、永遠に奪い取られてしまったような思いがした。あの緋色の、赤の、藤色の、黄金《こがね》の、真紅のあのお花畑に比べれば、眠りの森の美女のお城が何だっていうの、シンデレラの馬車が何だというの！……あのおとぎ話には、香りのことが語られていない。よい香りがなくて、幸福なんてあるのかしら？　あの芳香《アロマ》が、体に染み込んでからというもの、昼夜を問わずに、することなすことすべてにおいて、よい香りに傅《かしず》かれてからというもの、あたしはそれを熱烈に求め、恋い焦がれた。だからあたしは思った。よい香りがなければ、あたしはもう何も愛することはないだろうと……ああ！　それでも、ケーシェやクラーシェにまた会えるだろうし、ナーチェの髪をカールペーパーで整えてやれるんだわ。そしてあたしが四日間暮らしてきたおとぎの国のような世界を、みんなに話してやれるんだわ。

〈《征服者》だよ！　《征服者》よ！……ディルクはまだ歯が一本ぐらぐらしているかしら……《新婦のヴェール》だよ……いい、ナーチェ、これが《新婦のヴェール》なのよ……あたしの目の前に花束を翳《かざ》してやろう、みんながすぐに見えるように……明日は日曜日か、部屋代を払わなきゃいけないんだわ……〉

あたしはハールレメルダイクに向かって足を速める、みんなのそばにもっと早く行けるように。

　袋小路に入って、花を前に翳すようにしたところ、どぶの悪臭に息が止まった。部屋に入ったところ、小樽の臭いに、ほとんど息が詰まりそうになった……下の子供たちがあたし目がけて駆けよってきたが、彼らを追っ払うと、声を張り上げた。

「おかあちゃん、この臭いったら！……」

あたしは袋小路にいったん跳び出しはしたが、それから追い詰められたような心持ちになって、部屋に戻った。

「おかあちゃん！　おかあちゃんたら！　この臭い……」

「いったい、まあ、バカじゃないかい、いつもこんなもんじゃないか」

チビたちは持ちかえった花束に襲いかかっていた。花弁をむしり取り、自分の物にしようと大声でわめき、相手をひっぱたいていた。

じきに全身が鳥肌立つのが分かり、発熱の前兆の、むずむずする感じが体中に広がっていった。すぐにアルコーヴに上がって、膝に顎をくっつけるようにして、体を丸めて横になったが、あたしに取り憑いていた熱がまた出て、歯の根も合わない状態になって、上下の歯をガチガチと言わせた。


投宿している部屋までコーヒーを持ってきてもらった。アンドレはタバコを吸いながら、室内をあちらこちらと歩きまわっていた。

「人類は増大の一途を辿っているというのに、こんな仕打ちにどうやって耐えているんだろう。まるで社会は、精神薄弱者や乞食を作ることに躍起になっているみたいじゃないか」

あたしたちは言葉を一言も交わすことなく、ミルクホールに夕食を摂りに出かけた。その後、町の中央の運河地帯をあてどもなく歩きまわった。その夜、運河も河岸も狭い、アウデザイツアフテルブルフワルは、漆黒の闇に包まれていた。倒れそうな幅の狭い高い建物には、明かりが灯ってはいなかった。それでも宮殿のように、建物はよく磨かれていることが分かった。いくつもの木橋からは、ねじ曲がったような樹木が見え、淀んだ水の上で、枝先がほとんどくっつき合わんばかりになっており、川面にはふわふわとゴミが漂っていた。溜まっているゴミの腐臭は、息もできないひどさだった。

橋の近くには、帽子をかぶらない、明るい色合いのタブリエ姿の女たちがぽつぽつといて、きょろきょろと、通りがかりの男たちに目を走らせていた。橋の上では、少年たちと一人の思春期の少女とが追っかけっこをしては、いちゃついていた。その先の、一本の路地の片隅では、少年たちの一人が建物の入口の鐘をけたたましく鳴らすと、菓子屋にすごい勢いで駆け込んだ。砂糖菓子のボンボンを買うと、少女のところに戻ってきて、紙袋を差し出し、お菓子を取るように言っていた。

河岸には、間を置いて街灯があったが、樹木の枝に遮られてしまって、光をむしろ水の方に投げかけており、水面にはちらちら揺れる、吹き流しのような明かりがあちらこちらで瞬いていた。

だがこちらの方に一つの窓が見え、オレンジ色の靄みたいな光が浮かび上がっていた……二人の女が上げ下げできる窓を開けて、少し身を乗り出していた。その後ろの室内は、オレンジと赤の色をした一つのランプシェードと、無地の半透明のカーテンを通して見える、ぼうっとした光に包まれていた。一人の女の背中と尻のあたりは、赤褐色の反射光を受けていた。アップにした髪と、ユダヤ人めいた顔は窓の外に出ていたが、影で暗くなっていた。もう一人の方はとても若く、ブロンド髪とはっきり分かったが、しまりのない体つきをしていて、白ずくめの服装をしていた。両手に顎を埋め、澄んだ目で、通行人を誘っていた。あたしたちはひどく好奇心に駆られて、二度ほど行きつ戻りつしたので、ブロンドの女はきっとなって、こちらを睨みつけた。もう一人の女はあたしのことなど眼中になかったが、指をさりげなく動かして、アンドレを誘っていた。

薄暗い運河沿いの三つか四つの建物はこんなふうに、黄色や赤、オレンジの明かりで照明がなされていた。

あたしたちはぶらぶらと歩き続けた。橋を一つ渡り、通りを一つ経て、アムステルダムでいちばん古く、心の底からくつろいだ気分になれる河岸沿いを歩いていた。

ハッとして、あたしはその場で足が動かなくなってしまった。運河の対岸の一本の路地の片隅にある、照明に浮かび上がった巨大な建物から、包みを抱えた人たちが出たり入ったりしていた。一六一四年に建造された、市の壮大な《公営質屋》《モン＝ド＝ピエテ》の建物だった。

「アンドレ、見てよ。あれは、あたしたち一家がアムステルダムに辿り着いた翌日、母が通行人たちに場所を尋ねて、教えてもらった最初の建物なのよ。母はあたしをいっしょに連れていって、そこに着くと、あたし一人を押しやるようにして列に並ばせたのよ。だから、あそこへはよく通ったものよ。ああ！《公営質屋》は、一家の最後の駆け込み寺みたいなものだったわ……近所の人たちは、質入れ用の品物まで貸してくれたのよ。あそこでは何でもオーケーだったのよ。鏝《こて》、長靴、鏡、枠、要するに何でもよ……ほら、ごらんなさい、相変わらずの盛況よ……貧弱な包みを抱えて出入りする人たちが上げ下げする、重さのあるあのドアを見てちょうだい。子供のあたしには重すぎたわ。だからいつも、ドアを押し上げる際には、そこにいる人に手伝ってもらったものよ……ドアがまた下りる、下りるわ……男の人たちは質入れのお金をズボンのポケットにすばやく入れて、上に手をやっているわ。女の人たちはスカートをたくしあげて、真ん中が開くポケットにお金をしまいこんでいるわ。

ほら、男の人が待っているわ。おそらく仕事がないんだわ。身だしなみはいいわ。今日は土曜日の夜でしょう、あの人はポケットに質入れのお金を入れて、奥さんと出てきて、一週間分の買い物をする日なのよ。ミルクホールで必ず奥さんに、ココアを一杯おごってあげるのよ。あの人が一杯ひっかけに行っている間、奥さんはドアのところで待つんでしょう。あの階級の女性たちは酒場には入らないわ。あの人は給料を貰えないから、それでも買い物をしなきゃいけないから、あの質屋に二人して何か持ってきたのよ。いちばん上の女の子が面倒を看てやっている下の子供たちは、この日、両親が買ってくる燻製ニシンや燻製ウナギの分け前に与ろうと、家で待っているのよ。

生活習慣を知るには、彼らのシルエットを見るだけで十分よ。ここでは、プロレタリアの生活習慣は地区とともに変わるのよ。だって、その人たちは先祖代々、ほとんどの時間、その地区で暮らしているんだから、彼らは特別な性格を帯びてくるのよ」

ホテルに帰って床に就くことにした。ベッドは二つ取ってあった。だがアンドレは、あたしが話したことにひどくショックを受けて、あたしのベッドに入ってくると、その夜はあたしをほとんどずっと腕に抱きしめていた。でも、あたしはなかなか寝つかれなかった。《公営質屋》のことが、頭にこびりついて離れなかった……母の姿が彷彿としてきた……母の黄金《きん》のイヤリング、コート、ショールが……


毎年、春を迎えると、母は憂い顔になり不安そうになった。母の結婚の最初の年から、生まれ故郷の町で質入れした《黄金のイヤリング》、コート、ショールの質札を、《公営質屋》でその時期、母は更新しなければならなかった。

お金がなくなると、母はお金を借りたり、子供たちの食を抜いたり、子供たちの衣類まで質屋に持っていったものだった。だがこうした更新をするにもお金が、母には必要だった。そうなると、熱に浮かされたように、のべつ幕なしに、自分のイヤリングやブローチのことをあだ、こうだとあたしたちに言って、話は終わることがなかった。

「耳に留める箇所には、小さなハートが彫ってあってね。本体は、透かし模様の細工の奥には、まずまばゆい黄金の三つの小さな螺旋管があって、そのまわりには三本の釘の頭でクローバの葉が留められていてね、さらには五本の光の矢の模様で、半円形の星を表わしているのさ。ブローチは透かし細工を稲妻型にしたもので、真ん中に大きな葉が付いていて、まわりは釘の頭と長い光の矢があしらってあってね、ペンダントみたいに三つの小さなハートがぶら下がっているんだよ。娘時代に、何年も小遣いを貯めて、ようやく手に入れたんだよ。耳をそろえてお金を渡すことができなかったので、宝飾店主のところに行って、レースの襟とハンカチをお金の代わりにしてよ、って言って、頼んでみたところ、承知してくれてね……

あたしの茶色のラシャのコートは三つのケープが付いているんだよ。白のカシミヤのショールはピンクと緑のアラベスク模様があしらってあってね。これは半分の大きさのショールだけれども、肩に巻いてみると、そうは見えないいね。

《公営質屋》に預けて二十年になるからねえ。いつお目にかかれるか、神のみぞ知るだよ！」

そう言うと、大粒の涙が、母の美しい顔を伝ってこぼれ落ちた。

「結局、またもう一度、更新することにしたよ。今から一年は売られずに済むよ」

あたしたち、子供が生まれおちてからというもの、毎年、春になると、この愚痴を聞かされたものだった。

あたしはというと、ロドルフ大公に自分の子だと認められた《花のマリ《フルール=ド=マリ》》になりたいと夢見ていた。彼女は母が言ったような、アクセサリーやショールをいつも身に着けているのだった……

身を持ち崩してしまったミナは、ある夜、顔を真っ赤にし目をぎらぎらさせ、それでも喜色満面で、呆れたというような表情をして、家に舞い戻ってきた。テーブルに近づくと、一度ならず母がみんなに描いてみせた、イヤリングの絵に目を留めた。

「母さんは、また夜になると、そんなことにうつつを抜かしているのかい?……」

そう言うと、母の顔をじっと見る姉の顔は、まさかそんな気持ちがあろうとはあたしが思ってもみなかった時に、憐れむような様子をして見せた。姉は母の方に近づくと、何か耳許で囁き、きつく握りしめていた紙を手渡した。母はミナに何度もキスを浴びせかけた。

あたしたち一家は何も手につかない様子で、二日間をじりじりと待ち焦がれて過ごした。すると、いくつかの包みが届いた。

母は指がもつれて、紐をほどくことができなかった。みんなが手を貸して、紐を切った。黄色く変色した真綿の中から、黄金のイヤリングが姿を現わした……母は指先でつまみ上げ、そっと触れ、ひっくり返してもみた。目は激しくしばたいていた。それからイヤリングを持ち上げるようにして、みんなに見せた。

ああ！　何てひどい代物なの！……十センチメートルほどの、ぞっとするようなイヤリングじゃない。掌ほどの大きさのブローチ。真っ黒く変色した透かし細工。タマネギの皮くらいの薄い赤銅色の図柄模様が、剝がれそうな具合になっていた。こんな俗悪なイヤリングやブローチを付けているのは、露天商のおかみさんたちぐらいよ……

「それにしても、何てひどい代物なの！」とあたしは声を上げてしまった。「それじゃあ、このコートを見てみようよ！」

みんなで包みを開けた。

重なった三枚のケープの付いた、粗末な布でできた野暮ったいコートが出てきたのだ……みんなの手に次から次へと回されたが、下の子供たちは全員、それにけちをつけるほどの語彙力はなかった。

それからショールの番になった！……教会を根城にしている乞食女が腰のまわりに巻いているような、哀れを催すぼろ布だった。

チョッキ姿で腕組みをしていた父は、子供たちから母親へと、視線を移動させていた。母はすっかりどぎまぎしてしまっていたが、その質入れしていた品々を大事そうに手に取っていた。

「カトー、子供たちには、言いことを言わせておけ。イヤリングはとてもきれいだよ。それを買って、日曜日に俺たちが散歩する時に、おまえの耳を飾っていたころと変わらず、きれいなもんさ……カトー、おまえがクリノリンを身に着け、その上に、空みたいな真っ青なドレスを着て、ペルシアふうの図柄の付いた白いショールを巻き、ウエーヴした褐色の髪に、レースがかかった、白い花飾りの付いたブラバン〔ベルギー中部の州、中心はブリュッセル〕ふうのボンネットをかぶっていた時、あの都市《まち》が広いといったって、おまえに肩を並べられるような女は、二人とはいなかったじゃないか……おまえの肩を掠めるようにして揺れている、イヤリングの付いた耳たぶの先は、みんな注目していたんだぞ……カトー、おまえはすごい美人だったから、おまえが外出するとなると、憲兵の女房の誰一人、とても見られたご面相の女はいなかったから、やっかみやがって、みんな家ん中に身を潜めていたってわけさ……カトー、イヤリングを付けてみろよ、ショールも、昔のおまえの姿を見てみたいんだよ……」

「駄目、駄目」と母は気後れしたように言った。「明日になったら、そうしてみるよ」

「いや、駄目だよ、カトー、身に着けてみろよ。昔、おまえがそうだったように、おまえの美しい姿をまた見てみたいんだよ」

母は震える指で、カールした髪の毛をつかむと、ショールで首のあたりを包み、ブローチを留めて、父の前でポーズをとった。

父はその姿を見つめた。父の表情はこわばって、ひどい顰め面になり、笑いを堪《こら》えた。だが、どうにも堪え切れなくなって、父は泣き笑いともつかぬ表情になって、笑いを爆発させた……それから母を力いっぱい抱きしめると、自分の膝の上に坐らせ、二人して、声を上げて泣きだした。

この二人の老醜を曝した姿は、何とも滑稽極まるものだった!……そうなのだった、二人の花の時代の美しい衣類・装身具は、パンも明かりもないというあたしたち一家の毎日の夜、二人の語り草になっていたものだった。この珍妙至極な代物、それが両親の喜びと誇りになっていたとは! こんな何ともさまにならない服装をして、二人とも互いにしゃれた身なりをしていると思い込み、相思相愛の仲だったとは! ああ! 何てこと！　あたしたちが大きくなってきた時代はずっとシックで、もっと快適で、何から何まで、もっとすばらしくなってきたじゃないの！……石油ランプだって、シーツをごしごし洗う洗濯板も姿を消したのよ。それなのに、凍たれランプで部屋の照明をしなければならなかった。そのため、母は目を悪くして目をしばたかせて、ものを見なければならなくなったし、手で洗濯をしていたので、指の擦り傷が絶えなかったのだった……だから二人して泣いているのは、こうした時代がもうとうの昔に去ってしまったからなのだ……

それに、こんな白髪頭で皺が目立つ二人なのに、せめても若い時代があったのだろうか？……あたしは母によく似ているらしい。それでも、母があたしのように分別を持っているとは言い難かったし、あたしにしても、母のような考え方は頭には浮かんではこないだろう……

ミナとあたしは顔を見合わせた。どちらも肩をすくめることで、父母の姿は滑稽以外の何ものでもない、との意見の一致をみた。〈おまけに、こんなに老いさらばえて、涙を流し、こんなふうに抱き合わなければならないなんて？……〉

ミナの眼は厳しかった。あたしの眼も厳しかったにちがいない。だが下の子供たちは全員、二人を取り囲むようにして、いっしょにおいおいと泣いているのだった。

翌日、二人して身だしなみを整えている時に、アンドレはあたしにこう言った。

「ケーチェ、君はこれまで鬱積していたものをすっかり吐きだしたんだから、美術館に行ってみようよ。僕はレンブラントとピーテル・デ・ホーホが見たくてたまらないんだよ」

あたしたちはその日、美術館で過ごした。ピーテル・デ・ホーホの作品は、特にあたしを魅了した。誰も彼と同じように、自分や人物・事物を意識し、安心感を備えた静謐な威厳を与えられはしなかったからだ。彼の描く温かな金色は、文字どおり、あたしたちの欲望をそそった。テルボルヒ父子〔一五九五―一六六一〕、〔一六一七―八一〕。子は若くエレガントなブルジョワ女性のいろいろな情景を描くのに巧みであった。さまざまな布の質感の捉え方にも特質がある〕の作品は、あたしがちいさかったころ、一週間分の施し物を受け取りに行った、何人かの優しかったり冷たかったりした婦人たちのことをまた思い出させた。でも、デルフトのフェルメールの青い服の女は……アンドレは絶えずその絵の前に戻ってきては、いろいろな角度から眺め、ミルクの鉢を前にした猫のようだった。その日は、あたしはレンブラントを見るのを忘れてしまったが、翌日、ファン・デル・ホープ美術館〔銀行家のアドリアーン・ファン・デル・フープ〔一七七八―一八五四〕の十七―十八世紀の絵画コレクションを収めていた。ゴッホ兄弟も訪れている。一八八五年に収蔵品はアムステルダム国立美術館に移管された〕に行ってみると、細めに開いたドア越しに、壁に立てかけられた一枚の絵が床に置かれているのが見えた。

「アンドレ、ちょっと、あそこに、とてもすばらしい絵があるわよ」

二人して、細めに開いたドアから覗いてみた。

「ああ！　本当だ……ちょっと入ってみようか……」

あたしは、ちょうど二人が入りこめるぐらいの幅になるまで、ドアを押してみた。傑作の前に佇んだ……あたしの眼に狂いはなかった。最高の芸術作品が与えることのできるおののきを感じた。あたしの全存在が舞い上がってしまい、あたしの本能は絶対的作品とせめぎ合うほどになり、改めて、自分の鑑識眼の正しさを認識した。それは、レンブラントの『デイマン博士の解剖授業』〔一六三二年に完成、一七二三年の火災のため一部しか残存していない。現在はアムステルダムの国立美術館にある〕の一部だった。解剖された体は簡潔なタッチで描かれていた。

アンドレはただこう言うのが精一杯った。

「この足……この足……」

二人とも、この絵を発見したことで、他に何も手がつかなくなってしまった。かなり長い時間をかけ、十分堪能した後で、ドアから同じようにこっそりと外に出た。瀆聖してはならない聖域に入り込んでしまったというような気持ちになって、ドアをそっと閉めた。この絵が修復されて、一般展示室でようやく公開されるようになったのは、かなりの期間が経ってからだった。

今や、どちらもが芸術的感興にどっぷりとのめり込んでしまったので、もう美しいものしか目に入らなかった。街路、建物、運河、どれもが芸術的感動の素材だった。この都市を取り巻いている、ことに大運河が……

アムステルを経由して、貴族運河沿いの、日影になっている側の道を辿ることにした。ああ！　安らかな気持ち、穏やかな心持ちにだんだんとなってきた……深緑の若葉のおい茂った木々が、淀んだ水の上に傾き、次々と姿を見せていた。ひっそりと静まり返った大きな建物は、刳り型や浮き彫りの装飾もなく、牛の血の凝結した色をしており、高いところにある窓枠は黄色に塗られ、薄紫色をした窓ガラスには無地の地味なカーテンが掛けられていた。古い扉には彫刻が施され、ねっとりしてはいるが鏡のような艶のあるペンキが塗られ、光り輝いていた。花崗岩でできた高いステップや低いステップは、錬鉄の格子の柵や鎖で飾られていた。すると、コルネット帽をかぶり、白いタブリエを着た《ナーチェ》の姿が目に浮かび、あたしたちは充実した生活を送っているが、ゆったりとした歩みで進んでいるのだ、といった気持ちになった。

このすばらしい建物には、それでも、二つの染みのようなものが目についた。一階の二つの窓には、ピンクのゼラニウムが咲き誇る木箱が備えられていたのだ！

「これだと」とアンドレは大声で言った。「『古い市場を活気づけ』たがっていた、口うるさいおかみさんといったところだな……」「これじゃあ、マダム、花そのものが美観を損ねているよ」と文句までつけた。「多分、パンジーか、真っ赤なオクエゾガラガラだな。でも何もない方がずっといいよ……」

レンガの歩道をぶらぶらと歩き続けたが、この道はそれほど足に堪《こた》えなかった。車は見かけなかった。時折、ワッペンの付いた帽子をかぶった、しゃちこばったような従僕たちが先導する馬車の一行が通っていった。

運河の対岸では、太陽が建物の正面や木々を黄土色に染め、まだ水面にはあたりの風景が映っていたが、軽く波が立つと、その風景はぼやけてしまうのだった。

「ねえ、もしアムステルダムの、貴族運河に友人でもいれば、夏一カ月、そこで過ごすよう、招待してくれるかもしれないわよ。雪が降れば、建物の前でスケートができる冬にも……」

さらにぶらぶらと歩いていくと、《アウデ・ワール》や《ディネンカント》に通じるところに出た。橋の上から、都市《まち》の四分の一くらいの範囲を見渡すことができた。かつて海が洗っていた古い塔や、ロバの背中のような橋がいくつも見えた。あまり荘重とは言えないが、やはり謎めいた雰囲気のある建物が、前や後ろ、あるいは横に傾いていて、自ずと滲み出てくるような雰囲気を醸し出してくれていた。ベンチには左右にステップが付いていた。家族の生活がそこまで伝わってきていた。チョッキ姿の男たちが、窓の横の陽がよく当たるところにぶら下げた籠の中でしきりに鳴いているカナリアを、愛情深げにじっと眺めていた。木箱のフクシア〔鉢植えにして鑑賞するアカバナ科の小低木〕は赤や真紅の釣鐘形の小さな花をつけて、街路の下の方の小さなステップに沿って、咲き誇っていた。生気のない顔色をし、藤色のカラコを着、丸ひだの付いた白いボンネットをかぶった、かなり高齢の婦人が、優しい心をこめて、その花の手入れをしていた。

「ここでは」とアンドレが言った。「大きな運河みたいに、生活が溝の中を流れているんだ。われわれの生き方とは何と隔たりがあることだろう……」

「そのとおりだわ。このフクシアは決まった日に、日曜日の午後に手入れをされているんだわ。冬は地下室の奥の間に置かれ、夏は小さなステップの上に置かれるのよ」

「あのお婆さんは円錐形に剪定したから、どの花も互いに相手の高さを越えてはいないよ。腕みたいな太くて短い幹を見てみると、おばあさんと同じくらいの年齢《とし》なはずだよ……」

日曜の朝、あたしはアンドレをユダヤ人街に連れていった。

がらくたを売る商人、古着屋、葉巻屋、声を限りに呼び込みをしている行商人、「さあ、買った、買った……たった小銭《ドウベルチエ》一枚だよ……全部盗品だからだよ！……」。商人たちでごった返し、おしくらまんじゅうをして、ひしめき合って、知恵を駆使し、能書きをまくし立て、ほんの端金《はしたがね》でも、かっさらってやろうと躍起になっていた。

塩漬けや酢漬けのピクルスやキュウリを売る商人は、塩水の入った樽に、肘まで腕を突っ込んで、謳い文句《メロペ》をがなり立てている。黄色くなり熟れすぎたキュウリを取り出しては、細かく切って売っている。手鼻をかむが、なあに構うものか！……不潔さはどこでも似たり寄ったりではないか……

別の商人はニシンをいくつかに切って売っている。一切れ、二セントだ。それからさらに馬肉をローストの細切れにして売っている。客は錆びたフォークに刺し、胡椒を効かせたり、酢を効かせた辛子の壷にそれを突っ込んで、むしゃむしゃ頬張ると、そのフォークを別の客に渡している。おまけにタマネギをいくつか、それに切ったキュウリの塊を手でじかに取って食べているが、その間漬け汁は地面に筋を引いて、ぽたぽた流れ落ちている。十枚のセント貨で、香辛料の効いた間食が供されるのだ……

ステップの上や険しい階段の下には、手すりのように、手を預けるロープがぶら下がっていて、それにしがみつくのだ。ユダヤ人のお婆さんたちはステップの段や、石にじかに腰を下ろしている。肉はぶよぶよとたるみ、眼は涙でただれ、垢じみた肌はひび割れていて、髪は中央に筋を引いたような白い線の付いた黒い布のバンドで隠している。さらにその上にかぶっている白いボンネットは、ぶ厚い唇、壊血病に罹った歯のない歯肉を剝き出しにした顔を、まるで押し包んでいるようだ。生気のない眼は、感情もなく、視線も定まらない。

アンドレは、ひどく動揺した様子を見せて言った。

「ねえ、あのぶよぶよした手を見てごらんよ……あの老婆たちは見捨てられて、しゃがみ込んだまま、醜態を曝しているんだからなあ……この汚水溜めみたいな運河の上の、空気も光もない陋屋で、最低限の腐る寸前のような粗末な食事を流し込んで命を繋ぐといった生活を、あの哀れな婆さんたちがこれまでずっと送ってきたことは、一目瞭然じゃないか……雀の涙ほどの稼ぎで、全く首が回らない生活を送ってきた、その傷を今も引きずっているよ……おそらく、若い連中からのけ者扱いされてしまっているのさ！　だから日曜の午前に、急な階段をやっとのことで下りてきて、腰を下ろして日光浴をし、自分たちの民族の慌しい生活がまわりで忙しく繰り広げられているのを眺めているのさ」

「全くあなたの言うとおりよ。のけ者扱いは違うけれどもね。ユダヤ人は年老いた両親をとても敬っているわ」

子供たちはゴミが堆積しているあたりの、ステップの上や地下室の中で遊んでいた。黒い大きな眼の、褐色の巻き毛や太いお下げ髪、鉤鼻で、生気のない黄色い肌をした小娘たちは、ピンクのタブリエや薄い赤の小さなワンピースを着ていた。いちばんの年かさの娘たちは、いっぱしの女の表情をして、子供を抱いたり、手を引いてやっていた……髪の毛がカールし、眉が真ん中で繋がっている低年齢の男の子たちは、太鼓を叩いたり、鞭を打ち鳴らしていた。全員が大声でわめき立て、異邦人にはチンプンカンプンの言葉をまくし立てていた。だが、あたしには理解できた、それも当然だった……あたしはちょうど彼らみたいにして、この通り沿いに荷車を置いて、鍋を売ったことがあったからだ。子供たちはコリントのクックを食べたり、大麦糖をしゃぶったり、《酢漬け》をぼりぼりかじっていた。

「ここは日当たりが悪いなあ」とアンドレは続けた。「日光は階段や地下室にかすかに射し、三階の窓を掠めるような具合だが、ちゃんとその場所を温かくするほど、たっぷりと射してはいないよ。この近東系の連中の肌を金色に染めることはないんだ。だから薄い白茶けた色をしているのさ。膿疱で覆われ、むかつくような息を吐き、傷と便所の臭いが充満したこのオリエント地区からは、温かさを感じさせるものは何も立ち昇ってはこないな……この光景には、胸が締めつけられるよ……こんな生気のない、なまっちろく、むくみ、腺病質の退化した体質に陥っている様を見ると、この連中の苦しみのほどが分かろうというものだ。それにしても、こんなふうに勤勉で、度を越して活気づいている生きざまを見ると、この民族は、どれほどの原動力を持っていたか、計り知れないよ……」

翌日、あたしたちはブリュッセルに戻った。辻馬車に乗って、植物園沿いに坂を上っていた時、あたしはすっかり満ち足りた気分になって、声を上げた。

「アンドレ、もうあんなところでは生活したくないわ。ブリュッセルの方が、ずっと陽気だわ。こうしたブラバン人の赤ら顔を見ていると、人のよさとか、心の寛さみたいなものが感じられて、あたしに自信を与えてくれるのよ……」

その夜、あたしたちはグラン＝プラスのあたりを散歩して、改めてこの町の住人になったことを実感した。ああ！　何とあたしは幸福な気持ちになったことか……

アンドレはいつもあたしに、自分の母を高い教養の持ち主で、思いやりの深い女性として語ってくれていた。田園地帯で長々と時間を過ごした冬のある午後、彼はあたしといっしょに、レストランで食事をするつもりでいた。

「でも家に戻って、母のご機嫌伺いをして、ちょっと話もしなけりゃいけないんだよ。いつもほったらかしにしてばかりいるって、機嫌が悪いんだよ……路面馬車の待合室で、待っていてくれないか。あそこは温かだから」

　三十分経っても、アンドレは戻ってはこなかった。男たちがいろいろちょっかいを出してくるようになった。あたしは外に出て、彼の家がある通りの歩道に沿って、ゆっくりと歩いていった。その時、前方を歩いている男が一人、腕をバタバタさせて、雪の中にばったりと倒れるのが目に入った。男の方に駆けよって、屈み込んで、助け起こそうとしたが、それだけの力もなかったし、急な坂道にはあたしがたった一人いるだけだった。下男が二人、ある家から出てきたので、声をかけた。彼らは男を助け起こした。

「どうしたものかな？　近くには薬屋もないよ」

「あそこの家の鐘を鳴らしてみて下さい」とアンドレの家を指差して言った。「きっと助けてくれるわ」

　鐘が鳴らされると、小間使いが出てきた。男は意識を取り戻した。

「いったいどうなさったの？」とあたしは訊いてみた。

「空きっ腹でねえ」

　小間使いは食堂へと走っていった。赤ら顔で、胡麻塩頭のでっぷりした婦人が、そこから落ち着き払って出てくると、地下の階段の方に行って、甲高いものに動じない、強いワロン訛りの声で叫んだ。

「フィロメーヌ、スープを皿に容れて持ってきておくれ。男の人が、空腹のあまり、通りで倒れたってことで、ここにかつぎ込まれたんだよ。何でそんなことを思いついたんだろうね……」と迷惑そうに、婦人はつぶやいた。

　そう言うと、同じように何ごともなかったというように、部屋に入っていった。

女中さんがスープを容れた皿を持って、慌しくやってきた。彼女はおろおろしていた。

「かわいそうに、まあ。かわいそうにねえ！……」

アンドレが姿を見せた。男の脈をとってから、少々金を渡し、住所を尋ねた。男は肩に首を埋めるようにして、立ち去った。扉はまた閉ざされた。あたしはアンドレの体が空くまで、通りを歩きまわった。

あたしの想像では、彼の母親は背が高くほっそりしており、黒か紫の色の服装をしていて、重々しい声で話し、息子と同じように訛りのない完璧なフランス語をしゃべるはずだった……〈あれが、高い教養を持ち、思いやりのある女性なのか！……高い教養があれば、あんな無味乾燥な話し方はしないわ。思いやりがあるなら、あんな感じの悪い後ろ姿は見せたりはしないわ。それに大急ぎでやって来て、様子を見にくるわよ。風邪をひくのが心配だとしても、少なくとも部屋のドアは開けたままにして、何があったのかを訊くものよ……そうした心遣いが一切ないじゃないの……〉。彼女は身だしなみもほとんど無頓着だった。老婦人にしては、靴のヒールの部分が細すぎた。〈あんな人を愛するなんて、できやしないわ。近づきにならない方が、よっぽどましよ。だって、あの人があたしに抱かせた反感を、あたしは隠しとおすことはできそうにもないわ。ところが、アンドレはそんなふうには母親を見てはいないんだわ……あたしの心中を知ったら、彼は傷つくでしょうし、ひどく心を痛めることになるわ〉

アンドレがようやくやって来た。

「それじゃあ、明日あの男の様子を見に行ってみよう」

「あたしも行くわよ……あなたの家の鐘を鳴らして、ごめんなさい。どこに助けを求めていいのか、分からなかったのよ」

「いや、君の行為は立派だよ」

「あのお元気そうな胡麻塩頭の老婦人が、あなたのお母様なの？」

「そうだよ」

「あの方は、かわいそうな男を思い遣って、扉のところまでお出でになることはなさらなかったわね」

アンドレは押し黙ったままだった。

夕食はいつものようには、話が弾まなかった。あたしの頭には、あの飽食気味の婦人の対応のことが、ずっと心に引っかかっていた。だからどうしてあんな下卑た鳶《とび》が、気品溢れる鷹を、息子として産んだりできたのかしらと、不思議でならなかった。


技師の、アンドレの父親は、しょっちゅう旅に出ていた。父親が家にいる時は、アンドレの口振りで、いつでもあたしにはピンときた。その時は、やたらに女たちのことをアンドレはくさすのだった。

「ご両親とごいっしょしたら、あたしが心身ともに消耗していくのは」とある日、彼に言ってやった。「目に見えているわ」

「親たちは僕らの関係を知らないよ。でも薄々感づいているかもしれないな」

「それなら、別に何の心配もいらないわ、相手の女は僕が困るようなことを絶対仕出かす気遣いはない、まして結婚するなんてことはね、とはっきり話してさしあげたら。あたしは幸せすぎるくらいよ。今あなたはあたしに何の負い目もないと思っているでしょうし、自分が束縛されているとは、考えてはいないでしょうからね……」

「僕が自由の身だと思っているかって……だってそうだよ、自由じゃないか……」

「ええ、あたしを苦しめることだって、自由なんでしょう……あたしがはしゃいでいる時は、苦しんでいる人たちがいるなんて考えやしないわよ。もしあたしが悲しんでいるとすれば、あたしは運命に対して満足していない恩知らずな存在ってことよ。あなたは忘れているの、運命はあなたに対しては、ずっとずっと親切だったってことを……愛するということに関しては、あたしは間違いなく、あなた以上に愛しているわよ。でもあなたは、自分の理論を振りかざして、あたしが大きく成長しようとすると、邪魔立てしてくるのよ」

「ふうん、君の言うことは正しく、僕は常識を欠いているってわけだ……母に二人の仲について話してみるよ」

まさにその晩、彼がやって来て、彼の母が明日、あたしを昼食に招待するとのことだった。

「僕はこう言ってやったのさ。結婚は認めてくれないだろうからということで、何年か前から内縁関係を結んでいる。そのことを打ち明けなかったのは、女性に対する両親の偏見を知っているからだ。でも打開策がないし、君が僕の生活上の伴侶だということならば、僕たちのこの関係がある以上、君のことを認めないわけにはいかないと、僕は考えているってね。すると母は、こう答えたんだ。打開策がない以上、大目に見るしかないが、まだそのことは父には話さない方がいいって」

「ああ、何てこと、アンドレ、二人とも偏見があるっていうのに……それに、もしあたしがお母様の眼がねに適わないというなら……今度は誰もあたしたちのことを気に懸けてくれなくなるわよ」

「ほら、また屁理屈を言う……親父の言うとおりだな、女は度し難いって」

「だって、あたしはあなたに何も要求してはいないわ」

あたしは彼の母親と知り合いになるのを、全然急いではいなかった。狭量で、ぎすぎすしたあのブルジョワ女のシルエットは、あたしの目に焼き付いていた。だからあたしの粗探しをし、アンドレの目にそれを曝してやろうという魂胆だけで、あたしと会うのに同意したのではなかろうか、と心配になった……それに彼女は、あたしに目通りを許してやるという気分で、手ぐすね引いて待ち構えているはずだった……〈あの人はあたしのことを、非常識なことをやりかねない人間として見ているのだわ……そのへまをやるところを、今か今かとじりじりしながら、期待して待っているんだわ。でも鷹揚なところを見せてやろうっていうわけね……〉

朝から、あたしはひどい不安に苛まれ、心の動揺が激しく、胸が締めつけられるたびに、深い溜息を吐《つ》いた。いつものようにひどく地味な青の木綿の服を着、ビロードの蝶結びの付いた小ぶりの麦藁のカポート帽をかぶり、スエード革の手袋をした。路面馬車に乗った。アンドレの家のある通りのちょうど手前のところで、若い男が停車場の直前で跳び降り、街灯にぶち当たって、車体の下に投げ出された。馬たちは急停車し、青年は下から引きずり出され運ばれていったが、泥だらけで血まみれになっていた。あたしは通りをよろめきながら上っていき、アンドレの家に辿り着くと、半ば気を失いそうになりながら、鐘を鳴らした。広間に入ると、あたしは震えがきて、泣きだした。

「若い男の人が路面馬車に轢かれたんです」とあたしは喘ぎながら言った。「アンドレぐらいの年恰好の人でした」

「落ち着いて下さいな……その若い方をご存知なの?」

「いいえ……泥と血にまみれて、運ばれて行きました」

「そんなに動顛なさっているご様子ですと、その方をてっきりご存知なのだと、あたしには思えてしまいますわ……見ず知らずの人たちに、そんな思い入れをなさるのは、ちょっとどうかと思いますが」

アンドレが入ってきた。

「どうしたっていうの?」

「マドモワゼルは、路面馬車に若い人が轢かれるのを目撃なさって、ひどく取り乱していらっしゃるのよ。そんなに動揺なさるのは、おかしいわ。さあ……食事にしましょう。そうすれば、お元気になるはずよ……」

ああ、何てこと!　この明るいが冷ややかな声は……だからこの口調は、もう決してあたしの耳から離れることはないのだ……それなのにアンドレは、あたしの知る限り、もっとも魅力的な、温かく品のいい声をしているのだ……その声は、誰から受け継いだものなのだろうか?……だって、彼の最大の魅力はその声と、声音なのだから。

「ありあわせのものですけれども、お掛けになってちょうだい。仰々しい食事作法はお好きじゃないわね?」

あたしが何も返事をしなかったので、繰り返し言ってきた。

「仰々しいことは、お好きじゃないわね?」

「おっしゃるとおりです」とあたしは答えた。

ありあわせのものとはいっても、むっちりした小エビを、たっぷりバターを塗ったおいしそうな小ぶりのタルティーヌといっしょに食べるのだった。新ジャガイモをつけ合わせた、オランデーズソース〔バターと卵黄で作る温かいソース〕をかけた鮭、マッシュルームのクリーム和えクルート載せ、それとサラダつき若鶏、クリーム風チーズ、それから大量の小さいお菓子。三種類のワイン、マルコ・ブリュネル、ポンテ・カネ、それとほとんどオレンジ色といってよいブルゴーニュ、これはそれほどの古酒なのだった。コーヒーは金の花をあしらった白い第一帝政様式のコーヒーカップで出された。テーブルクロス、ナプキン、それに食器類はごくありきたりのものだった。あたしにはどうも腑に落ちないところがあった……

話は全然といっていいほど、弾まなかった。全員が勿体ぶっていた。彼の母親とあたしは、互いに腹の内を探り合っていた。

あたしを見送っていく際に、アンドレが言うには、自分が競売で、この古いコーヒーセットや家に備え付けてあるいくつかの古い家具を買った、ということだった。

「母には審美眼がないのさ」

「でも、おいしいものには目がないご様子よ……何ておいしい昼食だったかしら、それにすばらしい料理人がいらっしゃるのね……こんな料理は、あたしたちだってレストランでも味わったためしは絶対になかったわ。どうして《ありあわせのもの》だなんて、おっしゃったのかしら?」

「母はご馳走が大好きなんだよ。家では毎日、こんなものを食べているのさ。これが僕たちワロニア地方〔ベルギーの南部地方〕の習慣なのさ」

「なるほどね、あなたがあたしのところでは、お昼をなかなか食べたがらないというのも、よく分かるわ。あたしの方はキャベツと肉の切り身の料理の域を、ほとんど出ないんですもの……」

アンドレはその夜、こう言った。

「母は君がいつもあんな地味な恰好をしているのを、信じようとはしないんだ。臨機応変に服装を変えていると思い込んでいるのさ。それに、君が母とは反りが合わないと思っているのが、母にはピンと来たんだな」

「要するに、質素な生活をしていますわという喜劇をあたしが演じて、あなたを破産させることはないわよってところを見せつけていると、お母様は勝手にレッテル貼りをなさっているんだわ」

「それでも母は、君がひどく美容に気を遣っているとは思っているよ。アーモンド形の君の爪を見て、驚いていたよ。だからバスタブが、君の生活では大きな役割を果たしているのさと言ってやったよ」

「それでお母様は、ゴンクール兄弟の小説のことをお考えになって、お返事をなさらなかったの?」

「いや……どうして、そんなことを知っているの?」

「だって同じ時代の人でしょう。それにあの世代の人たちは水を大量に使う習慣がなかったのよ。あたしのところに浴室がないのは、ひどく残念だわ。そうなれば、絶対に、そこにずっと長く入っているわ。あたしたちの親たちの世代は、何て妙なメンタリティーを持っていたのかしら……バスタブを使うのが習慣になってしまえば、実にあっさりと女たちは裸になってしまうなんて、信じていたんですもの!」

「母は学校の寄宿舎ではシュミーズを着たまま、入浴したって話をするよ」

「だって体を拭く時には、そうはいっても、下着は脱がなければならなかったでしょう……あたしのことが話題になった時、要するに、お母様はゴンクール兄弟のことが頭に浮かんで、そうおっしゃったのよ。そのことで、あたしは思い当たる節があるわ。あたしはナーチェの体を見たことがないし、あの子はあたしの体を見たことがないのよ……あたしは羞恥心がないっていうのは嫌いだわ。でもあたしがいつも何らかの形で、肌を覆い隠していたら、あなたは何て言うかしら?」

「ああ! やれやれ! 絶対、駄目だよ! 君のすらりとした体つきに、僕はめろめろだからなあ」

「ずばり、君の体って言い方をしないのねえ……実際のところ、あたしの体全体で、肉は十キロもないはずよ。スープを飲んで太るようにしてはいるのだけれど、でも効果がないわ」

「太るって……そうなったらがっかりだよ。もっとも、君みたいに神経の束だけでできている人間には、その危険はないさ! 要するに、母と君は、絶対反りが合わないってことさ。僕はそう思うよ」

それはそのとおりだが、あたしたちだって、絶対に相性じゃなかった。アンドレの両親は秘蔵の息子を守り、自分たちの眼がねに適った女を妻にしようという魂胆だけが働いて、こんなふうに女性をさんざんこき下ろすのだった。彼の母は、自分の言うことを聞きそうな、味もそっけもない醜女の典型というような若い娘たちを、しょっちゅう家に招いていた。


今ではもう、コンセルヴァトワールには未練もやり残した勉強もなかったので、あたしは長い午後を肘掛け椅子に坐って、いろいろなことを考えて過ごしていた。家族とはほとんど疎遠になっていた。それぞれの辿る道はひどく違ったものになってしまっていた……

お金もできた今、どうしてあたしの生活は長い祭りにならないのか、どうしてあたしが《遊んで過ごさない》のか、ナーチェにはさっぱり分からなかった。楽しく過ごすというのは、妹からすれば、みんなで外に繰り出したり、この都市《まち》をぶらついたりすることの他、おいしいおやつを食べたり、ちょっと芝居見物をしたり、小さなグループでダンスパーティーをやることも付け加わるのだった。言うなれば、あたしの家に妹が居着いてしまうことを、アンドレはもう望まなかったので、あたしはそのことを妹にはっきり言ってやらなければならなかった。だから妹に、仕事のことを真面目に考えるように言うと、自分の将来は心配しなくともよい、あたしの助けを借りなくても、何とかうまくやっていくと、きっぱりとした返事がかえってきた……

あれやこれや思い悩むことも多く、昔の日々を懐かしく思ってはみたが、家族のそばで元気を回復したり、うまく関係を保ったり、邪慳に扱ったり、全身全霊で彼らを愛してやることなど、今となっては到底無理だった。あたしにはアンドレがいた。何年か経ってはいたが、二人の愛情は揺るぎなく、しっかりと根付いたものになっていた。最初に出会ったころのように、あたしたちは互いの体を求め合っていたし、二人の魂はもっとずっとしっくりと一致するようになっていた。あたしが勉強に励んだ結果、彼との距離も縮まっていた。だがあたしの肉体的な苦しみには、無頓着だった。彼はそんな経験を味わったことが一度もなかったから、心の持ちようで、そんなものはどうにでもなる、と言い放つのだった。あたしが筆舌に尽くせないようなお腹の痛みで七転八倒している時、彼はヴィクトル・ユゴーの作品をあたしのために朗読して、苦しみを忘れさせてやろうと言った。いざ朗読が始まると、あたしはヒステリーを起こしたので、彼は、君は頭が空っぽだ、頭のいい人間は、精神力で苦しみに打ち克てるのに、君は、泣き言を言うばかりじゃないかと、叱責する始末だった。「いくら痛いからといって、他の人間を困らせるのはよくないぜ……」。そう言い放つと、怒って出ていってしまった。

彼の前に跪いてもいい、そのくらい彼が大好きだったが、動揺が激しくなってくると、自分の体調が悪化するような具合にしかならなかった。あたしは下働きの女性に頼んで、彼の家に、泣きの涙で綴った手紙を持っていってもらった。その手紙で、これからは痛みに負けないようにし、愁嘆場を見せて、うんざりさせたりはしないと、誓いの文句を入れておいた。すると彼は、自分は畜生にも劣る奴だといって、駆けつけてきてくれた。だがこれは、彼の手に余ることだった。苦しんでいる女を見ると、彼はどうしようもなく癇に障るのだった。

それからアンドレの態度はどうなったかって？　彼の考えはもう改まることはなかった。しょっちゅう同じ論法で、あたしたちが幾度となくやり合った議論を蒸し返すのだった。彼の知性も働かなくなるのかという、まだほんの一瞬のことだが、そんな印象を受けた。それに何て変な歩き方なのか……まるで彼の脚はこわばって、棒になったみたいだった。それから、いわれない怒りを爆発させたが、一瞬後には、まるで何ごともなかったように、涼しい顔をしてしゃべっているのだった。

そうしたことすべてを、長い孤独を持て余すような生活の中で、絶えず思い返してみた。だって、あたしは文字どおり、彼以外の人間に会うことはなかったからだ。マルトはパリに住んでいて、もうあたしに便りをくれなかった。彼女が《大都市》の住人となってからは、あたしは、彼女からすれば余りに《野暮ったく》なってしまっていた……

マルトはコンセルヴァトワールの学友で、あたしが親しくなった唯一の人間だった。初めて会った時に、あたしは文字どおり、人を魅了せずにはおかない彼女の美しさに目が眩んでしまった。あたしはいつでも、肉体も魂もみずみずしい女性に引きつけられてきたが、少し退廃的な陰のあるこの女性に、すっかり魅せられてしまった。ほっそりとして背が高く、腰をくねくねと揺すって歩く様は、左右に揺れている椰子の木といった風情だった。大きな黒い眼、無邪気そうな唇、話す時かすかに震える鼻孔、くすんだような色の肌に加えて、彼女の人となりといったものが、すべてあざやかに花開いてみせたような情熱的な表情、ほっそりした手足、非の打ちどころのないスタイル、声は少し濁声《だみごえ》だった。彼女をアンドレに紹介しようという気には、やはりどうしてもなれなかった。それくらい彼女の妖艶な美しさに、不安な気持ちを覚えたのだが、一方では彼女のことを見せつけてやれたなら、やはり誇らしい気持ちにもなれたのだ。彼女はナーチェにとって代わる存在になっていた。

彼女は修道院の寄宿学校を出て、申し分のない教育を受けていた。優れた音楽の才能に恵まれていたので、ピアノの稽古で暮らしを立てていた。あたしは体調がよくなくて休学を申し出るほんの少し前、声楽の授業で、ちらりと彼女の姿を見かけたことがあった。六カ月後に学校に戻ってみると、彼女はすっかり変貌してしまっていた。大きな苦しみを味わったようで、特に面やつれがひどかった。表向きはそう見せないようにしていたが、生徒たちに、あの人は病気だったの、とあたしは訊いてみるほどだった。声楽の授業の時、あたしは彼女の横に座を占めた。彼女の打ち明け話を聞いた。「とても口に出せないような、家での心配事があってね……」

声も口調も、コンセルヴァトワールに通っている、ブリュッセルのプチブルの娘たちの声音とは違ってしまっていた。毎回、あたしは彼女に寄り添うようにしていたが、ある日、どんな心配事があったのかと、ずばり訊いてみた。はっとした様子で、眼に涙を浮かべて、彼女はこっくりと頷《うなず》いた。あたしたちは腕を組んで外に出たが、今度はそれ以上のことはしつこくは訊かなかった。二人はどの授業でも、互いの姿を求め合った。ある日、彼女はあたしの腕の中に倒れ込んだ。声を詰まらせて、あたしがちゃんと事態を見抜いていたこと、大きな不幸に家が見舞われたことを語った。

「ママは寡婦《やもめ》なの。もうあたしたちの寄宿学校の費用を支払うことができなくなったのよ。だから、あたしたちは家に戻されたの。あたしといちばん下の妹は、先生の資格を得るには、ピアノの腕をもっと上げなければならなくなったわ。でもあたしは舞台で歌う方が好きだから、声楽科の方に入ったのよ。他の妹たちは商店に勤めて、ママを助けるようになったの」

そこで声を詰まらせてしまった。

「いいのよ、もう何も言わないで、気が済むまで、お泣きなさい」

そう言うと、あたしは彼女を抱きしめた。

「あたしたち姉妹の中で、いちばんきれいなローズは貴族のどら息子にたぶらかされて、出奔しちゃったのよ。家族全員がすっかり落ちこんでしまったの、でも二人の行方は分からなかったの。それであたしは、その男の父親の家まで行ってみたのよ。そのいやらしい爺は、あたしに情婦にならないかと迫ってきたのよ……それに、もうママとは到底やっていけないわ。何かというと疑り深くなってしまって、家の中は地獄みたいで到底耐えられないわ」

いっしょに昼食を食べましょうよと、あたしは家まで彼女を連れてきた。

「ところで、あなたは歌手になりたいの？」

「ええ！　そうよ、できるだけ早くね……ピアノのレッスンをするのに、町中をあちらこちら駆けずり回るのは、もううんざりよ。それに身入りも少ないし。レッスン一回につき、七十五セントとおやつを出してくれるご婦人がいるのだけれども、あたしの家からたっぷり一時間はかかるところに住んでいるのよ。それから娼婦のところにも教えに行くのよ。その女《ひと》は表向きは、ほとんど航海ばかりしていて、家を空けている船長の奥さんということになっているわ。ああ、何てことかしら、もしママが知ったら……彼女の紹介で、同じ商売の女性のところで、さらにレッスンを行うことにもなったのだけれども、もう二度とそこには行かないわ。ある日、その女《ひと》の家に行ってみると、ちょうど男の人と昼食を済ましたところだったの。彼女は二人のためにピアノを弾いてちょうだいと言ったので、あたしはそんなことはごめんだわというわけで、帰ってきてしまったの」

「そんなに厭なのに、どうしてそんないかがわしいところにまで、のこのこ出かけていくの？」

「だって、あたしたち貧乏のどん底にいるのよ。家が落ち目になってからは、ママはもう全く何もしようとしないの」

「それであなたは、その声で舞台で稼げると思っているの?」

「あたしの声のことを言っているの?」

「いい、あたしがあなたのことを大好きだってことが、よく分かるでしょう。これからあなたに言うことは、あなたを苦しめようってことではないのよ。でもあなたの声は舞台で歌うには、それほど映えないわよ。どうして、朗読法の科に入らなかったの?」

「朗読法ですって! 何よ、それ? そんなものがあるの、そんなもので花形になれるの? もうあたしには、ぼやぼやしている暇はないのよ。すぐにお金を稼がなきゃならないのよ。まだ小さい妹だっているし、ママはもう全く頼りにならないのよ」

「いいこと、喜劇、正劇《ドラム》〔写実性・日常性を帯びた劇で悲劇と喜劇の要素を併せ持つ〕、悲劇の女優さんたちは朗読法の科の出身なのよ。何年かお勉強なさい。あなたの容姿をもってすれば、もうパリに行くしかないわね。あなたは口を開かなくても、すぐに雇ってもらえるわ……あなたのようなよなよしたタイプは、あそこではすごく受けるわよ」

彼女がそのことを家で話したところ、家族全員があたしの意見に異を唱えたとのことだった。あたしが彼女の脚を引っぱってやろうとしているとか、彼女の声をやっかんでいるとか……マルトの方は、あたしの声の方が、自分の声より比較にならないほど、ずっと美しいとか、あたしがそのことを指摘してから、彼女は自分の声と他の女の子たちとの声を比べ、舞台で歌う声の域には達していないことを実感した、と言ってはみたそうだが……みんな頑として、意見を変えようとはしなかったそうだ。つまり、あたしがやっかみから、そう言っているとのことだった。

それでも彼女はちゃんと自分の分を弁えており、朗読法の科に入った。そうこうするうちに、あたしは幹事と今後のことで話をつけることになった。だからコンセルヴァトワールでは、もう彼女のことを見守ってあげることはできなくなったが、部屋に来てもらって、ピアノの伴奏をしてもらい、こんな具合にして、彼女を少しでも支えることができてうれしく思った。

それにこの日は、あたしたちにとって、何ともすばらしい午後になった。あたしがまず歌った。グリーグ全曲を歌って、ブラームス、シューマンと続いた。

「何ていい声なの！」と一曲終わるたびに、彼女は嘆声を上げた。

あたしはそれだけに、却って、心臓にグサッと来た。

その後、彼女にも繰り返し歌ってもらった。彼女の個性がまだ十分に発揮されてはおらず、欠けているものを打ち出せずにいた。でもあたしは自分が理解している範囲で、『アンドロマック』〔ラシーヌの悲劇。トロイア戦争の後日譚。ヘクトルの未亡人、アンドロマックはギリシアのピリュスに自分と結婚するか、遺児の死かの選択を迫られる。恋の情念の悲劇〕のことを語って聞かせたことがあったある日、幕が彼女の前で開いた。その時から彼女の視野が開けてきた。

三月のある午後、庭にあるたった一本のマロニエの樹の、大きく膨らんできた芽を、二人して眺めていた。

「マルト、あの芽を見ていると、『ローエングリン』〔ワーグナー作の歌劇。ローエングリンは聖杯騎士団に属する騎士だが、エルザが公国の後継者となれるよう、決闘する。二人は結婚するが、エルザが騎士の素性を問うたため、彼は去り、エルザは息絶える〕の音楽が浮かんでくるわ」

「ええっ……何ですって？」

「勿論『ローエングリン』のことよ……エルザへの彼の愛は欲望に膨らみ、はち切れんばかりになっていたから、樹液の働きで疼きだし、今にも張り裂けんばかりになってきている芽と変わらないくらいだったのよ……」

「すばらしいわ！　それほど音楽のことを知らない人からすれば、その譬えは啓示みたいなものよ！」

「でも、その譬えは当たっているかしら？」

「分からないけれど、今度『ローエングリン』を聞く時には、注意力を集中して聴いてみなければいけないわねえ……」

そう言うと、彼女はレッスンの仕事で帰っていった。ブーツは水を吸い、パルトーの生地はぺらぺらだったが、心配事が頭から離れない様子だった。それでも太陽や、人生に頬笑みを絶やさなかったし、彼女も、芽吹きの香りを発していたから、声を潜めて言い寄ってくる男どもにいつも付きまとわれていた……いかにも疲れ切ったという様子をしてはいたが、潑剌とした顔をして、あたしのところに戻ってきて食事を摂った。家庭は、母親のせいで、彼女には耐えがたい地獄の様相を呈していたからだ。

あたしからすれば、どんなにかもう一年、彼女が勉強を続けてほしかったことか、だが彼女は万策尽きてしまっていた。二等賞の成果を収めて、彼女はパリに向け発った。劇場支配人のところに行って、雇ってくれるよう交渉した。支配人は彼女の容姿と二等賞の勲章から判断して、試験もせずに雇い入れてくれた。それから、何か生活の手立てはあるのかと訊かれた。パリに来るために百フラン借金をしてきた旨、伝えると、彼はこう言ってくれた。

「劇団も、あなたのことを考えないとな」

そう言うと、彼は劇団の名義で、かなりの額のお金を彼女に融通してくれた。

この気風《きっぷ》のよさを耳にしてからというもの、あたしはその人を崇拝するような心持ちになった。支配人〔リュネ＝ポー（一八六九―一九四〇）、アントワーヌに協力して、自由劇場を創設。一八九〇年にポール・フォールと芸術劇場を立ち上げた〕はやがて大女優となる運命の女性〔バルト・バディ（一八七二―一九二一）、アンリ・バタイユの劇団などで活躍したが、最後は孤独・貧窮のうちに亡くなった〕を、破滅する境遇から間違いなく救い出してくれたのだった。

「あたしは、どうなっていたかしら?」と彼女はあたしに打ち明け話をしてくれた。「午後に着いたの。フランス座で『アンドロマック』をやっているのが分かって、バルコニー席で見物したわ。幕間にロビーをぶらついてみたわ。男の人が老いも若きも、まわりに集まってきて、一人の老人はなれなれしく、話しかけてきたのよ。その夜、すっかり怖気づいてしまい、あたしは逃げだしてしまったのよ。でも翌日、あの支配人が生活費を渡してくれなかったなら、ああしたオスの一人の見え透いた提案を受け入れざるを得なくなっていたわね」

それにしても、やはり彼女にはツキがあった。まずはあたしと出会ったということだ。あたしはすべての人を敵にまわしてでも、彼女の本当に進むべき道へと、背中を押してやったのだ。それから、あの先見の明のある、親切な支配人がいた……そして今は、彼女の消息が分かるのは、もう新聞を通してでしかなかった……ああ、あたしはひとり、独りぼっちになってしまった……どうやって、男の人に打ち明け話をしたらいいの?たとえ相手が大好きな男性であっても。自分たちを直接魅了している点を別として、男たちは、女のどういうところが分かっているというの?……

そのころあたしは強迫観念に責め苛まれていた。過去の生活にあたしは取り憑かれ、いろいろな妄想に苛まれて、あたしはびくっとして震えおののき、それを逃れようとして、部屋の中を走り回った。

それは飢えと寒さのために泣き叫び、執拗に両手を口に突っ込む赤ん坊のケースの姿であった。母は慈善事務所や篤志家の家を駆けずり回っていた。あたしの方は、下の子供たちの面倒を見なければならなかった。ヘインはおとなしく腰掛けに坐ってはいたが、ふくれっ面をし、貧血のせいでほとんど目が見えなくなっていた。ディルクは床の上で、頭のとれた人形で黙々と遊んでいた。この子は飢えにも寒さにも、動じないといったところまでいっていた。ナーチェも片意地を張った様子で、蒼白い顔をしていた……だがケースは、抱いて軽く揺すってやったり、仰向けにしたら、次はうつ伏せにして、あやそうとしてみたが、手に負えず、神経に障るような金切り声で泣きわめき、小さな手を口に突っ込むのだった。その手は昼夜を問わず、しょっちゅう吸われたり、噛まれたりしていたので、文字どおりひどく爛れていた。

もうどうしていいのかも分からなくなって、あたしはへたり込んだ。ケースはあたしの膝の上で横になっていた。泣き声を上げ、執拗にしゃぶり続けていた。二筋の涙が、泣き腫らした頬を伝って流れた。何という涙だろう……もうその時には、大きな澄み切った宝石がこぼれ落ちたように思えて、あたしはハッとした……相変わらず泣きじゃくってはいたが、顔色はどんどん蒼白くなっていき、泣き声もだんだんとか細くなっていって、とうとう呻き声みたいになってしまった。それでも顎と唇の方は、左右の手の指四本、二本を執拗にしゃぶり続けているのだった。

ケースは人間の屑などではない。玉のような赤ん坊なのだ。生命の糸にすがりつくようにして、心の真底から笑いもするし、泣きもするのだった。

消えて！　消えてなくなれ！　何て汚らわしい妄想なの！　あたしがこんな生き地獄みたいな過去を送ってきたからというだけで、自然や芸術を享受しようとすると必ず、あたしと、魂を魅了しようというイメージとの間に、おまえたちがずかずかと踏み込んで、邪魔しにくるってわけ！　あたしの子供時代全部、思春期の全部、この虚弱な体質、これだけでも、まだ飽き足りないというの？　それとも、人生を楽しむ資格も奪いとってやろうというの？

街に出ると、あたしは人々の顔や態度を注意深く観察してみて、あれやこれやの表情を生み出した不幸に目がいってしまう。あんな背の曲がった歩き方、肩をすぼめるような姿勢にまでなったのは、どんな苦しみや衝撃があったのかが分かる。水に濡れて縮んでしまった靴を履いていると、卵の上でも歩くようなあんなへっぴり腰になるし、凍るような風が、ぺらぺらの衣服に吹きつける時、脚はかじかんで、後戻りするような具合になるのも分かる。こちらの男は足の裏に釘が刺さっているふうだし、あちらの男はダニにひどく噛まれているから、体を揺すっているし、もう一人の男も垢にまみれているので、手足がぎくしゃくとしか動かないというのも分かる。あの女の生気のないやつれた顔は、ひどいパンとチコリーを煮出した水だけしか摂っていないせいなのだ、というのも分かる……

何たる不運であることか！　どの貧乏人も、あたしは見逃すことはない。だから彼らの惨めな様子とおどおどした様子を、幾度ということなく目にすることになる。愛憎がこもごも、あたしの頭の中でせめぎ合う、切っても切り離せない表裏一体のものみたいだ……好色な爺といった手合いを目にすると、路面馬車の車輪の下に投げ込んでやりたいという気持ちがむらむらと湧いてくるし、喉に込み上げるくらいの、テーブルいっぱいのご馳走を詰め込んで、ビヤ樽みたいになっている肥満した奥様なんて、血が腐ってしまえばいいと思う……

何と体の震えが収まらないことか！　あたしは心に傷を負っている。そうなったのは、おそらくは貧しさの体験と、そのトラウマの結果なのだろう……

「大好きなケーチェ、もう何年も、姉さんに会っていないね。ナーチェの話だと、すっかり奥様ぶりも板に付いたそうだね。ナーチェは、あんたが子供を育てたいとも言っていたというんだ。俺のところは、十人も抱えているんだ。もし一人を育ててくれるというのなら、ウィレムという子を頼むよ。今五歳だ。体は丈夫で、性格はとても優しくて陽気だよ。姉さんがいいというのなら、引き取りにきてくれりゃいいだけの話だ。

弟のヘインより」

この手紙に、あたしは気が動顚してしまった。子供を一人引き取るですって！　おっかなびっくりではあったが、あたしはすごく子供がほしかった時期があった。今の立場で、どうして責任を持って、子供を産むなんてことができるだろうか？……すぐにでもアンドレの家に駆けつけてみたかったが、あたしたちが動こうとすれば、きっと口を挟んでくる彼の母親のことに頭がいってしまった。夜に彼がやって来たので、あたしは手紙をフランス語にして伝えた。

「だって、子供を一人育てるっていうのは、生やさしいことではないぜ……それに、その子はどんな子なんだい？」

「ああ！　心配はいらないわよ。きっといい子よ。ナーチェの話だと、ヘインそっくりだって言うのよ……あたしは自分の人生につまずいたのだから、その子を一生懸命育ててもいいと思っているのよ」

「勿論、それはいちばん崇高な目的と言えるさ。明日まで、考えさせてくれないか」

翌日は、もう早くから、彼はこちらにやって来た。

「引き取りに行ってくれよ。その子の将来が懸かっているんだから、ぐずぐずしているわけには行かないだろう……うまく行かないにしても、いつだってわれわれは最善を尽くすことにしなきゃ。心身ともに貧困に追いやられている状態と、われわれがその子にしてやれることとを秤に掛けてみたら、ためらっている暇はないよ」

あたしたちは連名で電報を打ち、弟にアムステルダムにあたしが行く旨伝えた。

あたしはボンボンを入れた大きな袋と、その子をくるむショールとを携えて出発した。凍てつくような気候だった。アムステルダムの街路は、降り積もった雪の上がさらに氷の層で覆われていた。弟が住む地下室の前は、通りに雪がうずたかく積もっていた。ドアを開けたところ、十二歳の女の子を筆頭に十人の子供たちは喧嘩するのをやめた。ほとんど着物も着ておらず、髪の毛は伸び放題で、鼻や口のまわりは不潔さのせいで爛れており、火にあまりに近づきすぎたり、真っ赤に焼けた火掻き棒で遊んだために、体のいたるところを火傷していた。子供たちは全員、その湿った床の上でうごめいていたが、そこを歩くと、下から、水音が「ぴちゃぴちゃ」と聞こえてきた。尿と黴の臭い、加熱され淀んだ空気に、あたしは息が詰まってしまった。

「あたしはみんなの伯母ちゃんだよ……ドアを開けたままにしておいてくれないと、あたしは息が詰まってしまうわ……」

あたしはドアを開け放った。疾風が鞭みたいな勢いで吹きつけて、地下室にはたちまち大きな雪の山ができてしまった。

「駄目、駄目」と、上の女の子が金切り声を上げると、雪を腕いっぱいに抱えて、ステップの上に持っていった。「駄目だよ、ドアは開けられないよ。このちびたちは火傷しちゃうよ。そうなったら、どうしようもないよ。それに夜は凍るような寒さになるんだから」

「お父さんとお母さんはどこに行ったの？　あたしはみんなの伯母ちゃんだよ。ウィレムを連れにきたのよ。ウィレムはどの子なの？」

「その子だよ」とみんなが、床に坐っているちいちゃな男の子を指差して、一斉に言った。寒さのせいで血の気の失せたようになった体には、実に汚らしいぼろぼろのシャツらしきものが巻きついているだけだった。

その子は口をポカンと開けて、あたしを見つめていた。ぺちゃんこにつぶれたような鼻は腫れていた。澄んだ美しい青い眼をし、おでこは大きく張り出していて、顔いっぱい、うれしそうな生き生きとした、問いかけるような表情が窺えた。この腫れたような土気色の顔を、こんなふうに明るく見せているのは、眼なのか、額のせいなのか？……僅かに生えている黄色の髪の毛は、ごわごわして、シラミがいっぱいたかっていた。寸詰まりの体には、太い手脚が付いていた。短い頑丈そうな四肢のせいで、ちいさな珍獣を見ているようだった。

「それじゃ、あんたがウィレムなの」とあたしは話しかけた。「お父さんとお母さんはどこに行ってるの？」

「おかあちゃんは洗濯場に行ったんだよ。お父ちゃんは仕事を探しに行ってるよ」

ああ！　何て声かしら！　本当に銅や銀の鐘を鳴らした声みたいだわ。笑い顔はさぞかしかわいらしいことだろう……あたしはその子を抱き上げてやった。

「おやまあ、何て重いの！」

この子は立つことができないでいた。

「床が濡れているせいよ」と長女は言った。「少し歩いた時、死にそうになったのよ」

ウィレムはガチョウみたいに、体を左右に振り振り歩いた。

「あら、みんなにボンボンをあげるのを忘れていたわ」

子供たちはほとんど噛まずに、丸呑みしてしまった。

「マダム、もっとちょうだい」

「あたしはみんなの伯母ちゃんなの、ケー伯母ちゃんなのよ。噛まないようだったら、もうあげないわよ」

弟が戻ってきた。

「おや、帰ってきたの……」

「いやはや、見違えるような貴婦人ぶりじゃないか。女房は、きっと怖気づいちまうぜ。あいつは同じような身分の女とじゃないと、肩身が狭い思いをするだろうよ……」

「ナーチェの話だと、あんたたち男の兄弟は全員、妻になる女性を選んだそうね……」

「何を言いたいんだい？　俺たちは衣服も粗末で、小遣いだってないんだぜ……そんな状態で、俺たちはどうやって、他の女の子たちに声をかけられるっていうんだよ。女房になった女たちだって、俺たちみたいな連中の中から、夫を選びたくはなかっただろうさ」

「ええっ、だって……」

「当たり前じゃないか！　そういうことさ……俺の好みの女だと思っていたのかい？　俺は温かいメシだっ

て全然食えなかったし、シャツのボタン一つだって付けられない生活に厭気がさして、ブリュッセルを見限ったんだ。だから、アムステルダムのこんなところに転がり落ちてきたのさ。ここにゃ、誰一人知り合いはいなかったよ。親方の下働きの女が、俺に頬笑みかけたんだよ。ご面相は見られたもんじゃなかったさ。でも毎晩、台所に行くと、俺のためにキュウリウオのフライと、フライドポテトのご馳走を取っておいてくれたんだ。夜には、靴下を繕ってくれたし、下着だって洗ってくれたんだぜ。こいつはめっけものだなと思って、俺はいっしょになったのさ……持参金代わりに、この娘《こ》を連れてきたってわけさ」

弟は年上の女の子を指差した。

「ああ、この子ね」とあたしは言った。「とてもいいお姉ちゃんだわ」

「ああ、こいつも、他の子と同じように、俺の子なのさ……でも、俺たちは僅かなりとも幸せになれるかなと思ったが、こう子供が次々と生まれてきちゃ、台無しさ。こんなにごちゃごちゃいて、どうやって食わせるんだい？　女房は一週間、目一杯、洗濯女として働いているのさ。俺が働けるようになりゃ、少しは生活もよくなるだろうさ。でも、ここも他と変わらず、失業はつきものでな、そうなるとだ……」

肩をすくめてみせたが、それが弟の気持ちを代弁していた。

「ともかく、俺の子供たちはかわいいぜ……この子はどうだい？」

「正直に言って、今のところ、見劣りがするわねえ」

「こいつの鼻の穴が上を向いているせいで、そう言うんだろう……嘘じゃないぜ、こいつは、本当にいい奴で、育て甲斐があるぜ」

妻の方は、その夜、大したことは言わなかった。こずるそうな顔、真面目さが感じられない表情を見て、あたしには厭な女に思えた。

幾度となく、あたしは念押しをした。

「この子をあたしに委ねる以上は、この子をまた返してくれなんて言わないでね。この子をまた惨めな生活に引き戻すなんて、とても耐えられないわ」

　弟があたしをホテルまで送ってくれた時に、改めて先ほどの問題を蒸し返した。息子をあたしに譲るということは、これから先もずっと一生を通じてということね、と。

　翌朝あたしはウィレムの衣服を買いに行った。体を洗ってやり、それを着せた。子供ははしゃいだ。予想どおりだった。かわいらしく満面笑みを浮かべて、大きな声で笑った……母親の方はますます口が重くなっていった。わが子がこんなに美しく変身したのを見ると、彼女の眼の中に、全く予想外の表情が現われたのに、あたしは驚きを隠せなかった。ものすごい羨望の眼差し、他人の家でこの子が幸せな生活を送るのを目にするよりは、自分といっしょに赤貧の中でいじけて朽ち果てていくのを見る方が、まだしもましだといった表情だった。一人の人間に対して生殺与奪の権利を握り、もしできるものならば、殺してやろうと思っている、暴君の表情が浮かんでいた。

　あたしはこの女がそら恐ろしくなってしまったので、はっきりと言ってやった。子供をくれるとは言ったが、心の底からという気持ちでないならば、子供はそのまま置いて帰った方が、ずっといいわ、と。

「バカなことを言うなよ」とヘインが応じた。「子供の一人がこいつのところから去っていくという時に、こいつにこにこしていろって、言うのかい」

　毎月、あたしが手紙を書き、一年に二回、二親のところに一週間、里帰りすることが決められた。

　弟は駅までウィレムを抱いて連れてゆき、あたしをコンパートメントの座席まで見送ってくれた。その後あたしたちは出発した。義妹のぎらぎらする眼をもう見なくて済むと思うと、ほっとした。

　車中で、婦人がウィレムにオレンジをくれた。このかわいそうな子は、大口を開けてかじった果物がどんな味覚なのかは、ほとんど分かっていなかった。いやはや、何てひどい渋面かしら！……あたしが皮を剝いてやっても、まだ苦いんじゃないかと恐れて、もう食べようとはしなかった。

この子は洟を拭いてもらうのを嫌がった。

「厭だよ、鼻をつままれると、痛いよ」

「ううん、つままないわよ！」

納得させるのに、ものすごく苦労した。痛くしないで、鼻を拭いてやると、びっくりしたような顔をして、あたしの顔を見つめた。

ブリュッセルに着くと、この子は眠ってしまっていた。赤帽さんにこの子を預けて、辻馬車のところまで連れていってもらった。その人のズボンに粗相をしてしまったので、あたしは謝った。

「ああ！　マダム、何でもありませんよ。子供がどんなものか、よく分かっていますからね！　五、六歳までは、子供はみんな、そんなものなのですから……」

家に着いた時には、まだ六時にしかなっていなかった。シラミがたかっているので、子供の髪を丸刈りにし、頭を石鹸で洗ってやり、バスタブにお湯を張り、中で体をごしごし洗ってやらなければならなかった。よっぽど気持ちがよかったと見えて、裸のまま、あたしのベッドの白いシーツの上に寝かせてやると、転げ回り、伸びをし、眼はきらきらと光り、満足感のあまり、口にはよだれまで溢れてきた。

「ああ！　伯母ちゃん、気持ちいい！　伯母ちゃん、すごく気持ちいいよ！……」

そう言うと、ウィレムはむちむちしたちっちゃな腕をあたしの首にまわして、狂ったようにキスをしてきた。

「伯母ちゃん、ここは何てきれいなの……俺、ここにいていいの？」

「勿論よ、坊や、ここはあなたのおうちなのよ。それに明日になれば、伯父ちゃんと会えるわよ」

「伯父ちゃんもいるの？」

「そうよ、お髭の生えたおじちゃんよ」

「お父ちゃんが生やしているのは、ほんのちょび髭だよ。お父ちゃんみたいに、蹴ったりする？」

「ああ、とんでもないわ。あんたにキスしてくれるわよ」

「それなら、うれしいな」

「さあ、起きてごらん。おまるに行かなきゃ駄目よ。このきれいなベッドでおしっこをしちゃ駄目だからね」

「でも、伯母ちゃん、あの中におしっこはできないよ。花模様が付いているじゃないか」

「さあさあ、これはそのための壺なのよ」

「そして、このきれいなちっちゃい戸棚に入れておくの？」と子供は、ナイトテーブルの中に、壺をしまうのを見て言った。

二分後には寝ついていた。

翌日、あたしが目覚めると、子供は驚いたように、座ってあたしを見つめていた。

「ああ！　ウィムピー、覚えていないの？　おまえはケーチェ伯母ちゃんの家の子になったのよ。今あたしのおうちにいるのよ」

お湯の中に入れられ、体を洗ってもらうと、大はしゃぎだった。

「いい匂いだね、伯母ちゃん」

それから下の階におりていって、食堂まで連れていってやると、この子は立ち止まって、驚いたようにあたりを見回していた。

「まだお部屋があるの、伯母ちゃん、この部屋もうちなの？」

「そうよ、ここで食事をするのよ」

そう言って、大きな本を積んで高くした椅子に子供を坐らせた。

砂糖を容れたミルク、パン＝デピスのタルティーヌ、美しいカップ、きれいな皿、どれ一つ、彼の眼を逃れることはできなかった。子供の顔も声も、まるでおとぎ話の世界にいるように、明るく弾んでいた。食後、客間、それから台所を見せてやった。

「伯母ちゃん、確かに、俺はこの家に住んでいるの?」

「そうよ、これからもずっとね」

「それじゃあ、カトーチエとケーシェはいつ来るの? だって、これも全部あの子たちのものだよ」

「ええ、もうすぐ来るわよ」

屋根裏部屋にも連れていってやった。そこには、古いストーブや煙突があった。すぐに、子供はいじくりまわした。

「ああ! 俺もここで、お父ちゃんのように働けるなあ。俺も鍛冶屋になりたいなあ」

二人してあたしの本、ミシン、作業用のマネキン人形が置いてある部屋に落ち着いた。ウィレムはすぐにソファーの上で、バネが壊れるほどの勢いで、踊りだした。

あたしは、アンドレとこの子の最初の顔合わせを、少しびくびくする気持ちで待っていた。この子の体を二回洗ってやったが、まだ何か薄汚い様子で、いかにもほったかされて育った子供といった感じで、頭を丸刈りにしてやっても、代わりばえはしなかった。ぺちゃんこの爛れた鼻だけが目についた。

実際、アンドレはこの子をまじまじと眺めていた。

「ちぇっ、なんだい、美形じゃないなあ……」

「これから変わっていくわよ。確かに、この子の家でこの子供を見たら、あなたはこの子を選ばなかったでしょうよ」

「いかにも袋小路の育ちの子供って感じだなあ……」

「ええ、そのとおりだわ。貧困の徴《しるし》が消え去ってはいないわ……あたしも昔はこんなだったのよ。でも今は、あなたと比べたって、肌の色艶は変わらないわ……」

「さあ、どうかな、それは第一印象さ。ここだったら、そうは見えないかもしれないな……君の肌にしても、この子の肌にしても……」

それからアンドレはこの子と話をしようとした。

「この人は何て言ってるの、伯母ちゃん？　伯父ちゃんは話ができないの……」

「これもまた楽しいことだな。一言も言葉でやり取りできない子供といるというのも……」

「でも、それだって何カ月かの問題でしょう。あっという間にフランス語を話すようになるわよ」

あたしは女中に子供を預けて、アンドレと外出した。彼と別れると、あたしはウィレムのために、下着、靴下、タブリエ、そして衣服を作ってやるために青いサージ、それにパルトーを作るためにふかふかした茶色の布を買いに出かけた。

パン屋では、お茶のおやつにコリントの入ったクックを買った。雑貨店に立ち寄って、おもちゃの白馬、小さな車、それから人形を選ぶと、急いで家に向かった。鍵穴に鍵を差し込むと、ウィレムは走ってきて、雌猫のシュゼットが横にくっついて、じゃれていた。そして声を上げた。

「伯母ちゃん、伯母ちゃんなの！……」

あたしたちは仕事部屋でお茶を飲んだ。あたしは青のサージから、ズボンとブルゾンに使うところをハサミで切りだした。子供は絨毯に腰を下ろして、馬と人形とでかわるがわる遊んでいたが、彼が「カトーチエ」と呼んでいる人形が、特にお気に入りだった。猫のシュゼットは、彼の真向かいに坐って、おとなしくその様子を見守っていた……いや、でもここは何と心地よいことか。あたしの家庭があるからなのだ……布を裁ち、仮縫いをし、心身とも充足していることにぼうっとなっている。この子にズボンを穿かそうとすると、ズボンはちいちゃなお尻のあたりがぽってりとふくれたので、思いきりそこをかじってやりたい、という衝動にあたしは駆られてしまった……

翌々日、あたしは新調の衣服と、見事に仕上がったパルトーをこの子に着せてやり、きれいなベレー帽もかぶらせてやったが、ウィレムは自分で横にずらして、ばっちり決めた。そうしてから、あたしはアンドレの母親のところに、お披露目にこの子を連れていった。

「こうなると、あなたは、ずいぶんと重い荷物を引き受けたわねえ。この子をもうひたすらかわいがってやるしかないわねえ。それでも見返りはないのでしょう。もし親たちから感謝されるなんて思ったら、失望することになるわよ」

「とんでもありませんわ。あたしは感謝されるとか、見返りを求めるなんて、考えてもいませんわ。子供のためを思ってしただけです。ちゃんとした大人にしてやれたら……そうできると信じていますわ。心根はとても優しいんですから」

「その子は頭はいいのかしら？　フラマン語しかしゃべれないのでしょう」

「いいえ、オランダ語です。フラマン語は方言みたいなものですが、オランダ語が正式の言語です……」

「その子が頭がよければ、数週間でフランス語がしゃべれるようになれますよ。でもフラマン人たちは、学習ということになると、向いてないわ……」

「お言葉ですが、マダム、この子はフラマン人ではありません。フラマン人とベルギー人の間でも、そしてオランダ人との間には、大きな違いがありますわ。オランダ人たちは宗教改革以来、社会のあらゆる階級において、率先して学ぼうとしています。毎日、『聖書』をどう解釈したらいいか、考えています。『聖書』であっても『イリアス』であっても、いつも、優れた書であれば論評を加えようとしています。それは自己啓発するということです。ところが、ここでは全然そんなことはなされてはいません」

「でも、お言葉を返すようですけれど、あなたは教育を受けてはおられなかったわね……アンドレの話では、わざわざ、あなたに何人もの先生をつけてあげたようですけれど」

「おっしゃるとおりです。あたしの母はオランダ人ではありませんでした。八歳の年から、ちいさな腰掛けに坐らされて、膝の上に載せた格子状の板の上で、刺繍を編む作業に従事させられました。知的な面では、ロザリオの祈り〔ローマ教会の数珠。またその珠を数えながら、唱える祈り〕の文句を暗唱させられ、連禱を歌って覚えさせられたぐらいでした」

「でも僕の母は」とアンドレが口を挟んだ。「数週間で、フランス語をマスターしたのさ……あなたも知っているように、僕の方は、何年かかっても、ドイツ語を身につけられないでいるっていうのにさ……」

「あら！　ドイツ語ですって！」と彼女は素っ頓狂な声を出した……

あたしたち二人で、アンドレといっしょに街に出た……

「あまりかっかっとしないでね。数週間で、フランス語が話せないからといって、ウィレムは馬鹿だとは思わないわ。それに、この子に掛かり切りになっているからということで、もうあなたのことを愛していないなんてことも思わないでね」

「そんなこと、当たり前じゃないか！……母は、母なりの考えがあるのさ……僕たちはこの三人で愛し合っていけばいいのさ」

この時、彼の表情には優しさが溢れていて、あたしを愛情いっぱいの眼で見つめたので、歓喜がひとかたまりになって、心にわっと押し入ってくるのを感じた。

「アンドレ、三人で森に行ってみたらどうかしら……ウィムピーは一度も田園風景を見たことがないのよ。酪農場で、温かいミルクを飲ましてやりましょうよ」

あたしたちは路面馬車に乗ると、カンブルの森に向かった。

あたしの生活は一変した。毎朝、鐘を鳴らすと、ウィムピーとシュゼットは階段を駆け上がってきた。猫はベッドに跳び上がると、前脚であたしの頭を挟むようにして、仔猫にしてやるように、顔をペロペロと舐めるのだった。ウィレムはベッドのまわりを跳ねまわっていた。しょっちゅう煤で、ちっちゃな手を真っ黒にしていた。

「僕はストーブの煙突をぴったりはめようとして、起きてからずっとやってたんだよ。すごく難しいよ……黒くなったのも分かるよね、でもうまくも行かないし、汚れずにもいられないんだよ」

そう言うと、ちいさな真っ黒な手を、互いに擦《こす》り合わせた。

「またお風呂に入らないといけないわねえ」

「厭だよ、伯母ちゃん、厭だってば、お手々を洗うだけでいいよ。だから汚いタブリエを着たんだよ」

読書をするなんて、もうどうでもよかった。だってあたしは独りで、子供にかまけていたかったからだ。

一週間後、その子の母親からの手紙を受け取った。自分の子供の一人が何から何まで持っているのに、他の子供たちが何一つ持っていないというのでは、こう思っただけでとてもやりきれない、という内容であった。子供たちに衣服やお金を送ってはくれないだろうかとも言ってきていた。あたしは二十フラン送ってやった。

一週間後、部屋代を要求する別の手紙が届いたので、また二十フラン送ってやった。

一週間後、新たな手紙。引っ越しをしなければならないので、部屋代の手付け金が必要とのこと。十フランを送ってやった。次の週、また金を無心する手紙。

そこで、あたしは書いてやった。子供を一人、彼らの重荷から取り除いてやった。その子はこれからずっと貧困から逃れられるだろう。だがこれ以上のことは、あたしにはできない。あたし自身が他人の厄介になっているのだから、と。折り返しの手紙で、子供を返してくれと言ってきた。あたしも反論してやった。返すわけにはいかない、そもそもあたしにくれたのだから。この子を、心をこめて世話しているし、見違えるようにきれいになり、幸せいっぱいだから、生きることに喜びを感じて、日がな、歌ったり踊ったりしている。あなたたちの思いどおりに、あたしを食い物にすることができないということで、せっかく奇蹟が起こったみたいにしてこの子を救い出してやったのに、再び何ごともなかったように貧困の泥沼に子供を突き落としてやろうったって、それはできない相談だ。親たるものはよくよく考えてみなければならない。ウィレムは、その泥沼から生涯逃れたばかりではない、その子孫たちもさらに余徳を受けるのだ。順当にその能力を開花させることのできるたった一人のオルデマ家の人間なのだ。それにあたしの伴侶ともいうべき人は、この子を大事に育てるという遺言状まで、もう作ってくれたし、きっとこの人は、一生涯自分の実の子として、この子を扱ってくれるでしょう、と。

弟夫婦たちは、自分たちはそんなことは一切与り知らないことだし、一人の子供だけがすべてを持っているのに、他の兄弟たちは何一つないというのはおかしい、子供を返してくれ、としつこく言ってきた。

あたしの返事はこうだった。「あなたたちは血も涙もない人間です。だから子供は返しません」

あたしはもう生きた心地もなかった。二人がいつ現われやしないかと、いつもびくびくしていた。彼らは汽車に乗るお金もなかったのに。だが二カ月後、弟はブリュッセルに着くと、ナーチェをともなって、あたしのところまで押しかけてきた。扉を開けるや、あたしは弟の肩をつかんで、激しく揺さぶってやったが、万力で喉が締めつけられたようになって、一言も声が出てこなかった。あたしはウィレムを膝の上に抱きかかえ、両腕で抱きしめるようにした。しゃがれ声で、切れぎれな言葉しか出てこなかった。

「いけずうずうしくもあたしの家まで押しかけてきて、子供をあたしから奪い取って、あの不潔極まりない貧乏のどん底に、またこの子を突き落としてやろうっていう魂胆なのね。この子を餌として利用しといて、あたしを食い物にしていたのね。あたしが言いなりにならないとみると、情け容赦もなく、この子を連れ帰ろうっていうのね。じゃあ、見比べてみなさいよ……今のこの子の姿と、あのころの姿を……」

「でも、やせているじゃないか」

「いい、昔みたいな生気のないぶよぶよした体じゃないわよ。筋肉がついて、元気になった証拠よ」

瞬く間に、子供を裸にしてみた。

「どんな肌になったか見てよ、髪も歯も……どんなにすばらしい子供に育っているかを見てちょうだい。それなのに、あんたはこの子を前みたいな、いじけたモヤシにしようっていうの」

ウィムピーは泣きだした。

「僕は行きたくないよ、伯母ちゃん」

「女房はもう、俺を寝かしちゃくれないんだよ。あいつの体も衰弱気味なんだ。夜も昼も泣き明かしているんだからな」

「それは茶番よ！　あたしからむしり取ることができるなら、あたしを食い物にして、あの人はほくそ笑むわよ」

「それにしたって、やはり、見返りがなきゃなあ……」

「だって、見返りって、この子が幸せになっていることを実感することじゃない」

「俺はもう女房とはやってけないよ……おまけに、こいつがここでゆったりと暮らしていられるっていうのに、そんなもの一切合財なしで、俺はやってこなければならなかったんだ。こいつだって、そうなって当たり前だろうが……そうじゃないか……それに、こいつは俺の子だぜ……そうだろう、ウィムピー、お父ちゃんといっしょに、帰ってもいいだろう?」

ウィムピーはあたしにしがみついていた。

三日というもの、アンドレとあたしは、頑として自分たちの主張を譲らなかったので、ヘインはひとまずはすごすごと帰っていった。

当初は何の便りもなかったが、やがて義妹からの手紙を受け取った。部屋代を流用して、自分で子供を引き取りにくるという内容だった。夏が終わるまでは、この子に構わないでちょうだいと涙ながらに訴えて、百フランを送ってやった。「この子を海で数カ月過ごさせてやります。そうなれば、力もつくでしょうし、今後この子を待ち受けている生活に、もっとうまく対処できるようになるでしょう」。返事は一切返ってこなかったが、義妹は押しかけてはこなかった。

あたしはそんなわけで、今一度、不安と悪夢とに苛まれることになった……それでも、一縷の希望でもあればということで、子供の教育に心を配ることができるようになった。まるでこの子の将来は、教育に懸かっているかのように。二人して長い散歩をすることがあったが、あたしは自分が関心を抱いているすべてのことを材料にして、この子の興味をかき立ててやろうと思っていた。

あたしは激しい反軍国主義者だった。ところがこの子は、どの子もそうであるように、兵士にすごく魅かれていた。そんな時、兵隊たちを指差しながら、言ってやった。

「いい、ウィムピー、あの人たちは家族から引き離されて、自分たちと同じような立場の人たちを殺すように訓練を受けているのよ」

一カ月も立つと、この子は兵隊たちを見ると、身震いするようになった。

あたしには愛国心がなかった。プロレタリアはどこの国でも搾取されているものと考えていた。だがその時から、民族の違いが対立を生むかもしれない、同じ民族で結束するしか幸せにはなれない、と感じるようになった。だから今日、子供を育てなければならないとしたら、その子にこう言うだろう。

「おまえが二十歳になったら、同じような軍服に身を固め、外国軍が襲来して、おまえのお爺さんの肘掛け椅子に腰を下ろしたりしないように、おまえの民族を退化させないように、万全を尽くさなければいけないよ」

あたしたちは近所の袋小路の前で、いつも立ち止まった。ウィレムはぼろ着姿の子供たちを、自分の兄や姉のように、「カトーチエ」とか「ヤン」と呼んでいた。

「ねえ、伯母ちゃん、見てよ。あのカトーチェはハンカチを持っていないよ。何てひどい鼻だろう、本当に！」

「おまえのハンカチを、この十セントといっしょにおあげ」

すると駆け寄って、その女の子に分かってもらおうと、よく回らぬ舌で、フランス語でたどたどしく話しかけるのだった。

あたしが夕方、アンドレの家から子供を連れて帰る際には、星空を見上げて、こう言って聞かせた。瞬いている星は太陽で、そうじゃない星は地球だよ。でも太陽は全部が同じ色だとは限らないのよ。青いのもあるし、オレンジ色のもあるし、黄色のもあるし、まだあたしが知らない他の色のもあるのよ。この子はよくあたしを立ち止まらせると、小さな頭を上げて、瞬いている星を、あたしに指差してみせた。

「伯母ちゃん、あれは太陽だよ」

「そうよ、色が青いね」

「青って、伯母ちゃんの服みたいな色」

「そうね、あたしの服は青よ。でもこの太陽は、どちらかというと、ミーケの晴れ着の帽子のリボンの色の方に近いわね。雷《エレクトリック》みたいな青よ」

「ええと、もし太陽が二つ、いや三つあったら、どうなるの？」

「地球のそばにいくつもの太陽があったら、それぞれの太陽は自分のところに地球を引きつけようとするわ。地球はまわりを回らずに、いくつもの太陽の真ん中で独楽みたいに回るのよ。青い太陽だったら、その光を受けて、全部青くなるわよ、人の顔も手もね。それから黄色い太陽が近づいてきたら、両方の色が混ざって、その時はね、二人とも緑色になると思うわ」

「緑だって、伯母ちゃん？」

「そうだと思うわ。ある日ね、サフランを溶かした水の中に青いネクタイを浸けたことがあるの。するとネクタイは緑色になったの……でも、また方向を変えて、どんどん黄色い太陽に近づいていくと、その光を受けて、あたしたちは黄色くなるわよ。分かるでしょう、朝の光みたいになるのよ。あたしの髪の毛が金色になったよって、おまえは言ったでしょう……」

「伯母ちゃん！　伯母ちゃん！　太陽が全部集まってきてほしいよ……僕はもう寝ないよ、夜も昼も太陽を眺めているんだから」

「そんなことになったら、大変なことになっちゃうわよ。二つもの太陽は地球には余分よ。夜も昼も明るいのよ。もう朝露も見られなくなるわよ。十分休めなくなるわよ。だって、眠るから、おまえは大きくなれるのよ、それに頭も休まるのよ。だから眠らなきゃいけないのよ、すごく眠らなきゃね……さあ、おいで、おねんねの時間でしょう」

「ねえ、伯母ちゃん、もう少し眺めさせてよ……青い太陽だと、地球の動物たちはどんななの？」

「あたしがどうして知っているの？　見に行けないじゃないの」

「ウィムピーみたいな子供たちには、伯母ちゃんみたいな人もいっぱいいるの？　そしてフランス語を勉強しなければいけないの？」

「今言ったでしょう、だって見に行けないでしょう。さあ、さあ！……」

この子は空を見上げたまま、じっと物思いに耽っていた。理解しようと真面目くさった顔をしている幼児ほど、健気に思えるものをあたしは知らない。

　カーテンも下ろしていなかったし、ランプの明かりも灯していなかった。あたしはウィムピーを膝に抱いて、肘掛け椅子に腰を下ろしていた。月は皓皓と照っていたが、叢雲《むらくも》が月に懸かった。子供に何も声をかけずに、この幻想的な流れを見ていた。子供の方は、あたしの視線を追っていた。

「ほら、伯母ちゃん、また月が見えるようになったよ。雲は行っちゃったよ。でも別の真っ黒な雲がやって来たよ。ねえ、伯母ちゃん、月ってなあに?」

「それは地球のかけらでね、地球と太陽の間にずっと浮かんでいるのよ……ごめんなさい、全然違うわ。要するに月は地球といっしょに、太陽のまわりを回っているのよ。でも月は太陽に、いつも同じ面を向けているのよ。その時は表の方はすごく熱せられて明るくなるのよ。でも裏側は、いつも真っ暗ですごい寒さなのよ。凍りついたり、雪が二ピエの深さに積もった時よりも、ずっと寒いのよ。それに、あそこじゃ息ができないのよ」

「伯母ちゃん、そこにも行くことはできないの?」

「まあ、無理ね」

「蒸気機関を使った路面電車でも?」

「駄目よ、どんなことをしても」

「すごくきれいなのになあ、伯母ちゃん。あそこに行けないなんて、すごく残念だなあ……」

「だって息が止まっちゃうし、表じゃ、真っ黒焦げに焼けちゃうし、裏側じゃ、凍りついて粉々になってしまうよ……」

「でも、どうしてそんなことが分かるの、伯母ちゃんだって、一度も行ったこともないくせに?」

「本を読んだからよ……いい、字が読めるようになれば、どんなにすごいことだって分かるようになるのだから」

「ああ、字が読めるようになりたいなあ、伯母ちゃん」

「学者の先生は、おまえがまだ小さすぎるから、もう少し待った方がいい、と思っているわよ」

「じゃあ、僕がもっと大きくなったら、本が貰えるの?」

「そうよ、好きなだけね。伯父ちゃんは田舎の家に、あらゆる本を持っているのよ。挿絵の付いている本で、伯父さんは勉強したのよ。伯父さんは約束してくれたわ、その本は全部、おまえのものになるって」

「じゃあ、大きくなるには、眠らなければいけないねえ。だから寝ることにするよ」

「まだ夕食を摂ってからじゃなきゃ駄目よ」

子供はあたしの膝の上で上半身を起こすと、小さな手であたしの頭を抱きかかえ、顔じゅうをキスしてきた。

「伯母ちゃん、伯母ちゃんは僕、ウィムピーのものだよ。伯父ちゃんも、僕の、ウィムピーのものだよ」

ウィレムがいつもと違って、なかなか起きてこないので、部屋まで行ってみたところ、満面に笑みを浮かべて眠っていた。やがて目を覚ました。きょろきょろとあたりを見回して、少しがっかりした様子を見せた。

「伯母ちゃん、どうして花を全部持ってっちゃったの? もうすぐ、部屋は花でいっぱいになるところだったのに」

「何も持ってってたりはしないわ。夢でも見ていたんでしょう」

「夢って、何のこと?」

「それはねえ……ええと……夢っていうのはね、眠っている間に、いろいろなものを見たり、したりすることよ」

「僕はね、いつも花を見るよ、いつも花なんだ、伯母ちゃん……」

「さあ、早く、お風呂に浸かるからおいで」

「伯母ちゃん、何かお話して」

「それじゃ、いいかな……地球にはずっと昔から、おうちがあったり、人間や動物がいたと思っていたでしょう?」

「うん、そうだよ」

「ところが、そうじゃないのよ。地球は今は固くなって、花が咲いたり、木、カブそれにジャガイモが生えたり、人間が家を建てたり、大通りを造ったりしているけれども、太陽から剝がれたかけらなのよ。自分で独楽みたいに回りだして、太陽のまわりを回るようになったの。最初はガスでできた泡だったの、シャボン玉みたいなものね、でも、この世界全体ぐらいの大きな大きなものだったの……地球は太陽みたいに輝き、それから星みたいに光るようになり、いろいろな色に変化していったのよ。沸騰して、まわりに黒い蒸気を吐き、放つようになったのよ。でも、すごい速さで、この広い空の中をぐるぐる回っていたから、ものすごく冷えてきて、べとべとした塊になって、その上に、堅い殻ができ上がったのだけれども、まだ、地球の中は燃え続けているのよ。

ものすごく長い時間が経って、水蒸気がすっかりなくなってから、また雨になって降ってきて、それが海になったのよ。その時は生暖かったの——この夏、海を見に行くわよ——この堅い殻の大きな塊が盛り上がって、海の外に出たの。それが陸地なのよ。それからさらに長い時間が経って、海の中で増えた海藻がそっと動きだしたの、でもその場所を離れることはなかったわ。それが徐々に動物になったの。水が引くと、だって海水って満ちたり引いたりするのよ。この海藻=動物は水がない状態で、生きることに慣れていかなければならなくなったの。多くは多分死んでしまったのよ。でも他のものは生き延びて、陸地に這い上がるようになったの。移動が駄目なものは樹木になったのね。草やいろいろな植物もまた陸地に根づいて、生長するようになったのよ。

そして、またさらに長い年月が経って、生き残った動物たちは厚い皮のところに、毛や羽が生えるようになったのよ。這う代わりに、お腹を持ち上げるようになると、いい、四つ足で歩くようになったのよ……歩くようになってから、よじ登るようになり、それから、あたしの考えでは、鳥のように飛べるようになるには、とても長い時間がかかったのよ……

その時は、動物たちはものすごい大きさになり、建物よりも背が高くなったのよ。飛ぶ時には、地上に大きな影を投げかけ、大きな黒い雲が懸かるみたいに、陽の光を遮ったのよ。それから歩く時にはね、地面に穴が開くくらいだったの。そして互いに激しく闘って、殺し合いをしたの。樹木もすごい太さで、すごい高さになったのよ。カンブルの森の木なんて、比べてみたら、箱庭の木みたいなものよ。

とうとう、動物の中から、猿が出てきたの。他の動物よりも知恵があったのね。多分、猿は他の動物と比べると、ずっと弱かったのね。それでいつでも食べられないようにするために、身を護ったり、危険を避ける手段を、いつもいつも考えださなきゃいけなかったの。少しずつ、立ち上がるようになって、木に上るようになって、そこで暮らすようになったのよ」

「伯母ちゃん、僕は木の上に住みたいよ。お庭のマロニエの樹は、随分と高いよ。枝の上におうちを建てたら……すごく楽しいのに。梯子でおうちまで上っていくんだ」

「家は無理よ、坊や。檻だったら、まだうまくいくわよ……それに今、あたしたちには、ベッド、椅子が必要でしょう。お料理も作らなきゃいけないのよ。枝にとまるような格好で、どうしたらいいの?」

「猿たちは、伯母ちゃん、食べなかったの?」

「勿論食べたわよ。でも野生の実や生の根っこや、ドングリよ……苦いのよ、苦い食べ物は嫌いでしょう……そしてゆっくりと、知能を働かして暮らしていくうちに、猿は人間に進化したのよ。でもまだ今ほど、見た目もよくなかったし、肌も白くはなかったのよ。しょっちゅう寒い時期が続いたから、葉っぱのいっぱいある枝を着物代わりにしたのよ。木の上の生活をよして、山の洞窟で暮らすようになったのよ。それから地面の上に小屋を建てたの。木の実や自分の手を使ってひっこ抜いた根っこしか食べ物が見つからなかったので、別の食べられそうなものも探したのよ。それからまたすごく長い年月が経つと、動物と闘うようになって、その動物を殺したのよ。その生の肉を食べ、その毛皮を着るようになったのね……それからまた長い時間が経つと、石を使って、ナイフや斧を造るようになって、それを武器にして動物を殺したのよ」

「でも、伯母ちゃん、そんな野獣と闘わなければならなくなったなら、しょっちゅう、咬まれたはずでしょう? 僕があそこにいた時、大きな犬に咬まれたことがあったんだよ。すごく痛かったよ」

「人間は弓矢も発明してね、すばやく不意打ちして、動物を殺せるようになったのよ。そのやり方はあまりフェアーとは言えないけれど、ずっとうまい手ね……おまけに火まで使いこなすようになったのね。火で肉を焼けるようになったわ。それからまた長い時間が経って、種を播くようになったのね。その結果、人間が一人前になり、地球の主人になったのね。手で地面をいつもいつもほじくることはせずに、シャベルみたいなものや、犂《すき》を発明したのよ……野獣も捕まえて、うまく手なずけ、力ずくでおとなしくさせたのよ。お乳も動物の仔に取っておかずに、人間が自分で飲むために横取りするようになったの。でも人間だけで、土地を耕すっていうのは、ひどく骨の折れる仕事だったから、馬や牛を綱で犂に繋いで、馬や牛は人間が飼い慣らした動物につけた名前よ、そうやって、人間は畑仕事などを手伝ってもらったの。

そしてゆっくりとゆっくりとだけれど、人間はすべてを自分のものにしたの。空にあるもの、地上にあるもの、地下にあるものを。それでも、十分ということには全然ならなかったわ。人間は建物を造り、壊し、新しいものを発明し、ものを幾度となく造り替え、何でも食べ、飲み、消化し、自分の邪魔になるものはすべて、厄介払いしちゃったのよ……そうやって、ようやくここまで辿りついたのよ！」

「そうやって、ようやくここまで辿りついたのよ！」とウィムピーは、ぼうっとなって繰り返した。

だからこの子は、感受性が目覚め、知力が開花したのだ。ぐっと天に向かって背筋を伸ばし、人生に大きく目を開いた、楽しみを極めようという坊やに成長したのだ。六カ月前、あたしが連れてきた時は、むくんだ顔や体つきの、悪臭を放つウジ虫といってもよかったちびは、ここにまでなれたのだ！　そして元はといえば、さもしい妬みからだった。なぜなら、この子が他人より抜きんでてほしくなかったからなのだ。おまけに、横暴な力だって働いているのだ……だって、この子の親たちはさんざん痛飲した後、ある土曜日の晩に交わった後、この獣欲的合体から生まれた子供の生殺与奪の権利を握ってきたからだ！　その無知を絵に描いたような全く無自覚な無責任なこんな二親が、一人の人間を抹殺してしまう権利を持っているなんて……ああ！　何ておぞましい、醜悪なことかしら！

あたしは自分の部屋で、何か落ち着かない気持ちでいた。頬骨のあたりがほてって赤くなっていた。時々、子供のベッドまで行って、その寝姿に目をやった。笑みを浮かべていた。おそらく花を見ているのだ、それにあたしが話してやった動物たちかもしれない……あたしのウィムピー、かわいそうな、いたいけなウィムピー、おまえを待ち受けている運命から、どうやって逃れたらいいの？……何カ月か経ったなら、終わりなのか……それは悪夢だと思ったところで、どうしようもないのか……おまえはまた火傷だらけの体になり、鼻汁を垂らし、髪はごわごわになってシラミがいっぱいたかるのか……何も打つ手はない。あの二人には権利がある、おまえを獣人に、敗残者にと陥れる権利を持っているのだから……

子供の手は撫でるような動作をしていた。微笑はまだ続いていた。その間、唇で何か言っているようだった。

アンドレが入ってきた。あたしは彼の腕に身を投げた。しばらく二人して子供のベッドに腰を下ろして、涙にかき暮れていた。

六月に、あたしは子供を連れて、ワルフェレン島〔オランダ南西部、ゼーラント地方のエースカウト川、河口の島。現在は陸地と繋がっている〕に向け出発した。そこの海岸の小さな農家を借りた。明るい青色の木綿で、半ズボンを作ってやり、襟ぐりを大きくし、袖のない上っ張りをじかに縫いつけた。それとオランダ布〔晒していない麻布〕で何枚かのタブリエも作った。朝になり、子供にこのつなぎの服とタブリエの一枚を着せ、ゴム底の靴を履かせ、つば広の白い帽子をかぶせてやると、この子は訊いてきた。

「伯母ちゃん、ここじゃ、みんなこんな恰好をするの？　こんなふうにして、裸みたいな恰好でお散歩するの？　でも、伯母ちゃんは、靴下を履いているね……」

「そうよ、でも、浜辺に行ったら脱ぐわよ。すぐ分かるけど、海の中は歩きにくいのよ」

この子にはシャベルとバケツを持たせ、その中には手拭きを入れておいた。この子の目に突然、海全体の壮大な風景が飛び込んでくるようにさせてやろうとした。そうするために、あたしたちは大きな砂山の背後からよじ登っていった。

「ほら、見えるよ！」と、てっぺんであたしは叫んだ。

子供はハアハア息を切らしながら、押し黙っていた。

「あれ、あれ、あれが海なの……青いねえ、緑色もしている。また別の色になった」

「薄紫、紫色もしているわよ」とあたしは言い足した。「さあ、下りようよ」

「駄目だよ、伯母ちゃん。駄目だよ、あの上は歩けないよ。水がこっちに向かってくるよ。進んでくるよ」

「引いても行くわよ、見てごらん」

「ああ！　本当だ！　どうして？」

「後でそのことは教えてあげるわ。いらっしゃい、砂浜に行ってみましょうよ。それからあの水先案内の船が泊まっているあたりで、ムール貝を探そうよ」

あたしたちは海辺に降りていった。子供は水にさらわれやしないかと、慎重な足取りになった。

やがて子供は一挙に喜びを爆発させた……熱い砂……貝殻……波よけの間の石の下で、ムール貝を探してバケツをいっぱいにした。突然、子供は大声を上げると、立ち上がり、船に背を付けて、身構えるような姿勢をした。そして片足を上げると蹴るような仕種をした。

「伯母ちゃん！　伯母ちゃん！」

大きな蟹がいて、ハサミを振り上げて横に滑るようにして、彼の方に迫ってきたのだった。

あたしは蟹を捕まえると、バケツに放り込んだ。

「伯母ちゃん、捨てちゃいなよ……伯母ちゃん、海から出てきて、人間になったのはこいつのうちの一匹なの？」

あたしは「そうよ」と言いたくなった……

「バカだね、そんなに怖がる必要はないわよ。この生き物は意地悪じゃなくて、身を守ろうとしたのよ、分かる……後で茹でて、夕食のおかずにしようね」

「でも、伯母ちゃん、それはおぞましい《アンファーム》ことだよ」とウィレムはフランス語を使った。

「何ですって？　伯父さんの言葉の受け売りだね」

〈このチビは終始、ちゃんとしたことを言っているのだ〉とあたしは思った。

「いらっしゃい、海に入れてあげるから」

あたしは靴下とスカートを脱いだ。子供を裸にした。二人して、ちょこちょこと波打ち際を歩いた。子供は自信がついてきた。波しぶきがあたしたちの顔にかかると、大はしゃぎした。喜びと興奮のあまり、声にならない声を発した。この子の肌はひどくきめ細かく、髪はきれいなブロンドで、眼はきらめくような青だったから、金色の砂、銀波、それと貝殻の真珠の光沢を浴びてくすんだ感じに見える空気と、ウィレムは渾然一体となっていた。子供はこの時、生きる喜びそのものと化していた。

……この世界では、幸福と自分は無縁だった。目の前には、もっとも純粋な、喜びと美の要素が存在していた。だが、そうしたものはあたしには、堪え難い苦しみの要素に他ならなかった。あたしはすばらしい魂の開花の一瞬に立会っているはずだった。それでも、三カ月後には……それなのに、あたしは手をこまねいているしかない、なす術もない。

この子は何も分かってはいない。たちまち、あたしの顔はひきつってきた。

「ねえ、伯母ちゃん、伯母ちゃんは、おっかない顔をしているよ。僕は何も悪いことをしてないのに」

「ああ、坊や、おまえは天使みたいだねえ。そうじゃないのよ、あたしは胸が痛くて堪らないの」

ようやく、この子にとって、夢のような四カ月が過ぎた。他の子供たちと砂で、城を造ったり山を造ったりしていた。ヴァカンスの間、アンドレも加わって、あたしたちは農家の荷馬車に乗せてもらって、島のあちこちへと遠足に出かけた。ウィムピーの楽しみは農民の御者席の隣に坐り、腕を支えてもらいながら、手綱を握らしてもらうことだった。でも、ゼーラント人の少女もいっしょに連れていくと、その時は、ちゃっかりと娘の隣に坐りたがるのだった。その娘《こ》はおもちゃも持っていたかもしれない。ウィムピーは、その子にもあげると言って、しょっちゅうボンボンをちょうだい、と言ってくるのだった。あたしたち全員、空気と陽光に酔いしれて、戻っていくのが常だった。時には散策が長くなりすぎて、子供は眠りこんでしまうこともあった。腕の中でこの子をあやしてやることは、喜びと同時に苦しみでもあったのだ。

ところが、ブリュッセルに帰らなければならなくなった。既に手紙が届いていた。今度は二人してやって来て、子供を返してもらうというのだ。あたしは家まで押しかけてこられては困る、ウィムピーを引き取りにくるのは、ナーチェにしてほしいと返事を出した。

あたしは子供の衣類を入れた大きな包みを作った——手許にはカプチン会修道士が着るようなパルトーしか取っておかなかった——下働きの女を連れたナーチェがやって来て、子供を真ん中にして、通りを上っていった。あたしは一階の窓の外に身を乗り出して、その子が遠ざかっていくのを見送った。道がカーブになる手前で、子供は腕を上げて、あたしに別れの挨拶をすると、大声で呼びかけた。

「伯母ちゃん、じきに戻ってくるからね……だから泣かないでね。分かるね、伯母ちゃんは僕の、ウィムピーのものだよね」

そう言うと、戻ってこようと何歩かこちらに歩を進めた。ナーチェは子供を角のところで曲がらせた。

これで万策尽きたのだろうか？……あたしの身には、まだ何が起こり得るのだろうか？……今は、これが限界、もう十分ではないの？……それにあの子は、あたしの、栄光に包まれた少年となるはずだった！……

アンドレは子供との別離の場に立ち合おうとはしたがらなかったが、女中はアンドレが妹たちのやって来るのを窺っているのに気づいていた。二人が来るのを目にすると、アンドレは姿をくらまし、事が済んでからあたしのところにやって来た。

あたしたちは食事が喉を通らなかった。その晩は、あたしは彼の家で食事を摂ることにした。彼の母親は、はっきりとあたしに言った。こういう結末の方がずっとよかった、どうせあたしの方は、何の感謝もされなかっただろうから、と。

「そんなことが、どうして悲しいのです？　もっと言いますと、親たちはなぜ子供をあなたにくれようとしなかったのです？」

「でも、お母様、一家が陥っています赤貧洗うがごとき生活から救い出してやって……アンドレとあたしは、二人して、それなりの人間にしてやろうと思ったのです」

「おやおや、呆れたものだわ！……わたしでしたらね、人様から何かを貰おうという時には、まず代価を払うことにしますよ。どうしてその人たちは、あなたに何か感謝の気持ちといったものを伝えようとしないのですか？　代価が必要なのですよ、手を打つとすれば、それしかないのです……」

アンドレは顔を伏せたまま、皿の方にずっと目をやっており、スプーン近くに置いた手は小刻みに震えていた。

「アンドレ、どうしたの？　食が進まないじゃないの……おまえのためにカキを求めにやらせましょう……」

そう言うと、母親はテーブルの下に設置されているベルのボタンを足で踏んだ。まるで家で火事が発生したとでもいうように、けたたましくベルが鳴り渡った。フィロメーヌが足早にやって来た。

「フィロメーヌ、ひとっ走りして、この子のためにカキ一ダースを買ってきておくれ。この子は食欲がなくてね……」

「いや、いらないよ、お母さん、カキは食べたくないんだ」

「いやいや、そんなことはありませんよ！　あなたも食べるわね？　いいわね！　食べれば、あなたたちの悲しみも癒えますよ。一ダース半にしておくれ、フィロメーヌ」

「そうじゃないったら、やめてくれよ！　母さん、僕たちはカキなんて食べたくないんだ……この家で出されるものなんか！」

彼はカキを一口も食べようとはしなかった。あたしは四つ食べ、母親の方は、残りすべてを平らげた。家を出ると、あたしたちはすっかり滅入ったようになって、とぼとぼと歩いた。そっと、彼は囁くようにして言った。

「ねえ、どうしたらいいんだろう？　自分の母を選ぶことはできないしな」

アンドレと別れてから、あたしは去年そこまででやめていたページを開いて、またハイネを読みはじめた。だが気持ちが全然乗らなかった。作者の苦い思いは、あたしの苦い思いとはうまく折り合わなかった。

たっぷりしたカワウソ製のコートの下に、ファニーフェイスのかわいらしい小型のグリフォン〔硬毛で耳の垂れた狩猟犬〕、雌犬のベズィーを、あたしは抱いていた。真っ黒な鼻面、反り返った鼻、爛々と輝く目、そこだけが、この重いコートの下から覗いていた。湿気はあったものの、晴天だった。犬はアパルトマンで冬を過ごすことになるので、少しは新鮮な空気を吸わしてやりたかったのだ。

道々、何に対しても臆病なこの小型犬とおしゃべりを続けていると、砂を積んだ手押し車に繋がれた、三頭の薄汚いやせ細った、それでいて獰猛そうな犬の姿が目に入った。犬たちは建物の方に鼻面を向けていたが、ちょうど肉屋が来て、肉を届けているところだった。荷車の横には、この犬たちに負けず劣らずの、薄汚い恐ろしそうな女が佇んでいた。

あたしは犬たちの方にベズィーの顔を向けながら、語りかけた。

「ごらん、飢え死にしそうな様子だねえ……」

この声を聞きつけた女は、すごい勢いで荷車を押すと、犬たちをけしかけるとともに、罵り声を上げて、あたしを追いかけてきた。

「そのとおりさ、きれいな恰好のマダム、あたしたちゃ、飢え死にしそうなんだよ。あんたにすりゃ、あたしもこの犬どももも、ものの数にも入らないだろうけれどもさ。もしおまえさんが、いつから食べていないかを知りたいっていうんならね、昨日の昼からだよ。朝の六時から、犬もあたしも荷車に括りつけられるようにしているのに、バケツ一杯の砂も売れやしないんだよ……せめてこれがムール貝だったらねえ、それだったら売れて、メシが食えるだろうにさ、砂じゃねえ……そうさ、あたしたちゃ、飢え死にしそうなんだよ、ご親切なマダム、そんなことを確かめたところで、何になるんだい？　せめて助けてやろうって気なんか、さらさらないんだろう。あたしたちを助けてくれるにしたって、大した負担には全然ならないのにさ……ああ、おまえさんみたいなねんねが、奴らの好みにぴったり合うんだろうさ。それに奴らは、今におまえさんのきゃしゃな体から、身ぐるみ剝いでもっていくが落ちなのにさ……それから少なくとも五百フランはしそうなあんたのコートの下で、ぬくぬくしている犬ころで、あたしたちゃ、たっぷりと楽しませてもらうよ。そいつはこれから死んでもらうからね。毛と体は残るさ。あたしはさしずめ、背肉でも貰おうかね……」

女は犬たちをけしかけ続けた。通行人たちはおもしろがって、あたしの顔をじろじろと見ていた。ベズィーはすっかり脅えていたが、それでも、健気に牙を剝いた。あたしの方はそれほど強気にはなれなかった。足を速めて、家へと向かった。ドアを開けてもらうのを待っている間も、女はしつこくあたしのことを罵っていた。

「きれいな恰好のご婦人にお似合いのきれいなお屋敷だねえ……中は暖かくふわふわしてるんだろうさ……」

女の厭みは喘ぎ声のため、途切れてしまった。犬たちも泥濘《ぬかるみ》の中にへたり込んでしまった。

「ヴィルジニー、この犬たちに何か食べ物をやってちょうだい。それから女の人には二フランをおあげ」

「奥様、そんな必要はありませんよ。この女は酔っぱらってますよ。精々十セントやればいいですよ」

女は相変わらずがなり立てていた。

「ヴィルジニー、黙らせるか、警察を呼んできてよ……駄目！　駄目！　そんなことを言っちゃ、ただおとなしくさせるのよ」

「そんなことをおっしゃられても、奥様、これがこの怒鳴り立ててる女を追っ払う、唯一の手ですよ」

「分かったわ、それでもういいわ」

ああ！　下種女め、おまえはあたしにお似合いの相手だよ、あたしがおまえの格好の相手のようにね……

「五百フランはするあんたのコート」だって……その四倍の値はしたんだよ。でも五百フランとなると、あの女には一財産てとこかしら……それに、どうして、あんな馬鹿なことを言ってしまったのかしら。「飢え死にしそうな様子だね……」なんて。そうはいっても、引き出しの奥に、リボンなどを買ったりするお金や、そんな必要もない友だちに、装身具などをプレゼントしてやるお金を、あたしはずっとしまい込んだりなんかしているのだろうか……「飢え死にしそうな様子だね……」。どうして、心にもない憐れみの言葉などが、口を衝いて出たのか？　なぜ、目に涙など浮かべてみせたのか？……ああ！　それでは、これから人につけいられないようにしようというのなら、余計なことを言わぬが花なのだろうか？

あたしたちは路面馬車に乗って、カンブルの森で昼食を摂ることにした。あたしの心づもりでは食事前に散歩をして、黄色や赤など、さまざまに色づいた木々の葉を眺めて、楽しもうと思っていた。だがアンドレは馬車を降りると早々に、すたすたと速足で歩きだしたので、あたしは文字どおり、小走りして歩調を合わせなければならなくなった。

「アンドレ、どうして、そんなにせかせかと急ぐの？　まわりをごらんなさいな、すばらしい景色じゃないの」

彼はいきなり立ち止まると、あたりを見回し、何日か前の散歩の際に、既に自分が言ったことを、そっくりそのまま繰り返した。

「ああ、きれいなもんだ。葉っぱは金属を薄く延ばしたような色合いだねえ、きれいなもんだ……何という贅沢なことだろう……腰を下ろそうか……」

「そんな必要はないわよ。ただあたしは汗だくだわ。それくらいあたしを駆けずり回らせたんですもの」

アンドレは驚いたように、あたしの方を向いた。

「また君を疲れさせたか。そうなると今夜、君の体調は悪くなるね……かわいそうに、僕はへまばっかりしているなあ。頭じゃ分かっているんだが、ついまた繰り返してしまうのさ。ある日、君のことをはしゃぎすぎていると言って、文句をつけ、翌日になると、沈んでいるなあと言って、怒る始末だ……僕の頭の中は、どうなっているんだろう？……いつも君に対して、ドジなことをやってしまう。ほんとうに嘆かわしいよ。僕が出会った人間の中で、君はいちばん性格がいいのに、いつも女性をこきおろして、君のことを傷つけてきたんだ。どうか僕のことを許してくれ。僕はまだ未熟だから、君の感受性とか、素直な優しさとかにまで、思いが至らないんだ。僕自身にしても、僕を導いてくれる人が、どれほど必要だったことだろう。僕は君をさんざん痛めつけてしまったんだ……」

「でもアンドレ、あなたがいなかったのなら、あたしはどうなっていたかしら？　あなたの助言で、間違った判断はなかったわ。あたしがこうしてほしいと思うような形で、いつでもあたしを一人前の人間として、愛してくれたじゃない。ただあなたのご両親の女性観や結婚観をもってしては、何も事態は変わらなかったわ。どうして、自分を咎めたりするの？」

「かわいそうに、へとへとにくたびれ切ってしまったというように、君のひどくやつれた姿、不安に苛まれた眼差しを見ていると、自分のしていることがいいことなのか悪いことなのかどうかも、もうさっぱりわけが分からなくなっているのさ……もし僕がどんなに苦しんでいるのかが分かってくれているのなら、どうか僕を許してくれ……僕の青年期の夢だった、人類の解放の思想をもたらすような仕事をやってみようという夢は、ぼろぼろと瓦解してしまったんだ。それを実現するのは到底無理だなと、自覚しているんだ。今三十五の年齢《とし》だが、何もしてこなかったし、これからだって何もできやしないさ……もう何日も前から、二つの考えをうまく折り合わせようとしてはいるんだが、うまく行かないんだ。それで君のところに出かけてみるんだが、自分を犠牲にすることもいとわないというほどの、君の愛情を受け容れようともしないで、僕はアブみたいにしつこく君を責め続けているのさ。どうして、君は耐え忍んでばかりいたんだい？　僕のことを憎んで然るべきなのに……」

「あたしが、あなたを憎むですって！……」

あたしは自分の目つきが、どうなっているのか分からなかった。

「だから僕がおどおどしてしまうのは、その眼差しなんだ。そういう目つきをされると、僕は腰が退けて、自分のことを疑ってかかってしまうんだ……」

「一度だって、あなたのことを疑ったりしたことはないわ。それにちゃんと覚えているわ、解剖の際に傷を負ってからというもの、あなたの体調がすぐれないってことを、それがなかったら、ちゃんと仕事を成し遂げられていたはずだって、こともね。だから、あなたのことを本気で恨んだことは一度もないわ……目いっぱいの幸福を与えてくれたんですもの、あたしは充分味わったし、あたしのことを見守ってくれたわ。あたしたちのまわりにあるこの美しい世界を全部味わえるのも、あなたのおかげだわ。あなたがいなければ、凝り固まった偏見から、あたしは絶対に抜け出せなかったわ。あたしが現在あるのは、あらゆることを含めて、一から十まで、あなたのおかげを蒙っているんだわ。かてて加えて、あなたのみずみずしい一途な愛まで手に入れたんだわ……安心なさいよ、あたしはあなたのいちばんいいところを、ちゃんと把握しているのよ……でもあなたは、そうしたことを一切、あたしに一言もしゃべってくれなかったじゃない。それにほんの少しでも、あたしが疲れているようだと、あなたは自分のことを責めるのだわ。そこまでしてもらう価値はないわよ」

「しばらく前から、僕は君に対してフェアとはいえない態度を、しょっちゅう取ってきたと思っているんだ」

「ねえ、いい、あなたは体調がよくないのよ。四六時中、本に掛かりきりでしょう、ええと、どんな本だったかしら……昔の古色蒼然たる哲学者たちの本……コランの叢書〔訳者あとがきを参照。アンドレのモデルとなったフェルナン・ブロエとその父が師と仰いだベルギーのユートピア社会主義者イポリット・コラン(一七八三―一八五九)の著作集。全部で四十巻ぐらい〕でしょう!……それであなたは、すっかり疲れ切ってしまっているのよ。どうして、そんなものにのめり込むの? どうしてなのか、分かってるの? ドンブルフ〔前記ワルフェレン島の小都市〕にある、あの小さい家に行って、一冬を過ごしましょうよ。海に行けば、あなたの体調はよくなるわよ。一冊も本は持っていかないようにすることね。エスキモーみたいな恰好をして、島のまわりに足を延ばしましょうよ……」

だが彼はもう話を聞いてはいなかった。目は虚ろで、視線が定まっていなかった。

あたしたちはレストランに向かった。彼の歩みは再び速くなった。横にあたしがいることも分かっていない様子だった。あたしはひどく幸せな気持ちになっていたから、あたしに文句も言わせず、このままラ・ユルプ〔レストランの名前〕まで、あたしを走らせてくれたのだったらなあと思った……

あたしは昼食を注文した。彼の食べ方はひどくせかせかしていたので、気管の方に呑み込んでしまい、むせて目に涙がたっぷりと浮かんだ。彼は自分の不様な様子を思い浮かべて、しばらく笑い続けていた。レストランを出るか出ないうちに、彼はまた小走りになった。あたしが路面馬車に乗ったらどうかしらと話しかけても、話を聞いている素振りさえなかった。だからルイーズ大通りの帰路では、あたしたちは互いに、追いかけっこをしているような具合になった。あたしが家に着いた時は、汗ぐっしょりだった。彼はあたしの方にほとんど目を向けることもなく、道を歩き続けていた。

彼は一体どうしたのかしらと、あたしはまた不安な気持ちになってきた。そんな折、彼の友人の一人の医者がやって来て、あたしに話すことがあると言った。

「アンドレのことで、あなたとお話ししたかったのです。僕はお二人が、あの長い大通りを駆けるようにして通っていくのを目撃しましたよ。先日も、彼がまたあんなふうにして駆けていく様子を目にしましたよ。お母さんがごいっしょでしたから、あの方は転んでしまわれたのです……それに彼はいつも顔が紅潮していますよ。知的作業にだけに根を詰めるのはやめるよう、あなたから言って聞かせてやって下さい」

「でも、あたしには無理ですわ。自宅にいると、社会経済学の本を仕上げなければという思いに取り憑かれてしまっているんです。仕事で疲れを覚えるし、この仕事には向いていないんじゃないかと、そんな悩みを、あたしには打ち明けてくるんです」

「家で、そんなふうに馬車馬みたいにしゃかりきになっているということなら、転地させなければいけませんね。南フランスに行って、冬を過ごすようになさい。ともかく、頭を酷使するような仕事は一切、やめさせなければいけませんよ」

あたしは彼の母親の元まで出かけていった。南フランスの件を切りだしてみると、こうきた。

「あら、あなたは旅行がしたいのですか……」

「とんでもありません、お母様、アンドレに必要なのです。あの人は少し神経が昂っているとはお思いになりませんか？　それに、原因が分からないにしても……」

「どうってことありませんよ。昔からそうなのです」

「そんなことありません。以前とは人が変わったようになりました。放心状態の時がありす」

「放心状態ですって、うちの息子が？　うちはみな、頭の作りはちゃんとしすぎているくらいなのですよ。そちらの面では、うちの者に衰えが来るなんてことは、全くあり得ませんわ」

全くお手上げといったところだった。母親は、あたしが旅に出たがっている、その目的を遂げるために、何か適当な口実をこしらえようとしていると勘ぐっていた。

医者の友人がやって来て、直々に父親を説得してくれたので、あたしたちは旅立つことができた。

この旅も、ほとんど駆け足旅行と言ってもよかった。アンドレが二日間滞在してもよいと言ったのは、ニーム〔南フランスの都市。古代ローマの遺跡が多く見られる〕だけだった。おまけにとても気分がよさそうだった。野外に丸一日いて、快晴のすばらしい天気だったこともあって、頭に懸かっていた霧も消えてなくなっていた。あたしたちは闘技場に入ると、気分が高揚して感極まるくらいだった。だが彼は、あたしの心臓が恐怖で止まるようなことをやってのけた。観客席の上の、いちばん高くて極端に狭くなっている、外はがらんとした虚空のようなヘリのところを、綱渡りみたいにして歩きだしたのだった。あたしは敢えて知らん顔をしているように装った。だって注意でもしたなら、わざとそのアクロバットみたいなことを、しつこく続けかねない恐れがあったからだ……浴場跡は、ひどくあたしたちの印象に残った。美しい体のローマ人たちが素っ裸で、この同じ場所を闊歩している姿を思い浮かべてみた。

だがメゾン・カレ〔アウグストゥス帝期建てられたコリント様式の柱頭を持つ周柱式の神殿〕のすばらしさといったら!!!……アンドレはギリシア語かラテン語で、あたしにはチンプンカンプンだったが、詩の文句らしきものを唱えていた。彼は晴れやかな表情になっていた。二人してこの神殿のまわりを回って、半日を過ごし、内部に入って半日を過ごした。夜は、この感激に浸ったままでいようということで、外に出たくはなかった。あたしたちは早コーヒーを部屋まで持ってきてもらった。彼はまだギリシア語かラテン語かの詩句を唱えていた。あために床に就いた。彼は古典を携えてこなかったことを残念に思っていた。あたしにそれを読んで聞かせてやれたのに、というわけだ。彼は何冊かの本を取ったが、その中にラフォルグ〔フランスの十九世紀の夭折詩人。自由詩の最初の代表者の一人、『嘆きぶし』、『聖母なる月のまねび』などがある〕の詩集があった。ぺらぺらとめくって、あたしに『女』を読んでくれたが、終わるとその詩集を投げ捨てた。

「男は女とは、絶対同僚としてはやっていけないさ」と不意に苦々しげに、吐き捨てるように言った。

「でもアンドレ、その言い方は強迫観念みたいになっているわよ。とっくに森でも、そんなことを言ったわよ」

「ああ！……僕は覚えていないんだ……君が言うとおり、その妄想に、僕は取り憑かれてしまっているんだ。君に対してフェアとは言えないよな。ある友人が君のことをきれいだねと僕に言った時、僕は虚栄心の強いオスとして悦に入っていたんだが、最低さ。僕は本当に君の長所、打算的でない点とか、自分のことを度外視するといった点よりは、君の容姿とかスタイルの方に、ずっと魅《ひ》かれていたってことなのさ」

「そんなことが長所なの？　もしあたしに何か見所があるにしても、それを犠牲にするようなことができるかしら……たとえば、ナーチェみたいな子のために？」

「そんなのは屁理屈さ。でも君は動きだすと、狙い定めた目標に向かって、まっしぐらに突き進むようなところがあるね。一夜明けて、乗り越えられないような困難が立ちはだかっていたとしても、やらなければいけないことを、ひるむことなく君の直観で看て取って、あくまで実行していくだろうさ……でも、そうした試練は君の場合、もう終わったんだよ。僕たちはまだ若いのだから、いっしょに幸福にやっていける歳月は、これから先もまだまだあることだろう。僕の悩みが君を煩わすことがなくなるにつれて、僕の方も何の悪影響も受けやしなくなっていくさ」

「どうしてフェアじゃないなんて思ったりするの？　あたしだって、あなたの笑顔とか手の動きが好きで、あなたを愛するようになったのよ」

「ほら、僕の言ったことをちゃんと認めているじゃないか。僕の動作とか笑いにしたって、僕のメンタリティーの一部なのだから……いつだって、女というものは、たとえ、馬鹿な奴を愛しても、知性とか品位とかいった点でも、男の方が優れていると思い込んでしまうのさ、痘痕《あばた》も笑窪《えくぼ》っていうわけでね。ところが僕たちときたら……！　僕は君に何人かの教師を紹介することで、相当なことをやってやったと思っていたが、自分がやらなければならないことは、半分もやっていないんだ。何ヵ月もの間、田舎に君を一人ぼっちでほったらかしておいたのさ。僕が君に会いにいくと、母から立て続けに手紙が来て、父の相手をするよう、戻ってくるようにという内容の手紙ばかりだった。だから僕はまた取って返した、君をまた一人ぼっちにしたまま、君の方はいろいろの想いをひどく伝えたかったというのに……それに君は若くて美しいのに、僕は君を、何という曖昧な立場に置いておいたことだろう？　ブルジョワ女だったら、誰にせよ、僕をうまく丸めこんでいただろう……どうして僕は君を、人生の伴侶として受け容れなかったのだろう？　もっとずっと前から、いっしょに暮らせていたはずだったのに」

「また繰り返すようだけれど、それがあなたの固定観念になっているのよ。あたしがしょっちゅう、一人でいたことは事実よ。でもあなたは、ご両親に尽くさなければならない以上……」

「そのとおりさ、こんな不当なことを僕にやらせているのは、両親なのさ。二人は自分たちに従順な子供を、一人作ったってわけさ。だからそいつが六十歳になっても、個性なんて持ちようもないんだよ……僕は彼らのように考え、彼らのように行動し、彼らのような食事の仕方をしなけりゃならないんだよ。それに父はこう言っているんだぜ。息子が、自分と考え方をともにできないということになれば、自分の全財産は、自分と同じような考え方をする人間なら誰だって構わない、そういった人物に遺贈するつもりだってさ……僕が医学を断念した時だって、まだまだこれから先も庇護下に置いておこうと、親たちはいちいち口うるさいことは言わなかったよ……母は、父が僕の相続権を奪いやしないかと、ものすごくびくびくしていたね。父が旅先から戻ってくることになった時、母は前もって僕にさんざん言い含めたのさ。父に逆らってはいけない。父は一生の間、働きずめで、僕という人間を一人前にしてくれたのだ。父とは考え方が違うという態度を示して、辛い思いをさせてはいけない。そんなことになったなら、彼の人生の理想そのものや、目的それ自体を、粉々に砕いてしまうことになるだろう……特に女の話なんかを持ちだしてはならない、そんな話は我慢ならないだろうからって言うんだ……だから、父が戻ってくるとなると、僕はいつでも借りてきた猫みたいになるのさ。僕の信念をぶつけるどころか、父の考えをはいはいと、拝聴するのさ。人生の伴侶として女性を語るなんて、論外さ。女性のことを話題にする場合は、劣った者として、こきおろさなけりゃならないのさ……芸術の問題なんて、それこそ時間の無駄ってわけさ……たとえほんのちょっとだって、父の偏見を正そうとしようものなら、母の哀願するような、脅えた目を見ないわけにはいかなくなるんだ……

だから父の前では君のことをおおっぴらに話すなんてことは、まず無理だったんだ。だが君の存在は、ちゃんと知ってはいるのさ。でも君が僕の生活である程度の比重を持っているなんてことは、認めようとはしないよ。君に対しての偏見というよりは、女性とか結婚をひどく毛嫌いしているんだよ……母にしたところで、あくまで君は僕の奴隷でしかないと僕にいつも吹き込んだうえで、君の存在を認めているにすぎないんだよ。だって、ブルジョワ的な結婚でもしてしまったなら、僕は親と完全に切れてしまっていただろうからね……僕は彼らがやっているゲームの駒みたいなものさ……でも僕が君と別れたいなんて言ったら、母はすぐに乗りだしてきて、君に断を下す役を引き受けてくれるだろうさ……ところで、母は君が子供を産んでくれないのを、残念には思っているんだぜ」

「そうでしょう。あたしが日ごろから言っているように、お母さんはどうにかして、あたしを貶めようとなさるのよ」

「この社会学の本のように、本でも書いてもらおうと、両親は僕を育ててきたのさ……僕がいつの日か本を書くとしたら、人生観の本になるな。残りの文章は……父は《超人》思想に感化されてしまっているんだ。人間でいることは当たり前のことなのだが、両親からすれば、人間でいるということは、すべての悪しき性癖に耽ってしまうことと同じことなんだ……そうじゃないさ、人間でいることは、そうしたことと闘って、できるだけ、優れた人間になろうと努力することじゃないか……」

「だって、アンドレ、ご両親をそんなに厳しく裁いていながら……どうして、そんなに鋭い洞察力があるのに、いとも簡単に自分というものを押し殺してしまうのかしら？　その点が、毎度のことだけれど、あたしには引っかかるのよ。だから時々、自問してみるのよ、あの人はあたしのことを心底愛してくれているのかしら、ってね」

「そうだな、僕のせいで、君が僕のことをいぶかしく思うのも無理はないよ」

「いや違うのよ、そうじゃなくて、ご両親にしても、あなたの人道的な考えにしても、極端すぎると、あたしは思ったわ」

「かつて僕は、女なんて足手まといのお荷物になるな、と考えていた節もあったよ。だがだいぶ前から、女性は男たちと手を取り合って、ともに歩むことができるし、そうあらねばならないと思うようになったんだ。とにかく何が起ころうと、これからは君は僕と生活をともにし、いっしょに闘ってほしいんだ。君は僕の妻さ。後は、法に則った結婚という手続きだけが、僕の信条に反するとはいえ、残っているがね……父も自分の意思を曲げはしないだろうが」

「お願い、早まったことはしない方がいいわ。だって、お父さんは健康を考えて、田舎にお暮らしになるのですから、待ちましょうよ……それで、お母さんの方は？」

「母が君と同居したくないというのなら、僕は君のところで暮らすようにする、と言ってやるよ」

甘えたような仕種で、彼は毛布の下に深く潜り込んで、あたしの胸に頭をもたせかけた。その時、彼の体がすごくほてっているように、あたしには思えた……彼はすぐに眠りに落ちた。せわしなく瞬きをし、体は汗ぐっしょりだった……ああ、あたしたちを待ち受けている運命から、どうやってこの人を守ってあげたらいいのだろうか？　なぜなら、何か忌まわしいものが、行く手に待ち受けていたからだ……彼の身に何も起こらないようにするには、どうしたらいいのだろうか？……彼は咳込んだ。おそらく結核を患っているのだ。どうあれ、彼には治ってもらわなければならない……彼にはお金はあるのだから、治ってもらうには、最後の一セントまで使い切るところまでやってみよう。あたしは徹夜で看病するつもりだ……あたしたちの行く手には、何が待ち受けているのか？　お助け下さい、神様、どうかこの人のことをお助け下さい！……

あたしは助けを呼ぼうと、声を上げようとした。そんな悲しい叫び声で彼が目を覚まさないように、口にシーツを押し込んだ。彼の体の熱はひどいもので、あたしには到底耐えがたいものだったが、あたしの胸を枕に、時々彼の頭は小刻みに動くものの、安心しきっており、熱を冷まそうと押し広げている手の指にも、いとおしさを覚えたので、夜中まで、その姿勢のまま、頭を抱きしめるようにしてやった。目覚めると自分で身を起こし、またあたしたちの将来の生活について語りだした。

これが、彼が自分の思いを明晰に述べることができた、最後の機会となった。そして変わらぬ愛を、あたしに表明することにもなったのだった。

あたしたちは三週間後に旅から戻った。彼はすぐに母親に、あたしと同居したいとの意思を伝えた。母親の方は、大声で異議を唱えた。

「そんなことをしたら、むしろおまえたち二人の間が終わるのは目に見えているわよ……」

アンドレは顔面蒼白となり、唇をわなわなと震わせて、母親に啖呵を切った。もしこの家にあたしの住む余地がないと母親が考えているのなら、自分はこの家を出て、あたしの方に居を移すまでだ、と。

「ああ！　わたしはそんなことは言っていませんよ、そんなことは言っていません……それに、あたしはお父さんについて田舎に行かなければいけないのですからね。そうなれば、確かにこの家で誰か必要になるわね」

あたしたち二人は数週間、とても心安らかに生活を送った。彼は少し精神面で不安定なところがあったが、愛想はよかった。ところがある夜、突然ベッドから起き上がると、家中のガスランプに火を灯し、すべての振り子時計にゼンマイを巻いてから、外出しようとした。彼をしばらく何とか落ち着かせたうえで、どうにか寝かしつけた。彼は自分のしたことをとっくに忘れてしまっていた。寝室にまだ煌々と明かりがついているじゃないかと言いながら、笑う始末だった。

これは何の前兆なのでしょうか、神様、いったい何の？

今度は寝室の片隅に、一言も口を利かずに、へたり込むように座り込んでしまったが、麻酔薬の中毒者みたいな様子をしていた。彼の友人の医者は、絶対に専門医に診てもらわなければと言ってはくれたが、どちらもアンドレに、そのことを口に出して言うところまでは踏み切れなかった。二人で相談して、専門医をアンドレの書こうとしている本についてインタビューにやって来た新聞記者と思わせようということにした。

専門医がやって来た。アンドレは自分のまわりで何が起きているのか、気づいていない様子だった。辛うじて受け答えはしたが、意思のない人間といった状態だった。診断は手間取らなかった。医者はあたしを脇に呼んで、状態は相当深刻で、病気はもうかなり進んでいる、進行性麻痺に向かっていると言い含めた。

「ご主人が解剖の際に傷を負ったことは存じています。その傷から梅毒に感染したかどうかを、お知らせ願えないでしょうか」

「彼がついている教授の一人はそうだと申しておりましたが、もう一人の方は逆のことをおっしゃっていました」

「分かりました。私が自ら、その先生たちのところに出向いてみましょう。きっと心に引っかかるものがあるはずです」

「ところで、その病気が進行性麻痺ということになりますと、回復の見込みはございますか？」

「いえ、全くありませんね。何ヵ月か、おそらく一年ぐらいの小康期間はあるかもしれません……だがその後、病気が再発しますと、最後まで通常の経過を辿ることになりますよ」

あたしは、アンドレの加減がよくないのですと言って、母親を呼び寄せた。あたしが医者の見立てについて話した。

「何ですって、あなたは医者まで呼んだのですか？　あなたには到底気を許せませんよ……医者に掛かるような時は、見込みがないっていう時ですよ。うちではルロワの下剤と吐剤を使って、何でも治してしまいますよ……医者なんて、全く頼りになりませんからね」

「そのお医者さんは、解剖の際の傷で梅毒に感染しなかったかどうかを、お尋ねになりましたが……」

「ええ、事実そのとおりでした……わたしは息子の尿を分析してもらいましたから」

「それなのに、あの人は治療もしてもらわなかったのですか？　おまけに、この病気が進行していくのを、ほっておかれたのですか？」

「息子は先ほどの下剤と吐剤とを百回ほど飲みましたわ。どんな病気も、この薬が相手では退散しますわ。もう病気は完治していますわ。息子の頭がおかしくなるなんて、とんでもありません。わたしの家の者たちは、頭はとてもしっかりしていますからね」

「何ですって、お母様、あなたはその傷から梅毒になったとご存知でしたのに、あたしには一言もそのことをおっしゃらなかったではありませんか！　それなのに、あたしに子供を産んでほしいっておっしゃったんですの？　ああ！……」

憎悪のあまり、彼女の顔は引きつった。

「あら、たとえそんなことが分かっていましても、息子を見捨てたりなどするものですか。あたしたちの母子関係は、ものすごく深い絆で結ばれていますから、お互い取るに足りないことなんか、軽く受け流してしまいますからね……」

耳を聾するような大音響がしたので、二人とも階段の方に慌てて駆けつけた。本棚の棚板を投げ落としたのは、アンドレだった。本が板やプラスターのかけらとごっちゃになって、下に散らばっていた。

「門外漢どもが僕の書いた本の著者などと勝手に名のりやがって、そんな本は焼き捨てて、新しく本を印刷させて、僕の名前を入れてもらわなけりゃ」

そう言うと、座り込んで、大笑いした。

そこでようやく、母親は息子のただならぬ様子に気がついて、医者を呼びに走っていった。


……治癒の見込みは全くなく、却って毎日病気が目に見えて悪化していくのが、はっきりと分かる有様だった……両親に権限がある以上、あたしは彼から遠ざけられるだろう。両親に介護は無理である以上、この壊れ物みたいな存在を、金目当てでいいようにいじくりまわすのは、結局、部外者たちということになるのだろう……ああ！　あたしだったら、むしろ彼を殺してしまうだろう、そしてあたしもその後を追うのだ……あたしたちは法の前に頭を下げようとはしなかったのだから、あたしに権利があるかないかは、いずれ分かることだろう……何ですって？　十五年間の愛の生活を送ったといっても、何の権利も与えられないというのに、市長の前で三分間の手続きを済ませれば、合法的な夫婦になったということで、すべての権利が与えられるというの……あたしは彼を介護し、できるだけ長く彼の世話をしたいということ、ただそれだけしか求めてはいない……何の治癒の手立てもない、何の……そうなると、今からいつ何時《なんどき》、アンドレは気が狂ってしまうか、頭がおかしくなってしまうか、分からないのだ‼　ああ、それは目に見えている。だから厳然と、その事実と向き合うしかないのだ！……両親はそんなことは信じようとはしない……愚かさのゆえか、世間体を憚ってなのか？……世間体ですって……そんなことは両親は考えやしないはずだ、他の人たちなら仕方もないが！……性病……何という愚劣極まりない事態であることか‼　彼が解剖の際に傷を負った時、彼はまだ女を知らなかったというのに……

彼の意気消沈ぶり、自分の人間性と相反するような影響を受けてしまうという彼の弱さは、だから、そんなところに原因があったのだ。どうして彼はもっと進歩しようとしないのか、青年期に叩きこまれた四八年の思想〔一八四八年の二月革命に象徴される自由主義的改革思想。本書二九四〜二九九頁のアンドレの偏愛する書物にそれが窺われる〕の域をどうして出ようとしないのかしら、とたびたびのことだが、いぶかしく思っていた……ああ！かわいそうに、大好きでたまらないのに、彼はどんなに苦しまねばならなかったことか——だって、このことはずっと以前から準備されてきたことだったからだ——これまでにない、最高のレヴェルの本を書けるだろうと、彼は信じて疑わなかったのだから！　白紙を前に、自分の思想、よりよい、もっと調和のとれた、愛と相互扶助から成る世界という夢の青写真を描いてみようと、頭を絞りながら執筆が始められないでいた彼の姿が、今でも目に浮かんでくる。何というすばらしいユートピアだろう！　それでも、この本はすばらしい内容となったはずだ。なぜなら、彼の実に細やかな感受性がすべて、そこには盛り込まれたことだろうから……

それが何ということか……駄目になってしまった……何も、何も打つ手はない……さあ、ケーチェ、勇気を出して！　また辱めに耐えるしかないのだ……ああ！　侮辱によって、あたしの喉は締めつけられるだろう……まあ、いいでしょう、でも彼がおまえを必要としている限り、おまえは息が詰まってなどいられないのだ……この侮辱はなかなか消えはしないだろうが、おまえはそれに耐えるしかないだろう。彼はどうなるのだろうか？……彼は何人もの子供に匹敵するくらいの価値があるのだ……

彼の母はあたしに引導を渡した。彼女はアンドレを田舎に連れていくが、あたしは同行することはまかりならない、アンドレには何も言わないように、と釘を刺した。そんなことをすれば、彼の神経が昂《たかぶ》って、もっと病状を悪化させるかもしれないのに。

翌日、彼は家から発たされた。母親はあたしの手から彼を奪いとった以上、おそらくもう二度と彼に会えることはないだろう、との思いを強くした。あたしは自分の家に戻らなければならなくなったが、幸いなことに、まだ引っ越しはしていなかった。あたしは野獣のように家の中を駆けずり回り、矢継ぎ早に彼の母親に次から次へと手紙を書き、アンドレの介護をさせてくれるよう、必死に訴えた。三日目に、そちらに来るようにとの電報を受け取った。

アンドレは庭にいた。あたしの姿を見ると、「ふうっ」と溜息を吐《つ》き、あたしの手を取ると、庭を離れた。

「奴らは君を自由にしてくれたのかい、それとも逃げだしてきたのかい？」

そう言うと、独り言を言いはじめた。

「ケーチェ・オルデマ……あの女《ひと》はたいそうきれいだったが、ひどく貧しかった、ひどく貧しかった」と彼はあたしの方を向いて言った。「奴らはあの女《ひと》を牢獄に入れてしまった」

「だって、あたしはここにいるじゃないの。これからずっとここにいますからね」

「とにかく君は僕といっしょにいてくれ。牢獄に君を入れようと思うなんて、実に怪しからんよ。僕がアナーキストだからというんだな……でも君は何も悪いことなんかしちゃいなかった。君が貧しいからという理由で……」

あたしが投獄されたと思って、彼は夜となく昼となく、あたしを連れてくるよう、叫び立てていたことを知った。

こうなった以上、父親はすぐにあたしを受け容れることにした……いろんなことに尾鰭をつけて、アンドレの気持ちを掻き乱していたのは、また母親だな、とあたしは直観した……交通の便もいいということで、ブリュッセル近郊の田舎で、あたしは彼といっしょに生活してもよいということになった。両親の方は、彼の心の動揺をひどく危惧していたのだ。

ブリュッセルの城門の近くに、周囲を壁で囲われた大きな庭の中ほどに、古い田舎家が建っているのを見つけた。そこならば、彼を完全に自由にしておいてあげることができた。病の間、あたしか、髪の毛は褐色だったが、たいていの場合あたしと思い込んでいたナーチェ以外の人間には、彼は絶対会おうとはしなかった。医者に命じられて、あたしは何日間か休養を取った。その間、彼はナーチェと過ごしていたのだが、その後戻ると、最近めっきり白髪が増えたあたしの頭を見て、彼は不機嫌になるのだった。

「どういうわけだい、髪を褐色に染めろと言ったのに、またグレーに戻したのかい？……」

彼はあたしを殴りつけようとしたが、自分の身振りにひどくたじろいだ様子で、あたしの手をつかんだ。

「さてと、よし、少しはまたましな顔になったな……」

家のまわりを散歩する時、あたしを途中で見つけると、彼はあたしの手を取った。そして一言も口を利かずに、引っ立てるようにして自分に同行させた。彼の動揺が激しい時には、あたしは彼の腕の下に自分の腕をそっとまわして、庭を散歩しながら、大作家アンドレの栄光を讃えるような歌を優しく歌ってやった。すると、いつでも彼は落ち着きを取り戻すのだった。

ある日、意識がはっきりし、彼は自分の状態を自覚するようになった。しかしその光景は恐ろしかった。両手で頭を抱え、喘ぎ声を上げた。

「僕は気が狂ってしまった。頭がぐらぐらする。一体どうしたことだ？　僕の身に何が起こったのだ？　もう仕事もできない、考えることも無理だ。わけの分からないことをやっている。僕を助けてくれ、ケーチェ。一体どうなっているのか、教えてくれ」

「何でもないわよ、あなた、何でもないのよ。あなたは疲れているから、今は仕事は無理なのよ。ただそれだけのことよ」

「君の顔はすごく引きつっているから、何でもないということではないだろう。一体どうしたっていうんだ？　はっきり言ってくれ……僕は発狂したんだな……いや……いや……分かっている、そう感じるよ」

彼は木の葉のようにぶるぶると身を震わした。両手をあたしの肩に置くと、彼は脅えたように、物問いたげな眼差しをあたしに向けた。それから、追い詰められた獣《けもの》のように、相変わらずあたしの肩に手を置いたまま、あたりにきょろきょろと目を走らせた。

「ここは一体どこなんだい？　わが家ではないな……狂ってしまった！　僕は発狂したんだ。それじゃあ、君は、君はどうなるんだろう？　僕は君のために、公証人のところで証言をしたはずだ……気が狂っている、アンドレは狂人になった……頭が、頭が……おかしくなっている……狂っている、狂っている……」

アンドレはあたしの体に腕をまわすと、胸に顔を埋めて、途切れとぎれに言った。

「気が狂った、アンドレは狂人なんだ……」

あたしは彼をソファーに坐らせると、その前に跪いた。続いてどんな話をしたのかは、もう覚えてはいない。あたしはしゃべりにしゃべり続け、なだめたりすかしたりして、頭は全然曇っていない、よく働いていると、納得させようとした。だが心の中では、意識の回復が見込めないということであれば、もう彼が苦しまなくて済むように、知性の光よ、消えてなくなれ、と祈った。

あたしの言うことに耳を傾けているうちに、少しずつ強張った恐ろしげな表情は消えていったが、ああ、何ということ！　もう疑いようのない錯乱状態が、はっきりと現われてきた。

何日か前、かつてのアンドレのことを思い出してみたいと、切なる気持ちになった。その時は、病んでいるアンドレにナーチェを付き添わせて、そっとしておいた。あたしの方は、そこを慌しく立ち去ると、自分の部屋に閉じこもった。彼の肖像写真や手紙を基に、在りし日の彼の姿を思い浮かべてみた。あたしたちは森を散歩していた。彼は美しい明るい熱のこもった声で語りかけ、キラキラする眼差しは、あたしの眼を探って返事を待っていた。彼は大きいがほっそりとした手をしきりに動かしながら、人類を幸福にするというのはどんなにたやすいことかを、あたしに説き明かしてくれようとしていた。あたしが分からないと言うと、彼は自分の説明がまずかったと言って、また最初から説明してくれるのだった……それから二人して花を摘み、エニシダやイワオウギのとてつもない大きな花束を作って、ブリュッセルに持ち帰ったのだった。冬には、雪合戦をして遊び興じた。彼は大口を開けて笑い、腕で顔を覆うようにした。

ああ、終わってしまった……美しい声を、彼は操る術を失ってしまった。眼差しは凶暴だ。立つと、膝ががくがくして上体が揺れている……それでもあたしは彼の看護をし世話をするために、一生彼に寄り添っていたかった……彼を看護できる限りは……既にその時には、自分にとってひじょうに辛いことが沢山あった。だが、彼はそんなことが分からないのだから、あたしはそうした事実を受け容れるしかなかった。母親というものは、子供のおくるみも持っているし、子供に食事もさせなければならないのだ……あたしが彼の看護をできるのであれば……だが、壊疽《えそ》まで出てくるとなると!! 踵の傷口に骨が、腿の傷の長い裂け目に、バイオリンの弦のようにぴんと張った静脈と動脈が見えた時、あたしの頭の血管も切れそうなくらいになったが、こうなったら、彼の苦しみも終わってほしいと、あたしは切に願った。

多くの狂人が、特に自分の妻を忌み嫌うようになるというのは、原因はどこにあるのでしょうか、と医者に尋ねてみた。

「アンドレは、母が彼に会いにきても、母が来たことすら分からない様子なのですが、彼の優しい穏やかな身振りは、あたしの方に向けられます。あたしだけが、彼を落ち着かせることができるのです」

「狂人というものは、マダム、機械的に思いだすものなのです。この偏愛ともいうべき感情は、あなた方の間に、衝突とか辛い出来事が全くなかったという証拠なのです。意地の悪い狂人は、発病前に、元々意地が悪かったのです。でもその時には、自分の感情をコントロールできるだけの理性は備えていたのです。アンドレの場合、話は全く別です。あらゆる点から判断して、本質的に善性といった人物なのですよ」

少なくとも、あたしたち二人の愛情の思い出は、たとえ無意識であれ、彼の愛情に満ちた所作や眼差しを通じて、かすかに暗示されていると分かるだけでも、あたしには大きな慰めになった。

それでも、日を重ねるごとに、医者が前もって言っていたように、病状がどんどん悪化して、紛れもない精神異常にまで至ったのが分かった。そうなると、自分が行動しようとしたり、密かに何かやろうとする場合、もう何の抑えも効かなくなっていた。だが、そんな時であっても、彼の手はあたしの方にいつでも差し出されるのであった。

友人の誰一人、彼に会いにくることは絶えてなくなった、もしくは彼の様子を問い合わせてくることもなくなった。時たま出会った数少ない知人は、忠告してくれた。自分を無にすることはないとか、もっと自分の体をいたわれ、と。他の人たちもあたしに、こう言って聞かせた。そんな甲斐のない仕事をやっているのなら、もっと割り切って対処すればいいのではないかとか、自分たちは、はらはらして見ていられない、と。また別の人たちは言う。看護人たちを雇った方がよい、その方が病人のためにもなる、それから、自分を犠牲にしたところで、何の見返りもないだろう、と……

看護人たちを、あたしは当初使ってみようとした。その時、これからどういうものを相手にしようとしているのかは、全く知るところではなかったが、あたしの優しい小羊とも言うべき人を、いいように扱ってやろうとしている狼みたいな連中を前にしていたのだった。あたしは彼らを叩き出してしまった。あたしには……若さが漲り、深い愛情を寄せてくれた彼の人生の花ともいう時期を手にしていた時代があったのだ。彼がすべてを失ってしまった以上、あたしは金目当てで世話をしてくれる連中に、彼を委ねて然るべきだったのだろうし、あたしが自分の愛情と感謝の気持ちをすべてこめても成し遂げられなかったことを、何がしかのお金と引き換えに、こうした無関係な人たちにやってほしいと頼んでもよかったのだろう。農業をやめて先ず病院の下働きになり、半年後には、報酬に惹かれて、看護人として雇ってもらおうとしていたフランドルの農民たちに、最期まで紳士として振舞っていた、このデリケートな人の世話を頼んでもよかったのだろうが……ああ！　駄目！　やはり、そこにいてあげなければ……

彼の母親は半年ごとにしかやって来なかった。やはり彼女の神経も相当のダメージを受けていたからだ。夫の方はおまけに、病に臥せっていた。だからある日、彼女は《金銭問題が絡んでくるから》、アンドレの方が夫より先に逝ってくれたらよかったのにと、ぽつりと洩らしたことがある。

「だってあの子は父親から相続した全財産を、おそらくあなたに譲ったのでしょうから……」

「お母様、あたしはそんなことは存じません。アンドレは、あたしのために預金したとは申しておりましたが」

「それじゃあ、あなたはあの子がどれだけのお金をあなたに与えたのかも分からないと言って、わたしをだまそうとするわけね！　それなら、その遺言状をわたしに見せて下さいな。その書類が有効かどうかを申し上げますから」

アンドレは、遺言状は公証人のところにある、とあたしには言っていた。

「そういうことですと、それは由々しい事態ですね……どこの公証人ですか？」

「存じません」

ずっとこうした調子で四年間が経ったが、最後の半年は壊疽までが加わった。医者が言うには、傷の箇所はどこも、手当てしても、それほど順調に回復してはいないし、包帯もできない状態だ、と。

その間に、父親は亡くなった。母親は最後の半年の間、もう姿を見せることはなかった。

アンドレを埋葬した時、ちゃんと葬儀も取り仕切った。埋葬に立ち会ったのは、ナーチェとあたし一人きりだった。誰にも知らせる必要はないと思っていたからだ。四年もの間、誰一人、彼の安否を尋ねてくる人はいなかった。あたしの方も慎みから、誰も煩わしたくなかったからだ。

今となっては、あたしはもうわけが分からなくなっていた……あたしは悲しんでいたのか？……彼が亡くなってかなりの時間が経った……頭がぼうっとしていた……もう記憶も定かではなかった……夜眠ることもままならなかった……しょっちゅう吐いている始末だった……とどのつまり、もうどうでもいい、どうにでもなれ、といった心持ちになってしまっていた……弁護士が事後の問題を解決してくれた。医者はあたしにスイスに行くよう勧めてくれた。

アンドレの母親にはもう二度と会うことはなかった。


スイスにいた四カ月というもの、ほとんどいつもベッドで過ごした。その地で目にすることのできるちょっとした景色にも、苛立ちを覚えた。いつでも、目の前に見えるのは山だった……旅の帰路、ひとたびベルギーに入ると、列車の昇降口から顔を逸らすことができなかった。自分が住んでいる国の赤い屋根の小さな白い家、教会の尖塔、ケーキのような切り取られた畑、牧場、森、広大な地平線、緑の風景と銀色の包みこむような光に満ちた味わい深い麗しの国、あたしはいくら眺めても、見飽きることはなかった……ああ！　そうなのだ、あたしは北方人なのだ。スイスも南フランスも、あたしには必要ない、そんなところでは文字どおり、ゆったりと息も吐《つ》けないのだ。

ブリュッセルに戻ってみると、すっかり途方に暮れてしまった。そこには待つ人は誰もいなかった。あたしがかつて住み、アンドレが住んでいた街をあてどなく歩いてみた。古巣ともいうべきあたりに、犬みたいにして戻ってみた。この界隈、家並、住民たちは、それでもほんの少しではあったが、あたしを仲間として受け容れてくれたにちがいないと、今では思えた。モンターニュ＝ド＝ラ＝クールは解体されてしまっていた。彼と待ち合わせ場所にしていた大学は、低い窪地にあった。周辺の地区一帯は、道路にぼこぼこ穴が開いていた。ぶらりと歩いてみたこの都市の低地帯には、もう全く街路が見られなかった。それでは、アンドレと散歩をした場所は、どのあたりだったのだろう？　あたしも若さに満ち溢れ、彼のような男性を恋人にできて、鼻を高くしていたものだった。ああ、神よ、たとえ、泣こうにも、もうあたしには生きていく目標もないのです……その都市に別れを告げ、アムステルダムに行くことにした。おそらく、そこでなら、あたしは生活をやり直すことができるだろう。

皇帝運河のほとりの、家具付きのアパルトマンに居を定め、この都市を四方八方歩きまわってみた。いろいろな路地や、ヨルダーンの臭気の籠ったいくつもの運河を歩いて、あたしたち一家が住んでいたような、さまざまな袋小路、ありとあらゆる地下室、陋屋《ろうおく》を改めて眺めてみた。大部分の部屋や家屋は、扉に《不衛生な状態につき居住不可》という貼り紙が貼られて、立ち入り禁止になっていた。他の家屋なども、同じ理由で取り壊されていた。

それでは、どうしてなのか？……どんなあたしが、かつてそこで暮らしていたのか？　今のあたしではない……同じ喜びや同じ苦しみが、今もなお、同じ印象を与えるのだろうか？　その当時のケーチェ、二十年前のケーチェ、そして今現在のケーチェ、そこには共通の何かがあるのだろうか？……それでは、最も惨めなケーチェはどの時代にいたのだろうか？……

新興地区は、あたしの興味を惹くことはない。あたしは倦むことも知らず、この都市の昔と変わらぬ地区を歩きまわる。建物の連なる高いあたりがもっとよく見えるようにと、木にもたれかかるのだ。後ずさりする際には、水の中に落ちやしないかと心配になる。そんな気持ちになるのは、あたしがもうこの都市《まち》の住人ではないことを、はっきりと明かしていることになる。幼かった頃には、運河沿いの御影石の敷石の上で、オスレでよく遊んだものだった。毎日、いくつかの同じ建物の前を幾度となく通るので、どこでも女中がその家の奥さんに声をかけて、あたしが通ることを知らせていた。老夫妻は肘掛け椅子から立ちあがって、あたしの方を見ていた。彼らの話している様子から、「ほら、また例の外国人の婦人だ……」と言っているのが、あたしには分かった。あたしが身の回りの世話をしてもらうのに雇った若い女中も、出入りの商人たちが、外国人の婦人はどんなものを食べたり飲んだりするのか、どんな話し方をするのかを訊いてくると、あたしに知らせてくれることもたびたびだった……そんなものなのだ。どこにいても、よそ者なのだ！　あたしは故郷を持たない根無し草なのだし、あたしのことを気遣ってくれる人は、誰一人いはしない……

ああ！　ここにも根を下ろせないのだから、あたしはパリに向け、発つことにした。芸術と最良のものを憧れることのできる都は、これまでの埋め合わせをしてくれるにちがいない。

マルトはあたしにめぐり合って、大喜びだった。彼女のところで昼食を摂った。彼女は自分の成功と抱えている悩みとをしゃべってくれた。二人して自動車で、レドフェルンのところ、彼女の美容師のところまで出かけてみた。その後、あたしはチュイルリー公園〔ルーヴル美術館の西に位置し、東側にカールゼル凱旋門がある〕で降ろしてもらった。彼女は仕事のスケジュールがものすごく詰まっていた……あたしがパリを去るのか、あるいは、そのまま留まるのかさえも、訊いてはくれなかった。

ルーブル美術館を満喫し、フランス人も十分観察し、ロシア・バレー、ミュージック・ホールまで堪能した……それからただ一人、ホテルへと戻った。猫一匹、犬一匹、あたしを迎えに出てはくれなかった。

こんな生活を続けていたら、自殺に追い込まれてしまうだろう。ところが今は、金利生活ができる身の上なのだ……ああ！　あたしは小さな村にでも生まれてみたかった。あたしはずっとそこに住み、骨を埋めたことだろうし、そこの住民はみな、いとこのような存在になるだろう。あたしが愛することのできる、日ごろ見慣れた顔の人たちだけなのだ。その人たちに本を読み聞かせてやれるし、自分がその人たちの役に立てると思っているし、その人たちもあたしにとっては大切な人たちなのだ。あたしを家族同様に扱ってくれたうえ、あたしに何かを頼んでくれるなら、あたしはずっと誇らしい気持ちでいられるはずだ。そうなれば、あたしはその人たちにとって、どうでもいい人間ではないし、全くよそ者ということにはならないのだ……

……あたしは小さかったころの兄弟たちのことを、絶えず思い浮かべてみる。その時あたしたちはひと孵《かえ》りの雛たちといったところで、兄弟たちとあたしは一体化していたのだ。それからアンドレが出てくる。空想の世界にしかいないと思っていた、おとぎ話に出てくる素敵な王子様みたいにして、あたしの生活に立ち現われてきたのだった。いつでも明るい光を放ち、進むべき道を照らしだしてくれる松明《クレール》のように、彼はあたしの人生に希望を与えてくれた……それから、きれいな眼をした、おでこの広い、ちいさなむっちりした脚のウィムピーが現われた。この子はあたしたちの子供時代を思い起こさせたが、さらに、勉強をさせてやり、生活上の不如意がないようにしてやって、一廉《ひとかど》の人物にしてやろうと思っていたのだが……。シュゼットもいた。愛くるしい猫で、仔猫たちの一匹みたいにして、あたしを舐めてくれたが、エメラルドがかった金色の眼をし、黄褐色の絹みたいな毛並で、ひどく謎めいた貴重品さながらに、あたしを魅了してやまなかった……

みんな姿を消してしまった！　彼らに代わるものは、どのようにして得られるのか、何をもってすればいいのか？　彼らは、あたしの魂といってよかった。魂に代わり得るものなんて、あり得るものなのだろうか！……あたしからすれば、何の興味も抱くことのできない、ここで慌しく動き回っているせっかちな人たちの中には、そんな人は確かにいはしない……その光景は押し寄せてくる潮のようだ。一台のバスがあたしを追い越したとしても、バスは方向を変えるわけにはいかないだろう。

あたしは立ち去るしかない!……どこに?……

五年が経過した……

根無し草の生活が、到底耐えがたいものになっていた。ある夏に、ここ、ヒースが繁茂する片田舎の村に、たまたま舞い込むような具合になった。土地の値段はただ同然だった。丘の上の二ヘクタールほどの原野を買った。前には谷が開け、後ろには松林が控え、まわりを小麦畑で囲まれていた。この猫の額ほどの土地は、幅十メートルほどの木立で二つに分けられるような具合になっており、木立は五十年ほど経たモチノキや太いコナラの木が密集し、生い茂っていた。そこを開墾してもらった。

その均《なら》した土地のちょうど真ん中あたりに、谷と向き合う形で、レンガ造りの小さな家を建ててもらった。下部は石灰を塗って白くし、大きな窓を取り付け、鎧戸はオレンジ色にした。家の前庭は何も植えずにおき、大量の芝の種を撒いてバラを植えた籠だけを置いた。家と木立の後ろは果樹園にして、ダリア、ヒマワリ、そしてシオンを植えた花壇をまわりに配した。果樹園の隣には、カバノキを植えて、小さな森にし、中にうねうねと曲がりくねった道を通してもらった。家も所有地も鉄線を張り巡らして、囲ってもらった。農夫が耕作している小麦畑と、牛たちが草を食む草原は家の囲いまで接しており、あたしの庭の延長みたいなものだった。

あたしは春にその家に住まうことになった。あたしが料理の手ほどきをしてやった、その地方の年若い女中、それにメヘレン〔アントウェルペンの南の都市〕特産の牧羊犬のディック、ブリュッセルで購入した二匹のグリフォンの仔犬が同居人であった。

あたしは四十五歳を迎えていた。四年前からここに根を下ろしていたが、苦しみは消えていた。十キロほど太り、体重は今六十キロになっていた。顔色も生き生きとしてきた。髪の毛にはすっかり霜を置いてはいるが、はっきり言って、見苦しいものではない。ウェーヴした白髪なのだ……

村には一人のブルジョワもいない。全員が農民なのだ。ビール醸造業者が村長になっている。二軒の食料品店と二軒の旅籠《はたご》があるくらいだ。

毎朝、犬たちを連れて、森を抜けたり、ヒースの荒地を行ったり、いくつかの沼をめぐって、かなりの距離を歩く。散歩から帰ると、カロリーヌは食事を出す前に、自分が奥様のために作ってみた料理を味わっていただけませんかと尋ねてくる。食事中、彼女は村のニュースを話してくれる。

「マダム、イェフの女房がやって来て、奥さんは夫の病気を治せないかと訊いてきましたよ。夫はリューマチで体が利かないので、夜となく昼となく、怒鳴り散らしているんです。医者が五日前に診察して、自然に治ると言ったんですよ。ところが一週間になりますが、働けないんです」

「だって、あたしは治療士じゃないわよ」

「とにかく、行ってみてやって下さいよ、マダム」

昼食後、あたしは馬のたてがみで作った手袋と壺一杯のハッセルト〔リエージュの北にある、リンブルグ州の州都、ジンが特産物〕の《古い製法で作った》ジンを携えて、イェフの家に出かけた。

「ああ！　いやはや、マダム、ああ！　畜生め、申し訳ねえでがすが、痛くてねえ……」

「どうして、そうなったのかしら？」

「汗ぐっしょりになってね、風に当たっただよ。実に気持ちよかっただよ。ところがよ、次の日になったら、起きられねえだよ」

「それでは、アネケ、もう一枚毛布を出して、手伝ってちょうだい」

あたしはイェフの上半身を裸にして、馬のたてがみで作った手袋をジンのアルコールで湿らすと、体の前後を真っ赤になるまで強くこすった。

「マダム、勿体ねえでねえか……そんないいジンを、こんなことで無駄にしちまうってのはよ……それより、わっしが飲んだ方がええんでねえか……」

「親爺さん、一滴たりとも飲んではいけませんよ。でも外から吸収するのなら、構いませんよ」

「うんにゃ、そいつは本当に罰当たりなこった、マダム、ぐいっとやった方が、よっぽど効くだよ」

親爺さんはひどく情けなさそうな目つきをしたので、あたしは情にほだされそうになった……

「絶対駄目です、飲んではいけません」

さらにあたしは強くこすり続けた。

「さあ、毛布を全部持ってきてちょうだい、アネケ、体に巻きつけるのを手伝っておくれ」

あたしは三枚の毛布で体をぐるぐる巻きにしてから、安全ピンで留めた。

「これでいいわ。今度は汗をたっぷりかくことね」

あたしは壷をつかむと、扉の方に向かった。彼の眼からは涙がこぼれそうになって、壷をじっと見つめたまま、おろおろ声で言った。「何ちゅうことでがす、マダムは、わっしに一口も飲まさずに、持ち帰ろうていうんでがすかい……」

「それじゃあ、アネケ、グラスを一つ貸してちょうだい。少し注いであげようかね。でもいい、これは汗をたっぷりかくためよ」

「そうでがすよ、たっぷり汗をかかなきゃなんねえだよ」と親爺さんは、子供みたいな口調で言った。

あたしはグラスになみなみと注いで、親爺さんに渡してやった。

たっぷりと汗をかいたせいで、彼は翌日には、仕事に復帰できた。

別の日だった。

「マダム、あの小柄な女ですが、八番目の子供を産んだばかりなのに、床を離れているんですよ。三日目には、もう牛の乳搾りをしている始末です。ところが体の具合は全然よくないんですよ」

あたしは出かけていって、力ずくでその女をベッドに寝かしつけた。体を縛りつけられていた赤ん坊は、その拘束から自由にしてやり、子供たちを家の外に追っ払って、母親を眠らせることにした。

「マダム、例の旦那さんと奥さんがまたやって来ましたよ。村で、ちゃんと確かめてきたが、マダムは旅には出ていないのは分かっている、と言っていました」

「ああ！　そうなの、カロリーヌ、まだしつこく言ってくるようだったら、ディックをけしかけておやり……」

「あらまあ、そうですわね、そこまで頭が回りませんでしたわ……」

「マダム！　マダム！　うまくできました！……」

カロリーヌが目をきらめかせ、息せき切り、黒い巻き毛を風になぶらせて、走り込んできた。

「あら、そうなの、じゃあ見てみましょう」

「こんなに高く盛り上がったんです。ニスを塗ったみたいに、金色にてかてか光っていますよ。あたしが、たった独りで作ったんです」

「ああ！　本当に見事ね……一流のシェフが作ったみたいだわねえ……コリントのついた何と見事なケーキだろう！」

「マダムが教えて下さったとおり、そのまま作ってみたんです、そうしたらこんなケーキが……村の女たちは、あたしが確かに毎日の食事の献立ぐらいは作れるようになるだろうが、まずお菓子は無理だろうよと言っていますからねえ」

「そういうことなら、みんな間違っているって、これを突きつけて鼻を明かしてやりなさいよ。もう少しして、冷めたら、二つにこれを切りましょう。この半分の方を三等分して、アネケ、シスカ、ワンチェの家に持っていっておやり、そしてコーヒーを出してもらっていっしょに食べておいで。あのおかみさんたちは、おまえが毎日の食事の献立以外のレシピにも腕が振るえるということで、さぞや驚くだろうね。こちらの半分には敬意を表して、今日の午後のお茶の時間に、いっしょにいただくことにしましょうよ。このケーキはおまえの傑作ですよ、カロリーヌ。だからうんと鼻を高くしてもいいわよ」

土曜日の午後には、授業がない。すると、親たちは六人ほどの女の子に、うちへ行ってみるように言う。頭にはかさぶたがあったりシラミがいっぱいたかっている。あたしはところどころ髪を刈ってやり、もっときれいにしてやろうと、たっぷりと石鹼をつけて洗ってやり、髪を編んでやる。そうしてから、娘たちに、明日になったなら、母親に編んだ髪をどうやってほどいてもらうのか、禿げたようになったところを、どんなふうにふくらまして、うまく隠すのかをちゃんと説明してやる……

「分かった、こんなふうにするのよ……そうすれば、教会に行っても、誰も気づかないわよ」

ここに住み着いた当初は、時々町まで出かけていって、コンサートを聴いたり、きれいな本を買ったりもした。だがこの地方にすっかりなじんでしまったので、今ではここの香り、雰囲気、光、それと畑、松林、ヒースの原野に囲まれた濃密な田舎暮らしを堪能していた。

犬たちをおともに、いくつかの沼をめぐる散策をしていると、ロンドンで見た数々のターナーの風景画を思い起こさせた。

コンサートですって！　ここの鳥たちが、あの木立でさえずっている歌は、ハイドンのコンサートに勝るとも劣らないのではないだろうか？　同じように溌剌とし自然な天真爛漫な調子が、感じられはしないだろうか？……風雨の激しく吹きつける夜は、あたしの小さな家は上から下まで、がたがたと揺すぶられるが、ワルキューレたち〔女神のワルキューレたちは神馬に跨り、天翔る際にけたたましい声を上げる。その役目は勇敢な死を遂げた人間たちをワルハラ城に連れ帰り、城の警護に当たらせる。ワーグナーの『ワルキューレ』を参照のこと〕が甲高い笑い声を上げて呼びかけ合い、耳を聾するようなピューピュー言う音を立てて屋根の上を通っていくのを、あたしは聞いているのではないのだろうか？　馬のいななき、追われている動物の吠え声、恐怖や喜びの遠吠えを、聞かなかっただろうか？……こうした暴風雨の夜は、何という楽しみではないだろうか？　風が煙突のまわりを駆けめぐり、そこに風が吹き込んで、屋根の上が演奏会場ででもあるかのように、だから、最高のクラリネット奏者や、最高のフルート奏者が、何とすばらしい演奏を繰り広げようとしてくれていることだろうか！

さらに本も読んでみる……そして芝生を舞台に演じられるドラマもある。腹這いになって、あたしは昆虫たちの様子を注意深く見守ることにする。追いかけあったり、飛び交ったり、殺し合ったり、激しい愛の営みを行っている……森の中でも、実にすばらしい場面や残酷な場面を目にする……夏の終わりに、松林を散歩していると、まだ人間を知らず、鉄砲で撃たれたらどうなるかも知らない若いウサギたちが、草がこんもり茂ったあたりにうずくまるようにしていて、無邪気にあたしを見つめている。しかし、犬たちが近づくと、彼らは怯えて逃げだし、まだ体温が残る小さなくぼみを残していく。犬たちに後を追わないように命ずると、ウサギたちは鼻を鳴らしながら、ピョンピョンと跳んでは小さなくぼみを残し、脚で草を踏みにじっていく。

それから、陽が照らない日には開花しない小さな花々は、まるでその時は、人生は生きるに値しないというようで、それは詩の一ページではなかろうか……それにカラスの老夫婦は、毎日同じ時間に、庭を斜めに横切っていくが、何時間もの仕事を終えて、家に帰っていくといった風情だ……それから飛びながら、鳴き交わす声の抑揚は、何と筋道立っていることか……村の中にあっても、確かに、これほど仲のよい夫婦はいはしない。

　ここに住みついてから、絶対に折り合うことのできない人間たちの相争う声が、もうあたしのところまで届かなくなってからというもの、あたしはひたすら、読み、眺め、聞くということに徹した。話を創作して、自分に語ってみせた。その後で、本で読んだことがあったというふうに、カロリーヌにその話を聞かせてやる。花や鳥の挿絵のある本や、ラテン語のテクストを見せてやる。そのテクストは、おまえに話してやった話が書かれているんだよと、彼女に言ってやる。カロリーヌは興味津々たる面持ちで話を聞いてくれる。あたしが花の形や色によって、花の性質や気持ちを言い表わしてみても、彼女は別段驚いた顔をしない。二羽のカラスを人になぞらえてみてもだ。あたしがメヘレンからやって来た飼い犬の牧羊犬に《坊や》と呼びかけたというので、と憤慨するご婦人と、彼女は違う。

「何ですって、あなた、魂も備えていないこんな獣を、そんなふうにお呼びになるなんて！」

　ディックに魂がないですって！……何て無茶苦茶《エレズイ》なことを言うの！

　毎夜、あたしの庭はバラの香りと松の樹脂の匂いで満たされて、天国のような雰囲気になる。モチノキの木立では、ナイチンゲールがさえずっている……夜には二度のコンサートがある。夕闇が迫ってすぐのコンサートと、一時間後、夜が更けてからずっと続くコンサートである。籠に咲くバラの花に囲まれた芝生の真ん中あたりの長椅子に、あたしは身を横たえている。空は澄み渡っているが、星々はとても高いところにある。強烈な花の香りにむせ返るようになり、幸福のあまり心臓が高鳴っている。頭にいつも浮かぶのは、幸福や美といった事柄ばかりだ。貧困に責め苛まれ、やせ細ってぼろ着をまとった惨めな人たちの姿が頻繁に脳裏に浮かぶことはもう絶えてなく、目にするのは巨樹の森と生い茂った何とも味わい深いその葉叢であり、花々がパッチワークとなって美しい色模様をなしている牧場の、見事な角の牛たちの姿であり、柔らかそうにたわわに実った小麦を刈り取っている農民たちの姿である。

それに毎朝……何という栄光に満ちた光が、夜露に湿ったヒースの原野一帯を照らしだしていることだろう！……庭では、花のまわりでハチたちがぶんぶんと羽音を立てている。そしておとぎ話の妖精たちが、あたしの耳元で囁いている！

……ここで、老いても、足腰が立たなくなっても、ずっと暮らしていたいものだ……だから、幸福というものは、やはり存在しているのだ……あたしはもう全然悲しいことはない……まだ時々チビが、芝生で遊んでいる姿が目に浮かぶが、その子はにっこりと笑って、少し離れたところにいる、もう一人の男性に歩み寄っていく——その人はいつでもフロックコートを身に着けている。二人とも、この上ない優しさを湛えた表情をして、あたしに頬笑みかけ、そのまま立ち上がらなくていいよ、楽しんでいなさい、あたしを押し包んでいる喜びを堪能しなさいと、身振りで伝えてくれている……

使い走りのケーチェ

「そこをどいてよ、ちび、あたいはそこに坐りたいんだよ。おまえは突っ立ってりゃ、いいんだよ」

「駄目だよ、日向ぼっこをさせといておやりよ。昨日は、この子はまだ熱があったんだよ。だから太陽は体にいいんだよ」と別の女の子が言ってくれた。

あれからだいぶ歳月が経ってしまったが、あたしはその少女の優しいながらも毅然とした声を、幾度となく思い出したことだろう。今もなお耳に残る、あのえも言われぬ優しさをこめた、あたしを憐れんでくれた声が、幾度となくあたしに響いてきたことか！

五歳のころ

母はあるご婦人のところにレース編みの襟を届けに行く時、あたしをいっしょに連れていった。ご婦人の小さな男の子があたしにキスしようとした。あたしは絶対にさせなかった。だってあたしは年上の女の子たちが、男の子とキスするのはよくない、と言っているのを耳にしたことがあったからだった。あたしはそれを厳格に守って、もう弟たちにもキスをしてやらなくなった。何発か、頬を張られて、あたしはようやくその潔癖症が治った。


「さっぱり見当たらないねえ！」

母は熱に浮かされたように、引き出しをすべてひっくり返していた。

「わたしのきれいな青いリボンだよ！……いいかい、ケーチエ、おまえは人形に着せているぼろきれと、リボンとを取り替えっこしたね！　人形の衣装のぼろきれは誰からもらったんだい？」

「下のお嬢ちゃんよ」

「ねえ、代わりにリボンをやったね、そうだろう！」

「違うよ、あたしじゃないよ」

「いや、おまえだ！　おまえに決まっている！」

そのため、あたしは相当ぶたれた。

この不当な仕打ちは、あたしの記憶から絶対消せなかった。これがあたしの子供時代の心に傷を負わせた、最初のトラウマともいうべき体験であった。

近くの通りで独りで遊んでいると、隣家の犬のトムが近づいてきて、あたしの全身の臭いをくんくんと嗅ぎだした。ちんちんをして、前脚で絡みついてきた。口を大きく開け、舌をだらりと垂らしている。腰を振り振り、あたしにしがみついてくる。

「トム、あたしのことが好きなんだね」と言ってやる。「トムや、おまえは脚で、あたしを抱きしめているんだもんね……あたしも、おまえのことが好きだよ。だっておまえはいつもあたしに優しいからね」

そこで顔を犬の顔に近づけてやると、べろべろとこちらの顔を舐めまわし、ますますきつく抱きしめてくる。一人の女がトムを蹴とばしたので、トムはあたしから離れた……なぜ女はそんなことをするのか？　トムはあたしのことが好きなのに。トムはあたしに出会うたびにうれしそうだし、あたしもそうだ……

玄関のステップのところに寝転がっていると、トムがまたやって来て、あたしをきつく抱きしめるようにする。大きな頭をぎゅっと抱きしめてやると、あたしの上半身にきつくしがみついてきた。突然、キャンと啼いて、犬は逃げていった。父が一鞭くれたのだった。先ほどトムを追っ払った女に、父は言った。

「うちのちびはしょっちゅう、家でさかりのついた雌犬とじゃれているんだ。奴はその臭いを嗅ぎつけたんだな……」

そう言うと、二人は笑いだした。父はあたしを自分の前に立たせた。

何てこと！　父もトムがあたしを抱きしめたり、顔を舐めたりすることを、厭がっているのか！　あたしに優しくしてくれることも！　どうして駄目なの？　父も母もあたしにキスしてくれる余裕もない。絶対あたしを腕に抱きしめてはくれない。すると誰もあたしを愛してはくれないのか？　誰もあたしを撫ぜてはくれないのか？　一日中、父や母の膝の上を、どれほど独り占めしていたいことか。でも母はいつでも赤ん坊を抱えているし、父は帰ってくると、たちまち眠り込んでしまう。絶対にあたしはキスをしてもらえない……

あたしは部屋の片隅に退くと、顔を壁にくっつけ、両腕を振り上げて、ぶるぶる震わせ、壁にかじりつくようにして、大声を上げて泣きだした。

「どうして泣いているんだ？」と父が声を上げた。

「知るもんかね」と母は答えた。「本人だって分かっているんだか。泣きたいから泣いているだけの話さ」

そう言うと、そのままあたしを泣かせておいた。


「どうしてあの子は、俺があの家の下水溝の板に載っかって、排水管に球を投げ込むのを嫌がるんだろう？　あの子には何の関係もないのに」

厭よ、あたしは厭なんだから、あのおじさんがうちのどぶ板に載るのは。もじゃもじゃのごわごわした髪に大きな赤ら顔をして、走り込んでくる時、ズボンを穿いた太い膝がぶつかり合うのを見ると、むかむかして堪らなかったからよ。


あたしがそのちいちゃな女の子と遊びたがらなかったのは、それなりの理由があったようだ。だって肌が黄色く眼が黒かったからだ。どうしてその肌の色が厭だったのかは、わけを言えと言われても、答えに窮したことだろう。黒い眼については、その色に気づいたのは初めてのことだった。あたしにはとても耐えられない、異質のものに思えた。だって、兄弟や姉妹は肌がバラ色で眼が青かったからだ。

一人のご婦人があたしにお菓子をくれた。あたしは母が赤らんだ手で、何度もそのお菓子をこねくり回して清めてくれた後でしか、それを食べようとはしなかった。ご婦人のほっそりした白い手は、あたしには病人の手のように思えたからだった。

あたしはたった一人で、ウェースペルポールト郊外の野原に出かけ、ヒナギクやタンポポの花輪を作った。冠、首飾り、腕輪、ベルトを作り、長い頸飾りも掛けた。家に帰る途中、女たちは腿をぴしゃぴしゃ叩いて大笑いし、子供たちはあたしの後にぞろぞろついてきて、からかった。だがアムステルあたりで、一人の紳士が同伴のご婦人に、あたしを指差してみせた。二人ともあたしに頬笑みかけると挨拶をし、声をかけてくれた。

「よく似合うよ、きれいだね」

あたしはうなだれたが、口許には笑みが浮かんできて、二人を見上げるようにした。今度は晴れやかに顔を高く上げ、帰路についたが、もうからかわれても気にならなかった。

ある月曜日だった。あたしは誇りに満ちて、気持ちが昂《たかぶ》っていた。薄紫のフジの花模様の入った白のモスリンの晴れ着のドレスでめかしこんでいたからだ。あたしたちは学校から帰ってくるところだった。列がばらばらになった。二人の年上の女の子が、同行するのを許してくれた。エスケープしようということになった。

「展示会に行こうよ」とダーチェが言った。「まずは入口や窓から様子を窺ってみよう。門番が一杯やりに出かけたら、中に忍び込もう。後は、みんなおとなしくしてさえいれば、誰も気づかないよ。ショーケースを順番に回ってみよう。黄金ずくめのケースがあるそうだよ。鳥や花がいっぱいのところもあるらしいね。ホールの奥にはおもちゃの部屋もあるんだよ。外からちょこっと見えたね」

「ああ、ああ、楽しいな、うれしいな、いっしょに連れていってくれるんでしょ！　いい子にしているからね」

「ああ、ついておいでよ。いったん中に入っちゃえば、出て行けとは言われないよ。みんな、晴れ着を着ているものね」

　一人があたしたち二人の服装を、頭のてっぺんからつま先まで点検した。

「あら、でも、ケーチェ、後ろを向いてごらん……おや！　何てこと……この子ったら、ドレスにうんちが付いているよ……あたしたち、二人で行くしかないね」

　あたしはおいおい泣きながら、帰った。

「でも、どうしてまたまた、泣きわめいているんだい？」

「いつもどおりじゃないか、泣きたいから泣いているだけの話さ……」


　運河のあたりで、あたしにキスしようと、ちっちゃな男の子たちが追っかけてきた。一人があたしを捕まえた。あたしは頭をのけぞらせて、ものすごい大声を張り上げた。女中さんが跳んできて、あたしを引き離してくれた。ところがそのために、ひどくがっかりしてしまった。高い代償になった。少年がまたあたしを捕まえた時、あたしはまた頭をのけぞらせはしたが、もう声は上げなかった。今度はキスをされるがままになった。ちょっぴり恐いのと快感とでしばらくの間、ぞくぞくして鳥肌が立っていた。

「あたしは三カ月の赤ん坊を、たった一人、部屋に残しておくことはできないわ。鍋を持ち、赤ん坊を抱きかかえて、出かけていくのは無理よ。やってはみたけれどね。それでね、お宅のケーチェが毎日、夫のところに食事を届けてくれるのなら、週に二十四セントを払うわ。オート・エクリューズと城壁を抜けていくだけでいいのよ。仕事場はそのはずれの左手にあるのよ」

母はあたしを学校に行かせないで、このうまい儲け話に乗ることにした。あたしは赤ん坊のおくるみの中に土鍋を入れて、紐で縛り、届けに出かけた。鍋は左右に揺れたので、汁が流れ出た。城壁は木の柵で縁取られており、運河に面していた。あたしは道すがらネズミどもを追いかけ、どこに逃げたのかを眺めるために、長い間、水面のあたりを覗きこんでいた。ひどく驚いたことに、ネズミは水に潜っても息ができるのだった……〈ニシンじゃあるまいし、ねえ……〉。そこで一本の枝を手にすると、水を掻き回して、溺れたネズミを引き上げられないか、確かめてみることにした……それから運河のほとりに咲いているヒナゲシにも心魅《ひ》かれた……

左腕に花束を抱え、右腕は鍋の重みで痺れたようになって、仕事場に着くこともしょっちゅうだった。そんな時には男は既に仕事をまた始めていた。男はまじまじと、あたしを見つめた。仕方ないなという様子だったが、がっかりしているように見えた。そこであたしは、明日は寄り道をせずに食事を届け、帰りに、ネズミたちが水に落ちると、どうなるのかを見ることにしようと決意した。

あたしがヒナゲシの冠を作っている間、男は掻きこむようにせかせかと食事をしていた。

「こん畜生、すっかり冷めているじゃねえか、おまけに汁もねえときてらあ。汁はおくるみが吸ったってわけかい。これが鍋料理かよ」

「おじちゃん、お花を一ついる?」

「いらねえよ!……いや、貰っておくか」

そう言うと、男は砂糖がべったりこびりついた作業着に花を挿した。

その仕事は二週間続いた。女はその時、母に言ってきた。前日、夫の昼食に、ジャガイモの上に二枚の挽肉を固めたペーストを載せておいたのに、なくなっていたから、ケーチェが盗み食いしたんだ、と。母はあたしを叱った。そんなことはしていないと、あたしは抗議した。二人ともあたしが嘘を吐いていると、頑として耳を貸さなかった。

もう食事を届けるのは厭だと言って、あたしは泣き叫び、地団太踏んで悔しがった。女と顔を合わせるたびに、あたしは顔を赤らめ、恥辱のあまり身を隠した。だって女は、あらぬ濡れ衣を着せたからだ。

*

母はあたしたち子供の顔を洗ってやったり、着物を着せたりして、朝は慌しく過ごしていたから、ジャガイモを料理している暇はなかった。子供たちはパンとコーヒーで食事を済ませた。二時に、隣のディーン婆さんがニーウェ・マルクトで行われる祭り《ケルメス》に出かけるために、あたしたちを迎えにやって来ることになっていた。一同で出発した。母は赤ん坊を抱き、お婆さんはナーチェの手を引いてやった。あたしたち大きな子供たち、男の子二人に、娘二人は手を繋いで、前方を歩いた。

家から相当遠く離れたニーウェ・マルクトに、どうやって辿り着いたのか、あたしはもう覚えていない。突然、ものすごい人混みの只中に、みんなでいたことは覚えている。小屋の前には、天使の恰好をした婦人たちが、刺繍を施した絹布で飾り立てた馬に、横坐りしていた。小麦粉の中に突き倒された男は、けたたましい笑い声を上げていた。花柄の布ですっかり飾り立てられていた回転木馬は、ぐるぐると回っていたが、それと同時に、手回しオルガンの前で、男女が手を取り合って、ダンスをしながら歌を歌っていた。曲はリード管から聞こえてきた。「もっと高く、足を上げて、碾臼《ひきうす》じゃあるまいに……」

女中さんたちの行列が行く。コルネット帽の上にさらに帽子を載せ、肩のまわりにショールを縛りつけ、労働者たちに腕を差しのべて、歌い、拍子を取って足を踏み鳴らしていた。

「ホッセ、ホッセ、ホッセ……」

母はすっかり浮かれてしまって、あたしを荒っぽく前方に突きとばした。

「さっさと行くんだよ、薄のろ、足手まといで、こっちは動けやしないよ」

あたしはひどく自尊心を傷つけられたので、ヘインの手を離すと、ぷいとその場を立ち去り、運河沿いを行くことにした。突然、一人ぼっちになっていることに気づいて、すっかり怖くなってしまった。帰り道が分からなかった。そこで、男の人に訊いてみた。

「この運河伝いにずっと行くんだよ。そうすれば、アムステルに出るから、左に曲がれば、おまえが住んでいる通りに間違いなく出るよ」

実際そのとおりだった。アムステルに着いてみると、見当がついた。

うちの建物のステップのところから、明かり取りの窓を押し、差し錠を上げて、地下の部屋に入ることができた。部屋の中が空っぽで、誰一人兄弟の姿が見えなかったので、怖くなると同時に、自分のしでかしたことがまずかったと思い、床に身を投げて、泣きじゃくりながら必死で母を呼んだ。

「お母ちゃん、今どこにいるの？　お母ちゃん、帰ってきてよ、もうこれからは、あんなことは絶対にしないからね。あたしのお母ちゃん、大好きなお母ちゃん、帰ってきてよ。あたしはお母ちゃんの子供だよ、だから呼んでいるんだよ。多分、お母ちゃんは帰ってこないね、ヘインもナーチェも。お母ちゃん、どこにいるの？お母ちゃん、戻ってきて！　帰って来ないなら、死んじゃいたいよ」

こんなふうに泣きわめいて、相当時間が経過してから、やはり同じように泣きわめいている子供たちを引きつれて、血走った眼つきをし、汗まみれになった母が帰宅した。あたしは母の足下に身を投げた。母の方もあたしを引っぱたこうと、身を屈めた。あたしは母の首に、思いきり手を伸ばした。母もあたしを抱きしめた。二人とも、口ごもりながら愛情に満ちた言葉を投げかけ合いながら、貪るようにキスをし合った。母は肩で息をしていた。

「おまえは見世物小屋にさらわれなかったんだね、かわいいケーチェ、ああ、眼の中に入れても痛くない子だよ、壊れ物の小鳩の人形だよ」

いちばん下の赤ん坊は泣き声を上げていた。ディルクはおしっこがしたいと叫んでいた。子供たち全員がお腹が空いたと、がなり立てていた。母は、そんなことにはお構いなしだった。仕事に取り掛かったといっても、あたしの首にずっと手をまわしていたし、あたしの方は、母のスカートに腕をまわして、離れないようにしていた。夜の間ずっと、母は赤ん坊を胸に抱き、あたしを片方の膝に坐らせて、あやすようにしてくれた。父はぶつぶつ文句を言っていたが、母はあたしを真ん中にして川の字の形で寝ようとした。

「アダムとイヴが罪を犯したので、神は二人を楽園から追放したのです。だから二人は額に汗してパンを得なければならなくなったのです。二人の間には三人の子供ができました。カイン、アベル、それにセツです。神はカインを愛されなかったのです。カインとアベルが神に供えものをした時、アベルはいちばん見事な羊を供えることにしましたが、カインは大地の産物を供えることでよしとしました。カインはおそらく、その産物のうちのいちばん見事なものを供えようとはしなかったのです」――〈当たり前じゃない〉とあたしは思っていた。〈神様は、やはり何も持ってはいないんだ。だって地上にあるものを焼いてしまったからだ――だから神はカインには不満だったんだ〉

「神は、満足したという徴《しるし》に、天の方に、アベルの供え物の煙を昇らせました。カインには怒りを現わすために、彼の供え物の煙を、地上で消えるようにしたのでした。カインは神様のこのえこ贔屓に、たいそう傷ついたので、こう言いました。『俺はできることをしたのに、神は俺には決して満足していないのか』。彼はその憎しみを弟に向けたのです。カインはアベルに、いっしょに外に行こうと誘いました。そして殺したのです。その時、カインはすごく怖くなりました。神が彼に、『あなたの弟はどこにいますか?』と訊くと、彼はこう答えました。『知りません。わたしが弟の番人でしょうか』。神は彼を呪われた。カインは他の地に逃れました。そこで他の民族の女と結婚したのです」

あたしは人差し指を挙げた。

「先生、地上に五人しか人がいなかったのに、その女はどこからやって来たのですか?」

先生は一瞬、口ごもった。子供たちは全員が目を大きく見開いて、先生の方を見た。

「オルデマ、黙らないか、おまえはいつでも、何かにつけ難癖をつけるんだ」

あたしに対して、不平不満、非難の声が四方八方から上がった。教室から出ると、同じクラスの子供たちが、「その女はどこからやって来たのですか?」と揚げ足を取って、あたしの髪を引っぱった。

プロテスタントのお勤めが日曜日に、学校で行われた。先生は説教師に、あたしのことで耳打ちしていた。

「あれが、その女はどこからやって来たのですかと尋ねた女の子です……」


あたしたちはホラント・オプ・ザイン・スマルストのヒースの原の中に住んでいた。

何人かの娘たちと連れ立って、あたしたちは畑を抜けて、教理問答の授業から戻るところだった。みんなを怖がらせてやろうと、一人が線路の真ん中に坐り込んだ。汽車が迫ってきていた。あたしは早くそこから出てと叫び、泣かんばかりにして言った。その子は鼻歌を歌っていた。あたしも線路に入ってみたが、すぐに跳び出すと、狂ったような叫び声を上げた。汽車が目前に迫ると、その子はようやく外に出た。

あたしは震えがきて、動揺のあまり、気が動顚してしまった。後の帰り道ではすっかり塞ぎ込んで、口も利けなくなってしまった。他の子供たちは、何ごともなかったように、涼しい顔をしていた。

＊

「オレ・ムーは死んだんだ！　ミネ・オレ・ムーは死んだんだ！　それなのに、あいつらは俺たちには何一つ知らせてくれなかった。オレ・ムーが死んで、もう半年になるんだ。ふざけやがって！　あいつらが面倒を看ていたからっていうんで、権利はすべてあると思っていやがるんだ」

「決まってらあ！　あいつらは所帯を持っちゃいねえんだから、俺たちみたいに、子供を養う必要がねえんだからよ。だからオレ・ムーのために、何かしてやれたんだよ。ああ、オレ・ムー！　ああ、オレ・ムー！」

こんなふうに父と叔父のクラースは嘆いていた。父は仕事を探しにいったアムステルダムから戻ってきたのだ。老母の住んでいる、その都市の境界まで、足を延ばしてみたのだった。近所の人たちの話では、半年前に亡くなったということだった。それで父は丸一日かけて、弟や妹たちに会おうと駆けずり回ったのだった。弟や妹たちは、父とクラース叔父には黙っておこうと、陰で画策したというわけだった。父はこの無情な人でなしどもを、こっぴどくぶちのめしてやりたかったことだろう。

「家具類を買ってやったのはあいつらなんだから、それは自分のものにしたってていいだろう。だが、オレ・ムーがフリースラントから出てきた時、母はまだ家族の思い出の品々を持っていたんだよ。父が愛用していた鞭、祖母の結婚指輪、俺たちが小さかった時に遊んだおもちゃ類、それにフレーリク叔父の持っていた本」

「そうよ！　あの本類についちゃ」とクラース叔父は息巻いた。「奴らが独り占めしていいなんて法はねえよ。俺たちの分があって当然じゃねえか」

「それに金銀細工師が造った金無垢《きんむく》の結婚指輪を、おふくろさんはわたしに見せてくれたよ。あれは大した価値があるよ。あの人たちはあれもくすねてしまったんだよ」と母は火に油を注ぐようなことを言った。

「そのとおりさ、カトー」と早くも機嫌を直した父は相槌を打った。「でも奴らはフリースラントから、おふくろと、からっけつの二人の妹弟を都会に呼び寄せてやったし、五年前から面倒を看てきたことは間違いねえよ。アーフケは仕事といっても女中奉公だし、アリは小舟のホテルをやっているぐらいだからなあ。それでも、あいつらは下の弟たちも含めて養ってやってきたんだ。セールプを仕事に就かせてやったし、トリーンチェに船での仕事を見つけてやったんだ。だから、あいつらはこうした遺品を貰っておこうって気になったってわけさ、ああ、ああ！　でも、俺たちに何も知らせねえってのはなあ、俺は兄なんだぞ！」

そう言うと、父と叔父はまた嘆き悲しんだ。

「ああ、オレ・ムー、ああ、オレ・ムー……」

クラース叔父は本とおもちゃがどうなったのかを、どうしても知りたいと依怙地になった。二人して、日曜日に発ち、アムステルダムまで徒歩で行き、弟妹たちのところに押しかけていって、殴りつけたうえで、自分たちの取り分の本とおもちゃを渡してもらおうということになった。

二人は包み二つをいっぱいにして、火曜日に戻ってきた。弟妹たちはゆとりのある生活をしていたので、兄たちを歓迎してくれて、夕食に招待してくれたうえに、二人のために取っておいたという本とおもちゃをすべて渡してくれた。祖母の結婚指輪は、医療費を払うために売却した。鞭の件は、アリ叔父は父に、そちらではいちばんの目上だということで、自分が持っていてよいかと訊いてきた。叔父は父と母の肖像画の間に、それを吊るしていたのだった。だから、ぶちのめすというところまでは至らなかった。

おもちゃはクラース叔父の子供たちとあたしたちとの間で、分けられた。それは細紐に通した、紫と赤と青の木製のちっぽけな卵だった。ガラスや陶製の模造真珠もあった。あたしの叔母さんたちが遊んだ怖ろしげな木製の人形も何体かあった。トリーンチェ叔母が遊んだ、花模様のついた陶器の断片をぎっしり詰めた袋もあった。叔母が子供だった時に、村のいろいろな家を回って、割れたカップや皿を貰いにいって、さらに細かく砕いて、花模様のついた四角いやつだけを残すようにしたのだった。叔母はこの袋にそれを大事にしまっておいて、他の子供がそれに触ろうとすると、大声を上げるほどだったので、妹のアーフケは暖炉のやっとこを使って、それを挟んで姉に渡す始末だった。

また大小さまざまなビー玉を詰めた箱があったが、ビー玉は石の上に何度となく叩きつけられたので、すっかり色はくすんでしまっていた。あまりに時間が経ってスカスカになってしまったオスレ。それにペローのおとぎ話が全部載っている絵入りの太い巻き物。本類は、『千夜一夜物語』、動物の絵が載った分厚い古書、羊皮紙で装丁された書物は、父が言うには、その上に手書きで、フリースラントの看板が、墓碑に格言や金言が刻まれているのと同じ手法で、文句ともどども記載されてあったということだった。

父はあたしたちに、父や弟妹たちがまだ小さかった時に、夜になると、フレーリク叔父さんが看板を読んでくれるのを、どんな面持ちで聞いていたのか、あのはるか遠い時代に、商人たちがお客さんたちを引きつけるために書きつけた滑稽な文句に、父たちはどんなに笑い転げたのかを話してくれた。何夜かにわたって、父はあたしたちにそれを読んで聞かせようとした。だが母はそうした文句を味わうだけの能力がなかった。あたしたち子供たちはまだ幼すぎて、それを理解するレヴェルにまで達していなかった。だから本類は押し入れに仕舞われてしまった。それでもあたしの方は、こんな中でも、九歳で『千夜一夜物語』や、ペローのおとぎ話すべてを読むようになった。引っ越しの際に、母はこの本類も、飼っていた犬も置き忘れてしまった。

母があたしたちに与えたおもちゃは、聞き分けのない子供たちの手によって、たちまちのうちにひどく傷つけられたり壊されたりしてしまった。父の方を見ると、この玩具類に悲しそうな目を向けていた。このおもちゃは父の子供時代の喜びの源泉になっていたものだし、祖母のオレ・ムーは遊んだ後はきちんと片づけるように、口うるさく言っていたのだった。父はその時ビー玉を一個手に取るとポケットに入れたり、一枚の絵を折り畳んで、元の厚紙の容れ物に入れたりした。

クラース叔父のところでは、叔母は祖母のように、おもちゃを大事に取り扱った。おもちゃは小さなテーブルの上の、いくつかの箱に入れられていた。その前に低い二脚の小型の椅子が置かれていた。主食を済ました後、従姉妹たちはおとなしく腰掛けて、陶製の模造真珠に糸を通したり、花模様のついた小さな四角の陶器の断片を並べて、遊んでいた。その間、叔母は聖書の一章を、大声で読み上げるのだった。食後、敬虔な、どのカルヴァン信徒の家族に見られるように、こうした章を読むのが当たり前だったはずなのに、叔父は信仰心を失くしてしまい、軽く一眠りする始末だった。

二十年経つと、小さなテーブルの前の低い椅子に腰掛けていた従姉の子供たちが、今度は、大叔母たちが五十年前に、はるか遠くのフリースラントのロペルスムで糸を通して遊んだ同じ陶製の模造真珠で遊んでいるのだった。

*

ヘインとあたしは厩舎から帰ってきた。どちらも大喜びだった。父は二人に、すぐ体が大きくなるという理由で、二サイズ分大きな、太めの厚い皮の編み上げ靴を一足ずつ買ってくれたのだ。二人とも満足感のあまり、ぼうっとなってニーウエンダイク沿いを歩いて行き、編み上げ靴のことばかりに話がいくのだった。どちらも足を踏み出すごとに、足がブーツから脱げそうになり、また元に収まるのだった。歩道の端に腰を下ろして、時々紐を締め直したりした。

家に辿り着くと、汗をぐっしょり掻いていた。靴を脱いでみると、両方の踵が擦り剝けていた。だが、それが何だっていうの！　店の女の人は、あたしに三年は持つだろうと言っていた。だから、踵の皮膚は、それが何だっていうの？　どうであれ、母の木靴を履くよりはずっとましだった。そんなものを履いていたら、かかいの種になるし、やはりすぐ転んでしまうからだ。

ヘインも足を見てみると、親指が血だらけになっていた。

「なあに、何でもありゃしないさ。こいつはなかなかいかす靴じゃないか。皮は厚いし堅いときているんだからなあ……それに重みもあるぜ。俺のだって、三年は持つだろうさ。店の女の人はこの二足に対して、そう請け合ったんだよ、お姉ちゃんの靴だけというわけじゃないぜ」

そこであたしたちは指先と踵のところに、紙を詰め込み、街に出ている友だちに自慢してやろうと、またすぐに靴を履いた。

夜になり、ヘインとあたしは床に就くと、擦り剝けた足が痛くて呻き声を上げた。父はひどく怒りだした。同じような年齢《とし》のころ、父は母親が一足の木靴を買ってくれた時に、ひどくうれしくなったので、呻き声を上げる前に、よろめいて倒れるかもしれなかったくらいの喜びようだった、というのだ。

「そんなことなら、靴は返すことにするぜ。こいつらは思い知るだろうよ」

二人とも床からがばっとはね起きた。

「駄目だよ、お父ちゃん、お願いだから、このかっこいい靴を返さないでよ。痛いことなんてないよ」

そう言うと、ヘインとあたしはマットの下に編み上げ靴を隠した。ハッとして目が覚めるたびに、どちらも靴がなくなっていないかどうか、手で探ってみた。

「すぐに食事をして、ひとつ走りして、お父さんに食べ物を届けにいっておくれ。だいぶ時間が遅いからね」

裸足のまま木靴を履き、髪の毛を乱し、顔を真っ赤に火照らせて、父の食事を左右の手に交互に持ち替えながら、あたしはハールレメルダイクの通りに沿って、すごい勢いで駆けていった。鍋を包むおくるみの結び目はたいそう大きかったので、それを固く縛ることができず、結び目の近くをつかまざるを得なかった。

正午には着いていなければならなかったが、時刻は十二時半になっていた。母がジャガイモ商人とのおしゃべりで、時間をロスしたためだった。だから何もかぶっていない頭に、じりじりと照りつける直射日光の中をあたしはひた走っていたが、通りには全く影も差していなかった。遠くに父が見え、あたしを待っていた。あたしの姿を見ると、こちらにすっ飛んできて、鍋を奪いとると、罵り声を上げてあたしを蹴った。

「このバカ野郎、顔も洗わねえで汚い面をしやがって、また遅れてきたのか!」

あたしはステップのところに倒れ、激しく泣きじゃくった後で、陽を浴びながら帰途についた。暑さにくらくらしたが、それでも通りの中央を歩くようにし、下水から上がってくる臭気や、袋小路や地下室から上がってくる魚の腐臭を嗅がないようにした。

ああ! もしあたしが今ヒースの原の真只中にいて、従姉のカーチェといっしょに、流れの中を腰まで水に浸かりながら歩いたり、砂丘でクロイチゴの実を探したり、浜辺で素っ裸になって横になっているところを、波がうち寄せてくれたなら、どんなにいい気分だったことだろう! ところが、まわりに広い空間があって、ゆったりした気分でいられるとしても、母は藁葺きの家に住むだけでは、心が満たされることはない。都会や商店から、どうしても離れられないのだ。田舎暮らしはうんざりなのだ。だから一家はアムステルダムに戻らなければならなくなった……田舎にいれば、あたしは体がうすぎたなくても、とやかく言われることがない。それに海や流れがあるところに住んでいると、石鹼がなくとも体を洗えて、きれいでいられる。ところがここ、都会だと、小さな壺に僅かな水しか得られないのだから、体は汚れたままでいるしかないのだ……

あたしはわが家である地下室に走り込んだ。ああ！　何という安堵感！　頭の中で、またすべてがすっきりとしたような感じになった。足を伸ばし、頭を後ろに引いて、背中から沈み込むようにして、椅子にどしんと腰を下ろした。こんな姿勢のまま、腕をだらりと下げると、穏やかな満ち足りた気持ちに再びなれた。

神様、焼けつくような陽射しから逃れられたというのは、何という喜びでしょうか！　ここまでは、陽は決して入ってくることはない。暗くて涼しい。何という心地よさ。水が壁伝いに流れている。床は濡れている……だから焼けたように熱くなっている足をこすりつけてみると、何と気持ちのいいことか……こんな姿勢のまま、飲み食いできたらなあ……

「お母ちゃん、お酢をかけておいたあたしのジャガイモは、どこ？」

「ああ！　いいかい、おまえの分のジャガイモを温かくしておくのに、ずっと暖炉の火を燃やしておくわけにはいかなかったからね」

「でも、お酢をたっぷりかければ、冷たい方が好きだよ」

「ああ！　そうなのかい！……」

「お母ちゃん、ジャガイモはどこなの？」

「みんなで食べちゃったよ。おまえは熱くなきゃ、食べないと思ってね。代わりにタルティーヌがあるよ」

あたしはぶつくさ文句を言いながら食べた。

母は戸棚の方に行くと、茶碗の中に何かを容れた。

「いいかい、みんなに言っちゃ駄目だよ。子供たちはあたしの分まで食べちゃうからね」

それは質の悪いバターだった。前にも後にも、これほどあたしの気持ちをほっとさせてくれたものを味わったことは全くなかった。あたしはちびちびと、それがすぐに溶けないようにして味わった。その後、自分のお気に入りの姿勢で、また椅子に身を沈めた。幻だけの、劣悪なバターしかないような世界、といっても、壺にいっぱい詰まったバターのことを空想していた……そうしながら、足をぴったりと濡れた床にくっつけ、じめじめした壁に沿って、両手を滑らせてみた……

*

父がしばらくの間働いていた、ウェースペル・エスプラナーデでの職場に行くいちばんの近道は、ゼーダイクを通っていくことだった。そこにいくつもある居酒屋のステップでは、クリノリン姿の、襟ぐりの大きなデコルテ姿の女たちが海泡石のパイプを吹かし、胸元を露わにして赤ん坊に授乳しているのを、あたしはよく目にした。近くにいたギャルソンたちは、娼婦だと言っていた。

父が雇い主を替えた時、あたしはユトレヒトスフェドワルスストラートまで、足を延ばさなければならなくなった。アムステルあたりの、ちょうどレフリールブレーストラートの曲がり角に、鉄条網を絡ませた木の柵で囲まれた一棟の建物があった。あたしはこの柵によじ登って、一階の部屋の内部を覗いてみた。絹のローブデコルテ姿の、髪を高くアップした四人の婦人がテーブルのまわりに座を占め、手仕事をしていた。別の一人か二人の婦人がめまぐるしく入口の方に出てっていったが、その女《ひと》たちが合図したり、頷くと、男たちが次々と入ってくるのだった。ある日、通りがかりの女性が、どうして娼家をいつも眺めているのかと訊いてきた。

ケルクストラートの、父が働いている別の厩舎近くには、やはり一棟の建物に婦人たちが住んでいた。その女《ひと》たちは紫のブラウスを着て、ステップのところにいつも屯していた。御者たちは、娼婦だと言っていた。

あたしたち一家は、しばらく前から、レフリールドワルスストラートの袋小路に住むようになった。この袋小路を出るところの、片隅のそれぞれの家屋には、羽冠状に頭髪を高く盛り上げ、よく糊の効いた明るい色のインド更紗のワンピースを着た、何人かの女たちがいた。この女《ひと》たちは女の行商人たちから、絹の財布、ヘアピン、香水を買っていた。行商人たちは仲間内では、この女たちを娼婦呼ばわりしていた。

あたしはアムステルのような、ちゃんとした界隈でも、そうした女たちの姿をよく見かけた。彼女たちの商売のやり口も見たが、特段おもしろいことは何もなかった。その女たちは、呼びとめた男たちや、家に入るのをあたしが目撃した男たちに親しみを感じているように思えた。娼婦たちだって、どうってことないじゃないの！　他の女たちが婦人帽を作ったり、アイロン掛けをしたりするのと変わらないじゃないの……この女たちの仕事は、いかがわしい点があったかもしれないが、男たち全員に需要があるという職業なのだと、もっと時が経ってみると分かった。それでも、その真相を解明できたのは、大きくなって、大人の実態をじっくり考えられるようになってからだった。

学校から帰ってみると、母がアルコーヴで呻き声を上げていた。近所の二人のおばさんが、忙しげに世話をしていた。下の弟たちは上の小さな物置みたいなところに押し込められていた。ディルクは母が叫び声を上げるたびに、仕切りから身を乗り出して、心配そうに様子を窺おうとしていた。

「お母ちゃん、いったいどうしたんだい？　どうしてわめき声を上げるんだい？」

「引っこんでいるんだよ、ませた口を利くんじゃないよ」とおばさんの一人が叱りつけた。

父が帰ってきた。アルコーヴの前で、興味深げに事態の成り行きを見守っているあたしに気づいた。あたしの体をギュッとつかんだ。

「こんなところで、ぐずぐずしているんじゃないぞ。今夜は外に出ていろ」

そう言うと、あたしを袋小路の方に追っ払った。

何ですって！　母が屋台店にやって来ること〔赤ん坊を買いに行くこと、つまり赤ん坊を産むこと〕を、まるであたしが知らないとでもいうような口振りじゃないの！　子供はお腹から生まれてくるぐらいのことは、百も承知なのよ。でもどうやって？　お臍を通って、それともお腹が裂けて？　犬や猫は《おしっこ《ピ》をする《シ》穴》を通ってだよ。人間じゃ、そんなことはあり得ない……それでも今度は、前もってベッドの下に隠れておこう、そうすれば、はっきりと分かることだ。

あたしはニーウェンダイクあたりを行きつ戻りつしていた。やがて近所の女の子たちに出会った。すぐにみんなでチロル民謡を歌いだした、それからおとぎ話を互いにした。その後で、スパイあたりまで足を延ばして、家々の扉の鐘を次々と鳴らしていった。だが一人減り二人減りして、女の子たちは家に帰っていった。あたしは帰ろうとしなかった。揚げ物屋のステップのところのベンチに、腰を下ろしていた。激しく咳き込んだ。すぐに女の人が、扉の前でこんなに激しく咳き込んでいたのは誰なのかを見に出てきた。

「お嬢ちゃん、そんなところで何をしているの？　どうして家に帰らないんだい？」

「お母ちゃんは赤ちゃんを買いに行かなければいけないの」

「ああ、ああ、なるほどね！　ちょっとこっちにおいで」

だだっ広い部屋の奥の、調理場の開いたドアの前にあたしを連れていった。もう一人の女の人に、その女《ひと》は何ごとかを囁いた。それから普通の声で言った。

「袋小路に住んでいる連中の子供だよ。それにしちゃ、小ざっぱりとした服装《なり》をしているね」

その女《ひと》は炉の前にまた腰を下ろした。そこでは泥炭を燃料とするめらめらと燃え盛る火が、鎖で吊るされた鉄鍋の中の油をパチパチといわせていて、明日の分の魚のフライをずっと揚げているのだった。あたしはその様子をしばらく眺めていたが、暖かさのために半ばうとうととしてきた。

「うちの娘《こ》は眠っているよ。起きていたら、いっしょに遊べたのにねえ。今度は明るい時にお出で。さあ、家にお帰り、もう戻っても大丈夫だと思うよ。そして明日またおいで」

その女《ひと》はあたしをそっと前に押しやった。

あたしは袋小路に入ると、まず窓から覗いてみた。父は暖炉のそばに腰を下ろして、パイプを吹かしていた。滴垂れランプが父の後ろのテーブルに載っていて、アルコーヴを照らしていた。物音はぱったりとやんで静かだった。あたしは扉を開けて、戸口に佇んでいた。

「ああ！　ケーチェ、おまえか、仔猫《プスケ》ちゃん、こっちに来て、火に当たりな」

父はコーヒーを少し飲ませてくれた。どういうことになったのかは、話してくれなかったし、あたしの方も敢えて訊こうとはしなかった。

「ケーチェ」と母はアルコーヴから呼びかけた。「女の赤ちゃんだよ」

あたしがベッドの方に跳んでいくと、母はしっかりと産着でくるんだ小さな包みのようなものを差し出した。あたしはランプを近づけてみた。赤い小さな顔が覗いていたが、ちゃんと整ったほっそりした顔立ちをしていたので、あたしは感動のあまり震えがきた。

「お母ちゃん、また赤ちゃんを買ったなんて、大したもんだねえ！　この子はすごく美人だよ、すごくね！みんなで、この子を精一杯かわいがろうよ」

「さあ、赤ん坊をすぐに返しておくれ。そうしないと体が冷えちゃうからね」

父はあたしの方を見た。あたしが服を脱ぐと、父はあたしの腰のあたりに両手を当てて、アルコーヴのところまで持ち上げてくれた。

「ああ、おまえは！」と父は言葉を漏らした。「おまえは！」

そう言うと、すごい音をさせて、あたしにキスをした。

弟たちに並ぶようにして床に就いた時、あたしは考えた。〈好きなだけ、かわいい赤ちゃんをお腹から出せたら、やはり楽しいだろうな！　大人になったら、沢山赤ん坊を産んでやろう！〉

うちの近所に住む樽職人の徒弟としゃべっていると、彼が言うには、運送の際、今では特に、袋を使うことが主流になったので、親方は多くの客を失ったというのだ。あたしの方もひどく不安が募った。注文が減ったために、その親方が既に飢えた状態になっている姿が、頭に浮かんできた。だから、その近くを通るたびに、あたしの胸は締めつけられるようになり、様子を窺ってみた。樽が沢山あるかどうかを見てみるために、地下室の方に身を乗り出してみた。親方がせかせかと忙しそうに立ち働いて、樽板のまわりをぐるぐると回って、箍《たが》を嵌めて叩いている様子を見ると、あたしは安堵したり、ふーっと溜息を吐《つ》いたりしたものだった。〈ああ！　神様、やがてこの人がもう樽板を叩く必要がなくなったとすると、そして売れなくなった樽に、悲しそうに腰を下ろしていたとしたら。地下室に入ってくる人を見るたびに、お客さんだと期待することだろう。ところが、それは樽を注文したり、買うこととは別の用事だったということなら、この人は罵り声を上げたり、嘆き悲しんだりすることだろう……〉。そう考えると、あたしの胸は動揺のあまり、強く締めつけられた。

ある日、うちの小さな木の手桶を修理してもらったことがあった。徒弟が直したのを持ってきてくれたが、上には緑の塗料が塗られていて、まだ乾いていなかった。父が手に取ると、両手はその色で染まってしまった。

「この手桶は持ち帰ってくれ、そうしないと、運河に棄てちまうぜ。塗料が乾いてから持ってこい」

徒弟は驚いて、手桶を持ち帰った。

「ねえ、お父ちゃん、親方は手っ取り早くお金をもらおうっていうんで、乾いていないうちに届けさせたんだよ。だって今ではもう、ほとんど注文がないんだよ」

あたしは樽屋の親方の家まで行って、乾き次第すぐに手桶を届けてくれるよう、言いにいった。

「お父ちゃんは頭が痛くなったんだって。塗料の臭いで体調が悪くなったのよ」

実際にその臭いで気分が悪くなったのはあたしの方だったが、父をだしにして、辻褄を合わせようとしたのだ。

*

割れないように、栓のついた小瓶を金色の紙で包んだり、こぎれいな籠の中の、赤・青・真紅の小箱に入れて運ぶことは、素敵な仕事なのだ。あたしがお客さんのところに薬を届けてしまったら、店の二歳の女の赤ちゃんのお守りもすることになっていた。この子はきれいだ。幸いと言おうか、だって醜い赤ん坊なんて、そう、到底あたしには……

あたしはとても礼儀正しくなることだろう。鐘を鳴らした後、扉が開かれなくても、二度目の鐘を鳴らすまで、あたしはかなり待つことにする。女中さんが扉を開けてくれたなら、あたしはこう言うだろう。「お客様《ヴライステル》、薬屋でございますが、瓶を……箱を……お届けに上がりました」。そうでしょう、「ございますが」の挨拶は、結構じゃないの。「お客様」もいいじゃない。あたしは肉屋さんがこの台詞を女中さんたちに言うのを、いつも耳にしていた。すると女中さんたちは声を上げて笑う。だから、結構なことなのだ……

だって間もなくあたしは大きな店に雇われることになるのだから。店はゼーダイクにあるのだが、ニーウエ・マルクトの近くでもあるのだ。《仕事場》ははるか遠くにある。薬屋の助手がいる。あたしはその人のことをムッシューと呼ばなければならない。だって、そこにいる二人の女中さんみたいに、その人は下男ではないからだ。その店の様子を見てみよう。二人の女中さん、それから使い走りのあたし……それに八人の子供がいる、男の子六人に小さな娘二人だ。いちばん上の息子は二十二歳で学生だから、一人前の若旦那《ムッシュー》だ。いちばん下の女の子は二歳の幼児、もう一人の女の子も四歳だ。二番目の息子は士官学校に行っている。だから、若旦那だ。さらにもう一人は薬学を学んでいる。それから下の弟たち三人はまだ子供だ。

料理女のベッテは、あたしが雇われることになった日に、母とあたしが《奥様《マダム》》のお帰りを待っている間に、そうした家の様子をすべて話してくれた。《奥様》で当然じゃない。薬屋の妻は、《マダム》だ。お隣の食料品店の妻のように、《マドモワゼル》ではまずい。

あたしは朝の八時には店に出ていなければならない。週給六十セント、タルティーヌの昼食、四時には仕事が終わりだ。しめしめ！　手始めに、そんなに条件は悪くはないわ。あたしはもう十二歳なのだから……

店に行くと、体の中で、髪の毛先から足のつま先まで緊張感のようなものが走って、体に震えがきた。早速大きな瓶を、トリッペンハイスに隣接する、すぐ近くのクロヴェニールスブルフワルまで届けに行かなければならなかった。

「そこはアパルトマンだよ」と助手は教えてくれた。

あたしはアパルトマンの出入口と覚しき扉のベルを押した。

「お客様、X様にお届けものがあってまいりました……」とあたしは口上を述べた。

「そこはアパルトマンの別の扉だよ。ここは家だからね」

そう言い放つと、お客様はあたしの鼻先でバタンと扉を閉ざした。

あたしは反対側に行って、紐を引っぱって鐘を鳴らした。上の階から、窓が開いた。顔を真っ赤にした婦人が怒鳴りつけてきた。

「また家の鐘を鳴らしたね。薬屋から人がやって来るたびに、いつもこうなんだよ。店主に言っておいておくれ、もしまたこんなことをやるんなら、わたしは他の店で買うことにするって……わたしのところに薬が届けられるってことを、どうしてご近所の人たちが知る必要があるんだい？　瓶は階段の上に置いといとくれ、そしてちゃんと伝えといてくれよ。家とアパルトマンの区別がつくような人をここに送ってよこさないのなら、薬屋を替えるってね」

何ですって！　あたしの家の界隈だったら、あたしはこの高慢ちきな糞婆を、どれほどこっぴどく罵ってやったことだろうか……〈おまえさんがいつも薬が手放せないっていうのは、あんたの体が腐りきっているからだろうが……〉

あたしは押し黙ったままだった。薬屋に帰ってからも、殊更何も言わないようにしようと心に期した。アパルトマンの扉は分かりにくいところにあった。でもそんなことはどうでもいいのだ。悪く言われるのは、あたしの方になるに決まっているのだ。あたしはすっかりしょげ返ってしまった。

店に戻ると、ニーウェンダイクの小路の若い牛の肉を扱っている肉屋までお使いに行き、子牛の胸肉を三リーヴル買わなければならなかった。三リーヴルですって！　あたしは小さな店の店員ではないということは、分かってもらえるだろう……この肉屋には、あたりの路地に住む貧しい人たちだけがやって来て、ゼラチン状の屑肉を少々買うのだった。実際、あたしが予期していたとおりだった。毎日、あたしは同じように愛想よく迎えられた。しめしめ！　あたしは誇らしげに店に行ったから、この肉を買いに行く役目を負うことになった。だって料理女のベッテは糊の効いたインド更紗のワンピースを着、白いエプロンをし、髮を丁寧につけたコルネット帽をかぶっていたから、こんな若牛の肉を売るみすぼらしい肉屋には、足を踏み入れようとはしなかったからだ。あたしがそのことを知ったのは、もっと後になってからだった。それ以外の食料品は、彼女自らが買いに行っていた。だって、材料を一つ一つ買う際に、セント貨をくすねていたからだ。肉を買う時には五セントちょろまかすようにと、あたしにそそのかしさえした。後で少し分けてくれということなのだ。

だが、あたしの眼をじっと覗き込むと、彼女は続けた。

「今のは冗談だよ。もし奥様がおまえを問い詰めたら、すぐに白状するだろうからね」

子供たちのお守り役のリナは五年前から家に住み込んでいた。彼女は三階の子供部屋から出てくることはなかった。そこで二人の幼い娘の世話をしているのだった。その間、あたしは薬の瓶を届けたり、休む暇もなくシーツの繕いをやり、田舎の別荘で洗濯だけはして、アイロンは掛けずに送り返されてきたシーツにアイロン掛けをしたりしていた。リナは食事の時間にしか下に降りてこなかったが、その時彼女は、主人夫婦、息子たち、過重労働、それに助手のことを、さんざんこき下ろすのだった。助手の方は、主人の食卓に迎えられ、あらゆる恩恵を受けているからだった。

「平日の朝食の時に、あの人はタルティーヌを食べているはずなのよ。でも日曜日にも、やはり、小ぶりのパン数個、レバーのブーダン、パン＝デピスを出してもらっているのよ。あたしたちときたら、白パンにせよ黒パンにせよ、大きなタルティーヌ以外、何も付かないわよ。お昼には、あの人の方には何でも出してくれるのよ。あたしたちはチーズだけっていうのにねえ。だから五時の夕食まで、それで腹を持たせろっていうわけなのよ……ところが、肉の時はあいつはのこのこ、ここまでやってくる始末だからね！　そして、こちらはお決まりの、タマネギ添えの蒸し煮のジャガイモとくるんだからね……そんなものを詰め込んでいるから、あたしは太鼓腹になっちゃったわよ」

「でもあたしは、お昼、チーズも出ないわ」とあたしは文句をつけた。

「ああ！　おまえかい、おまえは使い走りだからね。家の人間ではないからねえ。それでもやはり不満なんだね」

あたしは中二階で幼い娘たちと、しょっちゅう遊んでやらなければならなかった。そこは家族の領域だった。奥様はほとんどいつも幼い娘たちの衣服に刺繍をしてやって、時間を過ごしていた。娘たちはいつも白い服以外は着ていなかった。奥様は自分でこうした幼児服を作っているのだった。また白や青の目の詰まった靴下を編んでいて、娘たちはそれを履いてから、白や青のエナメル靴を履くのだった。あたしはというと、下の娘を抱いてあやしている間、奥様の手が動いているのを見つめていた。こういった刺繍の穴かがりは、どうやってするのかしら？……あたしは刺繍をやらせてもらえるというだけで、何だってあげたって構わないと思ったほどだった。でも奥様は子供から目を離さないようにと、口うるさく言うばかりだった。

でもこの部屋で、あたしの喜び、有頂天になれることはと言えば、棚にぎっしりと本が詰まった、両開きの扉のある二つのアルコーヴのうちの一つであり、床にごっちゃになったまま放置されている本の山だった。それは青少年用の本だった。教科書の方はさっぱり分からなかったが、あたしを大いに楽しませてくれたのは、絵本や青少年を対象とする本だった。奥様が部屋からいなくなるたびに、来客があって客間に呼ばれていったり、寝室の引き出しや衣裳戸棚を整理に行く時などが、読書のチャンスだった。その時、十一歳になる息子の一人のウィレムが、あたしに自由に本を読ませてくれて、母親が戻って来る足音を聞きつけると、「しいっ」と合図を送ってくれるのだった。

「もしおまえがキスさせてくれたら、この本を全部読ませてやるよ。そして分からないところがあったら、教えてやるよ」

何ですって！　あたしにキスするですって、見返りはほとんどないけれど、まあ、いいか。だって良家の坊っちゃん特有の、ふさふさした美しいブロンドの髪をしているし、肌は透明なピンク色をしていて、声がよく通るんですもの……

＊

「ヨースト・ファン・デン・フォンデル〔オランダ文化の黄金期の十六世紀最大の詩人、劇作家（一五八七―一六七九）。宗教的寛容を説く。プロテスタントからカトリックに転じた〕」とあたしは背表紙の文字を読んだ。「この人は誰なの？」とあたしは尋ねた。「フォンデルパルクを造ったのはこの人なの？」

「いや、違うよ」とウィレムは答えた。「わが国最大の詩人だよ。この本はこの人の伝記だよ。読んでもいいぜ。それとも、僕が話してやろうか?」

「それなら、話してよ。やっぱり、全部は読めそうもないんですもん」

「いいかい、ヨースト・ファン・デン・フォンデルは一五〇〇年から一六〇〇年まで生きていたんだよ〔子供の間違い、右記参照〕。いい、三百年前だぜ……生まれたのはケルンなんだけれども、このアムステルダムのワルムストラートに住んで、靴下の商売をやっていたんだよ。詩や、韻を踏む戯曲を書いたことで特に有名さ。『アムステルのハイスブレヒト〔アムステルダムを攻撃され、武将のハイスブレヒトは敵と徹底抗戦をしようとするが、神の意思で、この町が完全に破壊された後に、復活することを告げられ、町を退去する〕』、『リュシフェール〔神が天使たちを凌ぐものとして人間を造ったことを知り、リュシフェールは神に背くが敗れる。しかしアダムを堕落させることに成功する。これがキリスト誕生の前提条件となる〕』、『イヴの中のアダム』が、そうさ。靴下の商売の方は、だんだんうまく行かなくなったんだけれども、彼にはどうすることもできなかったのさ。でも、詩を書くことが何よりも好きだったからね」

「ワルムストラートに住んでいたんですって? どの家か知らないの? 見に行ってみるわ……」

「いや、もう絶対にないよ。あの頃、アムステルダムは今とは違っていたからねえ。カルフェルストラートとニーウエンダイクには、船みたいにタールを塗った木造の家があったんだよ。そうした家には船頭や漁師が住んでいて、漁師は網を扉のところで乾かしたのさ」

「じゃあ、見に行ってみようよ。カルフェルストラートにタールを塗った木造の家があるですって? あそこはアムステルダムでいちばん美しい通りよ。あたしのことをからかっているのね、あんたの言うことなんか信じないわ」

「絶対嘘じゃないよ。絵を見てごらん。ダムには王宮しかないよ。そうした敷地全体の中ほどに、当時建てられたのさ、でも市役所みたいにしてね」

「それでフォンデルと友人たちは、今マルケン島にいる漁師たちと、ほとんど同じようにして住んでいたんだよ」

「本当なの！　あんたの話は……」

「本当に！　ニシン漁の時の半ズボンみたいなのを穿いていたの？」

「そうだよ、ニシン漁の時の半ズボンみたいなやつをね。大人も子供も女はずっと長いペチコートを穿いていたし、三つか四つのボンネットを重ねてかぶっていたんだよ……町の孤児院は、いいかい、カルフェルストラートにあったって、知っていた？」

「ええ」

「いいかい！　あの時代には、親のない子供は棄てられたんだよ。その時、かわいそうに思ったハーシエ・クラーストという婦人が、確か六人の子供を引き取ったんだよ。その女《ひと》は、まだ今でも孤児たちがそうしているように、子供たちに制服を着せることにしたんだよ。それがカルフェルストラートの町の孤児院の始まりなんだよ」

「でもあんたの話してくれることは……本当なの？　ええ！　とてもいい話だわ……」

「ほら、ママの足音がするよ。コーヒーを飲みに階段を下りる時に、階段のところですぐに君にキスをするからね……ほら、ママはここまでは来ないよ……」

ウィレムはドアを開けて様子を窺った。母親はもう上にあがってしまっていた。

「それじゃあ今、キスさせてよ……ここで、アルコーヴの扉の陰で、通りの方からは見えないからね」

ウィレムはあたしの手から赤ん坊を奪いとるようにして椅子の上に置くと、両手をあたしの首にまわして、顔じゅうにキスをし、頬や顎を軽く噛んだ。あたしの方も負けずに、彼の顔じゅうにキスをしてやった。石鹸のいい香りがした！……

あたしはまた赤ん坊を抱きかかえると、窓の前の椅子に腰を下ろし、何ごともなかったように装った。

その夜、あたしは寝床で、木造の家しかなかったアムステルダムのことを、また想像してみた。ワルムストラートで、ヨースト・ファン・デン・フォンデルの家を探してみることにした。この人はレイドスフェ・プレインの大劇場で今でもまだ演じられている戯曲をいくつか残している……劇場は、どんなふうな構造になっているのか？　あたしはニーウェ・マルクトで毎晩興行のあるポッペンカスト〔原注―マリオネットの小劇場〕しか知らない……家々の戸口にはパイプを吹かしている男たちの姿が見えた……本当にそのとおりだった、家は木造でタールが塗られていた。女たちはベンチに坐って靴下や網を繕っていた。ああ！　そこに靴下の店がある。マルケン島の漁師が履いているような膝まである靴下を売っている。小窓から覗いてみると、木の腰掛けに坐っている、大きな帽子をかぶり、幅のたっぷりした半ズボンを穿いた農民の姿が見える。それはヨースト本人だろうか？　彼は何か書きものをしていて、振り返りはしない。あたしはネスを経由して行った。小さな広場には、大きな鱗の魚がぎっしり入った沢山の籠があり、漁師たちが魚を入れた籠を腕にぶら下げて、暗い通路の下から出てきた。それからあたしはロキン橋を渡った――この橋は現在と変わっていなかった――そしてカルフェルストラートに入った。あら、家は黒く塗られ、汚らしくなってきたわ。魚の臭いとタールの臭いがしてきたわ……

女の人たちと男の人たちがあたしをじろじろ見て、ボンネットもかぶらず短いスカートを穿いた、ほったらかされているあの小娘は何者だいと、言葉を交わしている。

「凍え死んじゃうよ」

子供たちは紙で作った小さな風車を持って、あたしの後にぞろぞろついてきた。子供たちが駆けだすと、風車はくるくると回った。

「この小娘は誰なの？　ああ！　きっとみなしごだね。みんなで、町の孤児院に連れてってやろうよ」

「いえ、違うわ！　お母さんは家にいるわよ！」とあたしは声を張り上げた。

あたしは走って逃げだした。とても怖かった。今日もまだ同じ姿を見せている王宮を目にすることができたので、ダムまで来て、ようやくほっとした……

「ケーチエ、どうして、うなされているんだい？」と母が訊いた。

「あたしはね、まだ木造の家ばかりだった時代のアムステルダムのことを考えていたのよ。家はまだ黒く塗られて薄暗かったのよ。みんなして、あたしを町の孤児院に入れようとしたのよ」

「やれやれ、その寝言は何なんだい？」

「あの家の坊っちゃんのウィレムが、この都市の歴史と、ヨースト・ファン・デン・フォンデルの話をしてくれたのよ。絵も見せてくれたわ」

「ああ、おまえは相変わらず、ねんねだよ。愚にもつかないことを考えて、身震いしているんだからねえ……さあ、お休みよ、わたしを静かに寝かせておくれよ！」

＊

何日か前からこの場所に配置された。この家の従妹の女の子がやって来て、幼い娘たちと遊んでいた。中二階に上がってみたところ、誰もいない様子だった。だがもう一つのアルコーヴが開いていた。そのあたりの様子を見てみたところ、まわりにいっぱい人形を置いて、幼児のベッドスィーと従妹の女の子が床に腰を下ろしていた。どうしてそんなに沢山の人形を持っているのだろう？　それに今までそうした人形はまだ見たことがなかった……貴婦人みたいに着飾って、小さな肘掛け椅子に腰を下ろしている、とても大きな人形が何体かあった。小さな乳母車にちゃんと着物を着て横になっている人形もいくつかあった。また裸の小さい人形も、整理棚に畳んだ衣類といっしょにガラス箱に入っていた。床には、ピンクの木綿の布におがくずを詰めて作った体に、木製、ゴム、陶器の頭がついた人形が並べてあった。シュミーズ姿の他の何体かの人形は、片隅に投げ捨てられるようにしてあって、褐色のたっぷりした髪をしており、半ば眼を閉じていた。

赤ん坊が目を覚ました。あたしは揺り籠から赤ん坊を抱き上げると、アルコーヴをまたいで、赤ん坊をあたしの脚の間に坐らせ、ゴムの頭のついた人形を渡してやった。あたしの方は何体かの人形の着物を脱がせると、二人の方にそれを渡して、着物をまた着せるように言った。それから、あたしは大きな人形に着物を着せはじめた。あたしはすっかりそれに夢中になっていたので、ご主人夫妻が部屋に入ってきたことに気づかなかった。その姿に気づいて、あたしは人形を手放した。

「子供たちが遊んでいるからというので、おまえも遊んでいいっていうんだね、ケーチェ」と奥様は小言をいった……「ああ、厭になっちゃうねえ！」とまた一言いった。

「本当に、どうしようもないな！」と旦那さんも相槌を打った。

この日から、人形のいっぱい入ったアルコーヴの中に、子供たちといっしょに腰を下ろしているというのも、ちょっとしたコツがいるのだった。六体ぐらいの人形の着物を脱がせてから、また着物を着せてごらんと言って、子供たちをおとなしくさせておかなければならなかった。そうなれば、あたしはゆったりとした気分で、お気に入りの大きな人形に、いろいろな衣服を着せてお洒落をさせてやれることができるのだった……

＊

おやおや、ウィレムときたら！　八歳の従妹の女の子がやって来ると、あたしに本が読みたいかい、なんて訊いてこなくなったし、あたしの方を見ようとさえしなかった。彼はその子にキスをした、しょっちゅう、みんなの見ている前でキスをしていた。あたしと二人きりになると、姿をくらました。どうしてなの？　だって、あたしは彼の従妹ではなかったからだし、あるいは、あたしはそんなにきれいな衣装を着ていなかったし、体も洗っていなかったからだし、もしくは、あたしが使い走りにすぎないからだった……もしあたしがあの子のきれいなドレスを着、きれいな靴を履いていたら、あたしの方があの子よりずっと見映えがするはずだわ。あたしの歯並びはすごくきれいで、歯の大きさはまちまちではなかった。ところがその子の歯ときたら、お獅子の歯みたいに大きくて出っ歯ときていた。歯並びを整えるために金の輪を嵌めていると、ウィレムはあたしに教えてくれた。その子は褐色の髪をし、眼の色も褐色で、頬は赤かった……一応きれいな部類には入るし、彼の従妹なのだ……だから彼はキスすることもできるのだ……

十三歳の男の子のヘリットは、昨日、ウィレムと隣の食料品店にいた。二人とも同じくらいの背丈で、同じ学校に通っているのだった。二人はあたしの方を眺めて、あたしのことを噂していた。ヘリットはこう言っていた。

「あの子が歌うと、カナリアみたいだな。ママが言うには、声がすばらしいってさ」

だから二人とも、あたしの歌声が大好きだった。だからあたしは午前中ずっと、台所で歌っていたことがあった。その歌は日曜日に、プランタヒーの庭園の前の演壇に、婦人たちがやって来て、胸も腕も露わにして歌うのをあたしが耳にした、すばらしい歌だった。

「マルタ！　マルタ！　もしおまえが聖なる言葉を信じているというなら、話すのはおやめ、ローザ……話すのはおやめ」。中庭から、アイロン掛けをしている女たちや、靴屋が窓の外に身を乗り出して、いい声だねとあたしに向かって声をかけてくれた。だが店では、上の息子二人、学生のウードレ、士官学校に通っているフランスが、客間をあちこち歩き回っていた。そこは台所の隣室で、普段は彼らの勉強部屋になっていて――読んだり書いたりしている。彼らはそれを勉強だと言っていた。その後、彼らは我慢ならんと言って、上の階に上がっていった。今度はあたしが歌いながら、中二階に上がったところ、みんなは、まるであたしが鏡を割ったとでもいうように、あたしの顔をじろじろと見つめたが、何も言いはしなかった。あたしは赤ん坊を抱いて、ぶらぶら歩きながら、また歌を歌ってみたくなった。すると息子たちはすごい勢いで、階段を駆け下りていった。おまえはまだ疲れはしないのかい、午前中いっぱい歌いづめでいたうえ、窓ガラスもビリビリと共鳴してうるさく、こちらの頭もおかしくなりそうだったというのにねえ、と奥様は文句を言ってきた。

ああ！　この人たちの頭の具合はこんなものなのか……何てこと！　奥様がピアノを弾きながら歌う時は、雌鶏がコッコと鳴いている程度じゃないの。お金持ちの人たちからすれば、あたしたちのやることは何でも無様で、あの人たちがすることはすべて美しいんだわ……

ウィレムが学校から帰ってきたので、あんたもあたしの歌う歌はみっともないと思う、と訊いてみた。

「そんなことはないさ、ママはおまえの声はいい声だと言っていたよ。ただもっと磨きを掛けられないのが残念だねとも言っていたよ」

「磨きを掛けるですって？　あたしにはそんな必要はないわよ。あたしの声はちゃんとしたものよ。あんたが言っていることはたわごとだわ……お父ちゃんが言っていたけれど、歌は教えて身につくってものじゃないってね――お父ちゃんも歌を歌うけれど、習ったわけじゃないわ。自然にそうなるだけのことよ」

「でも、ケーチエ、もしもだよ……」

「ううん、違うわよ。あんたの従妹を見てごらんなさいよ。絶対にきれいな歯並びにはならないわよ、いくら金の輪を嵌めたってね」

「でも、ケーチエ……」

あたしはバタンとドアを閉めて部屋から出ると、屋根裏部屋に籠り、一時間以上むくれていた。

それでも、家の人たちはやはり優しかった。奥様はほとんど何も言わなかった。でも、もうあたしは歌わないことにした。あたしはみんなを楽しませていると思っていたのだった。ただそれだけだった……あたしのすることなすことは何でも、いつでも悪く取られるのだった。

だから、あたしの声に磨きを掛けろですって！　まるでこの声がそれほどきれいじゃないみたいだし、あの人たちの耳には騒音としか聞こえないみたいじゃない。ちょっとひどすぎる、まったくけしからん話だ……さらに別の日に、あたしが赤ん坊のために小さな風車をもってきたら、ベッテは、海老で鯛を釣ろうっていうんだね、と厭味を言った……ミナは、あたしがけちだから、自分の付けている汚れたリボンをナーチェにやろうとしないのだ、と決めつけていた。贈物をする時には、きれいな物でなければいけない。だってこのリボンは薄汚れているうえに、使い古しているんだから……それから、ブリキのおもちゃの車を紐に付けて引っ張っている男の子がいた。その子が気がつかないうちに、紐が切れて、おもちゃは後ろに取り残されてしまった。あたしは拾って、男の子に渡してやろうとしたら、女が窓から顔を出して叫んだ。

「泥棒、その子のおもちゃを盗もうっていうのかい！」

ひどいわ！　おもちゃを盗むですって！　その子に渡してやろうとしたのに。

これからだって、誰もあたしのことを分かってくれはしないだろう。一人ぼっちの方が、たった一人でいる方が、ずっといいわ……それとも読書している方が、いつも本を読んでいられる方がいいわ……

ウィレムが昨日あたしに読ませてくれた本は、何て素敵なのかしら……結婚する前に一年間、香油を……おそらく王妃にふさわしい水とココナッツ油を、体に塗ってもらったエステル王妃……ああ、神様！　王妃はすごくいい匂いがしたにちがいないわ！　それから王妃はとてもきれいな衣装を着せられ、結婚式の日に、夫になるアシュエリュス王を恐れて、気絶してしまった……本当に、あたしにはよく分かるわ。絵を見ると、王は大きなどんぐり眼《まなこ》をしていたからだ……王妃の座に即いてからは、王妃はすべての自分の民族を救ってやることになる、罪人や貧しい人たちまで。ああ！　そういうことなら、あたしだってしてあげたことでしょう……もしあたしが善行を積んで、下の弟妹、父母を金持ちにしてやれるものなら！　父は何頭もの馬を持てるわ。母はレース編みの枠を。下の子たちには、ここの二人の女の子のように、きれいな服を着せてやれるのに。弟たちには木馬を買ってやるわ。あたしの方は、十二着の美しいドレス、二十四体の人形に、ウィレムやヘリットのように、本がぎっしり詰まったアルコーヴを手に入れるわ。

エステル王妃はユダヤ人だった。だからエステルという名前なのだ。あたしの方は、ケーチェ王妃ということになるかな……ケーチェか？　いや、その名は王妃にはふさわしくないな。ケー、ケー……ケーテリナ。これだ！　ケーテリナ王妃……あたしは王冠を頭にかぶり、裳裾を引きずるような豪華な衣装をまとうのだ。叔父のマルドシエといっしょに、あの悪党のアマンが縛り首になるところを見物に行くだろう〔『旧約聖書』、《エステル記》もしくはラシーヌの『エステル』を子供向きに書き直したものか。マルドシエはエステルの養父、王の寵臣アマンはユダヤ民族を滅ぼそうとするが、エステルは王に訴えてアマンを縛り首にさせ、民族の危機を救う〕。

「ケーチュ！　ケーチュ！」

あたしを呼んでいるのはリナだ。

「早く下りてきてよ！」

下に行くと、病人たちに届ける瓶や箱を入れた籠一つを渡された。

*

リナとベッテはコーヒーを飲むテーブルを前に、チーズを挟んだタルティーヌを食べ、コーヒーを飲んでいた。あたしは少し離れた腰掛けに坐って、何も具の入っていないタルティーヌを食べていた。あたしは家の人間ではなかったからだ。

　リナは悪態を吐いていた。

「そうなんだよ、女はみんなの前で一席ぶっていたんだよ。その四十八歳の女が目を天に向け、両手を胸に当てて、ぶっているっていうのは、気品があるはずなんだよ」

「どうして目を天に向け、両手を胸に当てて、ぶっていたなんてことが分かるの?」とあたしは尋ねた。

「いっぱしの口を利くんじゃないよ、ねんねのくせしてさ。でも、そのあたりのことは今説明してやるよ。日曜日に、外出した時に、あたしは家族といっしょに《水晶宮》〔一八五一年のロンドン万国博覧会の展示館として有名だが、それを模倣したものか〕に行ってみたのさ。そこでは興行をやっていて、歌を歌っていたり、説教みたいなことをやっていたんだよ。その時だよ、愛について語っている時、その女はずっと目を上に向け、両手を胸に当てていたんだよ、愛について語っている時ずっとね……はっきり言うけれど、奥様くらいの年齢の女が、子供を沢山産んでやつれてしまった姿を見ると、それはぞっとするよ」

「ふん」とベッテは言った。「金持ちだと、女はいつまでも若いと思ってるんだよ。あたしたちは結婚するとなると、明るい色のドレスとか、リボンは下の妹たちにやってしまうよ。だって、結婚すれば、そんなものはもう似合わないからね。そこで娘時代は終了さ。ところが金持ちの女たちときたら、その時になってようやく、ピンクや青の色ものを着だして、そのまま五十歳まで行くんだよ。耄碌婆になっても、大ぼけになってもだよ……昨夜のすごい襟ぐりのドレス姿を見たかい、老いぼれた七面鳥みたいな首を?」

「ああ!　そのとおりさ、また先日ね……ご主人たちは雨傘のことをすっかり忘れてたんだよ。ご主人はあたしのところまで駆けてきて、奥さんのところまで傘を持っていくように言いつけたのさ。だって、葉巻を取りに上の階まで行かなければならなかったからね。奥さんはアフテルブルフワルの小さな木橋の上で、ドレスの裾をまくり上げて、鶏の肢みたいな脛を出して待ってたんだよ。パーティーに行く時、普通は馬車に乗るものなのにさ」

「ああ！　この家計じゃ、子供がこんなにうじゃうじゃいるんだから、それは無理だよ。これがもとで、馬車で出かける妹と、奥さんはいつでも喧嘩になるんだよ。妹の方は子供は二人だけだろう、それに夫は仲買人ときてるからねえ」

「そうはいっても、この薬屋という商売はひどくもうかるのにねえ！」

「そうだよ。でもここの子供たちは全員、王子様お姫様みたいな育てられ方をしているねえ。医者、士官、薬屋はねえ……ヘリットは弁護士になるってさ。まだ子供子供しているウィレムまで、外科医になるんだとさ。おまけに音楽、外国語、絵も習っているんだよ、本代に掛けているお金ったらねえ。ところが召使には渋いよ！　あたしは年五十ギルダーという約束で、この家に住み込んだんだよ。二年前から、五十五ギルダーにしてもらったよ。奥さんは今ね、あたしが要求している六十ギルダーを払うくらいだったら、むしろ、あたしに出ていってもらいたいんだよ。もっとも、あたしは出ていった方がいいよ。毎日タマネギ添えのジャガイモの蒸し煮とゼラチンみたいな屑肉を詰め込まされたり、のべつ幕なしに本の包みを上にあげなければならないんだよ、本なんて、金をどぶに捨てるようなものさ、だから、あたしは苛々してしょうがないんだよ」

「何ですって！　リナ」とあたしは口を挟んだ。「あなたみたいに毎日肉が食べられるんだったら、あたしだって本を買うわよ」

「おまえもここの家族の仲間だよ。あたしはすぐに感づいていたけれどね……食事の時間だよって、三、四度も呼ばれなきゃ、本を手放さないようなあまっちょは、ここの家族みたいなものに決まっているよ。あたしがおまえの母親だったら、別の考えを叩っ込んでやるよ。まずもっとよく体を洗うんだよ。ぼさぼさの髪を背中の方に持っていくんだよ。おまえがまず本を手に取ろうものなら、もう二度とそんな気が起こらないように、ぶちのめしてやるよ」

「でも、リナ」とベッテも口を出した。「ケーチェはおまえさんに何もしていないじゃないか。どうしてその子にそんなに当たるんだい?」

「上にいたって、何の役にも立ちゃしないんだよ。この前なんか、あたしの頭の上に赤ん坊を落っことしたんだよ。あたしはてっきりアイロンだと思ったんだがね。この子はレンブラントの本を何か読んでいたんだよ。あたしは奥さんには告げ口はしなかったよ。そうしたらこの子はやめさせられただろうからね。そうなったら、あたしは仕事を、今一度、たった一人でやらなきゃならなくなっただろうからね。それとあたしが奥さんに、この子はいつも本を読んでいますよって文句をつけるとね、いつも言うことが振るっているよ。『そうかい、この子は勉強の機会が奪われているのだから、かわいそうだよ。この子みたいに夢中になって本を読むのを、これまでお目に掛かったことは、一度もなかったからね』。いいかい、この子がかわいそうだって言う始末だからね……あたしのことについちゃ、朝の六時から真夜中まで、それも毎日だよ、体が弱って、へとへとになっているのに、かわいそうなんて、思っちゃいないのさ!　いいかい、この家の連中のことや、このあまっちょのことは、口にしないでおくれ……」

リナは立ちあがると、椅子を突きとばして、出ていってしまった。

ベッテは椅子を戻しながら、こう言った。

「何ていう荒れようかね。それというのも、年給を五ギルダー上げてやろうとしないからだよ!

今度は、ベッテはあたしの方に八つ当たりしてきた……あたしだって文句を言いたかった。四時に帰れるどころか、七時になってようやく帰れる始末だった。ずっと食事をすることもできなかった。でも、本を読んでいられる時には、あたしはそんなことは考えなかった。ふん、あの人が言いたいことを言ったって構いやしないわ。これからだって、あたしは本を読むからね!

あたしが中二階に上がったところ、この家の友人のお医者さんが来ていた。ウィレムの名づけ親だった。

ウィレムのために、しょっちゅう本を持ってきていた。その時、テーブルの上に一冊の本があり、彼の脚の間にウィレムが立っていて、二人してその本を眺めていた。本はほとんどいつも、極彩色で描かれた昆虫や魚の図鑑だった。今日は魚の載った図鑑を持ってきていた。

「ありふれた魚《ヴルゲール》だね」とお医者さんは言った。「ここで《ありふれた》という意味は、沢山いるってことだよ。でも本物そっくりに描いたこの色を見てごらん。この色彩はありふれちゃいないよ。ニシンだよ。緑がかった青っぽい銀色といったところだよ。美しいし見るからにうまそうだね。海で泳いでいる時はとても美しいはずだ。でもわれわれはフライパンの中に収まってくれている時に、いちばん高い価値を認めるのだよ。切り込みをうまく入れ、小麦粉をまぶし、油の中で、こんがりと揚がって、パリパリと音を立てている、とれたてのニシンくらい、おいしいものは他にないからなあ。冬に生ニシンを保存しておけないというのは、実に残念だなあ！　そのことで妹とよく話をするんだが、妹はそれは無理だって言うのだよ。それでも、完全に下ごしらえしたものを壺に詰め、蓋のまわりをがっちり固めて、保存しておいてくれんかなあ？」

「だって、あの細い首から頭を入れられないじゃないの」とあたしは口を出した。

「おやおや、何か言いたいのかね……」

お医者さんはあたしの方を見た。

「ガラスの容器や壺の中にニシンを丸く並べて、ジャムを作る時みたいに、上に紙や、豚の膀胱をかぶせるのよ」

あたしはジャム用の壺を見せた。

「おやおや、膀胱かい……理屈っぽいねえ」とお医者さんは、あたしを眼鏡ごしに見ながら、繰り返すように言った。「妹に話しておくよ。私は冬にこんがりと揚がったニシンを食べられるのだったら、いくらだってお金を出すよ。もしそれができるようになったら、君を食事に招待するよ……まあ、近いうちに家に来たまえ、妹の咲かせたチューリップを見ておくれ。ちょうど、今花盛りだからね。それにうちのカナリアときたら……

その歌声といったら、こんないい声はこれからだって、絶対に聞けやしないからね！」

「ケーチェの前で、歌の話なんかしないでよ。歌いだすよ。そのせいで、ウードレは試験勉強ができないんだからね」

そう言われて、あたしは頭に血が昇った。

「チューリップと小鳥を見に行ってもいいわね、ウィレム」とあたしは本を入れたアルコーヴの扉の陰で、キスされながら言った。

あたしは二日後に、その家に出かけていった。アウデザイツアフテルブルフワルの二階建ての家で、幅のある上げ下げ式の窓がついていたが、窓ガラスは小さかった。正面の二段のステップを上ると、両側にはベンチがあった。扉は鏡のように輝いていた。女中さんが扉の上半分を開けた。

「チューリップとカナリアを見にきました」

すると女中さんはあたしを家の中に入れてくれて、ふかふかしたきれいな絨毯を敷いた廊下伝いに、庭の入口まであたしを案内してくれると、奥様《マドモワゼル》をお呼びしてくるから待つように言った。

老婦人はふくらんだ袖のついた、たっぷりしたクリノリン姿で、むき出しの皺の寄った首には、レースのコルレット〔ギャザーのついたレースなどの飾り襟〕がぴったり貼りつくようになっていて、両耳に髪の毛が重なるようにしてあり、藤色のリボンのついた白いレースの被りものをしていた。

「あんたはチューリップを見にきたの？」

老女は庭の扉を開けてくれた。

「まあ！」とあたしは声を上げた。

壁がすっかり蔦で覆われた全く小さな庭には、チューリップの植えられた二つの円形花壇があり、庭のまわりには、やはり帯状にチューリップが植えてあった。一つの花壇には、いろいろな色のものがあり、特に薄紫と真紅の色のものが目についた。もう一つの花壇は、オレンジ色の筋が入った赤い色のチューリップだけがあった。庭のまわりは黄色い色のチューリップが植えられてあった。黄色一色ではあったが、黄金と見紛うような美しさだった。上空から直射日光が当たっていたからだ。

あたしは何も感想を言えないでいた。彼女の育てたチューリップに感動していないと思われた。

「きれいだと思わないの？」

「ああ！　奥様」とあたしは彼女の方に目を上げて言った。

「まあ、分かるわ。きっとぼうっとしてしまったのね……こんなチューリップは、今まで見たことがないでしょう？　わたしは花を切るなんて、とてもできないわ。そんなことをしたら、心にぽっかり大きな穴が開いてしまうわ。それにこの花壇のチューリップは、どれも特上の品なのよ」

婦人は薄紫と真紅のチューリップが植えられている花壇を示した。

「ところで、いつでも見にきてくれてもいいわよ。あなたは相当気にいってくれたみたいですからね。今度はカナリアを見物しましょう」

すっかりぽうっとなってしまって、庭のステップの上方にあるカナリアの大きな籠までは気がつかなかった。籠の中に一、二羽いるのを見たことはあったが、この中には二十五羽いるとのことだった。みんな明るい黄色をしていて、心地よい声でさえずっていた。

「わたしは甲高い鳴き声には堪えられないわ。耳がキーンとしてしまうのよ」

あたしはカナリアが飛びまわったり、羽を逆立てたり、止まり木にとまったり、喉をふくらましたり、喜びの歌を歌ったり、まるでおしゃべりをしているように、ぺちゃくちゃとさえずっているのを眺めて、うっとりとしてしまった……小さな水桶で水浴びをしているのもいた。

奥様にどう感想を言っていいのか分からなかったので、あたしはすっかり怖気づいてしまった。ただこの家に住んでいるのなら、あたしは花壇とカナリアの籠の中ほどに小さなベンチを置いて、そこに腰を下ろして終日過ごすことだろう、と言いたかったのだ。何も褒め言葉も言わずにいるというのは礼を失していると思ったし、どうやって立ち去っていいのかも分からなかった。

奥様はキャラメルを二つ下さって、あたしを入口まで送って下さった。

「あのう、奥様、またお伺いしてもいいでしょうか？」と思いきって訊いてみた。

「いいわよ、それも近いうちにね。チューリップはまだ一週間か十日はもつでしょうからね」

「カナリアも見にきてよろしいでしょうか？」

「ええ勿論、カナリアもね」

奥様は頬笑みながら、扉を閉めた。

「ああ！　このことをお母さんに話してやらなきゃ。ああ！　何てきれいだったのかしら。また行ってもいいんだわ……」

翌々日、ウィレムは代父の家で、コーヒーをご馳走になっていた。彼も堪能してきたのだから、チューリップはどうだった、カナリアはまだ外に出ていた、と訊いてみた。

「いや、テラスにカナリアの籠を出すのは、陽が照っている時だけだよ……君は神経過敏だって、代母は言っていたよ……」

「ウィレム、それって、悪いことなの？」

「いや、でもあの人は言っていたよ、かわいそうだって、バカにでもならない限り、君は苦しみが絶えないって……」

「バカになるって、あたしが？　どうして？　どうしてなの？」

「ふん、そんなこと知るかよ……」

＊

『レンブラント・ファン・レインの生涯』

「ウィレム、この本はいい？」

「ああ、きっと好きになるよ。レンブラントはわが国最大の画家さ。ちょうどヨースト・ファン・デン・フォンデルがわが国最大の詩人みたいにね」

「この人はどんな絵を描いたの、ウィレム？」

「ああ！　肖像画、聖書に出てくるユダヤ人を描いた絵とか、解剖の授業とかだよ。この都市《まち》を回る『夜警』〔この名称は俗称、正しくは『フランス・バニング・コック隊長の一隊』、優れた群像表現として有名。一八八五年まで、後述のトリッペンハイスで、展示されていた。現在アムステルダム国立美術館蔵〕も描いているよ。それからエッチングを、エッチングをものすごく作っているよ」

「エッチングって、何？」

「作り方はあまりよくは知らないんだ。名づけ親に訊いてみるよ。そうしたら、教えてやるよ……これがエッチングだよ。まさにレンブラントの作品だ。『エジプトへの逃避行』だ。エジプトへの逃避行って、どういうことか、知っているかい？」

「当たり前じゃない、聖書に出ているわよ……ああ！　ここにロバがいて、マリアと幼子イエスが乗っていて、横にはヨセフがいるじゃない……ああ！　これがエッチングなの？……要するに版画ね、でも色は暗いわねえ……」

「版画か……確かにそうだ……でも芸術性はあるよ……まだよくは分からないけれど。ウードレがその話をしてくれたら、じっくりと話を聞いてみるさ！」

「ロバが特にいいわ。マリアとキリストをおとなしく乗せているじゃない。このロバをいとおしいと思わない？」

「ああ、でもそんな見方はおかしいよ。ウードレなら、どんなふうにこのエッチングを見るかが、分かっているよ……レンブラントはヨーデン・ブレーストラートに住んでいたんだ」

「ここの、ユダヤ人街？」

「そうさ、橋の近くの」

「その人はユダヤ人だったの？」

「いや、でもウードレは言っていたな。こんなふうにユダヤ人を描いているのは、彼が毎日ユダヤ人を見ていたからだって」

「その家を見に行ってみるわ」

「それに彼はひどく貧しくなったんだよ、それでフルール運河のところのヨルダーンに引っ越さなければならなくなったのさ」

「あらまあ、貧しくなったんですって。そのことについても、いろいろな本に書かれているの？　この本を読んでみるわ。それじゃあ、こうした肖像画や版画はどうなったの？」

「大部分は、トリッペンハイスにあるよ」

「ウィレム、ウィレム、早く下りていらっしゃい、学校へ行く時間だよ！」

ウィレムは慌しく出ていった。あたしも下におりると、瓶や箱の入った籠を抱え上げた。

まず、レンブラントの家に行ってみることにした……橋を渡ると、すぐ右手に、その建物が見えた。上方に、《レンブラントの家》と書かれた銘があった。この家がそうだとは全然気がつかなかった。ごく普通の家だったが、そんな昔に生きていて、貧しい暮らしを送った人物が、このステップを上り下りし、ユダヤ人たちを描くために、窓から彼らを眺めていたというので、心が揺すぶられた。

薄汚い、目病みのユダヤ人を描くなんてことができたのだろうか？　彼らが貧しかったから、おそらくは彼らを慈しむようになったのだろうか？　あたしだって、あの人たちにはやはり好感が持てる。たいそう親切なのだ……おそらく、あたしのことだって、レンブラントは描いてくれたことだろう。だってあたしはあの人たちと同じように、きたない身なりをしているからだ……トリッペンハイスに見に行ってみよう。父はしょっちゅう、あそこに外国人たちを案内しているはずだ。父も言っていた。扉が開けられると、何世紀も前みたいな衣装姿の人たちを描いた絵が見えるって。

トリッペンハイスに隣接する家の婦人に届ける薬を最後に残して、早々とあたしは用事を済ませてしまった。それから高いステップを上って、中に入ろうとした。腰掛けに坐っていた男の人が、あたしを手で制した。

「ここに何しに来たんだい？」

「レンブラントの絵と版画を見にきたのよ」

「おまえが？　さっさと帰んな。そうしねえと、おまえを《レンブラントの絵みたいにしちまうぞ《レンブラントレ》》。さあ、消えちまえ、とっとと。それとも、何枚か《ドゥベルチエ》貨を弾んでくれるのかい？」

男はぶつぶつ言いながら、あたしを外に押し出した。「どこで、そんな妙な考えを思いついたんだ？」

遠く離れたところから、あたしは男に向かって唾を吐くと、「この人でなしの石頭」と罵ってやった……後で父に、もうお客を連れていかないでよ、と言ってやろう。あたしの姿を、あの人は見かけたことがあったのだろうか？　見て見ぬふりをして、あたしをあの中に入れてくれることだってできなかったのかしら？

ニーウェ・マルクトを突っ切る際に、魚の籠の前で立ち止まっているベッテの姿が目に入った。ベッテは見事なニシンダマシの値段をめぐって駆け合いをしていた。魚屋の女は背中に横ざまに天秤の竿を吊るしながら、片手を上げたまま、もう一方の手で鰓《えら》のところをこじ開けるようにしていた。

「この魚はできたてのバターくらい生きがいいんだよ。掛け値なしに、一ギルダーだよ、鐚《びた》一文負けられないよ……あたしだって、十セントは儲けなきゃね、ただ働きするってわけにはいかないよ」

「八十セントにしといてよ、それ以上は出せないよ」

「ええ、何だって、よくもそんなバカなことが言えるねえ？　八十セントだって、いいかい、そりゃあ、ただ同然だよ！」

「八十セントだよ、それ以上は出せないよ」と言いながら、ベッテは立ち去ろうとした。

「よっしゃ、大まけだよ！」

魚屋の女は魚の腹を開いて、内臓《わた》を取り出すと、鱗を削いで、賽の目状に切れ目を入れた。あたしは唇まで唾が込み上げてきた。こんなピンクの魚は、食べたなら、さぞかしおいしいにちがいない！　ベッテは平らな籠の底の藁の上に切り身を置いてもらうと、さらに藁で覆ってもらった。

「はい、お客さん《ヴライステル》」

「ベッテ、このおいしそうな魚は明日の日曜日のご馳走なの？」

「いやいや、そうじゃないよ、このニシンダマシはね、ご主人一家が食べるんじゃないんだよ。そうじゃなくてね、これは明日の母の誕生日のご馳走なんだよ。あたしの兄弟姉妹は、この宴会のために何かおいしいものを持っていくのさ……あたしは、このニシンダマシを持っていくってわけさ。これには文句のつけようがないだろうさ。ところで、この近くの、ヨンケルストラートに住んでいる母の家まで、この籠を届けてくれない？　そうしたら、四時にコーヒーを一杯飲ましてあげるよ」

店に戻ると、ベッテはコーヒーを一杯出してくれたが、クロゼットに入って飲まなければならなかった。家の人が台所にやって来て、見られるのは、具合が悪いからだった。

「分かるね、おまえにはこの家の食事は出せないんだからね……」

日曜の朝、あたしが小ざっぱりした身なりで出かけていくと、ベッテとリナは驚いたというような顔をしていた。土曜の夜は、助手と年かさの息子たちは、それぞれ自由に外出し、かなり遅くに帰宅するのが当たり前になっていた。その中の一人が帰宅後、便所でものすごく吐いたのだが、犯人は名乗り出なかった。誰一人女中たちも、後始末をしたがらなかった。それでいて、奥様には何も知らせようとはせずに、あたしにこの汚物の掃除をさせようと勝手に決めていた。

「あたしはそんなことなんか、するもんですか。あたしは使い走りで、家の仕事をする必要なんてないわよ。それはあなたたちの仕事でしょう」

「おまえがするんだよ!」とリナは、怒りのあまり、血相を変えて命令した。

リナは水をたっぷり入れた手桶を手にしていて、あたしにそれを押しつけようとして、取っ手のところにあたしの手を無理矢理持っていった。だがあたしは手桶を蹴飛ばしてやったので、きれいに掃除してあった台所が水浸しになった。あたしは店から逃げだすと、自分の家に帰った。家では、ミナを筆頭にみんながあたしの肩を持ってくれたから、もう薬屋には戻らないことにした。

まだ手を着けていなかったレンブラントの伝記や、ウィレムのこともちょっぴり考えてはみたが、それほど大したことではなかった……要するに、金持ちというだけの話だ……また一年間あたしを学校にやった方がいいと、母は考えていた。

「このねんねにとって、いちばんいいのは、またあそこに通うことだよ……」

＊

「父さんが帰ってこないね。また貰った金の半分を呑んでいるんだよ。わたしは探しにいけないよ。クラーシェが相変わらずお腹が痛いと言ってるからね。ケーチェ、ひとっ走りして見てきておくれ、《三羽の鳩》か、《びっこの女《バンカル》》の店か、他の店だよ……」

そこであたしは出かけた。居酒屋の窓のあるところをひとわたり眺めて、カーテンの隙間から、まず中を覗いてみてから、父が歌を歌っていないか、耳を傾けてみた。それというのも、父はお酒が入ると陽気になる性《た》質《ち》だったからだ。びっこの女の店で、父が管《くだ》を巻いている声が聞こえてきた。

「俺の乗っている馬は俺の子供みたいなもんよ！　おとなしくて、頭がいいときてらあ。馬小屋《ボックス》で奴らのそばで寝ようとすると、文字どおり、少し場所を空けてくれるんだぜ」

ほろ酔い気分で、泥酔まではいっていなかった……あたしは扉を細めに開けて、どんなふうに迎えられるのか、まず様子を見てみた。

「よう、仔猫《プスケ》ちゃん」と、あたしの姿に気づくと、父は声をかけてきた。「俺を迎えにきたんだな。まあ、こっちに来い」

あたしは中に入った。扉のところから、じわっと幸せな気持ちになった。中は温かく明るかったからだ。カウンターのところは、床に白い砂が撒かれていた。紅茶、コーヒー、ココアを容れたサモワールが、湯気を上げていた。丸鬟飾りのボンネットをかぶり、白いカラコを着て、黒いスカートを穿き、その上に大きな白いエプロンを着けたおかみは、金の線条細工に宝石を嵌め込んだ指輪をし、土曜の夜、日曜、月曜だけにつける石榴石《ざくろいし》の首飾りもしていた。

「あら、かわいいお嬢ちゃんね、お父さんを迎えにきたのね！　このお嬢ちゃんにココアを一杯出してあげなきゃねえ……何てきれいな髪の毛をしているのかしら、ディルク、こんな娘さんがいるなんて、あんたは鼻が高くなるわねえ！……」

父はあたしを膝の上に抱き上げた。

「じゃあ、ココアを頼むよ！」

足を引きずりながら、おかみは湯気の立ったココアのカップとビスコット一枚を持って戻ってきた。

「雌馬の腿のところに腫れものができちまってな、獣医は内出血していると言い、あらゆる種類の軟膏を塗ったんだよ。そうなのさ、何の効き目もないんだよ。日中、そいつが仕事をしている間は、この傷で苦しんでいる様子はないんだよ。それで俺は一晩そいつに付き添ってやって、分かったんだよ。蹄鉄が着いたまま寝ているからだってな。だから俺は馬具屋に、皮帯で縛る小さなふかふかのクッションを注文してやったんだ。夜には、ひづめの下に、そのクッションを置いてやることにしたのさ。三日も経つと、腫れは消えてなくなったんだ……動物を知るには、よく観察してやらなきゃいけないのさ。そうなりゃあ、奴らのことも、しまいには自分の子供たちと同じくらい、よく分かるようになるもんさ……レーン、《ビッテルチェ》〔苦みの強いリキュール〕をもう一杯」

父はあたしにそれをちょっぴり味わわせた。ココアは飲み終わっていたし、そのアルコールの味はなかなかいけると思われたので、父がしゃべっている間に、あたしはもう少し、それを味わってみた。

ああ、ここは何て楽しいのかしら！……こんなふうに父の胸にもたれて休んでいると、目が回ってきた。でも何もかもが心地よかった。歌っているお客さんたちもおかみも、あたしの友だちだった。おや、父も歌いだした……誰も父の声には到底及ばない……あたしもみんなといっしょに歌いだす。「ウィルヘルムス・ファン・ナッソウエ……」

「いや、この歌はまずい」と父は言った。

そこで父は歌いだす。「緑の森の、木の枝々に、金色の鳥たちがいて……」

あたしは甲高い声を張り上げて、思いっきり歌う。

「このナイチンゲールの声を聞いてやってくれ。この喉は一財産になるぜ」

お客さんたちは、奥さんたちに抱えられて、次々と店を出ていった。

「ディルク」とおかみさんは声をかけた。「そろそろ娘さんと帰った方がいいよ。でも運河の岸のあまり近くを歩くのはおやめよ」

「分かった、レーンチエ、分かったよ。それじゃ行くぜ、仔猫《プスケ》ちゃん！」

あたしたちは店を出た。あたしは父に手を差しのべた。雪が降りだしていた。急にあたしは手を離すと、雪の玉をいくつか作り、父めがけて投げつけた。

父は腿を叩きながら、気が狂ったように笑いこけた。

「ああ！　このいたずらっ子めが、待ってろよ！」

そう言うと、今度は父が雪の玉を投げてきたので、あたしはすっかりうれしくなってしまった。

二人とも大笑いをした。雪の中を追いかけっこして、ひどく回り道をしてしまった。あたしは扉の鐘を鳴らし、その家に住んでいるお婆さんがあたしたちの後を追ってきたとでもいうように、二人して逃げた。

その後、あたしは父の方に踊りながら走っていった。父はあたしの腋の下に手を入れて抱き上げると、口笛を吹いて、いっしょにダンスを踊った。頭の上に手を伸ばすようにして、あたしの指先を握って、あたしをくるりと回してくれた。父が手を離すと、あたしは踊りながらまわりをぐるぐると回った。父はあたしに寄り添うようにして、相変わらず口笛を吹き、ステップを踏んでいた。

こんなふうにして、二人ともぐるぐると回りながら、袋小路の奥にある、うちの住まいの扉のところまで辿り着いた。あたしは扉の掛け金を外した。ロウソクは燃え尽きようとしていて、火が消えた。母は泣き叫んでいるクラーシェを相変わらずあやしていたが、すごい形相をして、あたしの前に立ちはだかると、怒りを爆発させ、何回かあたしを蹴とばした。

父もあたしも、この激昂を前にすっかりしょげ返り、声もなかった。あたしは早々に、弟たちが寝ているぼろのマットに潜りこんだが、ああ、ひどいものだ、これでは絶対に楽しく過ごせないなと思った……父はあたしたちと、もうほとんど絶対にといっていいほど遊んでくれることはなかった。父がそうしてくれる時は、今見たとおりだ……大人になったらすぐに、あたしも居酒屋に行ってみるつもりだ。温かく、明るい光があるし、陽気な気分になれるが、この家ときたら……

父も早々に床に就いてしまった。母の様子はと見ると、狂ったような顔つきをして、父のポケットを熱に浮かされたようにして、ひっくり返していた。

＊

「お母ちゃん、お願い、そこで働かせてよ。週に一ギルダーくれるんだよ。すごいお金じゃない。あたしはもう子供じゃないよ。学校に行けば、あたしは乞食扱いされるんだよ。身なりが汚いっていうんでね。週に一ギルダーっていったら、家賃と同じ額だよ」

心の中では、薬屋にいた時のように、都市《まち》に再び出られることがうれしくて堪らなかった。遠くに手回しオルガンの音がしたり、風があたしの髪を嬲《なぶ》るのを感じたりでき、他の連中が、子供たちが学校に行って、喉が渇いて死にそうなのに、指を上げたって外に出してもらえないっていうのに、大人と同じように、何でも自由にやることができるのだ……よし！　今度は、学校になんぞ戻ってやるものかと、固く心に決めていた……だがあたしは、そのことについては、おくびにも出さなかった。あたしは繰り返ししつこく言い張ったので、母もとうとう根負けして、あたしが婦人帽子屋の使い走りになることに同意した。

月曜日の朝、店に行ってみた。女主人はあたしの様子を見て、冷ややかに言った。

「帽子もかぶっていないのかい？　ネッカチーフもかい？……せめて首でもきれいに洗ってあればねえ……」

角形の石鹼を入れた大きな包みを、都市《まち》の反対側に届けるように言われた。あたしはがっかりした。何だ、帽子じゃないのかとあたしは思った。貴婦人たちのところへ帽子を届けると考えただけで、あたしは帽子をかぶっているような気分になれた。そう考えただけで、喜びのあまり、ぞくぞくとしてきた。

用事を終えて帰ると、沢山の帽子と、六カ所くらいの住所と支払い済みの勘定書が入れられた木箱を一つ渡された。都市《まち》のあちらこちらへと出かけて行かなければならなかった。箱は相当の重さだった。左手でぶら下げて、右手で押さえるようにした。体が横に傾いたり、前のめりになったりしながら歩きだしたが、箱は腰のあたりを擦《こす》るような具合になった。箱を開け、結ばれたリボンや羽根、花がついた帽子を目にするたびに、あたしはうっとりとし、お客さんに渡さなければならない帽子を恐る恐る、そして恭しく取り出すのだった。

最初の家で、代金六ギルダーの他に、あたしはチップを五セント貰った……ああ！　幸先はいいぞ、レバーのブーダンの詰められた小ぶりのパンを買おうかしら……いや、やめておこう、母に渡してやろう。あたしが沢山稼げるって、分かるだろう。

もう一軒の家でも、また五セント貰った。よし！　しめしめ！　この調子なら、父やあの性質《たち》のよくないミナよりも稼げるわよ。姉は稼ぎのうちから、八十セント家に入れなければならないというので、ピンはねされると、毎週、ぶつぶつ文句を言っている。あたしの方は三日でそのくらい稼げるだろうから、少しすれば、姉に頼る必要もなくなるだろう……それに、父はチップを呑んでしまうなんて！　あたしには分からない、それを家に持って帰ってくる方が、ずっと気分がいいだろうに。ちょっと考えただけで、そんなことは分かるのに……

正午に、家に食事に戻る際に、大人たちのようにそそくさと歩き、前日にはまだしていたように、子供たちとおしゃべりして、途中でぐずぐずするということはしなかった……あたしには仕事場があるのだ。一時にはまた仕事を始められるように、自宅に帰っていく労働者たちのように、せかせかと歩かなければならなかった。

あたしは家族みんなの前で、十セントを差し出した。

「分かったよ！　おまえのワンピースが買えるくらいのお金になるまで、貯めておいてやるよ」と母が言った。「おまえには、絶対それが必要になるからね！」

「違うよ、これは家に入れる分だよ。これで、泥炭四十個か、ジャガイモ二升《ます》、あるいは白キャベツ二個、もしくはお米一リーヴルが買えるよ」

「そうかい、これで家族一食分の食費になるよ！」

午後、あたしは帽子を二箱届けなければならなかった。左右に体が揺れ、つんのめりそうになったりした。

「川舟を牽いているみたいだなあ」と主人は笑いながら言った。

あたしはステップに腰を下ろして、おやつのタルティーヌを食べた。

ちょうど復活祭の時期だった。あたしは帽子を午前一時まで届けた。チップは貰えても、弾んでくれたものと雀の涙ほどのものと、だいぶ差があった。鐚《びた》一文貰えなかった家は、大運河のあたりに多かった。すぐにあたしは心の中で、こうしたお客たちを情のない金持ちめと罵った。

ところがあたしはある日、廊下の奥で婦人が下男に勘定書を渡し、「あの子にやって！」と言いながら、その男に何かを手渡した後、部屋に戻っていくところを目にした。そいつはチップのお金を、ポケットに滑り込ませた。

「次はチップが貰えるぜ」とそいつは抜かした。

あたしはその家を出たが、そいつが扉を閉めた途端に、「悪党」だったか「盗っ人」だったか、そいつに怒鳴ってやった。

少し行ったところで、倒れて腰の左右を擦りむき、両足のいたるところに打撲傷を負った。帽子はもう憧れの対象ではなくなってしまった。この金持ちどもの愛用する不愉快な品物は、あたしの不幸の原因《もと》だった。

*

主人たちの家はダムストラートと、並行する路地とにまたがる広さがあった。だからその家は、とても奥行きがあった。店の正面の二階には、通りに面した三つの窓のついた広い客間、それとガラス戸から入ってくる光以外、明かりのない寝室があった。このアパルトマンは一人の学生が借りていた。暗く長い廊下を行くと、全く窓のない寝室があって、別の学生がその部屋を借りていたが、ずっとランプの火をつけておく必要があった。いちばん奥には二つ窓のあるひどく薄暗い大きな部屋があって、路地に面していて、銀行員のユダヤ人がその住人だった。

毎朝、あたしは女中のコリーが朝食を上に持っていく手助けをしなければならなかった。あたしはこうした密閉した部屋に入るのが怖かった。パイプの臭いや、得体の知れない臭いが充満していて、胸がむかむかしてきた。

「何だって、ええつ、ケーチエ、臭いだって?……おまえの弟たちのおしめだって、厭な臭いがするだろうよ」

「それでもそっちの方は、むかむかしないのよ」

「そうかい! 早く行った、行った」

扉のところから、コリーが下宿人の男たちと軽口を叩き合っているのが聞こえた。その後、彼らが出かけてしまい、コリーがベッドを整えてしまうと、あたしはゴミの始末をし、食器を下におろさなければならなかった。食べ残しの小さなパンの残りを食べ、粉砂糖を容れてミルクを飲んだ。それから大きなアパルトマンを借りている学生の、コート掛けに吊るしてある何着もの上等な上着類や、下にきちんと並べてある七足ものアンクルブーツを眺めてみた……

この学生は沢山のアンクルブーツを持っている！　七足も……それと普通の革靴も一足、全部で八足だ。父は水が滲みる一足の古びたブーツしか持っていない。それに上着類だ！　三着の背広、さらに二本のズボン、それに垂れのついた燕尾服一着、二着のコート……ああ！　何てこと、たった一人の人間が独り占めしているのだ……金持ちたちはいつでも余分に所有している、この人はこの沢山の衣装を、どうしようというのかしら？

香水の瓶を開けてみた。下に行った時に、嗅ぎつけられるとまずいので、肌につけてはみなかったが、鼻をぐっと瓶に近づけて、喉にツンとくるくらい香りを吸い込んでみた。ああ！　いったい、これは何なの？　何なの？　一思いに飲んでしまいたかった、それほどすばらしくよい香りがした……

それから本を取ってみた……あたしの知らない言葉で書かれた本が沢山あった……ムルタトゥーリ〔本名エドゥアルト・ダウエス＝デッケル（一八二〇—八七）、強制栽培制度と現地人支配者の搾取と圧政下にあるインドネシア人の悲惨を訴え、オランダの植民政策を痛烈に批判した小説『マックス・ハーフェラール』が有名〕の『ものの観方《イデエン》』〔《短編、物語、寓話、批評、回想、空想、報告、逆説》の集成、《真実》の証拠を含む総体と銘打たれている。その他戯曲、格言、金言なども含まれている〕、あたしはそのページをぱらぱらとめくってみた……『ものの観方』、『ものの観方』……ふーん！……だが、それにざっと目を通すと、断章ばかりの『ワウテルチェ・ピーテルセン（少年の冒険）』〔一八八八年刊行、未完の自伝的小説〕という小説を見つけた……ワウテルチェは、あたしほど貧しくはなかったが、金持ちとはいえなかった。だからあたしは彼といっしょに、その知られざる屈辱的な生活を追体験し、彼が夢に見た王女たちを想い描いてみた。彼を愛し、また彼が愛したその王女たちはファンシ、オミクロン、アマリアという名前だった。あたしはヒロインたち全員を知っていた……洗濯屋の娘のフェムケ、その子のことも知っていた。あたしはその子と同時に初聖体を受けたのだった。その子は白バラの冠をかぶり、よく洗ったモスリンのドレスを着たあの娘だったにちがいない。ドレスはきれいに洗ってあり、アイロンも掛けられてはいたが、使い古しで、他の子供たちのような新品ではないことが分かった。

ファンシ、オミクロン……あたしがヒースの原に住んでいた時、その子たちはアオウキクサや木々の枝の只中にいて、あたしに話しかけてもいた。あたしはその子たちが空中を飛んでいるのを目にすることもあったが、その時、空は真っ青に澄み渡っていたが、特にそうしたことが起こるのは、あたしがペローの『おとぎ話』や『千夜一夜物語』を愛読していた時期だった。それから、その子たちのことはすっかり忘れてしまっていた……今、世界には天然痘が流行《はや》っていて、あちらでは、外国では戦争〔一八七〇―七一年の普仏戦争〕があって、ずっと人を殺していた、アムステルダムより大きいと言われているパリの大都市が、飢餓の状態にあった……飢えている！　嫌がらせから住民の糧道が断たれている！　都市中の住民が！　貧しい人も金持ちも……何ですって！　勿論、金持ちもね。金持ちだって、あたしたちみたいに、その割り前を喰らうことだってあり得るのだ……都市全体が……あたしたちの家族が、失業のせいや、父が稼ぎを呑んでしまうせいで腹を空かしている時よりも、ずっと事態は深刻だ……

結局、すべてそうしたことが災いして、あたしはまたファンシ、オミクロンにも会えなくなってしまったし、いっしょにおしゃべりすることも、その子たちの優しい声が、あたしにこう囁きかけるのを聞くこともできなくなってしまった。「ケーチエ、おまえはあたしたちの妹よ。おまえは金髪のケーテリナ王女なのよ……」。だからこの本は、あたしを幻視の世界の真只中に引き戻してくれたし、あたしのような生活をし感じ方をしてくれる仲間さえ、あたしに与えてくれるのだった。時にはアムステルダムの少年だったり、あたしみたいな小さな少女だったりする……その少年はノルデール・マルクトに住んでいて、アムステルダム弁でしゃべっていた。ユダヤ女の行商の荷車から、キュラソー島〔カリブ海に浮かぶオランダ領アンティル諸島の一つの島〕のアーモンドも買ったこともあった。その子は三階の奥の部屋で、兄弟たちと同じアルコーヴで眠るのだった。その子たちはうちの兄弟たちと同じように、つねり合ったりもしていた。その少年はジャガイモを食べていて、熱を出した……ああ！ 神様、あたしはその子がどんなに好きだったことか！ あたしは喜びのあまり、体に震えがきた。あたしの唇は濡れていた。
「ワウテル！ ワウテル！」

ファネ、ファネ、ファン、ファン、
シネ、シネ、シ、シ、
ファネ、シネ、ファネ、シネ。
ファネ、シネ、ファン……シ、
ファーヌ、シーヌ、ファン……シ、
続いて風車が音を立てた
カレ、カレ、クラ、クラ。
娘が一人いて……
芝生で眠っている……
もしフェムケなら！

おお ワウテル、フェムケ！……あたしよ、ケーチエ、ケーテリナよ！ え、何ですって？ その男の子が夜、通りで、あたしを走って追っかけてきて、どれほどキスしてほしかったことか。あたしは叫び声なんか、上げなかったはずよ！　でもその子はそうしようとはしなかったの！……そこであたしは、本にキスをしたものだったわ、ワウテルチェが登場するいちばんあたしの気に入っている場面や、彼が弟たちと区別がつかなくなったりする場面や、遊びで山賊になりたがる場面でも！……

＊

「ケー……ケー……バカな子だねえ、おまえは他人《ひと》のベッドで寝ているのかい、おまえは？　おまえは何の手助けにもならないよ！」

　あたしはお盆を持って、急いで下に降りる。

「もうミルクも残っていないねえ……一滴もね、おまえがこの家に来てからというもの、あの人たちはきれいに飲んでくれるよ。さあ、ジャガイモの皮剝きを手伝っておくれ」

　あたしは膝の上にジャガイモを入れた籠を置いて、台所の隅に腰を下ろした。コリーはコルネット帽を斜めにかぶって、路地に面した薄暗い台所に何もかもぶちまけた。彼女のアルコーヴはその場所にあった。両開きの扉は開いたままで、ベッドは起きた時そのままの状態で、水差しの水はそのまま残っていた。コリーは午前中はやる仕事がいっぱいあったので、昼食前にそうしたことをこなす時間はなかった。

　この台所はすさまじい暑さになってきた。プロの帽子作りである主人は、木型の上に湿らせた藁を用意し、熱した鏝《こて》で必要な見本をこしらえる。チョッキ姿の主人は大粒の汗を滴らせていた。召使の者たちが何人かいる時は、主人はとても慎み深かった。彼があたしの方に振り向くのは、あたしがニンジンやカブを洗っていたり、あたしがそれを食べているというような時だけだった。そして少しは家の者たちのために、そうした根菜類を残しているかどうかを尋ねるのだった。「ナシやリンゴの皮をおまえが食べるのは構わんが、ニンジンとカブは、俺も大好きだからな」

「ケーー！　ケーー！　急いで、木箱を持って、とっとと出かけてくれ」

配達に三時間掛かり、昼食を摂るのに帰宅することなど考えられなかった。店に戻ると、家に帰してもらえるどころか、暑さで酸敗したバターを塗ったパン一切れを渡されて、また出かけなければならなかった。ところであたしは貰ったチップを、自分のために絶対に使うことはなかった。あたしの誇りは、それを全額家に入れることだった。週に一ギルダーは着実に貰え、賃金の一ギルダーと併せて、二ギルダーを家に入れることができた。ミナの悔しがりようといったらなかった。だからあたしが咳き込むくらい、背中をど突いたりすることはもうなくなった。

＊

あたしは知りたかったわ、ワウテル、あんたがブロンドの髪なのかどうかを——うちの弟たちは全員がブロンドの髪をしていた——それに、あんたは青い眼をしているのかどうかも。うちの弟たちは全員が青い眼をしていた。父はフリースラント人なのだ。あそこの人たちは、眼は空のように青い。あの人たちはあたしに似ていると思っているし、あたしが好きなものは好きだし、嫌いなものは嫌いなのだと思う。

それに、あんたは背が高いのかしら、低いのかしら？　父は背が高くほっそりしているから、テーブルの前で足をくっつけたまま、テーブルを飛び越すことができる。あんたも、ずんぐりむっくりしていないでほしい、とあたしはすごく願っている。そうなの、絶対いやよ、絶対！　うちの弟たちは竹馬に乗っているくらいの、ひょろ長い脚をしているから、階段を四段ずつ大股で登っていけるわ……もしかすると、それは十分食事を摂れなかったことが原因かもしれないわ……ミナが奉公しだしてからは、そこでたっぷり食事をするから、もっとでぶになり、もっと意地が悪くなり、拳を固めて、あたしたち下の者たちを、前よりも荒っぽく殴るようになってきているの。近所には何人かのダイヤモンドの細工師の家がある。そこの連中は、他の家の人たちよりも格段に態度が傲慢で、その図々しさといったら限度がない。それに下の弟たちが飢えと寒さで泣きわめいている時でも、そうしたことを時には経験している他の家の人たちと比べると、情けはこれっぽっちもないときているんだから。

そうなのよ、もしあんたが青い眼をしていれば、その時は遠くからでも、あんたの方に向かっている時は、あんたがあたしのことをどう思っているのか、あんたがあたしにどういうことを言おうとしているのかが、あたしにはとっくに分かっているのよ。父に対しては、あたしは口に出さなくても以心伝心で話ができる。母に対しては、そんなにうまくは行かない、母の眼は褐色だからだ。だから父もあたしの気持ちを分かってくれ、あたしが父の方に目を向けると、あたしに応えてくれる。だから誰も気づかないように、いろいろなことを話し合う手立てがあるのだ。あたしはそうすることが大好きなのだ。あんたのお母さんと兄さんのストッフェルが目の前にいる時だって、あんたとこんなふうに話せるとしたら、すごく好都合なことだ。だって、あたしが大声で話さなければならないとしたら、あんたの家の人たちはあたしのことを嫌うでしょうし、あんたの家の人たち全員のうちで、あたしが好きなのはあんただけだと、すぐ感づかれてしまうことでしょう。ワウテル、あんたとあたしが、人間たちや事物から受ける印象を同じように感じられるとしたら、何と素敵なことかしら！　ああ！　あんたをどんなに待ち焦がれていることかしら！　どれほどあんたにやって来てもらいたいかしら！

ミナとぶらぶらと歩いていて、あたしが突然、ひょっとしてあんたじゃないかしらと思って、若者の顔を穴の開くほど見つめると、姉さんはこう言う。「子供じみたことはやめるんだよ。男の子をじっと見るよりは、洟をかむことを考えなよ。それに、こんな竹みたいに痩せた娘《こ》は、男は誰も洟も引っ掛けないよ！」。この嘘つき！　ちゃんと分かっているんだから、あんたはあたしにすぐに会えないか、あたしが来ないかと、あたしみたいに、あたりをきょろきょろして、落ち着かない様子でいるってことをね……

＊

女子寄宿学校まで出かけて、帽子を選んでもらうために、あたしは縫製主任のおともをして行かなければならなかった。五歩ばかり後ろをついていくことになったが、抱えている二つの木箱のせいで、血が出そうなくらい体が擦《こす》られた。主任は前が丸みを帯び、後ろが大きなバッスルで盛り上がるようになった、裾飾りのついた小さめのチュニック〔婦人用のやや長めの上着〕風の、斜めに青い線の入ったグレーのドレスを着ていた。そのドレスはひどく短めだったから、先が角ばった、かかとの高い、美しい艶のある赤褐色のラスティングに似た、だいぶ履き古した編上げ靴が覗いていた。顔の眉は黄色で、睫毛は白く長く眼は緑色をしていた。前髪を垂らし、トウモロコシ色のブロンド髪をアップにし、耳のあたりは巻き毛にして、青とピンクのリボンのついた《パメラ》というグレーの帽子をかぶっていた。麻の手袋は薄汚れ擦り切れて、穴も開いていた。柄の長い白い綿のたいそう小型のパラソルを手にしていた。かかとが高いせいで、前屈みになり、ぎごちないが威張りくさった態度で、あたしの前を歩いていた。男の人たちは、彼女に愛想よく頬笑んでいた。

アウデザイツアフテルブルフワルに着くと、彼女はまずあたしを高いステップに上らせて、鐘を鳴らした。あたしたちは細めに開いていた扉から、中に入った……でも、この主任は、いったい何て言っていたかしら！ここは売春宿《ボワト》じゃないの！……女たちは日がな一日、窓や扉の前に屯し、男たちを誘っていた。あたしが通るたびに、女たちはこちらをじろじろと見た。

あたしたちは隣の部屋に招じ入れられた。女が二人いたが、一人は相当の婆さんだった。木箱を開けると、二人とも嘆声を上げ、帽子をかぶってみた。二人とも髪をあまりにぺったりと撫でつけ過ぎていた。主任は櫛で髪を少しアップにしてやった。

「いいですか！　こうすれば、マダムにすごくお似合いですわ……この白い帽子をおかぶりになれば、マダムの若々しさが一段と引き立ちますよ」

「うまいこと言うわねえ。それじゃあ、これを貰うわ」

一人の女の人が扉を細めに開けた。

「わたしも見ていいかしら？」

「勿論です、さあいらして下さい」

さらに三人がやって来た。あたしは目を丸くして、主任の方に目をやった……どう言ったらいいのかしら？　みんな、娼婦だった……それでも、女たちは垢抜けていた。絹のドレスを着、ブロンドや褐色の髪をアップにしており、顔はすごく白かった！　それは化粧のせいだと分かったが、何と香水の匂いが強かったことか！

女たちはすべての帽子をかぶってみた。

「まあ、このワスレナグサの飾りのついたグレーの帽子……」

「わたしはバラの花飾りと黄色いリボンのついたのを貰うわ」

一人の女が、あたしの顎に手をやって、顔を上げさせた。

「ええと……あんたはいくつだい？」

「十三です」

「もう二、三年したら、いい女になるねえ」

その女はナツメの実をくれた。

主任はてんてこ舞いの忙しさだった。自分でもかぶってみせ、こめかみのあたりに小さな巻き毛を持っていくと、前方に傾けるようにして、《パメラ》をかぶり直した。結局主任は二つどころか、五つ帽子を売った。一つ十二ギルダーの帽子だったが、みんな即金で払ってくれた。あたしもチップを二十五セント貰ったうえ、またナツメも貰った。

外に出て運河に差しかかると、あたしは言った。

「でもあれは売春宿でしょう。あたしはてっきり女子寄宿学校に行くものと思っていたわ」

「だってねえ、今あんたが口にしたような汚らしい言い方をしないために、あそこのことをそんなふうに呼ぶのよ」

「それじゃあ、本物の女子寄宿学校は何て言うの?」

さらにあたしは調子づいて言った。

「うちの奥さんが娼婦相手に商売しているなんて、知らなかったわ」

「しいっ、でもあの女《ひと》たちはお洒落だねえ。貴婦人は多くいるけれど、十二ギルダーもする帽子なんか持っちゃいないよ。いいかい、これからは、ゼーダイクには行かないよ……それに、おまえも聞いたろう、あの中の一人と、あたしはフランス語でしゃべったんだよ」

それは事実だった。それに女たちは全く非の打ちどころがなかったし、優しかった。それに実に何といい匂いがしたことか! 汚らわしい、下種だなどと、どうしていつも言われるのかしら? もう一つ、嘘の上塗りをすることになるじゃないの……

橋のところに着くと、主任はあたしをまた後ろについて歩くようにさせた。主人たちは、いちばん高価な帽子が五つも売れたというので、ほくほくしていた。

その夜、家でその話をすると、母もコルレットやレース細工のハンカチがいちばん売れたのは、そうした女たちがいるところだったし、女たちは気前がよくて親切だったし、何度となく飲み物や食事をおごってくれたうえに、要求した額以上のお金をくれたもんだよ、と同調した。

「でも、どうして？……一人の女がこう言ったのよ、二、三年したらねえって……ミナはあたしより、三つ上でしょう。どうして娼婦にならないの？……あたしはあの女《ひと》たちが男の人たちのポケットからお金をくすねているものとばかり思っていたわ……主任は敬語を使ってあの女《ひと》たちと話していたわ。仕事場が朝早いうちからきちんと整頓されていない時、主任が《怠け者》と言っている、女中《ファム・ド・ジュルネ》に対しての口の利き方とは違っていたよ」

「おまえは嘴が黄色いくせに、分かったような口を利くんじゃないよ。そんなバカな話をミナの前でするんじゃないよ。あの子が何を考えているかは、神のみぞ知るだからね！……」

「だって……」

「お黙り、黙らないと……」

あたしはミナには何も言わなかったが、それは姉が大嫌いだったということと、あんなきれいな着物を着たり、あんないい匂いがしてほしくないという、ただ単にそれだけの理由からだった……

＊

あたしは学生の部屋の掃除をしなければならなかったが、しばらく『ワウテルチェ・ピーテルセン』に読みふけっていた。どうしても本から目が離せなくなってしまった。

「ケーーー！　ケーーー！」

階段を急いで駆けおりる。

「この愚図、やっと来たのかい。さあ、とっとと、ジャガイモの皮を剝くんだよ」

あたしは腰を下ろして、膝の上に籠を載せる。コリーは台所からいなくなる。

ワウテルチェ！　ワウテルチェ！　あたしはファンシよ……いや、違うわ、あたしは……フェムケよ……この娘《こ》は洗濯屋さんだわ、あたしは……婦人帽作りの修行中。あんたの姉妹はボンネットを作っていたわね。帽子って、すごく素敵ね。あたしだって、お嬢さんになってみせるわ。あんたが若い紳士であるみたいにね。あんたのお父さんはパリのアンクルブーツを売っていたわね。あたしのお父さんは……あたしの叔父さんのマルティンが、あたしたち一家のために馬と馬車を買ってくれるのよ。そうなれば、お父さんも、あんたのお父さんのようにご主人さまになれるのよ……そうなれば、いい、あたしたちすごく仲好しになれるわよ。二人して、『グロリオソ』を読むのよ。だって、分かる、あたしは手当たり次第、何でも読むのよ……あたしの家では、あんたの家のように、いつも『聖書』のことを話題にするわけではないわ。うちはフェムケのようにカトリックなのよ……フェムケ……ケーチェ、あたしの名前にもKの文字が入っているのよ。そうなのよ、ケーチェでしょう……それに熱も、しょっちゅう出るわ、だからあたしたち二人は、都会の顔色をしていることになるわ。それからあたしの母さんとミナも、あたしは子供じみていて幼稚だし、あたしのことを持て余していると言っているのよ。ええ、母さんとミナは、あんたの家でいえば、お母さんとストッフェルに当たるわ。ただミナは姉さんだし、ストッフェルは兄さんよね……

でも、どうしてあんたは「ママ《ムー》」と言わないの？　あんたたちのような人たちは「お母さん」とは言っていない。あたしのお父さんがご主人様になったなら、あたしは「パパ《パー》、ママ……」と言うわ。うちには着物を繕ってくれるレーンチェみたいな人はいないわ。お母さん……ママは自分で何でもするわ、でもお金持ちになったら、ミーチェを雇うわ。その子はカトリックの孤児院にいる、みなしごなの。身寄りは誰もいないわ。日曜日にうちにやって来るの……

それからあたしたちは毎朝、ちゃんといっしょに出かけられるわ。あんたはゼーダイクの商店に行き、あたしはここにやって来るのよ。あたしは身ぎれいにしようとするわ……いい、あたしにシラミがたかっているからといって、それはあたしのせいではないのよ。櫛で頭を梳かしているわ、でも、下の子たちにたかっているから、あたしの方にも移ってくるのよ……それに、あたしたちはポルト・デ・サンドルの外まで、いっしょに行くのよ……ええ、あたしはアンクルブーツをぴかぴかに磨いておくし、きれいな晴れ着の真っ白なタブリエを着ていくし、髪形はイギリス風にしていくわ。あたしの初聖体の時かぶった帽子のことは忘れてね、ぺっちゃんこなんですもん……それから、あたしたちは小さな木の橋のところまで行くのよ。すると水車が動いているわ。「カレ、カレ、クラクラ」って……芝生には女の子が一人眠っていたわ。それがフェムなら……ケーチエ……

いい、エマの家の女の子たちやベッツスィーの家の女の子たちがモスリンの服を着て、頬に笑窪《えくぼ》があったとしても、あの子たちは今は、あんたには幼すぎるでしょう……お父さんが馬と馬車を手に入れるようになったなら、お母さんはあたしに、空のように青いカシミヤの服と、ふくらはぎのところまで入る茶色のラスティングでできた、白い絹の紐のついたアンクルブーツを買ってくれるわ……沢山の男の子があたしを追いかけてきてキスしようとしたけれど、あたしは大声を上げたわ……あんた、あんただったら構わないわ。あたしは声を上げないもん……ララカラカラ……もしそれがフェムなら……ケーチエ……

こんなふうにとりとめもないことを言っていたら、主人が台所に入ってきた。主人は台所の中を一廻りすると、あたしの様子をじっと見てから、石炭を貯蔵してある地下室に入った。

「ケーチエ、ちょっとこっちにおいで」

あたしは立ち上がると、地下室に行った。

主人はあたしを抱きしめると壁に押しつけ、唇をあたしの唇に重ね、片手を伸ばすと、腿のあたりを触ってきた。二、三度、体をぶるっと震わせてから、体を離すと、階段を上がっていった。

あたしはまた椅子に腰を下ろして、膝の上にジャガイモの籠を載せた。気分がすぐれなくなり、ひどく震えがきたので、かまどの鉄の部分に頭を載せて、声を上げて泣きだした。コリーが入ってきた。

「何を泣いているんだい？」

「痛いの」

「どこが？」

「お腹が」

「もう大人《グランド・フィユ》になったのかい？」

あたしはコリーを見つめた。

「でもあたしが偉い《グランドウール》ってよく分かるわね……」

「バカな子だねえ、そうじゃないよ……毎月、出血するのかい？」

「えっ、あたしが？　そんなことはないわよ……でもミナは、ミナだけは汚らしい血を出しているよ」

「いいかい、どうしようもないバカだねえ、女はみんなそうなるんだよ。だから、おまえはいつまでもねんねなんだよ。またジャガイモの皮を詰めこみすぎたのかい……」

＊

女主人はお客たちがほったらかしにした花飾りのついた帽子の箱を整理するよう、あたしに命じた。あたしはこの仕事が大好きだった。あたしの手に渡ったすべての花飾りやピケを、妹たち、あたし、母、そしてミナの帽子にまで使ってやろうと考えた。うちの女たち全員の帽子を、それで飾ってやった。全員の帽子に飾り付けをしてやると、残った材料で花束や花籠を作り、テーブルに置いたり、天井や部屋の隅に吊るしてやった。帽子を届けたお屋敷の中にいて、そういった装飾品を見ているような気分になった。

奥様風のご婦人と三人のお嬢さんが店に入ってきた。

「娘さん、《奥さん》《ドモワゼル》を呼んでくださる?」

あたしは女主人を呼びにいった。

「娘たちのかぶる帽子を見たいのですが」

「どのくらいの値段のものがお望みですか?」

「三ギルダーぐらいね。三ついるわ。それぞれ違うものにして下さいね」

「ケーチエ、その箱を開けて、帽子をこちらに出しておくれ」

声の調子から、主任補を呼ぶまでもないなと思った。普通、主任補は売り子にもなり、あたしが呈示することになる勘定書を作ることになるのだった。それに女主人は自分でてっとり早く済まそうとしているのも、あたしには看てとれた。

あたしは作って間もない帽子を取り出すと、荷造りに使う大きな箱の中の釘に帽子を掛けた。だが婦人は帽子をそのまま届けてもらおうとは思っていなかった。彼女は全部の帽子をとっかえひっかえかぶってみて、さらに娘たちにもかぶらせた。次は、日用品みたいなものでしょうと言って、値切りに掛かった。言葉は終始丁寧で、気負ったところはなかった。

貴族運河の周辺に住んでいる貴婦人たちだけがこんな言葉遣いをするんだわ、とあたしは思ったが、この女《ひと》たちは衣装も靴も違っていた。買い替える一歩手前といったところまで着古されていたし、かかとがすり減ってもいた。顔色は蒼ざめていたり黄ばんでもいた。禿げネズミといったところだった。あたしは正体を見破った。〈おがくずを詰めて底上げした八分の一ポンドのバターってところね。だってこのママさんの対応の仕方

といったら……〉

婦人は三つの帽子を九ギルダーで手に入れることに成功した。この帽子は前の年、それぞれ四ギルダーしたものだった。この女は目にもとまらぬ早業で帽子の型を崩してしまったのだが、帽子はすべて流行品だった。あたしは当日の午後に帽子を届けなければならなくなった。

「何だい、あのしみったれどもは」と女主人は吐き捨てるように言った。「あんな連中を《マダム》なんて、呼ばなきゃならないんだからね！　旦那は将校だから、あの女どもは園遊会に行かなきゃならないんだよ。ああ！　貧乏人だよ、あのドレスにしたって、おそらく手製だよ……ああした手合は知っているよ。園遊会といったって、奥さんは言い訳をして行かないよ。頭痛がするとか言ってね。実際は着ていくドレスがないのさ。一方、娘たちは着飾って、父親と出かけるんだよ……ケーチェ、お金を貰ってから帽子を渡すんだよ、そうじゃなければ、わたしはいくらだって待っているからね」

あたしは出かけていった。代金は払ってもらえたが、チップは貰えなかった……禿げネズミどもめ、まあいいさ、この連中は掃除用の手袋ぐらいは持っているんだわ。ああ！　やれやれ、何て温かみのないうんこなんだろう！

あたしは店に戻った。

「やれやれ！　お金は払ってくれたんだね。わたしはおまえの方が、へまなことでも仕出かさないかと心配してたんだよ。ああした一文無しには、お金を支払ってもらえないなら、絶対に何も渡してやっちゃいけないよ」

一挙にあたしの怒りは女主人に向かうと、心の中で爆発した。〈何だって！　一文無しだって！　一文無しだって！　まるであたしたちが家賃も払えないみたいじゃないの。そうなると、あたしたちもろくでなしってことかい。うちの下の子供たちも性根を叩き直さなきゃならない、汚らわしいガキの一団てことだね。あの奥さんは伯爵夫人みたいなしゃべり方をしていたわ。家はとてもきれいにしていたわ。細めに開いた扉から見たら、一人のお嬢さんはピアノを弾いていたし、もう一人のお嬢さんは大きな声で、英語の本を読んでいた、もしかするとフランス語だったかもしれない。三人目のお嬢さんは男物の手袋で埃を払い、ブロンドの髪をハンカチで包んで、埃がかからないようにしていたっけ……それにあの女《ひと》たちはすごく美人だった、そうよ、すごくきれいだったわ。ところが、あんたと主任ときたら、この前の娼婦たちと同類じゃないの。そうはいっても、あの女たちは太っ腹じゃなかった？　十二ギルダーの帽子を五つも買ってくれたんですからね!!!〉

あたしは帳場の後ろに腰を下ろして、怒りを反芻していた。

若い男の人が店に入ってきた。ドイツ語で、古いボール箱を買ってくれないかと言ってきた。あたしは女主人のところに行った。

「おまえはバカかい？　早く店に戻るんだよ。おそらく浮浪者か、泥棒だよ」

あたしはボール箱を返したので、その若い人は店を出ていった。ドイツ人の脱走兵にちがいないわ、とあたしは思った。――お父さんは毎日のように、うちでその話をしていたからだ――食べ物もなく、うろつきまわっているんだわ。

ポケットを探ってみると、まだ二セントあった。あたしはぶるぶる震えながら、その人の後を追って走っていって、お金をあげた。男の人は帽子をとると、「ありがとう《ダンケ・シエーン》！」と言った。あたしはトイレに隠れると、しばらくの間、声を上げて泣いた。

＊

ある朝、あたしはお使いから戻った。台所まで、階段の手すりを滑り下りた。するとコリーと主人がぴったり唇を合わせている場面に遭遇した。主人は背中に両手を持っていって、頭と体を前に突き出していた。コリーは両方の拳を腰に当てて、同じように前に体を突き出していた。二人はすぐに唇を離した。主人はぶつぶつ言いながら、姿を消した。

「ああ！　厭になっちゃうねえ、おまえは奥さんに告げ口するんだろう。知らん顔していた方が身のためだよ……そこにジャガイモがあるだろう。ほら、その大きいのは、おまえにやるよ。他のジャガイモは、おまえのやり方で皮を剝いていいからね。でも早くやっとくれ……分かるだろう、あたしはしょっちゅう家を変えるのは、もううんざりなんだよ。だから、主人にちょっとした楽しみを与えてやってもいいと思っているんだよ。ジャガイモやポロネギがよく煮えていなくても、主人は文句はつけないよ……だからいいかい、大人みたいに太っ腹でなきゃいけないよ。そうすれば、家の中が丸く収まるんだよ。奥さんにも主任にも関係のないことだからね……ああ！　主任補は、人がよすぎるくらいだよ、あの人は誰であれ、絶対気に障るようなことはしないからね……あたしは今はここにすっかりなじんでいるからねえ……」

そう言うと、彼女の頰を涙が伝って流れた。

「ねえ、コリー！　あたしは告げ口なんかするもんですか。奥さんの耳には入りっこないわよ……」

＊

あたしは木箱を抱えて、ユダヤ人街の中を通っていた。学校に通っていた時の、同級生だった背の高い女の子と出会った。その子は洗濯女の娘だった。何てこと、その子がフェムケなら……いや、違うわ、この子は肌が黄色くくすんで、顔色が蒼白いわ。それにワウテルは、こそこそと様子を窺うような目つきは好きじゃないと思うわ……その子はリカという名前だった。

「ケーチェ、今何をしているのさ？」

「婦人帽子店で見習い中よ」

「つまり使い走りってとこだね。お客さんのところに帽子を届けに行くところだね。うちの母さんもシーツを抱えて、あちこち動き回っているよ。でも仕事から何も収穫はないよ。注文をとって来ちゃ、洗濯するだけの話だからね……あんただって、同じようなもんだろう？　あたしは母さんから仕事は習っているよ。アイロン掛けをやってるんだよ」

「ああ、どうりで肌が黄色くくすんで、疲れた顔をしてるんだね？」

「ああ、勿論！　自分がきれいじゃないってことぐらい、分かっているよ……言いたいことはそれだけかい？それが何なのさ。それでも《おまんこ》ってお宝が、あたしにはあるんだよ……何を目をぱちくりさせてるんだい！　まだあそこを《おしっこの穴》と言っているのかい……大人になると、名前も変わるんだよ……男たちにすりゃ、欲しくて堪らないもんなんだよ。顔が醜くても、美人でも、大したことじゃないよ、女にそれがありさえすればね……あんたはカナリアみたいな髪の毛をして、イチゴみたいな唇をしているから、何でもそろっていると思っているんだろう……二、三年経って、大人に、あたしぐらいの歳になれば、分かるようになるよ、男たちにとって、何よりもそれが欲しくなるんだよ……酢漬けは食べるかい？」

リカはユダヤ人の荷車から酢漬けのキュウリを少し買って、おごってくれた。リカも六個食べた。

「いいかい、襟や男物のシャツのアイロン掛けの注文があれば、あたしが自分で出かけていくからね。男の人は気前がいいからね。あたしは家に帰る前に、くれたお金を食べ物代に使ってしまうよ。母さんにその現場を見つかったなら、あたしは首を絞められちゃうよ。ただね、あたしがなかなか帰ってこなかったり、あたしが酢漬けを食べたなと感づくと、こちらに探りを入れて、あたしをひっぱたくんだよ。でもあたしはこう思っているよ。〈叩きたいなら、ひっぱたきなよ。あたしが生まれた時、あんたから受け継いだものは、どうやってみても、あたしから奪い取ることはできないからね……〉」

街角でリカとあたしは別れた。
「いいかい、大きくなったら、あそこは黴《かび》させといちゃ駄目だよ。それだったら宝の持ち腐れだからね……」

＊

ところで、ワウテル、あんたが小さかった時、それはもう街のどこででも歌われていたリトルネロ〔反復される同一の節を含む歌曲〕だったようね。そうなの、今日では、その歌を歌うのは、子供たちを寝かしつける時の、ヨルダーンの女たちぐらいか、あるいは、蔓植物の茎を縛りつけている間に歌っている、一人のお婆さんぐらいしかいないわ。あたしもその歌はよく知っているわ。いい、ワウテル、あんたのために、その歌を歌ってあげられるわ。それを聞けば、手回しオルガンが運河でその曲を奏でていた時代のことを、あんたは思い出すでしょう。

美しい娘たちよ、美しい花たちよ……
一人の美しい娘から、僕は生まれました、
一人の美しい娘は、僕の心を奪いました、
そのために、僕は美しい娘なら、誰でも愛します。
もしも、僕がこのきれいな娘たちすべてを手に入れられるなら、
みんな細紐に通してしまうだろうし、
樽に詰めて塩漬けにしてしまうだろう、
おお！　このきれいな娘たち全員を手に入れられるのなら……

僕が死んだなら、娘たちは僕を埋葬してくれるだろう、
墓場にまで運んでくれることだろう、
僕の墓石に記してくれるだろう、
美しい娘たち全員を愛していた
若者がここに眠る、と。

ワウテル、分かるわね、あたしがその歌を知っているってことを。でもあたしたちは「糸に通す」とは言うけれど、「樽詰めにする」とは言わないで、「樽の中で塩漬けにする」と言うのよ。そこを除けば、後は同じよ。ねえ、ワウテル、何て楽しいか、分かってくれる。あたしたち同じ歌を知っているんですもん。だから見ず知らずの人間じゃないわ。ミナはあたしのことをお婆さんみたいだっていうのよ。だってお母さんに、あたしたちが小さかった時にかぶっていたボンネットをしまってある引き出しを開けてと言ったり、昔のものなら何でも好きだからというのでね……あんたの病気が治りかけていた時にかぶっていた飾り房のついた縁なし帽を、弟たちもかぶっているわ。《バッケルチェ》をね。そういうことは楽しいことじゃない？　まるであたしたち昔からずっと、知り合いだったみたいじゃないの……だからこれからは「美しい娘たちよ、美しい花たちよ……」を歌うわ。だって、あんたもしょっちゅう、その歌を耳にしたでしょうから。

ワウテル、まるで旅をしているみたいだわ。そうなの、本の世界でのように旅をしてみたいわ。でも戻ってきたいわ、毎回戻ってきたいの……あたしは一度、三日間ハールレムの伯母の家にいたことがあったわ。帰宅した時、都市《まち》一帯をぶらぶらと歩き回ってみたわ。全部がまだそのまま、変わらずにあるのかを見てみたかったの。うれしくて、うれしくて堪らなかったけれども、ほとんど泣きそうになってしまったわ……それはあんたへの打ち明け話なの。家でもここでも、あたしが耳にするのは「嘴が黄色いくせに」とか「バカな子だねえ」

という言葉なんですもの……

旅の本を読んでいる時でも、いろいろな都市は出てきても、運河があるとは一言も書かれてはいないわ……それでは、水路の代わりに何があるの？　じゃあ、どこもかしこも街路ってわけなの、鉤竿を使って押して、進ませる舟はないの？　水辺に市は立たないの？　それでは冬、氷が張るようになった時、どこでスケートをし、橇滑りをするの？　それでは、お金がある時、体を温め、セージ〔アオギリ属の多年草、葉は薬用〕の入った熱いミルクを飲める屋台はどこにあるの？　そんなところじゃ、ここみたいに陽気な気分になれるはずがないわ……そうよ、だから戻ってみなきゃ……

いい、しばらく前からある地区に住むようになって、あたしはそこに住んでいる人たち全員が好きになって、家にいるような気分になってるわ。もっと居心地がいい家だって、何軒かあるわよ。あたしのうちでは、分かってくれるわね、子供がこんなにも沢山いるんだから、いつも、おもちゃ箱をひっくり返したような騒ぎなのよ。ものすごいうるささでね、あたしは騒音が嫌いなのに。でも近所には、何もかもがきちんと整理整頓された家が何軒かあるわ。そこの家の、小さな板の上には、受け皿のない、取っ手の付いていない小さなカップや、古い時代の額縁に入った絵が並べてあるのよ。あたしが触ろうものなら、そこのおばさんはこう言うわ。「ケーチェ、気をつけてね、それはうちのお祖母さんが使っていたカップだからね」とか、「その絵はね、あたしの夫の大叔父がね、インドから持ち帰ったものなんだよ」って。だから、分かるわね、あたしはへえっと思って、もうそういったものには手を触れないの……あたしのうちでは、ボンネットを入れた引き出しぐらいしか、古いものは何もないわ。

うちは同じ地区に六カ月続けて住むってことは、絶対できないわ。だってお母さんは、お父さんの勤める厩舎の近くに住むのが好きだからよ。そうなれば、お父さんはちょくちょく居酒屋に立ち寄って、家に帰ってこられなくなるってことが、なくなるはずだからよ。新しい転居先に移ってから最初のころは、あたしはすっかり道に迷ってしまったわ。いつも前に住んでいたあたりに足が行ってしまうの。だから今度もまた、うちは引っ越ししなければならないのだけれど、元住んでいた袋小路にまた舞い戻ることになるわ。そこなら何から何までよく知っているわ。あたしはそこが好きなのよ。ワウテル、あたしにはどうしようもないことだけれど……

お父さんって人は、同じ場所にいつまでもとどまっているってことが絶対にできなかったわ。いつも他の場所に移るのよ、いつでも他の場所にね……あたしたち一家はオランダの、あらゆる都市に住んだわ。まずは住み心地がよかったのよ。でもやがて借金をこしらえたはずよ。だって、お父さんの稼ぎが悪かったんですもの。そのうち、酔っ払って、職を失って、その都市《まち》を離れることになったの。仕事を見つけると、あたしたちを呼び寄せるの。あたしたちがそこに辿り着くと、すぐにお父さんの機嫌は悪くなったの。結局、どうしてもうまく行かなかったのよ……いつもそこを発たなきゃならなくなったの。そこから離れるというのは、あたしは厭で厭で堪らないわ。震えがきて、何か怖いような気分になるのよ。今度は伯父さんが馬と馬車を手に入れてくれたから、生活はずっとよくなるはずよ。あたしたち一家は少なくとも、アムステルダムにいられるわ……あんたは、一度もアムステルダムを離れたことがないのね。旅をしたいって思う？　それがどういうことか、分からないわね。荷車や、船の底に、全員がすし詰めになるのよ……

「？・？・？」

「ああ！　あんたは黄金の馬車に乗ったり、裸の黒人奴隷たちが運んでくれるハンモックに寝たまま、あるいは七マイルの距離をブーツで歩いて、王子様たちみたいな旅をしてみたいんだね。あたしはそんな旅はこれまで一度もすることができなかったわ。でもあたしの家の旅の仕方、実際に経験した旅は、恐ろしいものだわ……どうして遠くまで出かけていくかって？　ハルフ・ウェフや、メール、そしてブルーメンダールまで、歩いてみましょうよ。まるでインドまで出かけたみたいに、ひどく疲れきって帰ることになるわ。そういう時は、テーブルの前でくつろいだ気分になって、お茶を一杯飲んだり、タルティーヌを食べたりするの。そして窓を開けて、隣近所の人たちに、見物したことを話してあげるの」

「?・?・?」

「そうよ、ロビンソン・クルーソーのいた島のこともね。でもそこにいたから、そこは彼の自分の家になったわ。そうなると、あたしはすごく旅に出たくなるのよ、でもいつも行きっぱなしになるということではないわ、行ったり来たりしたいってことよ……あたしたち二人で、島全体を手に入れることができたなら、それはすばらしいことになるわ……ああ！　それでも、あたしには怖いわ……あたしは自分の住んでいる街に帰ってくると、たちまちすごくうれしくなって、ほっとした気分になれるの。でもそんな島にいたら、そんな気分になれるかどうか分からないわ……」

　オート・ディグで昔拾い集めた白い石を詰めた小箱を持っているの。いい、あたしはその石がすごく気に入っているのよ、だってずっと前から持っているんですもん。長く持ち続けていればいるほど、ますますその石をじっくりと眺めることになるのよ……そのたびごとに、石は前よりももっと白くなったように思えるの……こんな変なものをいっぱい貯め込んでいて、どうしたらいいと思う？　あたしはずっと眺めていたいのに、好きになれないわ……死んだ幼い妹の人形がまだとってあるの。それを好きなのは、どうしてだか分かる？　その人形で妹が最後に遊んでいた時、妹は指がシロップまみれだったの。人形はどこもかしこも、妹のちっちゃな指でべたべたになってしまったわ。いい、だからあたしはその人形が好きで、今でもとってあるの。だからその人形を洗おうなんて思わないわ……」

＊

「ケーーー！　ケーーー！」

これは主任補の押し殺した声だった。どうしてこの女《ひと》は、ここに、学生の下宿しているアパルトマンにまで、あたしを呼びにきたのかしら？

「ケーチェ、あたしのために、ニーウェ・マルクト近くの、ゼーダイクの薬屋のところに手紙を届けてくれない？　助手さん宛だよ、背の低い蒼い顔をした……」

あたしにはショックだった。ゼーダイクの薬屋で……あの同じ助手ということになると？……それでも断るわけにはいかない……

「いいわよ。何て言ったらいいの？」

「何にも。手紙を渡して、あたしからだと言って、手間賃に五セント下さいなって言うのよ」

「帽子を入れる箱に手紙を入れていくわ。あたしのポケットは小さすぎるんですもの」

「駄目よ、箱の中は。奥さんに見つかるかもしれないじゃないの、そうなったら、あたしの母に告げ口されるかもしれないわよ。いい、胸のところに入れといてよ」

彼女は自分で、あたしのコルサージュとシュミーズの間に手紙を突っ込んだ。

「ほら！　失くさないでね。それに本人にだけ直接手渡すのよ、他の人には余計なことは何も言わないでね。あたしの母はあの人とつき合ってほしくないのよ。だってあの人はカトリックだし、それなりの身分でしょう。あの人はおまえとは絶対結婚しないって、母は言い張るのよ。カルヴァン派の男を夫にしなければならないってね。そうしなければ、あたしを家族の一員と認めないって言うのよ。それじゃあ、どうしたらいいの？人に知られないように、やるしかないじゃないの。ケー、おまえはもう大人といってもいいくらいなんだから、分かってくれなきゃ駄目よ、あたしを裏切ったりしないでね。あの人は帽子の箱を見たら、おまえがここから、あたしの使いでやってきたって、すぐ察しがつくはずよ。うまくやってよ、いいわね。ふとった男の人には渡さないでね、あれは主人だからね」

「任せてよ、マドモワゼル、ちゃんと心得ているわよ。うまくやってあげるわよ、誰にも感づかれずにね」

下に行くと、あたしは帽子の荷造りをし、領収書も添え、底の紙の下にお金をしまう小さな財布も入れて、出かけた。手紙の件で、まずゼーダイクまで行った。どうやって手渡ししたものやら？　店に入るわけにはいかない。とにかく、手紙を出さなきゃ……コルサージュから取り出した……ああ！　ウィレムが出てきたら……


店の扉には大きなガラスがはまっていた。助手は——それは同一人物とは思えなかった——お客を相手にしている最中だった。お客が帰ったので、あたしは扉の前のステップに上がって、ガラスに貼られている丸薬の広告を、声に出して読みあげた。「ホロウェー丸薬〔ロンドンの製薬業者ホロウェー（一八〇〇—八三）が販売した万能薬と言われた丸薬〕！　ホロウェー丸薬！」と大声で読み上げた。助手の若い男は店の名前の入った木箱に気がついた。男はあたしの方をじっと見ていた。「ホロウェー丸薬、ホロウェー丸薬」とあたしはガラスを指でなぞりながら、声を張り上げた。指の跡が残った……ベッテはかんかんに怒るだろう。ガラスを洗うかもしれないな……どうして、あの男はあたしを追っ払いにこないのかしら？　そうすれば手紙を渡せるのに……「ホロウェー丸薬、ホロウェー丸薬！」

中の部屋のカーテンが開くと、元の主人があたしを追っ払うよう合図をした。その若い助手が扉を開けた。あたしは彼の手の中に手紙を押し込んだ。相手はすっかり顔を赤らめて、手紙をくしゃくしゃに丸めると、手の中に隠した。あたしは立ち去ろうとした……いけない！　あたしの五セントは？　あの女《ひと》は言っていたじゃない、あたしはそのお金を請求できるし、お礼も言われるって……あたしは引き返した。そして中の部屋からあたしが見えないように脇の方に隠れると、指を五本立てて、五の合図を男に送り、その後お金を数える身振りまでしてみせた。男がポケットを探っている様子が見てとれた。そこで店にまた近づくと、ガラスの上を指でなぞりながら、「ホロウエー、ホロウエー」とまたまくし立てた……ベッテは怒り狂うだろう……店の若い人は主人の命令を待つまでもなかった。あたしを追っ払おうとするふりをして、扉を押し開けると五セントの硬貨を落っことした。

「お礼も言ってもらわなきゃ」とあたしはつぶやいた。

それから大声を張り上げてやった。

「ふん！　どぎまぎしちゃったわよ！　広告を読んじゃいけないの？」

主人の目が届かないところまで、貨幣を転がすと、拾い上げた。

その後は次々と帽子を届け、四人のお客さんから、さらに二十セントのチップを貰った……いい一日だわ、これであたしは一クワルチェを稼いだ。

店に戻ると、主任補は心配そうにあたしを見つめた。

「ばっちりよ」とあたしは言うと、ウインクしてみせた。

＊

「ケーーー！　ケーーー！」

あわてて本棚に本を戻すと、すごい勢いで階段を駆け下りた。

「上でいつもそんなに長く、いったい何をしているんだい、このバカは？　急いでおくれよ、今日ご主人が食べたがっているのはナシだからね、皮を剝いておくれよ」

「毎日、ジャガイモやナシを、どうして食べ飽きないのかしら？」とあたしは言った。

「おまえが飽きもせず皮を食べるのと同じように、ご主人もその食べ物には目がないんだよ。それに、おまえはそれがご主人の楽しみだとでも思っているのかい。バカだねえ、そうじゃないよ。毎日、そういったものを食べないと、体調が悪くなるんだよ、それだけの話さ！　急いでおくれ、ナシはジャガイモを煮るよりも、ずっと時間がかかるんだよ」

コリーは肉屋に買い物に出かけた。あたしはかまどの近くに腰を下ろした。ナシの皮を剝いていると、今読んだばかりの本の内容が記憶に蘇ってきた。

あのいい年齢《とし》をしたラプスったら、汚らわしいったらありゃしない！　適当なことを言って、あんなふうにワウテルを呼びにくるなんて、それも、夜も遅くなってよ。その後こんがりと焼けたジャガイモを食べさせて、フォッキンを飲ませるんだから！　あの建物の名前なら知っているわ。ニーウェンダイクに一軒あったはずだわ……

そしてあんたにぴったり体をくっつけて……衣服を脱ぐように誘いをかけて、あんたをあたしのワウテルって呼んで、あんたにキスをするなんて。何て汚らわしい女なの！……その女が何をしたがっているか、分かる？　あんたといかがわしいことをしようっていうのよ……ああ！　ワウテル、どうして帰らなかったの？あたしだったら、男の子たちがあたしを捕まえて、スカートの下に手を差し入れようっていう時は、まだあたしの膝にまで手が伸びていなくたって、体全体にショックが走るのよ。そんな時には、大声を上げ、体を放すまで大暴れしてやるの。だからあんたもそんなふうにしたらよかったのに！　でも多分あんたは、そんなにショックは感じなかったんだわ……そんなショックを感じると、あたしは全身が震えだすのよ。逆にしょっちゅう、ショックが感じられればなあとも思うわ、でも実際そうなると、まるでスカートに火でもついたように、あたしは大暴れすることになるのよ……ねえ、あんた、ワウテル、あんたはどうしたの？　そうなの、あたしにはあまりよくは分からないわ。でも、あんたは大声を上げて、騒ぎ立ててやればよかったのに。

一度、男の子があたしを強く押さえつけて、あたしの脚の間にうまく潜りこんだの。ところが不意にあたしの体を放すと、こう言ったのよ。「何だ、毛がないじゃないか」って。ちょっとあんたに尋ねるけれど、あのバカな子は、何を言いたかったの？　それでリカに訊いてみたのよ。ああ！　あのリカときたら、なんて下品な娘《こ》なの！　呆気にとられたように、あたしの顔を見ていたわ。「何だって、分からないのかい？」。あたしたちはプランタヒーにいたの。リカは木陰にしゃがみ込むと、声をかけたわ。「見てみなよ」。そこで、目をやったけど……ショックを受けたわ。リカは後を追ってきて追いついたの……そこでリカに言ってやったわ。あそこがそんな具合になっているところを見ると、きっと汚らわしいことをしているのね、って。リカはせせら笑った。一年も経てば、あたしも同じようになるさ、って言うのよ……ああ、そうなの！　いや、いやよ！　リカはあたしのことを、まだおっぱいを飲んでいる赤ん坊扱いしたの。「まだきっと、人形で遊んでいるんだろう……」。人形ですって、ワルテル……そうよ、オミクロンが、オリオンという人形で遊んでいるみたいに、ミナがあたしにちょっかいを出してこない時、日曜日、屋根裏部屋で遊んではいるわ。ずっと、人形が好きで好きで堪らなかったの。帽子屋さんの見習いになったということで、どうして突然、もう人形たちを眺めちゃいけないってことになるのかしら？　日曜になると、一人で、まだ人形に着物を着せたり、脱がしたりするわ。でも、そのことはリカには内緒にしておきたかったわ。

「いいかい」とリカは言った。「もしあそこがつるつるだったら、爺さんを除いて、男は誰もあんたを絶対欲しがらないよ。もっとも、あんたが望もうと望むまいと、とにかく生えてくるよ……」

何ですって！　いやよ、そんなことないわよ。あの連中はみんな最低だわ……コリーは、あたしがきっと毎月出血するなんて、言っていたっけ……ミナが屋根裏部屋に隠れて、ふくれてきた小ぶりのおっぱいを両手で揉んでいるところも、見ちゃったの。まるで貯金箱からお金を出している時みたいに、喜びで顔が輝いていたわ。

あんなことして、どうなるというの？　お母さんなら分かるわ、いつも下の子たちにおっぱいを飲ませなきゃいけないんですもん……お乳って……ねえ、いったい、どこから湧いてくるの？……ああ！　あたしはそんなことは全部いやなの。今みたいに、つるつる、すべすべのままでいたいわ……おお、いやだ！　ワウテル、丸太ん棒の体の上に顔だけがついていればいいわ……

あんたがあの酒場でフェムケを見かけると、あの娘《こ》はあんたを呼んだわ……兄さんて。それはいいことだわ、彼女は礼儀正しいわ。でもあのラプスときたら！……それなのに、あんたは怒りもしなかったわ……ワウテル、あたしはフェムケよ。もうラプスさんのところには行かないでね！　ああ！　もうあの婆さんのところには、お願いだから、行かないで！　あたしだって、あんたみたいに、あの醜いでぶでぶした体を見たら、むかむかするわよ。だってあの人は、あんたのお母さんと同じくらいの、いい年齢《とし》なんですからね。だから、大声を出して、体を振りほどくようにしなきゃ……

あんたは家では何も言わないかもしれないわね。あたしだって、そんなことは一言も、母さんにも、父さんにも絶対言わないわ……あんたは当てにしていていいわよ、あたしはさらにもっと強く抵抗してみせるわ、だってあたしはフェムケなんだもの、あんただけのフェムケ……ケーチェ、つまりフェムケってことよ……だからいい、あんた、もうファンシのことも、エリカ王女のことも、ジーツケ・オルスマのことなんかもう頭から追っ払って……フェムケのことだけを考えるのよ。あたしが、あんたのこと、ワウテルのことしか考えていないみたいにね。

あたしは元気づけられた。ワウテルはオルスマ医師――あたしの名前に似ている名前がまたあった〔ケーチェの姓はオルデマ〕――と話をした後、あの猫かぶりのラプスのところには、もう出かけて行かないだろうと、あたしには思えた……二階に行って、続きを読みたかったが、学生は今、アパルトマンにいるから、明日まで待たなければならなかった。

コリーが台所に入ってきた。

「さっさとナシを火に掛けるんだよ……厭になっちゃうよ、いったん肉屋に行くとなると、なかなか放してくれないんだからね。ああ、バカな子だねえ、ナシの皮を全部平らげたんだね、頬っぺたがまた真っ赤だよ。おまえが買い物に行けばよかったんだよ……ねえ、おまえの母さんに、足ぐらい洗ってよと言っといとくれ。そろそろ店の方からおまえを呼びにくるね……さあ、上に行っとくれ。ただあたしが今帰ってきたばかりだとは、言わないでおくれ。ナシがゴリゴリで、なかなか煮えないって、うまく言っておくからね……」

＊

あたしは主任について、皇帝運河の住宅地に出かけ、帽子を選んでもらうことになった。お客さんは褐色の髪をし、顔色が蒼白い若い婦人だった。ベージュのドレスを着ていたが、スカートはとてもぴっちりしており、バッスルで腰のあたりを高くしたチュニック、小さな裾の付いた短いコルサージュも身につけていた。婦人は自然の色そのままの、麦藁帽子をかぶってみた。帽子には黒いビロードとピンクのバラの花の飾りが付いていた。いろいろな方向に帽子を向けてみてから、かぶってみた。鏡にその様子を映しながら、帽子を押しつぶした。

「この方がずっといいわ」と婦人は言った。「ハサミをとってちょうだい」

そう言うと、バラの花を切り落とした。

「これでよくなったわ。このバラの花があったのでは安っぽく見えるわ。代わりに黒いビロードの蝶結びを二つ付けて下さる。いいわね……」

そう言うと、主任の方を向いた。

「格段に見栄えがするわ。こうでなければいけないわ」

あたしはびっくりした。実際、バラの花飾りをとった方が婦人はずっと若々しくなり、気品も増した。別の帽子も、高く盛り上げた髪の前の方に載せて試してみた。

「紐通しのついた褐色の紗でこの形にしてもらうわ。同じ色調のきれいなサテンの飾り結びもつけてね。いいかしら、遅くとも、午後にはかぶることができるようにしてちょうだい」

そう言うと、婦人は部屋を出ていった。先ほどハサミを渡した、脇にバラの花を一本挿した白いチュールの小さなボンネットをかぶって、刺繡を一面に施した胸当ての付いた小さなタブリエを着た女中さんが、あたしたちを見送ってくれた。

主任は苛立っていた。婦人は彼女に一言も口を挿し挟ませなかった。指図だけすると、さっさと姿を消してしまったからだ。

「呆れたものだよ！　バラも羽飾りも紐も付けず、ただリボンだけっていうのかい！　ケーチェ、どういうことだか、分かるかい？　あの女は小銭もないんだよ。小銭でもありゃ、あんな簡素な帽子はかぶらないよ。伯爵夫人といったって、小銭も持っていないにちがいないよ。こんなことのために、わざわざ出かけてくる必要があったかね。おまえ一人で、すっかり用事を済ますことができただろうに。さてと、わたしはこちらから帰るから、おまえはあちらから行っておくれ」

婦人の有無を言わさぬ自信たっぷりな態度に、あたしはひどく感銘を受けた。それに伯爵夫人だとなると……あの人の言い分は確かに正しいかもしれない。後の様子を見てみたいものだわ……

あたしはある店の回廊に入ってみたが、そこの奥の扉には鏡が付いていることを知っていた。全部の帽子を試してみた。まずは花飾りの付いた帽子を、それから花飾りのない帽子を、それから羽根飾りの付いたやつを、さらには飾り結びの付いたやつを。何の飾りもない帽子が、いちばん似合うことが分かった。

いろいろ帽子を試していると、鏡付きの扉が開いた。老紳士と婦人が出てきた。二人は驚いたように立ち止まった。あたしも帽子をかぶったまま、どぎまぎしてしまった。すると、二人はぷっと吹き出すと、立ち去ってしまった。

あたしは帽子をすべて木箱に収めると、カッテンブルフに、お金と引き換えに渡すことになっている帽子を届けにいった。チップは貰えなかった。

ユダヤ人街を通って帰る際に、あたしを呼ぶ声が聞こえた。

「ケー、ケー、ちょっとお待ちよ」

それはアイロン掛けの仕事をしているリカで、空っぽのシーツ籠を手にしていた。

「いっしょに帰ろうよ。シーツを届けてきたんだよ。代金を支払ってはくれなかったよ、お金がないとなると……ああ、ものすごく酢漬けが食べたくなってきたよ、唾が口まで込み上げてくるよ。お金を持ってないのかい?」

「あたしが! 持ってないわ、チップが貰えなかったんですもん」

「でも帽子の代金は持ってるよね」

「うん、帽子一つ分の代金の六ギルダーはね」

「しめた! どうする? ねえ、二十五セントそこから出してよ」

「駄目よ、とんでもない! そんなことできないわよ。店のおかみさんには、お金を受け取らなきゃ、帽子を渡しちゃいけないって、言われているんだから。一スーでも足りなかったら、厄介なことになるわ。それにこのお金は、あたしのお金じゃないのよ」

「まだおっぱいを飲んでいるのかい? 金と引き換えにしか帽子を渡さないっていうのは、うまい支払い方じゃないよ。二十五セント足らずに、払ってくれたって、全然驚くことはないよ。客はお札しか持っていなかったか、二十五セント、金が足りなかったから、今度来てくれるよう、客が言ったけれど、残金は別の日にとりに行くしかないということで、お金は不足しているけれども帽子を渡した方がいいと思った、と作り話をすれば済むだけの話だよ。それにいいかい、おかみさんがカッテンブルフにまで出かけていって、嘘か本当か確かめになんか行きっこないさ。土曜日、賃金を払ってもらう時に、その分を払えばいいんだよ」

「でもそのお金は、お母さんに渡すことになっているのよ。ちょうど家賃きっかりのお金なのよ」

「やれやれ！　今から土曜日の間に、チップを貰えるだろうに」

それだけ言うと、リカは荷車の前に立ち止まって、小さな樽の中の酢漬けをフォークで突き刺した。あたしも唾が口に込み上げてきたので、今度はあたしも酢漬けを突き刺した。汁が顎から滴り落ちた。支払いをするために一ギルダーを崩してもらった。あたしたちは手で口許を拭った。

「ありがとう、じゃあ……あたしは帰るよ、次はあたしがおごるからね」

女主人はあたしの言葉を信じ、その点はよくやった、そうでなかったら、一スーも手に入らなかったろうからね、と言った。

「近いうちにカッテンブルフに行って、二十五セントを貰ってくれればいいだけの話だよ」

＊

ワウテル、フェムケが洗濯女だということで、オルスマ家でフェムケを無視しようとしたのはひどすぎるわ。そうなると、あたしが婦人帽のことしか知らず、お父さんが自分の馬車を持っていなければ、だからあたしは主人の女中ということになるのだけれども、あたしがあんたと出会ったとしても、あんたはあたしに洟も引っ掛けないでしょうね。それでもポルト・デ・サンドルの外の小さな木橋の上で、あたしたちはいっしょに話をすることになるわ。でも、ミナのように、あたしが女中だとすると……ミナは醜いわ、姉さんの鼻は中に

雨粒が入るくらい、孔《あな》が上を向いているのよ。それにあたしの背中をひっぱたくの。それからミナは全く何一

つすることができないの、髪をカールさせることも、人形の帽子をこしらえることも。しゃべる時でも何か隠

し事があるのよ。あたしの方は、あんたとおしゃべりをする時は、何でも包み隠さず洗いざらいあんたに言う

わ。そうしなければ、あたしのことも分からないでしょうし、あんたも、あたしがあんたをだますような人間

じゃないってことが、はっきり分かるでしょう。

聴いてくれる……あたしは帽子の作り方を教えてもらってはいないの……お使いに行ったり、学生たちの部屋の掃除をしたり、ジャガイモやナシの皮を剝いたり……皮をあたしは食べるの……それからこの前、主人はあたしを石炭の貯蔵してある地下室に呼びよせて……とてもいやらしいことをしたのよ……また地下室に来させようとしたの。行こうとしなかったので、手を引っぱったの。でもあたしは手に咬みついてやったわ。あたしはまた泣いて、ぶるぶる震えていたの。でも、あたしを来させることはできなかったわ……コリーは主人に咬みつきはしないわ、主任もね……それから、あたしのうちのことだけれども、ワウテル、お父さんは相変わらず酒びたりだから……お店にも大家さんにもお金を払うことができずにいるのよ、それに……うちでは、いつも食べ物があるわけではないのよ……伯父さんがお金を出してくれて手に入れた馬と馬車だけれど、お父さんは毎月、沢山の借金を返さなければならないから、御者をやっていた時よりも稼ぎが少なくなったの……《質屋》《ロンバルト》に初聖体の時着たドレスを持っていかなければならなかったし……そこに行く前に、配給のスープを貰いに行かなければならなかったわ。今はヘインが貰いに行ってくれるけれど、弟だと半分くらいこぼしてしまうの……いい、あんたが若い貴公子であるみたいに、あたしの方はうら若いお嬢さんではないのよ……そうなの、あたしはフエムケみたいな庶民の娘よ……だからあんたがあたしと出会っても、あたしに洟も引っ掛けないわね……そうよ……きっとそうよ……それでも、あんたにそう言わないわけにはいかなかったわ……さあ、あたしがどんな人間か分かるでしょう……

でも、ワウテル、あたしは婦人帽子屋さんになるわ……主任がどうやって作っているかを、横目でちらちら見ているのよ。一人のご婦人が新しい帽子を作るので、店に置いていった帽子を貰ったの。あたしなりにそれを手直ししてみたわ。主任補はなかなかのものだわと言ってくれたの……すると、主任はこうくさしたの。

「あら！　この子は正式に習ったわけではないわ。あたしたちの仕事ぶりを見よう見まねでやっているだけよ。これで独りで技術を身につけ、あたしたちと同じくらいのレヴェルに達しでもしたら、どうしようもないよ。だってあたしたちは何年もの見習い期間ていう手間暇かけて、ようやく技術を身につけたんだからね」

今度は主任は、あたしをそばに来させないようにしているの……でもあたしの目は節穴ではないわ……いい、あたしは婦人帽子屋になるわ。だからきっとあたしたちは……お金を借りて、お店を開けるわ。あんたのお父さんは靴を売っていたわね……パリの靴を……つまり、お店もあるってことよね。それでもあんたのお母さんは、お父さんが皮通しの錐をうまく使いこなせないとこぼしていたわね……ねえ、いい！　あたしはお嬢さんではないのよ。だからどうしても手に職をつけなければならないのよ……

ワウテル、いつあんたと出会えるのかしら?……日曜日でもない限り、その時はあたしはイギリス風の髪型をし、白いタブリエを着ているわ。それとあのアイロン掛けのワルの女の子が、そばにいなけりゃいいんだけれど……あの娘《こ》なんかに、ちょっかいを出さないでね。男たちといやらしいことをしているのよ。おまけに、あたしにお金をちょろまかすように、そそのかしたのよ……でもあたしは、週末に賃金を貰った時に、その分は返したわ。その時、またお母さんに嘘を吐かなければならなくなったの。きれいな茶碗を割ってしまったから、弁償させられたって、言ったのよ……そうなの、ワウテル、もう二度と、二度と、そんなことはしないわ

……

あんたは、本を借りるのに、聖書を売ったことがあったわね。『グロリオソ』を……あたしはお母さんのために、本を借りにいった貸本屋で、『グロリオソ』があるか、訊いたの。貸本屋には、その本はなかったわ。

渡してくれたのは、『ギュスターヴ、ろくでなし……』〔オランダ系のフランス語作家、ポール・ド・コック（一七九三—一八七一）作の小説（一八二二）、彼は大衆小説を二百巻以上書いている〕だったわ……ああ！ 何て滑稽なのかしら！ その本は読んでみなけりゃ。だってお母さんたら、そうよ《イエス》、そうよ《イエス》、と言っては、気が狂ったみたいに笑いこけていたわ……それでもあたしは『パリの秘密』や『アムステルダムの秘密』〔『パリの秘密』（一八四二—四三）の爆発的売れ行きに便乗して、ゾラ『マルセイユの秘密』、ポール・フェヴァル『ロンドンの秘密』などが出たが、その手の大衆小説と思われる〕の方が、ずっと好きだわ……以前、あたしはフルール＝ド＝マリだったわ。でもロドルフは貴族でしょう。彼はあたしなんか目じゃないわよ。あたしはフェムケの方がずっといいわ。そしてあんた、ワウテルは……そうよ、ゲロルスタインの貴族のロドルフなんかよりも、ずっといいわよ。すぐ分かるでしょう、彼はあたしの父親にも、あたしの恋人にもなれないわ……彼と馴れ馴れしい口を聞いたり……キスしたりするのには、どうしたらいいのかしら？……あんたには、すごくいっぱいキスしてもらいたいのよ、ものすごくいっぱい、でも二人きりになった時だけね……ミナは恋人ができると、人前も憚らずキスするのよ。あたしはそんなのは厭だわ……

さてあたしたち、ポルト・デ・サンドルの外に出るのよ、すると風車が音を立てているわよ。

ワレ、ワレ、ウィレ、ワ、
どこにいるの、ワレ、ウィレ、ワ、
ワウテル、あたしを助けてくれる？

もしそれがF……なら、ケーチェ……さて、あたしたちは牧場にバターの花〔牧草のクローバーのことか？〕を摘みにいくのよ。花の冠を編んだり、花輪を作ることができるわ。お母さんが教えてくれたのよ。お母さんは聖母マリアのために、故郷でそれを編んだのよ。あたしは下の子たちや自分のために、それを編んでいるのよ。クラーシェはヒナギクの冠をかぶると、とてもかわいらしいのよ……あんたも冠をかぶれば、とても見栄えがするようになるわよ……あたしはバカなのかしら?……そんなことはないでしょう、ワウテル、ミナとお母さんは、あたしが花の冠を編むとそう言うのよ。でも二人とも、どんなにそれがきれいなのか、どんなにいい匂いがするのかが、分からないのよ……そうなの、二人ともあたしはつける薬がないバカだ、あたしは子供じみているって言うの……いいこと! あたしがあんたを大好きなのは、あんたのお母さんと兄さんのストフェル、それに厭な姉さんたちが、あんたに対して、のべつまくなしに同じことを言っているからよ……それにあんたとあたしは似た者同士なんだから、あたしたち、結婚しなきゃいけないわ。

「ケーーー! ケーーー! バカ、さっさと上に来ておくれ……」

あたしは皮剝きをしていたジャガイモの籠を置いて、階段を駆けあがった。

「急いで、急いで、マダムのお宅まで帽子をお届けするんだよ」

あたしは箱を抱えると、帽子を買ってくれた、すぐにでもかぶりたがってうずうずしているご婦人に同伴して、足早に歩きだした……でも主任は後ろを歩くように言っていたことを思い出したので、あたしは後ろに回った。

「どうしたの? 横をお歩きなさいな。箱の持ち運びをするようになって、だいぶ経つの?」

「三月になります」

「それじゃあ、帽子の作り方も習うようになったの?」

「ええ……やっと……少し」

「そうなの、やっているのね。でも簡単には行かないわよ。習うために身銭を切っている女《ひと》たちは、見よう見まねで仕事を見につけようっていう人の態度が気に食わないのよ……だからそうなると、あんたも苦労するわよ……」

いっそう痛みが増してきたあたしの腰のあたりに、その女性は手を触れた。彼女の様子をじっと観察してみた。ミナよりやや年上だった。三つ編みにした太い黒髪を冠みたいにアップにして、その上にちょこんと小さな黒いレースの帽子を載せて、ヘアピンで留めていた。長いイヤリングをし、黒玉のロケットを首から下げていた。ひどく短い深緑色のドレスを着、黒いラスティングの膝のあたりまである編み上げ靴を履いていた。とても美人でたいそうシックだなと思えたが、ドレスの布地は貴族運河の貴婦人たちのものと比べると、それほど見栄えがしなかった。話し方は、いっぷう変わっていて、口を尖らして、一言一言区切って言うという話し方で、声音はカナリアのように澄んでいる、そんな印象だった。すぐにあたしは、ああ、こんな女性になってみたかったなあと思った……今ではその女性の一挙手一投足に目を凝らし、編み上げ靴の紐だって解いてあげたって構わないと思うくらいになっていた。そのくらいこの女の人が好きになってしまった。

「そうなの、そうなの、帽子を作る修業をしているの、実情は知っているわ……さてと、いいかしら、あたしはここに住んでいるのよ……」

その住まいはアムステルストラートの、一軒の店の二階にあり、ユーデルス劇場の近くだった。家具はどの家にもあるような代物だったが、三面鏡は新品で、ピアノが置かれ、バラと白ユリの大きな花束があって、アパルトマン全体に芳香を放っていた。

「早速帽子をかぶって、鏡を見てみたいわ……待って、まずお茶にしましょう」

彼女は下に行き、注文する声が聞こえてきた。

「チーズとジャムのタルティーヌをいくつかお願いするわ」

お盆が運ばれてきた。婦人はお茶をカップに注いでくれると、タルティーヌを盛ったお皿を、あたしの前に置いてくれた。

「お食べなさい、仔猫ちゃん。あんたの年頃だと、いつもお腹が空いているものよね。さあ、遠慮しないで……あたしはタルティーヌは一つでいいわ。後は全部お食べなさい……」

彼女は三つ編みを冠みたいにした髪に、新しい帽子をかぶってみた。その帽子も黒いレース仕立てだったが、ドレスとマッチした緑のビロードの大きな飾り結びが付いていた。こんな女の人は全く見たことがなかった。その褐色の肌は、ビロードみたいな感触だろうなと思われた。

「あたしに似合っているでしょう？　あまりお金がない時には、秘訣は眼力にあるのよ」

彼女は三面鏡の中ほどに立った。あたしは三方向から映しだされた姿を眺めた。マントルピースの上の、正面にある大鏡のおかげで、その帽子が脇から見ても、後ろから見ても、どれほど自分に似合っているのかが、彼女にははっきりと見てとることができた。突然、彼女は指先で、ドレスからパニエを取ると、片足を一歩後ろに引き、体を前に傾け、頭を少し横にかしげて、声を上げた。

「侯爵……」

あたしは感嘆のあまり、胸がいっぱいになってしまった……彼女はピアノの方に駆けより、鍵盤を叩いて、音を出した。ラアアアア……

「おいしい、お嬢ちゃん？」

あたしはほとんど答えることができなかった……もう絶対にここを立ち去りたくなかった、この婦人の許も、このアパルトマンも。いたるところ本だらけだった。どれほど、あたしは読書できることだろうか！……

男の人が不意に現われた。

「サム、サム、ねえ、あたしの帽子を見て、すごく似合うでしょう。素敵でしょう?」

彼女は振り向くと、ハイヒールのところでくるりと回って、彼と正対した。

「ねえ、こっちに来て、この姿を見てちょうだい……」

彼女はあたしの前で、男を立ち止まらせた。

「ねえ、この娘《こ》はどうかしら? ブロンドだわねえ。光線の束みたいじゃない!……あら、腰に擦り傷ができちゃったのね。おや、タルティーヌも五つめね……でも鶏のガラといったところね」と彼女はあたしの手首を取って、言った。

サムはあたしをじっと見つめた。男はユダヤ人だった……どうしてこの女性は、ユダヤ人にこんなにくだけた態度を取ることができるのかしら?

「こんなにきれいにこしらえられた宝石を見たら、胸にぐっと来ない……」

「ああ、こんな具合ならな」とサムは言った。

「しゃべってみて、お嬢ちゃん、声を聞かせてあげて」

あたしは押し黙ったままだった。

「これじゃ、どうしようもないな」とサムは言った。

「そうね、どうしようもないわね」

彼はあたしにチップとして、クワルチエ貨を一枚くれた。

「さてと、ソフィー、稽古をしよう、俺たちは四時には総稽古の場にいなけりゃならないぜ」

「だから、あたしは新しい帽子が欲しかったのよ」

ソフィーは扉を開けて見送ってくれたうえに、もうすぐもう一つ帽子を買ってあげるし、またお茶とタルティーヌをご馳走してあげるわよ、と約束してくれた。

通りに出ると、あたしは泣きだした……帽子はそんなに簡単に傷むことはないだろうし、この女性は別の帽子屋に行くことだってできるのだから……

＊

おお！　ワウテル、今あたしの家で、ちょっとした事件が持ちあがっているのよ。みんな疥癬《かいせん》にやられているの。下の弟たちは学校から閉め出しを食ったわ。だって他の子供たちにうつしちゃうでしょう。母さんは、従妹のカーチェからうつされたと言っていたわ。その子は、その子のお母さんがやっている居酒屋に水夫たちを呼び込もうと、呼び寄せた娼婦たちからうつされたらしいわ。とにかく、今そんな具合なのよ。あたしたちは体中に、それから指の間にぼつぼつができて、血が出るくらい体を掻きむしっているのよ。仕事場では、あたしはそれをうつしてはいないみたいよ。ああ！　やれやれ、主任が疥癬病みになればねえ！……そうなったら、笑ってやれるのに。そうは言っても、そんなことは馬鹿げているわ。だってあたしは店を辞めさせられるでしょうから……あたしはあんたと出会っても、手は差し出さないわよ。そのくらい、簡単にうつるのよ。もしあんたがクロヴェニールスブルフワルのお医者さんに行って、診てもらえば、たちどころに病名が分かるし、あんたは娼家に出かけたと思われちゃうわね。だってその病気は、あそこが出どころらしいからね。両親はそう言っていたわ。だからナー叔母さんを呪っているのよ。そこであたしたちは、それを貰ってきたんだから。

いいこと！　あたしはもう、ナー叔母さんのところには行かないわ。その店で、あたしはしょっちゅうカーチェといっしょに、娼婦さんたちがダンスをしているのを見て、おもしろがっていたの。あたしたちも片隅で踊ったわ。あたしがどんなふうにワルツを踊るのか、どんなに上手にスコティシュ〔ポルカに似たスコットランドの踊り〕を踊るのかを見てくれなきゃ駄目よ。最近のことだけれど、一人の水夫があたしの脇の下に手を入れて、抱き上げるようにして、いっしょにスコティシュを踊ったのよ。ナー叔母さんは笑い転げていたけれど、クラース叔父さんがやって来ると、あたしのお尻を蹴飛ばして調理場に押し込んだわ。

母さんは、体中、大きなぼつぼつができたケースを連れて、都市《まち》の無料診察所に出かけたわ。お医者さんが黄色の軟膏を詰めた壺を渡してくれたので、うちではその薬を皮膚に塗らなければならないの。それから、黒い石鹸を使ってお湯で体を洗わなければならないの。その時はみんなが叫び声を上げるくらい、体にピリピリ沁みるのよ。それは一騒動になるわ。毎晩バケツ三杯のお湯が要るのよ。バケツ一杯に三セントお金が掛かるの。水道がある隣の女の人の家に、ジャガイモをゆでるために、しょっちゅう水を借りに行ってはいるのだけれど。水の値段が高いので、お母さんはシーツを十分に洗ったり、ゆすいだりすることは絶対にできないの。ワウテル、あんたはこうした事情を全部分かってくれるわね。でもあんたと出会った時、何だ、薄汚れた体をしているなと思われるのが心配で、あらかじめ言っておくのよ。これはあたしのせいじゃないわ。海岸に住んでいた時には、時々海水浴をしたものよ。だから海から出ると、一日中、あたしは銀やバラみたいに光り輝いていられたのよ。でもここでは、バケツで水を買わなければならないのだから、あたしの肌は土気色をしているのよ……

＊

ワウテル、どうして、あたしたちみたいにすごく若い二人が、結婚できないのかしら？　あたしはすごくうまくジャガイモをゆでることができるし、タルティーヌも切れるし、部屋をピカピカに磨けるし、ベッドメーキングだってできるわ。ねえ！　これって、すごく心躍ることじゃない！　あたしはコッペルリトの会社の事務室に、あんたを呼びに行くわ。そして運河のあたりを軽くぶらつくのよ。土曜の夜には、あたしたち、お湯を入れたバケツで体を洗うのよ。日曜日にはきれいな衣装を着るのよ……あたしは《事務室で仕事を》している男性の奥さんなのですもの……

いい、いいこと！　あたしはまず安物の綿の、それでも小ざっぱりしたシュミーズをまず着るわ……

「?・?・?・」

「そうじゃないの、塩素水で何回か洗えば、白くなるわ……それからメルトン〔フラノに似た、縮絨加工され、表面が毛羽立てられた厚手の紡毛織物〕のキャミソール、手編みの白靴下、ちいさな止めバンドのついた足首から下の部分のない薄手の靴下を身に着けるわ。その時はメルトンのぴったりしたパンツの上に、刺繍のついた幅の広い薄手のスラックスを穿くわ。かかとの高い、ラスティングの、房のついた編み上げ靴も履くのよ。あんたが青は好きじゃないということなら、白いメルトンの二枚のペチコートと、大きな刺繍のついた一枚の薄手のペチコートに、ふくらんだ短い袖のある、後ろに大きなリボンのついたピンクのサテンのベルトで締める、白いモスリンのギャザーのついたドレスも手に入れるわ。スクエアネックの襟には、金の小さな樽の形をした留金のついたサンゴの首飾りをつけ、梨の形のサンゴのイヤリングもするわ。髪の毛はカールするわよ。『ウイ、ノン』と言いながら、頭を前後に揺すって、ピンクのリボンとモスローズのつぼみのついたつば広の白い帽子をかぶってみるわ。手首には黒いビロードの紐を結んでみるわ。ねえ！　ワウテル、ワウテル、こんなあたしの姿はどうかしら？……あんたは黒いビロードの上着を着、短いズボンを穿き、やはりビロードのタータンチェックのトック帽をかぶり、首はリボンがひらひら翻るようにし、散歩用のステッキも持つのよ。

あたしたちはマイデルポールトを出て、ロームタインチェスまで足を延ばしたり、ウェースペルポールトを出て、庭でお茶を飲むのよ。お湯が隣のお茶室《テーストーフ》で沸いたら、バターを塗り砂糖をまぶしたビスコットを食べましょう。日曜日、お金持ちたちが庭のテーブルのまわりに腰を下ろして、お茶を飲んだり、《きれいな箱》から出したビスコットを食べている時、その人たちのそんな様子を、あたしは見物するわ。ねえ、そうじゃない？　ああ！　本当よ！　何ていう喜びかしら！　あたしたち結婚しているとは言えないわよ……そうなると、バカにされるかもしれないわね……帰宅したら、セージを入れたミルクを温めるわ。それからクルミを割りましょう……でも日曜日に陽が照っていなければ、あたしたち、きれいな恰好はしないわよ。野原に行って、溝を跳んだりするのよ——いい、あたしは跳び越えてみせるわよ——それから追いかけっこもしようよ。あたしを捕まえるには、どたばた駆けずり回らなければねえ……そうよ……でもまず結婚しなければいけないわ。そうしなければ、いっしょに棲むわけにはいかないわ……

　あたしのうちでは、あなたのうちみたいに、いつも神様のことを話すわけじゃないわ。母さんはまず十字を切ってお祈りするわ。それでも、子供たちのことをしっかりと観察していて、誰かがジャガイモをつまみ食いしようとすれば、『何をやってるんだい……』と怒鳴って、指の上をぴしゃりとやるのよ。あんたのお母さんはメリノの毛織物のスカート、白いカラコに丸襞のついたボンネットといった服装をしているわね。あたしの母さんは、今は流行《はや》ってないけれども、クリノリンの上にたっぷりしたスカートを穿いて、スカートをふくらませて、黒い絹のルーシュの付いたボンネットをかぶっているわ。出かける時には、大きなショールと帽子を身につけるわ。いつも貴婦人みたいに見られたいのね。それもちゃんとした理由があるのよ。ドレスは似合わないからなのよ……あたしの母さんは、あんたのお母さんみたいに、しゃべっている時、いきなり話題を変えたりはしないわ。そうよ、あたしの母さんは話しはじめると、自分の言いたいことをおしまいまで話してしまうの。だからまた同じ話を繰り返すように言われると、怒りだすわ。あたしも、話を蒸し返すのは苛々するわ。そうなると、あんたのお母さんとうちの母さんとでは馬が合うことはないわね……

　父さんは……そうなの！　父さんはストフェルのことを、調教されたロバだときっと言うわよ……どうしたらいいか、分かる？　それはね、ストッフェルとミナとを結婚させちゃうのよ……そうなのよ、笑っちゃうけど、そうなのよ……だけど二人はあたしたちのところから、ずっと離れたところで暮らさなきゃいけないわ。

たとえば、ハールレメルダイクの先、そしてあたしたちの方はウェースペル・エスプラナーデというふうに。そうなれば、あの人たちはしょっちゅう、あたしたちのところに押しかけては来られないわ……下の弟妹たちだって、やって来たっていいでしょう……

でもあたしたち、ほとんどの時間、二人だけでいて、本を読んでいるんだわ。ケルクストラートの地下室にある、せむしの店で本を借りるのよ。月曜日には、あたしたちバター市《いち》のあたりを一廻りするのよ。ユトレヒトスフェストラートから公共計量所まで、市に店を出している本屋を冷やかしながら、ぶらつくのよ。そこに店を出しているせむしは、いつだってあたしに、好きなように本を読ませてくれるわ、他の古物屋さんもね……あたしたちはそこから花市に行くのよ。特にあたしは何が好きか、分かる？　舟の仕切りが開けられて、全部の花が一斉に出されて、花の香りがぱっと広がる時なのよ。スパイまで、いい匂いがしてくるわ……ああ！　あたしはこの都市《まち》を散歩するのが大好きなのよ、イから、アムステルのオート・エクリューズまで。ユダヤ人街の薄汚れた家並、貴族運河に繋留された下層民たちが棲んでいる舟、ノールデル・マルクト沿いの道、さらに遠くの青物市、さらには、ローイールストラート近くの、貴族運河のほとり、そうした場所がどこもかしこも好きだわ。舟から河岸に、赤キャベツや白キャベツが投げられて、山ができていくのを見るのは、いつも楽しくてしょうがないわ。一度、キャベツの数を数えてみようとしたことがあったの。舟の男が河岸の男にキャベツを投げていた時よ。五百十七個まで数えたところで、胸がどきどきしてきたわ……あんたはこういったことがみんな好き？　あんたみたいな人たちからすれば、多分、そんなことはないわね……実際は、そんな場所では人々はがなりたてているわ……それだったら、あたしたち、外の城壁を散歩しましょうよ。そこに行けば、上品な人たちしかいないわよ……」

あたしは廊下を歩いてくるせかせかした足音を聞いて、びくっとした……あれは学生だ！……あたしは本を投げ出すと、すぐに倉庫に退散した。

学生がまた外出する物音を聞いて、リボンを入れた箱を急いで並べ終え、掃除をするのに、また上の階に上がった。

まず寝室に入ってみた。おや！　あれは何かしら？　ガラス扉を透して、広間で鏡が上の方に付いた小さな簞笥のそばに、主任が腰を下ろしているのが見えた。その前には蓋の開いた小箱が見えた。彼女は小箱からいくつかの小道具を取り出すと、爪の手入れを始めた。爪を切り、やすりで磨くと、やすりの先で甘皮を押し下げていた。爪の上に粉をつけると、別の道具を使って、こすりだした。それから爪をじっと見て、またこすりにかかった。小箱を閉めると、別の小箱を開け、白い羽のような美しい布を取り出した。すると顔にピンクの白粉《おしろい》をつけた。髪の房まで持ち上げて、額につけた。首の方にはつけなかった。〈このためなのか〉とあたしは思った。〈顔よりも首のあたりがいつもずっと黄色っぽく見えるのは……〉。すると噴霧器のついた小瓶で髪の毛、顔、首と液を噴きつけた。それからコルサージュの前を開けると、剝き出しになったおっぱいにも噴きつけた。なんて変な形のおっぱいかしら、ナシみたいに長っ細いわ！　ミナのおっぱいは、リンゴを真っ二つにしたような形なのに……彼女はコルサージュのボタンをまた嵌めると、さっと櫛を入れ、小箱や小瓶を小さな簞笥に仕舞った。それから鏡の前に行って、両手でコルサージュについた白粉をはたいてから、外出した。

ああ！　そういうことなの、あたしはこの簞笥を一度も開けたことがなかった。そこにすっ飛んでいくと、タンスを開け、箱を手に取った。青いビロードの内張りをした中には、何と沢山のこまごまとした道具があったことか！　これ全部が、爪の手入れの小道具なの？　今、ようやく分かったわ……ピンクの色をし、ピカピカ輝き、丸みを帯びた爪は、てっきり生まれつきだと、あたしは思っていたわ。ああ！　これも手入れ次第なのかしら？　あたしの爪ときたら、平べったく、全く小さいときている……

あたしは一つ一つ小道具を取り出して、いじくってみた。特に甘皮を押し下げるのは難しく、ひどく痛かったが、何とかそうできると、お金持ちの女の人たちの爪を見てひどくうらやましく思っていた、蒼白い三日月がほんの少し顔をのぞかせるのを、実際目にすることができた。神様、何てきれいなの、きれいなの！　やすりでこすり、磨きブラシを手に取った……あたしの手は汚かったから、まず手を洗わなくちゃ……

学生が使っている薄紫色の石鹸で手を洗った。磨きブラシの上に粉を振りかけ、爪を磨いてみた。ああ！　たちまち、もう前のような手ではなくなっていた……顔や首に白粉をつけてみた。首のあたりは黄色く、顔はバラ色になった。すごい変身ぶりだわ。噴霧器のついた小瓶で、主任がしたそのままのことを全く同じようにやってみた。あたしのおっぱいは小さな板の上に小粒のエンドウ豆が二つ貼りついているようなもので、それ以外の何ものでもなかった。最後に髪の毛に櫛を入れるのを忘れてしまった。

ああ！　だって、このきれいになった手で埃を除《と》れば、また汚い手になっちゃうじゃないの！……あたしは士官のお嬢さんが手袋をはめて、この仕事をしているのを見たことがあった。学生は引き出しに手袋をぎっしりと詰め込んでいた。古い手袋を選んで、それで埃を除去した。手袋を脱いでも、手はまだきれいなままだった。爪はピンクで、キラキラ輝き、下には素敵な細い三日月もあった……

「ケーーー！　ケーーー！」

「ああ！　やになっちゃう！……」

「早く、ジャガイモを剝いとくれ！……おや、いい香りだねえ」とコリーは言った。「きっと通りを花屋の荷車が通っているんだね」

ジャガイモ？　ジャガイモですって？　どうやって、この爪の状態を保ったらいいの？　どうしようもないわ。爪は台無しね。でもその後、上にまた行って、爪を磨き、ピカピカにした。

主任は仕事場で、そのことを感づいたらしく、あたしをじっと見つめてから顔を赤らめたが、何も言わなかった。

それからは、二人とも互いに全然何も言わなかったが、仕事場に入る時は、互いに相手の様子を嗅ぎ分け、探り合うような具合になった。

＊

ワウテル、あたし、あのラプス婆《ドモワゼル》の部屋に、あんたが泊まった夜の場面のところをまたもう一度読み返してみたわ……あの女はあんたに言っていたわね、自分のことを《あんたひとりのクリスティイン》なのだと思ってちょうだいって。汚らわしいったらありゃしない、そうでしょう！　でもあんたは、ちゃんとあの娘《こ》のことを気に懸けていることを、あの女に見せつけてやれたわね！　窓から見ると、バター市の角のところで、フェムケが人々の群れに押し潰されそうになっているところだったんだわ。だからあんたはフェムケを助けに行ったのよ。それは、立派なことだわ。あたしに対してだって、きっと同じことをしてくれたわね……

でも何て一夜をあんたは送ったの！　まず、あのラプスとよ、おお厭だ……それからあの居酒屋で、フェムケはテーブルの上に突っ立ったわ……いい、あたしには、とてもできないわ！　あのテーブルに立ったのはフェムケなの、それとも王女様なの？　とにかく、ひどすぎるわ。それに若い娘が、あんなバカな真似をしちゃいけないわ……それでも、あたしにすれば、あの娘になってもよかった、とも思っているのよ……

あたしはあの娘なのよ。だからあんたが涙ながらに声を詰まらせて、あたしの名を呼んだ時は、ちゃんとあんたの声が聞こえたわ。でもあたしは誇らしく思ったわ。それでも、あんたがあたしの手にキスをしてくれた時には……ああ！　ワウテル、もしそれが実際にあたしだったなら……そうなの、違うわ、あたしの方は、あんたがあたしを呼ぶ声を聞いちゃいないわ。あたしの手にキスをしてくれた覚えもないわ。だって、そうだったら、あんたの方に飛ぶようにして行って、あの下種どもを掻き分けて、あんたの腕の中に跳び込んでいたわよ……でもあの娘《こ》は、フェムケは、クラース親爺といっしょに立ち去ってしまったわ、あたしには分からない……あんたなら、あたしを連れてってくれたわね。そうなったら、あたしたち、ポルト・デ・サンドルを出て、小さな木橋まで行ったわね。風車は歌っていたはずよ……

ファネ、ファネ、ファン、ファン、
シネ、シネ、シ、シ、
ファネ、シネ、ファネ、シネ、
ファネ、シネ、ファンシ。

芝生には眠っている娘がいた。もしそれがフェムケなら、ケーチェなら……そうなの、それはケーチェだったわ。あたしたちは、あたしたち二人して、きっとそこにいたわ。今更あの厭な夜のことなど、くよくよ考えても仕方ないわ。あたしたち二人きりになったら、他の人たちのことなどどうでもいいの……

ポルト・デ・サンドルを出て、あなたは後でフェムケの家に行ったわね。あんたは芝生の中で眠ってしまったから、通りがかった人たちは、あんたをてっきり酔っ払いだと思っていたわね。何てバカげているのかしら！ あんたはまだ大人とは言えないんだから、酔っ払うなんてことはないわよ。フェムケのお母さんが、あんたのことを酔っ払っていると思ったってよ……要するに……当たり前だけれど、フェムケは家にはいなかったのね。

何にも増していちばんよいことは、あんたが体を洗いたいと言った時だわ。でも、他人の前で、そんなふうに真っ裸になった時、どんな態度でいられたの？ あんたの家では、聖書をよく読んでいるわね。そんなことをしてはいけないと、教えられているはずよね……

四、五年前、あたしがまだ小さくて、毎週土曜日に、母さんが子供たちの首や手足を洗ってくれた時には、あたしはまだ裸になっていたわ。あたしの右の脇腹には、小さな黒子があるし、左の腰にもあるのよ。いつもそこをこちょこちょとくすぐっていたし、ヘインはそこにキスしたがったものよ。黒子はまだそこにあるのかしら？　母さんがもうあたしの体を洗ってくれなくなってからは、あたしはもう自分の体を見たりしないわ。だって、それは下品なことでしょう……それでも、そんなことは分かるわね。あんたのところでは、《上品に》ということが、口を酸っぱくして言われているでしょう。礼儀正しさって、どういうことか知らなければいけないわ。

あんたが羞恥心を失ったのは、不潔極まりないあのラプスのせいにちがいないわ。だってあんたたちは二人して、いやらしいことをしたらしいんですもの……ジーッケ・オルスマは言っていたわ。兄さんがやはり夜に帰ってこなかった、男の子はそんなものなんだって。本当だわ、男の子たちはいつでもいやらしいことを考えているんだわ。街に出ると、男の子たちは、そんなことしか考えないのよ。袋小路の大人たちがしゃべっているのはそんなことだけよ。それにここの主人ときたら、そんなことだけを狙っているのよ。ねえ……ねえ……ちょっと変じゃない。そうなると男たちって、飲むことも食べることも、そっちのけになるのよ……あたしはねえ、あんたにただキスしてもらいたいってだけよ……

それからあの人ったら、フェムケのお母さんたら、あんたに水を引っ掛けたんでしょう……でも、あそこで水を掛けたなんて……ああ！　思い出すわ、ヒースの生い茂る原で、従妹のナーチェと小川の中を歩いた時、あたしたち、その後ですごく愉快な気分になったものよ……それからある日、防波堤と防波堤の間の浜辺で、たった一人で真っ裸でいたのよ。杭につかまって、波に洗われていたわ。その後、歌を歌ったわ。家に帰ると、みんなが言ったわ、今までこんなにきれいな姿を見たことがないって。でもちいちゃかったから、そんなこともできるんだわ。体が大きくなりだしてからは、あたしはもう決して、決して裸になったことはないわ、たとえシュミーズを替える時でもね……そうよ、そうよ、それは慎みを欠くってことだわ。だからあんたも裸になんかなっちゃいけなかったのに……何のかんの言っても、やっぱりあんたが必要なの。それにフェムケのお母さんはあのラプスみたいに、おっぱいを見せつけはしないわ……「あたしをクリスティインと呼んで、あんた一人のクリスティインて……」。とんでもないわ、あのバカ婆の言い草は。ワウテルはあんたのカモなんかにはならないわよ。だからあんたはもう、ワウテルにちょっかいは出せないわよ。ワウテルはあんたのところに、兄さんのストッフェルを行かせるわよ、あたしの方も、主人のところには姉さんのミナを行かせようと思っているくらいだから。その連中はね、ワウテル、いやらしいことをしたっていいじゃないの、願ってもないことでしょう。でもあたしたち、あたしたちはあそこに行きましょう。風車が音を立てているわよ。

ファネ、ファネ、ファン、ファン、

もしそれがFなら……ええ、それはケーチェなの、あたしは、あんた一人のケーチェなの……シネ、シネ、ファネ、シネ、シ、シ……

「ケーーー！　ケーーー……早く来ておくれ、ぐず、肉屋に行っておくれ、ひき肉を買ってくるんだよ。肉屋のバカが肉を届けてこないんだよ。食料品屋に行って、卵も一個買ってきておくれ。肉にまぶすんだよ。もうパンを水に浸けとかなきゃ。さあ急いどくれ……パン屋のウィレムに会ったら、バカげたことを言っていたよ！　さあ、早く、ほらお金だよ。ああ！　やれやれ、あと二十分で正午だよ！」

＊

仕事場で、みんながコーヒーを飲んでいる間、あたしは店番をしていた。カラコを着、ボンネットをかぶった女の人が入ってきた。十歳ばかりの女の子の手をひいていた。

「奥さんはいるかね?」とその女《ひと》は訊いた。「孫娘のためにすごくきれいな帽子を注文したいのさ」

あたしは女主人を呼んだ。その女《ひと》は魚屋で、ネス川の魚市場で毎日ウナギを売っていた。うちの店の台所は、彼女が住んでいる路地に面していた。あたしたちが顔を上げると、その家が目に入った。その家の人たちが視線を落とすと、うちの店の様子が目に入るのだった。そこの娘は、このお祖母さんと、この孫娘のことでしょっちゅう言い争いをしていた。

「お母さんは、孫のことになると、お姫様みたいに着飾らせるわね」と娘はがなり立てていた。「それなのに、あたしときたら、あんたの肉や血と言ってもいいくらいなのに、あたしの方はほったらかしにしておいて、必要最低限なものにも事欠く始末じゃないの」

「いつそんなことがあったんだい?」と祖母はやり返した。「自分の子供だろうに。それなのに、わたしが孫娘の着物を買ってやるのを妬んでいるじゃないか。おまえは孫娘を自由にさせとかなければいいだけの話じゃなかったのさ。そうすれば、何でも手に入っていただろうに」

そして、毎日、その孫娘をめぐって、二人の間で絶えず罵り合いが繰り返されていた。

コリーとあたしは、それをしょっちゅう物笑いの種にしていた。

「おや、おや、ひどいもんだね! 魚屋さんたち、さあ派手にやっておくれよ……」

お祖母さんはしつこくは値切らず、白い麦藁帽子、空色のリボン、それにオレンジ色の小ぶりのバラの花飾りを選んだ。

「それでいいよ! 全くの新品だねえ。それじゃあ前払いしておくよ」

「五ギルダーですが、お届けした時に払っていただければ結構ですわ。領収書もお持ちしますから」

「あら、領収書なんて、わたしたちみたいな商売をやっている人間には、必要ないよ。日曜に帽子が要るのさ。わたしたちメールまで遠出するんだよ」

「大丈夫、ちゃんとお届けしますよ」

ちょうど小旅行の季節だった。翌日、主人夫婦と主任は、友人たち同伴で、ハールレム〔アムステルダム西方の古都、運河で北海に通じている。アムステルダム市内の同名の地域ではない。以下の二つの小都市はその近辺に所在〕に向けて馬車で出発することになっていた。ハルフ・ウェフで一泊して涼をとり、それからハールレムとハウトまで足を延ばす予定だった。一行に加わらなかった主任補は午前中に、三つの帽子に付属品を取り付けなければならなかった。あたしは、午後にその帽子を届けに行くことになっていた。残った者たちは、店で食事をすることになった。

主任は息せき切ってやって来たが、馬車はだいぶ前から待っていた。鞭がピシリと鳴ると、出発した！　主任補は深い溜息を吐いた。コリーは手近にあるものを全部叩きつけた……なあに、構うものか！　上に何か載せて、タルティーヌを食べるだけの話だ……〈あたしは〉と考えた。〈もし今日へとへとになったりしたら、ただじゃ済まないわよ……〉。コリーの段取りにしたがって、主任補は食事することに同意していた。

「それから、四時にココアを出しますからね」

コリーは、ゆでた脂身と肝臓のブーダンを買ってくるとか言って、外出し、ようやく正午になって戻ってきた。主任補とあたしは仕事場で、仕事に取り掛かった。あたしは主任の椅子に腰かけていた。

「手を洗っておいで、ケーチェ、あそこで、お洗い。そうしたら、魚屋のお祖母さんの孫娘の帽子に、付属品を取り付けてもらうわ。いい、よく手を拭いて、乾かすのよ。そうしないとリボンが汚れちゃうからね。ああ、何てリボンかしら！　もっと派手な色のリボンを見つけられなかったのかしら？」

あたしはうれしさのあまり、天にも昇る心持ちだった。

「マドモワゼル、あたしがこの帽子を受け持っていいんですか？　ああ！　このあたしでいいんですか？」

手はきれいに洗ったし、爪も磨かれていたことは言うまでもない。

「そこにまず、裏地を付けるのよ。帽子に直接ね、同じところにね」

主任補は婦人帽に白い羽根の束を付けていた。

「そこは、空けたままにしておくのよ……悪くはないわ。二年分修業したよりも、今日の仕事で、ずっと得るところがあるわよ」

帽子の輪郭に合わせて、彼女はリボンを切った。

「そうやって、リボンを巻きつけるのよ……そうよ、巻きつけたら、左側を縫いつけて」

あたしが縫っている間、彼女は大きな玉結びを作った。

「いいわ……小さな蝶結びを付けて、飾り結びはおしまいだわ……ところで、この飾りをどこにつけるつもり？　前、後ろ、それとも横？」

「前だと、ひどく流行遅れだわ……後ろに付けると、大人の女性向きでしょう。あたしなら、横に付ける方がいいわ、玉結びはやや後ろに付けるわ。それと雨粒みたいな小さな粒々のいっぱいついたアクセサリーの棒も挿すわ。そうすれば、歩く時に揺れるでしょう」

「じゃあ、やってみて」

あたしは集中力を高めた。血潮が頬のあたりに上がっていった。すっかり舞い上がってしまい、一流のデザイナーにでもなった気分だった。だから女王の地位を与えると言われたとしても、あたしはこの職を手放すことはしなかっただろう。

「そっとよ、ケーチェ、リボンをつまむ時は指先だけを使うのよ、そうしないと皺くちゃになってしまうわ。帽子を作る時には、付属品の上の方がふんわりと丸みを帯びたみたいになっていないといけないのよ……そうよ、玉結びを直して、アクセサリーの粒々をもう少し散らすようにしてちょうだい」

主任補は帽子をいろいろな角度から点検した。

「とてもよくなったわ。おかみさんもバカね。あんたを使えば、いい仕事をしてくれるのにねえ。それに二人でやれば、どちらも仕事が早く済むのにねえ」

コリーは昼食を運ばないと言っていたので、あたしたちは台所まで下りていった。まあ、何てご馳走なの！極上のコーヒー、タルティーヌには全部バターが塗ってあって、薄切りの脂身と肝臓のブーダンがぎっしり詰まっていた。

「いいこと、アウウェブライフ・ステーフに、食材を買いに行ってきたのよ」

「さあ……仕事は片が付いたね」

「コリー」と主任補は言った。「ケーチェは帽子を三つ届けに行くからね。店番をしてくれない？ あたしも外に出なきゃならないのよ、すぐに戻ってくるから」

「分かったわ、いいわよ、うまい具合に主人夫婦も、あの意地の悪い主任もいないんだから……さてと、四時にはココアを用意しておくわよ。ケー、おまえにもね……」

主任補はすぐに外出した。あたしはまず他の二つの帽子を届け、自分で作った帽子はできるだけ長く手許に置いておきたかった。木箱を開けるたびに、その帽子を拳の上でくるくると回してみてから、帽子を届けたお客さんに、この帽子をどう思いますかと尋ねてみた。最後にあたしは路地に出かけていった。ロープにつかまって、右の薄暗い階段を上り、左側の最初の扉をノックした。お祖母さん本人が扉を開けた。わあ、すごい！ 何てひどい魚の臭いかしら！ それでも部屋には魚は置かれていなかったが、階段まで臭うほど衣服全体に魚の臭いが染みついていた。

「ああ！ さあさあ……アールチェ、わたしの天使ちゃん、おいで、おまえの帽子を見てごらん！ まあ！きれいだよ、作ったばかりだね！ 振り子時計みたいな音がするよ。ああ！……」

小娘はテーブルの上にゆっくりと人形を置いた……まあ！　何て素敵な人形なの！　金持ちの買う人形だわ……その娘《こ》ははしゃいだ様子も見せず、帽子を見つめた。お祖母さんはその娘の色褪せたような髪の毛の上に、帽子を載せてやった。

「おや！　本当に、おまえにすごく似合うよ！　ああ！　本当にかわいらしくなったよ！……おまえは、いつも蒼い顔をしているのに、この帽子で見違えるようになったよ、帽子も華やかだしねえ、」

小娘はぶすっとした顔つきをして、鏡を覗きこんだ。それからわっとはしゃぎ声を上げた。

「おやまあ、笑ったね、気に入ったんだね。五ギルダーか。でもお金持ちの人たちしか行かない帽子屋さんだよ。みんな、うちの魚を買ってくれるような人たちだよ。わたしはとてもうれしいよ。本当に見栄えがするよ、うん、実にいいよ……砂糖の塊を入れて、一杯お茶を飲んでいくかい？　いいかい？」

お祖母さんは小さいティーカップに紅茶を容れてくれたうえに、《チップ《バレッチェ》》もはずんでくれた。

紅茶をご馳走になりながら、あたしは訊いてみた。

「あの、マドモワゼル〔五二頁の原注を参照のこと〕、帽子はきれいだと思いますか、満足なさっていますか？」

「ああ、勿論だよ、すごくきれいだよ。わたしたちは大満足だよね、アールチェ？」

「うん」とアールチェは言った。「近所の人たちも、すごく高い値段のものだと、きっと思うよ」

「そうさ、立派な帽子屋で作ってもらったんだからね」

「あのう、いいでしょうか、マドモワゼル、それを、その帽子をこしらえたのは、あたしなんですよ」

祖母の方は、あたしのことを呆気にとられたように見つめた。鼻が尖ったようになった。小娘の方は、顔が真っ赤になった。

「何だって、帽子を作ったのはあんただって？」

「え、あんたが？　あんたが？」と小娘も声を合わせた。

「そんなことのために、ちゃんとした帽子屋にわたしはわざわざ出かけていったのかい？　わたしの払ったお金は他人様《ひと》の金より、上等じゃないって言うのかい、注文した帽子を使い走り風情に作らせるなんてさ？」

「使い走りにだよ！」と小娘も繰り返した。

「そういうことかい！　こんなものが要るかい。帽子を作らなきゃいけないのは、帽子屋だろうが。さあ、持って帰っておくれ。後で、こっちは談判に行くからね……五ギルダーも払ったのに、こんなあまっちょに手抜き仕事をさせるなんて！……」

婆さんは帽子を木箱に突っ込むと、あたしを外に追い出した。

ああ、やれやれ！　ひどいことになったものだ！　何と言い訳していいものやら？……だって、あの二人はすばらしいと思って、満足したじゃないの……それがすばらしいという以上、作ったのがあたしだって、主任だって、あの女にとって、どうってことないじゃないの？　してみると、あたしが使い走りだということか……金持ちたちだけは、しがない連中の手になるものは、どれも粗悪なものだとの思い込みが激しい、そうあたしは考えていた。だがこの魚売りの婆さんは、それに輪を掛けてひどいと思った……父の場合も同じだった。だって、父は馬車一台と馬一頭しか持っていないからだ。お客たちは正面の規模の大きい貸し馬車屋に向かう。父はたった一人の客も得られないこともある。そうなると流しで客を見つけるしかない……それでも、夕方に馬車を曳いて戻ってくると、父は馬に飼葉を与える。尻尾を結んでやり、鬣《たてがみ》を編んでやる。そうしてから、父は一人で食事を摂る。朝になると、馬に櫛を掛けてやり、馬が飼葉を食べている間、父は馬車を洗い、取り付けてある銅板をピカピカに磨き、クッションをまた置くのだ。そうやって初めて馬を繫ぐのだ！　何もかもが光り輝いている。馬はピカピカだし、鬣は波打っている。ところが正面の馬車屋は、車も馬も手入れはいい加減なものだ。父はそう言っているし、目利きなのだ……でもねえ、馬車も馬も新品、働き盛りというわけにはいかないが、父はよく手入れをしてやっているから、そうは見えない。それでも、客は正面の馬車屋の方に行ってしまう……

　あたしからすれば、今、それは同じことだった。この帽子はもう価値がない、だってそれをこしらえたのはあたしだからだ、使い走りだからだ……厭だ、厭だ！　あたしが本当のことを言っている場を、また押さえられたら……どう言い訳したらいいの？……おかみさんは請け合っていた、あたしはいつだって、隠し立てができないって。ところが、どっこい！　そうとは限らないわ……カッテンブルフの二十五セントの例があるわ……そうでしょう！　でもあたしはちゃんとそのお金は返したわ……悪いのは、アイロン掛けの仕事をしているあの下種女よ……あたしはどうすればいいと言うの？……本当のことなんて言えないわ、そうよ、本当のことなんて……

　主任補の顔を見ると、あたしは、今起こったことを全部ぶちまけて、わっと泣き崩れた。

「ああ！　バカな子だねえ。あたしも厄介なことになったわ。あの口うるさい婆さんに、何て言ったらいいのだろう？　やれやれ！　あら、押しかけてきたわよ……」

「ねえ、おまえさんはわたしが注文した帽子を、使い走りに作らせているのかい！　わたしの出したお金は、マダム・ヴァン・エーヘンのお金より価値がないって言うんだね？」

「マダム、おっしゃることが分かりませんわ。使い走りの娘《こ》はお使いに行くだけですし、あたしたちが帽子を作っているんです。そういうあたしたちにしても、お金を払って三年間修業をしたんです。主任は、馬車でハールレムに発つ前に、奥様がお孫さんのために注文なさった帽子は予め作っておいたんです。ケー、帽子をお出しして」

「だって、その娘は帽子を作ったのは自分だって言ったんだよ」

「マダム、このバカな子は鼻っ柱が強いから、空威張りしたんですよ。しょっちゅう嘘ばかり吐いているんです。おかみさんが帰りましたら、この娘を追い出すよう言ってやりますわ」

彼女は婆さんの目の前で、帽子をいろいろと点検させてやった。

「いいですか、この帽子を使い走りがこしらえたりなんかできますか、本当に?」

「本当だね！　この帽子にいろいろ飾りものを付けてくれたのが帽子屋さんだとすれば、わたしは文句を言えた筋合いじゃないよ。貰うよ、お金も払うよ、自分で持っていくよ」

「いや、この娘がお届けに上がりますわ。そのためにここにいるんですから。仕事はそれだけなんですから」

「いやいや、結構だよ！　これがお代だよ……分かったね、アールチェ、帽子屋さんが作ってくれたんだとさ」

二人は立ち去った。あたしは再び泣きだした。もし主任補がこのことをおかみさんにばらしたら、あたしは追い出されるわ……

「さあ、泣くのはおやめ、おバカさん、これで片がついたわよ……涙を拭いて。コリーは何も知らないはずよ。あの女ときたら、しまいにはいつでも何でも主人たちに告げ口するんだから。やれやれ、くわばら、くわばら！……いい、分かった、本当のことは、自分にだけ言えばいいってことよ……さてと、ちょっと……コリー、コリー！　ココアの用意はできているの?」

＊

ワウテル、あたしは不幸だわ。みんな寄ってたかって、あたしは間抜けだって言うのよ。家で考え込んでいると、ミナはすごく怒りだすのよ。本を読んで見つけた言葉を使うと、父さんもかんかんになって怒るのよ。父さんが言うには、そんな言葉は、あたしが勝手にこしらえたものだ、誰もそんな言い方はしない、そんなのは全然オランダ語じゃないって……昨日、あたしは頬を張られたの。あんたが病気の時、オルスマ医師は、あんたが《繊細な感覚の（délicatement outillé）》持ち主だって、分かってくれたっていうふうに、あたしは受け取ったのじゃなかったかしら。そこで父さんに、そこのところをどう読んだらいいのって訊いてみたのよ。その答えは、あんたが仕事をするうえで、ちゃんとした道具を多分持っているってことだって言ったの。そこで言い返してやったの。お医者さんが言ったのは、あんたがちゃんとした道具を持っているということではなく、あんたには包容力があるというように、あんた自身が繊細な心をしているってことよって。すると、父さんもこう言い返してきたの、その道具というのは、あんたの手足、おそらくは歯みたいなもののはずだって。あたしがそんなはずはないと言ったので、父さんは怒りだしたの。ミナがちょっかいを出してきて、あたしがいやらしいことを考えていると言ったので、父さんはあたしの頬を引っぱたいたの……いやらしいことって、ワウテル、経験したことがあるの？……母さんは、バカげた話はやめてよって割って入ったの。その後、母さんは、どうしていつまでも子供っぽさが抜けないんだいと訊いてきたわ。だってあたしはもう十四歳になっているのだから、そんなふうに言ってくるんだわ。

あんたも家では、のけ者扱いされているようなところが、ちょっとあるわね。でも、オルスマさんの家族がいてくれるわ。お医者さんは、あんたが繊細な感覚の持ち主だってことが、分かってくれているわ。だから先生は、自分の息子たちがあんたよりも高い教育を受けたなんてことを見せつけたりして欲しくない、と思っているわ。だってそうなれば、あんたは辛い思いをするかもしれないわね……あたしに対しては、誰もが平気で辛く当たるわ……

ここの帽子屋では、みんながあたしを小バカにするの。主任はあたしが仕事場に来て欲しくないという態度を露骨に見せるの。だって彼女がどうやって帽子を作るのかを、あたしがじっと見ているからよ。お使いから帰ると、店や台所の方に追っ払われるのよ、あたしに仕事の様子を見せないようにしようっていうんでね。あの人たちがおやつなしで済ます時もそうよ……この前なんか、主任はこう言うのよ。帽子を試してもらうのに、いっしょに家々を回るのは恥ずかしいって、あたしがぼろ雑巾みたいな臭いがするからですって。そうよ、コリーは一回洗った食器をまた洗わせたことがあったわ……あたしが繊細な感覚をしているとは、あの人たちは言いっこないわ。第一、あの連中はお父さんやミナと同じで、繊細な感覚をしているって意味が分からないのよ。でも、どういう意味かしら?……学生に訊けば、教えてくれるかもしれないわ。でもあたしが部屋に行くと、学生は学校に行くところなのよ。あるいはお盆を持って上がっていくと、遠くから、「そこに置いておいていいよ、あとは自分でやるから……」。多分、学生の持っている本を見れば、意味が分かるのじゃないかしら? もう早速、そのチャンスがあったわ……部屋に行ってみたら、どうかしら……

そこにある本を手当たり次第ひっくり返してみたところ、上に一行、《レキシコン》と書かれている本があったの。前にそういった本を一冊開いてみたことがあったわ。みんなが辞書と呼んでいるものだったけれど、とても大きくて、いくつもあったの。上に《辞書》と書かれてあったとしても、他の辞書だったなら、あたしは探すことを諦めていたわよ。でも《レキシコン》なら……だからあたしは、Outil、それからOutillerという言葉に注意を向けたわ。父さんが言ったように、いろいろな道具を持っている、ということだったの。訳が分からなくなったわ……Délicatement outillé……学校では、人間には五感があるって教えられたわ。視覚・聴覚・嗅覚・味覚・触覚……あたしたちはこうした感覚を道具《アンスツルマン》として使っているじゃない……違う……そうでしょう……はっきりしているじゃないの……あれを見るのに目を使うとか……そういうことじゃないのかしら……

夜に帰宅すると、家の中が臭いと思ったの。家族は何も感じている様子はなく、みんなを苛立たせるために、あたしがでたらめを言っているというのよ……おまけにあらゆる用に使っている木の桶に、母さんが水を汲んで帰ってきた時、あたしはすぐに水が変な味がすると思ったの。するとお母さんは怒りだしたわ。繊細な感覚をしているって、多分こういうことなのね……ディルクは毎夜、ネズミのかじる音がすると言っているけれど、他の家族は何の物音も聞いていないのよ……これも多分そういうことよね……

ワウテル、あんたは他の人たちより、感じやすく、目もいいし、物音もよく聞こえていたのよ。だから、そうなると、あんたは、あたしも同じだけれど、震えが来たんだわ。ディルクも震えが来るのよ。弟はネズミのかじる音を聞くと、夜あたしを起こすのよ。……そんなことでもなければ、ワウテル、あんたがどういう人か、この繊細な道具一式《ウティヤージュ》というものがどんなものかが、絶対に分かりはしないわね……あんたがハルテンストラートの本屋のショーウインドーの前にいるのを見かけた時から、あんたが好きになったの——あたしも、本を読むためだったら、何もかもうっちゃらかしておくわ——でも、あんたが家でどんな扱いを受けているかが分かり、あなたは繊細な感覚をしているって知った今は、いいこと、さらにずっと、あんたのことが好きになったのよ……もしあたしも繊細な感覚をしているってことなら、これからずっと末永く、いつもいっしょにいられるわねえ……でも、どうやってそんなことが分かるの？……オルスマ家の誰かと出会えないかしら？　マダムは、ムッシューと同じように、あたしにあんたの繊細さを伝えてくれるわね……

　マダムは自分の信じるところにしたがって、行動しなければいけないと思っているわ……ところが、それは厄介なことなのよ……あたしが自分の信じるところにしたがってだけ、言いたいことを言ったら、ここから追っ払われてしまうわ……主任に、アフテルブルフワルで飾り窓の後ろに控えていた方がいいわよって言ったとしたら。主人には、色気違い《ソドミト》じゃないのって。おかみさんには、貴婦人たちの前で、美しい帽子をかぶってみせてデモンストレーションをする時は、うちの母さんの方があんたより格段に見栄えがするわよって言ってやれたのなら……ああ、やれやれ！　扉のところにすっ飛んでいって……学生に面と向かって言ってやれたら、モスリンの帳《とばり》で囲まれたあんたのベッドに、赤ら顔のでぶ女を引きずりこむよりは、主任補の方がずっといいわよって……ああ！　主よ、もしあたしが自分の信じるところにしたがって行動するならば、全部の帽子をかぶったままでいます。だって、その帽子は、子供用の帽子からお婆さん向きの帽子まで、どれもこれも似合うんですもの……

オルスマ先生本人に出会う方がずっといいわ……あたしは病気のふりをするわ。すると先生はおそらく、やはりこう言うわね、君は感覚が繊細すぎるねって……先生が住んでいる運河のあたりを、ちょくちょくうろついてみるわ。クロヴェニールスブルフワル界隈には、七人のお医者さんがいるのよ、でもオルスマという名前の人はたった一人もいないわ……先生が住んでいたのは五十年前だから、きっと死んでいるわね、マダムも、シツカも……あんたは、ワウテル、あんたは死んではいないわ、死んでは駄目よ、あたしには自信があるの、今から何日かしたら、あなたと出会えるって……ちょっと……ちょっと待って……しっ、コリーが下りてくるわ。

「ケー！　ねえ、ケー！　さっさとしとくれ！　ジャガイモの皮剝きを手伝っておくれ。火を消してしまったね、全くドジだね、石炭を足しとかなかったのかい？　あちち、おまえがあたしの娘なら、火を押し付けてやるところだよ。さあ、急いで、皮を剝いて、剝いて。その間にかまどに火をつけておくから」

＊

あたしの一家は引っ越しを終えていた。ところが、ハールレメルダイクの正面の建物の三階では、下の弟妹たちがいたんでは、ことはうまく運ばなかった。植物の芽生えを見るのが好きで堪らない、あたしにはそんな性癖があったので、窓の外に置いた鉢に斑入《ふい》りのソラマメを蒔いた。朝晩、それに食事に戻ってくる正午に、何はさておいても、鉢の置いてあるところまですぐに行った。ソラマメがそんなに早く芽吹かないにしても、表土を少し動かして、ソラマメがふくらんでいないか、具合を見てみた。ソラマメがふくれてくると、もうそんなことはやめた。すると間もなく、土の中から小さな巻いた糸みたいな芽が伸びてきた。その後、マメは裂けて、芽は蔓となり、まず折り畳んだような小さな双葉を延ばして、すっくと立ち上がるような具合になった。あたしの喜びと驚きは、いやがうえにも高まった。そこで家族みんなを呼んで、それを愛でることにした。

「ああ！　また子供じみたことをして……」

だがクラーシェは開けた窓の前でふざけているうちに、下にいた牛乳売りの背中に鉢の一つを落としてしまったので、その人は通りで、土で汚れた樽や木桶の後始末をする破目になった。それにクラーシェは、外に体を乗り出しすぎることもしょっちゅうあった。そのうち落っこちてしまうかもしれない。それにうちでは、四六時中、下の子供たちが窓の近くで騒々しく遊びまわっていたのだから……

結局、あたしの一家はこの都市のはずれにあるウェースペル・エスプラナーデの方に、元住んでいた袋小路へと舞い戻っていた。そこでは、子供たちが扉の前で遊ぶことができるし、製材用の風車小屋近くの、樹木の生い茂った城壁地帯にまで足を延ばし、全くの田舎にいるみたいにして遊ぶことができた。

ある日、クラーシエといっしょに、そこの草原に腰を下ろしていた時、大きな蝿を捕まえた。あたしは肢を一本一本むしり取った。一本むしり取るたびに、蝿を歩かせて、様子を見た。最後に、肢が全部むしり取られると、蝿はあたしの手から逃れようと、体をぶるぶる震わせて、飛んでいこうとした。あたしは急に、ひどく怖くなってきて、蝿をそこに投げ棄てると、クラーシェを連れて逃げだすようにして立ち去った。それからあの体をぶるぶる震わせていた蝿が絶えず思い浮かぶようになった。何年もの間、大きな蝿を目にすると、あの蝿の復讐にやってくると思って、あたしは逃げだす始末だった。

あたしたち一家が街を立ち去った三年前から、その場所は何も変わってはいなかった。ただ男の子も女の子も大きくなっていて、幼児たちが沢山、新たに増えていた。大人たちの数は変わらなかった。だから大人たちは相変わらず大人だったが、老けてきたことは一目瞭然だった……

袋小路の奥に住む七十一歳のカーはずっと、そこに住む人たちを見てきた。そのお婆さんが言うには、自分はこの袋小路で生まれ、小さかった時は石の上で、オスレで遊んだそうだ、あたしみたいに……でも、今の子供たちほど聞きわけが悪くはなかった、と言うのだ。母親に呼ばれると、すぐに跳んでいったし、おまけに棒が扉の後ろに置いてあって、悪いことをした時には、自分から棒を取りにいって、お仕置きを受けたそうだ。二親は言うことを聞かせるだけの力があったそうだ。お母さんがあたしを呼んでいるのに、「待ってよ、オスレの遊びが終わるまで待ってよ」とわめいて口答えし、大きな玉をカチカチ言わせながら遊びを続けている時など、そのお婆さんからすれば、怒りのあまり、《顎《シャルニエール》》がガチガチしてくるそうだ。

「ああ！　絶対にだよ、絶対にさ、大切な母親に、そんなことはとてもできなかっただろうよ！」

そう言うと、涙がお婆さんの目に浮かんできた。

ところが、嘘八百を言っているわ、カーは。あたしたち一家が初めて袋小路に引っ越してきた時、あたしは九歳だったわ。カーは今みたいに、あそこの入口のところに、ルーシュのついた黒いボンネットをかぶり、頬はレンガ色をし、ペチコートを六枚穿き、青いタブリエを着て、袋小路に子供が多すぎるとぶつぶつ文句を言っていたわ。新しい住民が越してくると、その家の子供たちを数えるようなふりをして、またあたしたちが戻ってきた時にも、家族の数を数え直すみたいにして、あたしたち子供たちの数を数えていたわ。

「おや！」とカーは、カトーチェを目にすると、声を上げたわ。「もう一人増えたのかい……たった一人かい？」と母の方を向いて言ったわ。要するに、この婆さんは三年の間も文句をつけていたのだわ……そんなことをして、どんな楽しみがあるのかしら？……わたしがこの片隅に住みついて七十年というもの、袋小路にあるあらゆる家屋で、何千人という子供が生まれたよ、引っ越してきた子供の数はいれていないよ……ああ、特に子供たちには苛々させせられるよ。それでもここで生まれた子供は、少しは家族みたいなところはあるさ。袋小路の子供たちってことでね。でも、そんなことはどうだっていいさ、どの子供もただわめき、言うことは聞かず、全くでたらめなことしかやらないんだからね。

あたしたち一家が三年ぶりに舞い戻ったところ、カーはだから戸口のところに腰を下ろしていた。全く前と同じように、ボンネットをかぶり、レンガ色の頬をし、ペチコートを何枚も穿き、タブリエを着て、やはり全く同じ文句をぶつくさ言っていた。だからカーは嘘を言っているんだわ。自分には母親など絶対にいた例《ためし》はなかったし、お腹から生まれたわけではない。ずっと、ずっと今と変わらぬ同じ姿だったのさ、だって。おお、厭だ……ああ！　あたしはあの婆さんが怖いわ。絶対にあの人の家には入りたくはないわ。あの婆さんが裏窓の下で育てている、腕ぐらいの太さのフクシアを見せてくれるなんて、言われたってね。あの植物は、婆さんと同じくらいの年齢《とし》みたいよ。冬は寒さから守ってやろうと、袋を掛けてやっているわ。夏には、日曜になると、剪定したり、水やりをしたり、釣鐘型の小さな花が互いに同じような距離を保つようにして、時間を過ごしていたっけ。だから、もう一つ証拠を挙げるとすると、あの婆さんはずっと昔から老人だったってことね。フクシアの方は変わってはいないわ。あたしたち一家が袋小路に住みついてからというもの、その幹の太さや、ピンクや緋色の花のことは話題にしたわ……そしてあの人の飼い犬のレッテは、腸詰めみたいにぶくぶく肥っていて、大股で歩いているのよ。それにずっと前から、残り物の黒パンは食べようとしないわ。だっても う歯がないんだから。

カーはあたしのことを毛嫌いしているのよ。あたしが婆さんのことを恐れていることをちゃんと分かっているし、日曜日に、袋小路に住む人たちが運河や城壁地帯を散歩したり、ステップでおしゃべりしたりするために外出してしまうと、様子を窺ってからしか、あたしが袋小路にまで足を踏み入れようとしないこともちゃんと心得ているのよ。つまり、婆さんがたった一人きりで、フクシアの手入れに余念がないか、スカートを広げて、戸口のところにでんと座り込んで、立ち入るのを阻止したりしていないか、レッテは仰向けになって、見苦しい腹を見せていないか、どちらも動かずにいて通せんぼをしていないかが分からないと、あたしは袋小路に足を踏み入れようとはしないのよ。そんな時は、あたしは袋小路のそばの小さなステップに腰を下ろして、家族の者か、近所の人を待つことにしているの。カーは最初は何も言わないわ。それからあたしを血走った眼で見つめると、しまいには、ステップにお尻を着けているよりは、泥炭の燠《おき》とお湯を取りにいって、お母さんが帰ってきた時に備えてコーヒーの用意をしておいた方がいいよ、とお節介を焼く始末だった。いや、とんでもないわ、あたしは袋小路に足を踏み入れないわ。カー、レッテ、フクシアは、彼らみたいに、あたしをお婆さんにしてしまうことだろう。ああ！　いやだ、ああ！　駄目よ……わあ、ああ、いつもずっと変わらずに年寄りでいるなんて……カーを見ていると、恐怖のあまり、背中がぞくぞくっとする……

それでもあたしは袋小路が好きだ。だからあたしたち一家が舞い戻った時には、近所の人たち全員が、喜んで迎えてくれた。そして、子供たちがたいそう大きくなったのを見て驚いていた。

「ミナは娘盛りだねえ、ケーチェはもう子供じゃないよ。ねえ、ケーチェったら、三年前にここからいなくなった時よりも、髪の毛の量が三倍増えているわよ……おやまあ！　ウェーヴが掛かっているし、明るい色をしているねえ。トウモロコシの色みたいだわ……それに爪をごらんよ……すらりと背も伸びたね、竹馬に乗っているぐらい、脚も長いね、でもちょっと顔色が悪いね……もうすぐ長い服がいるようになるねえ……」

母さんに、その人が何ごとかを耳打ちをした。

「そうじゃないったら、まだまだ子供だよ」と母さんは答えていた。

「全くの子供なんだから」とミナがしゃしゃり出た。「そんなちやほやしてやる必要なんか、ないわよ」

「ええ、心配しないで。いつも、この子のことは気に懸けていくつもりだよ！　だって、家の王女《コック・フザン》みたいなものだからね」

「あたしはパンに挟んだチーズは、妹に食べさせたりなんかしないよ。まだ子供だよ。そんなにすぐに、長いスカートなんか穿くわけはないよ……黄色い髪なんて、全く……」

ミナは言いたいことを遮られた。

「それで、この子は今何をしているのかしら、こんなに大きくなったのだから？　働いているの？　工場にでも行っているの？」

「あら、そんなことはしてないわ、あたしは婦人帽子屋で見習い中なのよ」

「婦人帽子屋ですって！　おやおや！」とミナが茶々を入れた。「そこで使い走りをしてるんだよ」

「川の市場のとこの魚屋さんのお嬢さんの、帽子の飾り付けをちゃんとしたわよ。すごくきれいにできたわよ。あんたの晴れ着用の帽子もあたしの分も作ったじゃない。それにお母さんのルーシュのついたボンネットだって。それなら、ルーシュを作ってごらんよ」

「とにかく、帽子の作り方なんて習っちゃいないよ。修業しているのは、お金を払っているお嬢さんたちだよ」

「あたしだって修業しているわよ。あんたみたいに、目の下にたるみができたり、指が不器用ってことはないからね」

「何だって？　ええ？　売女みたいな髪の毛をしてさあ……どの娼婦もおまえの髪の毛みたいな髪の色に染めているよ」

「それはね、あの女たちが自分の髪の毛よりも、この髪の色の方がずっときれいだと思ったからだよ。あたしの黄色の髪の色になれるんだったら、あんたはその醜いちっちゃな目一つと取り換えっこしたいくらいだろう」

「何だって！　ふざけるんじゃないよ！」

姉はあたし目がけて飛びかかってきて、背中を思いっきり殴りつけようとした。だがあたしも、右足で蹴りあげた。姉が後ろにぱっと跳び退かなかったなら、顎に一発蹴りを喰らったことだろう。近所の人たちがすぐに割って入った。

「この黄色い髪、尖った顎、長い首、長いほっそりした脚、きれいな歯、これだって、持て余しているんだよ。あんたはあたしの髪の毛を見せたくないというので、ヘアネットをくれたことがあったね。それにあたしの歯が目立つのが厭だというので、あたしを笑わせないようにしようとしたね……あたしの長い首は、本では《白鳥のような首》と書かれているんだよ。長いの、長いのよ、分かる？　それに長い首は美しいんだよ。あんたは頭が悪すぎるから、分かりゃしないね……」

あたしはすっかり頭に血が昇って、今度引っ越した家に駆け込むと、上のアルコーヴによじ登り、涙を流し、誰もあたしのことを愛してくれやしない、母さんもあの二目と見られないような醜い姉さんがあたしをいじめても、いつでも見て見ぬふりをしているじゃないか、と声を上げて泣いた。幼かった時も、父が帰ってこない夜は、あたしは母さんの床で休みたがったのに、姉ときたら、あたしを追い出して、そのスペースも独り占めしてしまった。新しい服を買うにしても、それは姉用だった。姉さんのお古が、あたしに払い下げられるのだった。姉さんといっしょに、母さんはウインドーショッピングに出かけ、あたしたち下の子供たちが学校に行っている間に、二人して砂糖を容れたコーヒーを飲むのだった。帰宅してみると、カップの底に砂糖がこびり付いているのが分かるのだった……そして今度はあたしが自分のお金でパルトーを買うと、姉さんがマルテン叔父さんを訪ねる際に、そのコートを貸さなければならない始末なのだ。その後、姉さんはカルフェルストラートをぶらぶらするのだが、あたしのパルトーを着ているから、体の動きもぎごちなくなり、縫い目のところが裂けてしまう。それくらいそのコートは姉さんの体にはきちきちなのだ。その間、あたしの方は、外出することもできやしない。あるいは出ていくとしたら、姉さんのお古のショールを身につけるしかない……

誰もあたしの味方をしてくれないし、誰もあたしを愛してはくれない。あたしはずっと遠くへ、ずっとずっと遠くへ行ってしまいたい……でも、もし姉さんがまたあたしをひっぱたこうとしようものなら、でぶでぶしたお腹の真ん中あたりに咬みついてやるわ……それに母さんはしたい放題にさせているんだから。姉さんを恐れているんだわ……父さんはミナのことを嫌っているわ。父さんはミナの足は大きすぎると言っているわ。

「いいかい、分かってるのかい」とあたしはアルコーヴから叫び立てる。「あんたの足は大足だってことが」

そう叫んで、あたしは大笑いし、舌を出し、拳を振りかざす。

姉さんの方は呆気にとられたように、こちらを見つめ、あたしの激昂ぶりに圧倒されてしまう。母さんは、あたしの腰と頭が痛いせいだよと言って、ミナを優しくなだめている。

「ケーチエ、下りておいで」と母さんは言う。「コーヒーを淹れたからね。ねえ、おまえは今までそんなふうに、一度も怒ったことがなかったのに。どこか痛いところがあるんだね……」

あたしはロープにつかまって下に降りてから、しばらくそのままでいて、ミナがどうするだろうかと様子を窺った。母さんはあたしのカップにだけ、砂糖を容れてくれた。

「いい、おまえたちは血を分けた姉妹なんだよ。相手のことを思いやっておくれ」

二人は顔を見つめあった。でも、そうはいかない、あたしたちは互いに相手に我慢がならなかった……その時から二人の間には、いつでもわだかまりといったものが生じてしまった。だから姉さんはもう、あたしのパルトーを着るということはなかった。

*

ワウテル、オルスマ先生はあんたに言ったわね、自分たちがやれる務め以外の務めは、やる必要はないって。あたしたちのいちばん身近な務めとは、あたしたちでは変えようのないことは受け入れなければならないってことよ。先生の近所にあるあの鍛冶場のせいで、先生は何か考えようとしても、しょっちゅう妨げられてしまうんだけれども、先生はその鍛冶場を移転させることはできなかったわ。だって、そんなことはできない相談なんですもの。できないことは無理にやる必要はないって、先生は言ったわ。

だから、ワウテル、あたしがね、あんたを探そうとしたり、あんたにいてほしいと思ったり、あんたが目の前にいるみたいにして、あんたといつも話そうとするのは、間違っているんだわ。だってあんたは……違うわ、あんたは死んではいないんだから、あんたにいつか出会えるわね……でもあたしのいちばん身近な務めって、あたしがやれるし、やらなければならない務めって、どういうことなのかしら?……どこにあるのかしら?……

クラーシェは霜焼けなの……主任もそうだったの。だから彼女は話してくれたわ、お医者さんは足をお湯に浸けさせて、黒い石鹼で洗わせたんですって。毎日そうするように言われ、しまいには治ったんですって……そうなると、あたしのいちばん身近な務めはクラーシェの足をお湯に浸けてやり、洗ってやることじゃないかしら?……そうよ……あんたを、あたしはあんたを見つけられるかしら?……そうなると、あんたを探し、あんたを待ち焦がれるというのは、いいことじゃない?……クラーシェの足を霜焼けが治るまで、お湯に浸けてやるわ……でも……あなたをずっと探し続けもするわよ、そうしなかったら、悲しくて死んでしまうわ……

しょっちゅう口を酸っぱくして、ミナに言ってやっているのよ。何かおいしいものを食べようっていう時、あたしたち下の子たちを家の外に締め出すなんて、よくないわって……ミナはせせら笑い、毎回同じことを繰り返すのよ……あたしはこれからもずっと怒り続け、そのことを姉さんに繰り返し言わなきゃならないのかしら?……無理かしら、だって姉さんの性格を変えることなんて、できないんだから……でもクラーシェの足はよくなるわよ。それに何でもあんたに話すわよ、そうしなきゃいけないし、だってそうできるんですもの。

あんたはちっちゃなエマを助けに、水に飛び込み、老兵にタバコを恵んであげたわね……最高よ……そうなの、ワウテル、クラーシェの足とあんたのこと、その二つがあたしのいちばん身近な務めなのよ……

*

新年を迎えた。あたしはおかみさんからドゥベルチェ貨三枚、主任からはお古のスカートを受け取った。それを使って自分の服をこしらえた。主任補からは貰い物のボンボンを少しお裾分けしてもらった。コリーはこっそりとグラスに砂糖入りのコニャックを注いでくれた。あたしはその時はうれしかったが、やはり大した慰めにはならなかった。しばらく前から、ひどく不幸せになっていた。大声を上げて泣こうと独りきりになりたかった。だって、みんながあたしに対して、不当な仕打ちをしていたからだ……それにワウテルの方はどんどんと紳士みたいになってきたわ。本物の王女様みたいな娘さんたちも知っているんだわ。きっと、彼と出会っても、あたしなんかには洟も引っ掛けやしないわね……家では、まるであたしは家族の一員ではないような有様で、母さん以外、全員がどんどんあたしをのけ者にしている感じだった……ミナからは、あたしは片隅から、別の片隅に放り投げるモノみたいな扱いを受けていた。姉のことは、それでもあたしにはよく分かっていた。怠け者で、汚らしくだらしなく、口のあたりの表情は粗暴な感じだった。向上心がなく、これからだって、絶対何もしようとはしないだろう。それにあたしは、同じような見苦しい女たちは好きではない……母さんは確かにひどくあたしに優しくしてくれてはいる……それでも母さんに、あたしがしょっちゅう泣いていること、お腹が重苦しいこと、時々、ぞくぞくって悪寒がすること、そんなことを打ち明けようとは思わない……それにこの感覚というものは……まるで男の子たちが寄ってたかって、あたしに無理やりキスをしてくるみたいな感じで、同時に気分も悪くなるのよ。コリーに訊いてみようとは思わないわ、ましてやリカなんかに……誰かに相談できたらいいのに……フェムケにだったら、打ち明けるわ……ワウテルにも、彼の首に腕を巻いて、キスをしながら……でもあたしには頼れる人が誰もいない、誰一人いないのよ、天涯孤独って感じだわ……

コリーが台所の階段から下りてくる。あたしは涙を拭って、ジャガイモの皮を剝き続ける。

「ケー！　ケー！　少しはわたしを喜ばせてくれるね」

「どういうこと？」

「おかみさんに実家に新年の挨拶をしに行かせて下さいって、頼んだんだよ。ところが、ユダヤ人が病気で寝ついているから、お茶を持っていってやらなきゃならないってことで、おかみさんは、それは無理だね、おまえがもうこの家にいたくないし、お茶もあの下宿人に出してやれないっていうのなら話は別だよ、って言うんだよ。だからお盆を用意して、ティーポットにお茶を容れておくから、中にお湯を注いでくれるだけでいいんだよ」

「ああ、いいわよ、後で戻ってくるわよ。家にはまだ誰か残ることになるの?」

「誰も残らないよ。主人たちは両親のところに行くんだよ。おかみさんはそこにしばらくいるだろうし、ご主人はいろいろ挨拶回りに出かけるだろうよ。いいかい?」

「ああ、いいわよ」

コリーはパン=デピス一切れと、少量のコニャックをもう一杯奮発してくれた。主人夫婦のところまであたふたと階段を駆けあがっていって、あたしが後で代役を務めてくれると告げた。家で昼食の際に、仕事場に戻らなければならないと、予め言っておいた。

ああ! 何という幸せ! あたしは一人でいられるんだわ、ずっと午後の間、たった一人でいられるんだわ。店に戻ると、主人夫婦はもう出かけてしまっていた。コリーはすぐにいなくなった。

「ユダヤ人のお茶もお飲みよ」と立ち去り際に、彼女は叫んだ。「それから四時に、タルティーヌを切って食べていいからね」

独りきりになった!……これから、どうしようかしら? 脚に力が入らなくなり、お腹の重苦しい感じが、体全体をけだるくしていた! 『ワウテルチェ・ピーテルセン』の続きを読んでみようかしら……

上に行って、一時間以上、凍るように冷えきったアパルトマンで本の結末を読んだが、あたしにはまだ続きがあるように思えた……どの小説もみな、死ぬかハッピー・エンドで終わっている。ワウテル、あんたの場合は、川舟のシーンで終わっているわね。あんたは助任司祭と舟に乗り込み、ユダヤ人に二束三文で叩き売ってしまった上着をハールレムに買い戻しにいき、怒りにまかせてあんたが壊してしまったあの奥さんのパラソルの代わりのものを買いにいくところだったわ……そうよ、あんたが怒り狂ってパラソルを壊したっていう、その気持ちが分かるもの。布類をローラーに掛ける作業室で、あんたに子供の世話をさせるためだとしたら、どうしてあんたの主人たちは田舎の家に、あんたを呼んだりするのかしら？　あんたは下男じゃないわよ、あんたは雇われ人でしょう。あのパラソルを壊したのも無理ないわよ、あたしだって同じことをしたはずだわ。でもあんたは衣服も、おまけに働き口も捨て去ったのね。それに分かるでしょう。あの人たちはこれ以上、絶対にあんたに我慢ならなかったのよ……ハールレムに助任司祭と出かけるのはいいことだわ。でもあなたたちが出会って、いっしょに旅をすることになったあの二人の女は、ええっ、まさか……ねえ、あんたと助任司祭さんは、それじゃあ、その女たちがいかがわしい女だって気がつかなかったの？　もしあたしがいっしょだったら、一目で気づいたわよ。

三時半になった……お茶のお湯を用意しなければ。階段を下りる時、手すりにつかまらなければならなかった。そのくらいお腹が重苦しく、脚がぐんにゃりした感じで、ひどく体調が悪かった。お茶を注いで、大きな茶碗に容れ、水も差して、お盆に載せ、階段を上がって、テーブルに置いた。ユダヤ人は丁寧にありがとうと言った。

お茶を飲んだ後で、血が頭に昇ってきた。スカートの紐がきつすぎた。あたしは着ているものを脱いでしまった。ああ！　せめて横になることができたなら……鬱陶しいような気だるさなのだが、何か愛撫されているようなぞくぞくっとする感覚が、全身を駆け抜けた。伸びをしてみた。ああ！　せめて横になって、足を温めることができればなあ……

コリーのアルコーヴによじ登った。着ているものを脱いだ際に、シュミーズに二滴の血が付いているのに気づいた。あたしはすっかり気が動顛してしまった……それでは、すると、あの何とも不愉快なことが、あたしの体にも起こったんだわ。それでも、あたしは男の子たちと汚らわしいことはしたことはなかった……ああ！　あたし母さんは何て言うかしら？……厭なことがいっぺんに起こってしまった。あのいかがわしい女たちといっしょに出かけたワウテルは、ハールレムに着くと、今度は王女様が助任司祭にお金を恵んで下さったから、衣服をまた買えるわ。二人はおそらくお金の一部を使って、女たちとどんちゃん騒ぎをするんだわ。ああ！　ワウテル、あんたに限っては、絶対にそんなことをあたしは信じなかったはずよ。ましてや助任司祭さんなら、なおさらのことよ。本の中で、この人たちがそれなりの身分の女の人たちとの恋が芽生えなかったとしてもね……そのせいで、あたしは出血することになるんだわ。そんなことをして、何になるというの？……ああ、うんざりだわ、階段を下りてくる足音がする。あれは主人の足音だわ……

主人はオーバーを着込み、帽子をかぶって、台所の中をぐるりと回った。ほとんどアルコーヴの方に目をやらずに外に出ていった。

ほどなく戻ってくると、あたしに躍りかかって、覆いかぶさった。素っ裸になっていた。あたしは声を上げることもできなかった。唇をあたしの唇に激しく押しつけてきた。両手を使って、あたしの下半身をまさぐって、脚を開かせようとじたばたしていた、その後……おお、痛っ！　まるで体の底に穴が開いたみたいだった……あたしは殺されるかと思った、それくらい激しい痛みが体を貫いた。主人は腹を空かせて、骨をかじっている犬みたいな唸り声を上げていた。あたしは咬みついてやろうと、覆いかぶさっている体を押しのけようと暴れ回ったが、何の甲斐もなかった。あたしの《おしっこの穴》のところから、お腹をこじ開けた。ああ！　これは何なの……ああ！　あたしには分からない。主人があたしの上でしきりに体を動かしながら、体を押しつけている間、ふくらみのないあたしのおっぱいの乳首の先が、ひどくむずむずしていた。

主人はようやく体を離した。そして自分の体に目をやった。

「よし」と主人は言った。「ようやく開花したバラを摘んだぞ……」

声を上げて笑った。

あたしはひどくぐったりとしてしまったので、主人はあたしのお腹から、何かもぎ取ってしまったのかしらと思ってもみた。無理矢理何かを抉りとられたような感じがした。本当にものすごく体がほてってきた。ひどくカッカとしてきて、頭がもうさっぱり働かなくなってしまった。

コリーは遅くなって戻ってきた。

「何だい！　あたしのベッドで寝ているのかい？　ずうずうしいにもほどがあるよ。さあ、とっととそこから出るんだよ！」

あたしは起き上がった。血がついたあたしの下着に、コリーは目を留めた。

「おや！　新年にお迎えが来たのかい！　めでたいじゃないか、これで泣かずに済むよ。片隅に隠れて、めそめそしているところをしょっちゅう見たからね」

あたしは夜の寒気を浴び、がたがた震え、縮こまりながら、ユダヤ人街を通って帰った。

「ワウテル、今はもう、あんたに合わせる顔がないわ。あんたと、まともに顔を合わせられそうもないわ……」と小声でつぶやきながら。

訳者あとがき

ネール・ドフの自伝的三部作『飢えと窮乏の日々』について——訳者あとがき

ネール・ドフ（一八五八—一九四二年）とは、いかなる人物であろうか？「特異な、極めて特異なネール・ドフ」とフランスのゴンクール賞作家アルマン・ラヌーは述べているが、事実そのとおりだと思う。数奇な生涯と言ってもいいかもしれない。食にも事欠くような極貧の世界に育ちながら、晩年はノアンの奥様（ジョルジュ・サンド）のような生活を送り、逆説的だが、人はパンのみにて生くるものにあらず、ということで自己実現を図り、この作品集に見られるようなレアリスムの傑作を残した。しかも母国語のオランダ語ではなく、後年習得したフランス語を用いてである。

西ヨーロッパにおける十九世紀はブルジョワ社会が確立し、自由主義・民主主義が定着し現代社会へと大きく地歩を進める第一歩となった。一方陰の部分も大きく、惨めな西ヨーロッパは都市部にその矛盾を顕在化させ、下層階級はその負の遺産の波をもろにかぶることになった。十九世紀のパリ社会の動向を分析したルイ・シュヴァリエの『労働階級と危険な階級』では、こう述べられている。「とくに雇用についての特殊な条件、需要の限りない流動性、大都市、とくにもっとも発展した国の現代の首都での生産の絶え間ない変化などが、その進展につれて、適応できない労働者の無視しえないほどの数を、埒外に放り出してしまう。こうした労働者は必ずしもひどく老齢というわけではなく、仕事の能力が劣るというわけでもなく、誠意に欠けるというものでもないのだが、進歩に適応できないのだ。彼らのある者は一時的に挫折したのだが、全体としてその数は結構多い。またある者たちは挫折して立ち直れず、〔……〕没落状態へと向かう」（邦訳一六五頁）。

ネール・ドフの一家は、水の淀んだ運河の町アムステルダム、ベルギーの港湾都市アントウェルペン、ベルギーの首都ブリュッセルへと流浪の旅を続ける。ネールの少女期である。都市の地下室や屋根裏部屋といった最悪の住環境で生活を送る。

少し話題を戻そう。貧困は時として犯罪を誘発する。「危険な階級」は犯罪予備軍と見られている。しかしこれは犯罪と言えるだろうか。貧困生活の不幸と疲労に耐えきれなくなったカップルは心中を決意するが、男は死に切れなかった。「愛人の手で、タールを塗ったマスクをかぶせられて窒息させられた哀れな少女は、夢多き少女だった。ある時、彼女は男に向かって言っていた。『今あたしの想っていることを話すわ。〔……〕天気のいい日の夕方、〔……〕一人で野原へ行ったの。緑と花に囲まれた気持ちのいい場所で、あたしはとても叶いそうもないことを夢見て、何度も泣いたの』」（前掲書四三〇ページ、ただし訳の一部を変えている）。

こうした貧困に押し潰された細民の人たちはどれほどいたことだろう。場合によっては、ネールは彼女の運命を分かち持つことだって十分あり得たのだ。ネールはしかし己で道を切り拓いてみせた。だからといって彼女を立志伝中の人物に祭り上げることは彼女の本意ではなかろうし、そんなことを述べ立てたら的外れもいいところだろう。ただ彼女の作品は、そうした幾多の名もなき人々が一生涯浮かばれぬままに、最後は朽ち果てるようにして生を終えていった、その呻吟の声が乗り移ったものと言えなくもないのではあるまいか。そして遺憾なことに、まだ世界には貧困から脱しきれない地域も厳然としてあるのだ。実際彼女はこうも語っているのだ。「こうした貧困を経験したがゆえに〔……〕わたしは世界のあらゆる貧困に心が深く痛む」。「わたしは一人称で、激しい心のおののきを表わすことで、あらゆる苦しみ、あらゆる不正を具体的に感じとったのだ」。

それぞれの世代が自分の子供時代、青春時代を思い起こす時、今の自分が生きている状況から見て、《黄金時代》として回想できる人は幸いであろう。もう帰る術はないものの、親や祖父母に優しく育まれ、イノセントな時代を過ごしたことに切ないような憧憬があるというのも、やはり恵まれた人間の特権であろう。現実はそんな生やさしいものではない。

この『飢えと窮乏の日々』の持つ意味は何であろうか？　日本の場合、戦後の復興期以降は栄養失調、飢餓、餓死といった言葉は、例外的な事例を除いて、聞かれなくなって久しい。死が身近に、しかも自分が子供であったと仮定して、わが身に現実に差し迫っているとしたら、どうであろうか？　この表題『飢えと窮乏の日々』は、いみじくもネール・ドフの少女時代から青春時代を凝縮して語っている。文字どおりそのような切羽詰まった状況で生き、かつ生き抜いてみせた。そのうえ弟妹たちもそうした事態に曝されていたし、親たちは頼りにならなかったので、彼女はそのきゃしゃな双肩に、生活の重みを担うことになった。人生の「春」、楽しかるべき子供時代という特権的な時代を思うままに享受すべき時に、一家の生計を背負って立つことまで、彼女はしたのである。その「春」は幸薄いものであった。物心つくかつかないうちに、世間の荒波をもろにかぶったのである。しかし劣悪な環境でも、この草はどこかにへばりつくようにして芽吹き根を下ろした。さらに茎を伸ばせるような「春」の光は、ずっと届いてくることはなかった。しかしこの草はしなやかで強靱、風を受けても踏まれても、折れない勁草《けいそう》であった。すっくと立った若草はやがて「春」の光を浴び、濃い緑の葉を茂らせて、つぼみを開くところまで行くのである。

これから具体的にネール・ドフのそれぞれの作品について述べるが、これほどの佳作がなぜ今日まで翻訳されずにきたのか、訳者は驚きを禁じ得なかった。少女とはいえ、人生と正面から渡り合い、真摯な痛烈な魂の叫びが、それぞれの作品から響いてくる。しかしお涙頂戴の情緒的なものではない。ましてや人生を究めたというような求道的なものでもない。作者は主人公の少女を突き放した目で見、筆致は淡々としている。

「ネール・ドフの作品は、貧困のロマン主義から――とりわけ、身を持ち崩した女の名誉回復の試みを内包し、ヴィクトル・ユゴーからレオン・ブロワその他多くの作家たちに至る一大文学潮流を形成しているあのロマン主義から脱却している。ネール・ドフは、自己正当化を求めない。名誉回復を期待していない」（ミシェル・ラゴン、『フランス・プロレタリア文学史――民衆表現の文学』、邦訳三五二頁)。

かつてマルグリット・デュラスが一九八四年に『愛人　ラマン』(邦訳名)によって、ゴンクール賞を受賞した。彼女は文学界において、既に功なり名を遂げていた。その余沢で受賞が決まったと言えなくもないと思う。エキゾチスムを背景に、家族との愛憎こもごもの葛藤、十五歳くらいの少女の性体験といったテーマが程よく按配されてはいる。しかしそれほど喧伝されるような作品だろうか? 邦訳もかなり売れたらしいし、映画化もなされた。ゴンクール賞は宣伝にかなりの効果を発揮しただろうし、少々持ち上げすぎたところもあると思う。ポルノグラフィックな点も興味を惹いたのではなかろうか。

ネール・ドフはようやく物質的に安定した生活を送れるようになった時期に、小説に手を染めた。一家が餓死から免れるために売春に身を投じた体験などを語る。「十八歳でわたしは年老いた」(『愛人　ラマン』)、そんな歎息を吐く余裕など、ネールには全くなかったはずである。十代後半の女の性をめぐって、二人の体験は重なるところもあるだろう。

「この作家(ネール)が愛に捧げたページについて言えば、これほどの力強さとこれほど豊かな官能に到達し得た他の女性作家を、私は一人も知らない。確かにコレットは、ネール・ドフと比較した場合、じつに甘ったるいように思われる」(ミシェル・ラゴン、前掲書三五三頁)。コレットをデュラスに置き換えてみてもいいだろう。

ネールは過去の人生の《恥部》を敢えて曝け出してみせた。なぜ安定した生活を送りながら、顰蹙も買いかねない行為に打って出たのだろうか? その経緯は以下の解説めいた文を読んでいただきたい。もし同時期に二人がゴンクール賞を争ったのなら、どちらが受賞したであろうか。処女作『飢えと窮乏の日々』が上梓されてから、一世紀以上が経つ。日本で初めて陽の目を見るこの作品集は決して色褪せてはいない。今こうして本書が出た意味を、読者はご自分に問いかけていただきたいと思う。そこから人間の生きる意味の重さが見えてくるだろう。

※

『飢えと窮乏の日々』(一九一一年)

アントウェルペンに住んでいた一九〇九年二月二十八日の冬の日であった。五十一歳のネール・ドフは風邪で家に籠り、窓の外を眺めていた。子供たちのスケート遊びのシーンから一挙に過去がよみがえる。彼女は弁護士の夫と再婚し、経済的には安定した生活を送っていた。夫婦仲はあまりしっくりとは行っていなかったようだ。しかし彼女には行動の自由があり、そうした問題はさほど重きをなしてはいない。過去へのノスタルジーといったものを感じていたうえ、前々から自己を表現してみたい、心の空虚感といったものを埋めたいと思っていた。四十年後に沈潜していた想いが、一挙にほとばしり出た。子供時代の最初の思い出から、ブリュッセルでの娼婦稼業を始めたころまで、自分の過去を抉りだすようにして、心血を注ぎ込んだ四十三篇のコントが堰を切ったように生まれてくる。年末までに原稿は完成した。「メスをぶすりと突き立てて切開しなければならなかった膿瘍の膿を出しきり、癒されるためにだけ書いた」と彼女は後に手紙で記している。この作品は文字どおり《飢えのシンフォニー》であった。

こちらが目をそむけたくなるほどの裸形の下、過酷な逃げ場のないすさまじい心身の状態に追いやられながらも、これほど見事に貧困を描ききった作品は類を見ない。純粋に本能の赴くままに書きあげられたもので、前代未聞の資料でもあり、簡潔な文体で、これほどの感動を呼び起こした作品はないであろう。プロレタリア文学者・作家のアンリ・プーライユは「貧困について初めて真実を卑屈にではなく昂然たる面持ちで謙虚に語って」いると記している。「誰一人これほどダイレクトに私の心に衝撃を与えた作家はいなかった……おそらくそれはかなり漠然とした感じだったが、文学の領域に一種の前代未聞の事象が生起していることははっきりと感じとれた」。そしてその貧困の描写は他者の追随を許さず、「彼女の文学の喚起力によって、そしてまた折り返し、読者たちに呼び覚ますイマージュや感覚《サンサシオン》によって、驚くべき感動が生じる」のだと分析してみせる。赤貧のどん底に落ち込んだまま、そこから抜け出せない子沢山の夫婦の救いのない世界。彼らが遭遇する悲しい事件の数々。食に事欠き、火も明かりもない、行く先も見えない単調な日々。さまざまな誘惑、物乞い、盗み、等々。

ネール・ドフが物心ついたころには両親は七人の子供を儲けていた。さらに九人にまで増える（こんな状況で、子供が一人しか死ななかったというのは奇跡に近い）。実際、貧乏人の子沢山であった。二親はともに一八二八年の生まれで、ネールは次女として一八五八年に誕生している。彼らが三十歳の時の子供である。父親はフリースラント人で、ネールは金髪碧眼をたいそう誇りに思っていた。彼女もその容姿をそっくり受け継いでいる。馬が好きだったので、父親は御者などを務めるが、世渡り上手とは言えず次第に転落への道をたどる。下層階級の出でありながら、読書好きであった。当時の識字率から考えて、特筆すべきことではなかろうか。ネールはその趣味をそっくり受け継いだ。

母親は十代のころからレース編み工として、苦難の青春期を送った。オランダで初めて児童労働を禁止する法が制定されるのは、後年の一八七四年である。そうした過酷な労働のために、母親は相当視力を低下させることとなった。またそうした環境に置かれたため、社会的な常識を身につけることはできなかった。夫の世話とか料理、子育てのノウハウは全く心得ていない。そして田舎が嫌いで都市生活を好んだ。ネールは服飾にひどく興味を持ったが、それは母親の影響が大である。

具体的に作品に入ってみよう。といっても、今両親のことを紹介したが、ストレートに家庭の状況を小説に置き換えてみればいいだけの話である。母親のカトーだけは実名で、その他の家族はすべて仮名で記されている。ネール・ドフは主人公ケーチェ・オルデマとして登場する。彼女の目を通してみた苛烈な貧窮生活の記録である。意欲もなく惰性のまま生きている両親、彼らの合言葉は「眠っていれば、食べていることと同じだ」。こうした飢餓生活が常態化し、「飢えがじっと腰を据えているのに、人間たちもおとなしくしていると、飢えは徐々に人間を蝕んでいく」。例えば《父さんは子供たちを棄てちまおうと言った》を見てみると、あまりに切ない。ケーチェは八歳である。子供なりに行く末を案じて寝つけない。夜更け父親は新規まき直しのために、子供を棄てて一からやり直そうと母親に提案する。母親は激しく抗うが、ケーチェは不安でたまらない。気取られぬように出入り口のところに行って、横になり、両親の脱出を阻止しようとする。翌日の夜、不安から解放されたケーチェは父親に言う。

「お父ちゃん」とあたしは言った。「今夜はお母ちゃんとお父ちゃんの間で寝かせてちょうだい。すごくそうしたいのよ。いい?」

「ああ、いいとも、ケーチェ、勿論さ、《仔猫《プスケ》ちゃん》、人形も持ってくるかい?」

「それはいいのよ、お父ちゃん」とあたしは小声で言った。「お父ちゃんとお母ちゃんと二人だけでいたいのよ」

あたしはえも言われぬほど幸福な気持ちになった。

作者ネールは子供時代に完全に立ち返っている。そしてケーチェになりきって精一杯奮闘してみせるのだ。当時の思いをようやく数十年の時空を超えて言葉として結実させているのである。弟たちにしても子供は真っ正直なことを言う。《もしあたしたちがお金持ちなら》では、空きっ腹を抱えて、全員早々に床に就くが、両親は埒もない夢物語を語る。弟はいい加減にしてくれと言い、せめて一人一人にちっぽけなパンでもあればなあと真っ当な批判を口にする。もう一人の弟は日曜のご馳走には何を食べると訊かれて、ゆでた馬の舌と答える。父親が職を求めてドイツに行ってしまった間、《あたしたちは、施しで暮らしているのです》には、当時の貧窮生活が凝縮されて描かれている。《飢えのシンフォニー》はあまりに傷ましい。八歳の弟は、ひもじいのに近所の人の施しを断る。

こういう次第だから一家は家賃を踏み倒して夜逃げを繰り返す。三都市を移動したが、同じ都市内でも定住することはできないのだ。八方塞がりの状況で自然と自立を余儀なくされたケーチェは、両親は頼りにならないので、飢餓を免れるために十二歳から社会に出て悪戦苦闘する。その姿は健気としか言いようがない。それでも「すべてそうした辛い経験を通して、あたしの一風変わった性格が形成されたのだった。もって生まれた天真爛漫さに、デリケートな感受性と年齢《とし》不相応の洞察力が結びついたのだった。どんなことでも、やれと言われれば、それをやりこなすだけの心構えはできてはいたが、不当と思えることに対しては、頑として少しも譲らなかった。〔……〕あたしは順応性があると同時に、唯々諾々とはならなかった」。食べ残しの食事を出されたり、職場での謂れないいじめに対しては、すぐにその職をやめている。一方、十五歳の時、父親は酒びたりになり、姉は娼婦になったものの、客がとれなくなっていた。家族が飢えを免れるために、彼女は初めて初老の男の前で裸になる。ケーチェの「何とも痛ましげな楚々たる風情」に男は興奮し、大枚を弾んでくれる。そうしたことが契機ともなり、ベルギーに移ってからは言葉の壁もあったから、働き口を見つけるのも容易なことではなかった。致し方なく売春に手を染めることになったと思われる。病気になっても薬代は払えない。院長は彼女の体を要求する《病院にて》は、ネールの七六年冬の体験を記しているので、年齢は十八歳か十九歳と思われる)。二進も三進も行かなくなって、ケーチェは売春婦として一家を支えることになる。ひどく煩悶し、反抗の叫びを上げるが、「運命に立ち向かうだけの若さとたくましさだけは、十分に持ち合わせていたのだ」。ここでこの作品は終わっている。

フレデリック・ルフェーヴルはネール・ドフを真正の作家と評価したうえで、「彼女にとって、書くことは〔……〕大多数の人たちが置かれている、たいそう苛烈な生活の低劣さ、凡庸さに対する反逆行為」と記した。

この原稿はネールの友だちの女性詩人に委ねられたが、フランスの詩人ローラン・タイアッドがアントゥエルペンの彼女の家に来るというので、ネールは招待されて、彼の前ですべてを読んで聞かせた。これは原稿の完成した一九〇九年末か一〇年初頭のことらしい。一〇年六月にアントゥエルペンの名士たちを集めて、その朗読会が行われ、再びタイアッドも出席していた。ぬくぬくとしたブルジョワどもへの激しい挑戦状のようにも感じられた。タイアッドはいたく興奮していた。余談だが、一八九三年フランスでアナーキズムのテロ攻撃が猖獗を極め、パリのブルジョワたちを震撼とさせた際、彼はそれを擁護した。皮肉なことにレストランにいた折、アナーキストの投げた爆弾で片目を失明している。その後もジャーナリズム界で文学・政治面で激しい論戦を挑んだ。彼はそのうちの二つのコントをパリの雑誌に掲載してくれた。その後奇遇だが、原稿はネールのコンセルヴァトワール時代の親友をパリで温かく迎えて、女優のデビューをさせた劇作家のリュネ＝ポー（本書三七〇頁参照）の手に渡り、すぐにファスケル出版社に届けられた。出版社は原稿の剝き出しの力強さに圧倒され、一九一一年の十月ごろに出版された。タイアッドは序文を書こうと申し出たが、ネールは断った。「人生で大きな痛手を負った者として、わたしが綴ったこの本は独力で歩いてほしかった」と後年述べている。相当な自負心というべきか、謙虚とはいえ卑屈さを厭うたのであろうか。

パリでは早くも反響があり、ゴンクール賞にノミネートされた。十二月四日の選考委員会では票が割れ、七回目の投票でようやくアルフォンス・ド・シャトーブリアンの地方主義小説『ムッシュー・デ・ルルディーヌ』が受賞した。ネール・ドフを推したのは『フィガロ』紙によれば、オクターヴ・ミルボー、ギュスターヴ・ジェフロワ、リュシアン・デカーヴというアンチコンフォルミストの作家、評論家であった。外国人、女性ということがハンディになったらしい。ミルボーはちょうど一年前にマルグリット・オードゥー（一八六三―一九三七年）の自伝小説『マリー＝クレール』を世に出してやった。彼女は孤児の辛い時代を過ごし、牧歌的な純な恋もその身の上ゆえに成就しなかった。訳者もかつて、堀口大學訳の同書や『光ほのか』を読んで心洗われるような感動を覚えた。彼女も十八歳でパリに出、金もなく孤独をかこち、貧困や飢えと闘いながらお針子で生計を立てたのである。しかしそのために目を傷め、失明の危機に陥った。ネール・ドフに比べ文学的成功を収めはしたが、貧乏暮らしから抜け出せずにひっそりと亡くなった。生涯も作風も対照的だが、ミルボーはオードゥーのこともあって、ネールを推したのではなかろうか。

フランスはかなり熱狂してこの作品を迎えた。「新鮮、悲愴」「強烈なオリジナリティー」「コメントも正当化も、抗議もないありのままの観察」といった批評だ。一方ベルギーの方では「自伝的要素は皆無」「不快な耐え難い作品」「このオランダ出身の家族の失墜は子供の数の多さ、都市生活による」など好意的な評は少ない。その後も概してベルギーでは、彼女の作品は冷遇された。

一二―一三年にかけて、ネールはパリの文芸誌にさまざまなエチュード作品を寄稿している。一三年六月にはパリで、九作品を収めた『胸を抉るような話《コント・ファルシュ》』を刊行した。ほぼ半分ぐらいが自伝的な作品である。他の作品も娼家などを舞台に女性の傷ましい運命を描いている。これは全作品に言えることだが、イマジネーションで作り上げた作品ではない。すべてが自分の体験した現実から出発している。もしくはこの現実を自分の感性に包みこんで作り直しているのだ。重複を避けるために、この自伝的三部作で取り上げられていない《震える男》のあらすじだけを述べる。三部作ではディルクの名前で出てくるケーチェの弟である。少年時代の貧困生活の後、アコーディオニストになるが、生活が苦しく贋金を造って刑務所に入り、ほとんど盲目同然となって追放され、異郷で亡くなる。こうした底辺から這い上がることのできない人物の過酷な運命が記されている。オクターヴ・ミルボーはこの作品集も高く評価した。軍国主義的理想とは大衆の無気力と個人の劣化の上に成り立つものだと喝破し、あらゆる角度から戦争を攻撃した反戦小説の傑作『兵士クラヴェル』を記したレオン・ウェルトもこの作品集を激賞した。

※

『ケーチェ』（一九一九年）

この間大戦の悲劇があり、勿論ネールの身辺にもいろいろなことがなくはなかったが、話を先に進め、この作品に目を向けてみよう。この作品では、どうやってケーチェが貧乏暮らしを脱したのかが語られる。何にも増して、ケーチェの運命の物語であり、ようやくその人生が彼女に頬笑みかける急激な転換点の物語である。ネールの技法もだいたいのところを語ったので、内容に即して話を進めてみよう。この作品は《使い走り》の時期を脱したケーチェがブリュッセルで娼婦稼業を本格的に（?）開始した場面から始まる。年齢は十六歳ということになっている。一家を支える中心的な存在になっており、相変わらずひどく過酷な境遇に置かれている。娼家では低年齢ということで警察の手入れを恐れて雇ってくれない。街で客引きをするしかない。冬の苛烈な気候に加え、街頭でも警察の取り締まりはある。ケーチェは無届けでこの商売をやっているし、未成年なのだ。厭な客も多い。不安がいっぱいということもあるが、母親が付かず離れずといった様子でそばにいる。何とも妙な話だ。この母親は子供を棄てることや、ケーチェを孤児院に遣ることには断固反対した。それでいて率先して（?）ケーチェに売春を強要しているのだ。冬の日、初老の男の住む建物に招じ入れられる。ベッドの脚下の男の亡き妻の写真が目に入り、ケーチェは感動を覚える。優しくしてくれたうえ、食事もたっぷりと出してくれる。彼は造花製造業者だった。美しい造花をプレゼントしてくれる。朝六時ごろ帰宅すると、母親はほっとした顔をする。彼女は午前二時まで、その家の前で待機していたというのだ。万一悲鳴でも聞こえたなら、大声を上げて町の人々を呼び集めようともしたという。それでいてちゃっかりと金は貰ったかい、という始末なのだ。貰った造花にしても、父親は、夜商売の時に帽子に付けて出かければよいと言ったので、ケーチェは心が萎えてしまう。親たちは貧すれば鈍するといったところまで堕落してしまった。しかしケーチェに退路はない。

やがてケーチェは自分の尊厳が失われると思って、徐々にこの稼業から足を洗うようになる。画家や彫刻家のモデルを務めるようになる。賃金は高いものではない。また当時はルーベンスが描くような豊満な肉体が理想とされていたから、その仕事を見つけるのも並大抵のことではなかったようだ。事実貧苦の生活ゆえに、彼女はやせ細っていたから、その体つきを日常的にからかわれることもしばしばであった。ネールがモデルとなった肖像画やブロンズの胸像は、現在ブリュッセルの王立美術館にいくつかある。フェリシアン・ロップス、アンソールなどのモデルを務めている。元来有していた審美眼も開かれることになる。こうして波瀾に満ちた新しい生活がスタートする。

画家たちとの交流の中で、ブルジョワの子弟、学生たちとも知り合うようになる。何と言ってもケーチェはうら若い乙女なのだ。恋心も芽生え彼らとも積極的に付き合う。無類の読書家でもあり、それなりのものの観方も身につけていたので、その関係は対等であり、卑屈ではない。やがてドイツ人の裕福な青年アイテルと知り合い、レストラン、オペレッタなど未知の世界に足を踏み入れる。二十歳のときである。陋屋を脱出し、この青年と同棲を始める。ケーチェはジャン＝ジャック・ルソーの『告白』を読んで、彼を精神的兄弟と考える。アイテルの《囲い者》にすぎないこの不安定な身分を、この書物によってケーチェは合理化する。事実、アイテルはエゴイスティックでブルジョワ的偏見に凝り固まっており、労働者のデモなどは嫌悪していた。結婚相手は良家の娘と言って憚らなかった。ケーチェは家を出たものの、モデル代は家にちゃんと入れている。その後、アイテルといっしょに《情報屋》をやり、高収入を得られるようになる。アイテルとの関係はまだ続く。

それから数年が経ち、ケーチェはあるアトリエで一人の青年と知り合う。彼は医学生で進歩的な思想の持ち主だった。人道主義的な話で盛り上がり、彼は「どの子供も平等でなければならない」と言う。二人は意気投合する。ケーチェは彼にこれまでの貧窮生活をほとんど包み隠さず打ち明ける。彼は全く偏見のない人物であった。ケーチェをさらに開化させてくれたアンドレとはいかなる人物であろうか?

彼はフェルナン・ブルエと言い、ネールが彼と出会った一八八二年当時ブリュッセル自由大学の学生であった。ネールより二歳年下の一八六〇年生まれである。祖父の代は羽振りもよかったが、父の代には没落し、父のジュールは粉屋の小僧から身を起こして法学を修め、三十五歳の時に公証人にまでなった(一八一九年生まれ)。一八四八年から社会闘争に加わり、ブリュッセル生まれの社会思想家イポリット・コラン(一七八三―一八五九年)の熱烈な信奉者となり、その著作集刊行に際し全面的に金銭的援助を行った。このコランについても簡単に紹介しておく。形而上的な面は省略し、彼のユートピア社会主義を簡単に述べる。青年たちの育成の独占権を社会が有し、彼らの多様な能力を開花させ、社会主義に奉仕させる。あらゆる富の源泉たる土地、並びに過去の何世代かによって強権的に蓄積された動産、この二つを集産化し、それを合理的に分割して、農業や諸産業のために個人あるいは団体に貸し付け、理性に基づいた競争をさせ、資本に対する労働の支配、物質に対する人間の支配を確立する。軍事独裁のみが合理的社会主義と新世界の到来を保証するだろう、とある。

フェルナンの父親に戻ると、結婚と社会契約は両立しないという信条の持ち主であったが、非宗教的な結婚をした。当時としては相当スキャンダラスなことであった。フェルナンは次男であった。二人の息子には法外な教育を施した。家庭教師を何人もつけたし、あらゆる学問を学ばせ、文学・芸術への愛も教え込んだ。子供時代から貧しい人々への敬意も持つよう、人間的な幅ということも教えている。ジュールと対談した人物の証言によると、ジュールが貧しい青年時代の苦しさを語った際に、フェルナンが口を挟むと「貧乏について一端《いっぱし》の口を利くのなら、経験してみろ。貧困は拭い難い痕跡を残すのだ」と叱責している。一歳上のフェルナンの兄は八〇年、大学在学中に病死した。フェルナンは七七年から八五年までブリュッセル自由大学に在籍し、哲学、医学、次いでさまざまな理科系の学問を専攻した。八四年にインターナショナルな雑誌、『ラ・ソシエテ・ヌーヴェル（新社会）』を刊行する（これも、コランの著作より借用した名前であり、この人物を顕彰する目的もあった）。第一シリーズは彼の健康が悪化する九七年一月まで続く。父親は十二年間にわたり資金援助を行った。月刊誌で六十、七十ページぐらいの紙面であった。当時の社会を鋭く批判している。社会主義者、アナーキスト、アンチコンフォルミストなど左翼色が強い。寄稿者にはセザール・ド・ペープ、エリゼ・ルクリュ、ハウプトマン、ベーベルなどがいる。さらにバクーニン、クロポトキン、トルストイ、ニーチェ、ヘンリー・ジョージなどのテクストを掲載した。一方作家たちにも広く門戸を開放した。例えばメーテルリンク、カミーユ・ルモニエ、ローデンバック、ヴェルハーレンなどがいる。

ネールもフェルナンの勧めで、オランダの植民地政策を告発した小説『マックス・ハーフェラール』の作者ムルタトゥーリの書簡を二年以上にわたりフランス語に翻訳する。これは彼女の後日の作家修業の土台となったはずである。

八三年春、二人はブルッヘ〔(仏）ブリュージュ〕へ旅行する。フェルナンは女を知らず、それまで二人はプラトニックな関係であった。アイテルともまだ関係は続いていたが、八五年春にネールは、相手に関係を解消する旨宣言する（小説では彼女が捨てられるとなっている）。アイテルはどういう人物だったかは、今のところよく分かっていない。悪く言うとネールはかなりしたたかで、両方の青年から金銭的援助も受け、お金も貯め、かなり広いアパルトマンに暮らしている。情報屋の仕事も続けている。フェルナンとの関係は当初結婚ではなかった。妻ではなく伴侶であり、彼は両親のところから通ってくる。両親にはこの事実を告げてはいない。フェルナンの結婚観をめぐっては、二人の論争があるのでこの小説を参照してもらいたい。父親の影響力は呪縛にも似て大である。

フェルナンはネールをいろいろ啓発してくれた。ドストエフスキーを勧められ、『罪と罰』のソーニャを自分の運命に重ね合わせたりもする。ゾラには反発する。これは多分『居酒屋』についての感想と思われる。『ジェルミナール』の方は読んでいないのではあるまいか。『ケーチェ』を見れば、一目瞭然だが、自分の体験した極限状況と比べてみれば、薄っぺらな作りものの印象を免れないのだ。想像力を逞しくしたなら、真実に迫れるだろうか？　それを真実に置き換えることはできない。彼女はそう思っている。《自然主義》という観点から見た場合、彼女の小説はその枠内に収まるだろうか？　今それを論ずる余裕はない。こういう言い方は当たっているかどうか分からないが、《自然主義のフォーヴィスム》、《自然主義のアール・ブリュット》と呼んでおこう。

ユイスマンスの『さかしま』に反感を覚えたり、ユゴーやミシュレのロマン主義的な筆致にも好感が持てないというのも、それまでの読書歴や生活体験から見て無理からぬところもあろう。サン＝シモン主義者やフーリエなどの論理を辿るのは難しかったと見える。貶めているのではない。彼女がそれまで受けられなかった教育のせいなのだ。この小説には、二人の言い争いの場面が出てくるが、それぞれの立場が反映されている。

フェルナンの勧めでネールは八六年春、コンセルヴァトワールに入学する。朗読に取り組み、舞台女優の夢がふくらむ。ネールはこの他に『ラ・ソシエテ・ヌーヴェル』に翻訳の掲載を続けており、英語とドイツ語の授業も受けていた。さらに歌にも挑戦するが、体調を崩し、頻繁に授業を休まざるを得なくなる。年齢も三十歳になっており、教師の嫌がらせも受け、九〇年の半ばに退学する。小説ではケーチェの喜びや無念さがひしひしと伝わってくる。しかし学ぶ喜びが溢れており、この楽しさは読者も共感できるはずだ。

九〇年から九二年にかけて、ネールを取り巻く状況は比較的明るい。九〇年の夏にネールたちはアムステルダム旅行をしたようだ。辛い思い出をネールは追体験するが、小説ではなかなか味わい深い話もある。十分とはいえないまでも、彼女には少しは精神のカタルシスになった模様だ。

もともと子供好きではあったが、子供は作らなかった。九三年にアムステルダムに住む弟から子供を一人引き取ってくれないかとの打診がある。十一人の子持ちで、ネールの子供時代を再現したような赤貧の生活を送っていた。フェルナンの同意を得て、四歳二カ月の男の子（小説ではウィレム）を引き取る。いじけていた子供を人並みの人間にしてやろうと彼女は子育てに全力を尽くす。小説でもかなりのスペースを割いて、彼女の母親ぶりが展開されるが、正直言って話としてはおもしろいものではない。一方弟夫婦の思惑は、この子供をだしに金を巻き上げようとしていた。ネールと彼らの対立が激しくなり、彼女は子供を返さざるを得なくなった。小説では数カ月間の子育てのように思えるが、実際は二年四カ月である、僅かな期間であることに変わりはない。悲しい幕切れであった。後日談を記す。この子供は二十三歳の時にアメリカに移住し、エレベーターボーイの職を得るが、その職で一生を終える。ネールはこのことが慙愧に堪えなかった。「暗い穴」と彼女はエレベーターを評した。一九二三年出版の短編を集めた『アンジェリネット』の中の《わたしは人並みの人物を育てたかった》で、再度このテーマを取り上げている。

フェルナンは九一年ごろから心身に変化が見られるようになる。社会に対して憎しみをこめて激しく攻撃したり、迫害妄想に苛まれる。実際九五年には彼自身も体調の悪化を自覚する。脚の一時的麻痺、同じ言葉を何度も繰り返す、不意に駆けだしたりする。九六年には二人で気分転換のためにフランスに旅行するが、フェルナンの精神はますます変調をきたす。このあたりの事情は作品にかなり詳述されている。これは脳梅毒の症状に他ならない。小説中では、彼が解剖の演習中に負った傷から菌が侵入したとあるが、その可能性は低いようだ。こういう説がある。フェルナンが知った最初の女性はネールであった。彼女が潜在的な保菌者だったのではあるまいかという説である。彼女が無自覚だったとしても、これが事実だとすると、このカップルの代償はあまりに大きく、悲劇的だと言わざるをえまい。有効な薬が発明されるのは、一九一一年まで待たなければならない。しかもフェルナンは実際に治療を受けることもなかった。『ラ・ソシエテ・ヌーヴェル』も九七年一月号でひとまず終刊する。彼の著作出版も絶望的となる。

こうした中でフェルナンの両親は二人の結婚に同意する。結婚証書では九六年十二月一日となっている。共有財産はない、新婦は身のまわりのものしか所有しないとある。結婚後も以前と同じように一つ屋根の下に住むことはない。九七年の六月にようやくフェルナンの両親ともども同居する。二人が出会って十五年目のことであった。しかしフェルナンはますます体調が悪化し、別のところに住んで世話を受ける。ネールは彼の両親のところに留まる。フェルナンの父親も体調を崩していた。九九年の九月に八十歳で死亡する。フェルナンは遺産の半分を相続するが、現在の日本円に換算しても数十億ぐらいらしい。ネールは夫の後見人、次いで相続者となる(ネールは一九三二年に財産の四分の三を失うとあるが、その理由は定かではない)。翌一九〇〇年にフェルナンも亡くなる。四十歳を前にしてのことだった。すぐにベルギー、フランスで彼の人となりや作品、『ラ・ソシエテ・ヌーヴェル』を讃える追悼記事が新聞・雑誌に掲載された。翌年にはフェルナンの著作が出版された。これは『ラ・ソシエテ・ヌーヴェル』に彼が一八八二―九六年まで記したものを集めたものである。序文はネールではなく母親が記している。「息子は不正義、貧困そしてエゴイズムに満ちたこの世界で、他の人たちの苦しみまで体感するあまり、亡くなりました」とある。母親もコラン主義の信奉者であり、父親の最初の協力者であった。小説中で描かれるアンドレの母親像は偏頗である。よく見られる嫁―姑の対立のようなものが窺われる。この母親はもっと肯定的に捉えられるべきであろう。

フェルナン関係にかなりスペースを割いたが、ネール・ドフという作家が誕生するには、どうしてもこの背景を説明することが不可欠だと思えたからである。事実、この小説では全体の六割が彼らをめぐって話が展開されるのである。何はともあれ、ネールを温かく見守り、その成長を大きく促したフェルナン、二人の細やかな交情はこの作品で十分味わえるだろう。ネールは全く次元の異なる世界に引き上げられたが、彼の死という痛ましい代価を支払わなければならなかった。小説においても、根無し草のようになったケーチェは各地を転々とするが自然豊かな田舎に居を定めて、ようやく心が安らぐ。ケーチェの最愛のアンドレ、ウィレムの幻が見える。心温まる終わり方である。

なおこの『ケーチェ』の底本は初版オランドルフ版を踏まえたアルバン・ミシェル版（一九三〇年）を用いたが、出だしの話はローマ数字で記されたページ（I - V）、次の話から《ケーチェ》として、アラビア数字で記されたページ（1 - 310）で展開される。少し不可解な作品の構成である。

※

『使い走りのケーチェ』（一九二一年）

一九一四年八月ドイツ軍は中立国ベルギーに侵入し、一八年十一月まで占領下に置かれる。この第一次大戦の暗い時期にありながらも、ネールは一四年夏から一五年の春にかけ、この小説のほとんどを書きあげる（さらに一六年に書かれたいくつかの断章があるが、小説には収められなかった）。これは二一年に刊行される（本書の底本はこのオリジナル版が入手できなかったので、三〇年のタンブラン版を用いた）が、彼女の四歳から十四歳までの軌跡を綴ったものである。舞台はアムステルダムである。哀れなことに勤めていた帽子屋の主人によって凌辱される場面で終わっている。この三部作で言えることだが、彼女はすっかりその当時の心境になっている。また声高に生活苦を主張することはない。むしろ醒めた目で語っている。その年齢特有のみずみずしさ、精神状態は如実に反映されている。『ケーチェ』とこの『使い走りのケーチェ』は、『飢えと窮乏の日々』で展開し尽くせなかったり、十分明らかにすることのできなかった少女時代のいくつかの思い出を扱っている。『使い走りのケーチェ』は、ケーチェが日々のパンを得るためのスタートの時期の姿を描いている。幼いケーチェは学校をやめて思春期を迎えるころまで、子供とはいえ女中や使い走りとして、薬屋と婦人帽子屋に勤務する。だから時間的には、少女期を概観した『飢えと窮乏の日々』、青春期を迎えようとする『使い走りのケーチェ』、大人の女性としての生活に入る『ケーチェ』の順で読んだ方がその道程がよく分かるだろう。『使い走りのケーチェ』はやはり辛く暗い日々、過酷な現実を綴ったものだが、それでも頬笑ましい場面とか、ユーモアが溢れる場面とか、子供らしい純朴な反応が見られて、一服の清涼剤ともなっている。小説の完成度としては人生の様々な要素が程よく混ぜ合わさっており、前作よりもよくなっている。残酷なレアリスムと純粋なイデアリスムの見事な対照の妙がある。

十九世紀末、婦人帽は当時のステータス・シンボルとなっていたようだ。優雅なデザインはかなりの労苦・技術を要したらしいし、その修業にもお金を要したらしい。主任は貧しいケーチェを嫌い、厭味を言って、ケーチェを現場から遠ざける。

「この子は正式に習ったわけではないわ。あたしたちの仕事ぶりを見よう見まねでやっているだけよ。これで独りで技術を身につけ、あたしたちと同じくらいのレヴェルに達しでもしたら、どうしようもないよ」

使い走りしかやらせてもらえないケーチェは夜であっても重い箱を抱えて、町中を歩き回っている。こうした中で、大人の世界を垣間見、彼女の個性も際立ってくる。学生の部屋に忍び込み、ムルタトゥーリの『ものの観方《イデエン》』を読み、ピーテルセンが心の恋人となる。思春期を迎えた時期でもあった。汚れなき愛を夢みる一方で、現実の醜悪とも思える女の性にも向きあうことにもなる。これも少年少女が成長していくうえでの自然の道筋なのだ。しかしその当時は性暴力は力関係によって、泣き寝入りするしかなかった。性教育もまだなされていない時代である。いちばん弱い立場のケーチェが毒牙に掛けられて終わる場面は痛ましい。

※

一九〇一年、フェルナン・ブルエの死後一年も経たずして、ネール・ドフはアントウェルペンの弁護士ジョルジュ・セリジエと再婚している。ネール四十三歳、セリジエは二カ月後四十三歳になろうとしていた。この人物とは一八九〇年ころから知り合いだった模様だ。肯定的に解釈すれば、ネールは財産はあっても将来への不安があり、こうすることで安心感を得ようとしたと思われる。セリジエは初婚であった。先述したように夫婦仲はあまりしっくりとは行かなかった。セリジエは世俗的世界の人物であった。後には《現代芸術》の会長になり、社会党の市会議員になっており、一九三〇年に亡くなった。

彼女はそれでも自由を確保したから、そうした中ではじめて彼女の創作活動が実を結んでいく。自伝的三部作の進展である。第一次大戦中、アントウェルペンも爆撃を受けたが、夫妻は同地に留まった。ネールは憔悴の日々、動物園通いに安息を見出す。それでも彼女は鋭い洞察力を備えている。自由な空に羽ばたこうと檻に激突し、血塗れになる鷲の運命に思いを致す。

ああ！　暴力的な仮借ない力を前にしては、何の甲斐もないのだ。この力は彼の努力を無にし、貶めているのだ。だが彼を打ちのめすのは、ほんのひと時でしかない。だって、すぐに彼は反逆と自由の仕事にまた取り掛かろうとするからだ。それに、檻が開かないとも限らないではないか……（『アンジェリネット』所収《檻の中の動物と自由な動物》）

これはネールの姿勢であり、迫害を受け差別されている者たちへのメッセージでもある。多作とは言えないが、二〇年代には他に短編集を二作出している。例えば『カンピーヌ』（二六年）では、ネールが毎夏過ごしたリエージュ北方のヘンク（ケーチェが最後に安息を見出した地）の風俗を取り上げている。その地の後進性、不幸な人々の生活状態を告発し、啓蒙の姿勢が見てとれる。これは自身の過去を顧みての教訓であろう。三五年には『働き蟻』を出版している。二つのコントが『カンピーヌ』と同じようなテーマ、他の二つが『胸を抉るような話』の中のコントをそのまま再録したものである。その後は体調も優れず、四二年に八十四歳五カ月半の生涯を終える、司祭の立ち会いは拒否した。

アンリ・プーライユとネールはセリジエの死後八年にわたって文通を行う。その時代の彼女の動向が明らかになる。彼は「コレットやコレットの亜流たるすべての作家をはるかに凌駕する」として、ネールを評価するものの、それに見合った知名度がないことに歯噛みしている。実際現在もそれほど事態は変わってはいない。マリアンヌ・ピエルソン＝ピエラールはネールの復権に寄与した人物だが、『ケーチェ』、『使い走りのケーチェ』のオランダ語抄訳に『娼婦ケーチェ』という的外れな題名が付けられたことに憤慨しているが、当然のことだろう。一九七五年にオランダで『娼婦ケーチェ』という題で、自伝的三部作の中のいくつかのエピソードがオムニバス形式で映画化された。訳者も参考に観てみたが、煽情的な面を強調し、娼婦のしたたかな生きざまといった興味本位な傾向しか窺えなかった。娼婦という言葉は揶揄や侮蔑の対象として、よく口の端に上るが、あまりに安直すぎると思う。『アンジェリネット』は娼家を舞台にした小説だが、時代は十九世紀末あたりであろうか。マルセイユから流れてきた日本人娼婦も登場する。貧苦の果てということに想いが行かないのであろうか。

翻って、日本の現状を見ても、子供の貧困率は一六・三パーセントである。六人に一人が貧困ということである。その一方で、贈与税の非課税枠の拡大がある。祖父母や親が子や孫に教育資金を渡した場合、一定額までは課税されないというのだ。ゆとりのある家庭には恩恵が大きいが、貧しい家庭は全く蚊帳の外である。格差ということも言われている。いわゆる難関大学への進学などは、マスコミがこぞって実績の高い高校を称賛する。教育も子供のころからの資金投入がものを言っていることは否めないであろう。そうした背景はあまり語られない。何の苦労も知らない、他者を思いやる想像力も乏しい乳母日傘で育った人間が、そのまま各界で指導層になっていくという現状には首を傾げざるを得ない。全員とまでは言わないが、世襲議員の劣化は目を覆うものがある。経済成長が必須の前提のように言われるが、子供の貧困率が年々拡大しているという矛盾に、為政者はどう応えるのだろうか。自己責任論ばかりが声高に言われる。川崎の簡易宿泊所の死亡事故、彼らは高度成長を支えた基部の人々ではなかったのか？　ああした処遇でよいのだろうか？　住宅から強制退去を命じられた母親が追い詰められて、最愛の娘さんを殺害したという事件、「国民の生命、自由、幸福追求の権利が根底から覆されるという、急迫、不正の事態」とは、こうしたところにこそ、あるのではないのだろうか。《労働者派遣法》もあんな形でいいのだろうか？　最近の出来事を思いつくままに列挙してみてもこんな具合だ。教育の機会を得られなかった人々のための、夜間中学の拡充は先送りだ。貧困問題は時代が経っても解決されてはいない。

ネールはこうも記している。「誰しもがその才能を発揮できるような環境の中に移してもらえれば、全員がそれなりの人物になれるだろう」（『アンジェリネット』所収《小柄な女とその子供たち》）。「自分のまわりにいる、開花が妨げられている人たち、勉学の才がありながら、あまりに早くから自分たちの生活の資を得なければならないということで、勉強することもできないでいる子供たちを見るにつけ、わたしは自分の青春期の苦しみをまた思い出す」（『ヌーヴェル・リテレール』、一九二九年十二月二一日）。

ヴァルテル・ラヴェズのネール・ドフ評はこうである。「彼女の分析による洞察力、そこから浮かび上がってくる胸苦しくなるような人間の真実をとおして、われわれの時代の目をそむけたくなるような光景に私たちはショックを受けたのである」。しかし暗さだけではない。この三部作は強靭な生命力を発散している。揺るぎないオプティミスムに貫かれている。人生や人間の可能性に途轍もないような自信、健康や美に対する嗜好が、希望を垣間見させずには措かないのである。

【ネール・ドフの著作】

『飢えと窮乏の日々』*Jours de famine et de détresse*, Paris, Eugène Fasquelle, éd., 1911.

Contes farouches, Paris, Ollendorff, 1913; [Bassac], Plein Chant, 1981, (moins le conte *Lyse d'Adelmond*)

『ケーチェ』*Keetje*, Paris, Ollendorff, 1919; Paris, Albin Michel, 1930.

『使い走りのケーチェ』*Keetje trottin*, Paris, G. Crès et Cie, 1921; Paris, éd. du Tambourin, 1930.

Angelinette, Paris, G. Crès et Cie, 1923.

Campine, Paris, Rieder, 1926.

Elva suivi de *Dans nos bruyères*, Paris, Rieder, coll. Prosateurs français contemporains, 1929.

Une fourmi ouvrière, Paris, Au Sans Pareil, 1935.

Quitter tout cela ! suivi de *Au jour le jour*, Paris-Nemours, éd. Entre Nous, 1937.

Jours de famine et de détresse, Paris, Jean-Jacques Pauvert, 1974 (suivi de *Keetje* et *Keetje trottin*; preface d'Armand Lanoux).

【ネール・ドフ関連の書物、記事】

Henry POULAILLE, *Nouvel Age littéraire*, Paris, Librairie Valois, 1930, pp.259-277.

Michel RAGON, *Histoire de la littérature ouvrière du moyen âge à nos jours*, Paris, Les Éditions ouvrières, coll. Masse et militants,

1953, pp.156-158.

Mariannne PIERSON-PIERARD, *Neel Doff par elle-même,* Bruxelle, éd. Esseo, 1964.

Michel RAGON, *Histoire de la literature prolétarienne en France,* Paris, Albin Michel, 1974, pp.217-219. ミシェル・ラゴン、『フランス・プロレタリア文学史――民衆表現の文学』、髙橋治男訳、水声社、二〇一一年、三四九―三五三頁。

Alphabet des letters belges de langue française, Bruxelles, Association pour la promotion des Lettres belges de langue française, 1982, p.230.

Ralph Heyndels, 《vision de misère et de joie（Paradoxes du texte naturaliste: Neel Doff et Zola)》, in *revue de l'université de bruxelles 4-5,* 1984, pp.199-215.

Évelyne WILWERTH, *NEEL DOFF,* Bruxelles(?), Éd. Bernard Gilson, 1992.

【参考図書】

Ivo RENS, *Introduction au socialism rationnel de Colins,* Neuchatel, La Baconnière, 1968.

Ivo RENS, *Anthologie socialiste colinsienne,* Neuchatel, La Baconnière, 1970.

Ivo RENS et William OSSIPOW, *Histoire d'un autre socialism –L'école colinsienne 1840-1940,* Neuchatel, La Baconnière, 1979.

Louis CHEVALIER, *Classes laborieuses et Classes dangereuses,* Paris, Hachette, 1984. ルイ・シュヴァリエ、『労働階級と危険な階級』、喜安朗・木下賢一・相良匡俊訳、みすず書房、一九九三年。

森田安一編、『スイス・ベネルクス史』、山川出版社、一九九八年。

ムルタトゥーリ、『マックス・ハーフェラール　もしくはオランダ商事会社のコーヒー競売』、佐藤弘幸訳、メコン、二〇〇三年。

川村三喜男・佐藤弘幸著、『ニューエクスプレス　オランダ語』、白水社、二〇〇八年。

翻訳をするに当たって、日本で唯一、ネール・ドフ関係の書籍がほぼそろっていると思われる成蹊大学図書館、《ピエール・ベール研究コレクション》の関係資料を利用する際に、多大な便宜を図っていただいた野澤協先生にまず感謝を申し上げます。オランダ語の表記については、オランダ大使館報道文化部、ドイツ語関係については、明治大学の田島正行氏にお世話になりました。勿論文責は訳者にあることは言うまでもありません。また編集者の祖川和義さんは、編集者として、読者として、懇切丁寧に訳稿を読んでいただき、さまざまな視点からアドヴァイスをしていただき、叱咤激励も受けました。こうした方々の後押しもあって、やや大部ながら翻訳が完成いたしました。本当にありがとうございました。ネール・ドフの作品が少しでも知られるようになり、また現在の社会を考える一助となれば、訳者はこれに勝る喜びはありません。

なお今日から見て、人権を無視した差別的な不適切な用語が若干見られますが、当時の時代背景に照らして、違和感がないよう、やむなくそうした言葉を用いることになりました。その点をお含みおき下さい。

二〇一五年七月

田中　良知

訳者略歴

田中良知

1947年、盛岡市生まれ。東京都立大学大学院修士課程修了。19・20世紀フランス文学専攻。訳書に、アルベール・コスリー『老教授ゴハルの犯罪』（水声社、2008年）、パナイト・イストラティ『キラ　キラリナ』『アンゲル叔父』『コディン』（未知谷、2009－10年）、シャルル＝フェルディナン・ラミュ『山の大いなる怒り』（彩流社、2014年）など。

飢えと窮乏の日々

2015年11月10日初版第一刷発行

著者：ネール・ドフ

訳者：田中良知

発行者：山田健一

発行所：株式会社文遊社

東京都文京区本郷4-9-1-402　〒113-0033

TEL: 03-3815-7740　FAX: 03-3815-8716

郵便振替：00170-6-173020

装幀：黒洲零

印刷：シナノ印刷

乱丁本、落丁本は、お取り替えいたします。

定価は、カバーに表示してあります。

Neel Doff

Jours de famine et de détresse, Eugène Fasquelle, 1911

Keetje, Ollendorff, 1919

Keetje trottin, G. Crès et Cie, 1921

ISBN 978-4-89257-114-5

軍帽

コレット
弓削 三男 訳

「これからある女性の生涯でただ一度の恋の物語をしようと思う」人生に倦み疲れた四十代半ばの女性を不意打ちした遅ればせの恋の行方を綴った表題作ほか、晩年の傑作短篇を四篇収録。エッセイ・白石かずこ　装幀・黒洲零　ISBN 978-4-89257-111-4

陰鬱な美青年

ジュリアン・グラック
小佐井 伸二 訳

海辺のヴァカンスにおける無為と倦怠を、ひとりの美青年の登場が、不安とおののきに変貌させる——彼は、一体何者なのか? 謎に満ちた構成による、緊張感溢れる傑作!
装幀・黒洲零　ISBN 978-4-89257-083-4

あなたは誰?

アンナ・カヴァン
佐田 千織 訳

「あなたは誰?《フー・アー・ユー》」と、無数の鳥が啼く——望まない結婚をした娘が、「白人の墓場」といわれた、英領ビルマで見た、熱帯の幻と憂鬱。カヴァンの自伝的小説、待望の本邦初訳。
書容設計・羽良多平吉　ISBN 978-4-89257-109-1

われはラザロ

アンナ・カヴァン
細美 遙子 訳

強制的な昏睡、恐怖に満ちた記憶、敵機のサーチライト……。ロンドンに轟く爆撃音、そして透徹した悲しみ。アンナ・カヴァンによる二作目の短篇集。全十五篇、待望の本邦初訳。

書容設計・羽良多平吉　ISBN 978-4-89257-105-3

ジュリアとバズーカ

アンナ・カヴァン
千葉 薫 訳

「大地をおおい、人間が作り出したあらゆる混乱も醜悪もその穏やかで、厳粛な純白の下に隠してしまったときの雪は何と美しいのだろう――。」カヴァン珠玉の短篇集。解説・青山南

書容設計・羽良多平吉　ISBN 978-4-89257-083-4

愛の渇き

アンナ・カヴァン
大谷 真理子 訳

物心ついたときから自分だけを愛してきた冷たく美しい女性、リジ《女》ャイ《エ》ナと、その孤独な娘、夫、恋人たちは波乱の果てに――アンナ・カヴァン、渾身の長篇小説。全面改訳による新版。

書容設計・羽良多平吉　ISBN 978-4-89257-088-9

憑かれた女

デイヴィッド・リンゼイ
中村 保男 訳

階段を振り返ってみると——それは、消えていた！ 奇妙な館に立ち現れる幻の階段を上ると辿り着く別次元の部屋で彼女が見たものは……。イギリス南東部を舞台にした、思弁的幻想小説。

書容設計・羽良多平吉 ISBN 978-4-89257-085-8

アルクトゥールスへの旅

デイヴィッド・リンゼイ
中村 保男・中村 正明 訳

「ぼくは無だ！」マスカルは恒星アルクトゥールスへの旅で此岸と彼岸、真実と虚偽、光と闇を超克する……。リンゼイの第一作にして最高の長篇小説！ 改訂新版

書容設計・羽良多平吉 ISBN 978-4-89257-102-2

歳月

ヴァージニア・ウルフ
大澤 實 訳

十九世紀末から戦争の時代にかけて、とある英国中流家庭の人々の生活を、半世紀という長い歳月にわたって悠然と描いた、晩年の重要作。

解説・野島秀勝 改訂・大石健太郎
書容設計・羽良多平吉 ISBN 978-4-89257-101-5

ジャンガダ

ジュール・ヴェルヌ
安東 次男 訳

「夜は美しく、大筏《ジャンガダ》は流れのままに進む」――イキトスの大農場主の秘めたる過去、身に覚えのない殺人事件、潔白を示す暗号は解けるのか⁉ 圧巻の長篇小説。挿画84点を収録した完全版。

書容設計・羽良多平吉 ISBN 978-4-89257-087-2

永遠のアダム

ジュール・ヴェルヌ
江口 清 訳

SFの始祖、ヴェルヌの傑作初期短篇「老時計師ザカリウス」「空中の悲劇」「マルティン・パス」、歿後発表された「永劫回帰」に向かう表題作を収録。レオン・ベネット他による挿画多数収録。

書容設計・羽良多平吉 ISBN 978-4-89257-084-1

黒いダイヤモンド

ジュール・ヴェルヌ
新庄 嘉章 訳

石炭の町《コール・シティ》を襲う怪事件、地下都市の繁栄を脅かす敵の正体とは――風光明媚な土地、スコットランドの炭鉱を舞台に展開する、手に汗握る地下都市の物語。特別寄稿エッセイ・小野耕世

書容設計・羽良多平吉 ISBN 978-4-89257-089-6

店員

バーナード・マラマッド
加島祥造 訳

ニューヨークの貧しい食料品店を営むユダヤ人店主とその家族、そこに流れついた孤児のイタリア系青年との交流を描いたマラマッドの傑作長篇に、訳者による改訂、改題を経た新版。

書容設計・羽良多平吉　ISBN 978-4-89257-077-3

烈しく攻むる者はこれを奪う

フラナリー・オコナー
佐伯彰一 訳

アメリカ南部の深い森の中、狂信的な大伯父に連れ去られ、預言者として育てられた少年の物語。人間の不完全さや暴力性を容赦なく描きながら、救済や神の恩寵の存在を現代に告げる傑作長篇。

書容設計・羽良多平吉　ISBN 978-4-89257-075-9

物の時代　小さなバイク

ジョルジュ・ペレック
弓削三男 訳

パリ、60年代――物への欲望に取り憑かれた若いカップルの幸福への憧憬と失望を描き、ルノドー賞を受賞した長篇第一作『物の時代』、徴兵拒否をファルスとして描いた第二作を併録。

書容設計・羽良多平吉　ISBN 978-4-89257-082-7